ALDARRÖK

Tome 2

LES SERPENTS D'OMBRE

Autres romans

La Tapisserie des Mondes

Préludes

Plus brillantes sont les étoiles (avril 2021)

Yggdrasil – premier cycle

La prophétie (janvier 2016) – Réédition (octobre 2022)

La rébellion (juillet 2016) – Réédition (octobre 2022)

L'Espoir (avril 2017) – Réédition (octobre 2022)

Aldarrök – deuxième cycle

Le chant du chaos (octobre 2022)

Les serpents d'ombre (décembre 2023)

L'aube du néant (à paraître en 2024)

Abri 19 (février 2018)

Les Larmes des Aëlwynns

Le prince déchu (novembre 2018)

Le dernier mage (2019)

La déesse sombre (2020)

Recueils de nouvelles

(avec l'association des auteurs indépendants du Grand-Ouest)

Légendes : Entre terres & mers (octobre 2017)

Jour de pluie (octobre 2018)

ALDARRÖK

Tome 2
LES SERPENTS D'OMBRE

MYRIAM CAILLONNEAU

CYCLE
LA TAPISSERIE DES MONDES

Aldarrök – Les serpents d'ombre

ISBN : 979-10-95740-25-4

https://www.myriamcaillonneauauteure.com/

Illustrations par Maxime Delcambre

Les chats sont très importants dans ma vie, ils sont présents et m'accompagnent toute la journée. Je veux leur dédier ce livre.

Il y a Gatsby, un british longhair de douze ans. Ce chat magnifique est un véritable amour, gentil, tendre et joueur. Quand il vous fixe de ses grands yeux verts en miaulant doucement, il est impossible de lui résister.

Il y a Ramsès, un exotic shorthair de trois ans. C'est un nounours de chat. Il est massif et cache ses muscles sous une épaisse fourrure noire luisante. Il est joueur et câlin, mais aime sa tranquillité. Il dort souvent sur la table, juste derrière moi lorsque je travaille, et lève parfois sur moi ses beaux yeux ambre pour réclamer des caresses et des bisous.

Il y a Tanis, une exotic shorthair bleue de presque deux ans. Cette chipie sait ce qu'elle veut. Elle n'hésite pas à venir me demander ses croquettes, ou tout simplement un câlin, alors que je suis en train d'écrire une scène importante. Elle use de ses griffes dans ma cuisse si je tarde un peu. Elle adore aussi se loger tout contre moi, le soir devant la télévision. Elle est tendre et joueuse. Un amour.

Enfin, il y a Tobias, le petit dernier. Cet exotic shorthair crème est une canaille. Il n'a toujours pas perdu sa bouille de bébé ou sa tête à bisous. Il n'est jamais loin de moi, à m'observer quand je suis derrière mon bureau. Ce petit choupinou d'amour adore jouer, puis s'écroule, allongé de tout son long pour une sieste réparatrice jusqu'à la prochaine séance de jeu.

Cette petite famille de chats vit en harmonie et leur présence m'inspire.

Avertissement

La Tapisserie des Mondes se situe au centre d'une entité mystérieuse, nommée *Yggdrasil.* Elle représente la vie et la destinée de tous les êtres vivants de tous les mondes.

La Tapisserie des Mondes est également une vaste saga qui décrit l'évolution de l'humanité, depuis la conquête de l'espace, jusqu'à la conclusion des aventures de Nayla.

Le premier cycle est *Yggdrasil.*

Le deuxième cycle est *Aldarrök.*

De nombreux préludes sont prévus, afin de ponctuer la chronologie de romans qui raconteront la progression des humains vers l'apogée retracé dans *Yggdrasil* et *Aldarrök.* Les préludes peuvent se lire de façon tout à fait indépendante.

Le premier de ces préludes est *Plus brillantes sont les étoiles.*

Concernant les deux cycles principaux, il est tout à fait possible de lire *Aldarrök* sans avoir lu *Yggdrasil.* Si, néanmoins, vous envisagez de lire *Yggdrasil,* alors je vous conseille de le lire en premier.

Je vous suggère également de jeter un coup d'œil au lexique, où vous trouverez des informations sur l'organisation des différentes factions qui peuplent les pages du tome 2, *Les Serpents d'ombre.*

Bonne lecture.

Leene Plaumec par Kira

Assise sur l'épais tapis de sa chambre, Nayla Kaertan savourait son bonheur. Son cœur battait la chamade. Elle brûlait de hurler sa joie, de danser, de sauter sur place. Elle désirait surtout se jeter au cou de l'homme installé face à elle, le dos contre son lit. Il la fixait en silence, son regard bleu glacier brillant avec intensité. Elle avait tant de choses à dire, tant de choses à apprendre, mais il restait muet et elle n'osait pas briser cette quiétude. Alors, elle se contentait de cette béatitude inattendue.

Une heure plus tôt, elle tentait de dormir, le corps rompu de fatigue et l'âme en lambeaux. Une heure plus tôt, elle survivait dans cette prison dorée. Une heure plus tôt, son unique horizon était les murs de cette salle immense qu'elle ne pouvait pas quitter. Un bruit étrange l'avait arrachée à sa rêverie, l'obligeant à se lever. Elle avait franchi les rideaux de son alcôve et avait découvert une ombre, un fantôme portant la tenue du désert d'Alima. Ce spectre était la menace révélée par ses visions. Il était venu pour la tuer. Pourtant, elle n'avait éprouvé aucune peur, seulement de la colère. Elle avait tout sacrifié pour sauver l'humanité, mais ces ingrats lui envoyaient des assassins. Elle l'avait affronté avec toute la puissance de son esprit, mais il avait résisté avec une force étonnante. Et puis, elle avait reconnu son regard. Comment aurait-elle pu oublier ce regard ? Incrédule, elle avait arraché le masque du tueur pour voir son visage. La stupéfaction avait balayé sa concentration.

— Je n'arrive toujours pas à y croire, murmura-t-elle. Tu étais mort.

Il se contenta d'une ébauche de sourire. Elle avait répété ces mots une bonne vingtaine de fois, déjà. Il était mort, ici, à l'entrée de la salle du trône, trois ans plus tôt. Il l'avait défendue pendant qu'elle affrontait

Arji Tanatos, celui qui se faisait appeler Dieu. Il s'était sacrifié pour lui offrir du temps, pour qu'elle puisse vaincre sans être abattue par les Gardes de la Foi. Il était mort ! Et il l'avait abandonnée, seule et sans amis, avec la galaxie à diriger.

Elle savait désormais ce qui lui était arrivé. Elle avait lu dans ses pensées et il avait lu dans les siennes. Une fureur sauvage vint balayer sa joie, telle la lave d'un volcan dévorant tout sur son passage. Ils lui avaient tous menti. Ils l'avaient utilisée et manipulée. Ils avaient fait d'elle une personne vénérée et haïe. Ils agitaient son image comme une oriflamme, afin de contrôler la population. Elle pensait gouverner la République, mais elle n'était qu'une ridicule marionnette. Nayla serra les poings, tandis que son pouvoir se déployait, prêt à exploser. Elle devait absolument se maîtriser. Elle étira ses mains, un doigt après l'autre, avec lenteur et méthode, pour retrouver son calme.

Dem ne bougeait toujours pas. Il était presque méconnaissable, avec son visage ravagé par une atroce brûlure, mais son regard n'avait pas changé. Ce miroir glacé, dur comme du dyamhan, impassible tels les yeux d'une statue, l'avait terrifiée autrefois. Elle y devinait de la souffrance, une âme écartelée par trop d'épreuves. *Je dois briser ce silence*, songea-t-elle.

— Et maintenant ? demanda-t-elle d'une petite voix timide.

— Je ne sais pas, avoua-t-il avec lassitude.

— Moi non plus, confessa-t-elle.

— Même avec ça ? accusa-t-il en levant le doigt.

Il désignait une anomalie dans la salle du trône, une sorte de déchirure dans la trame du réel. De l'autre côté était tapie une obscurité insondable. Yggdrasil ! Ce lieu abritait la Tapisserie des Mondes, tissée avec le fil de vie de tous les êtres vivants appartenant à tous les univers. Elle formait un dessin complexe qui ne pouvait être déchiffré que par des êtres particuliers. Elle était l'une d'entre eux. Elle avait pris conscience de son don quatre ans auparavant. Il lui avait permis de mener la rébellion contre l'Imperium et de renverser Arji Tanatos. Depuis, elle ne cessait d'explorer le néant dans l'espoir de voir l'avenir, de prévenir la fin des temps et d'empêcher le Chaos de détruire leur univers.

— Oui, même avec ça, souffla-t-elle. Il se sert de moi. Je n'arrive pas à anticiper un chemin clair. La seule chose dont je suis certaine, c'est qu'une ombre grignote le futur, une menace…

— Quel genre de menace ?

Le stratège en lui n'était jamais loin. Il avait besoin de prévoir les événements afin d'organiser une riposte.

— Je l'ignore. J'ai vu des sortes de serpents monstrueux et immatériels détruire des vaisseaux et avaler des planètes. Je suppose qu'il s'agit d'une allégorie, sans pouvoir en être certaine.

— Et c'est pour cela que tu consens à cette alliance contre nature avec Tellus ?

Il avait parlé d'une voix douce, calme, légèrement voilée, mais elle devinait sa colère et sa déception à la dureté de son regard. Elle se replia encore plus sur elle-même, blessée qu'il ne comprenne pas son dilemme et la lassitude terrible qui pesait sur ses épaules.

— Dem… Ai-je le choix ? La Flotte noire nous attaque. Les Hatamas sont passés à l'offensive. Nous ne pouvions pas faire face.

— Et tu as accepté de te vendre à l'Hégémon, cracha-t-il avec un mépris qui la meurtrit.

Elle se redressa et darda sur lui un regard furieux qui ne parut pas l'atteindre.

— Je suis au service de l'humanité, riposta-t-elle. Ma vie, mes choix, n'ont aucune espèce d'importance. Et puis, cette union ne sera pas consommée. Elle est uniquement politique.

Il balaya sa réponse d'un geste exaspéré.

— Elle va lui permettre de se rapprocher du trône. Il régnera à ta place et te gardera enfermée ici.

— Je ne suis pas idiote ! s'énerva-t-elle. Je sais parfaitement ce que je risque, mais que pouvais-je faire d'autre ? Dis-moi ? Le Chaos est une réalité, Dem. Je t'assure. La menace est proche, plus proche qu'elle ne l'a jamais été.

— Mais tu es incapable de la qualifier.

— C'est ça, soupira-t-elle, au bord des larmes.

Il eut un rictus désolé. Elle le comprenait si bien. Elle détestait ce qu'elle avait dû concéder. Et, surtout, elle ne voulait pas argumenter contre lui. Elle désirait juste qu'il la prenne dans ses bras.

— Oui… Ces forces nous dépassent, j'en suis conscient, admit-il plus doucement. Nako a tout fait pour me mener à cet instant.

— Nako ? Tu as été en contact avec Yggdrasil ?

— Pendant longtemps, j'ai cru qu'il n'était qu'une émanation de mon esprit malade, la conséquence de ma solitude. J'avais besoin de lui pour ne pas sombrer totalement dans la folie. J'ai découvert récemment qu'il s'agissait de cette chose qui nous manipule comme des marionnettes.

Il parlait toujours avec cette économie de mouvements perturbante. Nayla sourit malgré elle à ce souvenir, puis la réalité la percuta. Elle se voûta, enserra ses genoux de ses bras, puis répondit sans le regarder, les yeux vrillés sur un détail du tapis.

— Je vois..., souffla-t-elle. Si tu savais combien cette situation m'épuise.

— Je l'imagine, fit-il avec un haussement d'épaules.

— Tu es sans doute loin de la vérité.

Elle laissa échapper un long soupir sans réussir à effacer le poids qui écrasait sa poitrine.

— Dem... Dis-moi que je ne suis pas en train de rêver. Dis-moi que tu es vraiment là.

— Peut-être que notre vie n'est qu'un rêve, répondit-il pensivement. Parfois, j'ai l'impression d'avoir déjà vécu tout cela une bonne centaine de fois.

Un frisson dévala le long de son dos, car cette affirmation morose avait le goût de la vérité. Nayla avait ressenti quelque chose d'identique à de nombreuses reprises.

— Alors, je ne veux pas me réveiller, confia-t-elle dans un souffle.

À nouveau, une gêne s'installa entre eux. Elle en aurait pleuré. Il lui avait tant manqué. Elle s'était lamentée pendant des semaines, après sa mort. Elle avait même imaginé son retour pendant ses pires moments de dépression. Dans ses songes, il apparaissait comme par magie dans la salle du trône. Après un bref instant de surprise, elle se jetait dans ses bras. Il l'enlaçait, puis ils s'embrassaient avec passion.

Aujourd'hui, son fantasme était devenu réalité, mais rien ne s'était passé comme elle l'avait follement espéré. Ils s'étaient seulement observés avec une certaine méfiance, puis il l'avait suivie dans sa chambre. Sans dire un mot, ils s'étaient assis sur le sol, tels deux boxeurs sonnés par le précédent combat. Pire, ils se regardaient comme des étrangers, presque comme des ennemis. Devor Milar, l'ancien colonel des Gardes de la Foi, Dem, le général de la rébellion, cet homme indestructible qu'elle avait aimé, n'était plus que l'ombre de lui-même, et c'était sans mentionner l'horrible cicatrice qui le défigurait.

— Je suis si désolée. Je n'aurais pas dû leur faire confiance. J'aurais dû chercher à en savoir plus. J'aurais dû sonder leurs esprits.

— Peut-être, marmonna-t-il, en balayant le problème d'un geste de la main. Comme tu l'as vu, j'étais mort. Yggdrasil m'a ressuscité.

— Tu es sûr de ça ?

— Oui.

Cela semblait tellement fou. D'un autre côté, son existence avait perdu toute rationalité depuis une éternité.

— Sais-tu pourquoi ? questionna-t-elle.

— Non, pas vraiment.

Elle s'abîma dans la réflexion. Il ne mentait pas. Yggdrasil l'avait ramené. Un embryon de réponse vint titiller sa raison.

— Une autre voie, murmura-t-elle.

— Que veux-tu dire ?

Elle leva les yeux vers lui et un sourire mélancolique étira ses lèvres.

— J'ai pris l'habitude de parler à voix haute, juste pour entendre une voix. Je… J'ai l'impression… C'est si difficile à expliquer.

— Essaie.

— Lorsque je suis dans Yggdrasil, commença-t-elle, après avoir rassemblé ses idées pendant une dizaine de secondes, je vois plusieurs probabilités, plusieurs avenirs, plusieurs passés et, donc, plusieurs présents.

— Je m'en souviens.

— Tanatos pouvait altérer ce qui allait arriver en modifiant légèrement le présent ou le futur proche. Il n'était capable que d'infimes variations.

— Et toi ?

— J'ai toujours eu le pressentiment qu'il était possible de faire plus, que je pouvais faire plus. Le Chaos, cette voix qui veut notre perte, essaye souvent de m'appâter en me suggérant de tout changer.

— Comment ?

Dem plaça ses mains en lame devant sa bouche, sans jamais la quitter des yeux.

— En choisissant une autre voie. Je… J'ai parfois l'impression que je pourrais, par ma seule volonté, transformer totalement le présent et basculer dans une réalité différente.

— Pourquoi ne pas le faire ?

— Parce que c'est trop dangereux, parce que le prix à payer est trop lourd, parce que je ne maîtrise pas du tout les conséquences d'une telle décision.

Les nombreuses possibilités d'existence heureuse qu'elle avait entrevues revinrent la tenter. Sa gorge se serra et sa respiration se transforma en un sifflement poussif. Elle toussa pour chasser son trouble.

— Je vois, commenta Dem en se frottant le menton. Enfin, je crois.

— Et… Peut-être que Nako a le même pouvoir. Peut-être a-t-il changé cette réalité en te ramenant à la vie.

— D'où cette impression d'avoir déjà vécu certaines choses.

— Oui, c'est ce que je devine.

— Ce n'est pas rassurant.

— Non…

C'était un euphémisme. Quel était le bon chemin ? Quelle était la réalité ? Existait-il seulement « une » réalité ? Devait-elle tenter... Cependant, toutes les voies qu'elle avait explorées se terminaient dans ce chancre noir qui grignotait la Tapisserie. Nayla secoua la tête pour chasser ces réflexions qui la torturaient.

— Et maintenant, Dem ? demanda-t-elle. Que faisons-nous ?

Il se leva dans un mouvement souple. Il fit quelques pas nerveux, puis se tourna vers elle. Nayla, toujours assise sur le tapis de sa chambre, se sentit vulnérable. Elle se recroquevilla, avec l'impression de rétrécir, de se cacher derrière sa coquille.

— Il faut que tu quittes cet endroit maudit, assena-t-il enfin.

— Je ne peux pas.

— Comment cela, tu ne peux pas ? Explique-toi !

— Ça ! s'écria-t-elle avec rage.

Elle désignait la déchirure au-dessus du trône, cette marque obscure, cette meurtrissure dans la réalité. Elle se leva pour faire face à Dem et pour donner plus de poids à sa réponse.

— Si je m'éloigne de cette chose, je meurs ! C'est aussi simple que ça. Et si je reste, je meurs également. Elle me dévore.

Il recula d'un pas pour mieux contempler cette ouverture vers le néant, mais détourna très vite le regard. Il secoua la tête pour chasser une désagréable impression.

— Ce n'est pas acceptable, marmonna-t-il.

— Mais c'est ainsi. Je suis impuissante.

Nayla maîtrisa un sanglot enfoui dans sa gorge. Dem ne parut pas s'en rendre compte. Il lui tourna le dos, image vivante de la réflexion.

L'esprit de Devor Milar bouillonnait d'émotions contradictoires et conflictuelles. Depuis son évasion de Sinfin, il avait mobilisé toute son énergie, toute sa volonté, toutes ses pensées, pour une unique tâche. Il s'était concentré sur l'instant où il tuerait le nouveau despote de la galaxie, avant d'enfin trouver le repos dans la mort. Seulement, Nayla n'était rien de tout cela. Elle ne s'était pas transformée en une sorte de monstre. Au contraire, elle était toujours focalisée sur la préservation de l'humanité. Elle était perdue, sans alliés, prisonnière d'une entité malveillante à la puissance trop vaste pour être comprise par un mortel. Que pouvait-elle accomplir, seule sans personne pour porter sa vraie parole ? Et le Chaos ? Cette menace était-elle réelle ?

Il était difficile de l'imaginer, mais il ne remettait pas en question la conviction de Nayla.

Dem ne pouvait pas combattre ce qu'il ne voyait pas. Il ne pouvait pas traquer, dans cette réalité, ce Chaos qui existait dans une autre. Pour le moment, il devait se concentrer sur l'immédiat. Il sourit en songeant qu'il ne changerait jamais. Il y a quelques heures, il était pressé de mourir et maintenant, il réfléchissait à la meilleure façon d'affronter l'ennemi, quel qu'il soit. Il fit quelques pas dans les quartiers personnels de la Sainte Flamme, les mêmes qui avaient hébergé Arji Tanatos. Cet espace délimité par des tentures de velours noir était quasiment monacal. Certes, le sol était recouvert de tapis moelleux, mais c'était l'unique confort accordé à celle qui vivait là. Les meubles se résumaient à un lit, un fauteuil, un bureau, une table et une chaise. Ce dernier détail lui brisa le cœur. Une seule chaise, preuve qu'elle mangeait sans aucun convive pour lui tenir compagnie.

Il ressentait la fatigue de la jeune femme, son épuisement au-delà du raisonnable. Les vagues de ses émotions se fracassaient sur sa conscience, ravageant son âme. Il avait besoin d'air. Sans un mot, il franchit les rideaux. La salle du trône était immense. Son décor écrasant avait été pensé pour donner aux visiteurs un sentiment de petitesse et pour renforcer la majesté de celui qui s'asseyait sur l'énorme siège en sölibyum. Il régnait une ambiance lourde, chargée de l'essence de tous ceux qui avaient été condamnés à mort d'un ordre prononcé par celui installé là.

— Ou par d'autres, marmonna-t-il à voix basse.

Il était venu exécuter une coupable et il s'était trompé. Elle était captive, comme il l'avait été dans l'enfer de Sinfin. Il serra les mâchoires, gonfla ses poumons, puis bloqua sa respiration avant de tout relâcher en un long souffle libérateur. Il était un homme d'action. Il était temps d'oublier le Dramcaï, d'abandonner sa vêture de fantôme se cachant dans l'ombre pour assassiner. Il devait redevenir Dem et châtier les vrais responsables. La volonté implacable de Devor Milar, logée au cœur de son âme, approuva.

Il pivota sur les talons pour revenir vers l'alcôve, mais Nayla l'attendait déjà sur le seuil. Son allure hâve, presque fébrile, lui fit mal. Il marcha vers elle et lui prit les mains avec douceur.

— Et maintenant, nous allons contre-attaquer, Nayla !

Elle laissa échapper un ricanement qui ressemblait à un hoquet douloureux.

— Comment ?

— Pour commencer, tu vas exiger un système de communication digne de ce nom.

Ses sourcils se levèrent, interrogateurs.

— Pour quoi faire ? Ils surveilleront ce que je fais, tu peux en être certain.

— Certes, mais tu sais très bien que nous sommes tous les deux capables de contrer leur espionnage.

— Et qu'est-ce que je ferai de ce truc ? s'entêta-t-elle.

— Tu pourras contacter des alliés et faire comprendre à tes ennemis qu'ils devront compter avec toi.

Elle grimaça tout en levant les sourcils.

— Des alliés ? ricana-t-elle.

— Oui, des alliés. Nous en trouverons.

Elle haussa les épaules, puis demanda :

— Et Tellus ? Qu'est-ce que je fais ? Est-ce que je les renvoie chez eux ?

Dem se concentra pour demeurer impassible. Il ne souhaitait rien d'autre, mais le vaisseau tellusien était déjà en orbite. Ces opportunistes n'accepteraient pas de repartir sans protester. Un muscle se contracta sur sa pommette droite.

— Tu vas recevoir Haram Ar Tellus.

— Non…

— Il n'y a aucun risque. Je serai là, derrière ces tentures. Je le surveillerai.

— Il s'attend à ce que je l'épouse.

— Oui, je sais.

Cette idée le révulsait. Jamais il ne laisserait cet homme toucher à Nayla. Jamais !

— Tu n'as plus le choix, souffla-t-il malgré tout. Alors… Alors, accepte, mais fais-lui comprendre que tu n'es pas dupe.

Des larmes inondèrent les yeux de la jeune femme. Il l'attira à lui et elle se blottit dans ses bras.

Yggdrasil...

Le temps était un tout. Le temps était une boucle. Le temps recommençait éternellement. Du néant germait la vie. De la vie naissait le Chaos. Le Chaos détruisait la vie et créait le néant. Ce cycle se reproduisait inlassablement. Ce cycle était immuable.

Yggdrasil était le témoin silencieux et impassible de ces ères. Il demeurait un mystère pour les peuples qui traversaient ces époques. Il avait été adoré, tel un dieu. Il avait été oublié. Il avait été ignoré. Il avait été sondé par des mortels qui tentaient de percer ses secrets. Quelques-uns de ces curieux étaient parvenus à utiliser une partie de sa puissance et avaient dû en payer le prix.

Yggdrasil hébergeait de nombreuses consciences, très anciennes, agrégées au fil des cycles. Il était plusieurs. Il était unique. Il était vivant. Il était un lieu. Yggdrasil était le pivot des univers, l'axe du temps. Il abritait la Tapisserie des Mondes, ce dessin façonné avec les fils de vie de tous les êtres mortels.

Yggdrasil observait l'évolution des diverses réalités avec le détachement contemplatif de celui qui sait ce qui doit advenir, puisque le temps linéaire n'existait pas en son sein. Un monde suscitait son intérêt, car son ère approchait de son extinction. Les signes de cette fin se multipliaient. Les mortels intensifiaient leurs incursions dans le vide, vers le pivot du temps. Ils déchiffraient la Tapisserie. Ils tentaient d'en infléchir le cours, accélérant ainsi le processus inévitable. Ils suivaient un schéma éternel sans en avoir conscience. Comment l'auraient-ils pu ? Le cycle était voué à se répéter. Il était le futur et le passé, car de tels concepts n'existaient pas pour Yggdrasil.

Pourtant, l'entité hors du temps se voilait la face. Le danger était plus profond qu'il ne l'avait jamais été. Le Chaos ne menaçait pas un monde, mais l'univers en son entier. Il faisait partie d'Yggdrasil, désormais. Nix était l'une de ses voix et il œuvrait à l'annihilation de la Tapisserie des Mondes. Il l'infectait. Il la grignotait. Il la détériorait doucement. Un seul être pouvait le contrer. Un seul être avait le pouvoir de préserver le cycle, de repousser le Chaos. Cet être devait être détruit. Telle était la mission de Nix.

L'objectif d'Alafur était l'exact contraire des manœuvres du Chaos. Cette entité au cœur d'Yggdrasil s'ingéniait à protéger ce monde prêt à sombrer. Elle voulait également sauver la Tapisserie des Mondes et expulser Nix hors du néant. Elle avait tout essayé, tout tenté, mais rien ne pouvait empêcher la marche du temps. Alafur ne renoncerait pas. Jamais ! Elle recommencerait aussi longtemps que perdurerait Yggdrasil pour soustraire l'univers à son inévitable destruction.

Aux confins de la galaxie, la lumière semblait s'être éteinte. Les étoiles n'étaient plus que des sphères charbonneuses. Les planètes s'étaient transformées en des cailloux vides de toute vie. L'espace n'avait jamais été aussi obscur. Cette région, connue sous le nom de Sriath, était l'un des joyaux du territoire hatama. Elle était protégée et défendue par ceux qui la considéraient comme le berceau de leur civilisation. Elle abritait les pytarlas, révérés parce qu'ils savaient déchiffrer le dessin des temps. Ces devins s'épanouissaient dans ce lieu où la membrane entre les mondes était plus fragile.

C'est là que les nahashs avaient frappé. Ces démons, personnifications du Chaos originel, étaient des figures mythologiques craintes par les Hatamas depuis toujours. Leur attaque annonçait un événement prophétisé des millénaires plus tôt : le kawakh ou l'aube du néant. Les Hatamas avaient tenté de les combattre, sans aucun succès. Ils s'étaient repliés, abandonnant le Sriath aux serpents d'ombres.

Les nahashs avaient besoin de se nourrir du vivant pour perdurer. Dans cette région aux astres clairsemés, ils s'étiolèrent. Les déchirures percées dans la trame de la réalité se colmatèrent doucement et, pour un temps, la menace fut contenue.

Les Hatamas n'assistèrent pas à cette retraite. Ils avaient évacué ce territoire. Ils avaient assemblé une immense armada pour envahir l'espace des humains, leurs voisins. À l'heure de l'aube du néant, ils devaient fuir le kawakh, tout en sachant qu'aucune particule de vie n'y survivrait. Les civilisations seraient dévastées, les animaux seraient consommés, le moindre brin d'herbe serait absorbé. Les bactéries et les virus subiraient le même sort. L'univers entier retournerait au néant. De ce néant naîtrait la vie, une nouvelle évolution, et tout recommencerait.

De l'autre côté de ces brèches dans la réalité, le Chaos bouillonnait et patientait en attendant son heure, en attendant le moment où enfin, il accomplirait son rôle, comme il le faisait, monde après monde. Son essence l'incitait à dévorer les univers, à aspirer la vie pour qu'elle puisse renaître, afin de s'en nourrir à nouveau. Ainsi était le cycle.

L'essor des mortels les poussait vers l'espace, vers le voyage, vers l'exploration d'autres planètes. Invariablement, leur évolution leur permettait d'accéder à Yggdrasil et cette intrusion fragilisait la membrane entre les réalités, jusqu'à ce que le Chaos puisse la déchirer pour envahir le monde arrivé à la fin de son cycle.

Cette fois-ci, c'était différent. Cette fois-ci, le Chaos avait réussi à investir Yggdrasil, à devenir l'une des voix de cette entité immémoriale. Cette fois-ci, le Chaos pourrait briser le cycle et faire en sorte que le néant demeure. Cette fois-ci, le Chaos pourrait régner à tout jamais.

Une fois encore, nous allons repousser les frontières de l'impossible, car rien ne nous arrête, pas même la mort.

Code des Gardes de la Foi – Déclarations

L'étreinte de Dem avait consolé Nayla. Elle n'avait pas oublié son odeur, ni le tempo de son cœur. Elle avait cru cette impression perdue pour toujours. Enfin, elle n'était plus seule. Après un long moment, elle s'écarta de lui. Son visage détruit ne la rebutait pas. Il l'attristait. C'est pour elle qu'il était mort et, d'une certaine façon, elle l'avait trahi. Jamais elle ne se le pardonnerait. D'une main hésitante, elle caressa la large cicatrice. Il frémit, mais ne bougea pas. Elle contint ses larmes. Il méritait mieux que des pleurs. Elle fit un pas en arrière pour le contempler dans son ensemble. Elle admira sa silhouette drapée de ce vêtement du désert aliman.

— Ça te va bien, déclara-t-elle enfin, en laissant le bout de ses doigts courir sur le cuir doux.

— Merci.

À nouveau ce silence coupable, comme s'ils n'avaient plus rien à se dire, plus rien en commun.

— Tu as maigri, Nayla, et tu es pâle à faire peur, murmura-t-il.

— Oui, je sais. Je ne dors pas. Je ne sors pas. Et ce truc me dévore.

— Tu as besoin d'énergie psychique, continua-t-il.

Elle se tendit et sentit son visage s'empourprer sous l'effet de la honte.

— J'ai longtemps refusé de devenir un vampire, comme Tanatos.

— Longtemps ? souligna Dem.

— Nardo m'a fourni un prisonnier, il y a peu. Ce sale type est un violeur et un assassin. Je me mourais. J'ai… J'ai sondé son esprit pour être certaine de la véracité de ces accusations. Et… Et j'ai cédé. J'ai prélevé un peu de son énergie. Cela… Tu sais ce que ça fait, Dem. C'est terrifiant, mais tellement…

— Vivifiant et addictif.

— Je me fais horreur.

Elle s'interrompit, car des larmes menaçaient de s'échapper de ses yeux et elle ne voulait pas lui montrer l'image d'une faible gamine ayant absolument besoin de son aide.

— Mais tu dois survivre, admit-il avec une grimace. Nardo a eu raison, aussi répugnante que soit cette pratique. Il devra te fournir d'autres sources.

— Pas pour le moment. Ce meurtrier est toujours vivant. Je ne l'ai pas tué, mais je me suis déjà… nourrie deux fois.

Sa voix se brisa. Elle se dégoûtait.

— Tout ira mieux, désormais. Tu es là, déclara-t-elle pour changer de sujet.

Elle se serait giflée de s'entendre prononcer cette réplique mièvre.

— Nayla…, soupira-t-il avec une moue triste.

— Avec toi, je vais pouvoir contre-attaquer ! tenta-t-elle d'expliquer.

Une énergie nouvelle coulait dans ses veines, plus délicieuse que celle qu'elle avait volée au prisonnier dans les geôles du temple. Le bonheur la nourrissait, lui ouvrait des dizaines de possibilités. Et puis… *Il est vivant !* carillonna une voix joyeuse dans son esprit.

— Certes. Nayla, tu dois savoir ce qui se passe dans la République. Tu ne dois plus rester isolée dans ta tour d'ivoire. Tu ne peux pas en sortir, soit, mais ne laisse pas les autres gouverner à ta place.

— Comment dois-je faire ça ?

— Tanatos lançait ses ordres depuis cet endroit, expliqua-t-il. Il avait une horde de serviteurs dévoués et terrifiés par sa puissance. Les incompétents ne survivaient pas à sa colère et cette peur motivait les plus idiots. Aucun n'envisageait de lui mentir ou de le trahir. Les luttes de pouvoir se jouaient entre ceux désireux de l'approcher.

— Le grand prêtre et l'inquisiteur général s'affrontaient en silence, ricana-t-elle.

— Oui, et le général des Gardes de la Foi n'était qu'un outil, grogna-t-il avec dédain.

— Kanmen et Nardo représentent mon pouvoir, grommela-t-elle. C'est effrayant, quand on y pense.

— Kanmen Giltan est un faible et Olman Nardo un idiot.

— Pas mieux, confirma-t-elle en riant.

Il lui accorda un sourire complice qui lui réchauffa le cœur.

— Pourtant, la République s'en tire plutôt bien.

Elle leva les yeux au ciel. Il ne pouvait pas être sérieux.

— Cela fait trois ans que ton armée repousse la Flotte noire et les Hatamas. Pour des amateurs, c'est un exploit. Je soupçonne une autre puissance agissant en retrait.

— La coalition Tellus, n'est-ce pas ?

— Ces hyènes viennent de faire un pas en pleine lumière, confirma-t-il.

— Tu suggères qu'ils ont des agents dans la République ? marmonna-t-elle. Qui, dans le gouvernement, serait ce traître ?

L'évidence la frappa soudain avec force.

— Leffher !

— Explique-moi ?

— Marthyn Leffher ! Tu te souviens de lui ? Il est le chef de la diplomatie de la République, désormais. C'est lui qui est parti négocier avec Tellus. Il… Je le vois rarement. Il est toujours fuyant, son esprit est… Comment disais-tu, à l'époque ? Lisse. Oui, c'est ça, lisse. C'est extrêmement dérangeant.

Les pupilles de Dem s'étrécirent et ses poings se contractèrent.

— As-tu essayé de lire dans ses pensées ?

— Non, je le fais rarement, depuis que je suis ici. La déchirure me perturbe. Je dois rester focalisée pour ne pas être attirée dans Yggdrasil et…

— Et accéder à une psyché brise cette concentration, termina Dem d'un ton compréhensif.

— C'est tout à fait ça. Donc, je ne me suis pas préoccupée de cette particularité de Leffher, mais en y pensant, j'ai eu la même impression avec la délégation de Tellus.

— Des Tellusiens sont venus te voir ? s'inquiéta Milar.

— Oui, commença prudemment Nayla. Leur personnalité était aussi lisse que celle de Leffher.

Devor Milar fronça les sourcils d'un air interrogateur.

— Il y a autre chose que tu ne me dis pas.

Elle soupira. Il avait toujours su la lire.

— C'est compliqué, Dem.

— Nous avons un peu de temps, il me semble.

— Oui, c'est vrai. Viens, allons dans ma chambre.

Il leva un sourcil amusé qui la fit rougir jusqu'aux oreilles.

— Je voulais dire qu'il ne faudrait pas qu'un visiteur impromptu te découvre, bafouilla-t-elle.

— Je n'en doutais pas, lança-t-il avec sérieux.

— Tu es impossible !

Une fois dans l'alcôve, Nayla offrit le fauteuil à Milar. Elle préféra s'asseoir sur le tapis, le dos contre le lit. Elle se racla la gorge, un peu gênée par ce qu'elle allait dévoiler. Avant l'attaque de la planète mère, elle n'avait jamais trouvé le temps de le lui dire et maintenant, cet oubli allait peut-être creuser davantage le fossé qu'elle devinait entre eux.

— Ma mère est morte de la grippe malusene, lorsque j'avais sept ans, se lança-t-elle. Je me suis vite rendu compte que je ne savais pas grand-chose d'elle. Je me souviens de son sourire, de sa voix douce, des berceuses qu'elle me chantait, et c'est à peu près tout. Elle venait d'un village sur la côte, mais je n'ai jamais rencontré sa propre famille. Elle se nommait Citela, Citela Kaertan.

Elle s'interrompit, tandis qu'une boule d'angoisse bloquait sa respiration. Dem lui fit signe de poursuivre.

— Je n'aurais sans doute rien appris de plus, si j'avais eu une vie... normale. Ce qui n'est pas le cas, bien sûr. Lorsque j'étais prisonnière de Tanatos, Yggdrasil m'a montré des scènes datant d'avant ma naissance. J'ai assisté à la rencontre de mes parents et... Et à cette occasion, j'ai compris que le passé de ma mère n'était qu'un mensonge. Citela ne venait pas d'Olima. Son vaisseau s'est crashé sur le continent nord, après avoir subi des tirs lywar. Mon père se trouvait là et il lui est venu en aide. Il a même dû tuer un témoin gênant pour la protéger.

Ses paroles moururent dans un souffle embarrassé.

— D'où venait-elle ? Est-ce que tu l'as appris ?

— Son vrai nom était Citela Dar Valara.

Elle vit la compréhension se peindre sur le visage de Milar.

— Tu plaisantes ?

— Non, pas du tout. Elle s'était échappée de la forteresse abritant les Decem Nobilis. Elle avait même tué Darlan Dar Merador, le général de Tellus, au passage, mais c'était de la légitime défense. Il voulait l'éliminer, car elle était un clone défectueux, selon les dires de ce salopard. Elle s'est sauvée. Ils l'ont poursuivie et elle s'est écrasée sur Olima où elle a rencontré mon père. Citela est le prophète de Tellus. Elle est comme moi, Dem ! Elle peut déchiffrer la Tapisserie des Mondes et ce, depuis des milliers d'années.

— Je vois, répondit-il avec prudence.

— Elle fait partie de la délégation, enfin, un autre clone qui n'a aucune idée des agissements de sa copie défaillante.

— Tu l'as rencontrée ?

— Il y a trois jours. Elle s'est trouvée mal en présence de la déchirure. Elle est si semblable à ma mère...

— Tu ne lui as rien dit, n'est-ce pas ? s'inquiéta-t-il.

— Non, je ne suis pas idiote ! s'insurgea-t-elle.

Il leva un sourcil amusé. Cela la transporta dans le passé et elle se sentit rougir. Ses sentiments pour lui n'avaient pas changé, ils s'étaient même bonifiés avec l'absence.

— Mais j'avoue que j'ai été tentée, murmura-t-elle enfin.

— Ce serait une erreur.

— Je sais, mais… Elle est différente des autres Tellusiens, plus proche de moi et plus dangereuse peut-être. Elle pourrait peut-être devenir une alliée, mais je serai prudente.

— C'est mieux, en effet.

— Donc, Leffher, conclut-elle avec une grimace agressive.

— Oui, considérons-le comme un espion. Nous aviserons plus tard, comme pour cette Citela. La première chose à faire est de convoquer Giltan. Pendant sa visite, je resterai ici, dans l'alcôve. Si cela te convient, ajouta-t-il, après une seconde de réflexion.

— Ce sera parfait. Il faudra juste être prudent lors de la venue des domestiques. Ils m'apportent mes repas, font le ménage…

— De leur propre initiative ?

— Non, uniquement lorsque je leur demande. Je ne voulais pas qu'ils me découvrent couchée sur le sol, en train de baver du sang.

— C'est parfait, dans ce cas. Qui d'autre ?

— Nardo, tous les jours. Kanmen vient de temps en temps, pour me rendre compte de certains problèmes.

✦✦✦

Nayla s'était lavée et changée. Elle avait commandé un déjeuner copieux. Le domestique avait déposé le plateau sur la petite table de l'alcôve, sans remarquer Dem, caché derrière une tenture. Ils avaient partagé le repas, avec une intimité nouvelle.

L'heure du rendez-vous approchant, elle s'était installée sur le trône. Elle avait choisi la tenue quasi militaire qu'elle affectionnait – pantalon noir, veste en velours noir ouverte sur une chemise grise –, mais avait laissé de côté la cape faisant référence à son statut religieux. Dem lui avait déconseillé d'interdire le culte de la Lumière de façon abrupte, mais elle préparerait les gens à cette évolution.

La porte s'ouvrit et Kanmen Giltan entra. Nayla se redressa, le dos droit, et posa sur lui un regard sévère. Un sourire éclaira le visage carré de son camarade d'enfance. Sa peau hâlée par des années de travail en extérieur s'était éclaircie, la faute à ce monde et aux bureaux qu'il fréquentait désormais. Il remonta la longue enfilade de colonnes d'un pas régulier, certain de sa force et de sa légitimité. Elle ne l'avait jamais remarqué auparavant, mais Kanmen avait pris de l'assurance. Il n'était plus ce benêt pusillanime qui l'avait tant agacée. Il se vautrait dans sa suffisance. Une bouffée de colère envahit la jeune femme, quand elle se remémora ce que Dem lui avait raconté. Celui qu'elle croyait son ami, presque son frère, avait exilé en enfer l'homme de sa vie et avait contribué à l'instauration d'une dictature plus abjecte que l'Imperium. Le chancelier s'inclina brièvement, puis redressa sa haute stature.

— Tu as demandé à me voir, Sainte Flamme ?

— Nayla ! Je te l'ai déjà dit et je ne me répéterai pas.

Sa voix avait claqué plus sèchement qu'elle le souhaitait, mais l'obséquiosité de son interlocuteur la révulsait.

— Bien sûr, Nayla. Pardonne-moi.

— Je veux un compte rendu des derniers événements. As-tu des nouvelles de la Flotte noire ?

— Euh, oui... Un Vengeur a attaqué le Carnage de Noler et l'a détruit. Fort heureusement, Noler en a réchappé et a été récupéré par l'un de nos Miséricordes. Le vaisseau s'est lancé à la poursuite des Gardes de la Foi, mais ils se sont échappés. Néanmoins, n'aie aucune inquiétude. Le Miséricorde les retrouvera et les écrasera. Il est plus puissant que le Vengeur. Nous serons enfin débarrassés de cette Flotte noire.

— Non !

Elle avait répondu sans réfléchir, mais les précisions de Dem au sujet de Serdar méritaient d'être écoutées.

— Nayla ?

Kanmen passa une main nerveuse derrière sa nuque.

— J'ai vu un piège qui anéantira le Miséricorde. Qu'il reste où il se trouve jusqu'à ce que j'en apprenne plus !

— Comme tu le souhaites, marmonna-t-il en pinçant les lèvres.

La jeune femme sut avec certitude qu'il n'en ferait rien. Elle n'avait pas besoin de lire dans ses pensées pour cela. Pour la première fois, elle prit conscience de tous les mensonges dont l'avaient nourrie ses courtisans.

— J'ai l'impression de m'être tenue trop loin du monde, ces derniers temps. J'étais fatiguée et je me suis perdue au cœur d'Yggdrasil.

— Nous comprenons ton sacrifice, mais ne t'inquiète pas, tu peux nous faire confiance, certifia-t-il d'une voix moins assurée, ce qui amusa Nayla.

— Je n'en doute pas, mais ce n'était pas mon propos. Je veux m'impliquer davantage.

— Certes, mais excuse-moi de te le dire ainsi. Comment ? Tu ne peux pas quitter cet endroit.

— Eh bien, vous viendrez à moi.

Elle savoura l'expression de surprise mêlée d'incompréhension qu'il afficha.

— En premier lieu, je veux une console de communication dans cette pièce, exigea-t-elle en désignant son alcôve d'un geste volontaire. Je veux pouvoir m'adresser à n'importe qui dans cette galaxie.

Il joignit les mains en pointe devant lui, comme pour se protéger de son assaut verbal.

— Sainte Flamme, ce n'est pas à toi…

— Nayla ! Arrête de me bassiner avec ces titres idiots ! Si je suis ta Sainte Flamme, comme tu le dis si bien, alors, obéis à mes ordres. Je veux cet appareil avant ce soir.

— Il sera fait selon ton désir, marmonna Kanmen, le rouge aux joues.

— Parfait ! Ensuite, je veux que les réunions du conseil de la République, que tu présides, soient désormais tenues dans la salle du trône.

La stupéfaction du chancelier fut complète. Il toussota, en proie à un dilemme certain. S'il refusait, il dévoilerait son jeu et, s'il acceptait, il perdrait une grande partie de son influence. Nayla n'ajouta rien. Elle se contenta de le fixer avec toute la dignité et l'autorité dont elle était capable. Il se mordit les lèvres, avant de répondre.

— Ce sera peut-être difficile…

— Si je peux me vendre à Tellus, pour le bien de la République et pour compenser les décisions malheureuses du conseil qui nous a mis dans cette situation, alors ce même conseil trouvera le courage de descendre jusqu'ici.

— Oui, Nayla, céda le chancelier.

— Bien, je ne te retiens pas. Tu as beaucoup à faire. Le prochain conseil aura lieu demain, en fin de matinée.

— Euh, je… Oui, Nayla.

— Tu feras installer une grande table de ce côté, dans le prolongement de ma chambre. À terme, des rideaux la dissimuleront. Il faudra prévoir des chaises pour les participants et un fauteuil pour moi. Ton siège sera face au mien.

— Je ne sais pas si cela sera prêt à temps, se défendit-il, tout en se malaxant les mains d'un geste nerveux.

— Débrouille-toi ! Cela devrait être de ton niveau, poursuivit-elle, impitoyable. Maintenant, va ! Et que tout le monde soit là. Je n'accepterai aucune excuse.

Le chancelier hésita, déstabilisé par sa prise de pouvoir. Il finit par s'incliner avant de se diriger vers la sortie, d'un pas beaucoup moins conquérant que celui qu'il avait déployé à son arrivée.

Nayla attendit que la porte se referme pour se précipiter dans sa chambre. De l'autre côté des rideaux, Dem l'accueillit avec un sourire satisfait sur son visage détruit.

— Alors ? s'enquit-elle.

— Tu as été parfaite. Tu l'as ébranlé.

— Obéira-t-il ?

— Il n'a pas le choix.

— Oui, mais il peut continuer à faire ce qu'il veut hors de ces murs.

— Si la réunion du conseil a lieu ici, il ne peut décemment pas en tenir une seconde.

— Je n'en suis pas certaine.

— Peut-être organisera-t-il une réunion préparatoire, mais le côté religieux de cette République l'empêche de te manquer de respect.

— Oui, mais je ne veux plus jouer cette carte.

Elle frissonna de dégoût à l'idée de ce que ces traîtres avaient fait en son nom.

— Tu as raison. Nous devrons agir avec prudence et délicatesse. Une question demeure. Arriveras-tu à résister à tout cela ? demanda-t-il en désignant la déchirure du menton.

Elle avait la même inquiétude. Les appels d'Yggdrasil pouvaient être irrésistibles. Elle ne voulait pas, à aucun prix, sombrer dans une crise devant témoins. C'était en partie cette crainte qui l'avait isolée.

— Je m'en sortirai, surtout si je te sais dans les parages.

— Bien.

— Et après ?

— Chaque chose en son temps, Nayla.

Ailleurs…

Symmon Leffher écrasa la touche de son handtop pour afficher les différentes informations. Il commença par les ordres du chancelier, qui le désignait enquêteur extraordinaire de la République. Il leva un sourcil agacé. Ce titre ronflant ne l'impressionnait pas. Pire, il enrageait d'être éloigné de la planète mère et des événements historiques qui allaient s'y dérouler. Il consulta le document suivant. Il s'agissait du rapport du commandant de la base Tycho, en orbite de Luna. Il expliquait qu'un engin de réparation avait été découvert, accroché à la coque d'un escorteur effectuant la navette entre Alphard et AaA 03. Il était vide, mais son écoutille était ouverte. L'officier n'avait aucune idée de ce qui s'était passé. Le document suivant était une note d'Owen Craeme, le chef de la police. Il pensait qu'une personne équipée d'une armure X25 avait pu atterrir sur la planète mère, après avoir franchi l'ancile à bord de cet engin. Était-ce Milar, comme le suggéraient Marthyn et Giltan ? *Peut-être bien*, songea-t-il. *Si c'est le cas, je vais le trouver et je vais le tuer. L'envoyer sur Sinfin était une erreur. Qui que soit l'homme assez fou pour tenter une telle opération, il a certainement bénéficié de complicités. Je dois débusquer ces traîtres au plus vite, puis retrouver l'intrus.*

— Monsieur, nous arrivons, déclara le lieutenant responsable de son équipe.

Symmon eut une grimace satisfaite. Les soldats dédiés à sa protection appartenaient à l'armée régulière, mais étaient plus que cela. Certains d'entre eux étaient Tellusiens, infiltrés dans les rangs de la République avec l'aide de Marthyn.

— Vous m'accompagnerez avec deux hommes. Que les autres restent à bord du bombardier !

— Oui, monsieur.

✦✦✦

Le commandant de la base de Tycho l'observait à la dérobée, sans savoir s'il devait se montrer servile ou arrogant.

— Le Lucane vient bien d'Alphard, monsieur. J'ai vérifié. Voulez-vous que je lance une recherche pour découvrir qui…

— Certainement pas ! Est-ce qu'une disparition a été signalée ?

— Non, monsieur.

— Intéressant, fit-il pensivement. Je veux la liste de ceux ayant pu disposer de cet engin. Je veux aussi l'identité des gens ayant accès aux stocks militaires et, plus particulièrement, aux armures X25.

— Oui, monsieur !

Il patienta quelques minutes pendant qu'un technicien effectuait l'investigation demandée. L'officier envoya le résultat sur son handtop. Symmon le remercia d'un signe de tête, puis ouvrit les deux listes. Il lança une recherche croisée. Trois noms s'affichèrent, mais il n'en remarqua qu'un seul : Mylera Nlatan. Cette femme, officier technicien à bord du Vengeur de la rébellion, était une vieille amie de Devor Milar.

— Nous partons, cracha-t-il sèchement. Ne parlez plus de cet incident. Ne faites aucune recherche. Pour être plus simple, oubliez-le. Suis-je clair ?

— Oui, monsieur.

Une fois à bord du bombardier Furie, Symmon s'isola dans le compartiment destiné aux officiers supérieurs, puis demanda une connexion sécurisée avec Marthyn. Le visage de son autre lui apparut. Il lui fit un bref compte rendu de ses découvertes.

— Milar est sur Tellus Mater, conclut-il enfin. Je n'ai aucune preuve, mais j'en suis convaincu.

— Tu dois dire la planète mère, je te l'ai déjà dit, gronda Marthyn. D'ailleurs, évite également de mentionner Milar.

— Je sais. Je suis toi, après tout.

Marthyn Leffher, de son vrai nom Marthyn Dar Khaman, était un Decem Nobilis et le grand espion de la coalition Tellus. Comme tous les compagnons de l'Hégémon, il perdurait depuis des milliers d'années en transférant sa conscience de clone en clone. La tradition exigeait qu'à quarante ans, le clone actif se retire du monde pour laisser la place à une itération plus jeune. Cette fois-ci, c'était impossible. Marthyn s'était hissé au sommet de la hiérarchie de la République. Il était un rouage essentiel au retour de Tellus au pouvoir. L'Hégémon avait donc contourné la loi en ordonnant qu'un de ses clones l'accompagne en se faisant passer pour son frère. Ainsi, Symmon était né et il détestait cette situation.

— Sois prudent, Marthyn, insista-t-il. Cet homme est dangereux.

— Ne t'en fais pas. Je suis bien protégé.

— Et Kaertan ? Il faut renforcer la garde autour d'elle.

— Milar ne peut pas arriver jusqu'à elle, répliqua Marthyn d'un ton agacé.

— En es-tu sûr ? Il a bénéficié de l'aide de complices pour atteindre Tellus Mater. D'autres traîtres peuvent lui permettre d'entrer dans le temple.

Un tic nerveux fit tressauter la joue de Marthyn en l'entendant prononcer, encore une fois, le vrai nom de la planète mère.

— Ce serait compliqué, même pour Giltan. Néanmoins, je vérifierai les registres d'accès. Tu as raison, il faut être vigilant. En attendant, laisse-moi gérer ça et occupe-toi de Nlatan. Fais-la parler, puis élimine-la. Il ne doit pas rester de témoins.

— Bien évidemment.

— Et ensuite, reviens ! Marthyn, terminé !

Un lent sourire étira les lèvres de Symmon. Cette discussion avec lui-même avait quelque chose d'amusant. Il pressa la commande de communication interne.

— Lieutenant, conduisez-nous sur Alphard !

— Oui, monsieur. Nous attendons un pilote qui nous fera passer l'ancile. Je vous rendrai compte dès qu'il sera là.

— Parfait.

Symmon Leffher posa sa tête sur le dossier de son fauteuil et ferma les yeux.

Personne ne peut résister éternellement à la torture.

Charte des scrutateurs de la coalition Tellus

Ilaryon tan Dhariwa fixait la cloison de sa chambre sans ciller, avec une telle concentration qu'on aurait pu penser qu'il voyait au-delà du métal gris. Assis sur le sol, le dos appuyé sur l'autre paroi, il demeurait immobile depuis des heures. Son visage pâle et amaigri était marqué par de larges cernes sombres qui soulignaient ses yeux bruns. Il sortait peu de sa cabine à bord du *Vengeur 161*, vaisseau amiral de la Flotte noire. Il ne supportait plus de rencontrer les Gardes de la Foi, ces assassins nés pour être des tueurs sans pitié. Chaque fois qu'il croisait l'un de ces hommes, une vision de ses exactions passées explosait dans son cerveau. Il voyait des innocents être froidement exécutés. Il assistait au massacre d'ennemis supposés. Il ne comptait plus les tortures et les éliminations. Ces actions emplies d'une cruauté sans passion lui donnaient la nausée.

Ilaryon aurait pu partager le quotidien des autres « invités » du Vengeur, mais ses camarades du *Taïpan* étaient, eux aussi, des meurtriers. Il avait vu leurs méfaits de si nombreuses fois qu'il ne pouvait plus les regarder en face.

Le jeune homme ne supportait plus ces révélations imposées à son esprit. Ces images étaient apparues quelques semaines plus tôt, peu après son arrivée au bagne de Dowzah. Il s'y était infiltré en se faisant passer pour un prisonnier, afin de secourir sa mère et ses sœurs. Il regrettait amèrement cette décision. Certes, il les avait retrouvées, mais pour assister à leur mort. Il avait tout perdu. Son père avait été exécuté par les Messagers de la Lumière. L'une de ses sœurs avait rendu l'âme sur cette lune maudite, avant son arrivée. Son autre sœur avait été abattue par un sbire de l'armée de la République. Sa mère avait succombé d'épuisement dans les geôles du vaisseau Carnage, peu après leur capture.

En compagnie de Dem, ils s'étaient échappés et avaient été récupérés par la Flotte noire. Son colonel, Xaen Serdar, s'était révélé un potentiel allié. Ilaryon se moquait de tout cela. Il avait pris conscience d'une effroyable réalité mise en exergue par les hallucinations qui le hantaient. Tous les humains étaient des tueurs qui détruisaient tout ce qu'ils touchaient. Ces images de cauchemar étaient accompagnées d'une voix qui susurrait dans son esprit et qui lui montrait des visions de fin du monde. Était-il devenu fou ? Il ne le croyait pas. Cette entité était réelle. Il n'aurait su l'expliquer, mais il en était convaincu. Il avait essayé de la contacter, de découvrir ce qu'elle était, mais pour le moment, il n'avait pas reçu de réponse claire.

Les troupes de la République affrontaient des soldats de l'Imperium. Il ignorait où se trouvait ce paysage presque idyllique, ni quand cet assaut s'était déroulé. Le vacarme des tirs lywar, des cris des officiers lançant leurs ordres, des hurlements des blessés le submergeaient. L'odeur caractéristique du lywar, celle piquante et métallique du sang, celle plus prégnante de la chair calcinée lui retournaient l'estomac. Au bord de la nausée, il déambulait sur le champ de bataille. Les deux camps faisaient preuve d'autant de cruauté. Il les haïssait tous.

Une sonnerie insistante l'arracha à ces images terribles. Il revint à la réalité et le décor qui l'entourait chavira. Le son aigu se reproduisit. Il retint un juron pour chasser l'importun.

— J'arrive, coassa-t-il d'une voix enrouée et affaiblie.

Il fut étonné par sa voix fragile et cassée. Il prit conscience de sa gorge desséchée et de sa bouche pâteuse. *Depuis combien de temps n'ai-je pas bu* ? se demanda-t-il, incapable de se souvenir de la sensation d'humidité sur sa langue. Il se leva avec peine et chancela jusqu'à la porte. Il inspira plusieurs fois pour dissimuler son état, puis ouvrit. Un homme mince, de moins de trente ans, se tenait de l'autre côté. Il passa une main nerveuse sur ses cheveux roux coiffés en brosse, tout en lui décernant un sourire gêné.

— J'te réveille, mec ?

— Oui.

— C'est qu'on s'inquiète.

— Pas de raison, marmotta Ilaryon en actionnant la fermeture de la porte.

Son visiteur s'interposa en faisant un pas vers l'intérieur. Le jeune homme recula, car la proximité de ses semblables lui était devenue intolérable.

— Si, un peu tout de même. Ça fait deux jours que t'es pas sorti de ta cabine. T'es malade ?

— Non.
— Si tu ne vas pas bien, suffit de le dire à Ashtin. Il t'emmènera voir un toubib.
— Je n'ai pas besoin d'un Garde noir.
— Mec, pour l'instant, ils sont corrects.
— Ah oui ? Est-ce qu'ils nous laisseraient partir si on le demandait ?
— Sans doute pas, mais ça fait partie du deal.
— Je n'ai pas signé d'accord, moi ! gronda-t-il.
— Arrête de te plaindre, Ilaryon ! Franchement, mec, ça devient chiant. On n'est pas en taule. On est en vie. Alors, fais avec et patiente.
— Ta gueule, Sil !
Que le plus jeune des frères Rola'ma lui fasse la leçon lui était insupportable. *Pour qui se prend-il, cet abruti ?*
— Hey ! Calme-toi ! Je ne suis pas ton ennemi.
Ilaryon ferma les paupières pour dissimuler ses pensées. Il se sentait si las et tellement en colère. Il en ignorait la raison, mais le dégoût et la rage l'habitaient tout entier.
— Allez, viens manger.
— Je n'ai pas faim.
— Y aura personne. Ils sont tous partis au mess, mais j'me suis dit que tu préférerais déjeuner dans notre salle commune.
— Laisse-moi en paix.
— Compte pas là-dessus.
Ilaryon secoua la tête avec lassitude, puis haussa les épaules.
— Très bien.
Un corridor sombre. Sil et son frère, Thain, qui marchent prudemment. Des types louches surgissent. Des tirs sont échangés. Sil achève le dernier survivant.
Cette vision brutale le fit trébucher et il serait tombé sans la poigne de Sil Rola'ma.
— Bordel, Ilaryon ! Tu devrais vraiment consulter.
— Non, souffla-t-il avec difficulté. Je suis juste fatigué.
Son camarade haussa les épaules, puis le précéda dans l'espace vie des quartiers « visiteurs » du Vengeur. Ilaryon s'écroula sur un fauteuil, les jambes coupées. Il se perdit dans ses pensées, oubliant presque où il se trouvait. Il sursauta lorsque Sil posa devant lui un ragoût odorant de viande de nauthak, une sorte de bœuf au pelage rouge sombre venant d'une planète dont il ignorait le nom. Le plat était accompagné de pâtes de triticale, cuites à la perfection. Sil lui servit un grand verre de calaa, une boisson fraîche légèrement aromatisée et pleine de vitamines. Il but

une longue gorgée et l'énergie se déversa en lui. Il avait vraiment soif. Par habitude, il plongea sa fourchette dans le mélange dans lequel surnageaient des morceaux de légumes croquants. Le goût explosa dans sa bouche. Il savoura toute la complexité des épices, le moelleux de la viande, la richesse de la sauce. Les pâtes calmèrent le feu allumé par les épices. Sans s'en rendre compte, il dévora son assiette. Il but un deuxième verre de calaa, pour faire passer le tout. Il termina son repas par une crème aux fruits, puis reposa sa cuillère. Il leva les yeux vers Sil, qui grignotait quelques biscuits salés en le regardant.

— Merci, marmonna-t-il.

— De rien, mec. Fallait que tu manges.

— Oui, c'est vrai. C'était excellent, très bon choix.

— Ouais, les menus sur ce vaisseau sont incroyables. Comme quoi, tu peux être une brute sanguinaire, mais apprécier ton repas.

Le rappel de la nature profonde des Gardes noirs chassa la bonne humeur d'Ilaryon. Il se renfrogna aussitôt.

— Je vais aller dormir, je crois, bougonna-t-il.

— Tu viens de te réveiller ! Accompagne-moi plutôt à la salle de sport, ça va te faire du bien.

— Écoute, Sil, tu… Tu es sympa, mais je n'en ai pas envie. Vraiment pas.

— Sois pas inquiet pour Dem. Ce type est increvable. Il va s'en sortir.

Ilaryon ne lui dit pas qu'il se moquait du sort de Dem. Il pouvait bien se faire tuer, il n'en avait rien à faire. Néanmoins, il savait qu'il était toujours en vie. La voix dans sa tête le lui avait appris, ou plutôt, le lui avait suggéré.

— J'en suis sûr, préféra-t-il répondre.

— Tu t'en fais pour Shoji ? Faut pas, mon gars. Il prendra soin d'elle. Tu la reverras.

Le jeune Yirian fronça les sourcils, tentant de comprendre l'allusion de Sil.

— Oh, je ne suis pas amoureux de Shoji, si c'est ce que tu insinues.

— Ouais, bien sûr, mon gars, répliqua l'autre avec un clin d'œil.

Ilaryon but une longue gorgée de calaa pour dissimuler son trouble. L'arrivée du reste de l'équipage du *Taïpan* le dispensa d'une réponse. Il comprenait le sous-entendu de Sil. Dans des circonstances différentes, il aurait peut-être essayé de nouer des relations avec la jeune femme. Il faillit ricaner à haute voix. L'existence normale à laquelle il avait aspiré autrefois ne l'attirait plus. Il voulait assister à la destruction de cet univers et voir tous les humains disparaître. Ils ne méritaient pas autre chose.

Le Yirian secoua doucement la tête, un rictus mauvais sur les lèvres. Shoji avait accompagné Devor Milar sur la planète mère. Il y avait peu de chance pour qu'il la revoie un jour et cela lui convenait très bien.

— Ilaryon ! s'exclama Jani Qorkvin avec chaleur. Heureuse de te voir en bonne santé.

— Bonjour, fit-il du bout des lèvres.

Le capitaine des contrebandiers était une femme splendide, grande, mince, à la silhouette avantageuse mise en valeur par une tenue suggestive. Elle aimait provoquer, jouant de sa beauté sauvage, de son regard aux yeux sombres soulignés par un trait de khôl, d'une intensité troublante. Elle savait que les gardes étaient immunisés contre ses charmes, mais paraissait s'en moquer.

— Est-ce que tu vas mieux ? insista-t-elle avec gentillesse.

— Non ! Je veux quitter ce maudit vaisseau.

— Sois patient.

Il faillit lui hurler un torrent d'insanités à la figure, tellement cette injonction le mettait hors de lui. À la place, il lui offrit un visage impassible.

— Avez-vous des nouvelles ?

— Non, aucune… Rien de rien. Serdar a un espion sur la planète mère, mais il ne s'est rien passé de particulier, à part…

Elle eut une grimace de dégoût avant d'ajouter :

— À part l'arrivée de l'*Atlas*, un cuirassé de la Coalition.

— Tellus va s'allier à la République, s'étouffa Thain.

— J'en ai peur. J'ai toujours su que cette pimbêche de Kaertan n'avait pas assez de volonté pour s'opposer à eux. Déjà, à l'époque de la rébellion, elle s'était couchée devant la Coalition.

— J'ai cru comprendre que c'était une ruse, osa Fenton Laker, son officier technicien.

— C'est ce qu'elle a dit, répliqua Jani, avec une certaine mauvaise foi. Disons que si Dem n'était pas venu lui sauver les fesses, elle aurait fait avec. Et moi, je préférerais m'arracher la peau plutôt que de frayer avec ces gens. Ils sont plus malfaisants que l'Imperium.

— Ils ne peuvent pas être pires que la République ? déclara Amina.

— Ils sont bien plus fourbes. Dans leur monde, tout marche selon un système de castes et les femmes sont des marchandises.

— C'est terrible, railla Ilaryon. Et est-ce qu'ils brûlent les gens ?

— Non, aucune religion chez eux. Leur justice est… plus subtile.

— Qu'est-ce que vous en savez ?

— Je suis née sur Ytar, dans le giron de la Coalition, alors crois-moi quand je te dis que je les connais.

— Tous les humains sont les mêmes, de toute façon. Leur seul but est de dominer les autres, c'est tout.

— Et alors ? Tu proposes quoi, mon gars ? s'agaça Thain.

— Rien. Il n'y a rien à faire, à part effacer l'ardoise et tout recommencer.

L'aîné des Rola'ma fit un pas vers lui, le visage crispé d'indignation.

— Ne perdons pas espoir, les amis, insista Jani, avant que la dispute ne s'envenime. Dem n'a jamais failli.

— Sauf quand il s'est fait descendre. Il a été envoyé à Sinfin et y a passé trois ans, ironisa le jeune Yirian avec une moue blasée.

— Oui, mais il en est sorti et se serait échappé bien plus tôt si cette pétasse de Kaertan ne lui avait pas retourné le cerveau. Ilaryon, tu promènes ta mauvaise humeur en bandoulière depuis des semaines. Tu as certes souffert, mais tu n'es pas le seul. Nous sommes tous des victimes, nous avons tous perdu des amis, des proches, de la famille. C'est ainsi. C'est la vie. Alors, cesse de jouer les gamins capricieux, grandis un peu et accepte la réalité.

Une bouffée de colère envahit le garçon avec une violence qu'il n'avait pas anticipée. Il se leva, les poings serrés si fort que ses articulations blanchirent, les mâchoires tellement contractées qu'elles lui faisaient mal. Il avait envie de hurler sa rage, sa haine. Des insultes et des menaces se bousculaient dans sa gorge.

— *Sois patient,* murmura la voix dans sa tête. *Ne te fais pas remarquer. J'ai besoin de toi auprès d'eux. Alors, reste leur camarade, sois placide et d'humeur égale. À la fin, tu seras comblé. Ils disparaîtront tous. Ce monde sera bientôt livré au renouveau.*

Les propos de son ami invisible l'apaisèrent. Les battements de son cœur se calmèrent. Il se contenta d'un sourire énigmatique avant de quitter la pièce.

Ailleurs…

Do Jholman avait cru sa dernière heure venue lorsque sa capsule de sauvetage avait été récupérée par un vaisseau hatama. La réputation de cruauté des lézards gris n'était plus à faire.

Le rayon tracteur venait de le déposer dans une soute du croiseur. Il retint son souffle. Les portes de sa capsule furent arrachées et une voix nasillarde lui intima l'ordre de sortir. Après une brève hésitation, le jeune officier s'extirpa de son siège. Avait-il le choix ? Il descendit de la navette le menton haut, l'air plus sûr de lui qu'il ne l'était réellement. Cinq non-humains le tenaient en joue et un sixième le fixait de son regard étrange. C'était la première fois qu'il voyait de près des représentants de ce peuple humanoïde à la peau gris sombre. Ils avaient un visage squameux, un nez presque inexistant, des yeux jaune intense à la pupille verticale. Le chef de groupe ouvrit sa bouche, qui ressemblait à une cicatrice boursouflée laissant apparaître des dents pointues et écartées.

— Si tu as des armes, Humain, pose-les au sol, ordonna-t-il d'une voix étrange, sifflante et chuintante.

— Je ne suis pas armé.

— Alors, suis-moi.

— Qu'allez-vous faire de moi ? demanda Do Jholman sans bouger d'un pouce. D'habitude, vous explosez les capsules de sauvetage en vol.

— Sois heureux de vivre quelques heures de plus, Humain sans honneur.

— Comment ça, sans honneur ?

— Les Hatamas ne s'échappent pas de leur vaisseau. Ils meurent avec lui.

— J'avais un ami qui disait qu'il fallait survivre pour combattre plus tard.

Le lézard gris émit un sifflement plein de mépris, puis désigna la sortie à Jholman. Ce dernier poussa un long soupir. Résister ne servirait à rien. Il se mit donc en marche. Les soldats ennemis l'encadrèrent en silence. Do jeta un coup d'œil par-dessus son épaule pour les observer, mais il était incapable de déchiffrer leur expression. Il suivit l'officier dans un couloir sombre, empli d'une atmosphère chaude et humide qui poissa son uniforme. Il perdit rapidement son sens de l'orientation dans ce labyrinthe de corridors qui se succédaient sans logique apparente.

Quelques minutes plus tard, la porte d'une cellule plongée dans l'obscurité se referma derrière lui. Le sol paraissait presque spongieux. Il leva un sourcil dégoûté, puis se dirigea vers la couchette. Il effleura l'étrange matière du bout des doigts. Il sursauta. Cela ressemblait à de l'argile humide.

— Yerk ! lança-t-il.

Malgré tout, il s'assit sur la banquette. Il cacha son visage entre ses mains, envahi par le désespoir. Il ne voyait aucune échappatoire.

Un choc violent secoua le vaisseau, puis un autre. Do se leva d'un bond sous l'effet de l'inquiétude. Il tendit l'oreille, mais n'entendit rien de particulier. Il lui sembla que le plancher vibrait sous ses pieds, mais il savait que ce n'était que son imagination.

✦✦✦

Do avait fini par s'endormir sur l'immonde couchette. L'humidité qui suintait partout s'insinuait jusqu'à ses os, mais par chance, la chaleur ambiante l'empêchait de grelotter. L'ouverture de la porte le tira d'un sommeil peuplé de cauchemars. Il s'assit, puis papillonna des yeux quand la lumière inonda la petite pièce plongée dans l'obscurité. Lorsqu'il récupéra une vision presque normale, il vit un Hatama qui se tenait devant lui. Son uniforme en rytemec rouge portait les marques du grade de capitaine. Jholman se leva en déglutissant.

— Je suis Mutaath'Vauss, capitaine du *Kyozist*.

— Commandant Do Jholman, capitaine du *Jarcar*.

— Je n'espérais pas avoir autant de chance.

— Je ne vous dirai rien de plus que ça, répliqua Do.

Le lézard gris ouvrit la bouche en émettant une étrange stridulation. Après un bref moment de peur, Do devina que l'autre venait de rire.

— Tu n'es pas ici pour être interrogé, Humain. J'ai besoin de toi pour autre chose.

— Je n'ai pas l'intention de t'aider, Hatama.

À nouveau, son interlocuteur lui montra ses dents aiguisées. Do mit quelques secondes avant de comprendre que cette grimace était un sourire.

— Tu m'aideras. Nous avons emporté la victoire. Ta flotte a été pulvérisée.

Une tristesse mêlée de terreur oppressa le cœur de Jholman. Ils avaient perdu. Les planètes proches de la frontière allaient subir le courroux des lézards gris.

— Ça ne change rien. Je ne trahirai pas les miens, contra Do avec plus d'assurance qu'il le ressentait vraiment.

— Et puis, une autre armada est arrivée, poursuivit Vauss sans paraître choqué par l'attitude de son prisonnier. La coalition Tellus. Ils sont plus aguerris que vous, les soldats de la République. Nous étions amoindris par l'affrontement précédent. Comme je le prévoyais, ils nous ont balayés aisément.

— Tellus ?

— En les voyant surgir, j'ai décidé d'enfreindre le règlement. J'ai capturé la capsule de sauvetage la plus proche et, quand le combat a tourné en notre défaveur, j'ai pris la fuite.

— Alors je suis en territoire hatama ?

Le cœur de Do se serra à cette possibilité. Il avait entendu tellement d'histoires sur la cruauté des lézards gris qu'il se savait perdu.

— Non, je me suis dirigé vers le cœur de l'espace humain.

— Pourquoi ? demanda-t-il avec incrédulité.

— Parce que notre commandement n'a pas choisi la bonne méthode. J'ai essayé de plaider pour une approche diplomatique. Ils ont refusé.

— Je ne comprends rien.

— Notre attaque était motivée par les nahashs, mais les fuir est inutile. Le kawakh a commencé. Nous devons tous nous allier pour le combattre ou la défaite sera inéluctable.

— J'ignore complètement de quoi vous parlez.

— La fin du cycle, l'aube du néant, la destruction inexorable des mondes est toujours annoncée par les nahashs, les serpents d'ombre.

Jholman ne put s'empêcher de frissonner. Il devina que le Hatama était sérieux et qu'il craignait le danger qu'il mentionnait.

— Que… Que voulez-vous de moi ?

— Que tu contactes tes chefs pour leur expliquer ! Dans le Sriath, les nahashs sont apparus et ont tout anéanti. Voilà pourquoi nous vous avons attaqués, pour fuir le plus loin possible, pour repousser l'inévitable. Au conseil de guerre, j'ai essayé de faire entendre ma voix, mais je suis trop insignifiant pour qu'on m'écoute.

— Quel était votre propos ?

— Prévenir les humains, prévenir tous les peuples, afin de trouver un moyen de les contrer. Votre pytarla est puissante, alors peut-être…

— Notre quoi ?

— Votre devin.

— Oh, Nayla.

— Tu l'appelles par son nom ? Je croyais que les humains lui donnaient le titre de Sainte Flamme.

— C'est parce que je la connais…

Do s'interrompit, comprenant qu'il venait de commettre une erreur en révélant une telle information.

— Tu la connais ? C'est bien.

— Pas suffisamment… Je…

— La menace est sérieuse, Do Jholman. Si je peux le prouver, m'aideras-tu ?

— Oui, répondit-il.

Il n'aurait su l'expliquer, mais il croyait le Hatama.

— Alors, suis-moi !

Le capitaine ajouta quelques mots dans sa langue à quelqu'un placé dans le couloir, puis fit un signe à Jholman pour l'inciter à bouger. Do laissa échapper un long soupir, puis le rejoignit.

Le docteur Leene Plaumec jeta un regard dégoûté sur l'homme qui dormait dans un fauteuil, la tête en arrière et la bouche ouverte. Il ronflait légèrement. Ses joues se creusaient à chaque respiration et les ailes de son nez pointu se collaient. Elle se détourna, un peu gênée d'observer celui avec qui elle partageait cet appartement. Uve Arey était un inquisiteur, ou plus précisément, un invisible. À l'époque de l'Imperium, ces inquisiteurs très particuliers étaient entraînés pour devenir des espions. Les invisibles œuvraient désormais pour le compte de Xaen Serdar, le chef de la Flotte noire. Arey, ce vestige de l'ancienne dictature, leur avait été imposé et elle avait beaucoup de peine à le supporter.

Elle se servit un café d'Eritum – sa petite addiction personnelle – et alla s'asseoir le plus loin possible du dormeur. Elle essaya de se concentrer sur sa lecture, mais ce roman narrant les aventures d'un colon sur une planète hostile était indigeste. Elle reposa sa tablette avec dépit, puis but une longue gorgée du liquide presque noir, amer, à l'odeur si parfumée. Cette saveur unique tapissa son palais et répandit une chaleur revigorante dans son organisme.

La porte de l'appartement s'ouvrit et une petite femme légèrement replète entra d'un pas décidé. Le stress et la fatigue marquaient ses traits, mais son visage hâlé s'illumina d'un sourire. Le cœur de Leene battit un peu plus fort à cette démonstration d'amitié. Les deux femmes avaient vécu une magnifique histoire d'amour pendant la rébellion, mais, après la victoire, la politique les avait séparées. Le médecin regrettait amèrement de n'avoir pas soutenu le point de vue de sa compagne avec plus de vigueur à l'époque. Elles s'étaient fâchées après une dispute mémorable. Mylera avait demandé sa mutation sur la base d'Alphard et, quelques mois plus tard, Leene avait été exilée sur Yiria.

Leurs retrouvailles avaient été glaciales, mais ces derniers jours, les choses semblaient s'améliorer.

— Salut ! lança Mylera. Il dort ?

— Ça s'entend, non ? ironisa Leene.

— Qu'est-ce que tu lui donnes ? Ça a l'air très efficace.

Mylera faisait allusion à la drogue que le médecin glissait dans l'alimentation de l'inquisiteur. Elle l'empêchait de lire dans les pensées et le plongeait souvent dans une somnolence bienvenue.

— Très efficace, je suis médecin après tout.

— La meilleure !

— C'est gentil, sourit Leene. As-tu des nouvelles de Dem ?

— Aucune, se renfrogna la visiteuse.

— Cela fait combien de temps ?

— Cinq jours… Je sais qu'il faut lui donner le temps de trouver un accès, mais…

Mylera haussa les épaules avec fatalisme, tentant de dissimuler son angoisse.

— Shoji paraissait connaître un moyen d'entrer, essaya de la rassurer Leene.

— Mouais, je ne suis pas convaincue. Cette histoire de dépositaire me semble bien compliquée. Enfin, j'ai confiance en Dem. Il va nous débarrasser de ce monstre. Il n'échoue jamais.

Leene grimaça pour souligner sa désapprobation. Elle refusait de défendre l'assassinat comme solution à leurs problèmes.

— Nayla n'est plus celle que nous avons connue, insista Mylera qui avait deviné son état d'esprit. Leene, nous n'avons pas le choix. Il faut en finir.

— Je haïs les agissements de la République, mais…

Son amie la fit taire en levant la main. Elle tapota sur l'écran de son handtop le sourcil froncé.

— Un problème ? demanda Leene avec une certaine inquiétude.

— Je ne sais pas… C'est bizarre. J'ai besoin de ta console.

— Vas-y ! De toute façon, ce n'est pas vraiment ma console.

— Ouais, pas faux.

Leene et Arey squattaient l'appartement d'un ami de Mylera, absent de la station pour quelques mois. Cette dernière se glissa sur le siège et accepta la communication. Elle s'étrangla de surprise avant de s'exclamer :

— Do !

Comment ça, Do ? Do Jholman ! s'étonna Leene.

— Mylera ! lança la voix du jeune homme, d'un ton soulagé. Oh, que les étoiles en soient remerciées ! Tu as répondu. Cela fait des heures que je tente de parler à quelqu'un, mais mes demandes sont toutes refusées.

— Que se passe-t-il ? Où es-tu ?

— C'est compliqué. Quoi que je te dise, je t'en prie, ne coupe pas la conversation.

— Bien sûr…

— Je suis à bord d'un vaisseau hatama.

— Quoi ! s'écria Leene en s'étranglant à moitié.

Elle se précipita pour regarder l'écran. Do Jholman n'avait pas beaucoup changé, peut-être un peu vieilli. Il était blême, avec une blessure à peine soignée sur le côté du crâne.

— Docteur ?

— Qu'est-ce que vous faites là ? Que vous est-il arrivé ? interrogea le médecin.

— Je comprends mieux le message de sécurité qui s'est affiché, marmonna Mylera entre ses dents.

— Racontez-nous, Do ! insista Plaumec.

Il acquiesça d'un léger signe de tête, puis inspira profondément.

— Mon vaisseau a été abattu pendant la bataille contre les Hatamas. Ils ont récupéré ma capsule de sauvetage. Leur attaque n'était pas ce que nous croyions. Mylera, il faut mettre Nayla au courant. Je me tourne vers toi, car je n'arrive pas à la contacter.

— Je vois, fit-elle prudemment.

— Je t'envoie un fichier. Regarde-le ! C'est important. Les Hatamas fuient ces choses et on les comprend. Elles menacent toute la galaxie.

Mylera lança la vidéo. Leene se figea en découvrant un spectacle terrifiant. Des espèces de monstres ressemblant à des serpents géants dévastaient des planètes et détruisaient les vaisseaux spatiaux qui tentaient de les combattre. Ils paraissaient impossibles à vaincre. Sans s'en rendre compte, elle serra l'épaule de son amie qui grogna sous sa poigne.

— Pardon, murmura-t-elle.

Do leur adressa un sourire d'excuse.

— Je ne m'y fais toujours pas et, pourtant, ça fait plusieurs fois que je visionne ce truc. Le capitaine Mutaath'Vauss souhaiterait parler à Nayla. Selon lui, elle est la seule à pouvoir vaincre ces nahashs, ces serpents d'ombre. Je suis certain qu'il dit la vérité. Mylera, tu dois joindre Nayla au plus vite et lui montrer ce document.

— Bien sûr, mais ce sera… compliqué. Elle est très isolée.

— Kanmen t'écoutera. Elle doit savoir.

Mylera se tendit et jeta un coup d'œil à Leene par-dessus son épaule. Elle n'eut pas besoin de parler. Les implications d'un tel appel étaient… Leene refusait d'y penser. Elle était encore bouleversée par ce qu'elle venait de voir.

— Je ferai ce qu'il faut, dit Mylera.

— Je t'ai transmis les codes pour joindre ce vaisseau.

— Do, comment allez-vous ? intervint le médecin. Êtes-vous en danger ?

— Je suis bien traité, mais faites vite, je vous en prie.

Leene acquiesça d'un signe de tête. Il répondit de même, puis la communication fut coupée. Les deux femmes échangèrent un long regard, encore stupéfaites par ce qu'elles venaient d'entendre.

— Bordel ! jura Mylera. Bordel de bordel !

— Oui… Comment allons-nous…

— C'est impossible, Leene. Et puis, je ne crois pas que Nayla puisse faire quoi que ce soit.

— N'est-ce pas la menace dont elle parlait ?

— Peut-être, mais c'est trop tard, s'entêta Mylera. Elle est passée de l'autre côté. Je n'ai pas confiance en elle.

— Nous pourrions contacter Kanmen ou…

— Tu délires ! s'énerva son amie. Premièrement, il ne pourra rien faire contre ce qu'on vient de voir et…

— Mais il pourrait préparer la République à…

— Ce sont des monstres, tout comme elle, s'écria Mylera, le regard étincelant. Le pire, c'est que nous en avions eu un aperçu à bord du Vengeur. Rappelle-toi ! Le mysticisme de Nardo me mettait déjà hors de moi. Je ne voulais pas participer à tout ça.

— J'ai pris conscience de l'ampleur de la situation beaucoup trop tard. J'ai eu tort.

— Nous sommes tous coupables, grommela Mylera.

— Tu as sans doute raison.

Elle agrippa sa nuque à deux mains, pour masser la tension dans ses muscles.

— Et maintenant ?

— Je ne sais pas, Leene. Il faut envisager de quitter Alphard le plus vite possible.

— Donnons encore du temps à Dem.

Mylera se caressa le menton, puis leva les sourcils. Leene, qui la connaissait bien, savait que derrière ses beaux yeux bruns, elle réfléchissait à leurs options.

— Deux ou trois jours, pas davantage, finit-elle par dire. Le danger est trop présent. Je le sens dans mes os.

— Il va falloir trouver un vaisseau. Le cargo dans lequel nous sommes arrivés ne nous emmènera pas très loin.

— Je confirme, ricana la technicienne. J'ai ordonné qu'il soit démantelé après la disparition de ses propriétaires. Les quais n'ont pas vocation à devenir des cimetières de poubelles volantes.

— Tu as fait quoi ?

— C'est ce que j'aurais fait dans de pareilles circonstances. Il aurait été étrange que je ne prenne pas cette décision. Et puis, comme tu l'as dit, il ne nous aurait pas servi à grand-chose.

— Donc ? Que faisons-nous ?

— J'ai peut-être une solution de rechange. Un vaisseau qui… Je ne veux pas te donner de faux espoirs.

Elle ponctua son petit discours d'une moue destinée à se faire pardonner.

— Ne t'en fais pas. La vie m'a appris à ne pas trop planifier, parce que les événements ne tournent jamais comme on veut.

— C'est vrai. Et puis… Où irons-nous, Leene ? Tu te vois jouer les fuyards jusqu'à la fin de ta vie ?

— Avant de partir, Dem nous a suggéré de rejoindre Serdar.

— Es-tu sûre que ce soit une bonne idée ? Ce sont des Gardes noirs !

— Oui, ce sont des gardes, je le sais bien, mais où irions-nous sinon ? Toi comme moi, nous ne sommes pas des aventurières. Nous serons vite recherchées. Nous ne serons en sécurité nulle part, alors… Alors, si Dem a confiance en Serdar, eh bien soit, faisons ça ! conclut-elle avec énergie.

— Je ne sais pas trop. Il faut que j'y réfléchisse. Et lui ? ajouta-t-elle en désignant Arey.

— Il va falloir le réveiller et tout lui expliquer.

— On pourrait aussi l'achever.

Leene leva un sourcil agacé qui fit rire son ancienne compagne.

— Très drôle, marmonna-t-elle.

— Je te laisse t'en charger, répondit Mylera avec un sourire en coin. En attendant, ne t'inquiète pas.

— Il nous faut un vaisseau, grogna Leene.

— J'ai déjà une idée. Il faut toujours préparer une porte de sortie, comme dirait Dem.

— J'ai confiance en toi. À tout à l'heure.

Ailleurs…

Mylera rejoignit son bureau en musardant. Elle était si plongée dans ses pensées qu'elle rata un embranchement et s'égara dans un autre module. Elle leva les yeux et tenta de se repérer, le front plissé par l'inquiétude.

— Et zut ! lança-t-elle au mur en métal.

Elle fit encore deux ou trois pas, puis s'arrêta brutalement. Elle se mit à haleter avec difficulté, en proie à une crise de panique. Les révélations de Jholman ajoutaient un poids supplémentaire sur ses épaules. Mylera n'avait rien d'une héroïne. Elle s'était retrouvée entraînée dans cette rébellion sans vraiment l'avoir voulu. Elle aurait préféré assister à ces événements historiques de loin. Elle expira longuement, mais cela ne calma pas les battements de son cœur. Leene avait tort. Rester trop longtemps sur Alphard était stupide. Il fallait fuir au plus vite. *Et ce n'est pas en pleurnichant dans ce couloir que j'y parviendrai, c'est certain*, se dit-elle, avant de faire demi-tour.

Quelques minutes plus tard, Mylera entra dans son bureau de ce pas rapide qui la caractérisait. Elle avait encore pris du retard dans son travail et ce n'était pas le moment d'attirer l'attention par un comportement laxiste. Elle avait le nez baissé vers son handtop, absolument concentrée sur les nombreux messages qui attendaient son approbation. Elle valida une demande de matériel, puis afficha le message suivant. Quelque chose capta son regard. Elle leva les yeux et se figea en découvrant les deux hommes dans la pièce. Elle ne les avait pas remarqués en entrant. *Je devrais perdre cette maudite habitude de me fermer au monde extérieur quand je travaille*, se dit-elle.

L'un des deux visiteurs était un Guerrier Saint, mais l'autre était vêtu d'un élégant costume bleu nuit. Il darda sur elle un regard glacial, puis une ébauche de sourire orna ses lèvres minces. Sans savoir pourquoi, ce rictus lui fit froid dans le dos. Et puis, elle avait l'impression de connaître ce type, sans jamais l'avoir rencontré.

— Mylera Nlatan, susurra l'inconnu d'une voix douce et sans accent qui, elle aussi, lui rappelait quelque chose.

— Qui êtes-vous ? Qu'est-ce que vous voulez ?

Un frisson courut le long de son échine. Elle jeta un coup d'œil nerveux par-dessus son épaule et vit que deux autres soldats venaient de lui couper toute retraite.

— Symmon Leffher, enquêteur extraordinaire de la République sous les ordres directs du chancelier, se présenta l'homme.

— C'est censé m'effrayer ?

Elle jouait les fanfaronnes, mais elle était terrifiée. Elle espérait qu'il ne s'en rendrait pas compte.

— Cela devrait. Vous avez des choses à avouer, Nlatan.

Elle fit une moue dédaigneuse, alors que la peur s'insinuait en elle. En essayant de demeurer impassible, elle pressa sur son handtop une commande prédéfinie. *Pourvu que Leene reçoive ce message d'alerte*, se dit-elle. *Je n'ai aucun moyen de vérifier qu'il a bien été envoyé.*

— Oui, peut-être…, admit-elle d'un ton goguenard. J'abuse du moyano et ça se voit sur mes hanches. Je suis gourmande, je n'y peux rien.

L'un des guerriers laissa échapper un petit rire, mais l'enquêteur n'esquissa pas même un sourire.

— Faire des mots d'esprit ne vous sauvera pas.

— Vous commencez à m'agacer, s'énerva-t-elle. J'ai des tonnes de travail, alors crachez le morceau et laissez-moi bosser.

— Très bien, allons à l'essentiel. Vous avez aidé Milar.

— Dem ? Bien sûr et tout le monde le sait. J'étais avec lui au tout début de la rébellion. Pour tout dire, j'étais avec lui avant même que cette foutue rébellion existe.

— Je veux dire : récemment. Vous lui avez permis de rejoindre la planète mère, il y a quelques jours à peine.

— Vous délirez ! Dois-je vous apprendre que Dem est mort ? Je le pleure chaque jour.

— Il est très vivant, au contraire, et il est venu vous voir, ici, sur Alphard.

— C'est ridicule, ricana-t-elle. Je ne crois pas aux fantômes.

— C'est amusant que vous parliez de fantôme. Je sais tout, Nlatan. Nous avons trouvé le Lucane accroché à l'escorteur. Deux X25 ont disparu de vos stocks. Qui était avec lui ? Qorkvin ?

— Jani ? Je ne l'ai pas vue depuis des années. Elle doit être morte.

— Pas encore, non. Qorkvin, donc.

— Vous vous faites des idées, mon vieux. Vous n'avez aucune preuve. Par contre, savoir qu'un petit malin me vole des marchandises m'intéresse. Je vais lancer une enquête au plus vite.

— Un vaisseau, avec un Dramcaï à bord, s'est accroché à cette base, il y a quelques jours.

— Un Dramcaï ? Je ne vois pas le rapport.

— Milar se cache sous ce déguisement.

— Vous m'en direz tant. Donc, je résume. Un Dramcaï s'est montré plus doué que vos gars, et vous en déduisez qu'il s'agit de Dem revenu d'entre les morts. Ridicule.

— Ma patience a des limites, Nlatan. Il y avait trois personnes avec le Dramcaï. Cela veut dire qu'il en reste deux sur Alphard. Ces gens ne sont pas dans vos quartiers, alors où sont-ils ?

Elle se contenta de hausser les épaules, mais son cœur battait la chamade. *Je suis foutue. Je vais finir en cendre dans ce feu blanc de merde. J'espère que Leene s'en sortira.*

— Vous allez aussi me donner les noms de tous vos complices, ici et sur la planète mère. Je veux savoir où se cache Milar.

Mylera éclata de rire. Elle était consciente qu'il sonnait faux, mais elle avait besoin de libérer la tension.

— Leffher…, murmura-t-elle, soudain frappée par une évidence. Comme Marthyn Leffher ?

— Mon frère, répliqua l'autre sèchement.

— Je vous crois. Vous avez la même tête de cul.

— L'insulte ne vous sauvera pas. Je vous laisse une dernière chance, avant d'user de moyens plus… invasifs.

— Je ne sais rien, alors…

— Saisissez-la ! ordonna Leffher.

Dans le sillage de l'Espoir, la galaxie est purifiée, les sbires de ce faux Dieu sont éliminés, les marques de la religion détruites, les mondes libérés. La flamme nous attire pour combattre à ses côtés.

Déclarations de la Lumière

Nayla prit une profonde inspiration, puis jeta un dernier regard dans le miroir. Son reflet avait quelque chose d'effrayant. Elle était trop blafarde, trop maigre, trop fatiguée. Elle n'était pas en mesure d'intimider qui que ce soit. Dem apparut derrière elle et la saisit par les épaules.

— Tu es très bien.

— C'est une très mauvaise idée, murmura-t-elle.

— Tu seras parfaite. Je n'ai aucune inquiétude.

— Non, bien sûr… Je vais juste être ridicule, maugréa-t-elle.

— Je serai tout près.

— Je sais, mais tu ne pourras pas intervenir.

— Ce serait amusant.

Elle laissa échapper un petit rire, avant de lâcher :

— Oui, j'adorerais voir leur tête.

— Ils ne vont pas tarder, dit-il en frôlant son bras.

Nayla se retourna et lui fit face. Son visage abîmé la blessa comme chaque fois qu'elle posait son regard sur lui. Elle réussit à maîtriser ses larmes et eut soudain très envie qu'il l'embrasse. Depuis leurs retrouvailles, Dem demeurait distant et elle n'en comprenait pas la raison. Était-il toujours fâché contre elle ou était-ce elle qui le repoussait sans s'en rendre compte ? Elle tendit son esprit vers lui, mais s'arrêta devant la porte qui le défendait. Non, elle ne voulait pas forcer son intimité. Un sourire triste erra sur les lèvres de Dem, ce qui la fit frissonner. Il leva la main et lui effleura délicatement la joue.

— Il est l'heure, précisa-t-il.

Elle acquiesça, la gorge serrée. Elle détourna le regard pour qu'il ne remarque pas ses yeux brillants. Elle franchit rapidement les tentures de sa chambre. À la dernière minute, elle retint le rideau et se retourna pour chercher du soutien dans le regard de Dem. Elle y lut de la confiance et de la détermination. Cela lui fit du bien. À regret, elle laissa retomber le tissu. C'était à elle de jouer !

Une longue table avait été installée dans le prolongement de l'alcôve. Plus tard, d'autres tentures viendraient la dissimuler, mais pour le moment, elle trônait là, meuble incongru dans l'immense pièce. Nayla se dirigea vers le fauteuil à haut dossier placé à l'extrémité la plus proche de sa chambre. Elle posa une main sur le bois, qu'elle caressa pour mieux apprécier la douceur du grain.

La porte s'ouvrit et Kanmen entra, suivi par les membres du conseil. Certains jetaient des coups d'œil furtifs vers la déchirure, d'autres vers le trône. La plupart évitaient de la regarder. Le chancelier, quant à lui, peinait à masquer sa confusion. Elle en tira de la force. Olman Nardo la salua avec un sourire chaleureux. Il était sans doute l'un des rares à soutenir son initiative. De son point de vue, tenir cette réunion sous l'égide de la Sainte Flamme renforçait son pouvoir religieux. Cet idiot sanguinaire ne tarderait pas à déchanter. Leffher fixait le sol, le visage creusé et livide. L'ouverture vers Yggdrasil le troublait. Elle en tira une certaine satisfaction.

Elle attendit que tous s'installent selon leur ordre habituel. Kanmen, à l'autre bout de la table, la dévisagea un instant, puis s'assit. Elle les observa encore quelques secondes avant de prendre place sur son fauteuil.

— Je vous remercie de votre venue, déclara-t-elle d'une voix qu'elle espérait forte. Les menaces se multiplient pour notre jeune République et, je l'admets, j'ai été un peu trop absente. Ceux qui me connaissent bien savent combien la connexion à Yggdrasil me consume.

— Nous te bénissons pour tes sacrifices, Sainte Flamme, clama Nardo, le Porteur de Lumière.

— Tu parleras quand je t'accorderai la parole, répliqua-t-elle si durement qu'il recula, comme si elle l'avait frappé. Comme je le disais, je suis restée trop loin du monde pendant trop longtemps. C'est terminé ! À partir d'aujourd'hui, je vais m'impliquer. Ce conseil se tiendra désormais en ma présence. Quelqu'un a-t-il une objection ?

Pendant un moment qui lui parut interminable, personne ne parla. Quelqu'un se racla discrètement la gorge. Elle remarqua deux ou trois conseillers qui fixaient la table avec intensité, comme s'ils cherchaient un défaut qui n'existait pas.

— Si je puis me permettre, Sainte Flamme, commença Owen Craeme, le chef de la police. Venir jusqu'ici à chaque problème risque de nuire à notre efficacité.

— Parce que vous avez été efficace ? riposta-t-elle sans réfléchir. Dois-je résumer la situation ? La Flotte noire vous botte les fesses chaque fois qu'elle le peut. Vous n'avez pas été foutus d'anticiper et de vous préparer à l'invasion des Hatamas. Vous avez été tellement performants que je dois me vendre à Tellus pour repousser les non-humains. Je ne parle pas de ces attentats contre nos intérêts pratiqués par des… Comment dites-vous ? Des fantômes ?

Elle avait choisi d'user d'un langage un peu vulgaire pour mieux les bousculer. Elle savoura le trouble de ces traîtres.

— Ce sont des terroristes, Sainte Flamme, grogna Jym Garal, le commandant des Guerriers Saints.

— Et cela vous empêche de les traquer ?

— Non, mais tu le sais, il est difficile de trouver des terroristes qui se cachent dans la population.

— Il est sans doute plus facile de les appeler des terroristes pour mieux dissimuler votre incompétence.

— Mais ce sont des terroristes, s'étrangla Craeme.

— Vraiment ? Je crois, au contraire, que ces combattants sont le symptôme d'une maladie plus grave. Nous avons lutté pour renverser l'Imperium qui nous asservissait et qu'avons-nous offert à ceux que nous avons libérés ? Plus de bonheur ? Plus d'indépendance ? Je n'en suis pas certaine.

— Que veux-tu dire, Sainte Flamme ? s'étrangla Nardo.

— Estimes-tu que brûler vifs ceux qui ne pensent pas comme toi soit une bonne chose ?

Elle faillit sourire tandis que ces mots faisaient leur chemin dans l'esprit des conseillers.

— Vous avez tenté de me dissimuler vos agissements. Vous avez mis en place une croyance mortifère et, ce faisant, vous m'avez désobéi. Je vous avais expressément interdit d'imposer cette religion de la Lumière, mais vous m'avez trahie et menti.

— Devons-nous comprendre que vous soutenez les terroristes du Maquis ? intervint Athald Anders, le chef des interrogateurs.

Elle le fixa avec tout le dédain dont elle était capable.

— Si je n'étais pas enfermée ici, si vous n'aviez pas fait de moi une oriflamme pour dicter votre volonté, je ferais certainement partie de ces terroristes, comme vous dites.

Un murmure sourd résonna dans la pièce. En face d'elle, Kanmen était livide. Nardo la fixait d'un regard écarquillé, à la limite de l'apoplexie.

— Je remarque que certains ne comprennent pas mon propos, je vais donc être plus claire. Je vous conseille de m'écouter avec attention. Premièrement, vous ne pouvez rien me cacher. Je vois le passé, le futur et également le présent. Deuxièmement, j'ordonne que cette maudite religion que vous avez mise en place n'ait plus aucun rôle politique. J'interdis les exécutions arbitraires. Je suis consciente qu'on ne peut pas empêcher les gens de croire, mais je ne veux pas qu'on les y oblige. Les messagers n'auront plus de pouvoir décisionnaire sur les mondes. Ils resteront dans leur chapelle et accueilleront ceux qui désirent s'y rendre. Les Guerriers Saints se contenteront d'un rôle de protection des prêtres. L'application de la loi revient à la police et la défense est la mission de l'armée régulière.

— Mais, Sainte Flamme…, commença Nardo.

Il était temps d'assener le coup de grâce.

— Et troisièmement, je ne veux plus entendre ce titre, cracha-t-elle en détachant chaque mot. Je ne suis pas la Sainte Flamme. Je suis Nayla Kaertan, dirigeante de cette République. Ne faites pas de moi une figure religieuse. Je ne l'ai jamais voulu. Honte à vous d'avoir permis cela.

— Mais comment…, essaya à nouveau Nardo.

Elle se redressa, le dos droit et ses pupilles brûlant de rage. Les mains à plat sur la table, elle ignora sciemment Olman. À la place, elle se concentra sur Kanmen Giltan, qu'elle dévisagea suffisamment longtemps pour qu'il baisse les yeux. Elle ne put maîtriser une moue de dégoût.

— Envoyez vos ordres rapidement. Nous sommes une République, pas une théocratie. Est-ce clair, Chancelier ?

— Oui, Nayla, marmonna-t-il.

— Parfait ! Maintenant, commençons le travail. Je veux un point sur les attaques du Maquis, sur la Flotte noire et surtout, je veux savoir ce qui se passe sur le front hatama. Craeme, le Maquis ?

— Euh, Sainte… Nayla, corrigea-t-il. Ce n'est… Les Guerriers Saints se chargent de la capture de ces terroristes, avec l'aide des forces spéciales.

— Kanmen, les forces spéciales te rendent directement compte. Je t'écoute.

— Euh… Comme je te le disais, Noler traque la Flotte noire.

— En quoi cela concerne le Maquis ?

— Euh… Eh bien… Noler poursuivait l'un des chefs du Maquis et, selon lui, cet homme aurait rejoint la Flotte noire.

Nayla demeurait impassible, mais elle brûlait d'envoyer ce traître voler à l'autre bout de la pièce. *Il parle de Dem en toute connaissance de cause !* s'insurgea-t-elle. *Tu mériterais que je t'envoie pourrir sur Sinfin.*

— Est-ce que tu suggères que les Gardes noirs sont à l'initiative de ce groupe ? demanda-t-elle d'une voix égale.

— Je… Je ne sais pas, Nayla. Il ne faut rien négliger. Quand Noler aura…

— Je t'ai ordonné de rappeler Noler, contra-t-elle.

— Comment ça ? s'étrangla Mildra Hompson, le général en chef. Le Miséricorde est assez puissant pour exploser ce maudit Vengeur. Il faut saisir cette opportunité.

— Et moi, je vous ordonne de laisser filer la Flotte noire. Votre Miséricorde va patienter et Noler va revenir sur cette planète pour rendre compte.

— Mais pourquoi ? s'indigna la femme.

— Parce que je le dis, Général !

La militaire se figea sans oser répliquer.

— Il sera fait selon ta volonté, dit Kanmen sur un ton d'apaisement.

— En attendant, vous n'avez pas répondu à mes interrogations sur le Maquis. Garal ?

— Ben, je… Nous avons encaissé plusieurs attaques. Encore quatre aujourd'hui. Des messagers et des guerriers ont été assassinés. Les terroristes capturés se suicident pour ne pas être interrogés. On en a tout de même appréhendé quelques-uns, mais ils ne parlent pas et, quand ils le font, la piste s'arrête très vite. Ils sembleraient qu'ils fonctionnent selon un schéma de cellules indépendantes, ce qui rend leur traque très difficile.

— Je vois. Que proposes-tu ?

— Ben, j'sais pas trop.

— Certaines méthodes ont fait leurs preuves, Nayla, intervint Leffher de sa voix douce.

— Je t'écoute, se força-t-elle à répondre, car son seul souhait était d'étrangler ce maudit espion tellusien.

— Il faut prendre des otages. Il faut menacer de tuer des dizaines de personnes, choisies au hasard, si les coupables ne se rendent pas.

— Ouais, c'est une bonne idée, s'enthousiasma Garal.

— Certainement pas !

— Nayla, il faut…

— J'ai dit non ! Je refuse qu'on se comporte comme l'Imperium ou la fédération Tellus, ajouta-t-elle, sans quitter le diplomate des yeux.

Leffher resta impassible, parfaitement illisible. Elle ne captait rien venant de lui.

— Dans ce cas, poursuivit-il, nous pouvons essayer de placer des espions dans ces cellules terroristes, mais si Craeme a raison, ce sera inutile.

— Explique-toi.

— Le fondateur de ce mouvement semble intelligent. Il a coupé les liens entre chaque groupe. Ils sont tous autonomes.

Nayla contrôla un sourire narquois. *L'organisateur du Maquis est bien plus intelligent que toi, espèce de crapaud*, se dit-elle en serrant le poing sous la table.

— Je vois, déclara-t-elle avec calme. Je vais y réfléchir. Les Hatamas, Général ?

— Notre flotte a été presque détruite, Sain… Euh, Nayla. Ils étaient trop nombreux, tenta de se justifier Mildra Hompson.

— Ou l'armée est dirigée par des incompétents ? Dois-je vous rappeler que nous avons battu l'Imperium avec, au début, un unique Vengeur ?

— Non, mais…

— …mais nous avions un général hors normes qui nous manque terriblement, n'est-ce pas, Chancelier ?

Elle n'avait pu s'empêcher de le provoquer. Elle vit son ancien ami blêmir, puis le regard de l'Oliman se porta sur Garal, et sur Leffher. *Merci, Kanmen, je connais mes vrais ennemis,* songea-t-elle avec aigreur.

— Certainement, Nayla, réussit-il à dire.

— Continuez, Général.

— L'armada de Tellus est arrivée à temps pour repousser les lézards gris. En fait, les vaisseaux de la Coalition les ont même laminés. Les épaves de leurs bâtiments flottent un peu partout sur la frontière. Les survivants se sont échappés, mais nous sommes victorieux.

— La coalition Tellus est victorieuse, contra Nayla. Ce qui m'amène à la présence de leur vaisseau en orbite. Où en sommes-nous, Leffher ?

— Ils sont satisfaits de l'accueil qui leur a été réservé, pour le moment, répondit le diplomate d'un ton cauteleux, sans paraître intimidé par son humeur. Des contacts protocolaires sont en cours, afin de déterminer la place qu'ils prendront dans le prochain gouvernement. Ils attendent également que tu reçoives officiellement Haram Ar Tellus, ton futur époux.

— Comment ça, la place dans le gouvernement ? s'étrangla Kanmen.

— Elle sera discrète, mais elle sera, Chancelier. Ils ne vont pas nous aider uniquement pour faire de la figuration. L'Hégémon a accepté de ne pas régner, de n'être qu'un… Quelle est cette vieille expression déjà ? Oui, c'est ça : un prince consort. Cependant, il voudra avoir son mot à dire.

— Nous verrons, Leffher, déclara Nayla avec froideur. Et à l'avenir, rappelez-vous que vous êtes au service de la République et pas le diplomate de la Coalition.

Debout derrière le rideau noir qui dissimulait la chambre de Nayla, Devor Milar rongeait son frein. Il aurait aimé surgir au milieu de ce conseil et planter sa lame dans le cœur de Marthyn Leffher. Il l'aurait regardé mourir avec joie. Il se serait nourri de la terreur de Giltan. Garal aurait peut-être tenté quelque chose et Dem l'aurait égorgé.

Pourtant, il demeurait immobile, silencieux et attentif. Il était fier de Nayla. Elle avait évolué et grandi, tenant tête à ces crétins, les manipulant, les rabrouant avec l'autorité d'un meneur. Aucun n'avait l'envergure nécessaire pour l'affronter, à part Leffher. À distance, en se fiant uniquement à sa voix et à ses manières onctueuses, l'évidence de sa réelle affiliation se faisait jour. Il appartenait à Tellus, sans aucun doute. Il était certainement haut placé dans la hiérarchie des maîtres-espions de cette Coalition perverse. Marthyn Leffher… Il se remémora ses cours d'Histoire sur la Fédération. Il entendit presque la voix enregistrée qui débitait les informations sur des images d'archives. Il pouvait sentir la respiration de ses condisciples sur sa nuque, la présence de Nako près de lui…

Avila Dar Niyali, grand diplomate : une femme mince et très grande, aux longs cheveux roux.

Darlan Dar Merador, grand général : un homme à la haute stature, imposant et musclé. Un homme d'action au regard bleu et froid.

Marthyn Dar Khaman, grand espion : un homme banal, de taille moyenne, aux cheveux bruns. Un de ces hommes qu'on oublie très vite.

— Bordel ! siffla-t-il entre ses dents.

Marthyn Dar Khaman ! Cette holophotographie prise de loin montrait un homme ressemblant étrangement à celui assis à cette table, de l'autre côté de la tenture. Certes, il avait vu cette image dans son enfance, mais sa mémoire était infaillible. Marthyn Leffher était un Decem Nobilis. Cette information n'avait pas de prix.

— Bien sûr, Nayla Kaertan, susurra le diplomate. Je suis à votre service, vous le savez bien.

— Voilà une nouvelle rassurante, ironisa la jeune femme. Tu transmettras à Haram Ar Tellus mon invitation pour ce soir, en fin de journée.

— Si tôt ? s'étrangla l'autre. Voyez-vous, Nayla, en diplomatie il faut faire les choses plus…

— Ce soir, Leffher ! Je décide et tu exécutes.

— Nayla, peut-être devrais-tu écouter les conseils de Marthyn, commença Kanmen. Il est au courant des pratiques dans ce genre de cas. Nous…

— Je le verrai ce soir ou ils peuvent repartir.

— Vous ne pouvez pas faire ça, Nayla, s'étrangla l'espion. Un accord a été signé et…

— Ils nous ont débarrassés des Hatamas. Nous n'avons plus besoin d'eux, alors s'ils souhaitent continuer cette alliance qui me donne envie de vomir, Tellus me rendra visite ce soir. Et maintenant, la séance est levée. Nardo, je veux ton rapport sur la mise en place du retrait de tes messagers au plus vite. Vous pouvez disposer.

Elle ponctua son dernier ordre en se levant et en dardant sur l'assemblée un regard autoritaire. Dans un fracas de chaises crissant sur le galatre et de bruits de pas, les conseillers se dirigèrent vers la sortie. Dem allait entrouvrir les rideaux lorsqu'il entendit quelqu'un se racler la gorge.

— Nayla, puis-je te parler ?

— Non, Olman. Je ne reviendrai pas sur ma décision. Tu m'as menti.

— Non, je… J'ai peut-être fait preuve de zèle, mais j'ai tellement foi en toi.

— Dehors ! cracha-t-elle avec lassitude.

— Je… Très bien, répondit le Porteur de Lumière avec un trémolo dans la voix.

Milar l'entendit s'éloigner d'un pas lourd.

Ailleurs…

Le premier diplomate Marthyn Leffher était remonté de la salle du trône en dissimulant son agacement et une certaine inquiétude, même s'il ne l'aurait jamais avoué. La transformation de Nayla Kaertan était phénoménale. Quelques semaines plus tôt, lorsqu'il lui avait rendu compte de sa médiation auprès de la coalition Tellus, elle lui avait semblé éteinte, sans volonté, facilement manipulable. Aujourd'hui, elle s'était montrée incisive, intelligente et, pendant un instant, il avait eu l'impression qu'elle avait découvert sa réelle identité. Elle avait déjà percé le secret des Decem Nobilis qui se clonaient pour perdurer à travers les siècles. Il soupira. Si sa couverture d'espion de Tellus était révélée, sa vie serait en danger et, pire, l'avenir de la fédération Tellus serait compromis.

Il grimaça, hésitant comme rarement au cours de sa longue existence. Devait-il rendre compte à l'Hégémon ? Sa position au sein de la République serait en péril. Il repoussa cette possibilité. Il devait d'abord mettre les choses au point avec Giltan. Cet abruti de chancelier devait bien avoir une idée de ce qui se tramait.

Il pénétra dans le bureau de Kanmen Giltan sans attendre l'aval de son occupant. Il s'y trouvait en grande discussion avec Garal et Nardo, ses plus anciens camarades. Leffher dissimula son mépris derrière un visage impassible.

— Leffher, vous vous accordez des droits que…

— J'ai besoin de vous parler. Que se passe-t-il avec Nayla Kaertan ?

— On dit la Sainte Flamme, grogna le Porteur de Lumière.

— Mon cher Olman, elle nous a interdit de la nommer ainsi. Je l'ai parfaitement entendue et vous aussi.

— Elle n'était pas elle-même, protesta le religieux.

— Vous pourriez en témoigner ? s'enquit-il en envisageant un moyen de la manœuvrer. Pourriez-vous jurer devant le conseil qu'elle est sous influence, qu'elle ne sait plus ce qu'elle dit, qu'elle n'est plus fiable et que…

— Elle est la Sainte Flamme, s'exclama Nardo. Je ne vais pas parler contre elle, si c'est ce que vous espérez.

— C'est la République qui prime, mon garçon.

— Je suis le Porteur de Lumière, pas votre garçon ! Et c'est elle qui est importante, c'est elle qui est la lumière éclairant le monde.

— Calmez-vous, tous les deux, intervint Kanmen. Nayla est notre dirigeante naturelle.

— En êtes-vous certain ? suggéra Leffher de sa voix douce.

— Qu'osez-vous dire ? s'étrangla Nardo.

— Nayla Kaertan est très importante pour la République, je ne le nie aucunement. Elle est un grand prophète, sans doute l'une des plus puissantes ayant jamais existé.

— Elle est plus que cela. Elle a détruit Tanatos.

— Elle n'aurait pu réussir cet exploit seule. Nous avons tous participé. Nous avons versé notre sang, perdu des amis en route.

— J'étais là. De très chers camarades sont morts pendant la rébellion, répliqua Nardo d'une voix plaintive. Ce jour-là, ce fut une hécatombe, mais une hécatombe nécessaire. Il fallait conduire la Sainte Flamme dans le temple. Et… Et Dem a sacrifié…

— Comme d'autres, coupa Leffher. Réjouissons-nous de son décès. Il aurait été très encombrant au sein de notre République.

— Comment osez-vous dire ça ? gronda le Porteur de Lumière. Vous n'auriez pas les tripes de le répéter à Nayla.

Leffher ne put contenir un sourire méprisant. Il chassa la réplique de Nardo d'un geste de la main.

— Inutile, je suis certain qu'elle le sait déjà. Comme je le disais, elle a renversé Tanatos et ce fut une performance, je le concède aisément. Cependant, qu'a-t-elle accompli durant ces trois dernières années ? Rien ! Nous avons œuvré pour créer la République. Le chancelier a travaillé jour et nuit pour organiser et sécuriser les centaines de planètes sous notre direction. Il a fallu faire des choix. Vous, mon cher Olman, vous avez développé et promu votre religion, outil indispensable pour détruire le culte à l'ancien Dieu.

— La religion de la Lumière n'est pas un outil.

Ce lourdaud de prêtre était rouge de colère, ce qui l'amusa. Ces keityrs, ces rustres, étaient si facilement manipulables.

— Mais bien sûr que si, contra Leffher avec calme. Les religions sont des instruments de contrôle de la population depuis la nuit des temps. Elles peuvent être pratiques, même si…

Il s'interrompit. Dans le feu de l'argumentation, il avait failli dire : même si nous ne les avons jamais utilisées, car trop dangereux. Le « nous » désignait, bien évidemment, la fédération Tellus.

— Même si elles sont difficiles à manier, conclut-il sous le regard noir de Nardo. Nous avons combattu les mécontents, la Flotte noire, les Hatamas. Et Nayla, qu'a-t-elle fait ?

— Ses renseignements…

— Ils sont parfois utiles, mais souvent parcellaires. Elle s'est détachée du monde. Elle s'est épuisée, vous l'avez dit vous-même, mon cher Olman. Elle a même refusé de faire ce qui était nécessaire pour retrouver de la vigueur.

— Elle sait ce qui doit être fait, s'entêta le Porteur de Lumière, sous le regard inquiet de Giltan et Garal.

— Peut-être, peut-être pas… Sa vitalité soudaine me préoccupe, je dois l'avouer. Qu'elle renonce à cette religion n'est pas une mauvaise décision en soi, car, comme je l'ai toujours dit, cet outil est à manipuler avec délicatesse. Mais qu'elle le fasse maintenant est une erreur.

— Vous ne pouvez pas…

— Ça suffit, Olman ! intervint Kanmen. Il n'a pas tort. Pourquoi se comporte-t-elle ainsi ?

— Tu devrais te réjouir qu'elle redevienne elle-même ! accusa Nardo.

— J'en suis heureux, mais cela m'inquiète.

— Et alors ? Qu'imaginez-vous faire ? Désobéir à ses ordres, alors que tout le conseil les a entendus ?

— Nous allons rester attentifs. En attendant, Leffher, contactez les Tellusiens pour leur signifier l'invitation de Nayla.

Marthyn hésita un très bref instant, avant d'acquiescer d'un signe de tête. Il avait semé une graine de défiance qui germerait doucement. Et un jour, ils accepteraient la relégation de la jeune femme à la position qui devrait être la sienne, sans rechigner. Kaertan n'était qu'un prophète et devait être traitée comme tel. Cette engeance devrait être enfermée à double tour, sans accès au pouvoir politique.

Vous ne pouvez rien me cacher. Je vois le passé, le futur et également le présent.

Déclarations de la Sainte Flamme

Leene Plaumec sursauta lorsque son handtop émit un bip aigu. Une seule personne pouvait lui envoyer un message. Si Mylera prenait ce risque, il n'y avait qu'une explication. Avec appréhension, elle pressa la touche d'affichage. Sur l'écran s'écrivit un mot unique : *fuis !* Il était accompagné d'un schéma de la base Alphard et d'un parcours à suivre. Le médecin grimaça en se tournant vers l'inquisiteur qui ronflait doucement. Un instant, elle envisagea de le laisser là. Elle le détestait pour ce qu'il était, ce qu'il représentait. Pourtant, si elle faisait abstraction de sa mauvaise foi, Leene devait admettre que l'homme n'était pas si désagréable.

Avec un grognement résigné, elle administra au dormeur une dose de retil 1. Arey frissonna, puis s'éveilla avec un regard de grenouille éblouie.

— Qu'est-ce qui…, commença-t-il dans un souffle affolé.

— Il faut partir ! Maintenant !

— Quoi ? marmonna-t-il.

Il plissa des yeux encore vitreux, cherchant à recouvrer ses esprits.

— Mylera nous a envoyé un message d'alerte. Il faut filer.

Cela acheva de le réveiller. Il se redressa et se leva d'un bond. Il fit un pas, puis chancela sous l'influence conjuguée de la drogue administrée et du retil.

— Je ne sais pas ce qu'il m'arrive, bafouilla-t-il.

— Dépêchez-vous ! répliqua Leene en se hâtant vers sa propre chambre.

Ils revinrent vers le salon quelques minutes plus tard, habillés, avec un havresac contenant de la nourriture et quelques vêtements de rechange. Leene glissa un pistolet lywar sous sa veste. Arey fit de même. Elle enfila également un long manteau destiné à dissimuler son uniforme de médecin de la République. Elle jeta un dernier regard à l'appartement, prête à le quitter. Elle s'arrêta net en remarquant la tasse qu'elle avait bue, toujours sur la table.

— Bordel, grogna-t-elle. Cet endroit regorge de preuves de notre séjour ici. Il faut les faire disparaître !

— Ils savent déjà que nous sommes là, non ?

— Nous n'en savons rien. Retardons-les, si possible. Et, surtout, donnons du temps à Mylera.

— Très bien, débarrassons-nous de tout ça dans le recycleur, grommela-t-il.

Ils se déployèrent dans l'appartement et collectèrent tout ce qui les reliait à cet endroit. Bien sûr, une enquête approfondie révélerait que des gens avaient vécu dans ces quartiers, mais ils n'y pouvaient rien. Cela ne leur prit que cinq petites minutes, mais Leene espérait que ce délai ne leur serait pas préjudiciable.

Elle glissa un regard prudent dans le corridor. Il était désert. Ce module était occupé par les officiers et leur famille. À cette heure de la journée, il était très calme. Le médecin alluma son handtop pour suivre le trajet programmé par Mylera. Ils marchaient d'un pas rapide en essayant de ne pas avoir l'air suspects. Le parcours empruntait de nombreux détours, afin d'éviter au maximum les zones peuplées d'Alphard. Leene s'arrêta en s'approchant de ce qui ressemblait à un marché. Elle se tourna vers Arey et lui indiqua de se ranger contre la cloison.

— Mylera mentionne qu'il est impossible d'esquiver ce module, murmura-t-elle. Elle nous conseille de contourner les échoppes en longeant la paroi sur la gauche. Ensuite, nous devrons emprunter le deuxième tube.

Elle n'avait pu empêcher sa voix de trembler un peu sous l'effet de la tension. Arey fit semblant de ne pas l'avoir remarqué. Il désigna le couloir d'un geste résigné. Elle allait repartir, mais il l'arrêta en lui attrapant le bras. Elle lui jeta un regard furieux et se dégagea sèchement.

— Docteur, vous allez devoir me faire confiance.

— Qu'est-ce que…

— Vous devrez faire ce que je vous dirai, sans réfléchir et surtout, sans argumenter.

Elle leva le menton d'un air offensé et sa lèvre se tordit en un rictus belliqueux.

— Pourquoi ?

— Parce que je lis dans les esprits !

Leene fronça les narines de dégoût. *Maudit cafard* ! songea-t-elle. Malgré tout, elle hocha positivement la tête. Quel autre choix avait-elle ? Une ombre de sourire glissa sur le visage d'Arey, prouvant qu'il avait sans doute décrypté ses pensées. Elle garda ses récriminations pour plus tard. Il fallait avancer. Elle reprit son chemin, l'inquisiteur la suivait à trois mètres. Le cœur battant, le médecin entra dans le module B3, encombré par des dizaines de boutiques. Les allées fourmillaient de badauds qui se croisaient, se heurtaient, marchandaient, dans un ballet qui donnait le tournis. Personne ne faisait attention à eux. Ils n'étaient que des clients potentiels comme les autres. Leene commençait à être confiante, quand Arey la rattrapa. Il la saisit par le bras et la poussa dans un passage entre deux magasins. Elle essaya de se débattre, mais il la plaqua contre un mur.

— Ne bougez pas ! chuchota-t-il.

Elle dut se faire violence pour ne pas se dégager. Il attendit quelques secondes, avant d'ajouter :

— Venez !

Elle l'arrêta en l'agrippant par le col.

— Expliquez-vous !

— Nous sommes recherchés, ou, pour être plus précis, vous êtes recherchée. Avancez, mais ne fuyez que si je vous le dis.

Leene serra les dents, mais acquiesça d'un signe de tête. Elle remonta le passage qui menait vers la paroi extérieure. La ruelle, qui hébergeait des petites échoppes de produits de seconde main, était bien moins fréquentée. Elle marcha d'un pas rapide sans l'être trop, pour ne pas paraître suspecte. Elle revint vers l'axe central, toujours bondé. Elle louvoya dans la foule, un peu rassurée. Les gens se comportaient tout à fait normalement. En approchant du tube de liaison indiqué par Mylera, Leene s'extirpa de la cohue et franchit le sas.

Ce tube en métal, ponctué de larges hublots, faisait une vingtaine de mètres de long, pour cinq de large. Il reliait deux modules entre eux. Le médecin suivait quelques promeneurs et en croisa d'autres. Leene n'arrivait pas à y croire, mais tout se passait pour le mieux. Soudain, son cœur s'accéléra. Une patrouille venait de pénétrer dans le boyau à son autre extrémité. Il était trop tard pour faire demi-tour, mais elle avait ralenti.

— Continuez ! gronda Arey derrière elle.

Il avait raison. Il fallait continuer. Leene se redressa de toute sa hauteur et poursuivit son chemin. Si elle se faisait arrêter, autant que ce soit avec panache. Les soldats se rapprochaient inexorablement. Elle adressa au sous-officier un léger signe de tête amical. Le regard de l'homme se voila, puis il eut une ombre de sourire et la salua d'un mouvement du menton. Chacun poursuivit sa route. Elle attendit d'être dépassée par le dernier soldat pour laisser échapper sa respiration. *Ce n'est pas passé loin*, se dit-elle.

Le module suivant abritait plusieurs ateliers de réparation. Les yeux rivés sur l'écran de son handtop, Leene suivit le parcours prévu. Elle s'arrêta enfin devant une porte et se tourna vers Arey.

— La patrouille ? Qu'est-ce…

— J'ai usé d'une petite suggestion, précisa l'invisible.

Il était blême et parlait avec difficulté. Elle ne fit aucune remarque. Les capacités psychiques des inquisiteurs la révoltaient. Elle reporta son attention sur la porte et hésita. Elle relut le message de Mylera qui accompagnait leur itinéraire d'évasion.

« Suis ce parcours, Leene. Sois prudente. Une fois dans le module A4, rends-toi dans l'atelier A4-105. Tu devrais y rencontrer Justyne Vilkan, une blonde. Elle est de confiance. Dis-lui que tu viens de ma part. Elle saura quoi faire. Sauve-toi, si tu peux. Je suis heureuse de t'avoir revue, Leene. »

Leene sentit son cœur se serrer. *Qui est cette fille ?* se demanda-t-elle. Elle secoua la tête, troublée par cette poussée de jalousie. *J'espère que tu vas bien, ma chérie*, songea-t-elle. *Je devrais courir t'aider, au lieu de t'accuser et d'aller me cacher comme une trouillarde.*

— Ne restons pas là, murmura Arey qui venait de la rejoindre.

Elle prit son courage à deux mains et ouvrit la porte. Elle entra d'un pas prudent. L'endroit semblait désert. Une odeur prégnante de produits chimiques et de métal brûlé empuantissait tout. Elle pinça son nez avec deux doigts tout en continuant à avancer. Leene faillit crier lorsqu'une femme émergea de derrière un container. Elle était grande, blonde, avec des cheveux coupés à la diable. Sa bouche était affectée d'un rictus permanent, dû à une légère cicatrice sur le coin de sa lèvre supérieure, mais elle possédait un certain charme. Elle les toisa sans aménité en s'essuyant les mains sur l'arrière de sa combinaison de travail, marquée avec des galons de lieutenant.

— Justyne Vilkan ? tenta-t-elle.

— Ouais, c'est moi ! Tu dois être Leene Plaumec. Mylera m'a souvent parlé de toi.

La voix de l'officier était rauque et pas particulièrement sympathique.

— Et ? répliqua sèchement le médecin.

Elle n'avait jamais appris à se montrer diplomate et n'arrivait pas à s'y résoudre, même quand sa vie en dépendait. *C'est justement le cas, idiote !* se dit-elle. Justyne se contenta de ricaner, puis désigna la partie sombre de la pièce.

— Venez par là !

Elle n'attendit pas de réponse et les deux fugitifs n'eurent d'autre choix que de la suivre. Au fond de l'atelier se trouvaient trois sas d'accès. De l'autre côté du hublot, des silhouettes de vaisseaux se profilaient. Justyne ouvrit l'écoutille la plus à gauche.

— Vous pourrez vous cacher dans cette poubelle. Nous avons tellement de travail que ces réparations sont repoussées en fin de liste tous les mois. Ce n'est qu'un patrouilleur Fidélité, alors il n'est pas vraiment prioritaire. Quand vous êtes arrivés, Mylera m'a demandé de me pencher dessus. Il n'a plus aucune fuite d'oxygène. Vous pourrez donc vous y installer sans problème.

Tout en parlant, la blonde les précéda dans le tube souple d'accès, puis dans le vaisseau plongé dans l'obscurité. Elle activa l'éclairage de secours : une faible bande lumineuse qui permettait de savoir où l'on posait les pieds. Elle s'arrêta dans une coquerie sommaire dont le seul hublot avait été recouvert d'une tenture noire.

— Je vous ai mis une lampe d'appoint. Évitez de trop éclairer. Faudrait pas qu'un petit malin se demande ce qui se passe en apercevant une lumière à travers un hublot. Ce tas de ferraille n'est pas censé posséder une atmosphère, donc personne ne pensera à vous traquer ici… Enfin, pour le moment. Si le type n'est pas idiot, il pourrait chercher des signes de vie dans des endroits improbables, mais ne soyez pas trop inquiet. C'est des solutions de techniciens, les flics ne songent jamais à ce genre de trucs.

— Ce sera parfait, répondit Arey.

Justyne le récompensa d'un regard furieux, puis c'est à Leene qu'elle s'adressa.

— Je fais ça pour Mylera, mais vraiment, ça m'arrache les poumons. À cause de vous, elle est en train de souffrir et…

— Souffrir ? coupa Leene. Comment ça ? Qu'est-ce que tu en sais ? Dis-moi !

— Oh, on se calme ! lança Justyne en levant les mains. Des flics ont débarqué et ils ont fouillé partout. Je n'ai pas eu le temps de la prévenir. Quand elle est revenue dans son bureau, ces chiens galeux l'attendaient.

— Et maintenant ? s'enquit le médecin, la gorge si serrée que sa voix lui parut étrange.

— Ils sont en train de la torturer, bien sûr.

— Où ça ?

— Dans son bureau.
— Dans son bureau ? Ce n'est pas la procédure, non ? coupa Leene.
— J'suis pas flic, mais si je dis qu'elle est interrogée dans son bureau, c'est que je le sais, s'exclama Justyne avec agressivité. Un gars a voulu y aller, il s'est fait refouler par deux foutus guerriers.
— Tu ne pouvais pas le dire plus tôt ? Il faut l'aider !
— Que veux-tu qu'on fasse ? Ces types sont des Guerriers Saints envoyés directement par le chancelier.
— Je ne resterai pas là, pendant que…
— Tu ne risques rien, s'agaça Justyne en crachant sur le sol. Mylera ne dira rien. Au pire, elle parlera de l'appart pour leur donner un os à ronger.
— Mais je m'en contrefous ! Je ne vais pas la laisser à la merci de ces salopards. Je vais aller la sortir de là.
— C'est complètement idiot ! gronda Justyne. Tu vas te faire tuer et Mylera ne me le pardonnera pas.
— D'ailleurs, elle est quoi pour toi ? s'enquit le médecin d'un ton rogue.
— Ça te regarde ? T'es juste son ex. Alors, déjà que ça me saoule de devoir aider celle qui l'a mise dans cette situation…
— Si tu tiens à elle, tu m'aideras, coupa Leene en ponctuant son intervention d'un geste tranchant.
— Docteur, elle a raison, s'interposa Arey. C'est juste de la folie.
— Si vous le dites.
— Tu es recherchée, toubib. La sécurité d'Alphard est déjà en train de fouiller les hôtels. Ensuite, ils passeront aux quartiers de l'équipage. Chaque entrée de module sera filtrée. Tu ne pourras pas bouger une oreille sans te faire chopper.

Le silence s'imposa quelques minutes. *Bien sûr que c'est dément, mais je ne changerai pas d'avis, quoi qu'il m'en coûte*, songea Leene. Elle afficha sa détermination en croisant les bras.
— Hum, marmonna l'inquisiteur. Dites-moi, Lieutenant, pouvez-vous nous emmener jusqu'au module A5 en toute discrétion ?
— Tu n'as pas écouté ce que je viens de dire, mec ?
— Bien sûr que si, mais vous êtes une technicienne. Je suis certain que vous connaissez un moyen pour éviter les points de contrôle.
— Mouais, peut-être…
— Alors, conduisez-nous !
— Ne me donne pas d'ordres, mec. Je vais aller me renseigner. Et ne bougez pas d'ici ! Vous ne feriez pas deux pas.

— Je n'attendrai pas longtemps, cracha Leene.

— J'me doute.

Justyne tourna les talons et le bruit de ses pas s'éloigna dans le corridor. Le son de l'écoutille qui se refermait vint ponctuer ce départ.

— Je n'aime pas ça, marmonna le médecin.

— Elle ne nous trahira pas, précisa Arey.

— Je vous rappelle que vous ne devez pas lire dans nos pensées !

— C'est utile, parfois.

Leene découvrit les dents. Il l'énervait et la répugnait.

— Expliquez-moi donc ce que vous manigancez en proposant de sauver Mylera.

Arey s'appuya contre la table avec un léger sourire.

— Pour vous empêcher de faire des bêtises, je préfère vous aider.

— Si je fais une… bêtise, comme vous dites, qu'est-ce que ça peut bien vous faire ? Vous seriez débarrassé de nous et, comme personne ne vous connaît, vous pourriez vous échapper d'ici sans ennui.

— Je suis recherché comme traître et déserteur, précisa-t-il. Et puis, nous sommes une équipe, n'est-ce pas ?

— Ne me prenez pas pour une idiote !

— Je ne me permettrais pas.

Leene serra les dents et esquissa un geste vers son arme. Arey ne réagit pas. Les bras croisés sur la poitrine, il s'expliqua avec calme.

— Disons que si je revenais seul auprès du colonel Serdar, il en serait fâché. De plus, le capitaine Nlatan possède les compétences nécessaires pour nous faire quitter Alphard.

— Je vais accepter cette explication, même si je ne suis pas certaine qu'elle soit juste.

Leene grogna et marcha jusqu'à la porte pour jeter un coup d'œil dans le corridor. Il était désert. Elle serra l'embrasure à s'en faire mal à la main, pour s'empêcher de gagner l'écoutille d'accès.

— Qu'est-ce qu'elle fait ?

— Elle va revenir.

— Est-ce que…

Leene s'interrompit en s'empourprant. Elle avait failli lui demander si Justyne et Mylera avaient une relation.

— Elles sont ensemble, en effet, répondit l'inquisiteur avec un sourire goguenard.

— Je vous interdis de lire dans mes pensées, pesta le médecin.

— Dans ce cas précis, je n'en ai pas eu besoin. Vos questions s'affichent clairement sur votre visage.

Elle allait répliquer vertement, lorsqu'un grincement métallique, suivi de bruits de pas, lui coupa la parole. Elle porta la main à son arme, mais Arey la rassura.

— Tout va bien, expliqua-t-il.

Après quelques secondes, Justyne Vilkan apparut dans l'embrasure.

— Si vous êtes toujours partants, j'me suis arrangée pour vous dégager un passage.

— On y va, répondit Leene sans réfléchir.

— J'peux vous emmener jusqu'à son bureau, mais après…

— Nous jugerons sur place, précisa l'inquisiteur. Vous nous garantissez qu'elle s'y trouve encore ?

— Ouais.

— Dans ce cas, nous vous accompagnons.

Leene essuya ses paumes moites sur son manteau, tout en suivant les autres dans le corridor.

— Vous êtes sûre de vouloir faire ça, Docteur ? chuchota Arey. Vous ne semblez pas très…

— J'ai fait plus de choses dangereuses que vous n'en vivrez pendant toute votre vie. Alors, la ferme !

Il ne répondit pas, mais afficha le rictus suffisant dont il avait l'habitude. Leene se retint de le gifler. Justyne se retourna à moitié et leur fit signe de se taire, d'un geste nerveux. Elle traversa son atelier, puis demanda à Arey de l'aider à déplacer une armoire.

— Qu'est-ce que…, commença Leene.

— On va utiliser les passages de maintenance, expliqua-t-elle, tout en sortant un outil multifonction de sa poche.

Elle dévissa une plaque de métal, la délogea, puis la posa sur le côté, dévoilant une ouverture sombre.

— Ces passages ne sont empruntés que par les techniciens. Pour le moment, on est tranquilles, mais ils finiront par y penser.

— Alors, arrête de parler et dépêche-toi ! gronda Leene.

— C'est bien joli de jouer les chéries inquiètes. Ça ne t'a pas gênée de la mettre en danger après l'avoir laissée tomber comme une merde.

— Cessez de vous disputer à ce sujet, ça devient ridicule, intervint Arey.

Justyne ouvrit la bouche pour répondre, puis haussa les épaules avec dédain. Elle se coula dans l'embrasure. Leene la suivit, tandis que l'inquisiteur fermait la marche. La technicienne progressait rapidement, sans se préoccuper d'eux. Leene n'était pas à l'aise dans cet étroit passage. Elle devait parfois baisser la tête pour ne pas heurter une poutre, ou se mettre de profil pour franchir certains obstacles. Leur guide s'arrêta devant un orifice qu'elle pointa du doigt. Elle s'assit sur le rebord, attrapa une échelle et se laissa glisser le long des montants. Leene l'imita avec moins de facilité.

Ils atterrirent dans un étroit tunnel, haut d'à peine un mètre. Justyne se coulait déjà à l'intérieur. Leene se faufila à sa suite. Ils progressèrent ainsi, à quatre pattes, pendant de longues minutes. Dans cet endroit clos, elle éprouvait une certaine difficulté à respirer. Elle se concentra, dominant sa claustrophobie. Elle était prête à affronter l'enfer pour sauver Mylera.

— Nous sommes sous un tube de connexion entre modules, chuchota Justyne. Ne faites pas de bruit.

Ils rampèrent encore pendant quelques longues minutes. La technicienne les attendait avec impatience et désigna une échelle.

— Nous avons de la chance. Notre module est voisin de celui où nous allons, souffla-t-elle à voix basse. Soyez le plus silencieux possible.

Leene acquiesça d'un mouvement de la tête, soulagée de n'être pas obligée de se traîner de cette manière pendant des heures. À son tour, elle escalada les barreaux jusqu'à un passage aussi étroit que le précédent. Justyne progressait rapidement, s'arrêtant de temps en temps pour consulter des marquages sur les panneaux. Enfin, elle s'immobilisa devant une paroi très semblable aux autres. Elle porta un doigt à ses lèvres. Leene hocha la tête pour indiquer qu'elle avait compris. La technicienne dévissa la plaque avec précaution. Elle l'écarta de la largeur d'une main et jeta un coup d'œil à l'extérieur.

— Hey, toubib, approche.

Leene s'avança et, à son tour, regarda par l'ouverture.

— Tu vois cet atelier ? dit Justyne. Le bureau de Mylera est juste derrière. Bonne chance.

— Tu ne viens pas ?

— Je ne suis pas folle. Je tiens à ma vie.

— Et tu te dis son amie ? cracha Leene avec dégoût.

Justyne agrippa le manteau du médecin, le visage déformé par la colère. Leene ne bougea pas. Elle se contenta de la fixer avec un dédain qui dissimulait sa culpabilité.

— Mylera ne voudrait pas que je risque ma peau plus que nécessaire, gronda la technicienne.

— Quelle belle excuse pour une trouillarde !

— Toi… Espèce de vieille garce ! Démerde-toi !

Justyne la relâcha et s'écarta de l'ouverture. Leene renifla avec mépris, puis se tourna vers l'inquisiteur.

— Venez, Arey !

Elle pivota sur les talons sans attendre une réponse, puis s'extirpa du passage étroit. Elle reprit son souffle, tout en s'humectant les lèvres. Uve Arey la rejoignit et posa une main rassurante sur son avant-bras.

— Du calme et de la prudence, Docteur. Je comprends votre inquiétude, mais vous ruer à l'attaque sans réfléchir serait contre-productif.

— Je sais, mais cette… Elle m'agace !

Le module A5 était un amoncellement d'ateliers au milieu duquel des ouvriers et des techniciens s'activaient comme des taryles dans une ruche renversée. De leur poste de guet, ils pouvaient observer les bureaux de Mylera.

— Je ne vois pas de sentinelles, fit-elle.

— Elles ne sont pas loin, j'en suis certain. Je vais aller voir de plus près.

— Pardon ?

— Je ne suis pas recherché, alors personne ne s'inquiétera de moi.

— Euh, je ne sais pas quoi dire, marmonna Leene, un peu gênée.

— Merci, peut-être ? ironisa l'inquisiteur.

— Ouais, merci, grommela-t-elle.

L'homme s'éloigna aussitôt du pas décidé de celui qui sait où il va. Elle enrageait de l'admettre, mais elle commençait presque à l'apprécier. Son humour particulier était proche du sien. De plus, il était efficace. Elle l'avait sans doute sous-estimé.

L'inquisiteur s'approchait déjà du bureau. Avant qu'il n'ait eu le temps d'ouvrir la porte, deux soldats sortirent de l'ombre comme il l'avait pressenti. Il se tourna vers eux avec assurance, mais ils ne bougèrent pas. L'un d'eux pointa son arme sur lui, tandis que l'autre l'agrippait par l'épaule. *Bordel ! Qu'est-ce que…,* jura mentalement Leene. Elle réagit sans presque réfléchir. Avec fébrilité, elle fourragea dans sa sacoche de médecin et en extirpa un injecteur qu'elle dissimula au creux de sa main. Elle inspira profondément, murmura le prénom de Mylera, puis se précipita vers les deux guerriers qui lui tournaient le dos.

Ils ne l'entendirent pas arriver, mais Arey la vit, lui. Ses pupilles s'agrandirent légèrement sous l'effet de la surprise, mais il ne dit rien. Elle apposa l'instrument sur le cou du premier soldat et pressa la commande. L'homme s'effondra telle une poupée lâchée par un enfant. L'autre pivota avant qu'elle n'ait eu le temps de réitérer son geste. Il écarta sa main d'un violent coup de l'avant-bras. Il leva son arme avec un rictus mauvais. Elle resta figée comme un zutapa prit dans le faisceau d'une lampe. *Je vais mourir !* se dit-elle, incapable de bouger. Soudain, les traits du soldat se crispèrent. Il lâcha son fusil pour saisir son visage dans ses mains en gémissant de douleur. Il tomba sur les genoux, puis heurta le sol avec un bruit sourd, du sang coulant de son nez et de ses yeux. Elle avait déjà vu ça. L'inquisiteur venait de le supprimer par la seule force de son esprit.

— Et lui ? demanda Arey.

— Du kutami, répondit-elle avec réticence.

— Un poison efficace.

Elle acquiesça d'un signe de tête agacé. Elle était médecin et tuer de cette façon la révulsait. Elle ramassa l'arme du mort.

— Allons-y, qu'on en finisse, grogna-t-elle.

Il l'imita, avant de préciser :

— Votre amie est toujours là, en présence de cinq hommes. L'un d'eux est un envoyé spécial du chancelier. Il se nomme Symmon Leffher.

— Leffher ? J'ai connu un Marthyn Leffher lors de la rébellion.

— C'est étrange, murmura-t-il. Je n'arrive pas à accéder à son esprit.

— On s'en moque ! Il faut agir.

Elle grignota les peaux mortes de ses lèvres avec nervosité, puis vérifia son arme.

— Comment procédons-nous ? Est-ce que nous passons à l'attaque ?

— Je ne suis pas un stratège, docteur. Je n'ai aucune idée de ce qu'il faut faire, mais je pense qu'entrer comme des vortas en furie est une très mauvaise solution.

Leene sentit des larmes qui envahissaient ses yeux. *Ce maudit inquisiteur a raison*, admit-elle. *C'est de la folie.* Elle ferma brièvement les paupières pour cacher ses pensées, oubliant qui était Uve Arey. Un cri de souffrance résonna de l'autre côté de la porte. Son sang se figea dans ses veines.

— Mylera…, coassa-t-elle.

Ailleurs...

Mylera hurla pour la dixième fois, pour la centième fois peut-être. Elle venait à peine de revenir à elle que, déjà, la morsure du trauer dévorait sa chair. Son cri finit par s'éteindre dans une quinte de toux douloureuse. La souffrance générée par cet outil était inimaginable.

— Cela commence à m'agacer, grommela Symmon Leffher. Pourquoi résister ? Avouez, livrez-moi vos complices, dites-moi où est Milar et j'arrêterai.

Elle contint un gémissement. Ses nerfs étaient en feu. Elle avait de la peine à respirer, à focaliser son attention. Elle se mordit les lèvres et goûta son propre sang. Ses hurlements avaient fini par fendre la peau tendre. Elle déglutit. Un instant, elle envisagea de lui cracher au visage que Dem allait s'occuper de son compte. *Non*, se dit-elle dans un flash de lucidité. *Je dois continuer à nier le plus longtemps possible. Je dois tenir pour Leene.*

— Va te faire foutre, coassa-t-elle.

— Je vais devoir insister, lâcha Leffher d'un ton cassant.

Elle entendit l'un des soldats toussoter. Un autre, ou le même, gratta le sol de sa botte. Allongée sur le bureau, Mylera n'avait qu'une vue très parcellaire de la scène. Elle ferma les yeux, prête à encaisser la prochaine douleur. *Je ne peux pas... Je ne peux plus.*

— Monsieur, intervint un des hommes en se raclant la gorge. Vous allez la tuer si vous continuez.

— Et alors ?

— Vous n'aurez pas votre réponse, monsieur.

— Aucune importance.

— Monsieur, Mylera Nlatan est une héroïne de la rébellion. La traiter de cette façon...

Symmon Leffher pivota vers celui qui venait de parler. Son regard fixe détailla l'homme comme s'il avait été un insecte particulièrement répugnant.

— Voulez-vous prendre sa place ?

Le soldat se troubla. Il toussota tout en secouant la tête de droite à gauche.

— Fort bien. Lieutenant, je veux que cette réflexion stupide soit notée dans le dossier de cet homme.

— Oui, monsieur. Il a… Si elle meurt, les informations…

— Je sais déjà ce que je dois savoir. Plaumec ne s'échappera pas d'Alphard. Quant à Milar, nous le trouverons, soyez-en convaincu.

— Oui, monsieur, mais… Je suis désolé d'insister, mais vous insinuez que Dem est toujours vivant. C'est impossible !

— Je confirme, reprit l'homme sanctionné auparavant. J'étais là, ce jour-là. J'ai vu le corps et…

— Vous vous risquez sur un terrain glissant. Je vais faire parler cette femme et si elle meurt, elle meurt, conclut-il en haussant les épaules.

Mylera frissonna. Il la tuerait à l'instant où elle aurait révélé ce qu'elle savait. *Alors, quitte à mourir, autant que ce soit rapidement*, songea-t-elle.

— Tu es vraiment méprisable, connard, gronda-t-elle. Si Dem était en vie, il t'arracherait le cœur sans que tu puisses l'arrêter. Tu ne lui arrives pas à la cheville.

— Je connais les exploits de Milar, laissa échapper l'enquêteur d'une voix rauque où vibrait une vieille colère.

Dans le brouillard rouge qui voilait son regard, Mylera le vit approcher le trauer de sa poitrine. Elle ferma les yeux et tenta de se souvenir de Leene, le jour où elle l'avait rencontrée. À cette époque, tout allait encore bien… Presque bien… Elle ressentit une pointe de culpabilité en pensant à Justyne. Leur relation était sans histoire et pleine de tendresse.

— Qu'est-ce que…, s'exclama un soldat.

Le vacarme de plusieurs tirs lywar emplit la petite pièce. Elle rouvrit les yeux, mais ne vit que le profil de Leffher figé dans une expression de surprise et de haine. Mylera entendit des cris, des hurlements de douleur, des décharges d'énergie… L'enquêteur disparut de son champ de vision, tandis que le combat continuait.

Connaître l'intention de l'ennemi est la voie vers la victoire.

Code des Gardes de la Foi

L'anxiété de Nayla était à son comble. Elle marchait de long en large dans sa chambre, uniquement vêtue d'un pantalon et d'un tee-shirt noir. Ses pieds nus foulaient l'épais tapis, avec assez de force pour imprimer leur empreinte dans la fibre. Assis dans un fauteuil, Dem ne put s'empêcher de sourire.

— Calme-toi, tout ira bien.

— Facile pour toi. Je vais rencontrer l'Hégémon. Ce type est vieux de plusieurs milliers d'années, si on y réfléchit.

— C'est un homme comme un autre.

— Il est malfaisant, subtil, intelligent, rusé, sournois et, en plus, c'est un assassin. Il a l'habitude d'enfermer les gens comme moi. Et, pour tout arranger, je dois l'épouser, conclut-elle avec une expression de dégoût.

— Ne remue pas le couteau dans la plaie, répliqua-t-il sans réfléchir.

Cet accès de jalousie le troubla. Les retrouvailles avec Nayla avaient été amicales, même un peu plus que cela, mais ils n'avaient pas renoué leur relation intime. Il n'aurait su dire si cette abstinence était de son fait ou de celui de la jeune femme. Une sorte d'embarras s'était installé entre eux. Cela le troublait, l'attristait, et le rassurait d'une certaine façon. Il ne lui avait toujours pas avoué sa liaison avec Jani. Il ne savait pas comment aborder le sujet. Et puis, il ne voulait pas reléguer son histoire avec la contrebandière à une revanche, ou à une manière de se consoler. Il aimait Jani et il aimait Nayla. L'aimait-il encore ? *Oui !* affirma-t-il dans le secret de ses pensées, peut-être un peu trop vite. *Et Jani ? C'est trop compliqué…*

— Ce mariage est politique, répliqua la jeune femme, d'un ton peu convaincu. Je déteste être obligée de faire ça.

— Je sais.
— Non, tu n'en sais rien. Ce n'est pas toi qui vas te vendre comme une vulgaire monnaie d'échange.
Ses yeux verts devinrent brillants de larmes, mais elle se contrôla.
— Tu surmonteras tout cela. Tu vas le duper comme tu as bluffé le conseil.
— Je ne suis pas sûre d'avoir réussi quoi que ce soit.
Elle se perdait si souvent dans la morosité. Elle n'avait pas encore fait le deuil de sa liberté. Il se pencha vers elle pour tenter de mieux la convaincre.
— Nous en avons déjà parlé. Tu as été parfaite. Ils doivent se demander ce qui se passe.
— J'espère bien. Et, en plus, tu n'as pas vu leurs têtes, acheva-t-elle en riant. Je ne sais pas qui était le plus drôle, Olman ou Kanmen.
— Ils sont inoffensifs. Celui qui m'inquiète, c'est Leffher.
— Tu es sûr qu'il s'agit de Marthyn Dar Khaman, l'espion des Decem Nobilis ?
— Certain ! Il ressemble à cette holophoto que j'ai vue…
— Quand tu étais enfant. Je sais que tu es exceptionnel, Dem, mais ça fait longtemps et l'image était prise de loin. J'ai de la peine à admettre qu'un Decem Nobilis nous manipule depuis le début.
— Il pratique ce genre de choses depuis une éternité.
— J'aurais dû le tuer, il y a trois ans, grommela-t-elle.
— Rien n'est perdu, proposa-t-il avec un clin d'œil.
— Si seulement… La seule façon de faire ça serait d'assumer mon rôle religieux et c'est hors de question.
— Nous trouverons l'occasion de nous débarrasser de lui.
— Tu le mérites plus que moi. C'est certainement lui qui a suggéré de t'envoyer à Sinfin et ces lâches imbéciles ont accepté. Jamais je ne pardonnerai à Kanmen pour ça.
— Focalise-toi sur l'instant présent, Nayla.
— Oui, tu as raison. Je… Je ne sais pas comment m'habiller.
Dem ne put s'empêcher d'éclater de rire. Elle essaya de se montrer furieuse, mais réussit à ne conserver son sang-froid qu'une poignée de secondes. Elle se joignit à lui. Leur hilarité se tarit, avant de renaître dès qu'ils échangèrent un regard.
— Un peu de sérieux, fit-il en retrouvant son calme.
— Oui, mais cela ne répond pas à ma question. Nardo m'avait fait parvenir quelques robes pour des occasions solennelles qui n'ont jamais vraiment eu lieu, mais je ne les aime pas. Ce n'est pas moi.

— As-tu un uniforme de cérémonie ?

— Oui, mais…

— Affirme que tu es un chef de guerre. Ne te présente pas à lui comme une épouse, mais comme son supérieur. C'est une alliance de circonstance, rien d'autre.

Elle lui envoya un sourire éblouissant qui lui réchauffa le cœur.

— C'est une excellente idée.

— Je serai tout près, ne l'oublie pas.

— Jamais !

Dans un superbe uniforme kaki à la veste surlignée de galons dorés, Nayla attendait son visiteur. Elle s'était installée sur le trône en sölibyum recouvert de son épaisse fourrure blanche. Elle se tenait droite, le regard fier. Son expression sereine n'avait rien à voir avec le tumulte qui régnait dans son esprit. Les minutes s'égrenaient, si bien qu'elle se demanda si Haram Ar Tellus allait réellement venir. Elle commença à pianoter sur son accoudoir un tempo de plus en plus fiévreux. Enfin, la porte s'ouvrit et Kanmen entra. Il fit quelques pas, s'inclina, puis annonça d'une voix forte :

— Haram Ar Tellus, Hégémon de la coalition Tellus !

Le cœur de Nayla se serra, sa gorge se contracta, sa bouche s'assécha. Elle ne pouvait pas affronter cet homme. Elle n'était qu'une jeune femme insignifiante qui ne serait pas de taille. Aussitôt, le murmure d'Yggdrasil s'amplifia, profitant de son doute. Le néant l'appela, susurra qu'elle serait plus forte en son sein, qu'elle serait protégée. Une autre voix, plus séduisante, lui proposa son aide. Elle reconnut Nix, le Chaos personnifié. Elle se raidit et se concentra, comme le lui avait enseigné Dem, longtemps, si longtemps auparavant. Elle recouvrit un peu de contenance, suffisamment pour faire bonne figure, du moins, elle l'espérait.

Haram Ar Tellus entra d'un pas martial qui n'était pas exempt d'une certaine grâce. Son uniforme de velours noir, ourlé de rouge et d'argent, soulignait sa silhouette athlétique et sa haute taille. La chemise de soie blanche qui dépassait de ses manches et jaillissait de son col était d'une pureté presque éblouissante. Son visage sérieux, d'une beauté classique, était encore jeune. Nayla lui donna trente ans, puis elle plongea son regard dans le sien. Dans ses yeux gris et froids, elle lut une dureté, une rouerie et une intelligence redoutable. Elle y discerna les milliers d'années qu'il avait vécu, à travers des corps multiples. Une ombre de sourire glissa sur ses lèvres ourlées, plein de morgue. Il poursuivit son avance dans cette immense salle qu'il devait si bien connaître. Il jeta un coup d'œil à l'enfilade de rideaux qui dissimulait la chambre de Nayla, ainsi que la toute nouvelle table de réunion. Un rictus dédaigneux salua ce symbole de la faiblesse de celle qui avait osé s'asseoir sur son trône.

L'Hégémon s'arrêta à cinq mètres de l'estrade et toisa Nayla, attendant sans doute qu'elle se lève pour l'accueillir. Après tout, l'ancien dirigeant de l'humanité, le leader d'une puissante coalition, était un allié de choix. Et, surtout, il était son futur époux. Elle ne bougea pas, restant aussi immobile qu'une statue. Son regard vert, pailleté de brun, brillait de détermination et d'autorité. Ses pupilles trop grandes et trop noires semblaient refléter les points lumineux des étoiles. De la colère passa sur ce visage aux pommettes hautes, au front large, au nez fin légèrement courbé. Haram était séduisant, elle devait l'admettre, et loin de ce qu'elle avait envisagé. Et, d'un autre côté, il était absolument ce qu'elle avait imaginé. Il représentait à merveille Tellus et sa supériorité affichée.

Il ne la salua pas, attendant qu'elle s'exécute en premier. Elle inspira profondément et réprima son envie de chercher l'esprit de Dem, embusqué derrière les rideaux ; ils avaient décidé de se méfier des talents cachés de leur ennemi. Ils restèrent donc ainsi quelques secondes, silencieux et immobiles.

— Je suis l'Hégémon, déclara-t-il enfin, d'une voix hautaine, mais harmonieuse.

— Je suis Nayla Kaertan, répliqua-t-elle avec indifférence.

Il leva un sourcil étonné, fit un pas en avant, avant de demander :

— N'êtes-vous pas la Sainte Flamme ?

Il avait mis dans son élocution tout le mépris que lui inspirait ce titre. Elle ne releva pas l'insulte.

— Je suis la dirigeante de la République.

— Je pensais que ce rôle était occupé par votre chancelier.

— Il est le chef de mon gouvernement, rien de plus.

— Je suis surpris néanmoins de vous voir renier votre vocation religieuse.

— Je n'impose pas de convictions à mes citoyens.

— Vraiment ? On m'a pourtant rapporté les actions de vos messagers, mais vous n'en avez peut-être pas conscience. J'ai appris que vos… capacités vous enfermaient ici. Peut-être vous cache-t-on des choses, railla-t-il.

— Je sais ce qui se passe et j'ai ordonné d'y mettre fin. Cette histoire de Sainte Flamme a assez duré.

— C'est peut-être une erreur. La religion est un outil puissant…

— … que Tellus n'a jamais utilisé !

— C'est exact, mais les temps ont changé.

— Vous n'êtes pas ici pour parler religion, j'espère, contra la jeune femme.

Le ricanement de l'Hégémon fut artificiel, rauque et bref.

— Il semblerait que vous ayez un peu d'esprit, cela rendra notre collaboration moins… pénible.

— Il semblerait que vous soyez arrogant, comme je le prévoyais, et cela rendra notre coopération forcée aussi désagréable qu'anticipé.

Il se figea. Il lui décerna un regard irrité, puis se fendit d'un rictus qui se voulait un sourire.

— Je vois que cet arrangement vous déplaît autant qu'à moi.

— Pourquoi l'avoir proposé, dans ce cas ?

— Les diplomates sont des plaies, ironisa-t-il. Et vous, pourquoi avoir accepté ?

— Avais-je le choix ? Nous devions nous défendre contre les Hatamas. Pour obtenir l'appui de votre armée, je suis prête à payer ce prix. Quelle est donc votre raison ?

— Revenir sur le devant de la scène, avoua-t-il, après un instant.

Il s'interrompit à nouveau, puis pencha doucement la tête sur la droite pour mieux l'observer.

— Vous êtes maline, susurra-t-il. Vous me rappelez quelqu'un qui vous ressemble beaucoup et qui possède des capacités proches des vôtres.

— Citela Dar Valara, votre prophète.

— En effet, confirma-t-il. Bien, les présentations sont faites, Nayla Kaertan. Vous pouvez m'appeler Haram. Après tout, nous serons bientôt mariés. La cérémonie devra être fastueuse et filmée. Tous les citoyens de votre République et de la Coalition doivent y assister.

Nayla se renfrogna. Tout son être se révoltait à cette idée, mais elle devait boire cette coupe jusqu'à la lie.

— Très bien, Haram, nous ferons cela.

— Il faudra désigner quelqu'un de votre gouvernement pour travailler avec l'un des miens afin que tout soit parfait. Les apparences sont importantes dans ce genre de situation.

— Kanmen s'en chargera. Cela m'est indifférent. Et ensuite ?

— Comprenez bien que cette union n'existera que sur le papier. Je ne touche pas physiquement les prophètes, précisa-t-il avec dégoût.

— Cela tombe bien, je n'ai aucune envie d'être touchée par un clone.

— Voilà qui est clair, lança-t-il d'un ton presque joyeux. Une fois que nous serons mariés, les Decem Nobilis participeront au gouvernement.

— Nous verrons.

— Et je siégerai ici, auprès de vous.

— Certainement pas !

— Il le faudra. J'ai commandé un trône qui sera installé près de celui-ci.

— Non, je…

— Rassurez-vous, cela ne sera que lors d'occasions officielles. Je n'ai pas l'intention d'habiter dans cette pièce. Je ne suis pas captif comme vous l'êtes, précisa-t-il en désignant la déchirure.

— Vous viendrez lorsque je vous le permettrai, Haram, indiqua-t-elle avec fermeté. Quant à cette ouverture vers Yggdrasil, c'est un privilège de pouvoir en user pour la sauvegarde de l'univers.

— Vraiment ? Ce privilège est une prison. Les prophètes sont utiles aux puissants, mais ne devraient jamais être autorisés à régner.

— Pas de chance ! le provoqua-t-elle.

— Je suis sérieux. Tanatos fut une terrible catastrophe pour l'humanité.

Elle recula contre le haut dossier en sölibyum et joignit ses mains devant sa bouche. Elle l'avait bien jugé. Il était un serpent dangereux ou un dragon, comme le suggérait l'emblème de la fédération Tellus. Elle devait lui tenir tête. Il fallait qu'il comprenne qu'elle n'abdiquerait pas aisément.

— Peut-être… Il fut utile, à l'époque, pour purger la galaxie de votre emprise. Ensuite, il a perdu l'esprit. Je l'ai vaincu et c'est moi qui tiens les rênes, désormais. Il faut vous y faire.

Un éclat dur de pure haine passa brièvement dans les prunelles de l'Hégémon.

— Je n'ai été qu'écarté. Le temps n'est… pas grand-chose pour moi. J'ai toujours été un homme patient. Certes, vous avez défait Tanatos. Et, je veux bien l'admettre, vous êtes sans doute quelqu'un de bien qui cherche à faire de son mieux.

— Trop aimable, ironisa-t-elle.

— Vous ne pouvez pas diriger un empire, Nayla, pas avec ce pouvoir. C'est trop dangereux. Citela m'a guidé, mais n'a jamais décidé à ma place.

— Ne vous a-t-elle pas conseillé ce mariage ? bluffa Nayla.

— Comment… Elle n'a pas pu vous faire une telle révélation, gronda l'Hégémon.

— Non, mais je suis un prophète, n'est-ce pas ?

— Certes ! Oui, il s'agit de sa suggestion, mais de ma décision. Je ne suis pas votre ennemi. Ensemble, nous pourrons sauver l'humanité, ajouta-t-il avec un peu plus de douceur.

La jeune femme ne fut pas dupe. Il se moquait de son bien-être.

— Vous êtes si dédaigneux, Haram, si sûr de vous. Vous pensez être fort et puissant, mais êtes-vous courageux ? Êtes-vous assez brave pour regarder dans cette faille, pour regarder dans la trame même du temps ?

Ailleurs...

Haram Ar Tellus contint son exaspération. Toute cette mascarade le mettait hors de lui. Il aurait étripé Marthyn avec délectation pour l'avoir contraint à une telle allégeance. Il eut une brève pensée pour Citela, qui l'attendait de l'autre côté de la porte. Elle souhaitait l'accompagner à l'intérieur, mais il avait refusé. La proximité de cette anomalie dans la trame de la réalité avait trop perturbé la Decem Nobilis pour qu'il prenne ce genre de risque. Et puis, il voulait affronter Kaertan, seul.

Elle était différente de ce qu'il avait imaginé. Certes, ce n'était pas un animal politique – elle était trop jeune pour cela –, mais il se dégageait d'elle force et volonté. Elle ne serait sans doute pas si facile à soumettre. Après tout, il préférait cela.

Elle venait de le mettre au défi et il hésita. Ce n'était pas dans sa nature d'être pusillanime, mais il craignait le Mo'ira. La puissance résidant dans le néant, la façon dont cette entité avait transformé Citela, tout cela le troublait. Il n'avait jamais vu l'avenir, comme son ancienne compagne. Enfin, si, une fois... L'expérience lui avait laissé un très mauvais souvenir.

— Eh bien ? lança-t-elle d'un ton de défi.

— Je n'ai pas d'ordres à recevoir de vous. Cette... chose est du ressort des prophètes et...

— ...et vous avez peur. C'est compréhensible.

L'ironie dans sa voix alluma sa colère. Il fit un pas et leva les yeux pour affronter la déchirure. De l'autre côté régnait une obscurité intense, attirante, ensorcelante, malveillante. Son esprit fut capturé par cette noirceur et entraîné vers le néant.

Il aperçut des ombres mouvantes, une force dévorante...

Il faillit hurler pour s'arracher à l'étreinte, recula, et finit par chanceler, le regard enfin tourné vers le sol. Une goutte de sang s'écrasa au ralenti sur le galatre. De minuscules projections étoilèrent tout autour de l'impact. Il inspira profondément en essayant de chasser la panique qui s'emparait de lui. Une sueur froide coulait dans son dos, baignait son visage. Il prit un mouchoir dans sa poche pour essuyer son front et ses joues. Une traînée de sang tacha le carré de tissu immaculé. Haram Ar Tellus se redressa enfin. La jeune femme sur le trône, sur son trône, n'avait pas bougé. Elle le scrutait avec calme et l'intérêt d'un scientifique observant un spécimen curieux. Il en éprouva de la honte et de l'indignation.

— Ce n'est pas si simple, n'est-ce pas ? lança-t-elle, avant qu'il n'ait eu le temps de parler. Vous n'avez eu qu'une infime expérience de ce que nous vivons, Citela et moi. Vraiment infime, je vous assure.

— Je vous accorde que votre courage provoque le respect, avoua-t-il, mais il ne détermine pas votre droit ni votre aptitude à diriger.

— Qui voudrait régner de son plein gré ? rétorqua-t-elle amèrement. Personne de sensé, en tout cas.

— Pourtant…, commença-t-il un peu surpris par sa réplique.

— Haram, je ne voulais pas de ce… cette fonction. Elle m'a été échue et je l'assume. Si notre… relation se passe bien, les rôles pourraient être partagés, à terme.

Il faillit s'étrangler. Cette petite sotte insignifiante osait lui distribuer des miettes. *Oh, je vais courber l'échine. Je vais jouer les maris compréhensifs. Je vais l'aider à sauver sa maudite République et, après quelque temps, je la reléguerai à la place qui est la sienne. Elle sera mon prophète attitré, jusqu'à ce que les gens l'oublient. Alors, je prendrai un grand plaisir à l'éliminer.*

— Nous sommes faits pour nous entendre, susurra-t-il.

Elle lui sourit. Était-elle rassurée ou au contraire, tentait-elle de le manipuler ? D'autres s'y étaient essayés avant elle et ils n'étaient plus que poussière.

— En avons-nous fini ? demanda-t-il.

— Je le pense. Ce fut une première rencontre intéressante, fit-elle.

— En effet… Les choses vont se mettre doucement en place, mais nous apprendrons à travailler ensemble. Je vous souhaite une bonne journée, Nayla Kaertan.

— Vous de même, Haram Ar Tellus.

Il s'inclina cette fois, brièvement, et elle lui rendit son salut d'un infime signe de la tête. Il ne releva pas ce nouvel affront. Il pivota sur les talons et sortit de la pièce avec détermination. Derrière lui, un concert de voix étranges murmura. Elles venaient de cette horreur tranchée dans la réalité, au-dessus du trône. L'Hégémon réprima un frisson.

*Le kawakh est la fin du cycle, l'aube du néant,
la destruction inexorable des mondes.*

Mythologie des Hatamas

Leene pressa la détente de son fusil frénétiquement. Les munitions lywar coupèrent presque en deux le soldat le plus proche. Elle dut contenir un haut-le-cœur. De son côté, Arey venait d'abattre un guerrier d'un tir en pleine tête. Le médecin visa l'ennemi suivant, mais seul l'aboiement rauque d'un chargeur vide. *Et zut !* songea-t-elle. *Ce truc était réglé au maximum.* Arey poussa un cri de douleur et laissa tomber son arme. Il pressa sa main sur son biceps. Leene jeta un coup d'œil autour d'elle, mais il n'y avait aucune échappatoire.

— Emparez-vous d'eux ! ordonna l'homme tenant le trauer.

Deux soldats se dirigèrent vers Arey tandis que le troisième vint vers elle. Il l'agrippa sans ménagement par le bras et lui arracha son fusil. Ils étaient perdus. Leene en aurait pleuré.

La porte s'ouvrit à nouveau et Justyne apparut, un pistolet lywar à la main. Elle avait noué un foulard autour de son visage pour dissimuler son identité. Elle tira sur le guerrier le plus proche. Touché en pleine armure, l'homme recula de plusieurs pas sans être blessé. L'arme, moins puissante qu'un fusil, devait être réglée au minimum. Leene saisit l'opportunité qui lui était offerte. Elle plongea la main dans sa poche, en extirpa son injecteur sans trembler et elle l'appliqua sur la joue de celui qui la retenait prisonnière. Il s'effondra sans un cri. Tout s'accéléra. Pourtant, elle avait l'impression que les événements se déroulaient au ralenti. Le soldat proche de l'inquisiteur hurla, les mains sur ses tempes. Le civil pointa son trauer vers la poitrine de Mylera ; une décharge près du cœur pouvait tuer. Leene arracha le fusil des mains du mort à ses pieds. Elle se redressa et tira au jugé. La munition lywar effleura l'enquêteur. Il se tourna vers elle. Elle vit la colère dans son regard. Elle bloqua l'arme contre son épaule, pour assurer sa visée.

À sa grande surprise, l'homme pivota sur ses talons et s'enfuit vers la porte du fond. Elle pressa la détente encore une fois, mais loupa sa cible. Elle n'avait jamais été douée à ce jeu-là. *Tant pis !* songea-t-elle, en se désintéressant du fuyard. Elle se tourna vers le soldat survivant en train de se relever. Elle fit feu en même temps que Justyne. Les deux tirs lywar le frappèrent de plein fouet, le tuant sur le coup. Sans attendre, Leene se précipita vers Mylera. Elle avait les traits tirés et blafards, les yeux soulignés par de larges cernes, des traces de larmes maculaient ses joues. Elle avait une mine si horrible qu'elle en fut bouleversée.

— Leene…, souffla-t-elle. J'ai… rien…

— Chut… Attends, je vais te libérer.

Elle la détacha fébrilement. Du coin de l'œil, elle vit que Justyne bandait le bras d'Arey.

— Je ne vais pas pouvoir marcher, coassa Mylera.

— Il va falloir, ma chérie, murmura Leene.

Elle sélectionna du retil 3 dans sa trousse, puis le lui injecta. Son amie frissonna et poussa un long gémissement dans lequel vibrait une souffrance qui lui déchira le cœur.

— Viens, lève-toi.

Revigorée par la drogue, Mylera se redressa. Elle dut néanmoins s'appuyer sur l'épaule du médecin pour ne pas vaciller. Les deux femmes rejoignirent l'inquisiteur.

— Justyne, souffla la blessée. Je ne voulais pas que tu t'impliques dans cette folie.

— Ouais, mais ces deux idiots n'ont pas été foutus de faire les choses correctement.

Leene faillit lui lancer à la face son tir raté, mais s'abstint.

— Ne restons pas là, intervint Arey.

— Votre bras ? s'enquit le médecin.

— Ça ira pour l'instant.

Il avait raison. Le temps pressait. Ils sortirent du bureau de Mylera. Les environs avaient été désertés par les promeneurs, alertés par les détonations. Les renforts ne tarderaient pas.

— Vite ! s'écria Justyne.

Agrippée à l'épaule de Leene, Mylera boitilla jusqu'au passage qu'ils avaient emprunté quelques minutes plus tôt. Le médecin avait l'impression qu'une semaine entière s'était écoulée depuis qu'ils avaient fui l'appartement. Ils entrèrent dans l'étroite galerie et Justyne referma le panneau derrière eux.

— Vite, dit-elle à nouveau, la voix rendue plus rauque par la peur.

Ils se hâtèrent dans le corridor exigu. Mylera marchait devant Leene et trébuchait souvent malgré la dose de retil. Derrière elle, Arey grognait chaque fois qu'il heurtait un obstacle. Elle voulut le houspiller, puis se souvint qu'il était blessé. Elle n'éprouva qu'une honte passagère, car elle n'oubliait pas ce qu'il était. Elle faillit bousculer Mylera lorsque Justyne s'arrêta net au bord du trou menant au passage sous le conduit de connexion. Elle désignait deux diodes rouges d'un doigt tremblant.

— Le verrouillage de sécurité ! Nous sommes coincés.

— Et zut ! jura Mylera.

— Si tu nous expliquais ? insista Leene.

— En cas de dépressurisation, il faut pouvoir isoler les modules. Des portes étanches se ferment, bloquant les tubes et, bien sûr, les boyaux de maintenance.

— On peut peut-être forcer l'ouverture, suggéra Arey.

— Non, impossible ! grogna Justyne.

— Mylera ? demanda Leene.

— Hey, je suis quoi, moi ? s'énerva la blonde. Tu pourrais prendre en compte ce que je dis !

— Calme-toi, Justyne, souffla Mylera. On est dans la même galère.

— Ils vont nous trouver, chaton, grommela la technicienne.

Chaton ! Sans déconner ! Leene aurait pris sa rivale par la peau du cou pour la jeter la tête la première dans ce trou juste devant eux. Malheureusement, ce n'était pas possible.

— Je sais, marmonna Mylera, de ce ton pensif que le médecin lui connaissait bien.

— Tu as une idée, n'est-ce pas ?

— Ouais… Le sas de maintenance.

— Mylera, c'est…, commença Justyne.

— La seule solution. Venez, ce n'est pas loin.

Effectivement, il ne leur fallut que cinq minutes pour se retrouver dans un petit local. Leene remarqua tout de suite les trois combinaisons spatiales accrochées à un piton.

— Tu… Tu n'es pas sérieuse.

— Si tout est bouclé, votre sas ne s'ouvrira pas, déclara Arey.

— Au contraire ! Il y a une centaine d'années, la base Alphard était moins importante que maintenant, mais comptait déjà une bonne vingtaine de modules. Un jour, un vaisseau s'est encastré dans l'un d'eux. La dépressurisation a enclenché le verrouillage de sécurité. Tout a été bloqué, préservant ainsi les autres modules. Seulement, ce verrouillage avait scellé les sas de maintenance. La réparation a pris des semaines. Et oui, personne n'a pu quitter la base pour intervenir à l'extérieur. Depuis, les sas sont exclus du verrouillage de sécurité.

— Il est donc possible de sortir ou d'entrer dans la base, malgré le verrouillage, déclara l'inquisiteur. Ce n'est pas très efficace.

— Enfermer les gens n'est pas le but de ce verrouillage. Son but est de sauver des vies. En cas d'attaque, il faut lancer le verrouillage anti-intrusion, ce que Leffher n'a pas fait, parce que, comme la plupart des gens, ce type ne pense pas comme un technicien.

— Très bien, je comprends. Nous pouvons donc sortir, mais je ne vois pas à quoi cela va nous avancer, insista Arey.

— Nous allons enfiler une tenue et rejoindre le Fidélité.

— C'est une épave !

— Non, plus maintenant, intervint Justyne. Depuis votre arrivée, Mylera et moi, on s'acharne pour le réparer. J'ai terminé l'essentiel ce matin.

— Formidable ! Bravo, mon cœur ! Bon, nous n'irons pas très loin et pas vite, mais nous pourrons filer.

— Il n'y a que trois tenues, fit remarquer Arey.

— Oui, il faudra revenir chercher celle ou celui qui…

— Non ! coupa Justyne. Je ne viens pas avec vous.

— Comment ça ? s'étrangla Mylera. Mon cœur, je ne vais pas te laisser en arrière, voyons !

— Je ne viens pas. Je t'avais prévenue. Je ne vivrai pas en fugitive. Je ne suis pas une rebelle ni une héroïne, d'ailleurs. Toi, tu dois partir. Tu n'as plus le choix.

— Non, je… Justyne, ils vont t'arrêter.

— Je me suis dissimulé le visage. Le type qui s'est sauvé ne me reconnaîtra pas. J'ai sur moi un ordre de perception pour un atelier ici, dans A5. Je vais donc m'y rendre et patienter sagement jusqu'à ce que le verrouillage soit terminé.

— C'est de la folie, souffla Mylera. Écoute… Dans ce cas, nous t'attendrons dans le Fidélité.

— Non, je te l'ai dit quand elle est arrivée, cracha Justyne avec un mouvement du menton vers Leene. Je ne vais pas courir la galaxie avec des rebelles. Ce n'est pas mon genre. Et puis, je crois en la Sainte Flamme. Je ne veux pas la trahir.

— Mais nous non plus ! s'exclama le médecin, sans dissimuler son agacement.

— Je m'en cogne de ce que tu dis, vieille mégère ! répliqua Justyne.

Les mâchoires serrées, Leene se prépara à contre-attaquer. *Cette pouffiasse commence à m'échauffer les oreilles*, songea-t-elle. Avant qu'elle n'ait pu agir, Arey lui bloqua le poignet d'une main ferme. Les dents découvertes en un grondement silencieux, elle se tourna vers lui.

— Il faut y aller, déclara-t-il avec calme.

Mylera décerna à l'inquisiteur un regard noir, prête à l'agresser verbalement. Justyne l'en empêcha d'un baiser sur les lèvres.

— Il a raison. Je... Prends soin de toi.

— Chaton...

— Allez, passe cette tenue. Pour moi, je t'en prie. Tu dois t'échapper.

Leene se détourna pour que personne ne remarque ses yeux humides. L'inquisiteur n'avait pas lâché son poignet. Il pressa doucement pour attirer son attention et lui décerna un sourire chaleureux. *Ce cafard vient de lire dans mon esprit*, enragea-t-elle.

— Je vais vous aider, murmura-t-il.

Il lui présentait une tenue spatiale. Elle acquiesça d'un signe de tête. Elle éprouva une étrange reconnaissance pour sa sollicitude. Elle se glissa dans la combinaison souple, puis aida Arey à faire de même. Mylera, secondée par Justyne, s'était déjà équipée.

— Adieu, chuchota la blonde. Allez, chaton, met ton casque.

— Retrouve-nous au Fidélité, je t'en prie.

— Entrez dans le sas. Ils vont finir par nous tomber dessus.

Tandis que ses compagnons obéissaient, Mylera ne bougea pas. Elle fixait Justyne avec désarroi. Les secondes s'égrenèrent, tintant comme un glas.

— Mylera..., appela doucement Leene depuis le sas.

Son amie secoua la tête nerveusement, puis les rejoignit. Des larmes coulant sur les joues, elle coiffa son casque. Justyne ferma l'écoutille et colla son visage contre le hublot. Elle posa la main sur la vitre, puis leur fit signe de se préparer.

La diode près de la porte clignota et le cœur de Leene se mit à battre sur le même rythme. Elle avait fait deux sorties dans l'espace pendant sa formation, des années auparavant. Elle avait détesté ça. L'écoutille s'ouvrit et ils furent expulsés à l'extérieur avec une brutalité terrifiante. Le vide autour d'elle était insondable, noir, intense. Il l'appelait. Il l'attirait. Elle s'éloignait déjà du module, impuissante. Leene se secoua. Sa combinaison légère était équipée de petits propulseurs. Elle les activa et se stabilisa aussitôt. Mylera filait le long de la coque, suivie de près par Arey. Leene pressa les commandes et les propulseurs la catapultèrent trop vite à son goût.

— Bordel ! jura-t-elle.

Loin devant, Mylera leva la main, puis plongea vers le module A4. Le sas de maintenance s'ouvrit, et l'embrasure de l'écoutille s'alluma.

La technicienne ralentit et se posa avec grâce à l'intérieur. Vingt secondes plus tard, Arey la rejoignit avec aisance. Il fit deux pas, puis se retourna pour suivre la progression du médecin. Mylera se tenait tout près de la porte et fit des signes pour lui indiquer de se presser.

Leene n'était pas aussi habile que ses compagnons. Elle n'arrivait pas à doser la puissance de ses propulseurs. Elle comprit vite qu'elle allait rater le sas. Elle essaya fébrilement de corriger sa trajectoire, mais appuya trop longuement sur la commande. Elle se mit à tournoyer follement. La base Alphard apparaissait et disparaissait dans son champ de vision. Une nausée irrépressible lui souleva l'estomac. *Il ne faut pas que je vomisse, pas dans mon casque*, songea-t-elle, affolée. Elle pressa plusieurs commandes pour tenter de stopper son mouvement de derviche. La rotation s'accentua. À chaque révolution frénétique, la base semblait s'éloigner. Leene paniqua, incapable de se souvenir de ce qu'il fallait faire dans une telle situation.

Sa giration cessa brutalement. Elle poussa un cri de surprise en reconnaissant Uve Arey à travers la buée couvrant la visière de son casque. Il accrocha une sangle à sa ceinture, puis leva le pouce pour lui indiquer que tout allait bien. *Qu'est-ce qu'il fait là ?* se dit-elle. Elle secoua la tête pour chasser la sueur qui baignait son visage et qui lui brûlait les yeux. Elle aurait payé cher pour pouvoir s'éponger. Il haussa les sourcils avec une grimace interrogative. Elle esquissa un sourire pour le remercier.

— Bordel ! grommela-t-elle. Voilà que j'ai besoin d'un inquisiteur pour me sauver la mise.

Avec une lueur amusée dans le regard, il lui désigna le module où les attendait Mylera. Il actionna ses propulseurs. La sangle entre eux se tendit et elle fut tirée à sa remorque, droit vers l'ouverture. Il y entra le plus loin possible pour lui laisser la place de poser les pieds. Leene atterrit avec soulagement. Mylera lui attrapa le poignet pour la stabiliser. Elle lui fit signe d'avancer, puis elle ferma l'écoutille. Elle pressa quelques touches pour rétablir l'atmosphère. Quelques minutes plus tard, elle ôta son casque. Son visage était souillé de larmes.

— Je suis désolée, murmura Leene.

— Ce n'est pas ta faute, soupira son amie. Ce n'est même pas celle de Dem. C'est juste la faute de ce putain d'univers.

Ou celle de cette Justyne qui ne t'aime pas assez pour t'accompagner, songea le médecin. Ce n'était pas le moment de prononcer cette vérité à haute voix. Elle croisa le regard de l'inquisiteur et sut qu'il venait d'accéder à son esprit. *Espèce de cafard !*

— Au fait, merci, Arey, préféra-t-elle dire.
— Je vous en prie.
— Ne restons pas là, coassa Mylera.

Ailleurs…

Symmon Leffher s'astreignait à la plus parfaite immobilité, tandis que le ratissage du module A5 se poursuivait. Des troupes fouillaient les galeries de maintenance, d'autres vérifiaient l'identité de chaque personne. Il savait déjà qu'ils ne trouveraient rien. Des gens comme cette Nlatan et cette Plaumec ne se laisseraient pas piéger aussi facilement.

Il avait vu juste. Les soldats venaient de découvrir un sas de maintenance vidé de ses combinaisons spatiales. Les traîtres avaient contourné le verrouillage en passant par l'extérieur. Ils n'étaient plus dans le module A5. L'officier en charge de la traque proposa de fouiller la base module par module. Symmon accepta, tout en sachant que ce serait inutile. Sa théorie fut vite prouvée lorsque la salle de contrôle lui annonça qu'un vaisseau venait de quitter Alphard sans autorisation.

— Dites-m'en plus ? demanda-t-il sèchement.

— Il s'agit d'un escorteur Fidélité, immobilisé pour maintenance depuis des mois, monsieur. Je ne comprends pas comment…

— Nlatan a dû exécuter les réparations sans l'indiquer dans son compte rendu, répliqua-t-il avec lassitude.

Il n'y avait plus rien à faire sur Alphard. Elles s'étaient enfuies, mais ce n'était pas si grave. Il avait anticipé ce retournement de situation.

Le commandant de la base lui avait attribué un bureau. Symmon verrouilla la porte et lança une communication sécurisée. Marthyn apparut à l'écran.

— Symmon ? Alors ?

Son clone avait l'air tendu. C'était compréhensible, il jouait une partie difficile avec, au-dessus de sa tête, la menace d'une relégation proche. Symmon lui fit un compte rendu rapide des événements et à chaque phrase, le visage de son autre lui se renfrognait.

— Tu les as laissées filer ? accusa Marthyn.

— C'est tout à fait ça, répliqua-t-il avec un sourire.

Son frère leva un sourcil étonné, puis lui décocha un rictus agacé.

— Tu l'as fait exprès.

— Presque… Je savais que Nlatan ne m'apprendrait pas grand-chose. Et même si elle m'avait livré Plaumec, cette femme est têtue. Elle a résisté à un interrogatoire mené par un scrutateur, à l'époque. Et puis, je suis certain qu'elles ignorent où se trouve Milar en ce moment.

— Elles auraient pu te confirmer sa présence sur Tellus Mater.

— À quoi bon ? Il y est, tu le sais comme moi. La possibilité d'une opération de secours était faible, mais je l'ai anticipée. J'ai profité d'un évanouissement de Nlatan pour lui implanter un traceur longue portée. Je saurai très vite où elle va, même si j'en ai une idée.

— Je t'écoute.

— Milar a été capturé par la Flotte noire. Il aurait dû être exécuté pour trahison. Or, il a réussi à se rendre sur Alphard, puis sur Tellus Mater. De plus, Plaumec était accompagnée par un inquisiteur.

— Comment le sais-tu ?

— Il a tué deux hommes par la pensée.

— Il s'agit peut-être d'un prophète, tu ne crois pas ?

— C'est possible, mais je parierais pour un inquisiteur. J'ai senti son attaque. C'était organisé, froid et très professionnel.

— Mais facile à contrer.

— Bien sûr.

— Tu vas te lancer à la poursuite de Nlatan ?

— Non, ce n'est pas mon… notre travail, Marthyn. Je préfère redescendre sur Tellus Mater pour traquer Milar. Je veux le voir mort.

— Oui, tout comme moi. Soit… Je vais donner l'ordre à Saul Noler de se mettre en relation avec toi. Transmets-lui ce qu'il doit savoir.

— Bonne idée. Il pourra s'occuper de pourchasser Nlatan et Plaumec.

— Je t'attends, Symmon. Bien joué, mais je ne doutais pas de toi, lança Marthyn avec un clin d'œil.

La seule réalité est l'action.

Code des Gardes de la Foi

Dem avait trépigné d'impatience à l'abri de l'alcôve pendant tout l'échange entre le Tellusien et Nayla. Il avait été conçu pour affronter les adversaires de l'Imperium et Haram Ar Tellus était l'ennemi héréditaire des Gardes de la Foi. L'envie de se ruer sur lui et de l'égorger avec sa lame serpent l'avait presque renversé. Il avait dégainé son poignard de quelques centimètres, avant de s'immobiliser. Les yeux mi-clos, Devor Milar s'était concentré sur la discussion. Il avait noté le mépris et l'agressivité larvée de l'Hégémon. Il lui coûtait d'être là. Il n'avait accepté que pour retrouver sa position par la ruse, en manipulant celle qu'il considérait comme une gamine. Il venait de découvrir qu'il s'était trompé et que Nayla était plus habile qu'il le pensait. Elle l'avait même effrayé en le confrontant à Yggdrasil. Il était parti, troublé et furieux. Il n'oublierait pas cette humiliation et cela le rendait encore plus dangereux.

Milar secoua la tête avec dégoût. La politique n'était pas pour lui. Il en comprenait les rouages, mais il préférait l'action. *Quelle que soit la situation, il faut s'adapter à l'ennemi pour le vaincre*, cita-t-il pour lui-même. Il rejoignit Nayla en affichant un sourire destiné à la réconforter. La jeune femme était prostrée sur son siège. Il vit tout de suite, à ses yeux rougis, qu'elle avait pleuré. Il se précipita vers elle.

— Nayla…

— Ce… Ce n'est rien. Je me répugne d'être obligée de faire ça.

— Je sais.

Il serra les poings pour maîtriser sa colère. Il détestait se sentir impuissant.

— Il doit y avoir un moyen pour te permettre de quitter cet endroit, ajouta-t-il.

— Non, il n'y en a pas, soupira-t-elle. Tanatos a cherché une solution pendant des siècles.

— Tu n'en sais rien. Cela lui convenait peut-être.

— J'ai trouvé son journal sur un handtop, ricana-t-elle avec amertume. Il l'avait dissimulé dans une cache, dans ce siège. Je l'ai lu. Après tout, je n'avais pas grand-chose d'autre à faire. C'est... C'est terrifiant, Dem. Au début, nous étions si semblables. Il voulait libérer la galaxie de l'emprise de Tellus. Il était guidé par des visions et, quand il s'est assis sur le trône, il était plein d'espoir.

— Et la déchirure est apparue...

— Non, elle le suivait déjà. Il s'est perdu des années dans Yggdrasil. Il était dans le coma et puis, un jour, il s'est réveillé ou plutôt, il est revenu de ce voyage impossible. Pour y parvenir, il a dû déchirer la réalité. Et, à partir de cet instant, il a commencé sa guerre contre le pouvoir en place.

— Il a créé cette brèche ?

Nayla releva ses jambes pour se pelotonner sur le large trône. Elle poursuivit son histoire d'une voix atone.

— Ce n'était pas volontaire. Il voulait juste s'échapper. Cette fissure était minuscule, à peine quelques centimètres. Il ne l'a pas vue immédiatement. Il ignorait ce que cela signifiait. Il a tenté de la refermer plusieurs fois, mais ne savait pas comment s'y prendre. Alors, elle est restée accrochée à lui comme une ancre. Au fil des années, elle n'a cessé de grandir et d'accroître son emprise.

— Dans ce cas, pourquoi n'a-t-elle pas disparu lorsqu'il est mort ?

— Je ne sais pas, Dem, fit-elle en secouant la tête. Il a usé de son pouvoir pour accéder à cette pièce. Il a affronté Haram presque seul, cela ne te rappelle rien ?

Elle leva les yeux vers lui, à la recherche d'un soutien. Il s'approcha d'elle et s'accroupit devant le siège pour mieux la regarder.

— Un peu, souffla-t-il.

— Pour tuer Haram, il a été obligé de puiser de l'énergie dans Yggdrasil. Après ce combat, la fissure s'est considérablement agrandie. Tanatos n'a plus jamais pu quitter cet endroit. Selon lui, la brèche se plaisait dans le temple.

Elle avait murmuré la dernière phrase avec un tel désespoir qu'il en fut ému. Il voulut répondre, mais elle reprit son récit.

— À travers la déchirure, Yggdrasil dévorait son énergie. Il a dû se résoudre à consommer celle des humains possédant un pouvoir comme le sien.

— Il paraissait apprécier cette obligation.

— À la fin, c'est possible, mais pas au début. Les premières années, Tanatos a essayé des dizaines, des centaines de solutions pour s'en libérer, sans jamais réussir. Chaque tentative renforçait le lien entre cette chose et lui.

Il se redressa pour mieux citer le Code.

— L'échec n'est pas une option.

Elle éclata d'un rire nerveux et il se joignit à elle.

— Désolé, finit-il par dire. C'était idiot.

— Non, le Code fait partie de toi et si quelqu'un trouve un moyen de me sauver, ce sera toi.

— Pour l'instant, ce n'est pas concluant.

— Tu m'as toujours répété qu'il fallait être patient.

— Certes, mais je ne vois aucune issue à notre problème.

— Oh, aucune issue, hein ?

Il rit doucement, en levant les mains en signe d'excuse.

— Ne t'en fais pas. Ça me fait du bien de rire. Ça ne m'était pas arrivé depuis… plus de trois ans. Tu es là, Dem, et c'est tout ce qui compte.

Il lui tendit la main pour l'inviter à se lever. Elle l'agrippa et descendit du trône. Elle caressa doucement sa joue, provoquant un agréable frisson qui courut le long de sa colonne vertébrale.

— Cela ne nous aide pas, marmonna-t-il. Il nous faut un angle d'attaque.

— Pour commencer, maintenant que j'ai cette foutue console, nous pourrions joindre Mylera et Leene, proposa-t-elle.

— Excellente idée. Elles doivent s'inquiéter.

Milar s'installa derrière la console et, pendant les minutes qui suivirent, il peaufina sa modélisation de camouflage. Il devait s'assurer que personne ne pourrait déchiffrer ou détecter cette communication. Il ne voulait pas mettre Mylera en danger.

— Ne reste pas dans le champ de la caméra, suggéra-t-il à Nayla. On ne sait jamais. Je mets en place un filtre qui dissimulera cet endroit.

— Très bien, fit-elle en se déplaçant sur le côté.

Il initia l'appel, tout en suivant le flux de connexion grâce à sa modélisation. Il franchit les sécurités du temple, puis passa par l'émetteur planétaire, celui d'Alphard, et fut enfin dirigé vers le handtop de Mylera. La communication fut acceptée, puis transférée sur une console.

— Oui ? demanda un homme d'une petite trentaine d'années, étonnamment banal.

Milar fronça les sourcils. Il ressemblait à une version jeune de Marthyn Leffher.

— Oh, Devor Milar…, susurra l'inconnu. Très jolie cicatrice, mais lorsqu'on vous connaît…

— Qui êtes-vous ? interrogea Dem.

— Vous cherchez à joindre votre complice, n'est-ce pas ? Trop tard ! Mylera Nlatan et Leene Plaumec sont déjà en mon pouvoir. Et vous serez le suivant.

L'homme n'avait pu cacher une certaine exaltation. Dem contint sa colère. Quelque chose clochait, mais il n'arrivait pas à qualifier son doute.

— Vraiment ? lança-t-il d'un ton moqueur.

— Oh oui, Milar. Vous êtes sur la planète mère et je vais vous trouver.

— Je vais vous dire ce que vous allez faire. Vous allez libérer vos prisonnières. Si vous leur faites le moindre mal, vous périrez dans d'atroces souffrances.

— Je vous attends, dans ce cas. Mon nom est Symmon Leffher et je vais emmener vos amies dans les locaux des Guerriers Saints.

— Symmon ?

— Je suis le frère de Marthyn, que vous connaissez sûrement.

Nayla, qui piaffait d'impatience à côté de l'écran, ouvrit la bouche pour intervenir. Dem leva une main impérieuse pour l'en empêcher.

— Son frère ? Vous êtes plutôt son clone, répliqua-t-il froidement.

Il vit la surprise s'afficher brièvement sur les traits de son ennemi.

— Je prendrai un grand plaisir à extirper des informations à ces traîtresses, se contenta-t-il de répondre. À bientôt, colonel Milar.

Le Tellusien coupa la communication. Dem s'assura que la console était éteinte, puis regarda Nayla. Elle était blême, mais ses yeux étincelaient de fureur.

— Dem… Que… Qu'allons-nous faire ?

— Je ne sais pas, marmonna-t-il d'un ton songeur.

— Comment ça, tu ne sais pas ? Et… À quoi penses-tu ?

— Eh bien… Quelque chose m'a gêné, mais je ne sais pas encore quoi.

— Moi, ce qui me gêne, c'est que ce cafard va torturer nos amies.

— Nayla…, protesta-t-il.

Il joignit les mains en lame devant son visage et ferma les yeux pour mieux se concentrer. Il revit la conversation en se focalisant sur les traits et les expressions de Symmon. Ce n'était pas aisé, car l'homme était peu démonstratif. Il se souvenait d'une lèvre qui se soulevait imperceptiblement, découvrant ses dents. Le Tellusien le haïssait de façon personnelle. Ses pupilles s'étaient agrandies un très bref instant et il avait avalé ses lèvres. Il cachait quelque chose. Mentait-il ? Peut-être. Difficile de jouer la survie de Mylera et de Leene sur de si faibles preuves.

— C'est un piège, dit-il enfin.

— Bien sûr que c'est un piège, s'agaça Nayla.

— Je ne suis même pas certain qu'elles soient en son pouvoir.

— Dem, tu ne peux pas les abandonner. S'il y a une infime chance qu'elles soient prisonnières, on ne peut pas…

— Je sais, soupira-t-il. Il va falloir les sortir de là, mais je n'ai pas la moindre idée de comment m'y prendre. Il sait très bien qu'elles ignorent où je me trouve. Elles sont comme un mulama au piquet pour abattre un garton.

— Et le garton, c'est toi.

Nayla s'installa sur le sol, le dos appuyé contre le lit, dans une position qu'elle affectionnait. Elle entoura ses genoux de ses bras en tremblant.

— Je suis censée contrôler l'univers, mais je ne me suis jamais sentie aussi impuissante, soupira-t-elle.

Dem lui sourit doucement. Elle pouvait lire son inquiétude sur son visage ravagé. Elle la partageait. Leene et Mylera étaient leurs amies.

— Je vais… Je vais essayer d'en savoir plus, souffla-t-elle.

Elle ferma les yeux. Elle entendit la voix de Dem, très lointaine, lui dire d'être prudente. Le murmure d'Yggdrasil se faisait plus intense, saturant ses sens. Il se faisait plus incisif, plus séducteur. Elle céda. Avec aisance, elle se projeta dans le néant.

Aussitôt, de violents courants l'emportèrent. Elle avait acquis la maîtrise de cet environnement. Elle savait trouver ce qu'elle cherchait, la plupart du temps. Elle focalisa son attention sur Mylera et sur Leene, mais au lieu de les voir dans les chaînes, elle se retrouva sur une planète humide, au milieu de vastes mangroves bruissant d'insectes. Elle se rapprocha, erra entre les arbres aux épaisses racines plongeant dans une eau verdâtre. Elle suivit la courbe du terrain et gravit une basse colline. Une petite ville s'y dressait, façonnée avec une sorte d'argile. L'endroit paraissait désert, comme vidé de ses habitants. Ses pas la conduisirent vers un à-pic dans lequel un escalier était creusé. Elle grimpa, sans effort, vers le sommet. Elle découvrit un complexe incroyable de constructions, mêlant pierre, argile et bois. Des arbres avaient colonisé les lieux et s'imbriquaient dans les bâtiments, à tel point qu'ils faisaient partie d'eux. C'était un site de pouvoir, un nœud cosmique. Ici, elle trouverait des réponses…

Un frisson courut le long de sa colonne vertébrale. Un danger approchait. Elle ne fuirait pas. Pas cette fois ! Elle entra dans le premier temple. Les couloirs sombres résonnaient de bruits étranges. D'embranchements en détours, elle s'égara, incapable de retrouver la sortie. Nayla tourna à droite et s'engagea dans un passage plus large qui grimpait doucement. Elle déboucha dans une vaste cour cernée de parois couvertes de symboles, à moitié mangées par des racines plus épaisses que son corps. Au centre se dressait une haute pierre à l'apparence improbable. Elle compta une douzaine de formes géométriques : des sphères, des cubes, des polygones, des pyramides… Le sculpteur avait réussi l'exploit de les rendre indépendantes et imbriquées.

Un bruit de discussion attira son attention. Jani et quelques inconnus pénétrèrent dans l'enceinte. Pourquoi Yggdrasil lui montrait-il cet endroit ? Où étaient Leene et Mylera ? Quelle était cette planète ? Où se situait-elle ? L'impression de danger devint insupportable. Elle ressentit la présence du Chaos, comme si Nix en personne s'était trouvé là. La douleur s'intensifia. Son esprit exigeait d'être libéré de sa prison d'os et de chair. Quelque chose l'arracha à sa contemplation et l'éjecta dans le monde réel avec force.

— *Tu dois agir vite,* murmura une voix dans sa tête.

Elle s'effondra, inconsciente, dans les bras de Dem.

Ailleurs…

Shoji Ako avait toujours adoré étudier les documents des siècles passés ou, plutôt, des millénaires passés. Elle ne s'en lassait jamais, comme le devait tout dépositaire. Elle caressa le papier d'un livre très ancien et regretta qu'il soit protégé par un film d'alumax. Il avait été appliqué en plongeant l'ouvrage dans un bain de cette solution transparente. En séchant, chaque page devenait indéchirable et imputrescible, mais n'offrait plus le toucher inimitable du vieux papier. Elle ne connaissait pas ce livre datant des débuts de la conquête spatiale. Elle admira les photographies montrant les héros de cette époque qui avaient osé affronter l'espace dans de minuscules vaisseaux. Ces visages, dont certains lui étaient inconnus, n'étaient pas différents de ceux des humains d'aujourd'hui. Seule la mode vestimentaire avait changé. Elle tourna la page et s'arrêta sur un portrait en couleur du colonel ayant conduit la première mission hors du système solaire, à bord d'un vaisseau équipé d'un moteur Larsson-Zhao. Elle avait lu de nombreuses choses sur Cian Kelly, mais elle n'avait jamais vu de photo en aussi bon état. Il était brun avec des yeux bleu très clair dans un visage mince. *Il ressemble à Dem*, songea-t-elle.

Cette pensée la frappa avec force et un frisson courut le long de sa colonne vertébrale. *Dem… A-t-il atteint son but ? Rien ne l'indique. Il n'est pas homme à échouer, mais admettons qu'il soit entré dans le temple, a-t-il tué Nayla Kaertan ? C'est possible. Le gouvernement peut très bien dissimuler sa mort et, cloîtrée comme je le suis, je ne l'apprendrai jamais. Non ! Il n'a pas pu faire ça ! Il n'a pas pu la tuer !* conclut-elle.

Shoji se leva, fit quelques pas nerveux dans la pièce, avant de s'arrêter devant la porte donnant dans le jardin. Elle avait tellement envie de respirer de l'air frais, mais Toma lui avait demandé de ne pas se montrer. Il avait peur. Elle n'avait pas besoin de lire dans les pensées pour le savoir.

Shoji soupira. Elle n'imaginait pas demeurer ici le reste de sa vie. Seulement, elle n'avait aucune idée de ce qu'il fallait faire pour quitter cette planète. Les épaules basses, elle revint vers la bibliothèque, à la recherche d'un ouvrage qu'elle ne connaissait pas. Du bout du doigt, la tête penchée pour mieux lire, elle balaya le dos des livres. Elle les avait tous étudiés. Shoji attrapa un escabeau pour accéder aux dernières étagères, mais ne trouva rien d'intéressant. Elle redescendit, décala l'échelle, et recommença son furetage.

— Lu... Lu... Vu... Oh non, pas celui-là..., marmonnait-elle entre ses dents. Lu... Et...

Elle s'interrompit, les sourcils froncés.

— *Hatamas – légendes et vérités*, Rama Hebblethwaite, cita-t-elle d'un ton pensif.

Elle ne se souvenait pas d'avoir vu un tel livre ou, même, d'en avoir entendu parler. Avec précaution, elle ôta l'ouvrage de son étagère. Elle redescendit et déposa le livre sur le lutrin. Il avait été protégé, comme tous les autres. Il était plus récent que ce qu'elle avait l'habitude d'étudier. Cela se voyait à la couverture en velinthim, une sorte de cuir synthétique utilisé des milliers d'années plus tôt pour des ceintures, des sacs, ce genre de choses. Shoji l'ouvrit avec déférence. Le titre et le nom de l'auteur s'étalaient en lettres imprimées dans une police élégante. Sur la page suivante, elle découvrit ce qu'elle cherchait. Son front se plissa de contrariété.

— 5592 ! s'exclama-t-elle. Qu'est-ce que c'est que cette mascarade ? Le premier contact avec les Hatamas a eu lieu en 5610. Et personne ne produisait plus de livres en papier à cette époque. Rama Hebblethwaite... Ce nom me dit vaguement quelque chose, mais je ne me souviens pas...

Avec un grognement agacé, elle s'assit derrière la console de Toma pour consulter les archives des dépositaires.

— Voilà ! Rama Hebblethwaite, explorateur. Renvoyé de la société des sciences de New Gaia en 5585 pour ses méthodes peu orthodoxes et sa volonté d'explorer la galaxie de façon anarchique. Il était connu pour précipiter les premiers contacts. Il a disparu en 5586 avant de réapparaître, six ans plus tard. Il s'est isolé sur la planète Bora et y a perdu la vie.

Shoji poussa un long soupir.

— Eh bien, cela ne m'avance pas beaucoup, ou peut-être que si... Ah, il y a un commentaire. Voyons ça.

Rama Hebblethwaite a écrit un livre qu'il a fait imprimer selon une méthode ancestrale sur la planète Bora. J'ai découvert cet ouvrage par chance, après la victoire de la rébellion, en fouillant dans les locaux de l'Inquisition. Est-il authentique ? Tout semble le prouver, mais je ne peux pas le garantir. Il faudra que je m'en assure avant de prévenir les dépositaires. Selon ce compte rendu d'exploration,

Hebblethwaite aurait eu un premier contact avec les Hatamas bien avant la date officielle. Il aurait été accueilli parmi eux et ils lui auraient appris de nombreuses choses sur leur civilisation.

La plupart de ses aventures sont des inepties. Je suspecte Hebblethwaite d'avoir enjolivé les faits. Ce manque de rigueur était l'un des motifs de son renvoi.

Toma Kudo, enquêteur, Terre.

Shoji joignit les doigts et posa le menton sur le creux formé par ses pouces et ses index. Elle ne savait pas ce qu'il fallait penser de tout cela. Ce livre valait-il d'être lu s'il n'était qu'un ramassis d'inventions ? Sans doute pas.

Avec une grimace, elle revint vers le lutrin. Elle commença à refermer le livre, puis hésita. *Après tout, je m'ennuie tellement,* songea-t-elle. *Je suis prête à lire n'importe quoi.* Elle s'installa confortablement pour consulter l'ouvrage. Très rapidement, elle plongea dans l'histoire. La somme des informations contenues dans ces pages était vertigineuse. Comment Toma avait-il pu remiser ce livre comme inintéressant ? C'était presque criminel. Bien sûr, son esprit cartésien, élevé dans les critères rigides des dépositaires, lui murmurait que ce qu'elle lisait tenait plus du roman d'aventures que de la réalité, mais tout de même… Elle voulait presque y croire.

Elle tourna la page et poursuivit sa lecture. Le temps passa. Elle était immergée dans l'histoire de cette civilisation dont elle ne connaissait presque rien. Et soudain, elle s'interrompit. Elle relut le passage qu'elle venait de déchiffrer, les yeux ronds.

— Ce n'est pas possible, murmura-t-elle. Je dois avertir Nayla. Je le dois, au plus vite !

Tout le monde a le droit de se repentir devant la Sainte Flamme.

Déclaration de la Lumière

Leene s'était installée dans le poste de pilotage, près de Mylera, et le regrettait déjà. Son amie venait de libérer les crampons de fixation du patrouilleur et le manœuvrait à l'aide de légers jets de propulseurs.

— Ils vont sûrement s'inquiéter du départ de ce vaisseau, grommela Arey, assis derrière les deux femmes.

— Oui, mais pas tout de suite. J'ai envoyé mes codes de maintenance en précisant qu'il s'agissait d'un vol d'essai. Cela va nous donner le temps de nous extraire du capharnaüm qui règne autour d'Alphard.

— Si vous le dites, marmonna l'inquisiteur.

Lentement, le patrouilleur Fidélité s'écarta de la base. Un voyant se mit à clignoter sur le tableau de bord. Mylera écrasa une touche d'un geste nerveux. Son visage était fermé et elle ne cessait de se mordiller la lèvre. Une autre lumière s'alluma et, malgré les efforts de la technicienne, refusa de disparaître.

— Un problème ? demanda Leene à voix basse.

— Ce vaisseau est une poubelle, répliqua Mylera d'une voix tendue.

Elle tapota sur la diode qui finit par s'éteindre. Leene entendit son soupir rassuré. Le Fidélité continuait sa progression en louvoyant dans le flot de vaisseaux qui se croisaient autour d'Alphard. Le médecin commençait à croire que tout se passerait bien, lorsqu'une voix désincarnée retentit dans la cabine.

— *Patrouilleur F205, patrouilleur F205, vous n'êtes pas autorisé à quitter la base.*

— Ici le patrouilleur F205, il s'agit d'un vol d'essai, suite à une maintenance.

— *Patrouilleur F205, votre plan de vol n'est pas enregistré. Veuillez vous rendre au quai J01.*

— Le problème vient de votre côté, répliqua Mylera.

Mylera passa en vitesse interplanétaire et le Fidélité se glissa un peu trop rapidement au milieu des autres vaisseaux. En voyant un destroyer grossir dans leur champ de vision, Leene ferma les yeux et serra les montants de son fauteuil. Elle les rouvrit, néanmoins, la seconde d'après. Elle voulait regarder la mort en face. Mylera louvoyait avec habilité dans le flux. Une masse de métal noir se précipita vers eux. Le petit vaisseau bascula sur le côté et frôla l'obstacle.

— Oh bordel ! s'exclama Leene.

— *Patrouilleur F205, ralentissez immédiatement !* hurla la voix dans le système de communication.

Mylera ne tint pas compte de cet ordre, entièrement concentrée sur son pilotage délicat. Une alarme retentit dans l'habitacle et un jet de vapeur s'échappa d'un conduit, dans un coin.

— Arey ! Bouchez-moi ça, commanda Mylera.

— Avec quoi ?

— Le kit là, près de la porte.

L'inquisiteur jaillit hors de son siège, ouvrit la boîte en plastine et se bagarra avec les patchs.

— Bon sang ! s'énerva Mylera. Vous avez deux mains gauches, c'est pas vrai ! Leene, aide-le ! Je ne peux pas m'en charger.

Le médecin avait déjà fait pivoter son fauteuil. Elle se leva d'un bond et rejoignit Uve Arey. Elle prit une plaque en gelfustine souple, retira la protection avant de l'appliquer sur le conduit. La matière ne tarda pas à se solidifier. La vapeur chaude se tarit. Leene grimaça en sentant la morsure de la brûlure sur sa main. Elle désigna le kit médical d'un geste agacé. L'inquisiteur l'ouvrit et aspergea sa blessure avec un spray anti-brûlure. Aussitôt, la lésion disparut, suivie par un vrai soulagement.

— Merci, fit-elle avec moue légèrement méprisante.

— Je suis désolé, j'ai un peu paniqué, s'excusa Arey en pointant la réparation.

— J'ai vu, répliqua-t-elle en rejoignant Mylera.

Celle-ci parut ne pas remarquer son retour. Elle était crispée, le regard oscillant de l'écran à son tableau de bord.

— *Patrouilleur F205, rendez-vous au quai J01 immédiatement !*

Mylera ne répondit pas. C'était inutile. Il fallait fuir, et vite. Quelque chose clignota devant elle et, aussitôt, le système zooma sur un escorteur qui se dirigeait droit sur eux.

— C'est ce que je crois ? s'enquit le médecin.

— Ouais !

Leur patrouilleur s'extirpa du dernier cercle de vaisseaux entrant et sortant, frôlant dangereusement un imposant cargo. Leene ne put s'empêcher de pousser un cri étranglé.

— Attention ! s'écria Mylera. Je vais enclencher la vitesse intersidérale. C'est le moment de vérité.

Pendant un temps horriblement long, il ne se passa rien. Puis, l'espace se déforma devant eux et le Fidélité fila loin d'Alphard. Mylera relâcha son souffle et un sourire forcé s'afficha sur ses lèvres.

— Incroyable ! Justyne a fait un excellent travail. Je ne pensais pas que cela fonctionnerait.

— Justyne, hein ? cracha Leene.

Mylera se tourna vers elle, le regard étincelant. Le médecin ferma les yeux et enfonça ses ongles dans la paume de ses mains pour ne pas poser de questions gênantes.

— Oui, Justyne. Et je ne veux pas parler d'elle. Est-ce que c'est compris ?

— Bien sûr, murmura Leene.

— Parfait, alors. Arey, vous savez piloter ?

— Oui.

— Alors, prenez ma place. Je dois absolument aller en salle des machines.

— Ils vont nous poursuivre, prédit l'inquisiteur.

— Ouais, et on ne peut rien y faire. Je dois m'assurer que les moteurs fonctionnent correctement. J'ai entré un plan de vol. Le vaisseau va se débrouiller tout seul. Soyez juste là, au cas où.

— Comment leur échapper ? insista Arey.

— Il existe des méthodes, mais pour les appliquer, je dois être certaine que cette poubelle ne va pas nous lâcher en pleine manœuvre dangereuse, répliqua Mylera.

Elle disparut dans le couloir descendant vers la salle des machines. L'inquisiteur s'installa auprès du médecin, vérifia les réglages, puis se tourna vers elle.

— Eh bien, cette évasion est…

— Un miracle, n'est-ce pas ?

— Oui, peut-être, fit Arey d'un ton pensif.

— Que voulez-vous dire ?

— Je n'en sais rien. Une impression. Tout a été un peu trop facile, si vous voulez mon avis.

— Trop facile ? Vous plaisantez ?

— Réfléchissez, Docteur. Que nous réussissions à libérer le capitaine Nlatan était déjà incroyable, mais rejoindre ce vaisseau et nous échapper…

— Il arrive parfois des choses…, commença Leene. Bon d'accord, vous avez raison. C'est étonnant, mais que peut-on y faire ?

— Rester sur nos gardes.

— Oui… Je vais essayer de dénicher quelque chose à manger.

Leene se dirigea vers la coquerie. Elle fronça le nez, car une odeur écœurante régnait dans les coursives. Elle espérait que ce n'était pas grave. Elle se hâta jusqu'à la petite pièce commune. Dans un placard, elle découvrit des rations de survie entassées, mais aucun aliment frais. Elle hésita. Elle voulait voir Mylera, lui parler et crever l'abcès. Le courage pour ça lui manquait. Son amie avait refait sa vie sur Alphard et en avait le droit. Elle ne pouvait pas lui en vouloir pour ça. *Mais je lui en veux*, songea-t-elle. *C'est là, le problème*. Leene secoua la tête. Elle devait agir. Elle prit trois barres énergétiques, trois sachets d'eau, avant de se diriger vers la salle des machines. Elle s'arrêta à l'entrée, aussi timide qu'une collégienne. Mylera s'activait, manipulant des réglages et courant d'un poste à l'autre.

— Tu veux de l'aide ?

L'officier technicien se tourna vers elle, un sourcil levé, puis sourit.

— Je ne t'avais pas entendu. Non, ça ira. Et puis, tu n'y connais rien.

— C'est vrai, mais je peux faire ce que tu me dis.

— C'est un changement, ça.

— Très drôle. Alors, ces moteurs ?

— Tout va bien, j'ai dû faire quelques réglages, mais ça va.

— Tu as faim ? proposa Leene en lui présentant la barre énergétique.

— Tu as pensé à moi, c'est gentil. Installe-toi, ajouta-t-elle en lui offrant une caisse de matériel.

Mylera en tira une deuxième pour s'asseoir en face de Leene. Cette dernière mordit dans la pâte moelleuse.

— Ça a toujours le même goût, ce truc.

— Pas eu le temps d'embarquer autre chose.

— C'est déjà exceptionnel que tu aies réussi à nous trouver ce vaisseau.

— Après le départ de Dem, je me suis dit qu'il nous fallait une porte de sortie.

— Oui, c'était une bonne idée.

Bon sang, pourquoi suis-je si coincée ? songea Leene. Mylera se racla la gorge, l'air tout aussi embarrassé.

— Je suis désolée pour Justyne, désolée que nous soyons venus bousculer ta vie, tenta-t-elle.

— Oui… C'était pas… Nous étions ensemble, c'est vrai, mais… Cette histoire n'avait rien à voir avec toi, avec nous. En pareille circonstance, tu aurais tout abandonné pour m'accompagner, je le sais.

— C'est ce que j'aurais dû faire, il y a trois ans.

— C'est moi qui suis partie. J'étais tellement triste, tellement en colère. Bref, n'en parlons plus. Ce qui est fait est fait.

Leene lui prit les mains tendrement.

— Pardonne-moi.

— N'en parlons plus, souffla Mylera. Pour le moment, nous devons nous sortir vivantes de cette histoire.

— Oui… Arey pense que c'était trop facile.

— Il peut parler pour lui, grogna la technicienne. C'est moi, ou tu as l'air de mieux l'apprécier ?

Le médecin leva les sourcils dans une grimace contrite.

— Peut-être bien. Il s'est montré… utile pour t'extraire d'Alphard. Il ressemble à aucun inquisiteur que j'ai pu croiser dans ma vie.

— Moi, je ne lui fais pas confiance. Je déteste son engeance.

— Oui, je te comprends. Je ne les aime pas non plus.

— J'ai encore un peu de travail, Leene. Je te rejoins dans une petite heure.

✦✦✦

Mylera revint dans le cockpit deux heures plus tard. Elle leur expliqua que tout allait bien, mais que leur vitesse resterait limitée.

— Je viens de modifier notre trajectoire vers le système AaE, précisa-t-elle. Son étoile est connue pour ses radiations. Si nous passons suffisamment près, cela dissipera notre sillage.

— Il s'agit d'un vaisseau de la République, intervint Arey. Ils doivent pouvoir le pister.

— Non, j'ai débranché tous les émetteurs.

Arey eut une moue approbative, mais ne dit rien. Leene se dévoua pour poser la question essentielle.

— Et après ?

— Il faut retrouver le colonel Serdar, déclara l'inquisiteur.

— Je ne vais pas faire confiance à un Garde noir, grommela Mylera.

— Pensez-vous avoir le choix ? répliqua Arey. Combien de temps tiendrons-nous, seuls, dans la galaxie ? Ils nous rattraperont très vite.

— Il n'a pas tort, tu sais, soupira Leene. Dem se fiait à lui, alors…

— Et où se trouve-t-il ? Pouvez-vous le joindre pour qu'il vienne nous chercher ?

— Il ne pourra pas venir si loin dans l'espace de la République. Il faut nous rapprocher de la Regio Nullius.

— Super, ça va nous prendre des mois, grommela Mylera. Et après ?

— Après, je pourrai les contacter. L'émetteur que je possède est d'une portée limitée.

— Si vous me donniez les codes d'accès, ce vaisseau serait capable de joindre votre Garde noir.

— Et nous nous ferions repérer instantanément.

— C'est vrai, admit Mylera. En attendant, il y a plus urgent.

— Vraiment ?

La petite femme soupira tout en cherchant le regard de Leene pour obtenir son accord.

— Que viennent faire les Hatamas dans cette histoire ? s'exclama Arey.

— Comment… Bordel, il lit dans nos pensées, ce cafard ! Je vais lui faire la peau, gronda Mylera.

— Vous aviez promis, renchérit le médecin.

— Désolé, l'habitude… Donc, les Hatamas. Expliquez-moi, vous voulez bien ?

— Un de nos amis a contacté Mylera juste avant qu'elle soit capturée, commença Plaumec.

— Leene…

— Il faut le lui dire, c'est important. Tu le sais très bien.

Le médecin narra donc leur conversation avec Do Jholman à un Uve Arey attentif.

— Je vois… Vous avez cet enregistrement ?

— Non, je n'ai pas eu le temps de le transférer sur un axis.

— Zut ! Et, bien sûr, vous avez le moyen de joindre cet Hatama.

— Non, je suis désolée.

— Alors, c'est inutile, soupira Leene. Arey a raison, il faut rejoindre la Flotte noire.

— Je peux peut-être…, commença l'inquisiteur d'un ton prudent.

— Peut-être quoi ?

— Eh bien, vous ne vous souvenez pas des faits, mais peut-être qu'ils sont toujours enfouis dans votre esprit.

— Vous voulez fouiller dans ma tête ! Jamais !

— Je respecterai votre décision, fit-il en haussant les épaules. Je peux vous indiquer des exercices mentaux pour vous aider à vous remémorer cet échange.

— Peut-être, gronda Mylera d'un ton peu convaincu. Et n'essayez pas de forcer mes pensées !

— Pour quelque chose d'aussi précis, vous vous en rendriez compte, affirma-t-il.

— Je suis sérieuse, Arey, menaça-t-elle. Si vous tentez de charcuter mon cerveau, je vous balance dans l'espace.

— Vous avez besoin de moi, répliqua l'homme avec calme.

Leene intervint avant que les choses dégénèrent.

— Allons, tout va bien. Pour le moment, nous devons échapper à nos poursuivants. Ensuite, nous rejoindrons la Regio Nullius et Serdar. Une fois à bord du Vengeur, nous aviserons.

— Ouais, souffla Mylera dans un long soupir libérateur. Je vais devoir faire l'inventaire. On va sûrement devoir se ravitailler et ce sera… compliqué.

— Chaque chose en son temps, assura le médecin.

Ailleurs…

Le colonel Saul Noler grimaça avec amertume. Après sa défaite face à la Flotte noire, il avait été récupéré par un vaisseau Miséricorde. Son statut de chef des forces spéciales lui avait permis de poursuivre la traque, supplantant le commandant de ce vaisseau. Ils n'avaient pas retrouvé les Gardes de la Foi. Pire, il avait pour consigne d'embarquer à bord d'un Carnage.

— Commandant Marami ! se présenta l'officier à la peau ambrée qui venait de l'accueillir à bord. Je dois vous ramener sur AaA 03 par ordre du chancelier.

— Qu'est-ce que c'est que cette stupidité ? grommela Noler.

— J'ai des ordres, Colonel. Veuillez me suivre.

— Je traque la Flotte noire et je n'ai pas le temps pour…

— Je vous en prie, Colonel. Accompagnez-moi jusqu'à votre bureau. Un appel important vous attend.

D'un geste agacé, Noler lui fit signe d'avancer. L'homme s'arrêta devant une porte, l'ouvrit, puis désigna l'intérieur d'un geste presque condescendant.

— Je serai dans le couloir, indiqua l'officier avec un sourire en coin.

Noler le toisa avec un peu plus d'attention. Il avait un visage quelconque, assez large, avec des yeux sombres et un nez épaté. Il nota une certaine animosité dans ses traits tendus, ce petit tic sur sa joue, ou encore, dans son regard plein d'insolence. Il allait le surveiller. Il entra dans le bureau avec une pensée de regret pour son ancien équipage, des hommes et des femmes qui le suivaient depuis très longtemps. Beaucoup étaient morts dans l'affrontement avec le Vengeur. Seule une centaine de soldats avaient pu l'accompagner sur ce Carnage et, parmi eux, il ne comptait que trois officiers. Aucun d'entre eux ne pouvait prétendre à un poste de second. Il devrait donc se satisfaire de ce Marami.

Il s'installa derrière le bureau et activa la communication en question. Il supposait que Leffher était responsable de sa réaffectation. Il leva un sourcil surpris, car l'homme qui se trouvait de l'autre côté de l'écran lui était inconnu.

— Colonel Saul Noler, enfin ! Vous m'avez fait attendre.

La voix sèche, sans inflexion particulière, lui déplut immédiatement. Néanmoins, il salua d'un léger signe de tête. Le quidam ne broncha pas.

— Je me nomme Symmon Leffher, enquêteur extraordinaire de la République par ordre direct du chancelier.

Tu m'en diras tant, mon gars, songea Noler. *Leffher ? De la famille de… Ce gars est certainement plus qu'il voudra bien me le dire.*

— Vous avez laissé Milar s'échapper, Noler. Vous avez également affirmé qu'il n'y avait plus rien à craindre de lui, que les Gardes de la Foi se chargeraient de l'éliminer. Vous vous êtes trompé. Encore ! Il a réussi à atteindre AaA 03 avec le concours du docteur Plaumec, qui l'a accompagné, et de Mylera Nlatan, qui l'a aidé. Je n'ai pas l'identité de ses autres complices, mais cela viendra.

Noler avait écouté la diatribe sans réagir, en apparence. Il tentait désespérément d'enfoncer ses doigts dans le bureau pour se calmer. *Milar ! Libre ? Plaumec ? Et Nlatan…*

— Je vous ai transmis le dossier avec tous les faits. Comme je vous le disais, Milar est sur AaA 03. Je m'en occupe. Votre mission est de retrouver le vaisseau volé par Nlatan.

— Je la capturerai, gronda le colonel.

— Ce n'est pas ce que je vous demande. Pas tout de suite. Je lui ai implanté un transmetteur. Vous n'aurez pas trop de difficulté à la rattraper. Je veux savoir où elle se rend, qui elle va contacter, ce genre de choses. Une fois que cela sera établi, alors vous pourrez l'appréhender et tuer tous ces nuisibles. Est-ce clair ?

— Oui, monsieur. Euh, si je puis me permettre une question ?

— Allez-y !

— Je croyais que j'étais attendu sur AaA 03.

— Vos ordres ont changé. Et, Noler, ne faites pas d'erreurs cette fois-ci.

— Oui, monsieur, lâcha-t-il, un goût amer dans la bouche.

— Parfait, je ne vous retiens pas. Leffher, terminé.

Saul Noler jura, débitant un nombre effrayant d'obscénités en moins de dix secondes. Une fois calmé, il ouvrit les documents.

— Bon, avec ce type de transmetteur, nous devrons être suffisamment près pour le repérer. Plaumec et Nlatan… Qui d'autres ? Cette Shoji Ako peut-être…

À nouveau, il cracha une longue litanie de jurons sans réussir à apaiser sa fureur et, il ne l'aurait pas avoué, une certaine inquiétude. Il avait noté la menace implicite dans les recommandations de ce Symmon Leffher.

— Comment ce diable de Milar a-t-il pu réaliser une telle chose ? grommela-t-il. Ces foutus gardes auraient dû le tuer. Je ne comprends pas…

Il se leva en secouant la tête. À l'époque de la rébellion, Devor Milar possédait déjà la capacité de convaincre les foules. Il n'avait pas à menacer, à crier ou à séduire comme le font habituellement les politiques. Dem se contentait de parler, clairement, avec dans sa voix cette persuasion animée d'un fond de passion qui emportait l'adhésion. Il était l'artisan de la victoire, seul un fou le nierait. Il avait donc réussi à plaider sa cause auprès des Gardes noirs.

— Est-ce que cela veut dire que la Flotte noire est à son service ?

Cette pensée n'était pas rassurante. Plaumec aurait la réponse et il la lui arracherait dès qu'il aurait mis la main sur ce vaisseau. Il ouvrit la porte et toisa Marami.

— Établissez une trajectoire vers le secteur A, nous affinerons notre destination en route. Exécution !

— À vos ordres, Colonel.

Il fut satisfait du calme de sa voix. Un sourire mauvais plissa ses lèvres.

Un incroyable labyrinthe de constructions couvrait toute la vallée sous ses pieds. Ilaryon avait escaladé un long sentier creusé à flanc de colline, sur un monde occupé par une végétation luxuriante. La nature avait colonisé ce temple et les épaisses racines des arbres recouvraient les bâtiments, faisant partie d'eux. Une étrange impression faisait battre son cœur. Il ressentait la puissance mystique de cet endroit.

Poussé par une impulsion inexplicable, il pénétra dans le premier temple plongé dans la pénombre. Les couloirs résonnaient de bruits inquiétants, mais il n'éprouvait aucune peur. Il était protégé par son ami invisible. Il avançait sans hésiter, tournant à droite, puis à gauche dans un quadrillage de corridors qui se ressemblaient tous. Il s'engagea dans un passage plus large. Il grimpa la pente douce et régulière, réveillant une multitude d'insectes au passage. Il franchit une grande arche et entra dans une vaste cour, délimitée par des parois couvertes de symboles. Les murs étaient à moitié mangés par d'épaisses racines et par des lianes. Au centre se trouvait une sculpture étonnante, empilant des formes géométriques. Il ne s'attarda pas sur la qualité de ce travail. Cela ne l'intéressait pas. Ce n'était que la démonstration de la vanité des mortels.

Un bruit de pas attira son attention. Jani entra dans la cour, précédée par Sil. Elle était accompagnée par un jeune homme qu'il ne connaissait pas, mais qui portait un uniforme de la République. Juste derrière lui se tenait un être reptilien qu'il identifia comme un Hatama. Que venaient-ils faire ici ? Et qu'est-ce qui justifiait cette association douteuse ? Ils se dirigèrent vers la pierre ciselée au centre de la zone. Ils l'étudièrent un long instant. Il tendit l'oreille, mais il n'entendait rien. Il s'approcha. Sil se tourna vers lui, et fit quelques pas, le nez en l'air. Ilaryon voulut reculer, mais n'en eut pas le temps. Son camarade le traversa comme s'il n'avait jamais été là. L'impression fut désagréable. Il secoua la tête pour tenter de se réveiller, sans succès. Le Hatama continuait à détailler la pierre, soulignant certains caractères d'un doigt maigre. Le lézard gris se redressa soudain, puis désigna les murs du poing. Sans attendre, il se dirigea vers les fresques, accompagné par Jani. Ilaryon voulut les suivre, mais la voix qui le hantait résonna dans son crâne.

— Ils vont tenter de déchiffrer les informations inscrites ici depuis des millénaires. Tu dois les arrêter !

Il était impossible de désobéir à un tel ordre. Pourtant…

— On dirait que je ne suis pas là. Ils ne me voient pas et…

Il tendit la main pour toucher la pierre centrale. Elle passa à travers sans effort.

— Je ne suis pas là, confirma-t-il.

— Tu dois faire partie de ce futur. Tu dois les accompagner. Tu dois les stopper.

— Les stopper ? Que font-ils ?

— Ils tentent d'empêcher l'avènement de la nouvelle ère. Tu es important. Tu es mon véhicule, mon arme en ce monde. Tu dois m'aider à faire de l'univers un endroit meilleur, où la méchanceté sera bannie, ainsi que la torture, la maladie, le désespoir. La mort n'existera plus.

Des images terribles envahirent sa conscience. Il vit des humains crucifiés, des humains écartelés, éviscérés, pendus. Il vit des malheureux être réduits en cendres sur des bûchers antiques, des bombes exploser en libérant des vagues de feu qui dévoraient des enfants, des victimes incendiées par des fous, et… et il vit son père livré à la flamme blanche jusqu'à devenir un tas de scories abandonné $ au vent.

Ilaryon se réveilla en sursaut, haletant, le corps baignant dans une transpiration abondante. Il se consumait. Il repoussa sa couverture d'un geste nerveux et toucha sa peau. Elle était brûlante. Une migraine insistante pulsait contre ses tempes. Sa bouche était si sèche qu'il avait l'impression d'avoir mangé du sable. Un temps, il crut être revenu sur Sinfin, puis il reconnut les parois de sa cabine à bord du Vengeur. Il s'assit lentement, puis bascula, afin de poser ses pieds nus sur le sol froid. Cela lui fit du bien. Il eut néanmoins besoin de plusieurs minutes avant de trouver la force de se lever.

— Rejoins les autres. Impose-toi comme leur ami.

— Je suis leur ami, répliqua Ilaryon à haute voix.

— Crois-tu ? Ils te supportent, rien de plus.

Cette affirmation sonnait trop vraie pour ne pas l'atteindre.

— Tu dois les accompagner, le jour venu. Tu devras agir.

— Comment ? Je ne veux pas…

Il n'osait pas poursuivre sa réflexion. Malgré tout ce qu'il avait vu, il ne voulait pas blesser l'équipage du *Taïpan*.

— Ils sont voués à la mort, insista la voix. *Tu feras ce qu'il faut, je le sais.*

— Que dois-je faire ?

La voix ne répondit pas. Ilaryon soupira avec angoisse, écrasé par le destin qui l'attendait. Il passa sous la douche, laissant l'eau froide dévaler sur son corps. Après un temps qu'il n'aurait su quantifier, il se mit à frissonner et à claquer des dents. Il se sécha, tout en tremblant. Il s'habilla et jeta un coup d'œil dans le miroir. Il était livide, avec de larges cernes sous ses yeux. Il frotta son visage énergiquement, avec le fol espoir qu'il pourrait faire disparaître les stigmates de son mal. À regret, il sortit dans le couloir et rejoignit la salle commune du quartier des invités avec l'enthousiasme d'un condamné à mort.

Thain et Sil jouaient aux caradas. Les dés s'entrechoquaient dans leur gobelet, puis roulaient sur le plateau. Ensuite, le joueur pouvait déplacer ses trois pions en conséquence. Ce jeu, à la fois simple et complexe, avait passionné le jeune homme lorsqu'il l'avait découvert à bord du *Taïpan*. Aujourd'hui, il trouvait cela dérisoire.

— Ilaryon ! salua Sil. Ça va, mec ?

— Oui, bien, répondit-il avec un sourire. J'ai bien dormi.

— T'as meilleure tête, précisa Thain avec une grimace qui signifiait le contraire.

— Je vais mieux, c'est vrai. Le médecin des gardes a parlé de choc post-traumatique.

— Oui, ça a été dur pour toi, confirma Sil. Heureux que tu aies accepté de te prendre en main. Tu sais qu'on est là pour toi.

— C'est pas simple, ce genre d'épreuve, poursuivit Thain. On a tous vécu ça. Faut attendre que ça passe.

— Ouais…, soupira Ilaryon. Vous avez raison. Je dois continuer à vivre et à me battre pour un monde meilleur.

— Bien dit ! s'exclama Sil.

— Vous savez, les gars, cela me tue de me tourner les pouces comme ça. On ne sert à rien ! Et même si la Flotte noire faisait autre chose que se planquer, nous on resterait ici à bouffer, à dormir et à jouer.

— Je sais, grommela Thain. J'en ai ras le bol, tout comme toi.

— Dem ne reviendra pas. Cela fait trop longtemps. Il est sans doute mort.

— Ne dis pas une chose pareille ! lança la voix sèche de Jani.

La contrebandière venait d'entrer dans la pièce, vêtue sobrement, pour une fois.

— Je suis désolé, mais il faut l'admettre, dit doucement Ilaryon. Il est mort et rester ici ne sert à rien.

Il n'avait pas réfléchi avant de répondre, mais l'évidence le frappa. S'il voulait échapper au destin promis par la voix dans sa tête, il devait fuir le Vengeur. *Oui, je dois convaincre Jani*, songea-t-il.

— Dem est toujours en vie, insista la contrebandière.

— Dans ce cas, allons le chercher ! s'écria Ilaryon.

— Comment veux-tu…

— Le *Taïpan* peut se camoufler. Rejoignons Alphard et tentons de contacter cette Mylera Nlatan. Elle aura peut-être des nouvelles.

— Serdar refusera de nous laisser partir, fit remarquer Sil. Ce ne serait pas malin et les Gardes noirs ne sont pas stupides.

— On peut reprocher beaucoup de choses aux Gardes de la Foi, mais, c'est sûr, ils ne sont pas idiots, grommela Jani.

— On ne le saura jamais si on ne lui demande pas. Il faut tenter quelque chose. Je deviens fou ici. Je n'en peux plus de croiser ces types en armure, avec leur impassibilité et cette façon qu'ils ont de nous regarder comme si nous étions des insectes répugnants.

— Oui, je peux te comprendre, soupira-t-elle. Tu as raison, je n'en peux plus d'attendre, tout comme toi. Je vais encore une fois interroger Serdar.

— Il faut faire plus que ça, insista le Yirian. Tu dois exiger qu'il nous laisse quitter son bord.

— J'ai compris ! répliqua-t-elle plus sèchement.

— Je peux…

— Non, Ilaryon, je n'ai pas besoin de toi. Reste ici !

✦✦✦

Le jeune homme avait défié Thain au caradas. Il n'arrivait pas à se concentrer et il venait de perdre, bêtement, la troisième partie.

— Et voilà ! fanfaronna le pilote du Taïpan. J'suis trop fort.

— C'est surtout qu'Ilaryon n'est pas au jeu, constata Sil. Allez mec ! Tu peux le battre, cet arrogant.

— T'es sûr de vouloir m'affronter encore une fois, ricana l'autre.

Ilaryon grimaça, simulant son exaspération. Il se moquait de ce jeu, mais il devait se comporter comme un humain normal s'il voulait influencer ses camarades.

— Vas-y, joue ! déclara-t-il.

Cette fois-ci, il accorda toute son attention au jeu. Thain lança les dés, obtint deux douze et un cinq. Il déplaça ses pions en conséquence.

— À ton tour, gamin.

Ilaryon prit le gobelet, secoua les trois dés à douze faces et les renversa dans l'aire de jeu : un six, un trois et un dix. Ce n'était pas un très bon tirage, mais il y avait moyen de faire quelque chose. Il ignora l'assaut de son adversaire, laissant un pion en arrière, puis attaqua à revers. Comme au zirigo, le sacrifice était souvent essentiel au caradas.

Le jeu se poursuivit. Le pilote avait de la chance et les dés semblaient de son côté. Ilaryon perdait du terrain et des pions. Et puis, le tirage devint intéressant. Il renversa la situation, laminant l'avance de Thain. Le coup suivant lui permit de l'emporter.

— Bravo, grommela Thain. Tu as eu du bol.

— Bien sûr, le rassura Ilaryon avec un sourire en coin.

Jani choisit cet instant pour revenir dans la salle commune. Elle irradiait de colère.

— J'suppose qu'il a dit non, lança Sil, l'air désabusé.

— Comme prévu. J'ai essayé tous les arguments qui me sont passés par le crâne. Je lui ai rappelé sa promesse à Dem. Il avait accepté de nous libérer sur un monde de la Regio Nullius en cas d'échec.

Elle secoua la tête avec dépit.

— Eh bien ? interrogea Ilaryon.

— Selon lui, rien ne prouve que Dem a échoué. En fait, il m'a bassinée avec des citations du Code des gardes.

— C'est-à-dire ? demanda Thain.

— La chance accompagne toujours les audacieux. Et la plus marrante : un garde accomplit toujours sa mission, même la mort ne peut le stopper.

— C'est affligeant, grogna Ilaryon.

— Peut-être, mais j'ai toujours entendu Dem citer ces maximes. Et j'ai pensé la même chose. La mort ne peut pas l'arrêter.

— Capitaine…, protesta Sil.

— Bon, très bien, Dem est vivant, déclara Ilaryon. Mais rien n'empêche Serdar de nous poser sur ce monde de la Regio Nullius.

— Oui, oui, je le lui ai rappelé. Il m'a proposé une lune sans nom et sans population. Et, bien sûr, il ne nous laissera pas le *Taïpan.*

— Tu veux dire que nous serions bloqués en mode naufragé ! Sans moi ! s'exclama Sil.

— Comme tu dis, confirma Jani. Donc, pour le moment, on reste à bord et on attend des nouvelles de Dem.

Un frisson parcourut la colonne vertébrale d'Ilaryon. Il demeurait prisonnier de ce vaisseau. Il voulut répondre, mais sans prévenir une nouvelle vision implosa dans son crâne.

Le Vengeur fonçait dans l'espace. Il lâcha des missiles lywar sur une large flotte. L'horizon s'embrasa. Il eut l'impression d'entendre les victimes hurler de douleur…

Il revint au présent dans un hoquet de terreur. Il fut aussitôt secoué par une quinte de toux compulsive.

— Ça va ? s'inquiéta Sil.

— Oui… J'ai… Ma gorge s'est mise à me piquer.

— Tiens, bois un coup, proposa Thain en posant un verre de jus de fruits devant lui.

Il avala le liquide avec reconnaissance, tout en se contrôlant pour ne pas s'essuyer les yeux. Il avait l'impression de pleurer du sang. Il reprit péniblement son souffle, puis se redressa.

— Désolé. Jani, si Serdar ne veut pas nous laisser partir, tant pis. Rejoignons le *Taïpan* et échappons-nous.

— Mon petit, ça ne marche pas comme ça. Dem y parviendrait peut-être, mais nous n'avons aucune chance.

— Jani…, supplia-t-il.

— Il a raison, le môme, vint le soutenir Thain. Il faut y réfléchir.

— D'accord, céda-t-elle. Nous verrons bien.

✦✦✦

Ilaryon déambulait d'un pas traînant dans les corridors du Vengeur. Il avait déjà croisé plusieurs patrouilles, mais les Gardes de la Foi avaient pris l'habitude de voir l'équipage de Jani. Personne ne l'arrêta. Personne ne le questionna. Il avait désespérément attendu que la contrebandière trouve une solution pour quitter le cuirassé, mais il était persuadé qu'elle n'avait pas fait d'efforts. Elle préférait rester là où elle aurait des nouvelles de Dem. Il cherchait donc un moyen d'atteindre le *Taïpan*. Une fois cette solution découverte, il tenterait de convaincre Jani.

Comme souvent ces derniers jours, ses pas le ramenèrent vers le hangar où s'était posé leur petit vaisseau. Il s'agissait d'une zone interdite, mais il ne pouvait s'empêcher d'essayer encore et encore. Il reconnut l'un des deux hommes en faction. Il l'avait croisé plusieurs fois et avait même échangé quelques mots avec lui. Après une brève hésitation, Ilaryon marcha vers eux.

— Éloignez-vous, gronda celui qu'il ne connaissait pas.

— Bonjour. Vous devez vous ennuyer ici.

— Vous n'êtes pas autorisé dans cette partie du vaisseau.

— Raoz Moelem, c'est ça ?

— Oui.

— Nous avons échangé quelques mots, l'autre jour au mess. Vous vous souvenez ?

— Oui.

— Bon… Le temps est interminable sur ce vaisseau. Je tourne un peu en rond, fit Ilaryon en mimant un cercle avec sa main. Je me suis dit que je pourrai peut-être vous offrir un verre, après votre service.

L'autre leva un sourcil surpris.

— Je ne bois pas.

— Je parlais d'un jus de fruits ou d'un café ou de ce que vous voulez.

— Les Gardes de la Foi ne fréquentent pas les civils.

Ilaryon réprima une grimace de frustration et afficha son plus beau sourire.

— Je me doute bien, mais… Vous devez avoir des super histoires à raconter et…

— Circulez ! aboya l'autre soldat.

— Très bien… Euh, les gars, j'ai besoin d'aller chercher un truc dans notre vaisseau. Je ne toucherai à rien. Vous n'avez rien à craindre, je ne suis pas pilote de toute façon.

Raoz Moelem fit un pas en avant et agrippa son épaule d'une main lourde.

— Vos tentatives pour contourner l'interdiction sont ridicules. Circulez et si jamais vous revenez dans les parages, je rendrai compte. Vous finirez le voyage dans une cellule.

— Comme vous voulez, cracha le jeune homme.

Il fit demi-tour, le cœur plein d'amertume. Jamais, il ne sortirait d'ici. La fatigue pesait sur lui, torturait ses muscles, embrumait son cerveau.

— Je n'en peux plus, gronda-t-il.

La colère et la frustration remplacèrent son abattement. Il frappa la cloison du poing. La douleur remonta jusqu'à son épaule. Il grogna entre ses dents, puis palpa sa main avec précaution.

— Zut ! J'ai dû me casser un truc.

Il reprit son chemin en soutenant son avant-bras. Une fois dans la salle commune, il se laissa tomber dans un fauteuil en grimaçant.

— Ça va, mec ? demanda Sil.

— Non ! Non, ça ne va pas ! J'ai encore essayé d'atteindre le *Taïpan*, mais c'est impossible.

— Bien sûr que c'est impossible.

— Surtout si personne ne m'aide. On dirait que ça vous plaît de passer votre temps à ne rien faire. La bouffe est bonne, alors…

— Hey, ce n'est pas sympa ça.

— C'est la vérité ! insista-t-il en ponctuant son propos d'un poing vengeur.

La douleur le fit grogner et des larmes emplirent ses yeux.

— Ilaryon, qu'est-ce que tu as ?

— Rien !

— On dirait bien que si, intervint Jani. Montre-moi ta main.

Il obéit à regret et ne put retenir un cri étouffé lorsqu'elle la manipula.

— Elle est cassée. Que s'est-il passé ? Tu t'es battu ?

— Non, j'ai frappé le mur.

— Pardon ?

— J'étais tellement énervé que j'ai cogné la cloison.

— Ilaryon, je comprends ta frustration, je t'assure, mais il ne faut pas te mettre dans un état pareil.

— Je sais.

— Arrête de chercher à atteindre le *Taïpan*. C'est inutile.

Il voulut protester, mais elle leva une main pour le faire taire.

— Même si nous arrivions à rejoindre notre vaisseau, nous ne pourrions pas sortir du Vengeur. Impossible d'ouvrir les portes.

— On pourrait les faire sauter. Le *Taïpan* est armé.

— Nos armes ne sont pas assez puissantes pour ça, mais d'accord. On sort du Vengeur et après ? Tu crois vraiment qu'on peut leur échapper ?

— Dem a bien réussi…

— C'est Dem, bordel ! Il sait parfaitement comment les choses fonctionnent et, surtout, il a des capacités que nous n'avons pas. Je l'ai vu piloter et éviter des tirs de façon surnaturelle, mais je ne peux pas en faire autant. Personne ne le peut.

— On pourrait essayer, s'entêta-t-il.

— Mais pourquoi ? Pour l'instant, on attend des nouvelles de Dem. Il avait raison. Serdar n'est pas un monstre, pour un garde, je veux dire. Nous devons patienter. Il n'y a pas d'autre solution. L'autre possibilité, c'est de se retrouver sur une colonie sans moyen de la quitter.

— Et pourquoi pas ? demanda Ilaryon. Une fois sur place, peut-être aurions-nous de la chance.

— Tu plaisantes ?

— Il faut bien que ces colonies soient ravitaillées. Il suffit d'attendre un vaisseau et…

— Ce ne sont pas des installations officielles, Ilaryon. Les seuls vaisseaux sont ceux de ma filière et ils ne passent pas souvent.

— Ces planètes doivent bien avoir des moyens de communication.

— Certes…, fit-elle pensivement. C'est une possibilité. Je vais faire un deal avec toi. Si dans un mois, nous n'avons aucune nouvelle de Dem, alors nous essayerons ta solution. En attendant, je ferai tout ce qui est en mon pouvoir pour décider Serdar à nous laisser partir. Est-ce que cela te convient ?

Le jeune homme hésita, partagé entre la colère, l'impatience et la résignation.

— Oui… Faisons cela, marmonna-t-il.

Dans sa tête, la voix jubila. Ilaryon frissonna avec l'impression d'être pris dans un engrenage.

Ailleurs…

Shoji Ako relut la même page pour la cinquième fois. C'était tellement incroyable. Cette information devait atteindre la Sainte Flamme.

— Que lis-tu ? demanda Toma Kudo en entrant dans la pièce.

Shoji ne l'avait pas entendu entrer. D'un bond souple, elle se leva et s'inclina légèrement.

— *Hatamas – légendes et vérités,* de Rama Hebblethwaite.

— Tu as fouillé dans l'étagère verte. Tu n'aurais pas dû. Tout ce qui se trouve là n'est pas authentifié.

— Oui, j'ai vu la note que vous avez laissée. Je pense que vous avez eu tort. Ce livre est intéressant, non, il est passionnant. Nous ne connaissons rien des Hatamas.

— Il a été écrit avant le premier contact, Shoji. Ce n'est qu'un tissu de mensonges.

— Je ne le pense pas. Comment aurait-il pu inventer tout ça ?

— Je suspecte une fraude. Je suis certain que cet ouvrage a été antidaté, précisa Toma en haussant les épaules.

— Je ne suis pas d'accord. Il aurait fallu faire des recherches.

— Je n'avais pas le temps pour ça, Shoji. De plus, cela semble particulièrement clair.

— Si vous le dites. Il n'empêche, je veux continuer à le lire. Que puis-je faire d'autre ? D'ailleurs, à ce sujet, avez-vous des informations sur ce qui se passe dans les coulisses du pouvoir ?

— Nayla Kaertan a rencontré Haram Ar Tellus.

— Vraiment ? Elle est donc toujours en vie.

— Oui, et ton Dem est mort. Tout cela en pure perte.

Shoji baissa la tête, un peu sonnée par l'attaque de Toma. *Non, un homme comme Devor Milar ne peut pas mourir aussi bêtement*, songea-t-elle. *Je devrais parler à Toma de ce que j'ai découvert. Peut-être pourrait-il m'aider à contacter Nayla ? Non… C'est trop important. Je dois me montrer prudente.*

— Avez-vous trouvé un moyen de me faire quitter cette planète ? demanda-t-elle, pour changer de sujet.

— C'est impossible, ricana Toma. Il te faudrait des papiers et, même si j'avais les moyens de payer un faussaire, aucun n'est assez bon pour fabriquer une identitea capable de te permettre de franchir les contrôles.

— Alors quoi ? s'énerva-t-elle. Vous suggérez que je reste ici jusqu'à la fin des temps ?

— Non, bien sûr que non. Un de mes amis possède une ferme, à huit cents kilomètres de la capitale, dans une province très tranquille. Il accepte de t'embaucher et de te loger.

— Est-ce que vous plaisantez ? s'insurgea Shoji. Je ne vais pas aller jouer les fermières. Je suis une dépositaire.

— Apprentie dépositaire, précisa l'homme avec un rictus moqueur. Il n'y a pas de métiers méprisables, vous savez. Seuls les gens le sont. Je suis un petit fonctionnaire, très insignifiant, que personne ne remarque. Le soir, je me consacre à mon autre rôle.

— Peut-être, mais dans cette ferme, je n'aurai pas le loisir d'être dépositaire.

— Tu ne l'auras plus nulle part, à moins que tu aies conservé les données de ta grand-mère.

Shoji ouvrit la bouche prête à lui révéler qu'elle possédait un axis logé dans sa cuisse, contenant tout ce qu'Ishii Ako connaissait. Une impression, une sorte de sixième sens lui conseilla de ne rien dire.

— Non, marmonna-t-elle.

— Alors, tu ne dois songer qu'à ta survie.

— Qu'avez-vous prévu ?

— Tu partiras demain. Tu prendras le solobus.

— Je suppose que je n'ai pas le choix, soupira-t-elle.

— Rester ici est trop dangereux. N'oublie pas le repas, cette fois, lui rappela-t-il. Sept heures précises.

— Oui, oui…

Il s'inclina, non sans lui témoigner sa désapprobation. Aussitôt, elle s'en voulut de se montrer aussi irrespectueuse. Elle se secoua. C'est lui qui était impoli. Elle était une dépositaire et lui, un enquêteur. Il lui devait aide et respect.

La porte se referma doucement derrière lui. Shoji marcha lentement jusqu'à la fenêtre. Elle se sentait si inutile. Après tout, Toma avait peut-être raison…

D'un pas résigné, elle revint vers son lutrin. Elle relut encore une fois ce qu'elle avait découvert pour se convaincre qu'elle n'avait pas rêvé. Elle tourna la page et poursuivit sa lecture. Peut-être trouverait-elle d'autres informations.

Le kawakh sera annoncé par les nahashs, les serpents d'ombre.

Mythologie des Hatamas

Devor Milar avait allongé Nayla sur son lit, mais n'avait pas réussi à la réveiller. Il caressa doucement sa joue pour écarter une mèche rebelle. Sa peau était glacée. Ses yeux étaient ombrés par de larges cernes. Elle était épuisée, tellement usée par ces trois années de pouvoir ou par la connexion à cette chose. Il s'en voulait d'avoir abandonné, ce jour-là. Il aurait dû s'accrocher à la vie pour rester auprès d'elle. Une bouffée de tendresse fit vibrer son cœur. Il s'en voulait de s'être montré si distant depuis son retour.

Il se leva et fit quelques pas dans l'alcôve. Même à Sinfin, même dans sa boîte en métal pas assez grande pour se tenir debout, il n'avait pas ressenti cet enfermement. Il allait devenir fou, ici, à se sentir impuissant. Il franchit les tentures et contempla l'immense salle. Il haïssait cet endroit. Dem leva les yeux vers la déchirure et, après une brève hésitation, il plongea son regard dans le néant.

Dans un premier temps, il n'éprouva rien, puis la malveillance de ce qui se tapissait à l'intérieur le frappa. Au cours de sa vie, il avait rarement eu peur, mais cette chose le terrifia. Il ressentit, comme un écho, sa visite dans le temple des années plus tôt. À l'époque, il était encore le colonel Devor Milar et Arji Tanatos l'avait convoqué pour le féliciter. Il avait jeté un bref coup d'œil vers la déchirure et cela avait été le déclencheur de tout ce qui avait suivi. Il frissonna. Des images floues passèrent devant ses yeux. Il revit son enfance, l'entraînement, la souffrance… Il revit la mort de Nako et des larmes coulèrent sur ses joues. Il vécut à nouveau le moment affreux où il arracha de son âme le souvenir de son ami. Et puis, ce furent les massacres du colonel Milar qui vinrent agresser sa conscience, horreur après horreur. Des morts par milliers, des tortures, le tout accompli avec cette froide détermination qui l'habitait alors. Enfin, Alima emplit sa psyché. Les images de l'annihilation de cette planète le submergèrent. *Non… Non… Je ne veux pas revivre ça.*

— *Tu peux y échapper,* susurra une voix enveloppante, pleine de séduction. *Écoute-moi et ton amour sera sauvé.*

— *Non…*

L'horreur de ce qu'il venait de dire lui broya le cœur. Comment pouvait-il repousser une telle offre ?

— *Comment ?* demanda-t-il.

— *Oh, c'est très simple. Elle doit sortir de cet endroit.*

Il avait pu entendre la jubilation dans cette voix, mais il ne trouvait pas la force de s'arracher à cet envoûtement. Et puis, il voulait savoir. Il devait savoir.

— *C'est impossible. Elle est liée à cette déchirure.*

— *Oui, mais ce n'est pas elle qui l'a créée. Elle peut donc s'en libérer. Je peux t'y aider.*

— *J'écoute.*

— *Elle doit être forte. Elle doit se nourrir de plus de vie.*

— *Non, jamais elle…*

— *Ou d'une seule vie, du sacrifice d'un homme puissant qui offrirait son existence pour elle. Tu es un fil arraché à la Tapisserie. Tu n'es pas censé être là. Alafur t'a ramené à la vie, mais il y avait un prix à payer pour cela.*

— *Quel prix ?*

— *Sa liberté contre ta vie. Alafur l'a connectée à cette brèche pour réussir son exploit contre nature.*

Dem frissonna. Il savait que cette voix n'était pas digne de confiance, mais d'un autre côté… Et s'il existait une minuscule chance qu'elle dise vrai ?

— *Il y a un moyen de l'aider, un moyen de changer tout cela, de lui permettre de recouvrer sa liberté. Offre-lui ton essence vitale. Vas-y, pendant qu'elle est inconsciente, ainsi elle ne pourra pas s'y opposer.*

Dem déglutit. Cette voix mentait… Ou pas… Elle avait raison. Il n'aurait pas dû survivre. Il avait accepté de suivre son destin, il avait accepté de mourir pour la sauver, ce jour-là.

— *Une fois libre de ses mouvements, elle pourra reprendre en main le pouvoir et l'humanité vivra une longue ère de paix, de progrès et de stabilité.*

— *Le Chaos…*, tenta-t-il.

— *Ce n'est qu'une invention d'Alafur, que tu connais sous le nom de Nako. Elle essaye d'influencer les humains pour son propre besoin. Elle manipule. Elle ment. Le Chaos n'existe pas. Tu l'aimes, alors aide-la !*

Dans un état presque second, Dem revint vers l'alcôve. Il s'agenouilla près de Nayla, toujours inconsciente. Il aurait désiré lui dire tant de choses, mais n'en avait pas le temps. S'il voulait faire ce que cette voix avait suggéré, il devait le réaliser tant qu'elle dormait, sinon, elle l'en empêcherait. Il inspira, prêt à se connecter à son esprit, puis imagina Nayla découvrant son cadavre à ses côtés. Elle ne comprendrait rien. Il devait lui dire ce qui était arrivé. Il attrapa un handtop et commença à écrire rapidement, lui résumant l'échange. À la lisière de sa conscience, il sentait l'exaspération de l'entité. Il s'interrompit, cherchant les mots adéquats pour exprimer ses sentiments.

— *C'est n'importe quoi !* lança la voix juvénile de Nako.

Dem leva les yeux, mais son ami imaginaire restait invisible. Il se concentra à nouveau sur son texte. *Je t'aime*, écrivit-il avant d'effacer ces mots. C'était trop simple. Elle méritait mieux.

— *Ne fais pas ça !*

Cette fois-ci, l'ombre de l'adolescent apparut. Il pleurait tout en secouant négativement la tête. Il bougea les mains rapidement, avant de disparaître. Cela arracha Milar au maléfice. Nako venait de lui dire, en langage secret de la Phalange écarlate, que la proposition de la voix était un piège et un mensonge. Il serra les poings plusieurs fois de suite, répétant dans son esprit les différents articles du Code.

— Dem ? coassa Nayla.

Il sursauta et se tourna vers elle. Elle était si pâle que sa peau semblait transparente. Ses pupilles pailletées de vert exprimaient la peur et une détresse qui le poignarda. Peut-être aurait-il dû…

— *Non !*

Nayla fronça les sourcils comme si elle avait entendu la voix de Nako. Elle lui prit la main.

— Que se passe-t-il ?

— Rien…

— Je vais bien, Dem. Enfin, aussi bien que possible. Ne t'inquiète pas.

— Bien sûr que je m'inquiète.

— Tu ne me dis pas tout. Qu'est-ce que ce handtop fait là ?

— Nayla…, marmonna-t-il, mal à l'aise.

— Dis-moi tout ! ordonna-t-elle en se relevant.

Alors il lui expliqua son échange avec Yggdrasil, la proposition qui lui avait été faite, son acceptation… et l'intervention de Nako. Elle secoua la tête, sa lèvre découvrant ses dents serrées.

— Bon sang, Dem ! Tu ne peux pas te faire avoir par Nix ! C'est l'émanation du Chaos.

— Et si… Et si Nako te mentait, me mentait. Et si, le fait d'avoir été ramené à la vie était la chaîne qui t'empêche de sortir d'ici ?

— C'est n'importe quoi !

— Mais ça vaut le coup d'essayer, non ?

— Absolument pas ! Te sacrifier ne ferait que me livrer définitivement, pieds et poings liés, à Tellus et à cette monstruosité. Tu es mon ancre, Dem.

— Pourtant…

— Sais-tu ce qui est arrivé lorsque j'ai tenté de quitter cet endroit ?

— Oui, tu as failli mourir.

— C'est vrai, mais ce n'est pas la seule chose. Chaque fois, cette brèche s'est agrandie. Si je disposais d'une grande force, fournie par toi ou par des dizaines de prisonniers, je pourrais sans doute aller plus loin et…

— Et ouvrir davantage la déchirure, conclut-il.

— C'est ce que je crois, oui. Et c'est peut-être le plan de Nix. Ne l'écoute pas.

— Et Nako ? Faut-il l'écouter ? Est-il de confiance ?

— Je ne sais pas. Son vrai nom est peut-être Alafur, mais je n'en suis pas certaine. En fait, je suis presque sûre que ce n'est pas son véritable nom.

— Pourquoi te le cacher ?

Nayla passa une main nerveuse derrière son crâne tout en se mordillant la lèvre.

— Parce que ce nom signifie quelque chose pour moi. C'est la seule explication. Alafur use de l'apparence de Nako pour nous amadouer, pour qu'il soit plus facile de l'écouter, mais ça ne veut pas dire que ce soit dans un but pervers.

— Cela y ressemble, non ?

— Je crois qu'Alafur veut réellement sauver l'humanité et qu'elle est prête à tout pour ça, prête à nous utiliser, à nous immoler si nécessaire. Elle est même prête à modifier les lois de l'univers, comme pour te ressusciter.

— Comment peux-tu…

— Une intuition. Il existe une connexion entre cette entité et moi, quelque chose d'étrange. Je suis incapable de l'expliquer. Bref, elle veut aider les mortels. Nous serons sans doute sacrifiés dans l'opération, mais le but est trop important pour s'en soucier.

— Soit, soupira-t-il. Si tu as besoin d'énergie, n'oublie pas que je suis là.

— Oui…, murmura-t-elle en fermant les yeux.

Il lui serra la main et s'en voulut de poser la question suivante.

— Et… Qu'as-tu vu avant de t'évanouir ?

— Un temple, sur un monde lointain, construit sur un nœud cosmique. Jani était là avec d'autres que je ne connais pas. Le danger était partout. Nix, j'avais l'impression qu'il était présent en… en personne, aussi fou que cela semble. Ensuite, la voix d'Alafur m'a supplié de faire vite.

— Mais tu cherchais des infos sur Leene et Mylera.

— Je sais, mais je ne contrôle pas toujours ce qu'Yggdrasil veut me montrer. Peut-être que je ne les ai pas vues, mais qu'elles étaient là.

— Alors, impossible de savoir si elles sont bien prisonnières de ce Symmon Leffher. Il va falloir que je fasse quelque chose.

— C'est un piège.

— Et alors ? fit-il avec un sourire en coin. Connaître l'intention de l'ennemi est la voie vers la victoire.

— Non, mais tu t'écoutes parfois ?

— Le Code est d'une grande utilité. Tu l'avais admis à l'époque.

— Oui et…

L'armtop accroché à son bras émit un « bip » insistant. Elle consulta le message et grimaça.

— C'est la visite journalière de Nardo. Je l'avais oublié. Il vient d'entamer la descente. Je n'ai pas envie de le voir, mais si je me dérobe, il trouvera ça louche.

— Je serai ici, ne t'inquiète pas.

Nayla lui répondit d'un sourire, puis enfila une robe d'intérieur, épaisse et chaude, qui cachait ses vêtements. Elle avait la flemme de s'habiller. D'une démarche lourde de lassitude, elle regagna le trône. Elle s'y assit en attendant son visiteur. Nardo entra, s'inclina, puis marcha vers elle. À dix pas, il s'arrêta et se prosterna à nouveau avec déférence.

— Sainte Flamme, comment vas-tu ce matin ?

— Olman, je suis fatiguée de me répéter sans cesse, répliqua-t-elle d'un ton sec.

Il se redressa avec une expression peinée sur le visage.

— Je suis désolé, Nayla, mais pour moi, tu es et tu resteras la Sainte Flamme. Tu ne peux pas m'ordonner de ne plus croire en toi.

— Tu as raison. Les croyances appartiennent à chacun, même si cette dévotion me dérange.

Il voulut protester, mais elle leva une main pour l'interrompre.

— Je préfère voir en toi un ami, Olman. Tu es bien mon ami, n'est-ce pas ?

— Oui, bien sûr ! répliqua le jeune homme en rosissant. Toujours et pour toujours.

— J'ai besoin de cette amitié, précisa-t-elle d'une voix douce.

Elle aurait pu s'en vouloir de jouer avec ses sentiments, mais il l'avait bien cherché. Le comportement de ses messagers justifiait la manipulation.

— Tu peux compter sur moi, Nayla, bredouilla-t-il.

— Je sais que mes ordres heurtent tes convictions, continua-t-elle avec bonté. Seulement, imposer une religion est…

— C'est mal. Je le comprends maintenant. J'ai eu tort, mais je voulais que tous croient en toi, qu'ils voient le sacrifice que tu faisais et qu'ils t'aiment pour ça, comme moi.

Il s'empourpra sur ses derniers mots. Il se frottait les mains avec gêne. Il toussota, puis reprit son propos.

— Je ne voulais pas que cela aille si loin. Je voulais persuader, mais Kanmen ne cessait de dire que tout allait mal dans la République et que la religion de la Lumière pouvait nous aider à calmer la population. Marthyn renchérissait toujours avec d'excellents arguments, tout en se moquant de mes convictions.

Nayla fronça les sourcils en portant une attention plus intense à son Porteur de Lumière. Elle avait souvent traité le garçon comme une variable négligeable, mais il semblait sincère.

— Je vois, fit-elle en réponse d'attente.

— Tu dois me croire, insista Nardo d'un ton quasi larmoyant.

— Je te crois, mais les intimidations et les exécutions doivent cesser.

— Oui, tu as ma parole. J'ai déjà donné des ordres en ce sens.

— Alors, je suis satisfaite. Dis-moi, Olman. J'ai eu une vision et j'ai besoin de ton aide pour la décrypter.

— Bien sûr, je serai heureux de t'apporter mon concours.

— J'ai vu un homme… On aurait dit Marthyn, mais il était plus jeune et…

— Oh, il doit s'agir de son frère : Symmon. Je sais que Kanmen l'a nommé enquêteur extraordinaire.

— Pour quelle raison ? Qu'y a-t-il d'extraordinaire à enquêter ? À moins que cela soit une sorte d'emploi fictif, fit-elle en caressant son menton de deux doigts pensifs.

— Non, c'est… Ils n'en ont pas parlé au conseil, mais j'ai des amis proches du chancelier…

— Des espions ? coupa-t-elle avec un sourire en coin.
— Oui, j'aime savoir ce qui se trame, Sainte… Nayla, acheva-t-il en rougissant.
— Et que t'ont-ils appris ?
— Ils craignent un assassin qui serait, peut-être, arrivé sur la planète mère ou, du moins, sur Alphard. Symmon a été envoyé sur la base pour découvrir des complices.
— Allons, personne ne peut atterrir sur cette planète sans être contrôlé, Olman.
— Oui, je suis d'accord. Je ne sais pas ce que ça cache.
— Dans ma vision, ce Symmon ramenait des captives, ici, sur la planète mère. Il parlait d'un endroit hautement sécurisé, car il craignait que cet assassin, qu'il nomme le fantôme, les fasse libérer. Je…
Elle haussa les épaules pour indiquer qu'elle n'en savait pas davantage.
— Il doit s'agir de la prison secrète installée dans les anciennes geôles de l'Inquisition. On y enferme les prisonniers dangereux. Elle est sous terre et il n'y a qu'une seule entrée, puissamment gardée, avec de nombreux sas. Personne ne peut sortir de là et personne ne peut y pénétrer.
— Je vois… Sais-tu si ce Symmon y a fait admettre des captifs ?
— Non, mais je peux me renseigner.
— Ce serait adorable, Olman. Je ne pense pas que cela soit important, mais cette vision me hante. Le savoir serait un soulagement.
— Bien sûr, Nayla, fit le garçon en s'inclinant, une main sur le cœur.
— Et, Olman, je préférerais que ton enquête soit discrète.
— Oui, mais puis-je te demander pourquoi ?
— Je ne sais pas. Il y a une sorte d'aura autour de ce Symmon. Je me demande s'il n'est pas… affilié à Tellus d'une façon ou d'une autre.
— Tellus ?
— Ils ne sont pas nos amis. Il faut être extrêmement vigilant et ne pas leur faire confiance, pas plus à ceux qui se montrent trop amicaux avec eux.
— Oh…
Il poussa un long soupir et, sans prévenir, se laissa tomber sur les genoux au pied de Nayla. Dans un mouvement plein d'emphase, il se prosterna touchant le sol froid de son front. Il se redressa, mais resta agenouillé devant elle.
— Tu me rassures grandement, Nayla. Je… Je n'ai pas oublié leur présence à bord du Vengeur, à l'époque de la rébellion. Kanmen était

de leur côté, ainsi que Leffher, par l'entremise de Tiywan. Je comprends ton sacrifice, mais je suis si heureux que tu n'aies pas vendu ton âme à ces chiens.

Elle se leva pour relever son ancien camarade. Elle le vit s'empourprer et pouvait presque entendre son cœur battre la chamade. Sous ses doigts, elle sentait son sang pulser.

— Tu es sans doute le seul vrai ami qui me reste, Olman. Sois très prudent.

Il acquiesça, trop ému pour prononcer une parole. Elle se pencha et déposa un baiser léger sur son front.

— Va ! J'attends de tes nouvelles. Et merci de tes visites. Je les guette toujours avec impatience.

Elle vit sa pomme d'Adam remonter nerveusement le long de sa trachée et ses yeux s'embuer de larmes. Sans un mot, il s'inclina. Il fit demi-tour et quitta la pièce d'un pas presque chancelant. Les portes se refermèrent derrière lui. Un applaudissement la fit sursauter. Dem se tenait dans l'ouverture d'une tenture et un rictus amusé plissait son visage abîmé.

— Bravo ! Tu as joué finement.

— Je me dégoûte un peu, répliqua-t-elle. Mais, d'un autre côté, il l'a mérité, même s'il est sans doute le plus sincère d'entre eux.

— Je connais bien les prisons de l'Inquisition, déclara-t-il.

— Et ? Est-ce vraiment impossible de s'en échapper ? Et ne cite pas le Code, s'il te plaît.

— Pourtant…, lança-t-il avec un clin d'œil. Plus sérieusement, il n'a pas tort. Cet endroit est une forteresse. Je n'y entrerai pas en Dramcaï.

— Comment, alors ?

— Je ne sais pas encore, mais je vais y réfléchir.

Ailleurs…

Symmon Leffher entra d'un pas décidé dans les locaux de la police et se dirigea vers le service de surveillance planétaire. L'officier lui adressa un regard étonné, puis se leva avec l'intention de le chasser. Leffher sortit son handtop et lui transmit ses ordres. En lisant son mandat d'enquêteur extraordinaire du chancelier, l'homme blêmit, puis demanda d'une voix blanche :

— Que puis-je pour vous ?

— Je veux consulter les enregistrements des caméras de surveillance de ces dernières semaines.

— Eh bien…, commença l'autre.

— J'ai tous les pouvoirs pour cette investigation, alors si vous continuez à me freiner, je vous fais muter dans le pire coin de la galaxie, déclara-t-il d'un ton doucereux.

— Par ici, monsieur, céda l'officier.

Il le conduisit dans une vaste salle de contrôle, bardée d'écrans.

— Que souhaitez-vous savoir ?

— Je veux un bureau isolé, ainsi qu'un opérateur capable et discret.

L'homme se frotta pensivement le menton, puis secoua la tête.

— Corley ! appela-t-il.

Un jeune homme les rejoignit immédiatement et se figea au garde à vous. Il avait un visage allongé, une peau très pâle et des cheveux blonds, presque blancs. Ses yeux étranges, légèrement orangés, le désignaient comme un habitant de la planète Hibryke, non loin de la frontière hatama. Les conditions particulières de ce monde avaient fait muter les colons.

— Corley, accompagnez monsieur Leffher en salle 3B. Vous l'aiderez à faire des recherches dans les enregistrements. Obéissez-lui, quoi qu'il demande.

— À vos ordres ! Suivez-moi, monsieur.

La petite pièce était une version réduite de la salle de contrôle. Le dénommé Corley alluma les diverses consoles, puis se tourna vers Symmon. Ce dernier lui transmit les données d'analyses. En revenant sur la planète mère, il avait confirmé ses doutes. Il était impossible de repérer une armure X25. Elles étaient fabriquées spécifiquement pour cela. Néanmoins, il avait effectué un long calcul, prenant en compte le jour et l'heure présumés pour l'arrivée de Milar, afin d'en déduire un périmètre d'atterrissage. La zone était vaste, mais restait délimitée.

— Je cherche un Dramcaï. Je vous ai transmis les critères de recherches : le périmètre et la date.

— Un Dramcaï, monsieur ?

Symmon pariait sur le fait que Milar n'avait pas ôté sa tenue du désert en venant sur AaA 03.

— Vous n'allez pas me faire répéter tout ce que je dis, n'est-ce pas ?

— Non, monsieur.

Le Hibrykien s'activa donc sur les consoles, lançant des modélisations. Symmon le laissa travailler sans intervenir, mais en effectuant des allers et retours nerveux derrière lui. De temps en temps, le jeune homme jetait un coup d'œil inquiet par-dessus son épaule et, parfois, il indiquait qu'il fallait du temps pour de telles recherches. Les caméras et les drones de surveillance fournissaient des quantités astronomiques de données.

— Monsieur ! appela soudain Corley. J'ai trouvé quelque chose.

— Montrez-moi ! s'exclama Leffher en s'asseyant près de lui.

— Ici, monsieur. Un Dramcaï a utilisé un solobus depuis cet endroit.

— Zoomez ! Je veux voir qui l'accompagne.

Le visage de poupée d'une jeune femme apparut sur l'écran. Symmon la reconnut immédiatement. Il l'avait vu dans les rapports fournis par le colonel Noler. *Shoji Ako*, songea-t-il. *Ainsi, c'est elle qui a escorté Milar. Je me demande bien pourquoi.*

— Essayez de tracer son parcours, ordonna-t-il.

— Oui, monsieur. Il est descendu à cet arrêt, puis il est parti à pied… Je le retrouve ici, à l'entrée de ce jardin. Ensuite… Il repart dans l'autre sens, à pied, toujours avec la même jeune femme. Ils disparaissent dans ce bois.

— Et après ?

— Laissez-moi voir… Voilà, le lendemain soir, regardez ! Ils sont là, accompagnés d'un homme.

— Peut-on voir son visage ?

— Attendez, je change le réglage. Voilà, monsieur.

L'homme aux yeux en forme d'amande lui était inconnu. Symmon grimaça et ordonna à Corley de continuer, d'un geste de la main. Les trois voyageurs réapparurent un peu plus loin, alors qu'ils entraient dans une zone pavillonnaire.

— Je n'ai pas d'autres images, monsieur. Je ne sais pas dans quelle maison ils se sont rendus.

— Nous pourrons les retrouver, je n'en doute pas. Continuez à balayer les enregistrements, Corley. J'attends.

Il recommença ses allers et retours à petites enjambées, derrière l'opérateur. Celui-ci n'avait pas protesté, mais sa moue indiquait qu'il n'y croyait pas vraiment. Il se redressa brusquement et Symmon comprit qu'il avait remarqué quelque chose.

— Dites-moi, exigea-t-il.

— Regardez, le Dramcaï est monté dans ce solobus, le lendemain soir. Et, cette fois-ci, il est seul.

— Où va-t-il ?

— Hum… Attendez… Là ! exulta le Hibrykien. Il est descendu à cet arrêt, mais… C'est étrange. En pleine nuit, il n'y a rien d'intéressant dans ce coin-là.

— Quel est cet endroit éclairé ?

— Une station d'observation. Ils surveillent la zone interdite, ainsi que le survol de la cité et, bien sûr, du temple.

— Est-ce qu'il s'est rendu dans cette base ?

— Non, rien sur les caméras et rien nulle part, d'ailleurs. Il quitte l'arrêt du solobus et disparaît dans la campagne. Dans la direction qu'il a prise, il n'y a rien… à part la zone interdite, bien entendu.

Corley conclut en haussant les épaules pour souligner que cette direction était impossible.

— Continuez à chercher, indiqua Symmon. Il a bien dû se rendre quelque part.

— Oui, monsieur.

La zone interdite… Leffher savait que cet endroit maudit n'était pas un réel obstacle pour Milar, mais il ne voyait pas l'intérêt d'une telle incursion. Et, comme il l'avait pressenti, Corley ne trouva plus aucune trace du Dramcaï. Symmon demanda à l'opérateur de continuer ses recherches et de le prévenir s'il découvrait quelque chose.

Il passa en revue ses options. Fouiller les alentours de cette station était prématuré. Et puis, il avait tendu un piège à Milar. Deux volontaires avaient été enfermées dans la prison secrète avec l'espoir que l'information lui parviendrait. Avec un peu de chance, l'arrogant colonel penserait possible de les faire évader.

En attendant, il devait en apprendre plus. Shoji Ako serait sa prochaine cible. Tout en sortant des locaux de la police, il ordonna de fouiller la zone pavillonnaire où elle avait été vue.

Plus c'est impossible, moins l'ennemi anticipera une action audacieuse.

Code des Gardes de la Foi

Leene soupira en observant son bol de jiman, un plat lyophilisé composé de nouilles, de morceaux de joja et de champignons baignant dans un bouillon épicé. La seule nourriture de leur vaisseau se résumait à des rations de voyage. Le choix proposé la déprimait déjà, ou plutôt, le manque de choix abyssal. Elle plongea sa cuillère dans la mixture, avant d'avaler une bouchée avec une grimace.

— N'exagérez pas, intervint Arey. Ce n'est pas si mauvais.

— Cela fait cinq fois en six jours que je tombe sur cette recette, si on peut appeler ça une recette.

— Les jimans sont très appréciés sur Gojoseon. C'est un plat excellent.

— Je n'en doute pas, mais là, c'est… infâme.

— Docteur, vous êtes une personne de grande qualité, mais lorsque les choses ne vont pas comme vous le souhaitez, vous devenez vite exécrable. Cette situation est difficile pour tous et plus particulièrement pour votre amie. Alors, soyez conciliante et arrêtez de vous plaindre.

Leene Plaumec s'était immobilisée, sa cuillère suspendue entre le bol et sa bouche. Elle venait de se faire moucher par ce foutu inquisiteur. *Comment ose-t-il ?* songea-t-elle avec colère, refusant d'admettre qu'il avait raison. Elle allait le remettre vertement en place, lorsque le système d'alarme résonna dans la minuscule coquerie.

— Qu'est-ce qui se passe encore ? grommela-t-elle.

— Venez ! Allons voir !

Ils se précipitèrent vers le poste de pilotage. Mylera était déjà debout et désignait l'un des fauteuils d'un geste agacé.

— Vite, Arey, prenez les commandes ! Je dois aller en salle des machines.

— Qu'est-ce qui…

— Pas le temps !

L'officier technicien bouscula l'inquisiteur en passant et Leene eut juste le temps de se coller contre la paroi. Mylera disparut au bout du couloir, se laissant descendre le long de l'échelle en plaquant les pieds sur les montants. Arey avait déjà sauté sur le fauteuil du pilote et Leene le rejoignit en maugréant.

— Alors ?

— Si j'en crois les voyants, nous avons une fuite d'axcobium.

— Oh, c'est grave, n'est-ce pas ?

— Sans axcobium, impossible de contrôler la réaction du S4, donc de voyager. J'espère que le capitaine Nlatan va pouvoir l'endiguer, sinon nous resterons bloqués au milieu de nulle part.

— Je n'imagine pas pire cauchemar que de demeurer enfermée avec vous jusqu'à ma mort, répliqua-t-elle d'un ton rogue.

— Pour une fois, je partage votre opinion.

Elle se contenta d'un grognement pour toute réponse. Mylera revint quelques minutes plus tard, la mine sombre.

— C'est la catastrophe.

— L'axcobium ? s'enquit Arey.

— Il en reste très, très peu, maugréa-t-elle en s'asseyant à la place de l'inquisiteur.

Elle afficha une carte spatiale des lieux, zooma sur plusieurs choix, le visage fermé. Elle s'arrêta sur une planète en particulier et grimaça.

— Bonne nouvelle, il existe un monde à proximité, un monde que nous devrions atteindre malgré notre panne.

— Où est le problème ? Ils n'ont pas d'axcobium ? s'inquiéta Leene.

— Il s'agit de Tasitania. Alors, oui, nous y trouverons de l'axcobium, mais elle a une population de plusieurs milliards d'habitants. Il y a des villes partout, des usines, des complexes technologiques. Je pense qu'il est impossible de s'y poser discrètement. Si notre signalement est parvenu jusqu'ici, nous serons arrêtés.

— D'autres choix ? demanda Arey.

— Non, aucun. L'unique planète vivable dans notre rayon d'action est un monde déserté et soumis à une énorme activité sismique.

— Ce sera donc Tasitania, soupira Leene.

— Ouais, grogna Mylera. Si nous passons la douane, nous pourrons sans doute disparaître. Cette planète est une vraie fourmilière et ses bas-fonds sont légendaires.

— Je suis certain que cette douane ne sera pas un problème, affirma Arey.

— Avec de la chance.

— Comme dirait Dem, la chance est l'autre nom de l'audace ou un truc du genre. À moins que… Je vois ! Vous allez faire vos trucs d'inquisiteurs, cracha Leene avec dégoût.

— Mes trucs d'inquisiteurs vont nous être utiles, répliqua l'autre d'un ton pincé.

✦✦✦

Le patrouilleur Fidélité plongea vers la surface de la planète. Il traversa une épaisse couche de nuages. Sa carlingue vibrait et ses moteurs rugissaient un peu trop. Cela expliquait sans doute le visage crispé de Mylera. Le vaisseau émergea enfin de cette purée de pois. Sous sa coque se déroulait une ville immense qui couvrait toute la planète d'un amoncellement de métal et de verre. Des tours élancées se lançaient à l'assaut du ciel. Des complexes technologiques, hérissés de tubes et de bâtiments aux toits bardés d'antennes, s'étalaient au milieu des habitations, comme des plaies purulentes. De loin en loin, des usines crachaient des fumées sans doute toxiques dans l'atmosphère. Des lumières innombrables chassaient la nuit. Leene, qui venait d'un monde beaucoup moins peuplé, grimaça. La plupart du temps, les cités l'oppressaient. Ce monde représentait tout ce qu'elle détestait. Elle n'était qu'une ville sans limites, sans aucune enclave de verdure.

— Comment peut-on vivre sur un tel monde ? marmonna-t-elle. Est-ce qu'ils arrivent seulement à respirer ?

— Ils respirent avec ces trucs-là ! répliqua Mylera en désignant de gros satellites à la limite de la stratosphère. Ce sont des purificateurs d'air très efficaces.

— Formidable ! Et ils mangent du fibrobéton ? grogna-t-elle avec sa mauvaise foi légendaire.

Elle savait très bien que la planète devait importer sa nourriture et devait également posséder d'immenses fermes hydroponiques, mais elle ne pouvait s'empêcher de râler. Mylera ne lui répondit pas, car elle était concentrée sur le pilotage. Elle manœuvra habilement pour se frayer un passage au milieu des vaisseaux cargos qui regagnaient l'espace ou qui s'apprêtaient à atterrir. Elle suivit le flux vers l'une des nombreuses plateformes qui ponctuaient la surface de la planète. Celle qu'elle avait choisie se situait loin du cœur politique. Elle se posa en douceur et coupa les moteurs.

— Voilà…, fit-elle d'une voix tendue.

— Prenons nos affaires, proposa Arey d'un ton rassurant. Il y a fort à parier que nous ne pourrons pas revenir dans ce vaisseau.

— Vous avez raison, admit Mylera.

Leene avait envie de la réconforter, car elle savait combien son amie détestait ce genre de vie. Elle n'osa pas. Elle se contenta de lui offrir un sourire timide. Mylera lui répondit avec une grimace, avant de lui tendre un manteau en virch'n, d'une couleur marron assez laide. Le médecin l'enfila sans un mot, heureuse de dissimuler son uniforme et son arme. La technicienne adressa un regard anxieux à l'inquisiteur. Il leva un pouce confiant. Elle expira longuement, puis ouvrit l'écoutille. Après une brève inspiration, elle s'engagea sur la rampe d'accès, suivie par les deux autres. Leene se sentit immédiatement écrasée par les immenses tours qui barraient la ligne d'horizon. Une femme en uniforme d'officier, accompagnée par deux soldats, les attendait. Elle les interpella d'un ton sévère :

— Identitea et autorisation de vol !

Mylera hésita, ne sachant que répondre. Arey s'avança, avec un sourire affable.

— Capitaine Arey, se présenta-t-il. Voici mon identitea et mon autorisation de vol.

Il tendit sa carte et son handtop. La femme prit les deux. Son regard se troubla. Elle déglutit et se massa la nuque avec une expression perdue. Elle secoua la tête et jeta un coup d'œil très rapide sur les documents.

— C'est parfait, bafouilla-t-elle. Je vous rappelle qu'il est interdit de contrevenir à la loi.

— Bien entendu.

— Le reste de votre équipage envisage-t-il de descendre à terre ?

— Non.

— Dans ce cas, bonne journée, Capitaine.

L'officier s'éloigna comme si elle ignorait où elle se trouvait. Arey adressa aux deux femmes une mise en garde d'un regard insistant. Sans un mot, ils se dirigèrent vers l'arrêt des solobus. Leene jeta un coup d'œil alentour avant de murmurer :

— Vous lui avez fait quoi, à cette malheureuse ? cracha-t-elle.

L'inquisiteur leva les sourcils dans une mimique désolée.

— Je ne lui ai rien fait de mal. Je lui ai juste suggéré que tout allait bien. Bon, et maintenant ? Acquérir un vaisseau en toute discrétion ne sera pas possible.

— C'est rien de le dire, grommela Mylera.

— J'ai bien réfléchi à nos options, marmonna le médecin. Jani a un contact ici.

— Vous connaissez son nom ?

— Oui… Yaara Velidon, je crois. Non, Kelidon.

— Ça nous aidera, déclara Arey, mais cette planète est immense. Retrouver quelqu'un ne sera pas simple. Rien d'autre ?

Leene secoua la tête pensivement. Elle fronça le front et plissa les yeux tandis qu'elle fouillait ses souvenirs.

— Le *Blonde Planet*, si je ne me trompe pas. Un bar…

— Ça promet, grommela Mylera.

Arey activa son handtop et chercha l'établissement mentionné.

— Aussi étrange que cela puisse paraître, ce bar existe. Il se situe dans le quartier pourpre sud et, si j'en crois ce qui est indiqué là, ce n'est pas le secteur le plus huppé, bien au contraire.

— De la part de Jani, l'inverse m'aurait étonné, marmonna Mylera.

— Tant mieux, répliqua Leene. Les autorités seront moins présentes.

— Certes, fit l'inquisiteur d'un ton docte. Si nous rejoignons directement ce quartier, nous serons faciles à traquer. Il faut brouiller notre piste. Je vous propose de nous rendre dans le carré lumineux, un endroit pour touriste. De là, nous pourrons disparaître.

— Bonne idée, concéda Leene.

Arey programma la destination sur la console intégrée à l'abri. Un décompte s'afficha aussitôt, indiquant que le véhicule arriverait dans trois minutes.

— N'oubliez pas, nous sommes des officiers en permission, précisa l'inquisiteur.

— Nous ne sommes pas idiotes, répliqua Mylera.

Un clapotis léger frappa le toit de l'abri. Et, en quelques secondes, une pluie dense se mit à tomber.

— Formidable, grogna Mylera. J'avais oublié qu'il pleuvait presque tout le temps sur ce maudit monde. Punaise, on est dans une foutue merde.

— Pour l'instant, tout va bien, tenta de les rassurer Arey. Espérons que votre amie Yaara aura une solution.

— Je ne l'ai jamais rencontrée, mais elle pourra sûrement nous aider, soupira Leene. Elle fait partie de l'organisation de Jani qui permet aux gens de fuir la République.

— Ouais, si tu le dis, maugréa Mylera.

Le médecin grimaça. Son amie n'aimait pas Jani. Il aurait été plus juste de dire qu'elle en était jalouse. Elle avait très souvent suggéré que Leene entretenait une liaison avec la contrebandière. À sa décharge, cela aurait pu arriver. Il existait entre les deux femmes une amitié amoureuse qui aurait pu basculer à n'importe quel moment. Elle était convaincue que, si elle avait fait le premier pas, Jani aurait dit oui sans hésiter. Le médecin résista à l'envie de lui balancer Justyne à la figure.

L'arrivée du solobus dissipa cet instant de gêne. Ils montèrent tous les trois dans le véhicule et s'assirent sur des sièges libres. Derrière les vitres, le décor filait à vive allure, à moitié caché par la pluie qui tombait dru, plaquant des milliers de gouttes d'eau sur les carreaux. Hypnotisée par les lumières clignotantes, Leene se laissa emporter par la mélancolie.

La navette les déposa près d'une place bondée. Les passants s'y croisaient, protégés par des parapluies transparents ou emmitouflés dans des capes chatoyantes. L'eau tombait sur eux, dégoulinait sur leur protection, roulait sur le sol, mais les Tasitaniens ne se pressaient pas. Ils semblaient indifférents à la météo humide. Les vitrines des magasins rivalisaient de lumière qui projetait des auras colorées sur le sol miroitant.

Les trois voyageurs n'avaient pas bougé de l'abri du solobus, saoulés par la foule grouillante.

— Et maintenant ? demanda Leene.

— Il y a un autre départ de solobus dans cette direction, indiqua Arey en tendant le bras. Je propose qu'on prenne le suivant depuis cet abri, afin de brouiller les pistes.

— Bonne idée, ricana Mylera. On ne sera pas du tout repérés.

Elle désigna d'un geste les drones caméras qui bourdonnaient au-dessus d'eux.

— Une proposition, peut-être ? répliqua l'inquisiteur d'un ton agacé.

— Ouais, j'en ai une. Je ne suis pas idiote, contrairement à ce que vous pensez. La boutique, là, vend des articles pour affronter la pluie. Entrons et achetons des trucs qui nous feront ressembler aux habitants. Regardez-les, ils sont tous pareils. Ensuite, nous ressortons et nous nous mêlons au groupe le plus dense possible. Cela devrait berner les caméras.

— Excellente idée, renchérit Leene.

Ils s'engagèrent donc sous le déluge jusqu'à un magasin à l'éclairage multicolore. Ils y entrèrent, aussitôt accueillis par une vendeuse avenante. Cette blonde pulpeuse les dirigea vers le rayon contenant ce qu'ils cherchaient. Ils achetèrent trois ponchos qui captaient les lumières alentour et les répercutaient comme la livrée d'un caméléon. Ils prirent aussi trois parapluies, grand modèle. Mylera paya avec une grimace en constatant le montant de la facture.

— C'est hors de prix, ces saloperies, râla-t-elle, une fois dehors. On va vite se retrouver à court de söls.

— C'était votre idée, rétorqua Arey.

— Bougeons ! coupa Leene, agacée par la tournure prise par la conversation.

Elle ponctua sa réplique en ouvrant le parapluie d'un coup sec. Ils l'imitèrent. Ils empruntèrent la rue la plus encombrée et se glissèrent dans le flot des promeneurs. À une centaine de mètres d'un arrêt de solobus, ils replièrent leur parapluie, profitant de l'abri offert par ceux des gens les entourant. Ils se faufilèrent sous l'auvent où attendait déjà une dizaine de personnes. Le véhicule arriva moins d'une minute plus tard. Ils y entrèrent, sans connaître sa destination. Ils gardèrent la tête baissée pendant toute l'opération, le nez dans le col de leur cape. Ils suivirent l'un des Tasitaniens au hasard et sortirent du solobus. Ils prirent une rue adjacente jusqu'à un autre abri.

✦✦✦

Une demi-heure plus tard, ils descendirent dans un quartier beaucoup moins luxueux, baignant dans une chiche lumière rouge. La pluie s'était transformée en une bruine pénétrante et Leene frissonna en ouvrant son parapluie. Ils suivirent les indications du handtop, qui les conduisirent dans une rue étroite charriant au moins cinq centimètres d'eau.

— J'ai les pieds trempés, grommela Mylera.

— C'est là ! s'écria Leene en désignant un bar à l'enseigne rouge et jaune représentant des blondes pulpeuses jouant avec une planète, comme s'il s'agissait d'un ballon. Au-dessus de la porte, les mots *Blonde Planet* s'affichaient en lettres dorées.

— C'est un bouge, se plaignit l'officier technicien.

— On n'a pas vraiment le choix, Mylera. Vous devriez peut-être attendre dehors, tous les deux. Je vais y aller.

— C'est une mauvaise idée, protesta Arey. Mon aide…

— Attendez-moi ! coupa le médecin d'une voix rêche.

Tandis que ses compagnons s'abritaient contre une façade, sous leur parapluie, serrés l'un contre l'autre comme deux amants, Leene traversa la route. La porte du bar coulissa pour la laisser entrer.

À l'intérieur, l'atmosphère chaude la heurta comme un mur, après l'humidité froide de l'extérieur. La musique forte blessa ses oreilles. L'endroit était bondé. Les clients riaient, buvaient, jouaient et draguaient les serveuses, toutes blondes. Elle se fraya un passage à travers la foule bigarrée et bruyante. Un grand type, avec des bras énormes, la bouscula et elle reçut une giclée d'un liquide alcoolisé en plein visage. Les gouttes à l'arôme puissant dégoulinèrent le long de sa joue.

— Fais gaffe ! beugla le mastodonte.

— Fais gaffe toi-même, abruti ! répliqua Leene sans réfléchir.

Le molosse tourna vers elle son visage rougeaud et la toisa des pieds à la tête.

— Tu vas m'parler sur un autre ton, toi.

— Et toi, tu vas me laisser passer. Je n'ai pas de temps à perdre avec les alcooliques.

Il posa une main large comme un battoir sur son épaule. Leene ne se laissa pas impressionner. Elle appuya son injecteur contre la peau du balèze. Il frissonna et la libéra, un peu éberlué. Il toussa et lâcha un long jet de vomi sur le type en face de lui. Le médecin en profita pour disparaître derrière les badauds qui poussaient déjà des cris d'encouragement à la rixe en préparation. Elle réussit enfin à atteindre le comptoir, suivie par le bruit des coups. Cinq videurs foncèrent dans la foule des clients pour éjecter les bagarreurs. *Ça t'apprendra* ! songea Leene.

— Vous buvez quoi ? demanda la barmaid.

— Euh…

Elle avait failli dire un café d'Eritum, mais ce n'est pas ce qu'on consommait dans un tel endroit.

— Un vin de l'ermite, si vous avez.

— Non, ricana l'autre. On n'est pas dans les beaux quartiers, ici. Si vous voulez du vin, j'ai un vin blanc de Valoï.

— Cela fera l'affaire, merci.

La serveuse posa devant elle un verre rempli d'un liquide clair. Elle paya et plongea ses lèvres avec précaution. Comme elle s'y attendait, le vin était un peu trop sec et avait un arrière-goût aigre qui lui déplut. Elle fit signe à la femme de l'autre côté du comptoir.

— Ouais ?

— Je cherche quelqu'un, l'amie d'une amie. Elle s'appelle Yaara Kelidon. Vous la connaissez ?

— Pourquoi ? lança-t-elle plus sèchement.

— Eh bien, comme je le disais, une amie m'a conseillé de venir la voir.

— Quelle amie ?

— Elle se prénomme Jani, osa Leene.

— Attendez ici. J'vais voir si Yaara la connaît.

La femme disparut dans l'arrière-bar. Leene observa les lieux, un peu nerveuse.

— Venez !

Elle sursauta, car elle n'avait pas entendu la barmaid revenir. Elle la suivit jusqu'à une porte qui donnait sur un escalier sombre et lugubre.

— En haut, première porte à gauche.

Leene grimpa les marches en ronchonnant toutes sortes d'injures. Elle frappa à la porte et entra. Trois femmes se trouvaient dans le bureau. Les deux premières auraient pu faire peur à Yngrid, l'infirmière qui l'aidait sur Yiria. Elles étaient imposantes, grandes, musclées et taillées comme des lutteurs de gaolay. L'autre était une toute petite femme, mince, à la peau brune, avec des cheveux frisés d'un blond platine. Elle détailla le médecin d'un œil curieux.

— Jani, hein ? Sans aucun mot de passe… T'es qui, toi ?

— Je me nomme Leene. Je travaille avec Jani, mais je ne connais pas les détails de son organisation. Je me souvenais uniquement de votre nom. J'ai un problème et je dois fuir cette partie de la galaxie au plus vite. Notre vaisseau est en panne et… et il est recherché.

— Notre ?

— Mes deux amis m'attendent dehors.

— Je vois. Et je dois te croire sur parole ?

— Vous aidez les gens, non ? Donc… Aidez-nous.

— Personne n'est censé venir ici, répliqua l'autre.

— Oui, je sais, mais nous n'avions pas le choix, je vous assure. Nous devons quitter cette planète au plus vite. Vous pourriez peut-être contacter un cargo…

— Si tu connais quelqu'un, je suis tout ouïe.

— Eh bien…

Leene s'interrompit avant de prononcer le nom de Gregoria Testa. Quelque chose, chez son interlocutrice, ne lui plaisait pas.

— Ce n'est pas votre boulot, ça ? Je croyais que vous vous chargiez d'évacuer les volontaires à l'exil.

— C'est le cas, mais le prochain passage n'est pas pour tout de suite.

— Nous attendrons.

La petite femme posa un doigt pensif sur ses lèvres et émit un sourd grondement.

— Je n'aime pas ça, pour tout te dire. Je ne te connais pas. Tu me balances le nom de Jani comme un sésame.

— Je n'ai pas eu le choix.

— Oui, oui, je connais ton argument, maugréa-t-elle. Soit, quelqu'un va te mener dans un de mes refuges. Je vais enquêter sur ton histoire et nous verrons.

— C'est important, Yaara. Nous devons partir au plus vite.

La patronne du *Blonde Planet* ne releva pas son insistance. Elle se tourna vers l'une de ses gardes du corps.

— Hettie, tu vas la conduire, avec ses amis, dans la cache numéro 2. Soyez très prudents, hein ?

— Sûr, Yaara.

La grande femme toisa Leene de toute sa hauteur, puis lui indiqua de la suivre. Leene remercia Yaara d'un signe de tête, mais celle-ci était déjà plongée dans la lecture de son handtop. Hettie grogna quelque chose d'un ton agacé. Le médecin lui emboîta le pas, sans réussir à se départir de cette impression de menace latente.

Ailleurs…

Shoji rejoignit la pièce principale de la maison de Toma, son sac à la main. Elle le posa sur le sol à ses pieds. L'homme avait le visage fermé. Il paraissait nerveux et sans doute pressé de la voir partir. Il lui tendit une petite pochette qu'elle prit en s'inclinant légèrement.

— Voici quelques söls pour ton voyage, ainsi qu'une lettre que tu donneras à Ryo Kanedo, le propriétaire de la ferme. Tu trouveras aussi les indications pour t'y rendre. Suis-les si tu ne veux pas te faire repérer.

Elle se contenta de le remercier d'un signe de tête. Il était inutile de protester. Il était plus que temps de quitter cette maison où elle n'était plus la bienvenue.

Elle jeta son sac sur son épaule d'un geste détaché. Elle priait ses ancêtres pour que son hôte ne remarque pas le livre dissimulé au milieu de ses quelques vêtements de rechange. Elle avait « emprunté » le fameux ouvrage sur les Hatamas et Toma était si pressé de la voir partir qu'il ne vérifia rien. Dans l'aube naissante, elle quitta la maison d'un pas rapide, l'estomac noué par la peur d'être rattrapée et traitée de voleuse. Elle fut rassurée en atteignant l'abri de solobus, alors que le soleil pointait au-dessus de la ligne d'horizon. Toma ne viendrait pas jusque-là pour lui demander des comptes. Il ne voudrait pas attirer l'attention.

La jeune femme sortit le petit morceau de papier, si incongru dans une société où les messages étaient envoyés sur un handtop. Elle s'apprêtait à taper sa destination sur la console, mais sa main se figea au-dessus du clavier. Elle se massa la nuque nerveusement, tout en réfléchissant. Elle n'avait aucune envie de se retrouver dans une ferme, à la merci d'inconnus. *Quel autre choix ai-je ?* se dit-elle. Selon Toma, l'identitea qu'il lui avait fournie serait suffisante pour son voyage, mais ne lui permettrait pas de quitter la Terre. Elle se mordilla les lèvres. *Tu es sûre de lui faire confiance ?* se demanda-t-elle. Elle haussa les sourcils et secoua négativement la tête.

— Tu sais ce que tu dois faire, murmura-t-elle.

Oui, mais cela la terrifiait. La gorge serrée par l'angoisse, Shoji palpa son sac pour sentir, à travers la toile, le livre qu'elle avait emporté.

Elle essaya d'humecter sa bouche sèche, sans trop de succès. Elle se remémora le visage sage et ridé de sa grand-mère. Ishii n'aurait pas hésité. Elle devait agir en souvenir de son aïeule qu'elle aimait tant. D'un doigt ferme, elle saisit une adresse sur la console. L'écran annonça aussitôt que le solobus serait là dans quatre minutes. Les dés étaient jetés.

✦✦✦

Une demi-heure plus tard, Shoji descendit de la navette à l'entrée de la chaussée pavée, longue de deux kilomètres, menant à la Cité sacrée. Ce vocable, utilisé à l'époque de l'Imperium, avait perduré, par paresse sans doute. Elle fit quelques pas pour observer l'immense complexe qu'elle ne connaissait qu'en images. Il regroupait les états-majors, le Sénat, et les bureaux du chancelier. Le palais qui avait abrité l'Hégémon, puis Dieu, se dressait sur une haute falaise dominant la zone interdite. Autrefois, deux plateformes d'atterrissage s'élevaient au-dessus du mur d'enceinte. Il n'en restait plus qu'une, l'autre avait été détruite trois ans plus tôt, lors de la prise du temple par les troupes de la rébellion. Une flamme blanche brûlait au sommet d'une immense flèche, devant l'édifice. L'ensemble était majestueux et imposait le respect.

La jeune femme hésita, le cœur serré. Ce qu'elle s'apprêtait à faire était une folie, mais elle devait essayer.

— Il est impossible d'approcher Nayla Kaertan, murmura-t-elle en faisant quelques pas dans la fraîcheur matinale. Si je demande une telle chose, je serai arrêtée. Alors…

Shoji ferma les yeux et joignit les mains en une posture de méditation discrète. Elle se concentra sur une phrase simple que lui avait enseignée sa grand-mère. *Sakura wa asa kazenifukarete chiru*, répéta-t-elle en boucle dans le secret de son esprit.

— Tout va bien ?

Elle sursauta, arrachée à ses pensées. Elle laissa s'envoler les dernières fleurs du cerisier dans la brise et souleva les paupières. Elle se figea en découvrant un Messager de la Lumière d'à peu près son âge. Le jeune homme à la peau sombre avait un sourire engageant, et une réelle bienveillance ensoleillait son regard.

— Oui… Je… Je suis juste impressionnée.

— Je comprends. C'est la première fois que vous venez ?

— Je voulais voir ce lieu qui abrite la Sainte Flamme.

— Je peux vous faire visiter, si vous le souhaitez.

Elle fronça les sourcils, un peu inquiète, mais l'homme ne s'était pas départi de son expression pleine de gentillesse.

— Tout le monde doit pouvoir prier au pied de la flamme blanche, nous ne sommes plus à l'époque de l'Imperium.

— Ce serait un honneur, murmura-t-elle.

Le sang battait contre ses tempes. Ce qu'elle s'apprêtait à faire était d'une stupidité sans nom.

— Je me nomme Kayden Jarell et vous ?

— Shoji Maeda, se présenta-t-elle en s'inclinant.

Elle se félicita de s'être souvenue à temps de son nom d'emprunt.

— Venez, dit-il en désignant le temple de la main.

Ils marchèrent quelque temps en silence. La jeune femme ne savait pas vraiment ce qu'elle allait faire, mais il était trop tard pour renoncer.

— D'où venez-vous, Shoji ?

— De Kanade…

Elle se serait giflée. Elle n'aurait jamais dû avouer une telle chose.

— C'est un vrai pèlerinage, alors ? sourit l'homme.

— Oui et non. Je suis venue pour rendre visite à mon cousin et, bien sûr, j'ai voulu en profiter pour voir ce lieu si symbolique.

— Vous ne serez pas déçue.

— Oh, j'en suis certaine.

Ils franchirent l'enceinte extérieure et pénétrèrent dans la première cour. Ils croisèrent d'autres messagers, des gardiens, des fonctionnaires, des policiers, des soldats… L'angoisse de Shoji atteignait des sommets, car elle venait de se jeter dans la gueule du loup.

— Ne soyez pas nerveuse, sourit son guide. Vous ne risquez rien. Les fidèles sont toujours accueillis avec bonté.

— C'est juste impressionnant.

— Je vous comprends. J'ai ressenti la même chose la première fois que je suis venu.

Ils franchirent une deuxième porte et entrèrent dans la vaste agora devant le temple. Au sommet de l'immense flèche, qui avait remplacé la chapelle des croyants, brûlait une flamme blanche éternelle. Au pied de la tour, un bâtiment aux murs immaculés avait été érigé. Un large porche aux linteaux décorés de flammes et d'étoiles ouvrait sur l'intérieur. Jarell l'invita à entrer d'un geste empreint d'une certaine emphase, soulignant sa fierté d'être un messager.

La chapelle était pavée d'une mosaïque dorée. En son centre, les fondations de la flèche étaient recouvertes d'une pierre très blanche. Le grand cylindre était cerné par huit flammes éternelles, symbole de la perpétuité. Elle fit un pas timide sous la coupole. Une quinzaine de croyants priaient dans une position d'intense adoration.

— Je vous laisse à vos dévotions, chuchota le jeune messager. Vous… Oh, mes respects, Saint Porteur.

Shoji sursauta et se tourna vers un nouvel arrivant. Elle le reconnut immédiatement : Olman Nardo, le Saint Porteur. Son cœur manqua un battement.

— Messager Jarell, une amie à vous ?

— Une fidèle, Saint Porteur. Je l'ai accompagnée jusqu'ici.

— Shoji Maeda, Saint Porteur, murmura-t-elle. Je… Je dois vous parler, Saint Porteur.

Elle frissonna en entendant sa voix. Elle avait décidé de faire appel à Nardo sans presque y penser.

— À quel sujet ? répondit-il en levant un sourcil étonné.

— J'ai des choses importantes à vous révéler.

— Je n'ai guère le temps.

— Cela concerne le Chaos et la Sainte Flamme, déclara-t-elle. Je vous en prie. Je dois absolument vous parler en privé et, ensuite, vous jugerez de ce qu'il convient de faire.

Nardo fronça les sourcils et se tourna vers Jarell.

— Qu'est-ce que ça veut dire ?

Le jeune messager haussa les épaules, et toussota pour exprimer sa gêne.

— Je l'ignore, Saint Porteur. Je… Je vais la reconduire.

— La Sainte Flamme a besoin de cette information, insista Shoji. Vous ne pouvez pas écarter ce que je sais, pas sans l'avoir entendu. Je vous en prie. Je… Je m'adresse à vous, car vous êtes l'un de ses derniers amis, peut-être même, son seul ami.

Il se troubla. Avait-elle touché un point sensible ?

— Soit, venez avec moi.

— Saint Porteur, ne prenez pas de risque, intervint Jarell.

— Retournez à votre travail, messager Jarell. Je sais ce que je fais. Venez, mademoiselle Maeda.

Il s'éloigna sans attendre et Shoji lui emboîta le pas.

Nayla rongeait son frein en regardant Kanmen se diriger vers la porte. Il venait de lui faire part des modalités de son mariage, qui aurait lieu dans une semaine. Elle l'avait écouté sans pouvoir lui cracher tout ce qu'elle pensait. Elle avait dû donner son aval. Le chancelier s'était incliné avec un sourire satisfait, avant de retourner faire son rapport à ses nouveaux maîtres. Il n'était sans doute pas encore conscient qu'il n'était qu'un pantin, mais lorsqu'il le comprendrait, il saurait s'en contenter pour conserver quelques bribes de pouvoir.

Dès que la porte se referma, la jeune femme poussa un horrible juron. Dem franchit les rideaux pour la rejoindre.

— N'essaye pas de me remonter le moral, l'accusa-t-elle. Je ne suis pas d'humeur.

— Moi non plus, répliqua-t-il, le visage fermé.

— Je ne vais pas pouvoir me plier à cette mascarade, tu sais. C'est au-dessus de mes forces.

— Eh bien, renonce. Renvoie-les dans la Coalition.

— Je ne peux pas…

— Et pourquoi pas ? Les Hatamas sont vaincus.

— Et notre flotte est affaiblie. Qui te dit que ces maudits Tellusiens ne nous attaqueront pas ?

— Certes… Dans ce cas…

Il s'interrompit, comme s'il n'osait pas préciser sa pensée. Nayla allait lui demander de clarifier ses propos, puis elle devina ce qu'il venait de lui cacher.

— La Flotte noire… Tu veux que je fasse appel à la Flotte noire.

— Pas encore, mais c'est une possibilité.

— Non ! Ce sont mes ennemis.

— Dieu l'était et les Gardes étaient une extension de sa volonté. Dieu n'existe plus, alors ils n'ont plus personne à servir. Je pourrai les convaincre. J'en suis certain.

— Je ne suis pas prête à une telle compromission, mais... mais je note cette possibilité.

— Bien sûr, ce n'était qu'une hypothèse. En attendant, je dois...

Elle leva la main pour l'interrompre et jeta un coup d'œil sur son armtop.

— Tiens, c'est étrange, marmonna-t-elle.

— Quoi donc ?

— Nardo vient me voir.

— Il vient tous les jours, non ?

— Si bien sûr, mais pas à cette heure-ci. Et il est du genre ponctuel.

— Bon, je retourne à l'abri, maugréa Dem.

Nayla resta debout, maîtrisant son agacement. Nardo entra peu après et elle sentit immédiatement son trouble.

— Que se passe-t-il ? demanda-t-elle.

— Euh, une fidèle est venue me voir, Nayla, commença le Saint Porteur. Elle clamait posséder des informations importantes, des informations que tu aimerais connaître.

— Oui..., soupira la jeune femme.

Elle était fatiguée et n'avait pas de temps pour supporter les délires d'une mystique.

— J'ai hésité avant de l'écouter, mais elle était insistante. J'ai donc cédé à ses supplications.

— Va au fait, Olman.

— Oui, bien sûr. Elle a acquis un livre ancien, un livre papier, précisa-t-il avec une certaine fascination pour cet objet du passé. Il parle des Hatamas, de leurs secrets.

— Olman ! s'agaça Nayla.

— Ce livre évoque la fin du monde, se lança le garçon. Il narre l'avènement du Chaos qui détruit l'univers, avant que la vie revienne selon un cycle immuable. Il parle de monstres mythiques qui sont capables de dévorer les planètes.

Nayla s'était décomposée au fur et à mesure des explications de Nardo. Elle se précipita vers lui et l'attrapa par le revers de sa tenue.

— Qu'est-ce que tu dis ? Qui est cette personne ?

— Elle se nomme Shoji Maeda et vient de Kanade. Selon elle, les Hatamas connaissent une solution pour empêcher ce désastre.

Shoji ? songea Nayla en fronçant les sourcils.

— Elle est ici, Sainte Flamme. Derrière la porte. Je pense que tu dois la rencontrer, mais je voulais d'abord ton aval.

— Oui ! s'exclama-t-elle sans réfléchir. Oui, appelle-la !

La porte s'ouvrit et un novice entra, la tête dissimulée par la capuche de sa tenue. L'inconnu s'arrêta, comme frappé par l'immensité de cette salle, puis reprit sa marche vers le trône. Il gardait un sac pressé contre son sein. À une dizaine de pas, il stoppa à nouveau, puis s'inclina. D'une main fébrile, il ôta sa capuche, révélant le visage doux d'une jeune femme. Ses yeux écarquillés oscillaient de Nayla à Nardo et n'osaient pas regarder la déchirure.

— Sainte Flamme, murmura-t-elle.

— Qu'est-ce que c'est que cette histoire sur les Hatamas ? attaqua Nayla.

— Je… Je sais que vous voyez la menace du Chaos, alors quand je suis tombée sur ce livre, je me devais de venir vous le donner, dit-elle en extirpant de son sac un gros volume en papier.

Elle le leva pour lui montrer le titre : *Hatamas – légendes et vérités* de Rama Hebblethwaite.

— Ce livre a été écrit avant le premier contact officiel avec ces non humains. Rama raconte comment il les a rencontrés, comment ils l'ont emmené au cœur de leur territoire. Il s'est lié d'amitié avec un capitaine hatama qui lui a parlé de leur civilisation. Dans un premier temps, j'ai pensé que c'était très romancé, voire inventé, et puis, je suis tombé sur le passage mentionnant le Chaos.

Elle avait débité tout cela d'une voix d'abord précipitée, puis son ton s'était calmé. Elle parlait avec la diction maîtrisée d'un professeur. Qui donc était cette jeune femme ?

— Et que dit ce passage ?

— Je vous le résume. Ce capitaine appartenait à un clan qui croyait que le kawakh pouvait être empêché.

— Le quoi ?

— C'est ainsi que les Hatamas nomment l'aube du néant. Nous pourrions dire : l'Aldarrök.

Un frisson glacé descendit le long de sa colonne vertébrale. La gorge serrée, Nayla lui fit signe de continuer.

— Ce clan est, en quelque sorte, le gardien des histoires anciennes et des histoires futures. Beaucoup de devins naissent dans ses rangs. Rama a visité Lamialka, une planète sacrée pour ce clan. Il s'est entretenu avec les maîtres qui y vivent. Il a vu des fresques, des rouleaux ancestraux, qui parlent de l'attaque des serpents d'ombres qui vont dévorer les mondes et apporter le chaos.

Nayla n'arrivait pas à respirer. Cette rencontre improbable la mettait extrêmement mal à l'aise.

— Rama semble ne pas accorder beaucoup de crédit à ces légendes, mais il explique que ce clan est ostracisé parce que ses membres croient en la possibilité d'empêcher la victoire du Chaos.

— Comment ?

— Il ne l'a pas précisé. Il parle d'un devin étranger, d'un sacrifice… Les réponses se trouvent sur Lamialka. Il appelle cet endroit…

Elle fronça les sourcils tandis qu'elle cherchait le terme adéquat.

— Un nœud cosmique.

Nayla ressentit comme une explosion dans son crâne. Elle n'avait pas envisagé que les Hatamas puissent accéder à Yggdrasil. *Quelle idiote !* La Tapisserie des Mondes concernait tous les mortels, elle aurait dû y penser et enquêter dans cette direction. La visiteuse éclairait la situation avec une nouvelle lumière.

— Je dois en savoir plus, Shoji. Vous allez devoir rester ici, avec moi.

— Oui, bien sûr.

— Merci, Olman, ajouta Nayla en se tournant vers son vieil ami. Tu as pris la bonne décision.

Il s'empourpra, toussota, puis la remercia en s'inclinant de quelques centimètres.

— J'ai croisé Kanmen, souffla-t-il. Cette alliance me brise le cœur, tout ça me… J'aimerais tant pouvoir t'aider.

— Tu n'y peux rien, sauf si tu as une armée sous la main.

Elle faillit éclater d'un rire nerveux en songeant à Dem qui proposait de rallier la Flotte noire. *Pourquoi pas, après tout*, se dit-elle.

— Fais seulement ce que je t'ai demandé, Olman. Interdis à tes messagers d'exécuter les non-croyants. Déclare publiquement que chacun a le droit de croire en ce qu'il veut. La religion de la Lumière doit cesser d'être obligatoire. Si tu accomplis ma volonté, alors tu seras un véritable ami.

— Il sera fait selon ton désir, tu as ma parole, jura l'autre. J'ai déjà donné mes ordres. J'aimerais tellement faire plus, Nayla. Exige ce que tu veux de moi. Je suis à toi pour toujours.

— En voilà une bonne nouvelle, lança la voix inimitable de Devor Milar.

Nayla pivota vers lui et ne put s'empêcher de béer en le voyant marcher vers eux. *Dem est devenu fou ! Il va tous nous faire tuer*, songea-t-elle.

Nardo eut un mouvement de recul face à l'homme défiguré, drapé dans sa tenue du désert. Il tendit la main vers son poignet pour appeler à l'aide grâce à son armtop.

Nayla bondit vers lui et lui agrippa le bras pour l'empêcher de presser la touche.

— Non ! ordonna-t-elle. Olman, écoute-moi. Tout va bien. Aie confiance en moi.

— Dem…, murmura Shoji. Je… Je croyais que vous aviez échoué.

— Qu'est-ce que…, commença Nardo.

Il était livide. Son regard se porta brièvement sur Shoji, avant de revenir vers le nouvel arrivant. Il respirait bruyamment, cherchant de l'oxygène.

— Vous… Vous ? Vous êtes mort. Qu'est-ce que ça veut dire ?

— Pourquoi es-tu sorti ? accusa Nayla.

Un sourire moqueur étira les lèvres minces de Milar.

— Si nous parlions, se contenta-t-il de dire, avec ce calme qui avait le don de l'exaspérer.

Dem avait pris sa décision en une fraction de seconde. L'arrivée de Shoji l'avait surpris. Certes, elle détenait des informations intéressantes, mais prendre un tel risque était stupide. La réaction de Nardo l'avait plus étonné. Il avait tendu ses pensées vers lui et ressenti son adoration pour Nayla. Une ébauche de plan avait jailli dans son esprit. Le Saint Porteur pourrait devenir un allié de circonstance. Il pourrait peut-être l'aider à libérer Mylera et Leene, si elles étaient réellement prisonnières, bien sûr. Il flairait un piège, mais devait en avoir le cœur net.

Le regard terrifié de Nardo l'amusa. Ce garçon empoté avait été sous ses ordres, lorsqu'il n'était que le lieutenant Mardon. Il avait toujours été lâche et un peu nigaud. Au début de la rébellion, il s'était opposé à Nayla, avant de retourner sa veste pour embrasser la religion naissante. Il en était devenu la figure majeure, avec son titre de Saint Porteur. Olman Nardo les avait aidés à reprendre le contrôle de la rébellion après la trahison de Tiywan. Dem haïssait ce couard qui était responsable de la torture et de la mort de milliers d'innocents, mais ils avaient besoin d'un complice dans les rouages de la République. Nayla était trop isolée pour pouvoir agir.

— Dem…, souffla l'autre, incrédule. Je… Nayla, je veux savoir ce qui se trame, ici.

— C'est très simple, cracha Nayla. Kanmen, Garal et Leffher ont comploté pour me nuire. Ils m'ont caché que Dem était toujours en vie après la bataille. Et, pire, ils l'ont envoyé à Sinfin en mon nom. En mon nom, Olman !

— Mais… Mais pourquoi ?

— Parce que Dem ne les aurait pas laissés faire, parce qu'ils voulaient se venger, parce que Leffher est un sale traître de Tellusien.

— Quoi ? Je n'aime pas Marthyn, mais…

— C'est un Decem Nobilis ! s'écria la jeune femme avec rage. Un espion à la solde de son maître. Il a tout fait pour nous savonner la planche. Notre situation actuelle est en grande partie de sa faute, avec la complicité de Kanmen. Son but était de rendre le pouvoir à Haram Ar Tellus. Et c'est très exactement ce qui est en train d'arriver, ou plutôt, ce qui aurait pu arriver. Dem est là, désormais.

— Mais… Comment ? articula le religieux avec peine.

— Je me suis évadé de Sinfin. J'ai découvert les agissements de votre maudite République, expliqua Milar d'un ton vibrant de menace.

— Vous vous êtes évadé ? De Sinfin ? Comment ?

Dem se contenta de lever un sourcil agacé pour lui signifier que ce n'était pas un exploit.

— Facilement, répliqua-t-il.

Nardo déglutit à nouveau, mais il avait pris de l'assurance ces dernières années. Il lissa la chasuble de sa fonction avec la paume de ses mains tout en se redressant.

— Vous êtes ce fameux fantôme, n'est-ce pas ?

— En effet, je suis celui qui élimine vos assassins. Et là, j'ai une furieuse envie de clore ma quête en tranchant la tête du serpent.

Le Saint Porteur recula de deux pas en bafouillant :

— Vous n'avez pas le droit.

— Vous croyez ? Je m'abstiens parce que Nayla m'a demandé de vous épargner. Vous lui devez votre survie.

— Je…

— Gardez cela à l'esprit, Nardo. En attendant, nous devons nous concentrer sur le problème actuel. Votre comportement sera la clé de votre avenir.

— Il a raison, renchérit Nayla. Kanmen nous a vendus à Tellus. Leffher nous manipule depuis le début. Dans trois jours, je vais épouser Haram Ar Tellus. Les Hatamas nous menacent. Et tout cela n'est rien. Le véritable ennemi est le Chaos, contre lequel je ne peux pas lutter, parce que je suis coincée dans ce tombeau.

Nardo s'était recroquevillé sous l'attaque de celle qu'il vénérait. Il poussa un long soupir déchirant.

— J'ai eu tellement tort. Je suis si désolé, geignit-il. C'est Leffher qui a suggéré d'utiliser la force de la religion de la Lumière pour gouverner. Je… Je n'aurais jamais dû l'écouter.

— En effet, répliqua Dem.

— Tu l'as déjà dit, renchérit Nayla. Je veux bien te croire, mais il va falloir prouver ce que tu affirmes.

— Je t'écoute, Sainte Flamme.

Milar vit un muscle se contracter sur la joue de la jeune femme, mais elle ne releva pas le titre dont venait de l'affubler, une fois encore, le garçon.

— Ce gouvernement est pourri de l'intérieur. Je n'ai confiance en personne, mais je pense que tu es sincère.

— Je le suis, tu peux me croire. Je ferai n'importe quoi pour toi. Ma vie t'appartient.

— Symmon Leffher a enfermé deux de nos amies dans cette prison secrète dont vous avez parlé, attaqua Milar. Je suspecte un piège, mais je dois en avoir le cœur net. Je ne peux pas les laisser à sa merci.

— Ce sont aussi tes amies, Olman, compléta Nayla. Il s'agit de Leene et de Mylera.

— Mais qu'est-ce qu'elles ont fait ?

— Elles m'ont aidé, après mon évasion, répondit Dem. Il s'en sert comme d'un appât pour me capturer. Malgré cela, je ne peux pas les abandonner.

— Je vous connais assez pour le savoir, mais… S'il vous tend ce piège, c'est qu'il sait qui vous êtes. Pensez-vous que son frère lui…

— Il le sait, tu peux en être certain, cracha Nayla. Symmon Leffher est le clone de Marthyn.

Nardo grimaça avec dégoût. Pourtant, Dem entrevit autre chose derrière cette répulsion : de l'envie, peut-être. Il se promit de ne pas oublier cette impression.

— Cette traîtrise est répugnante. Je te l'ai dit, Nayla. Je ferai tout pour te servir.

Derrière sa dévotion, Dem devinait autre chose. Nardo s'était empourpré en prononçant sa profession de foi. Son cœur battait plus vite et il humectait ses lèvres du bout de sa langue. Il entra en douceur dans les pensées du religieux. Il y lut toute la passion qu'il portait à la jeune femme. Il considérait ses sentiments avec un mélange de gêne et d'effroi mystique. Il se croyait amoureux et se fustigeait pour cela. Son adoration frisait le fétichisme et avait quelque chose de malsain. Utiliser cet homme lui déplaisait, mais il avait besoin de lui. Et, comme disait le Code : rien ne doit interférer avec la mission.

— Nous aideras-tu ? demanda la jeune femme.

— Bien sûr, assura Nardo en s'inclinant. Dem, votre survie est un miracle. C'est une bénédiction de la Lumière. J'ai vu votre corps, ce jour-là. Vous étiez mort. J'en suis certain. Alors, vous voir ici et maintenant est un prodige.

— Peux-tu faire entrer Dem dans cette prison ? insista Nayla.

— Vous ne ferez pas un pas dehors sans être reconnu, même avec votre blessure.

— Ce n'est pas sûr, protesta la jeune femme. La plupart des rebelles ne l'ont jamais vu.

— Peut-être, mais nous ne pouvons pas courir ce risque. Votre... Votre visage attirera l'attention, Dem. Vous ne pouvez pas non plus circuler en draïl, pas dans cette partie du temple.

— Et une tenue de novice, comme celle que tu as fournie à Shoji ?

— C'est une idée, mais...

— Mais un novice n'a pas le droit de pénétrer dans les prisons secrètes, n'est-ce pas ? fit remarquer Milar.

— C'est ça.

— Et le Saint Porteur ?

Nardo recula d'un pas. Il restait un couard, après tout.

— Euh... Je ne sais pas. Pourquoi ?

— Eh bien, vous pourriez déjà nous dire si elles sont bien là.

Le jeune homme se décomposa.

— Vous voulez que je descende, seul, dans ces cachots.

— Tu peux demander à voir les prisonniers, Olman, suggéra doucement Nayla. Après tout, tu es le Saint Porteur.

— Oui... Je... Je peux essayer, bredouilla-t-il.

Dem n'eut pas besoin de lire dans ses pensées pour savoir qu'il ne le ferait pas. Ce n'était pas réellement un mensonge, mais sa peur le dissuaderait de tenir sa parole une fois hors de cette pièce.

— On va faire autrement, annonça Milar. Shoji donnez-moi votre tenue de novice.

— Que... Quoi ? s'étrangla Nardo.

— Je vais venir avec vous. Une fois dans vos bureaux, vous me fournirez une armure de Guerrier Saint. Je vous accompagnerai dans cette prison secrète.

— Mais... Non ! s'exclama le Saint Porteur. Vous ne pouvez pas faire ça.

— Mais si…

— Tu es sûr, Dem ? demanda Nayla.

Milar vint vers elle et lui prit la main pour l'entraîner à l'écart.

— C'est la seule solution. Je dois agir. Ici, je suis coincé et inutile. Je reviendrai. En attendant, travaille avec Shoji pour en découvrir davantage.

— Tu as confiance en elle ?

— Absolument ! Elle a de nombreuses choses à t'apprendre.

— Alors, sois prudent. Je n'aurai pas la force de te perdre à nouveau.

— Sois prudente également, murmura-t-il.

Ils échangèrent un long regard plein de promesses et de doutes. Dem se força à se détourner, avant de revenir vers Shoji.

— Je devrais vous sermonner pour le risque inconsidéré que vous venez de prendre, mais le temps me manque.

— Je devais essayer, répliqua-t-elle. Je n'avais pas de nouvelles… Je croyais que vous étiez mort.

— Je ne suis pas facile à tuer.

— Oui, cela semble clair. Qu'attendez-vous de moi ? Et…

Elle s'interrompit en jetant un regard interrogateur vers Nayla.

— Elle n'est pas le monstre que j'avais imaginé. Elle a été manipulée et trompée.

— Vous en êtes certain ? Oui, bien sûr que vous l'êtes. Donc ?

— Vous devez trouver le maximum d'information sur ce Chaos et sur les Hatamas. Restez avec elle.

— Oui, je vais faire ça.

— Votre tenue, Shoji.

Elle ôta sa longue pelisse vert sombre et la lui tendit. Il se défit de son draïl, révélant l'armure de combat allégée qu'il portait en dessous. Après une brève réflexion, il s'en débarrassa également.

— Nayla, je te laisse tout ça. Leffher sait que je suis déguisé en Dramcaï, je dois donc lui dire adieu.

— Oui, répondit-elle d'une toute petite voix.

Il enfila la tenue religieuse et désigna la porte d'un geste de la main.

— Allons-y, Nardo.

Ailleurs…

Symmon Leffher entra dans la petite maison d'un pas décidé. Les habitants étaient à genoux au milieu du salon, un fusil sur la nuque. L'officier salua.

— Celle que vous cherchez n'est plus ici, monsieur.

— Je… Je l'ai dit à votre officier, monsieur, s'écria le prisonnier d'une voix tremblante. Il s'agit d'une cousine éloignée. Elle est venue nous voir avant de rejoindre une ferme où elle doit travailler.

— Il a commencé par nier, mais des voisins ont vu la jeune femme, précisa l'officier. Devant l'évidence, il a fini par avouer. Il n'a pas eu le choix.

— Pourquoi mentir ? demanda Symmon.

— Je… J'ai eu peur, monsieur.

— Je vois, je vois. C'est bien étrange.

Symmon s'amusait. Il avait l'habitude d'œuvrer dans l'ombre, alors cette affectation de super enquêteur avait quelque chose de jouissif.

— Monsieur, intervint l'officier, nous avons découvert un endroit… surprenant dans cette maison.

— Montrez-moi.

Dès son retour sur Tellus Mater, Symmon avait exigé de son frère une unité compétente. Les gardiens ou soldats de la République n'étaient que des bons à rien, trop sensibles pour faire ce qui devait être fait. Marthyn lui avait envoyé une section d'Urbanus, ces soldats d'élite chargés de la sécurité. Il était rassuré d'être protégé uniquement par des Tellusiens.

Le capitaine Naiüs Maralos le conduisit au centre de la demeure, dans un bureau sans fenêtres. Les murs étaient couverts d'étagères contenant des livres par centaines. Des livres en papier ! Il se souvint du compte rendu de Noler, sur Kanade. Cette planète abritait une organisation secrète : les dépositaires. Shoji Ako faisait partie de ces gens. Elle était une historienne et cette fonction était hautement politique. Dans le feu de l'action, Marthyn avait relégué cette information pour plus tard, mais visiblement, cette institution était plus… vaste qu'il ne l'avait anticipé. Symmon alluma la console dans l'espoir d'en apprendre davantage. Le programme exigea un mot de passe. Il se tourna vers le capitaine.

— Amenez-moi le prisonnier !

Un décompte s'afficha à l'écran.

— Par les dix lunes de Targendof ! Dépêchez-vous !

L'instant d'après, l'officier poussa le captif dans la pièce.

— Déverrouillez ça, immédiatement.

— Je ne peux pas…

— Faites-le où je fais découper votre femme en morceaux !

L'autre déglutit, hésita encore, sans doute partagé entre sa loyauté et son devoir d'époux. Il finit par s'asseoir, mais il était déjà trop tard. Deux, un, zéro ! Le prisonnier tapait rapidement sur le clavier, mais il n'eut pas le temps de terminer. L'écran s'éteignit et un message « mémoire vide » remplaça la fenêtre de connexion.

Symmon contracta les mâchoires de colère. Il dégaina son arme, puis se contint. Abattre cet idiot serait contre-productif. Avec sa famille en son contrôle, il parlerait.

— Quel est ton nom ? s'enquit-il d'un ton doucereux.

— Toma Kudo, bafouilla l'homme.

— Fort bien, Toma Kudo, tu vas m'expliquer tout ça, toute ton organisation. Si tu le fais, ta famille sera épargnée. Si tes renseignements sont vraiment intéressants, tu survivras aussi. Je t'écoute.

✦✦✦

Symmon entra sans s'annoncer dans le bureau de Marthyn. Son autre lui leva les yeux avec une expression agacée qu'il connaissait bien pour l'avoir vue souvent dans son miroir.

— Que veux-tu ? As-tu trouvé Milar ?

— Ce n'est qu'une question de temps. Je lui ai tendu un piège, mais j'ai aussi une idée de l'endroit où le chercher. J'ai découvert qu'il n'était pas venu seul sur Tellus Mater. Il était accompagné d'une Kanadaise nommée Shoji Ako.

— Pourquoi ce nom me dit-il quelque chose ?

— Noler.

— Ah oui, Kanade et ces… dépositaires.

— J'ai traqué cette Shoji jusqu'à son dernier refuge, ici, sur cette planète. J'y ai découvert une pièce pleine de vieux livres. L'homme qui l'hébergeait possédait également une base de données qui s'est effacée d'elle-même. Cette organisation est plus vaste que nous le pensions.

Ces historiens notent tout depuis la nuit des temps. Ils savent tout sur tout, tout sur nous, tout sur les Decem et sur Tellus. Ils sont dangereux, Marthyn. Tu dois en informer Haram au plus vite.

— Oui, tu as raison. En attendant, retrouve cette fille et Milar.

— Aucun problème.

Leur guide les conduisit dans un quartier « cube ». Cet agglomérat de préfabriqués en plastine et carhinium s'empilait comme un jouet de construction pour enfant. La plupart des planètes proposaient ces logements bon marché destinés à une population de nouveaux migrants ou d'habitants défavorisés. Les autorités y venaient rarement et il était facile de s'y perdre. Sur Tasitania, il en existait des centaines où s'entassaient les ouvriers des usines. Ils s'arrêtèrent devant un imposant assemblage de ces boîtes. On accédait aux étages supérieurs par un escalier extérieur, puis aux différents logements grâce à une passerelle entourant chaque niveau.

Leene entra la première dans un appartement à l'agencement basique : deux couchettes superposées, un lit, une minuscule cuisine, une table, quatre chaises et deux fauteuils.

— Restez ici jusqu'à ce que quelqu'un vienne vous chercher, gronda Yaara, l'imposante garde du corps. Y a de quoi manger dans les placards. Quoi qu'il arrive, ne sortez pas.

— Combien de temps ? demanda Leene.

— J'sais pas. Vous verrez bien.

Yaara referma la porte sans un au revoir.

— Formidable, marmonna Mylera.

✦✦✦

Deux jours plus tard, ils patientaient toujours et la cohabitation dans cet habitat exigu devenait un problème. Arey tournait en rond et Mylera se réfugiait dans des lectures techniques. Leene, elle, ronchonnait dès qu'elle en avait l'occasion. Elle en avait conscience, mais n'arrivait pas à se défaire de cette mauvaise habitude.

— Bordel ! Leene ! s'exclama soudain Mylera. Arrête de grogner. Prends ce foutu café et assieds-toi !

— Je déteste attendre, se justifia le médecin.

— C'est toi qui as proposé cette solution et, non, je n'avais aucune autre idée.

— Si demain matin, personne n'est venu, nous devrions partir, suggéra Arey.

— Où ? Comment ? contra Mylera.

— Cette planète est vaste. Nous trouverons bien une…

La porte s'ouvrit brutalement et des soldats entrèrent, les couchant en joue. Leene vit le regard de l'inquisiteur se figer.

— Arey, non ! lança-t-elle.

Il frissonna et se tourna vers elle.

— Pas maintenant, articula-t-elle à voix basse.

Tuer les premiers soldats ne servirait pas à grand-chose. Plus tard, dans une prison isolée, les aptitudes de leur compagnon seraient appréciables. Il acquiesça d'un discret signe du menton.

— À genou, les mains sur la tête ! beugla un soldat.

Avec un soupir douloureux, Leene obéit. On lui agrippa les bras pour les forcer derrière son dos. Des menottes se refermèrent sur ses poignets. Les deux autres subirent le même sort.

— Debout !

Des mains brutales l'obligèrent à se relever et elle fut poussée à l'extérieur. Elle descendit l'escalier, trébucha deux ou trois fois. Elle aurait chu sans la poigne de celui qui la retenait. La pluie fine qui tombait sans presque discontinuer sur cette planète la trempa jusqu'aux os le temps de rejoindre le véhicule de la police. Ils furent tous les trois enfermés à l'intérieur.

— Et maintenant ? souffla Mylera.

— Attendons un moment propice, répondit Leene de la même façon.

— Vos amis sont… intéressants, ironisa Arey avec hargne.

— La ferme ! contra le médecin avec lassitude.

Depuis des mois, elle luttait contre une dépression rampante. Elle s'était administré des drogues, mais le mal était trop profond. Elle en avait assez, vraiment assez, de cette vie. Leene remarqua à peine l'arrêt du véhicule. Elle obéit comme un robot aux ordres criés par les soldats et descendit. Ils se trouvaient dans la cour d'un bâtiment gris. Une lourde porte coulissa et elle n'eut d'autre choix que de suivre le groupe dans le couloir sombre. Quelques minutes plus tard, la grille renforcée par de l'énergie vybe se referma derrière elle. La cellule était exiguë, à peine un mètre cinquante de large pour deux de long. Une couchette étroite et une cuvette de toilette étaient les seuls meubles. Elle se laissa tomber sur ce lit dur et dissimula sa tête entre ses mains.

✦✦✦

Presque une semaine s'était écoulée depuis leur incarcération. Leene n'avait aucune nouvelle de Mylera ou d'Arey. À sa grande surprise, personne n'était venu l'interroger. Tous les matins et tous les soirs, un repas était déposé dans sa cellule par un geôlier silencieux. Elle avait tenté plusieurs fois de commencer une conversation, mais il n'avait jamais répondu. Elle l'avait même insulté sans déclencher de réaction. Cette situation menaçait de la rendre folle. Elle somnolait sur sa couchette quand la porte s'ouvrit avec un grincement. *Ce n'est pas l'heure du repas*, songea-t-elle. Aussitôt, la peur vint lui serrer la gorge. Elle se leva, le cœur battant, prête à affronter ce qui l'attendait. Un geôlier apparut dans l'embrasure.

— Qu'est…

Elle s'interrompit en reconnaissant le visage en lame de couteau du visiteur.

— Arey ?

— Je commençais à m'impatienter, fit-il avec un sourire en coin.

— Vous auriez pu faire plus vite, non ?

— L'accès aux cellules est protégé par un poste de garde armé de trop nombreux soldats. Il était impossible de tenter une sortie.

— Qu'est-ce qui a changé ?

— Il y a eu un incident dans une partie de la ville. Ils ont eu besoin de renforts. Il n'y a plus que deux hommes là-haut. Ne traînons pas, cette situation risque de ne pas durer.

Elle le suivit dans le corridor où Mylera attendait déjà. Elle leva un sourcil avec une grimace comique.

— Il commence à être utile, tu ne crois pas ?

Leene éclata d'un rire nerveux. Arey jeta un coup d'œil irrité par-dessus son épaule, mais elle put y lire un certain amusement. Sans un mot, il se dirigea vers l'extrémité du couloir, puis entama la montée de l'escalier, les deux femmes sur les talons. Il porta un doigt à ses lèvres, puis murmura :

— Je vais immobiliser l'homme le plus proche, puis je m'occuperai du second. Pendant ce temps, tuez le premier, précisa-t-il en tendant la matraque qu'il avait prise sur le geôlier.

Mylera s'en saisit avec une détermination qui effraya Plaumec.

— Comptez sur moi ! affirma-t-elle.

Arey se figea, les doigts entrelacés. Il inspira plusieurs fois, puis ouvrit la porte. Le vaste poste de garde était bardé d'écrans. Les deux hommes qui l'occupaient ne se préoccupaient pas des caméras surveillant la prison, mais avaient les yeux rivés sur les images d'un soulèvement de foule. Les soldats tentaient de canaliser des ouvriers furieux qui balançaient des meubles dans la rue, allumaient des incendies, brandissaient des armes improvisées.

— Tout va bien en bas ? lança l'un d'eux sans se retourner.

Arey désigna un homme au crâne dégarni de l'index, puis décompta en abaissant un doigt après l'autre. La cible des deux femmes secoua la tête comme quelqu'un qui chasse une fatigue insistante. Mylera brandit la matraque. Leene attrapa un extincteur lapyre accroché près de la porte. C'était une arme dérisoire, mais le métal froid avait quelque chose de rassurant. Le second garde, un géant blond, se retourna en demandant :

— Alors, tu pourrais répondre ? Hey, qui es…

Ses yeux s'écarquillèrent et sa bouche se tordit en une grimace de souffrance intense. Il ne réussit à émettre qu'un gargouillis inintelligible. Son camarade, toujours fasciné par les images, ne réagit pas. La victime d'Arey recula, trébucha contre le fauteuil en coassant de douleur. L'autre se retourna.

— Bojan ! jura-t-il en bondissant sur ses pieds. Qu'est-ce que…

Avec un hurlement de rage, Mylera fondit sur lui. Elle le frappa de toutes ses forces. Il eut le temps de lever un bras pour parer son coup. Il poussa un cri perçant quand l'os se brisa sous l'impact. De son autre main, il essaya de dégainer son pistolet lywar. Elle repassa à l'attaque. Il renonça à son arme pour agripper la matraque qui s'abattait sur lui. Ils luttèrent un instant, puis le soldat arracha le tonfa des mains de Mylera. Avec une grimace victorieuse, il la retourna contre elle. Son regard dur ne laissait aucun espoir à la petite femme. Il pointa l'arme sur elle avec un rictus mauvais, tout en la faisant tournoyer pour montrer sa dextérité. Elle ne broncha pas. Avec un cri de guerre strident, elle se rua sur lui dans un assaut désespéré. Elle évita le tonfa qui siffla à son oreille, se baissa et le cogna du poing à l'estomac. L'homme ne broncha pas. Il abattit la matraque sur l'épaule de Mylera. Elle tomba sur un genou avec un gémissement douloureux.

Leene avait presque fini de contourner les deux combattants. Elle vit le tonfa se lever, prêt à défoncer le crâne de Mylera. Elle accéléra tout en brandissant l'extincteur. Elle frappa de toutes ses forces le soldat à la nuque. Il s'effondra sans émettre un son. Elle tendit une main secourable à son amie.

— Merci…

— Désolée, j'ai essayé de ne pas me faire repérer.

Mylera se releva et les deux femmes se tournèrent vers Arey. Le visage creusé par la fatigue, il continuait à lutter de façon invisible contre l'autre garde.

— On lui file un coup de main ?

— Oui, bien sûr, répondit Leene.

Elles n'en eurent pas l'occasion. Le géant blond s'effondra enfin, comme s'il avait été foudroyé sur place. Un liquide rouge foncé coulait de son nez, de ses yeux, même de ses oreilles. L'inquisiteur chancela et serait tombé sans l'aide du médecin.

— Vous allez bien ?

— Non… Je… Ce type était plus fort que je le croyais.

— Asseyez-vous.

— Il faut partir, protesta-t-il.

Leene ne tint pas compte de son désaccord. Elle le confia à Mylera pour se précipiter vers la boîte de secours. Elle l'ouvrit et trouva ce qu'elle cherchait. Elle s'empara d'une dose de retil 1 et revint en courant vers l'inquisiteur. Elle lui injecta le produit sans tergiverser. Il frissonna et ses lèvres exsangues retrouvèrent un peu de couleur.

— Merci, souffla-t-il. Aidez-moi.

Mylera lui tendit la main. Il s'y agrippa et se leva de sa chaise avec difficulté.

— Est-ce que vous savez ce qui nous attend ? demanda Leene.

— Nous sommes dans une caserne. Il faut trouver le moyen d'en sortir, grommela Arey.

— C'est impossible, se plaignit Mylera. Nous serons repérés en deux secondes.

— Oui…

— Les uniformes ! s'exclama Leene.

— Tu rigoles ? Ils ne sont pas à notre taille.

— Ils feront l'affaire. Nous n'avons pas le choix, répliqua Arey.

Elles se battirent avec les cadavres pour les déshabiller. Leene enfila l'uniforme du plus grand. Le tissu bâillait de façon disgracieuse sur son corps trop maigre. Sur Mylera, la tenue était tendue et elle avait dû retrousser les jambes de pantalon sur ses bottes.

— Ridicule, grogna-t-elle.

— Cela marchera, déclara l'inquisiteur. Je peux influencer les gens.

— Vous en êtes sûr ? Vous avez failli vous évanouir à l'instant.

— Tuer quelqu'un par la pensée, ce n'est pas aussi facile que vous semblez le croire, Docteur. De toute façon, je n'ai pas d'autre plan. Et vous ?

— Non, admit-elle en se renfrognant.

— Dans ce cas…

Il ouvrit la porte. Leene eut un sursaut d'effroi en découvrant la vaste cour, coincée entre les murs d'enceinte, qui grouillait d'activité. Des skarabes entraient ou sortaient, des blessés étaient conduits vers l'infirmerie. Malgré cette effervescence, la sécurité restait maximale.

— On est dans la merde ! souffla Mylera.

— Certes, répondit Arey. Je vous suggère de nous glisser entre les bâtiments et d'attendre la nuit. Nous pourrons peut-être escalader le mur.

— Vous êtes malade, se plaignit Leene.

Néanmoins, elle suivit l'inquisiteur. Il marcha d'un pas régulier vers des bâtisses. Il allait s'engouffrer dans un étroit passage entre deux édifices lorsqu'un chahut à l'entrée attira leur attention. Un officier, qui venait de descendre d'un skarabe, demandait à parler au responsable de la base.

— Noler…, souffla Arey.

— Zut ! s'étrangla Leene. Il nous a retrouvés.

Ailleurs…

Citela Dar Valara se réveilla en sursaut, le corps baigné d'une transpiration âcre, le cœur battant avec force et avec un tempo si rapide qu'il l'étourdissait. Une migraine terrible lui enserrait le crâne. Elle gémit sourdement en pressant ses tempes entre ses mains pour tenter de contenir cette douleur intense, sans succès. Elle bascula sur le côté pour attraper l'injecteur posé près de son lit. Le composé chimique qu'elle s'administra était si puissant que le décor se mit à tournoyer. Citela ferma les yeux en se concentrant sur sa respiration. Lentement, la céphalée régressa, sans disparaître complètement. Elle pouvait sentir les pulsations derrière ses globes oculaires, prêts à exploser.

Après quelques minutes, Citela se leva d'un pas chancelant. Avec des gestes pesants, elle ôta ses vêtements de nuit poisseux de transpiration et les jeta dans le recycleur. Elle prit une longue douche, laissant l'eau tiède dévaler sur son corps. Depuis sa rencontre avec la Sainte Flamme quelques jours plus tôt, elle allait mal. Son estomac se rebellait dès qu'elle pensait à la déchirure dans le temple. Elle frissonna et serra ses tempes entre ses paumes. Son esprit vibrait comme s'il était en résonance avec autre chose. L'écho qui revenait la frapper lui causait ces horribles maux de tête. Il l'empêchait d'atteindre le Mo'ira aussi aisément qu'auparavant. Et cela l'inquiétait.

Presque à regret, elle quitta la salle de bain et s'enveloppa dans une épaisse serviette pour se sécher. Elle frotta énergiquement ses cheveux courts, puis les secoua pour les remettre en place. Elle fit quelques pas jusqu'au hublot de ses vastes appartements. Sous l'*Atlas*, cet énorme cuirassé luxueux, les couleurs bleues et vertes de la planète attiraient l'œil. Elle l'admira quelques minutes, tentant de voir le palais, tout en sachant que c'était impossible. Elle repéra la zone interdite, cette large blessure qui défigurait la planète. Elle était devenue une vaste plaine encastrée entre des montagnes et des falaises abritant les pires prédateurs de la galaxie. Elle offrait une défense naturelle contre les intrusions dans le palais qui surplombait un mur de roche haut de plus de mille mètres.

Ses pensées se portèrent ensuite sur Nayla Kaertan qui se terrait au plus profond du temple. Sa rencontre avec la jeune femme avait été explosive. Elle était si différente de ce qu'elle avait imaginé. Elle était forte, vulnérable, jolie, attentive et épuisée. Terriblement épuisée. Vivre sous cette déchirure dans la trame du réel, vivre avec cet accès direct à Yggdrasil était un tel calvaire qu'elle n'arrivait pas à l'envisager. Au-delà de ces considérations, cette Nayla Kaertan l'avait intriguée. Elle avait ressenti une étrange connexion avec elle, un lien inexplicable qui ne cessait de l'obséder.

Citela avait accompagné Haram jusqu'aux portes de la salle du trône, mais n'était pas entrée. Son souverain le lui avait interdit. Elle avait insisté, mais il n'avait pas cédé. Et, contre toute attente, elle avait été soulagée par cette décision. Elle l'avait attendu, le cœur et l'esprit emprisonnés dans un étau. Haram était ressorti l'air sombre, l'œil brûlant de cette colère annonciatrice de catastrophes, et avait refusé de dire un seul mot. Depuis, il restait isolé et ne souhaitait pas être dérangé. En fait, c'était surtout elle qu'il ne voulait pas voir, si elle avait su décrypter correctement les regards des domestiques. Elle se demandait donc pourquoi il avait choisi de la recevoir aujourd'hui.

Elle entra dans le vaste salon occupé par Haram Ar Tellus. Elle fut surprise d'y voir Marthyn Dar Khaman et Garvan Dar Tarena, le grand ministre.

— Approche, commanda l'Hégémon. J'ai besoin de ton conseil.

— Je suis à tes ordres, répondit-elle doucement.

— Marthyn vient de m'informer de quelque chose qui m'irrite profondément. Je n'aime pas être pris pour un imbécile.

Citela leva un sourcil étonné, mais ne prit pas le risque de poser une question. Elle connaissait Haram depuis assez longtemps pour savoir que son humeur ne supporterait pas une interruption.

— Marthyn, raconte-lui, ordonna-t-il.

L'espion de Tellus s'exécuta. Il lui apprit les découvertes d'un certain Noler, puis de celles de Symmon. Il lui parla de ces dépositaires qui notaient chaque événement de l'Histoire avec soin, qui avaient conservé des œuvres des temps passés, qui savaient sur eux des choses que tous ignoraient. Elle en fut estomaquée.

— Marthyn, les informations de ton clone sont-elles irréfutables ?

— Bien évidemment. Je n'aurai pas alerté Haram autrement. Et Symmon a un prisonnier.

— À quel point sont-ils dangereux ?

— Ils savent tout, Citela. Tout. Imagine le pouvoir que cela représente.

— Certes, mais quel pourrait être l'emploi concret de telles connaissances ?

— Selon le captif de Symmon, Milar aurait trouvé dans ses archives le moyen de s'infiltrer dans le palais en utilisant l'une de nos anciennes sorties de secours.

— Je vois, fit-elle prudemment.

— Il faut éliminer ces gens, gronda l'Hégémon. Qu'en penses-tu ?

Citela hésita. Elle n'avait jamais cautionné le recours à l'extrême violence. La fédération Tellus exerçait le pouvoir avec discernement, usant de la répression avec parcimonie. Elle avait toujours milité en ce sens, s'opposant souvent aux plus radicaux des Decem.

— Ne pourraient-ils pas être utilisés ?

— Comment cela ?

— Si leurs bases de données sont si complètes, imagine ce que nous pourrions en faire.

Haram Ar Tellus se caressa le menton d'un air pensif, tandis qu'il réfléchissait à sa proposition. Son regard dur ne montrait aucune faiblesse. Un frisson parcourut le dos de Citela. Elle sut qu'il ne changerait pas d'avis.

— C'est tentant, c'est vrai. Marthyn a récupéré quelques œuvres d'art très anciennes, disparues depuis des millénaires, mais… Tu le sais, je déteste qu'on se moque de moi.

— Que comptes-tu faire ? demanda-t-elle en feignant un détachement qu'elle ne ressentait pas.

— Je vais contacter Darlan et lui ordonner d'éradiquer toute vie sur Kanade.

— N'est-ce pas… excessif ?

Elle n'avait pu s'empêcher de protester.

— Tu crois ? fit-il, faussement intéressé.

— Il est de mon devoir de te contredire, Haram. N'est-ce pas pour cela que je suis là ?

— Certes, mais ne joue pas ce rôle avec trop de cœur. Tu peux disposer.

Elle voulut résister, mais fit à nouveau preuve de lâcheté, comme trop souvent au cours de sa vie. Après un regard désapprobateur vers Marthyn, elle quitta la pièce.

Le clan Askalit est le gardien des histoires anciennes et futures. De nombreux pytarlas sont issus de ses rangs.

Histoire des Hatamas

Devor Milar suivait Nardo le long de l'interminable escalier qui permettait de rejoindre l'extérieur du temple. Le Porteur de Lumière ahanait, respirant avec difficulté, encombré par son embonpoint. En arrivant en haut du dernier palier, il s'arrêta, les mains sur les cuisses.

— La voir doit se mériter, souffla-t-il entre ses dents.

— Oh, vraiment ? ironisa Dem.

— Vous pourrez dire ce que vous voulez, je croirai toujours en elle, affirma-t-il.

— C'est que vous n'avez rien compris, Nardo. Elle n'a rien de divin. Elle fait juste ce qui doit être fait. Elle a tout sacrifié pour y parvenir et vous, vous avez tout perverti.

Olman Nardo recula, le visage blême. Il semblait hésiter, écartelé entre sa foi et la vérité.

— Je sais que j'ai eu tort, admit-il enfin. Je n'aurais pas dû… imposer mes convictions par la force. Cependant… Comment ne pas croire au destin de Nayla ?

— C'est en ce destin que vous devez votre dévotion, Nardo. Elle ne peut y parvenir seule.

— Elle n'est pas seule.

— Vous croyez ? Je ne vois que des gens qui entretiennent leurs intérêts, pas des amis.

— Je… Je suis…, bafouilla Nardo, redevenu soudain le jeune homme terrifié qu'il connaissait.

— Son ami ?

— Oui !

— Alors, comportez-vous comme tel !

— Je le ferai.

— En attendant, après vous, conclut Dem.

Il accompagna Nardo jusqu'à ses bureaux, ceux-là même utilisés par Alajaalam Jalara, le grand prêtre de l'Imperium.

— Vous vous êtes offert un joli petit cocon, renifla Milar avec dégoût.

L'autre se contenta de baisser la tête. Il se laissa tomber sur un siège et dissimula son visage entre les mains. Son monde venait de s'écrouler. Il était confronté à ses choix, à ses erreurs et aux conséquences qu'il allait affronter. Il se trouvait sur un fil. Il pouvait tout aussi bien aider Milar ou le trahir.

— Nous n'avons pas la journée, attaqua Dem pour ne pas lui accorder le temps de la réflexion.

— Je... Il ne sera pas facile de vous fournir une tenue. Je n'en ai pas...

— Débrouillez-vous !

— Comment ? bafouilla l'autre.

— Vous êtes le Saint Porteur, non ? Alors, ordonnez !

Nardo acquiesça d'un mouvement lent de la tête. Il sembla réfléchir pendant une trentaine de secondes, puis se redressa. Il se leva avec une détermination nouvelle. Il se tenait droit et les muscles de ses mâchoires étaient verrouillés.

— Vous avez foutrement raison, jura-t-il d'une voix rauque. Je suis le Saint Porteur. Il va falloir qu'ils arrêtent de me traiter comme un gamin.

Tout en pestant, il s'était approché d'une porte qu'il ouvrit en écrasant la commande de son poing.

— Ce sont mes appartements privés, Dem. Personne ne viendra vous y déranger. Je m'occupe de tout.

Les sens de Milar lui confirmèrent que Nardo était sincère. Il le remercia brièvement, puis pénétra dans un salon chaleureux. Il ôta la capuche de la robe de novice, puis s'assit dans un fauteuil.

✦✦✦

Dem émergea du sommeil en sursaut et, en un instant, il fut sur ses pieds, le doigt déjà passé dans l'anneau de sa lame serpent. La porte s'ouvrit et Nardo entra. Il leva les mains pour indiquer que tout allait bien.

— Votre équipement est dans mon bureau. Comme vous l'aviez pressenti, personne n'a osé me demander ce que je voulais en faire.

— Bien. Les prisonnières ?

— Mes sources confirment que deux femmes ont été enfermées, il y a deux jours.

— Deux jours ! Il faut faire vite, alors.

Dem revint dans le bureau où l'attendait une caisse. Il l'ouvrit et entreprit de s'équiper avec l'armure de combat d'un Guerrier Saint. Elle était identique à celle portée par les Gardes de la Foi, la seule différence résidait dans la couleur verte.

— Comment comptez-vous me faire sortir ? demanda-t-il.

— La relève vient d'avoir lieu. Les gardes à la porte ne feront pas attention à vous, mais les gardiens n'ont pas l'habitude d'être casqués dans un bâtiment, ni même dans la cour. Alors, si vous dissimulez votre visage, vous attirerez l'attention, mais si vous ne le faites pas…

Il haussa les épaules pour montrer son impuissance.

— Je tiendrai mon casque sous le bras. Avec un peu de chance, personne ne me remarquera. Les soldats sont souvent invisibles lorsqu'ils protègent un homme important.

L'autre éclata d'un rire nerveux.

— Allons-y ! Ne vous en faites pas, tout ira bien, précisa Dem avec un sourire en coin.

— Je suis certain que vous n'en pensez pas un mot, marmonna Nardo avant d'ouvrir la porte.

Il fit un pas dans le couloir, Milar sur ses talons.

— Saint Porteur, salua l'un des soldats en faction.

— Je n'aurai pas besoin de vous, Hivain.

— Comme vous le souhaitez, Saint Porteur, répondit l'homme après un regard inquisiteur vers Milar.

Fort heureusement, dans cette antichambre plongée dans une douce pénombre, personne ne remarqua son visage. Nardo s'éloignait déjà. Dem le suivit, à un pas derrière lui, comme il se devait. Ils s'engagèrent dans un couloir luxueux. Les parois vitrées permettaient d'admirer le hall grandiose construit à l'époque de la fédération Tellus. L'Imperium l'avait condamné, figeant sa beauté dans l'immobilisme. Les soldats de la rébellion s'y étaient engouffrés pour prendre le temple. Dem constata que les cicatrices de l'affrontement étaient toujours visibles. Une brûlure sur un mur, une fissure sur le sol, une mosaïque irrémédiablement détruite par une explosion. Sur l'immense porte en jade noir, ouvrant sur le cœur de l'édifice, les arbres en sölibyum avaient été dissimulés par des plaques en or gravé d'une flamme blanche. Milar ressentit une étrange bouffée de nostalgie à cette vue.

Nardo emprunta ensuite la succession de sas protégeant l'entrée du temple – un passage qu'il avait déjà franchi lorsqu'il était le colonel Devor Milar. Les sentinelles s'inclinèrent devant le chef religieux et, comme Dem l'avait pressenti, personne ne fit attention à lui. Et, soudain, ils se retrouvèrent à l'extérieur.

Là aussi, les stigmates de la guerre étaient apparents. Milar marqua un temps d'arrêt devant l'immense flamme blanche qui avait remplacé la chapelle de l'arbre. Il connaissait la puissance des symboles, mais tout cela le révulsait.

— Cette horreur est votre idée ? gronda-t-il à l'intention de Nardo.

— Il fallait effacer les traces de l'Imperium.

— Si vous le dites !

Dem coiffa le casque afin de dissimuler son visage, car en pleine lumière, il pourrait être reconnu. Ils longèrent la haute façade noire, lisse et brillante du temple. La flamme qui brûlait d'un feu blanc dansait de mille feux sur la surface réfléchissante. Ce monument du pouvoir était encadré par deux bâtiments. Autrefois, ils abritaient respectivement les Gardes de la Foi et l'Inquisition. La République n'avait pas changé grand-chose à l'organisation de l'Imperium. Seules les appellations avaient été modifiées.

— Nous y sommes, souffla Nardo. Derrière cette porte se trouvent les bureaux des interrogateurs. L'accès à la prison secrète…

— Il se situe à l'intérieur, coupa Dem d'un ton agacé. Je suis déjà venu dans cet endroit.

— Tant mieux, parce que moi, non. Ce n'est pas ma fonction.

— Vous êtes le Saint Porteur, non ? Faites en sorte que votre titre serve à quelque chose !

Son empathie était saturée par la peur qui sourdait de chaque fibre du jeune homme. Malgré cela, Nardo gagna la porte. Les deux sentinelles s'inclinèrent.

— Saint Porteur ? Que puis-je pour vous ?

— Que vous vous écartiez, afin que je puisse entrer !

Malgré le ton sec de sa voix, Dem ressentait la panique galopante du religieux.

— Eh bien…

Nardo releva le menton et fixa le sous-officier dans les yeux, sans ajouter un mot, faisant preuve d'un cran surprenant. Le soldat baissa la tête et fit un pas de côté. Ils s'engouffrèrent à l'intérieur sans attendre. Aussitôt, un officier se précipita à leur rencontre.

— Saint Porteur, c'est un honneur, mais Athald Anders n'est pas présent.

— Ce n'est pas lui que je viens voir, Capitaine. Je souhaite visiter vos cellules.

— Euh… C'est… Ce n'est pas possible, Saint Porteur.

— Comment cela ? Il y a-t-il un lieu, dans cet univers, où la flamme blanche est interdite ?

— Bien sûr que non, Saint Porteur, mais…

— Tout le monde a le droit de se repentir devant la Sainte Flamme, Capitaine.

Dem s'autorisa un sourire derrière la visière de son casque. Nardo s'accrochait à sa fonction pour se donner du courage.

— Saint Porteur, le commandant Anders doit être consulté. Je ne peux pas prendre la responsabilité de…

— Contactez-le si vous voulez. En attendant, je vais visiter vos locaux.

Nardo dépassa un capitaine outré, qui restait la bouche ouverte, stupéfait par la réaction du Saint Porteur. Ce dernier s'enfonça dans le bâtiment. Derrière lui, Dem le guidait en chuchotant dans le dédale de couloirs jusqu'à une antichambre occupée par une section de soldats. Un jeune lieutenant se leva si vite qu'il faillit trébucher. Il arrangea sa tenue d'une main tremblante avant de se figer au garde-à-vous.

— Saint Porteur !

— Bonjour Lieutenant, je souhaite visiter la prison secrète.

— Je n'ai reçu aucune…

— Lieutenant, vous n'oseriez pas vous opposer à moi, n'est-ce pas ?

— Mais l'accès est interdit, Saint Porteur.

— Pas à moi ! Aucun endroit ne peut être éloigné de la Lumière. Alors, Lieutenant, ouvrez cette porte ou je vous jure que la Sainte Flamme connaîtra votre nom.

L'autorité de Nardo amusa Dem qui patientait derrière lui, telle une statue impassible et menaçante.

— Très bien, Saint Porteur, céda le jeune homme. C'est par ici.

Il les conduisit à travers plusieurs sas jusqu'à un escalier vers les niveaux inférieurs. Il s'arrêta, hésitant encore, visiblement nerveux.

— Je veux voir tous les prisonniers, Lieutenant, insista Nardo. La Lumière ne doit ignorer personne, même ceux qui ne croient pas en sa toute-puissance.

— Nous n'avons que six résidents, Saint Porteur, céda l'officier.

— Mon inspection sera rapide dans ce cas. Après vous, Lieutenant.

Les épaules basses, l'homme descendit l'escalier en fibrobéton. Milar se souvenait de sa dernière visite. À l'époque, il était le colonel de la Phalange écarlate et son aura le précédait. L'endroit n'avait pas changé. Il était sombre et froid, résonnant de toux douloureuses et du bruit des bottes. L'officier s'arrêta devant la première grille crépitant d'une énergie vybe. Le captif, un homme à la peau ambrée et au crâne dégarni leva un regard chassieux vers eux. Il ne réagit pas lorsque Nardo s'approcha. Il était impossible de savoir s'il avait reconnu le Saint Porteur.

— Il a tenu des propos inacceptables, expliqua l'officier. Les enquêteurs pensent qu'il appartient au Maquis.

— Toi qui doutes, je t'apporte la Lumière, lança Nardo.

Le rebelle ne bougea pas. Olman Nardo haussa les épaules et indiqua le couloir d'un geste bref. La détenue suivante était soupçonnée d'espionnage. Elle se contenta de cracher sur le sol pour toute réponse. En découvrant le troisième larron, Dem bénit le casque qui dissimulait son visage. *Toma Kudo ! Que fait-il là ? Et, surtout, qu'est-ce qu'il a bien pu révéler ?* s'inquiéta Milar.

— Celui-là est l'un des prisonniers de Symmon Leffher, enquêteur extraordinaire aux ordres du chancelier. J'ignore la raison de son arrestation.

— Je suis innocent, plaida le captif d'un ton plaintif. Aidez-moi, je vous en prie, Saint Porteur.

— La sainte Lumière vous bénit, répondit Nardo.

— Je possède des informations qui pourraient vous être utiles, insista le traître.

— Nous verrons cela. Poursuivons, Lieutenant.

Ils passèrent plusieurs cellules vides, puis tournèrent à droite avant de s'arrêter devant une grille.

— Cette femme vient d'Alphard, Saint Porteur, comme une autre un peu plus loin. C'est un officier technicien, une figure de la rébellion, à ce qu'il paraît. Je ne comprends pas comment elle a pu rejoindre le Maquis.

Mylera ? Dem avait vu juste. Ses amies étaient bien prisonnières. Il se prépara au combat.

Ailleurs…

La patience de Mutaath'Vauss atteignait ses limites. Depuis l'échange avec un officier, amie de l'humain à son bord, rien ne s'était passé. Et pourtant, il fallait agir au plus vite. Il le sentait dans ses écailles. L'aube du néant était proche. Il ne se retourna pas lorsque la porte s'ouvrit derrière lui. Il avait envoyé chercher le shasdine. *L'humain,* rectifia-t-il pour lui-même. *Je dois lui montrer un certain respect si je veux qu'il coopère.*

— Tes amis sont… inefficaces, Do Jholman.

— Je ne comprends pas. Si Mylera n'a rien fait, c'est qu'elle a des ennuis.

— Tes excuses sont pitoyables. Il faut agir. C'est urgent. Que proposes-tu ?

— Je peux tenter, encore, de joindre quelqu'un, mais Mylera m'a dit que mon identifiant était inscrit dans la liste des disparus problématiques, ce qui veut dire que personne ne me répondra. Peut-être, un appel général. Avec un peu de chance…

— Non ! C'est trop dangereux.

— Capitaine Vauss, vous venez de dire que c'était urgent, alors il est peut-être temps de prendre des risques.

Mutaath pivota pour mieux observer son interlocuteur. Le grand humain dégingandé n'était pas impressionnant. Il se souvenait de son regard affolé lors de leur première rencontre. Néanmoins, il possédait un nœud de courage qui forçait le respect. Il examina sa proposition avec attention.

— C'est une possibilité, Do Jholman, tu as raison. Il faut agir. Accompagne-moi !

L'humain s'inclina brièvement pour toute réponse. Ils gagnèrent rapidement la passerelle. Mutaath'Vauss donna des ordres dans sa langue. Ses officiers lui jetèrent un regard inquiet, mais personne ne protesta. Il était le capitaine. Il se tourna vers le shasdine qui patientait, les bras derrière son dos.

— Tous les canaux sont ouverts, déclara Mutaath. Vas-y, Humain.

Son prisonnier déglutit, passa sa langue répugnante sur ses lèvres trop charnues, puis se racla la gorge.

— Ici Do Jholman, capitaine du *Jarcar*. Je suis en possession d'informations essentielles pour la République, ainsi que pour toute l'humanité. Je vous en prie, répondez ! Nous sommes tous en danger. Nayla Kaertan doit être prévenue au plus vite. Do Jholman, capitaine du *Jarcar*, répondez !

Deux heures plus tard, les communications demeuraient silencieuses. Mutaath'Vauss sentait le poids des responsabilités l'écraser. *Que puis-je faire pour qu'on m'écoute ? Je pourrais retourner dans l'espace hatama et tenter de rallier le reste de la flotte. Seulement, personne ne prêtera attention au capitaine d'un petit vaisseau, surtout quand il appartient aux Askalit,* songea-t-il avec amertume. Son clan était méprisé par l'ensemble de leur société, parce qu'ils croyaient que le kawakh pouvait être empêché. *Pourtant nous sommes gardiens des histoires anciennes et futures...* Cette pensée le perturba. Il avait quitté sa famille pour s'engager dans l'armée. Il avait rejeté la foi des siens, persuadé que ces légendes n'avaient aucune importance. *J'ai eu tort.*

— Capitaine ! Trois vaisseaux humains en approche, lança l'officier chargé des scanners longue distance.

— Est-ce la République ? demanda-t-il.

— Tellus, Capitaine.

À sa grande honte, Mutaath se tourna vers l'humain. Ils échangèrent un regard. Il regretta de ne pas comprendre les expressions du visage de cette race étrangère, mais il crut deviner du désespoir ou de l'embarras.

— Peut-être veulent-ils nous aider ? suggéra le shasdine.

— Cela m'étonnerait.

— Capitaine Vauss, laissez-moi leur parler.

— Non !

— Laissez-moi essayer, je vous en prie. Vous l'avez dit, les enjeux sont trop importants pour faire la fine bouche.

Le Hatama aurait voulu le renvoyer dans sa cellule. Il y avait peu de chance qu'ils puissent échapper à trois vaisseaux tellusiens, tout ça par la faute de cet imbécile. *Après tout...*, songea-t-il.

— Très bien, les communications sont à vous.

L'humain passa une fois encore la langue sur ses lèvres avant de parler.

— Vaisseau tellusien, je suis le capitaine Do Jholman, du vaisseau de la République *Jarcar*. Je suis actuellement à bord de l'appareil hatama que vous avez pris en chasse. Répondez, je vous prie.

Il attendit plusieurs minutes angoissantes avant de réitérer son appel.

— Vaisseau tellusien, si vous êtes intervenus sur la frontière hatama, c'est que vous avez établi une alliance avec la République. Je suppose donc que nous sommes dans le même camp. Répondez, s'il vous plaît.

— Capitaine Daralacor, annonça une voix féminine dans les haut-parleurs du *Kyozist*. Je vous écoute.

— Je dois être mis en relation avec Nayla Kaertan au plus vite, Capitaine. Mes informations sont capitales.

— Eh bien, faites ! lança la Tellusienne avec mépris.

— Je suis déclaré manquant. Mes codes ont été invalidés. Je n'ai pas accès à la planète mère, mais je dois impérativement lui parler.

— Demandez aux lézards gris de mettre en panne. Nous verrons ce qu'il sera possible de faire lorsque vous serez à notre bord.

— Ce que vous exigez est impossible, répliqua Jholman sans même regarder Mutaath'Vauss.

— Cela ne change rien. Nous allons éradiquer ces parasites de notre espace. Tant pis pour vous.

— Un plus grave danger que les Hatamas vous menace, Capitaine. J'ai vu ce nouvel ennemi. Je vous assure que vos dirigeants voudront, eux aussi, être informés.

— Tiens donc… Soit, dites-m'en plus.

L'humain hésita. Mutaath fit signe à son officier de couper les communications.

— Cette femme ne vous croira pas. Ils profitent juste de cet échange pour s'approcher.

— Je sais, soupira Do Jholman. Il fallait tenter le coup, mais les Tellusiens sont tellement arrogants.

— Ils sont surtout plus nombreux et mieux armés que nous.

— Il faut lancer un appel à l'aide, Capitaine.

— Il n'y a aucun vaisseau hatama…

— Non, Capitaine, je pensais à la République. Si vous le permettez, je vais émettre cet appel avec mes codes. Nous n'avons pas le choix.

Il désignait la console d'un geste implorant. Mutaath consulta les informations tactiques. Les trois vaisseaux ennemis seraient à portée de tir dans moins d'une heure. Il ne voyait aucune solution pour leur échapper. Le *Kyozist* n'était pas assez rapide, ni assez puissant pour les affronter. Il affina les résultats de ses senseurs longue distance. À sa grande surprise, il découvrit un vaisseau. Celui-ci n'appartenait pas à

La République, ni à Tellus et encore moins aux Hatamas. Il s'agissait d'un Vengeur… La Flotte noire ? Il laissa échapper un ricanement qui fit sursauter l'humain. *Pauvre petit être fragile*, songea Vauss.

— Capitaine ? fit ce dernier.

— Inutile de lancer un appel, Do Jholman. Le seul vaisseau capable de nous porter secours appartient à la Flotte noire. Les Gardes de la Foi n'ont jamais été nos amis.

L'humain agrippa sa nuque à deux mains, l'air abattu. Il fronçait les sourcils, les mâchoires contractées.

— Les Tellusiens vont détruire votre vaisseau, Capitaine. Ils ne nous écouteront pas. C'est évident. Alors, nous n'avons pas le choix.

— Vous ne suggérez pas…, commença Mutaath.

— Si, c'est exactement ce que je suggère. Les Gardes vous haïssent, mais je crois qu'ils détestent encore plus la Coalition. Nous n'avons pas grand-chose à perdre, vous ne croyez pas ?

— Soit…, soupira le capitaine hatama.

Les trois fuyards se précipitèrent dans l'étroit passage, se bousculant presque pour parvenir à s'y faufiler. Leene s'appuya contre le mur en haletant, persuadée que les soldats allaient débouler pour les arrêter. Elle échangea un regard avec Mylera. Son amie était livide.

— Nous n'y arriverons jamais, souffla-t-elle.

— Ne soyez pas défaitiste, capitaine Nlatan, déclara Arey. Notre fuite n'est pas encore connue. Il faut donc quitter cette enceinte au plus vite.

— Bien évidemment ! La question est : comment ? cracha le médecin.

L'inquisiteur avança entre les deux bâtiments d'un pas rapide. Il s'arrêta au bout de l'étroit passage, se plaqua contre le mur et risqua un regard prudent.

— Démons ! jura-t-il. Nous ne pourrons jamais sortir d'ici, pas en plein jour du moins.

Leene le rejoignit aussitôt. Elle dut presque se coller à lui pour se faire une idée de ce qui les attendait. Cette situation répugnante la fit grimacer. L'espace entre les bâtiments et l'enceinte n'était pas très large. Tous les cent mètres, un escalier permettait de grimper au sommet du rempart. De nombreuses patrouilles y circulaient. Arey avait raison. Atteindre le chemin de ronde sans être repéré serait une gageure. Une fois là-haut, il faudra descendre de l'autre côté du mur avant d'être abattu comme à l'exercice.

— Une idée ? demanda-t-elle à regret.

— Non, grimaça-t-il. Il faut attendre la nuit.

— Attendre cinq heures ! Avec Noler dans la place ? Nous nous ferons prendre bien avant, contra Mylera.

— Je sais bien, mais je ne vois pas d'autres solutions. La porte est trop bien gardée, sans parler des troupes de Noler. Et le mur…

— On ne peut pas rester ici, Arey ! insista Leene.

Elle n'avait cessé d'observer le manège des patrouilles pendant la conversation. Son subconscient avait noté une anomalie. Elle dut se concentrer pour comprendre ce qui l'avait frappée.

— Il y a peut-être… J'ai remarqué un truc. Pendant une minute, aucune patrouille ne regarde le haut de cet escalier, souffla-t-elle en désignant du doigt l'objet de son intérêt. Alors…

Elle se frotta lentement les mains pour se calmer.

— Que proposes-tu ? demanda Mylera.

— Essayons de nous approcher discrètement de cet escalier. Nous y grimpons et nous attendons le moment propice.

— Vous voulez traverser le chemin de ronde et sauter de l'autre côté, s'étrangla l'inquisiteur. Le mur doit faire trois mètres. Nous risquons de nous casser une jambe ou pire.

— Le pire, c'est de retomber dans les pattes de Noler, grogna Mylera. Je vote pour ! Leene, laisse-moi regarder.

Le médecin se décala pour que son amie puisse observer les lieux. Après deux longues minutes, elle se mit à marmonner des mots incompréhensibles.

— J'ai une idée, souffla-t-elle. Vous voyez, là-bas, il y a un échangeur d'énergie. Je peux le faire grésiller. Cela attirera l'attention de la patrouille. Cela nous donnera un peu plus de temps, deux ou trois minutes. Nous serons déjà en haut de l'escalier. À ce moment-là, l'échangeur explosera. Nous en profiterons pour foncer à travers le chemin de ronde. La deuxième patrouille sera à l'autre bout du mur. Elle n'aura pas le temps de revenir pour nous empêcher de sauter. Ce sera… chaud, mais faisable.

— Mylera, souffla Leene. Tu… m'impressionnes.

— Merci, rougit son amie.

Un instant de gêne s'installa entre elles. Arey intervint avec beaucoup d'à-propos.

— Je n'ai pas de meilleure idée, dit-il. Allez-y, Capitaine.

— Attendez-moi ! murmura Mylera.

Elle sortit de leur abri du pas décidé de celle qui sait où elle va et qui a tous les droits d'être là. Elle s'arrêta devant le coffre, qu'elle ouvrit sans hésiter. Elle farfouilla aussitôt dans ses entrailles pendant d'interminables minutes.

— Mais qu'est-ce qu'elle fait ? s'agaça Leene.

— Laissez-lui le temps et… Elle revient.

D'un geste, Mylera leur fit signe de la suivre. Ils longèrent le mur en restant soigneusement dans son ombre. Une pluie fine s'était remise à tomber et leurs uniformes empruntés furent vite détrempés. L'averse masquait les sons venant de la cour principale et le bruit de leur pas. Leene se raidit en entendant la patrouille sur le mur d'enceinte, juste au-dessus d'eux. Les soldats s'arrêtèrent. Ils échangèrent quelques mots qu'elle ne comprit pas, puis firent demi-tour. Dans quelques secondes, ils atteindraient le dispositif piégé.

— Dans une minute, murmura Mylera. Allons-y !

Elle s'engagea lentement dans l'escalier. Derrière elle, Leene s'appliquait à rester silencieuse et à ne pas glisser sur le fibrobéton mouillé. Elle pouvait sentir le souffle rauque de l'inquisiteur sur sa nuque.

— Cinq secondes… Quatre…

Une alarme stridente retentit soudain. Les trois fuyards s'aplatirent contre les marches. Sur le mur, les sentinelles se tournèrent vers l'intérieur de la base. Le murmure de leur conversation vibrait d'inquiétude.

— Démons ! Noler vient de découvrir notre év…, commença Leene.

L'échangeur d'énergie explosa dans une violente détonation. Des morceaux de fibrobéton furent projetés à plusieurs dizaines de mètres, lardant de projectiles les bâtiments. Un soldat poussa un cri de douleur, touché par un éclat de métal fiché dans son épaule.

— Maintenant ! s'écria Mylera.

Elle s'élança dans les deux dernières marches, fit irruption sur le haut du rempart et le traversa d'une traite. Elle stoppa juste devant le parapet. Leene la rattrapa une demi-seconde plus tard. Son sang se figea dans ses veines.

— Bordel, c'est haut.

— Faites vite ! lança Arey. Ils arrivent.

L'autre patrouille sprintait vers eux. Elle se trouvait encore à trois cents mètres, mais elle serait sur eux en un instant.

— Là ! cria Mylera en désignant un jypto qui venait de s'engager dans la rue.

Sa plateforme arrière était chargée de paniers de légumes à moitié pleins. Il devait revenir d'un marché quelconque. Arey enjamba le garde-fou et sauta. Il s'écrasa dans les corbeilles, puis emporté par son élan, il bascula sur la route. Les deux femmes échangèrent un regard, puis avec un bel ensemble, elles se jetèrent dans le vide. Leene se reçut à l'arrière du véhicule, broyant des courgines sous elle. Les gros légumes violet sombre, ronds et bombés répandirent leur pulpe rosâtre sur son uniforme. Elle glissa sur la chair odorante et atterrit lourdement sur le cisphalte. Son crâne heurta le sol.

Elle avait dû perdre connaissance, car lorsqu'elle ouvrit les yeux, Mylera se tenait au-dessus d'elle avec une expression inquiète.

— Ça va ?

Leene fit un signe de tête qui déclencha une violente douleur qui lui perfora le cerveau.

— Viens ! insista Mylera en lui tendant la main.

Avec son aide, Leene réussit à se remettre sur pieds. Des taches lumineuses dansèrent devant ses pupilles. Elle chancela.

— Vite ! cria Arey.

Elle se laissa entraîner sans avoir la force de protester. Ils s'engagèrent dans une ruelle. Un tir lywar s'écrasa juste à l'angle d'une maison, les ratant d'une vingtaine de centimètres.

La pluie s'était amplifiée. Elle tombait dru, détrempant leurs vêtements. Leur fuite sous les torrents d'eau glacée sembla durer des heures. Quand, enfin, ils s'arrêtèrent à l'abri d'un porche, Leene eut beaucoup de peine à retrouver son souffle. Elle se pencha, la tête en avant, et vomit une bile acide qui lui brûla l'œsophage. Elle s'essuya la bouche avec dégoût, puis se redressa. Elle dut s'appuyer sur le mur, pour ne pas s'écrouler.

— On les a semés ?

— Je crois, haleta Mylera. Je n'y crois pas, ça a marché !

— Il ne faut pas rester là, insista l'inquisiteur. Il faut trouver une cachette.

— Oui, bien sûr ! Et puis, ça va être facile de disparaître, surtout avec ces tenues, ironisa Leene.

Sa migraine cognait toujours contre ses tempes. Elle fit un pas hors du porche et leva le visage vers la pluie. L'eau froide lui fit du bien.

— Marchons, coassa Mylera avant de tousser à s'arracher les poumons.

Ils lui obéirent et continuèrent à avancer au hasard dans ce quartier pavillonnaire. Bientôt, ils perdirent tout espoir. Ils ne pourraient pas s'échapper, pas dans cette ville tentaculaire où tout se ressemblait. Ils seraient repérés et arrêtés. Cela ne faisait aucun doute. Leene entendit d'abord des bruits de pas, ou plutôt le fracas produit par de nombreuses personnes qui couraient. Ensuite, elle perçut des respirations lourdes et des cris d'encouragement.

— Cachons-nous ! lança Mylera d'une voix haletante.

Ils s'abritèrent sous le premier porche venu. Une trentaine d'individus déboulèrent dans la rue. Ils avaient l'air terrifiés. Ils fuyaient un danger, mais lequel ? Leene remarqua plusieurs blessés, certains assez graves. *La manifestation !* comprit-elle. *Ils peuvent peut-être nous aider.* Elle ôta la veste de l'uniforme qu'elle avait emprunté et sortit de sa cachette.

— Qu'est-ce que vous faites ? grogna l'inquisiteur.

Elle fit un signe pour lui indiquer de se taire. La pluie fine dégoulinait sur son visage et trempait son pull, qui pendait sans forme sur son corps.

— S'il vous plaît ! appela-t-elle en levant les mains.

Plusieurs manifestants la contournèrent, d'autres firent demi-tour, provoquant une bousculade. Cinq gaillards s'extirpèrent de la foule et vinrent vers elle avec une attitude belliqueuse.

— Nous ne sommes pas des soldats, plaida le médecin. Regardez ! Vous voyez bien que cet uniforme n'est pas à moi.

— Expliquez-vous ? cracha un grand type à la peau très blanche.

Ses yeux clairs étaient enfoncés dans un visage marqué de rides. Ils n'exprimaient que la défiance et la colère.

— Nous avons été arrêtés. Nous nous sommes évadés.

— Pourquoi aviez-vous été arrêtés ? demanda-t-il d'un ton un peu adouci.

— Nous nous sommes opposés à certaines lois iniques.

— Comment vous êtes-vous évadés ?

— Un peu par chance, j'avoue. Votre manifestation les a rendus moins attentifs. Nous sommes poursuivis et nous ne connaissons pas cette planète. Nous sommes complètement perdus. Si vous pouviez nous aider, ajouta-t-elle avec un sourire et en levant les mains dans un geste suppliant.

L'homme hésita. Il se tourna vers ses camarades qui haussèrent les épaules.

— Vous êtes combien ?

— Trois, dit-elle en faisant un geste vers ses deux compagnons.

— Je vous présente Mylera et Uve. Je suis Leene.

— Je m'appelle Yartik ! Ôtez les vestes de ces maudits uniformes, qu'on ne vous confonde pas avec l'ennemi. Venez !

Arey obéit immédiatement. Mylera l'imita de mauvaise grâce. Sous sa veste, elle n'avait qu'un tee-shirt qui fut vite détrempé par la pluie. Les fuyards les conduisirent dans un tel labyrinthe que Leene n'aurait pas su retrouver l'emplacement de la caserne même si sa vie en avait dépendu. À côté d'elle, Mylera grelottait sous l'averse glaciale.

— Tiens, mets ça, lança une femme en lui offrant un de ces ponchos que portaient les Tasitaniens.

— Merci, répondit-elle en claquant des dents.

— De rien. T'inquiète, on est presque arrivés.

— Où va-t-on ? tenta Leene.

— Juste là, répliqua la femme en tendant le bras vers un quartier « cube » à l'aspect décrépi. On ne nous retrouvera pas là-dedans. C'est un vrai labyrinthe. Et on a des guetteurs au cas où des flics auraient envie de faire une descente. Vous ne risquerez rien.

— Je l'espère.

— Dans cette cité, il y a cent vingt « cubes ». On a un peu de marge.

— Ce n'est pas beaucoup à l'échelle de la planète.

— Je sais que pour les étrangers, Tasitania semble n'être qu'une seule ville, mais c'est faux. Nous sommes à Tertia.

— Vous vous y retrouvez comment ? grommela Leene.

— C'est très simple, dit leur guide en riant. On s'y fait, après quelques années.

— Et les caméras ? demanda Mylera alors qu'ils entraient dans le quartier.

— Dans cette partie de la ville, elles ne fonctionnent plus depuis longtemps, gloussa la femme. On les dézingue dès qu'on peut. Ils ne peuvent pas toutes les changer et quand ils le font, eh bien…

Elle ponctua sa phrase d'un ricanement vibrant de malice.

— C'est futé, fit remarquer Leene.

— On faisait déjà ça à l'époque de l'Imperium. On n'aime pas être surveillés.

— Je peux le comprendre.

— Il y a cinq minutes, on est entrés dans ce qu'on appelle une zone grise, parce que « nettoyée » par nous. Depuis, on aurait pu prendre dix directions différentes. Sois tranquille. Au fait, mon nom est Camullia. Toi c'est Leene, c'est ça ?

— Oui.

— Faudra que tu nous racontes votre histoire…

— Ce sera rapide.

L'averse redoubla d'intensité. Les gouttes glacées pénétraient ses vêtements jusqu'à sa peau et son pull pendait sur son corps comme une guenille sale. Leene jura. Ce qui fit rire Camullia.

— Ah, ces étrangers ! Vous détestez la pluie, pas vrai ?

— À ce point-là, c'est sûr.

— Les Tasitaniens sont indifférents à la pluie.

— Est-ce qu'il arrive que cette flotte s'arrête ? grommela Leene.

— Bien sûr, quelques heures et, même quelques jours, à la saison sèche.

— Sèche ? s'étrangla Mylera.

À nouveau, Camullia pouffa d'un rire joyeux. Le groupe venait de stopper devant un cube semblable à tous les autres. Yartik secoua ses cheveux filasse pour en chasser l'eau.

— On va vous loger ici, chez Camullia, dit-il.

— C'est gentil de me prévenir, ironisa la femme.

— Ben, tu as de la place, non ?

— Bien sûr ! Et puis, je suis toujours prête à aider ceux qui fuient ce foutu régime. Mais c'est petit chez moi, alors ça ne pourra pas durer trop longtemps.

— On ne veut pas vous déranger, intervint Leene.

— T'inquiète !

— Emmène-les, Camullia. Je dois vérifier un truc et je vous rejoins. On verra après ce qu'on fait.

— Pas de problème. Ils ont besoin de se sécher, ajouta-t-elle en riant.

— P'tites natures, ouais.

Leene avait trop froid pour répliquer. Elle se contenta de suivre leur nouvelle amie dans l'escalier du cube. Ils entrèrent dans l'un des appartements du cinquième et dernier étage.

— Asseyez-vous. Je vais vous faire un myrsky bien chaud. Vous verrez, ça va vous ravigoter.

— Une serviette serait la bienvenue, précisa Arey.

— Bien sûr.

Elle ouvrit un placard, se retourna pour observer les trois étrangers trempés, puis prit un paquet de vêtements qu'elle leur distribua.

— La salle de bain est là. Il y a de quoi vous sécher.

— Merci, souffla Mylera en éternuant.

Elle disparut derrière la porte et revint quelques minutes plus tard, vêtue d'une tenue simple et passe-partout, portée par les travailleurs de ce monde. Leene la remplaça, puis Arey.

Pendant ce temps, Camullia s'était activée en cuisine. Elle déposa devant eux un mug fumant.

— C'est un mélange de plantes et de lait de noix grise. Si vous ne connaissez pas, je vous laisse goûter.

Leene prit sa tasse à deux mains, savourant la chaleur du récipient contre sa peau. Elle trempa une lèvre prudente dans le liquide. Une fragrance à la fois épicée et fleurie vint lui caresser l'odorat. Elle avala une petite gorgée. La saveur était onctueuse, avec un arrière-goût de cannelle et de fruits. Juste après, elle sentit la brûlure d'épices inconnues et eut l'impression que son corps s'enflammait. Le rouge aux joues, elle reposa sa tasse. Camullia éclata d'un rire moqueur.

— Le myrsky fait toujours cet effet-là, la première fois.
— Ce n'est pas mauvais, répondit Mylera. Étrange, mais plutôt bon.
— Je préfère un bon thé, grommela Arey.
— C'est réconfortant, merci, conclut Leene.
On frappa à la porte et Yartik entra.
— Hum, ça sent le myrsky ici.
— Assieds-toi, invita Camullia.
— Non, merci. Je vais faire vite. Bon, vous êtes qui ?
— Des voyageurs traqués par la République, avoua Arey.
Leene l'aurait étranglé. Il aurait pu finasser un peu plus. Et puis, elle se souvint qu'il lisait dans les pensées.
— Vraiment ? Je me demandais, parce qu'il y a des soldats qui sont en route pour ici.
— Quoi ? s'étouffa Leene.
— On a des amis parmi les soldats, des gens qui en ont marre de cette République. Ils m'ont prévenu. Un gros ponte vient d'arriver. Il venait chercher des prisonniers qu'il traque depuis un moment. Il était furieux en découvrant qu'ils s'étaient évadés. Je suppose qu'il s'agit de vous.
— Effectivement, fit Leene.
— Il paraît que votre fuite a été spectaculaire.
— Si vous le dites. Nous avons juste essayé de nous échapper.
— En tout cas, vous avez fait impression. Ils ont mis sur pieds une compagnie entière pour vous retrouver. Ils sont en route pour ce cube.
— Vous avez dit que nous étions à l'abri, se plaignit Mylera.
— Ouais, mais ce type sait exactement où vous êtes. J'pense pas que vous soyez des mouchards, alors comment…
— Il est impossible qu'il sache où nous sommes, affirma Arey d'un ton péremptoire.
— Je suis d'ac…, commença Leene avant de s'interrompre.
Ses mâchoires se contractèrent sous l'effet de la compréhension et de la peur.
— Il existe une possibilité, souffla-t-elle. Mylera, sur Alphard… Tu as sûrement perdu connaissance plus d'une fois.
— Tu penses qu'il m'a implanté un traqueur ?
— C'est la seule explication.
— Soyez plus clair, gronda Yartik les mains sur les hanches.
— Notre amie a été capturée sur Alphard pour être interrogée par un sbire de la République. Nous sommes parvenus à la libérer et à nous échapper, mais…

— Mais ?

— Nous avons réussi à fuir Alphard, s'exclama-t-elle. Nous avons pensé que c'était presque trop facile, alors… Alors, ils nous ont peut-être laissé filer afin de nous suivre.

— Vous suivre ? Pourquoi ? Vous êtes qui ?

— Appartenez-vous au Maquis ? demanda Leene.

Le grand gaillard se figea et ses yeux se rapetissèrent tandis qu'il les scrutait avec attention.

— Non… Trop dangereux. Et puis, j'suis pas un foutu terroriste et mes amis non plus.

— Mais on est quand même sympathisants, précisa Camullia.

Yartik la fusilla du regard, puis il grimaça avec dédain.

— Ouais… Et vous ? Vous êtes du Maquis.

Ce n'était pas une question. Leene était sur un terrain dangereux, mais ils avaient besoin du Tasitanien pour échapper à Noler.

— Absolument ! Yartik, vous devez nous aider. Je dois localiser l'implant de Mylera, en espérant qu'il puisse être ôté sans dommages permanents.

— Ce serait mieux, en effet, marmonna son amie.

— D'après ce que je sais, c'est pas simple de retirer ce genre de truc.

— Certes, mais je suis médecin.

— Flottasse ! jura Camullia. Leene… Comme le docteur Leene Plaumec, hein ? Et toi, tu es Mylera Nlatan. J'suis trop bête de ne pas l'avoir remarqué. Yartik, ce sont des héroïnes de la rébellion.

Le grand gaillard sacra et extirpa une arme antédiluvienne qu'il pointa sur les trois étrangers.

— Bordel de chiotte à merde ! Je n'aime pas me faire piéger.

Ailleurs…

Xaen Serdar n'était pas souvent surpris, mais il devait admettre que, ces derniers temps, les occasions d'être pris au dépourvu s'étaient multipliées. Il ne s'attendait pourtant pas à être contacté par un vaisseau hatama. Il accepta l'appel dans son bureau. Il fut encore plus étonné en découvrant un humain sur son écran. Il ne devait pas avoir plus de vingt-cinq ans, avait une blessure récente à la tête et portait des galons de capitaine de la République ; ces incapables mettaient vraiment n'importe qui aux commandes d'un vaisseau.

Il aurait dû couper la communication, mais les circonstances actuelles lui interdisaient de repousser une éventuelle information capitale.

— Colonel Serdar, je vous écoute, se contenta-t-il de dire.

— Capitaine Do Jholman, Colonel. Mon appel doit vous sembler étrange, et il l'est, mais nous avons besoin de votre aide.

Serdar ne répondit pas. Le nom de Jholman venait de carillonner dans ses souvenirs. Milar avait suggéré que cet homme… que ce gamin pourrait lui faire passer l'ancile. Visiblement, ce Jholman n'était pas en mesure d'assister l'ancien colonel de la Phalange écarlate, ce qui expliquait qu'il ait trouvé une autre solution. *Il existe toujours un moyen*, songea-t-il.

— Vous avez sans doute appris que les Hatamas ont attaqué en force sur la frontière, poursuivait l'officier. La flotte de la République a été balayée, mais Tellus est arrivé en renfort. Dans la bataille, mon vaisseau a été détruit et j'ai été capturé par le capitaine Mutaath'Vauss.

— Les Hatamas ne font pas de prisonniers, répliqua Serdar.

— Il a fait une exception. Il avait un message à transmettre à Nayla Kaertan.

Serdar ne put s'empêcher de lever un sourcil étonné.

— Je n'ai aucune relation avec elle, se contenta-t-il de répondre.

— Oui, bien sûr, mais vous pourriez. Je m'explique. J'ai essayé de la contacter, je la connais bien, mais je n'y suis pas parvenu. Mes codes d'accès sont bloqués. J'ai réussi à joindre une amie, sur Alphard, mais depuis je n'ai plus aucune nouvelle. En désespoir de cause, j'ai convaincu le capitaine Vauss de lancer un appel sur toutes les fréquences. Tellus l'a capté et nous a pris en chasse. Ils refusent de m'écouter et vont très certainement nous détruire. Vous êtes le seul en mesure de nous secourir, Colonel.

Serdar laissa échapper un petit rire moqueur.

— Vous appelez la Flotte noire à l'aide ? C'est incongru, vous en conviendrez ?

— Parfaitement ! Si vous le permettez, je vais vous transmettre un fichier qui vous expliquera les raisons des Hatamas. C'est extrêmement important, Colonel. Je vous assure.

— Je suis un Garde de la Foi, pourquoi pensez-vous que je vous apporterai mon soutien ?

— Parce que vous avez été créés pour défendre l'humanité, parce que j'ai bien connu Devor Milar et que, lui, m'aurait écouté.

— Vous êtes conscient que Milar est mon ennemi ?

— Oui ! s'énerva le jeune officier. Regardez cette foutue video, Colonel. Ça devient urgent.

— Un instant, répondit Serdar avec calme avant de couper la communication.

Il hésita. Il savait déchiffrer les émotions de ses interlocuteurs et ce garçon était convaincu par ce qu'il affirmait. Serdar lança l'enregistrement reçu presque malgré lui.

L'archange n'éprouvait pas vraiment la peur, à part celle de l'échec. Ce qu'il vit lui glaça le sang. Il avait affronté les Hatamas à de nombreuses reprises. Il connaissait la puissance de leurs vaisseaux et leur âpreté au combat. Leur escadre avait été balayée avec une telle brutalité. Ces choses ne venaient pas de ce monde et il ne pensait pas qu'un Vengeur, ou même qu'une douzaine de Vengeur, puisse en venir à bout. Il aurait pu lancer une vérification de ce fichier, mais c'était inutile. Il savait qu'il n'était pas trafiqué.

— Démons ! murmura-t-il.

Il secoua la tête pour chasser une désagréable impression, celle d'un rouage qui tournait quelque part, d'un fil qu'on étirait pour le placer de façon improbable.

— Ignorer le danger ne sert à rien, cita-t-il.

Il rétablit la communication.

— Demandez au capitaine hatama de foncer droit vers nous. Nous arrivons à votre rescousse.

Sakura wa asa kazenifukarete chiru.
Les fleurs de cerisier se dispersent dans le vent le matin.

Phrase utilisée par les dépositaires pour rechercher le calme de l'esprit

Dem glissa un doigt dans l'anneau de son poignard serpent et se prépara à tuer le lieutenant rapidement. Il fit un dernier pas pour jeter un coup d'œil dans la cellule. Il se figea. La petite femme brune assise sur la couchette n'était pas Mylera. Elle lui ressemblait vaguement, suffisamment pour tromper quelqu'un qui ne la connaissait pas. Elle leur accorda un regard surpris. Elle se troubla en reconnaissant Olman Nardo, puis se leva d'un bond empressé. Elle s'inclina avec déférence. Par habitude, Milar tendit son esprit vers elle. Elle exsudait la duplicité. Il remarqua autre chose, une impression diffuse qu'il n'avait eue qu'en présence de Tellusiens. Le piège était malin. Il espéra que Nardo ne ferait pas de bourde.

— Quel est votre nom, mon enfant ? demanda le religieux d'une voix douce.

Dem sentit la gêne de la prisonnière. Elle n'ignorait pas que le Saint Porteur connaissait le capitaine Nlatan. Si elle donnait son identité, il révélerait la supercherie. Elle déglutit et se massa la nuque d'un geste fébrile. Elle choisit le silence pour repousser l'épreuve.

— Il s'agit du capitaine Nlatan, indiqua le lieutenant.

— Bien sûr que…, commença Nardo.

Il se gratta la gorge et ses épaules se tendirent. Il venait de tomber dans un traquenard insoluble. Il hésita. Dem, les mâchoires contractées derrière la visière de son casque, attendit la catastrophe.

— Et l'autre prisonnière ? demanda Nardo.

Milar l'aurait giflé. En ne dénonçant pas l'imposture, il clamait qu'il avait quelque chose à cacher.

— Un certain docteur Plaumec, tout aussi traîtresse que celle-ci.

— Allons la voir, dans ce cas.

Comme Milar l'avait deviné, la femme dans la cellule n'était pas Leene. L'absurdité de la situation le contrariait. Il avait risqué sa vie pour rien et pire, il avait mis Nayla en danger. Nardo déblatérait son discours religieux, perdant un temps précieux. Il se pencha pour lui murmurer à l'oreille.

— Vous m'avez demandé de vous rappeler votre rendez-vous, Saint Porteur.

Olman sursauta, puis se tourna vers lui. Il déglutit péniblement, avant d'acquiescer d'un signe de tête.

— Je dois partir, Lieutenant. Merci pour la visite !

Ils remontèrent vers l'étage supérieur en silence. Le Saint Porteur remercia les soldats et les bénit, puis se dirigea vers la sortie d'un pas majestueux. *Il a fait des progrès, cet empoté*, songea Dem. Il n'avait jamais eu de respect pour le garçon pusillanime qu'il avait eu sous ses ordres dans la base H515. Il n'en avait pas beaucoup plus pour l'homme qu'il était devenu.

Le capitaine qui les avait accueillis vint à leur rencontre et leva une main pour leur demander de s'arrêter.

— Un instant, je vous prie, Saint Porteur, lança-t-il.

— Que puis-je pour vous, Capitaine ?

— Vous devez attendre. J'ai des ordres.

— Je dois attendre ? ricana Olman Nardo. Je n'ai pas le temps pour ce genre de bêtises.

— Saint Porteur, j'ai des ordres ! insista l'autre en se décalant pour lui barrer le chemin.

— Écartez-vous !

À cet instant précis, la porte s'ouvrit. Un homme entra, un sourire méprisant sur les lèvres. Il s'agissait de celui qu'il avait vu par écran interposé : Symmon Leffher, la version plus jeune de Marthyn Leffher.

— Saint Porteur, salua le nouveau venu. Je suis surpris de vous voir dans ces murs. Il semblerait que ce soit la première fois en trois ans.

— Qui êtes-vous ?

— Oui, c'est vrai, nous n'avons pas été présentés. Je suis Symmon Leffher, le frère de Marthyn. Le chancelier m'a nommé enquêteur exceptionnel, chargé de traquer certains ennemis de la République.

— J'ai entendu parler de vous, bafouilla Nardo.

Sa révulsion était perceptible dans sa voix. Grâce à Nayla, il savait qu'il faisait face au clone d'un Decem Nobilis. Dem espérait qu'il conserverait assez de sang-froid pour se maîtriser.

— Je n'en doute pas. Que faites-vous ici, Saint Porteur ? demanda Symmon Leffher avec un fond d'ironie.

— Mon devoir, répliqua Nardo. Je suis venu apporter la Lumière dans ce lieu.

— C'est intéressant. Ah… Lieutenant, approchez !

L'officier qui leur avait fait visiter les geôles venait d'arriver. Il salua, avec un certain embarras.

— Lieutenant Taeris, avez-vous présenté mes prisonniers au Saint Porteur ?

— Oui, monsieur.

— Avez-vous nommé les deux femmes ?

— Oui, monsieur.

— Et quelle a été la réaction du Saint Porteur ?

— Euh, rien de particulier, monsieur.

Symmon Leffher eut un sourire triomphant.

— N'est-ce pas étonnant, Saint Porteur ?

Dem se prépara au combat. Il nota l'emplacement de chaque soldat, ainsi que leur degré de concentration. Il répéta les mouvements et les déplacements dans sa tête. Il n'avait pas besoin de tenter une intrusion dans l'esprit du Tellusien pour savoir que des hommes attendaient dans la cour.

— Ce qui est étonnant, c'est cette mascarade, Leffher, répliqua sèchement Nardo. Je me suis dit que vous aviez sans doute une bonne raison pour enfermer deux femmes sous l'identité de deux héroïnes de la rébellion et que cet officier n'avait pas à le savoir. D'ailleurs, quelle est donc cette raison ?

— Vous l'ignorez ?

— En effet ! Je n'imagine pas ce qui a pu vous pousser à salir ainsi la réputation de Mylera Nlatan et de Leene Plaumec.

— Quelle réputation ? Saint Porteur, ces deux femmes sont des traîtresses qui appartiennent au Maquis.

— Avez-vous des preuves ?

Dem sourit, surpris par la résistance de Nardo qui, pourtant, irradiait d'angoisse.

— J'ai toutes les preuves nécessaires, répliqua Symmon Leffher d'un ton méprisant. Et ce n'est pas ma question. Pourquoi êtes-vous là ?

— Le Saint Porteur porte la Lumière où bon lui semble. Il est étrange que vous l'ignoriez. Maintenant, laissez-moi passer !

— Je ne crois pas. Vous n'êtes jamais venu ici, jamais ! Pourquoi aujourd'hui ?

— Pourquoi pas ? répliqua Nardo. Si cela ne vous convient pas, accompagnez-moi jusqu'à la salle du trône. Demandons donc à la Sainte Flamme ce qu'elle pense de tout cela.

— Elle n'a rien à dire au sujet d'une opération de police, Saint Porteur.

— Si vous le dites. Pour le moment, écartez-vous ! Je suis attendu.

Symmon Leffher hésita. Son visage s'était figé dans un masque de colère froide et impuissante.

— Soit…, siffla-t-il entre ses dents avant de faire un pas de côté.

Nardo le dépassa, drapé dans la majesté de sa fonction. Dem le suivit. Il n'était qu'un fantassin sans nom et sans visage. Les gardes du corps possédaient l'étrange capacité d'être invisibles. Il passa devant Symmon sans le regarder et l'homme ne parut pas le remarquer.

À l'extérieur, une vingtaine de soldats attendaient leur maître, rangé avec ordre devant le bâtiment. Un autre groupe était aligné un peu plus loin. L'allure de ces hommes en armure de combat interpella Milar. Ils n'avaient rien à voir avec les Guerriers Saints qu'il avait affrontés ces derniers mois. C'était des professionnels aguerris, presque trop pour des civils devenus vétérans pendant la rébellion.

Nardo ralentit et commença à se tourner vers lui.

— Avancez ! gronda Dem qui avait l'impression qu'une cible était dessinée sur son dos.

Les soldats devant eux se déplacèrent pour leur barrer le chemin.

— Un instant, Saint Porteur ! lança Symmon Leffher.

Nardo se figea et attendit trois longues secondes avant de se retourner. Il croisa le regard de Milar.

— Tenez bon, souffla Dem.

Il pivota à son tour pour venir se placer juste derrière l'épaule du jeune homme. Leffher avait fait quelques pas, mais ne s'approcha pas à distance dangereuse.

— Dites-moi, Saint Porteur, pourquoi votre garde du corps est-il casqué ? Ce n'est pas l'usage dans la cité.

— Il représente une fonction. Son visage n'a aucune importance. Est-ce pour cela que vous me retardez ? Je ferai part de votre comportement à Kanmen Giltan, soyez-en certain.

— Si cela vous fait plaisir, répliqua l'autre. En attendant, je veux voir le visage de cet homme. Retirez votre casque !

Dem grimaça. Il était dans une nasse. S'échapper serait… difficile… voire impossible. Il envisagea un instant de tirer dans le tas, mais pour aller où ? De cet endroit, il n'avait même pas accès à la falaise.

— Obéissez, soldat !

— Dem… Que fait-on ? souffla le religieux entre ses dents.

— Continuez à soutenir Nayla. Vous étiez mon prisonnier, répondit-il de la même façon.

D'un geste lent, Devor Milar ôta son casque. Il eut le plaisir de voir Symmon Leffher se décomposer.

— Bonsoir…, fit Dem d'un ton amusé.

— Vous ?

— Moi.

— Capturez-le ! ordonna Leffher avec rage.

Milar lança son casque sur les premiers soldats et profita de leur surprise pour sprinter sur un trinôme qui tentait de lui barrer la route. Il portait une armure intégrale en ketir et, dans cet attirail, il se savait presque inarrêtable. Tout en courant, il ajusta l'homme qui lui faisait face. Il fit feu. La munition lywar le heurta en pleine poitrine, l'envoyant au sol. Ses deux compagnons fondirent sur lui à une vitesse surprenante. Dem évita le premier d'un simple mouvement du corps. Il cogna le deuxième de l'épaule. Le soldat résista et l'agrippa par le devant de son armure avec une force étonnante. Milar releva le canon de son fusil et pressa la détente. Touché en plein visage, son adversaire s'effondra, la main toujours accrochée à son armure. Dem se dégagea, pivota sur les talons et tira à bout portant sur le troisième soldat. Il était inutile de tenter une évasion par la porte de la deuxième enceinte. Elle serait fermée et lourdement défendue. Il préféra foncer vers l'ancien bâtiment des Gardes de la Foi qu'il connaissait bien. Depuis une fenêtre, il aurait peut-être une infime chance.

— Rattrapez-le ! ordonna Symmon. Je le veux vivant.

Dem accéléra. Derrière lui, la chasse s'organisait. Encore quatre cents mètres et il serait à l'intérieur du bâtiment. Ce qu'il prévoyait était fou, mais il manquait d'options. Il sentit le danger une fraction de seconde avant d'être heurté par un soldat ennemi. Il n'eut pas le temps de s'écarter. La puissance de l'impact l'envoya au sol. Il roula sur lui-même et se redressa. Il se prépara à affronter les deux hommes qui l'avaient rattrapé. *Comment ont-ils réussi cela ?* songea-t-il.

Les renforts n'étaient pas loin et ils se déplaçaient à une vitesse hallucinante. Dem repoussa ses interrogations à plus tard. Il fit basculer son fusil pour viser les attaquants. Un des soldats était déjà sur lui. Il agrippa le canon de son arme et le broya entre ses doigts. Milar comprit enfin. *Ils portent des exosquelettes !* Un deuxième soldat se ruait sur lui. Son poing le frappa à hauteur du cœur. Dem eut l'impression d'avoir été heurté par un garton, l'un de ces fauves monstrueux qui devenaient fous à la moindre provocation. Sans son armure, il aurait eu plusieurs côtes brisées. Il réussit à rester debout, mais ses bottes laissèrent deux marques parallèles sous ses talons sur presque trois mètres. Dem jeta son fusil désormais inutile et se tendit en position de combat. *Des exosquelettes ? Qu'est-ce que ça veut dire ? Des Tellusiens ! Ce sont des soldats de Tellus, j'en mettrai ma main au feu.*

— Rends-toi ! gronda l'un de ses adversaires.

Dem afficha une grimace dubitative, comme s'il envisageait la chose. Le soldat se détendit imperceptiblement. Milar en profita. Il dégaina son poignard de combat et d'un mouvement fluide, il glissa la lame juste sous le menton du Tellusien. Le sang gicla. Dem fonçait déjà vers le deuxième combattant. Ce dernier saisit son bras avec la rapidité et la puissance fournie par son exosquelette. La main gantée serra le ketir de son armure, imprimant la marque des doigts dans le métal. Milar frappa, les doigts tendus vers le nez de son opposant. Le cartilage se brisa sous l'impact. Dem fit un pas en arrière tout en dégainant son pistolet. Du pouce, il poussa le sélecteur sur la puissance maximale. Il tira sur les poursuivants. Il explosa les genoux des deux premiers ; le ketir était moins épais à cet endroit. Les deux soldats s'écrasèrent sur le sol en hurlant.

Le reste du groupe était déjà sur lui. Les coups pleuvaient sans discontinuer. Aidé par son intuition de combat, il réussit à en parer certains, mais contre six adversaires, il ne pouvait pas les contrer tous. L'armure encaissa les chocs les plus violents. Deux coups en pleine face furent assez puissants pour troubler sa vision. Il parvint néanmoins à contre-attaquer. Il tira sur un visage et sa victime bascula. Plusieurs mains se refermèrent sur son poignet et tentèrent de lui arracher son arme. Dem lutta pour orienter le canon vers les jambes de ses ennemis. Il déchargea son pistolet dans un genou et une cuisse. Des cris de souffrance le récompensèrent. Un coup de crosse le frappa à la nuque. Sans le col de ketir, il aurait eu les cervicales brisées par la violence de l'impact. Il trébucha vers l'avant, perdant un instant son équilibre. Des mains en profitèrent pour lui arracher son pistolet. Avec un grognement de rage, Milar bouscula de l'épaule le gars le plus proche, se contorsionna pour libérer son bras gauche, et planta son poignard de combat sous le défaut d'une armure. Quelqu'un le frappa derrière le genou, l'obligeant à se rattraper à un homme. Il profita de l'élan donné pour percuter les soldats. Dans un effort monstrueux, il réussit presque à se désengager. Un type surgit devant lui, le fusil levé. Son intuition de combat fonctionna. Il bascula sur le côté pour éviter le coup qui le heurta à l'épaule. Il grimaça de douleur, mais parvint à rester debout. Il se colla au soldat pour lui prendre son pistolet. Il le posa sur le cou de son adversaire et tira. Il fut aspergé par du sang et des morceaux de cervelle grésillants. Il repoussa le cadavre. Cinquante mètres ! À nouveau, son instinct carillonna dans sa tête. Il pivota pour faire face à un nouvel ennemi. Il reçut un coup de crosse en pleine face et tout devint noir.

Ailleurs…

Enfermé dans son bureau, Marthyn Leffher consultait les derniers rapports. Il voulait s'assurer que rien ne viendrait perturber le mariage de Haram. Un sentiment de catastrophe annoncé pesait sur son âme. L'appel de Symmon l'arracha à ses pensées moroses.

— Je l'ai ! fanfaronna son clone.

— Sois plus précis.

— Milar ! Je viens de le capturer. Ici, dans l'enceinte intérieure. Il tentait de faire évader Plaumec et Nlatan… Enfin, il s'est fait berner par des leurres. Bref, je l'ai !

— Eh bien, explose-lui le crâne d'une décharge lywar et ensuite, sépare sa tête de ses épaules pour être certain qu'il est bien mort. Tu peux aussi réduire son corps en cendres, on ne sait jamais.

— J'aimerais, Marthyn, mais…

— Mais ? fulmina le diplomate.

— Il n'était pas seul. Il avait un allié, un allié compromettant.

— Qui ?

— Olman Nardo.

Leffher recula sur son siège pour mieux contempler son visage plus jeune de l'autre côté de l'écran. Il était encore perturbé de devoir collaborer avec son clone. L'expression fermée de Symmon ne présageait rien de bon. Il partageait, bien sûr, son opinion. Il serait difficile de s'en prendre au Porteur de Lumière.

— Que dit-il pour sa défense ?

— Rien ! Il refuse de me parler.

— Je vois. Je vais en référer à Giltan. Si Nardo a fait entrer l'ennemi dans la place…

— Marthyn, il clame que Milar est un héros de la rébellion et réclame une explication.

— Laisse-le récriminer, nous réglerons son cas dès que l'Hégémon sera au pouvoir.

— Ce n'est pas pour tout de suite. En attendant, il ne sera que l'époux de la dirigeante.

— Kaertan est enfermée dans son temple et ne peut pas en sortir. Ce n'est qu'une prisonnière et rien de plus. Tu connais Haram. Il saura faire ce qu'il faut.

— Peut-être…

— J'adorerais assister à la mort de Milar, mais j'ai trop à faire. Après tout, tu es moi, alors fais-toi… fais-nous plaisir.

— Cela va être compliqué, marmonna Symmon.

— Pourquoi cela ?

— Nardo s'est acheté du courage. Il a rameuté tous les messagers qu'il avait sous la main et nous empêche de l'emmener. Pour le moment, Milar est ligoté et bâillonné, mais… mais des fidèles curieux se sont déjà agglutinés. Je les ai fait évacuer, mais je suis en train de perdre le contrôle.

— Tu te moques de moi ?

— Non, cracha son alter ego.

— Ces idiots de messagers sont-ils conscients que Milar est le fantôme qui les assassine ?

— Sans doute pas. Je peux le leur dire, mais si Nardo nie, c'est lui qu'ils croiront.

— Par les dix lunes de Targendof ! Si Haram l'apprend, il va nous éviscérer et Darlan se moquera de nous jusqu'à la fin des temps.

— Que proposes-tu ? Tu es ministre, après tout.

— Je ne suis qu'un diplomate. Je n'ai aucun pouvoir sur la police. Je dois voir Kanmen et Garal. Sans ses Guerriers Saints, Nardo ne peut pas grand-chose.

— Hâte-toi, les choses vont dégénérer. Et je ne supporte plus le regard moqueur de ce bâtard.

— Tiens bon.

Marthyn coupa la communication, puis jura à nouveau, débitant une litanie d'insultes plus grossières les unes que les autres. Enfin, d'un pas lourd, il se dirigea vers le bureau du chancelier.

Tout le monde doit pouvoir prier au pied de la flamme blanche.

Déclarations de la Lumière

La tension était à son comble dans l'appartement exigu. Ils étaient démasqués. Leene comprit immédiatement, au regard de l'inquisiteur, qu'il allait agir. Elle le fixa et fit non de la tête. Ils avaient besoin de ces gens pour s'échapper de ce monde. Arey haussa les sourcils avec une mimique indiquant qu'il n'avait jamais eu l'intention d'attaquer. *Bien sûr, je vais te croire*, songea le médecin avec dégoût. Elle leva les mains, les paumes bien en évidence, pour éviter toute action précipitée.

— Nous ne vous voulons aucun mal, je vous assure, plaida-t-elle. Nous sommes traqués par la République. Ils veulent se débarrasser de nous. Je vous en prie, nous avons besoin de votre aide.

Les deux Tasitaniens échangèrent un long regard, puis Yartik se détendit lentement. Il haussa les épaules.

— Bon, admettons. Faudra nous expliquer pourquoi.

— C'est très simple. Nous ne sommes pas d'accord avec la politique de cette République.

— Ce n'est pas assez pour déclencher une telle traque.

— Nous avons rejoint le Maquis.

— Mais vous êtes des amis de la Sainte Flamme, protesta Camullia.

— Bien sûr que nous étions ses amis, seulement personne ne peut la contacter directement. Je ne sais pas si elle cautionne les exactions de ses sbires, mais cela n'a aucune importance en réalité. Ce qui se passe dans la République est insupportable. Tous ces gens assassinés au nom de cette religion… Nous ne pouvons pas l'accepter.

— Facile à dire pour vous, grogna Yartik. Si vous êtes arrêtées, je doute qu'on vous fasse du mal. Vous êtes des amies de la Sainte Flamme.

— Si ce cafard de Noler nous capture, on disparaîtra sans laisser de traces, précisa amèrement Mylera. Et Nayla n'en saura rien.

— Elle a raison. En attendant, nous perdons du temps. Il faut que vous me trouviez un kit médical de niveau 2, insista Leene d'un ton péremptoire.

— Mouais, grommela Yartik, ce ne sera pas facile. Et si j'y parviens, ce ne sera pas rapide.

— Nous n'avons pas le loisir d'attendre, contra Mylera.

— Hum, fit pensivement Leene en essayant de se rappeler ce qui pourrait bloquer les émissions de l'implant. Il faudrait un endroit avec du plaslinarite.

— Bonne idée, s'enthousiasma la technicienne.

— Vous êtes marrantes, protesta Yartik. Je ne sais même pas ce que c'est que votre truc.

— C'est un revêtement antiradiation, précisa Mylera. S'il existe un échangeur d'énergie pour ce quartier, il est possible qu'il en contienne.

— Ouais, y en a un pas trop loin, admit la femme.

— Formidable ! Si vous pouviez nous trouver un variateur de niveau 2, ce serait parfait.

— Mouais, je peux trouver ce variateur, assez vite d'ailleurs.

— Attendez ! intervint Mylera. Si ce truc dans ma tête est de bonne qualité, ils seront capables de me suivre à la trace. Donc, même si je m'enferme dans cet échangeur d'énergie, ils n'auront qu'à se rendre au point de la dernière émission. Ce sera inutile.

— Alors quoi ? gronda Yartik.

— Il me faut du gel thermil.

— Mylera ? interrogea Leene.

— C'est un truc de technicien. Du gel thermil, un masque respiratoire et une combinaison de chantier, niveau 2.

Yartik réfléchit quelques secondes, puis hocha la tête.

— Vaelmik, dit-il enfin. Il habite à trois blocs d'ici. Je suis sûr qu'il a ce qu'il vous faut. Bien, Camullia, cours jusqu'à chez lui. Il te donnera ces trucs. Tu reviens ici et tu les conduis jusqu'à l'échangeur. Je vous y retrouve au plus vite.

— Très bien, soupira la femme. Fait chier ! J'aimais bien cet appart.

Leene fronça les sourcils, puis comprit ce que leur nouvelle amie voulait dire. Noler savait où ils se cachaient. Elle ne pourrait plus revenir chez elle.

— Je suis désolée, dit-elle.

— Je pourrais me vanter d'avoir aidé deux héroïnes de la rébellion, c'est déjà ça, ironisa l'autre. Ne vous en faites pas, ça ira. Je reviens très vite.

Elle suivit Yartik qui quittait déjà l'appartement. Mylera se tourna vers Leene et murmura :

— Tu devrais t'en aller, Lee. Ce serait le plus simple.

— C'est hors de question.

— Je refuse que tu sois…

— Non ! cria Leene.

— Calmez-vous, intervint Arey. Pour le moment, il existe des alternatives.

— Je ne l'abandonnerai pas.

— Lee… Ce n'est pas raisonnable.

— Ouais, et j'assume, insista le médecin.

Camullia choisit cet instant pour revenir. Elle posa sur la table une sacoche contenant le masque respiratoire, la combinaison et, enfin, un bidon.

— Je ne vois pas ce que tu veux faire avec ça, déclara-t-elle.

— Arey, donnez-moi ce grand saladier, là, indiqua Mylera.

Elle prit la combinaison, la déposa dans le récipient et versa dessus le contenu du bidon. Une odeur chimique puissante envahit les lieux. Leene ne put s'empêcher de tousser.

— Bien, souffla Mylera. Je vais mettre le masque et enfiler ce truc. Ensuite, il faudra faire vite. Cela occultera l'émetteur une heure maximum.

— C'est de la folie, soupira Leene.

— Pas le choix, répliqua Mylera.

— Je vais vous aider, indiqua Arey.

Elle s'habilla tant bien que mal et se coiffa de la capuche. Les autres passèrent un poncho et tous sortirent sous la pluie. Elle tombait dru, fine et glacée.

— J'en ai plein le dos de cette flotte, se plaignit Leene.

— Sur cette planète, il faudra vous y faire. On a bien une trentaine de mots pour en parler. Là, c'est un poudrin.

— Formidable… Fait chier ! gueula-t-elle, quand elle posa le pied dans une flaque pleine d'eau froide, trempant sa chaussure.

Leene devait plisser les yeux pour éviter que les gouttes troublent sa vue. Elle se contentait de suivre, tout en ronchonnant mentalement. Elle se plaignait de la météo pour ne pas exprimer son inquiétude. Elle fut presque surprise lorsqu'ils s'arrêtèrent devant un cube aux reflets bleu irisé, isolé à la sortie du quartier – enfin, aussi isolé qu'il était possible sur cette planète surpeuplée.

— C'est fermé, indiqua la Camullia.

— Laisse-moi faire, dit Mylera. Aucune serrure ne peut me résister. Tu as un couteau, quelque chose ?

— Ouais, tiens !

Camullia lui tendit un cran d'arrêt, le genre d'arme possédée par les voyous. Elle la prit, l'ouvrit et glissa la lame dans le verrou. Après quelques secondes, la porte céda. L'intérieur était exigu et exhalait une odeur désagréable. Les trois femmes entrèrent, Mylera la première.

— Je resterai dehors, grommela Arey, la tête rentrée dans les épaules.

— Espérons que ton ami fasse vite, déclara Leene à la Tasitanienne.

— Il fera ce qu'il peut…

Camullia secoua la tête d'un air incrédule, avant d'ajouter :

— Déluge de chiottes, je n'aurai jamais cru rencontrer des héroïnes comme vous.

— Des héroïnes, c'est vite dit, bougonna Leene.

— Bien sûr que si ! Vous étiez là au tout début de la rébellion.

— Certes, mais les choses arrivent et on est pris dans l'engrenage. Nous avons soutenu nos amis et…

Elle haussa les épaules pour montrer l'inutilité de la discussion. Cela n'impressionna pas Camullia.

— C'est ce que je dis. Vous êtes des héroïnes. Et savoir que vous vous opposez à cette République inique, ça confirme mon idée, pas vrai ?

— Peut-être, concéda Leene avec une grimace.

— Y a du bruit, intervint Mylera. Quelqu'un approche !

Camullia se glissa à l'extérieur. Son soupir de soulagement fut à la hauteur de leur angoisse.

— C'est Yartik !

Le grand Tasitanien surgit du rideau de pluie et les salua d'un large sourire.

— J'ai votre truc et je devrais avoir votre kit médical dans quelques heures. Un pote doit me contacter.

— Merci ! lança Mylera.

Elle attrapa l'appareil et le brancha aussitôt sur la console de l'échangeur. Le tout ne tarda pas à vibrer d'un son un peu perturbant.

— Bon, cela devrait perturber les scanners, mais j'espère que votre ami va faire vite, déclara la technicienne. Ce son n'est pas très agréable.

— Vous devriez rester avec elle, à l'intérieur, proposa Yartik à Leene. Vous êtes trop connue.

— Pas tant que cela, protesta-t-elle.

— Lee, aide-moi, intervint Mylera. Il faut que j'enlève cette combi avant qu'elle me brûle la peau.

— Oui, bien sûr.

Camullia se joignit à elle pour découper le tissu gluant. Elle jeta le tout dehors, de l'autre côté du cube.

— Ça va ? demanda Leene. Fais voir ?

— Ça ira, répondit Mylera. On verra ce problème plus tard.

— Camullia et moi allons rester dans les parages pour être sûrs que ceux qui sont sur vos traces vont passer au large, déclara Yartik.

— Je vais rester avec vous, ajouta Uve Arey.

— Noler vous connaît, fit remarquer Leene.

— Il ne va pas courir les rues à notre poursuite. Je ne crains rien.

— Pas de problème, fit Yartik. Venez !

— Vous allez rester sous la pluie ? s'étonna Mylera.

— La quoi ? répliqua le Tasitanien avec un clin d'œil.

Il ferma la porte et les deux femmes se retrouvèrent seules dans la pénombre, éclairée par quelques diodes. L'étroitesse des lieux les obligeait à être très proches l'une de l'autre. L'odeur du thermil prenait à la gorge.

— Nous allons nous en sortir, tenta Leene.

— Oui, nous verrons bien. Ce qui m'enrage, c'est que nous ne pouvons pas prévenir quelqu'un au sujet des informations de Jholman. Ce danger nous menace tous et personne ne le sait.

Leene se mordit les lèvres, hésitant plusieurs secondes avant d'oser :

— Et si nous nous laissions capturer ? Noler pourrait transmettre ces informations et…

— Tu ferais confiance à ce type ?

— Non, admit Leene. Tout ça est particulièrement frustrant. Sans Dem ou même Jani, nous sommes complètement désarmées. Je ne sais pas ce qu'il faut faire.

Mylera lui prit les mains. Leene fut tellement surprise qu'elle faillit se dégager. Elle essaya de deviner les traits de son amie dans la semi-obscurité, mais son visage restait indéchiffrable.

— Je ressens la même chose. Nous devons continuer, Leene. Nous n'avons pas le droit de renoncer.

— Nous ne savons même pas si Dem est encore en vie, s'il a réussi… Tout ce que nous faisons est en pure perte.

— J'ai foi en lui et… Leene, je n'aime pas Arey, mais il n'est pas si horrible, pas autant que je le croyais. Si nous parvenons à rejoindre la Flotte noire, alors nous aurons une chance de terminer notre existence en relative paix.

— Sur une planète isolée, alors que la fin du monde va tous nous détruire… J'ai hâte, ironisa le médecin.

Mylera poussa un petit rire sans joie. Leene partageait son état d'esprit. Cette dépression qui obscurcissait son âme depuis des mois, voire des années, ne cessait de grandir. Elle sentit ses yeux s'emplir de larmes.

— Nous n'avons pas vraiment le choix, souffla la technicienne. Et puis, au moins, nous serons ensemble.

Cette fois-ci, Leene sursauta vraiment. Elle avait espéré entendre ces mots depuis qu'elle avait retrouvé la femme de sa vie et s'était difficilement faite à l'idée que cela n'arriverait jamais.

— Tu m'as manqué, Leene.

— Oh, Myli… Tu m'as tellement manqué. Si tu savais. J'ai été si bête.

— Chut…

La main de son aimée caressa sa joue. Elle l'attira à elle et leurs lèvres se joignirent doucement. Ce fut un baiser tendre, l'union de deux âmes désespérées qui se retrouvaient. Elles restèrent ainsi enlacées, oublieuses de l'environnement et du temps qui s'écoulait.

✦✦✦

La porte s'ouvrit si brusquement qu'elles s'écartèrent comme deux gamines prises en faute.

— J'ai votre kit, annonça Yartik.

— Et les troupes qui nous cherchent ? s'enquit Mylera.

— Elles ont investi l'appartement de Camullia.

— Ils sont tout près, alors ? s'inquiéta-t-elle.

— Ouais, mais pour le moment, ils tournent en rond comme des caazzees sans tête. On dirait que votre truc a fonctionné.

Leene s'était emparée du petit sac en plastine pour explorer ce qu'il contenait. Elle trouva rapidement le scanner portatif dont elle avait besoin. Il servait normalement pour rechercher une fracture, ou un éclat enfoncé dans la chair. Elle le reprogramma pour traquer l'implant de Mylera.

— C'est-à-dire ? demanda la technicienne d'un ton agacé.

— Ils effectuent des cercles concentriques autour de l'appart et fouillent chaque cube. Ça prendra un peu de temps, mais ils finiront par débarquer ici.

Leene ne l'écoutait que d'une oreille distraite. Elle était concentrée sur l'écran du scanner qu'elle passait le long du corps de son amie. Elle grimaça. Cet enfoiré avait inséré l'implant dans la nuque.

— Je l'ai trouvé. Il s'est agrégé à ta colonne vertébrale.

— Tu vas pouvoir l'enlever ? s'inquiéta Mylera.

— Je ne sais pas. Appuie-toi contre le mur. Arey, venez là. Vous allez me servir d'assistant.

Elle lui décocha un regard insistant. Avec un peu de chance, l'inquisiteur serait capable d'anticiper ses besoins en lisant dans son esprit. Il accepta et vint se ranger près d'elle. Mylera poussa un long soupir, puis posa les mains sur la paroi. Elle y apposa le front.

— Fais vite, souffla-t-elle.

Leene lui injecta un puissant anesthésiant local dans le cou. D'un geste sûr, elle trancha la peau avec un scalpel. Avec une large compresse, elle épongea le sang.

— Écarteur !

Arey lui tendait déjà l'instrument. *Bien*, songea-t-elle avant de se reconcentrer. Elle vit enfin le minuscule implant fiché dans la colonne vertébrale. Elle grimaça.

— Je ne peux pas le retirer, déclara-t-elle. Je pourrais te paralyser. J'ai besoin d'une infirmerie digne de ce nom.

Elle n'avait jamais autant regretté le Vengeur de la rébellion.

— Le variateur, grogna Mylera. Tu peux t'en servir pour griller ce truc.

— Tu es folle, non !

— Donne-le-moi.

Avant qu'elle n'ait pu protester, Arey tendait déjà l'instrument à la technicienne.

— J'ai besoin d'un poinçon ou d'une aiguille, précisa-t-elle.

À nouveau, l'inquisiteur lui fournit ce qu'elle demandait. Elle réalisa un bricolage rapide, avant de rendre l'appareil au médecin.

— Appose l'aiguille sur l'implant et pousse le variateur à fond.

— Certainement pas. C'est trop risqué pour toi.

— Si on n'enlève pas cette chose, ils vont nous retrouver. Alors, soit tu grilles ce truc, soit tu me laisses ici et tu t'échappes avec Arey.

— Myli… Tu sais que c'est hors de question.

— Dépêche-toi !

Leene hésita une fraction de seconde, puis elle appuya l'aiguille sur le petit fragment de métal. Elle se pencha vers son amie pour lui murmurer à l'oreille :

— Je t'aime.

Elle pressa l'interrupteur. Le corps de Mylera s'arqua selon un angle presque impossible, puis devint tout mou. Elle se serait effondrée si Leene ne l'avait pas retenue. Le cœur battant, elle lui injecta une dose de retil 1, mais elle ne revint pas à elle.

— Faut bouger ! gronda Yartik.

— Est-ce que vous pouvez la porter ? demanda Leene.

— On ne va pas être discret.

Elle le fusilla du regard.

— Vous voulez l'abandonner ?

— Non, bien sûr que non, fit-il avec une grimace désolée. Vous êtes sûre que cet implant est fichu ?

— Oui !

— Très bien.

Le grand type blond souleva Mylera et la jucha sur son épaule.

— Camullia, on est derrière toi.

Leene remarqua à peine l'averse qui martelait le sol de ses grosses gouttes glacées. Elle suivit la femme dans un dédale de cubes qui se ressemblaient tous.

Ailleurs…

Olman Nardo n'avait jamais été très courageux. Il était ainsi fait. La violence physique l'effrayait. Cette peur l'avait conduit à faire des choix qu'il regrettait, qu'il regretterait toute sa vie. Il s'était opposé à Nayla au tout début de la rébellion. Il avait trahi Dem et il l'avait reniée, elle. Et puis, il avait été touché par la Lumière. Il n'aurait su l'expliquer, mais la sainteté de l'Espoir lui était apparue comme une évidence. Il s'était lancé à cœur perdu à son service. Il était devenu le Saint Porteur, celui qui portait la parole de Nayla. Ce pouvoir l'avait enivré. Et, une fois encore, il avait fait de mauvais choix. Après la victoire, il avait accepté la suggestion de Kanmen et de Marthyn Leffher ; il comprenait aujourd'hui qu'il avait été manipulé. Le diplomate s'était contenté de quelques conseils anodins et il avait sauté sur l'occasion. Il était devenu le grand prêtre d'une nouvelle religion. Il avait donné des ordres pour que les dignitaires de l'ancien régime paient.

En apprenant ce qui se passait réellement sur les mondes de la République, il avait d'abord été sceptique. Il n'avait jamais voulu que les simples citoyens soient exécutés de la sorte. Était-ce lui qui s'était mal exprimé ? Était-ce ses messagers qui avaient outrepassé leur rôle ? Il l'ignorait, mais la réaction de la Sainte Flamme l'avait profondément choqué et blessé. À une époque, il avait admiré sa réserve et sa volonté de ne pas être vénérée. En accédant aux plus hautes fonctions, Nardo avait préféré ne pas tenir compte de ses désirs. Il fallait prendre les bonnes décisions pour son bien.

Aujourd'hui, il savait qu'il avait eu tort. Cela aussi l'avait frappé. Il avait ressenti quelque chose d'étrange, dans la salle du trône. Un voile avait été ôté de ses yeux, son esprit avait été allégé de ce sentiment de toute puissance qui l'habitait. Il s'était senti libre. Pour la toute première fois, depuis longtemps, il était à nouveau lui-même. Il admirait Nayla et voulait l'aider, mais il regrettait les décisions outrancières qu'il avait prises. Il devait se racheter et ferait tout pour cela.

Il faisait donc face à ce Symmon Leffher, le clone de Marthyn, un maudit Tellusien qui utilisait leur naïveté pour conduire son maître au pouvoir. Dem était ligoté et bâillonné, maintenu à genoux par deux des soldats, un pistolet sur la nuque. Olman Nardo n'avait pas réfléchi. Il s'était interposé tout en appelant à la rescousse tous les messagers présents dans le temple. Les prêtres avaient accouru et entouraient le prisonnier. Leffher bouillait de fureur.

— Une dernière fois, Saint Porteur, écartez-vous ou je vous fais arrêter, cracha-t-il sans dissimuler son mépris.

Nardo redressa ses épaules et fixa l'homme. Il tenta d'ignorer la brûlure de son estomac et la transpiration froide qui dégoulinait le long de sa colonne vertébrale.

— Le général est sous ma protection. Votre frère aura des comptes à rendre devant le conseil.

Le visage neutre de Symmon se creusa d'une ride de colère. Il se tourna vers ses soldats, vers ces hommes qui s'étaient montrés si efficaces… trop efficaces peut-être.

— Cela suffit ! gronda le Tellusien en levant la main.

Ils furent interrompus par un tumulte. Un groupe de Guerriers Saints se frayait un passage au milieu des quelques badauds. Ils étaient menés par Garal. Le grand gaillard ouvrit la bouche, sans doute pour demander ce qui se passait, puis se figea. Il venait de reconnaître Dem. Son visage plutôt rougeaud blêmit de façon spectaculaire.

— Qu'est-ce qui…

— Oui, l'homme que tu as livré à ces lâches est vivant, Garal, gronda Nardo, soudain investi d'un courage tout neuf. Comment as-tu pu trahir Nayla ?

Le commandant se massa la nuque avec gêne. Son regard balaya les témoins présents. Il déglutit, puis se racla la gorge.

— Euh… On ne va pas parler de ça, ici. C'était nécessaire et…

— C'était une félonie ! J'espère que tu en as conscience.

L'autre baissa les yeux en se mordant les lèvres. Il ouvrit la bouche pour répondre, puis changea d'avis et se tint coi.

— Bien, intervint Symmon. Cela n'altère pas le présent. Cet homme est le fantôme et doit être arrêté. Je vais l'emmener.

— Il faudra me tuer, Leffher, s'écria Nardo. Garal, es-tu prêt à m'assassiner, moi aussi ?

— Non ! répliqua le commandant des guerriers. Calmez-vous tous. Il faut réfléchir. Kanmen…

— Tu n'as pas besoin de lui, lança le Saint Porteur. Prends seul tes décisions pour une fois.

— Qu'est-ce que tu veux que je fasse ?

— Rachète tes fautes ! Escorte Dem jusqu'à Nayla et laissons-la trancher.

Symmon Leffher fit un pas en avant, soutenu par deux de ses soldats.

— Hors de question. Cet homme est à moi.

— Alors, il va falloir nous éliminer et prouver à tous où va votre allégeance, contra Nardo.

Pendant une minute interminable, Olman s'attendit à être transpercé par un tir lywar. Rien ne vint. Il entendit le long soupir de Garal.

— Je m'occupe de ce prisonnier, déclara-t-il d'une voix rauque.

— Vous n'êtes pas sérieux. Je suis l'enquêteur exceptionnel de votre chancelier. Il est à moi ! gronda Leffher.

— Allez pleurer auprès de Kanmen si vous voulez, répliqua Nardo. Nayla Kaertan décidera de son sort et personne d'autre. Elle est le chef de cette République, dois-je le rappeler ? Garal !

Son camarade se racla la gorge, puis s'approcha de Dem. Les hommes de Leffher ne bougèrent pas. Il les toisa, puis agrippa Milar par son armure et l'obligea à se lever. Le regard bleu de l'ancien garde noir était glacial. Garal détourna le sien, puis le poussa en avant. Symmon, les mâchoires crispées, fit signe à ses soldats de rester en place.

— Ce n'est pas fini, siffla-t-il entre ses dents.

— En effet, conclut Nardo. Garal, nous descendons vers la salle du trône.

— Je ne sais pas à quoi tu joues, Olman, mais tout ça va mal se terminer. Il est dangereux.

— De qui parles-tu ?

Garal s'arrêta presque, puis grommela :

— Des deux !

Un Garde de la Foi accomplit toujours sa mission, même la mort ne peut le stopper.

Code des Gardes de la Foi

Nayla ne pouvait s'empêcher d'être inquiète pour Dem. Elle avait marché en rond pendant un temps, avant de demander à Shoji de lui montrer son fameux livre. Elles s'étaient installées sur la grande table du conseil. La jeune femme de Kanade avait tourné les pages pour lui pointer les passages les plus intéressants. Puis, enfin, elle s'était arrêtée sur le paragraphe parlant du Chaos. Nayla l'avait lu rapidement, sans réussir à se concentrer. Elle avait fini par se lever pour recommencer sa marche nerveuse.

Shoji était restée silencieuse, comprenant qu'il fallait la laisser réfléchir à tout cela. Seulement, Nayla ne pensait qu'à Dem. Elle venait de le retrouver, alors le perdre maintenant la condamnerait à la folie. *Il s'est sorti de situations bien pires que celle-ci*, songea-t-elle. *Il a même vaincu la mort. Et, comme il le dirait, s'inquiéter ne sert à rien*. Elle éclata d'un rire nerveux. Elle pouffait encore en revenant vers Shoji. Elle avait ressenti une pointe de jalousie en la rencontrant, mais celle-ci s'était dissipée. Ce sentiment était ridicule et immature.

Nayla regarda l'heure pour la quinzième fois au moins, et constata qu'il ne s'était écoulé qu'une dizaine de minutes depuis la dernière fois. Elle secoua la tête avec dépit avant de s'arrêter à côté de la table. Shoji patientait avec un calme admirable.

— J'aimerais lire ce passage encore une fois, déclara Nayla.

La jeune femme s'inclina légèrement avec beaucoup de grâce.

— Bien sûr.

Nayla s'assit lentement. Elle posa le bout de ses doigts sur le papier et caressa doucement la matière.

— C'est incroyable, murmura-t-elle. Je ne pensais pas accéder un jour à ce genre d'objet si ancien.

— Il faut préserver les livres, déclara Shoji. Ils sont notre passé, notre histoire, notre ADN. Ils peuvent être détruits, mais ne peuvent pas être modifiés. Ils sont immuables.

— J'admire votre engagement, dit Nayla avec passion.

Elle tourna les pages pour revenir au passage qui l'intéressait et souligna le texte de son doigt.

« Mon ami Ralahm'Meiss veut me faire visiter le berceau des Hatamas, le Sriath. Située aux confins de notre galaxie, cette région ne compte pas beaucoup de planètes. Selon Ralahm, l'espace y est très ténu, car la membrane entre les mondes est fragile à cet endroit. Cette particularité explique l'émergence des nombreux pytarlas. Encore une fois, je me heurte à un nom que je ne comprends pas. D'ailleurs, je ne comprends pas davantage cette histoire de membrane. Mon ami se lance dans un récit qui tient plus de la légende que d'un compte rendu scientifique.

Les pytarlas sont capables de déchiffrer le dessin des temps, m'annonce-t-il avec une grande déférence. Ces prophètes peuvent trouver leur chemin sur la route de l'avenir. Ils sont vénérés dans tout l'empire pour cette capacité. Bien entendu, je ne crois pas en ce genre de choses, mais je suis curieux. Je demande des preuves. Ralahm'Meiss me répond avec cette grimace étrange qui est, en fait, un sourire.

Nous nous posons sur la planète Lamialka. Ralahm m'apprend qu'elle est sacrée pour son clan. Il commence donc à me narrer l'histoire des clans hatamas. J'en parlerai plus grandement dans le chapitre suivant. Pour plus de compréhension, je vais vous brosser un portrait rapide du clan Askalit, les gardiens des histoires anciennes et futures. De nombreux prophètes sont issus de ses rangs. Il semble gêné d'en dire plus, mais devant mon insistance, il poursuit. Il m'apprend que son clan est méprisé dans la société hatama. Je m'en étonne, car cela n'est pas cohérent avec ce qu'il m'a déjà dit. Si les prophètes sont vénérés et si la plupart d'entre eux sont des Askalit, alors ce rejet est illogique. »

Nayla soupira en tournant la page. Le style de narration de Rama, sous forme de carnets de voyage, n'était pas agréable à lire. Elle reprit néanmoins.

« Les Askalit croient en la possibilité d'empêcher le kawakh, m'avoue-t-il dans un souffle si faible que je ne suis pas sûr d'avoir compris. Il répète la même phrase. Je le lui demande d'expliciter ce mot étrange : Kawakh. Il cherche ses mots puis me dit qu'il s'agit de l'aube du néant. Cette formulation me glace le sang, sans que je sache vraiment pourquoi. Un jour, commence-t-il, viendront les nahashs, les serpents d'ombres. Ils émergeront en déchirant le voile des mondes pour détruire tout ce qui vit. Ils se répandront dans la galaxie et dévoreront tout. Le Chaos sera

victorieux. L'univers basculera dans le néant. Du néant surgira une nouvelle vie. Et tout recommencera, ainsi est le wakhjaia, le cycle immuable. »

En lisant ses lignes, Nayla frissonna, saisie d'un froid presque surnaturel. C'est ce qu'elle avait vu dans Yggdrasil, ce qu'Alafur lui avait susurré. *Non, je ne le permettrai pas !* songea-t-elle

« La fin du monde ! Voilà ce que vient de me raconter Ralahm. Cette description ressemble tellement aux légendes oubliées de la Terre que c'en est troublant. Est-ce qu'il se moque de moi ? Il semble pourtant très sérieux. Ralahm claque des dents plusieurs fois et poursuit son récit. Les Askalit sont persuadés que le cycle peut être interrompu, que les serpents peuvent être vaincus et renvoyés dans les abysses, me dit-il. Je lui demande quelques précisions, mais il secoue la tête et m'affirme que la réponse se trouve sur cette planète. »

— Est-ce que c'est possible ? murmura Nayla.

— Je ne sais pas, réagit Shoji. C'est… Je vous l'ai expliqué, ce livre est anachronique. Il ne devrait pas exister, car il est antérieur au premier contact. Toma pensait qu'il s'agissait d'un faux et…

— Ce qu'il écrit est très exactement ce que j'ai vu, Shoji. Les Hatamas appellent cela le Kawakh, les humains diraient l'Aldarrök ou la fin des temps ; le Chaos, suivi du néant, d'où jaillit une vie nouvelle.

— Justement, Rama a pu se servir de ces légendes pour forger cette histoire de toutes pièces.

— Non ! Il n'a pas pu inventer les serpents d'ombres. Je les ai vus.

— Je n'ai pas la réponse, soupira la jeune femme.

— Moi non plus, mais si une victoire est possible, alors il reste un espoir, un minuscule espoir.

Elle tourna à nouveau la page, pour continuer ce récit incroyable.

« La planète Lamialka n'est qu'un enfer moite, recouverte de jungles et de mangroves. Elle n'est pas le berceau des Hatamas, mais elle lui ressemble beaucoup. Ralahm m'apprend que son peuple a vu le jour sur un monde nommé Nualea, un monde chaud et humide où cette race reptilienne a pu se développer. Lorsqu'ils ont commencé leur conquête spatiale, le clan Askalit a colonisé Lamialka. Ils ont vite découvert qu'il s'agissait d'un qli'ama, un nœud cosmique. Il m'a fallu une longue heure de discussion pour traduire ce terme. En tout cas, cet endroit a révélé et amplifié les pouvoirs de leurs devins.

Il me conduit dans une ville ancienne, construite en argile séchée, à l'architecture étrange. Imaginez des sphères qui s'empilent et qui s'agglomèrent dans un ensemble à la fois chaotique et harmonieux. Les Hatamas circulent dans les rues animées, leur langage aux tonalités aiguës me perce les oreilles. Ils me regardent avec curiosité, mais sans agressivité. Nous grimpons un escalier creusé dans le flanc d'une colline. Je m'arrête au sommet, estomaqué par l'immense temple construit sous mes pieds. Ralahm m'adresse cette grimace qui est un sourire, puis descend vers le complexe. Il est comme imbriqué dans la forêt, en symbiose avec les arbres qui plongent leurs épaisses racines dans les bâtiments. Je ressens quelque chose d'étrange en pénétrant sous la voûte de l'entrée ; une impression de froid intense, de peur et d'exaltation.

Mon ami me conduit dans un dédale de couloirs et je perds très vite mon sens de l'orientation. Nous croisons de nombreux Hatamas, vêtus de longues tuniques tissées dans une sorte de chanvre. Chacun d'entre eux nous salue, sans s'inquiéter de ma présence. Cela m'étonne. J'essaye d'imaginer un de ces non-humains dans une ville de la Fédération et je sais qu'il ne ferait pas trois pas avant d'être intercepté. Nous sommes tellement xénophobes. »

Nayla leva les yeux au plafond, devant une telle platitude. Il était certes plus aisé de se moquer du style de l'auteur, plutôt que d'admettre que sa description correspondait en tout point à ses visions au cœur d'Yggdrasil. Elle reprit sa lecture, le cœur serré par une main géante.

« Je franchis une arche et j'entre dans une vaste cour, cernée par des parois couvertes de symboles. L'endroit est écrasant et il y règne un calme pesant. Au centre se dresse une sculpture qui défie les lois de la géométrie. Des sphères, des cubes, des polygones, des pyramides s'empilent et se fondent les uns dans les autres. Il y en a tellement que je n'arrive pas à les compter. Cette pierre d'un vert sombre est couverte de symboles. Un Hatama vient couper ma trajectoire pour m'empêcher d'approcher. Il s'adresse à Ralahm d'un ton qui n'est pas bienveillant. Mon guide lui répond, me désigne du doigt, puis continue son plaidoyer. L'autre incline la tête sur la gauche, puis me fixe longuement de son regard déconcertant, fendu par une pupille de reptile. Il se présente. Il se nomme Baaeem'Dauls. Il est un gardien des histoires passées et futures. Je veux en savoir plus, alors je l'interroge sur cette histoire de fin du monde. Je vois bien qu'il ne veut pas en parler, mais je pense que c'est important. J'insiste.

Après deux heures d'intenses discussions, voici ce que j'ai appris. Les pytarlas ont vu ce qu'ils appellent l'aube du néant, la fin de notre univers qui sera détruit par le Chaos. Cet événement fait partie d'un cycle immuable qui se répète depuis toujours. Ils ignorent quand surviendra cette fin, mais ils connaissent les signes annonciateurs. Lorsque la fin des temps approchera, le nombre de pytarlas augmentera, chez les Hatamas et parmi les autres races ; certains peuples auront même des devins à leur tête. Les déchirures dans le voile des mondes se multiplieront. Et, enfin, surgiront les nahashs, les serpents d'ombre, qui dévoreront les planètes et toute vie dans cet univers. Rien ne peut les arrêter, car ils sont faits de Chaos.

Ce récit me terrorise, même s'il ne s'agit que d'une légende. Cette mythologie n'est qu'un mythe ou une parabole, à l'instar de ce que croyaient les peuples humains, il y a longtemps. Personne de sensé ne peut croire à ces inepties. Pourtant, il me montre les textes sur les murs. Toutes les prophéties sont enregistrées dans la pierre.

Tout est donc écrit, dis-je à Baaeem'Dauls.

Il penche la tête sur le côté et ouvre la bouche, montrant ses dents – le sourire d'un Hatama. Il pointe les symboles sur la sculpture, puis me désigne un panneau de pierre sur le mur. Il prononce quelques mots que je suis incapable de traduire.

Nous, les Askalit, pensons qu'il est possible de briser le cycle, déclare-t-il enfin. Il est dit qu'un devin étranger va se révéler. Ses intentions seront bonnes, mais son ascension marquera le début du kawakh, de l'aube du chaos. Ce prophète sera confronté à un choix, à un sacrifice qui déterminera le futur de cet univers, mais également son passé. Ce choix mène à la fin des temps, car ainsi est le cycle, mais ce choix peut aussi l'empêcher, c'est ce que nous pensons.

J'essaye de lui en faire dire davantage, mais il refuse. Il me désigne une fresque couverte de symboles que je ne comprends pas. J'insiste. Il se contente de dire que nommer le choix peut perturber le choix. Je ne comprends rien à ce galimatias.

Baaeem'Dauls continue à me faire visiter le temple, il me montre des rouleaux de parchemin imputrescibles qui rassemblent, eux aussi, les prophéties. Puis il me conduit dans une partie plus moderne où je rencontre des gens.

Une semaine plus tard, je quitte Lamialka vers d'autres particularités de cette civilisation très riche. »

Nayla se redressa, une sueur froide baignant son corps. Ce texte était tout simplement incroyable, tellement incroyable qu'il était suspect. Qui pouvait croire ce récit ?

— Moi, chuchota-t-elle.

— Nayla ? s'inquiéta Shoji.

— Cette histoire… Je sais qu'elle est vraie. J'ai vu tout cela. J'ai vu les serpents d'ombres. J'ai vu cette planète et ce temple.

— Alors, est-il possible enrayer cette machine infernale ?

— Je ne sais pas. J'aurais aimé que ce Rama soit plus explicite.

— Cette histoire de choix est un twist scénaristique bien pauvre.

— Oui, mais tellement… tellement vrai. C'est ce que Nako, ou Alafur, me dit toujours. Le choix est important. Le choix, c'est le présent, et donc la force des mortels.

— Alors que faisons-nous ?

— Il faudrait que je puisse me rendre sur ce monde, mais c'est impossible.

— Je peux y aller pour vous, Nayla, proposa Shoji.

— Au cœur du territoire hatama ?

— Dem trouvera sûrement un moyen.

— Oh, je n'en doute pas, cracha amèrement Nayla. Il existe toujours un moyen.

Une jalousie acide dévora son estomac, tandis qu'elle imaginait l'homme de sa vie et cette gamine courir ensemble la galaxie. Et pourtant…

L'alarme de son armtop la fit sursauter. Nardo revenait, mais indiquait qu'il n'était pas seul. Cela n'annonçait rien de bon.

— Prenez votre livre et cachez-vous, Shoji. Nous avons de la visite.

Ailleurs…

Do Jholman s'astreignait à l'immobilité sur la passerelle du *Kyozist*. Il observait le calme de l'équipage hatama, alors que les trois vaisseaux de Tellus se rapprochaient inexorablement. Encore une poignée de minutes et ils seraient à portée de tir. Mutaath'Vauss ne paniquait pas. Assis dans son fauteuil, il donnait des ordres brefs. Do ne comprenait pas leur langue, mais il devinait ce qui se disait. Le *Kyozist* accéléra davantage, aux dernières limites de ses possibilités. *Quinze minutes de sauvées*, mais cela ne suffira pas, songea l'humain. *Que fait Serdar, bon sang !*

Le premier missile lywar les frappa de plein fouet. Un Hatama cria quelque chose. Un autre tir les toucha, puis un autre. Le vaisseau ralentit, puis passa en vitesse interplanétaire. Il riposta.

— Nous nous battrons jusqu'à la mort, Do Jholman, déclara Mutaath d'un ton grave.

— Le Vengeur ?

— Il ne sera sans doute pas là à temps.

— Mais ils sont bien en route, n'est-ce pas ?

Le *Kyozist* fut à nouveau frappé. Un conduit explosa sur la passerelle et un Hatama s'effondra en hurlant de douleur. Personne ne lui porta secours, ce qui était compréhensible dans le capharnaüm ambiant. Do attrapa un kit médical, accroché à la paroi, et se précipita au chevet du blessé. Il était gravement brûlé. Avec une grimace horrifiée, Do ouvrit la boîte et poussa un soupir désolé. Il ne reconnaissait rien. Il sursauta lorsque le Hatama lui saisit le poignet. Il se tourna vers le blessé qui lui désigna un flacon d'une main tremblante.

— Liquide sur brûlure, ânonna-t-il avec un accent si prononcé que Do mit quelques secondes à comprendre.

Il déboucha la fiole avec précaution. Une odeur forte, ressemblant à du poisson pourri, lui agressa les narines. Il fit couler ce baume sur les brûlures. Le Hatama se raidit, puis bascula sa tête en arrière en poussant une plainte rauque. Do poursuivit ses soins. Il était tellement concentré qu'il en avait oublié le combat, la fumée, le bruit et sa mort imminente. Il leva les yeux vers l'écran et sut que les deux vaisseaux tellusiens, face à eux, allaient donner le coup de grâce. Il se redressa, furieux de périr ainsi.

L'explosion le rendit presque aveugle. Il rouvrit les paupières avec prudence. L'un des vaisseaux tellusiens était pratiquement coupé en deux, l'autre pivotait déjà vers un nouvel ennemi. *Serdar ! Enfin !*

✦✦✦

En franchissant le sas d'entrée du Vengeur, Do Jholman ne put s'empêcher de frissonner. Les Gardes de la Foi avaient balayé les vaisseaux tellusiens avec cette efficacité redoutable qui les caractérisaient. Une fois cette menace effacée, Mutaath'Vauss avait été contacté par le colonel Serdar. Ce dernier avait exigé que le capitaine hatama vienne à son bord en compagnie de Jholman. Il avait été difficile de refuser. Ils furent accueillis par une section de gardes et un officier au regard sans passion. *Espérons que nous ne serons pas conduits en prison*, songea Do. Ils tournèrent dans un corridor et deux hommes en civil se plaquèrent contre la paroi pour les laisser passer.

— Do ? s'exclama celui à la peau sombre.

— Fenton, souffla-t-il avec incrédulité. Fenton Laker ? Mais qu'est-ce que tu fais là ?

Il s'était arrêté pour dévisager celui qui était son camarade sur la base H515, il y a une éternité.

— Je te renvoie la question… Tu es capitaine ?

— Oui, et…

Il fut interrompu par la poigne d'un Garde qui venait de le pousser brutalement dans le dos.

— Avancez !

— Fenton ! Il faut que je te parle après, lança Do.

— Ouais, sûr. Ilaryon, va chercher Jani tout de suite, ordonna-t-il à celui qui l'accompagnait.

Do Jholman perdit le reste de l'échange. Le capitaine Vauss lui décocha un regard étonné, mais il n'eut pas le loisir de lui expliquer. Ils furent introduits dans une pièce sobre. Un homme en armure de combat allégée et portant des galons de colonel les accueillit.

— Bien… Je suis venu à votre aide. Vous allez m'en détailler la raison avec précision.

— Vous avez vu les images, répliqua Do.

— Je les ai vues. Dans l'urgence, j'ai décidé de vous aider, mais en y réfléchissant, rien ne me dit que c'est authentique.

— Vous plaisantez !

— Do Jholman, je t'avais prévenu, siffla Mutaath'Vauss. Les Gardes de la Foi ne sont pas dignes de confiance.

— Si c'est un Hatama qui le dit, répliqua Serdar.

— Colonel, il faut…, commença Jholman d'un ton agacé.

— Je sais, je sais. Il faut agir contre ces… serpents d'ombre. Seulement, je n'ai aucune idée de ce qu'il faut faire. Capitaine Vauss, qu'en pensez-vous ?

Visiblement, cette requête avait coûté au Garde noir.

— Selon nos légendes, rien ne peut endiguer le Chaos.

— Pourquoi faire appel à moi, dans ce cas ? Pour retarder l'heure de votre mort ? Si ces choses sont vraies, peut-être aurait-il été préférable d'être désintégré par Tellus.

— Certains parmi mon peuple croient en une possibilité. Il a été vu qu'une personne pourrait l'empêcher.

— Qui ?

— Un devin d'une autre race. J'estime qu'il s'agit de Nayla Kaertan.

— Je vois, fit pensivement Serdar.

— Est-ce que vous pouvez essayer de la joindre, Colonel ? insista Do Jholman. Je n'y suis pas parvenu.

— Vous me l'avez déjà dit, mais je crains que votre demande n'arrive un peu tard, répondit Serdar, sans émotion.

— Comment ça ?

— Au moment où nous parlons, il est fort probable que Nayla Kaertan soit morte.

La Sainte Flamme est un martyr qui a offert sa vie pour nous, pour la liberté et pour la lumière.

Déclaration de la Lumière

Ils avaient marché pendant presque trois heures sous cette pluie fine et froide. Le grand Yartik avait porté Mylera sans rien dire. Ils avaient fait deux pauses et, chaque fois, Leene avait essayé de réveiller son amie. De plus en plus inquiète, elle se contentait de suivre les Tasitaniens. Elle était trempée, ses pieds baignaient dans une soupe glacée. Elle grelottait. Elle remarqua à peine lorsqu'ils pénétrèrent dans un entrepôt rempli de caisses de transport. Yartik traversa ce hangar du pas décidé de quelqu'un qui sait où il va. Camullia, qui marchait près de lui, ouvrit une autre porte. Ils entrèrent dans un bureau qui sentait la poussière et le moisi. Yartik déposa la malade sur la couchette qui occupait l'une des parois.

— Bon, grogna-t-il. Cet endroit appartient à une connaissance qui fait des affaires, disons, pas tout à fait légales.

— Et ce n'est pas gardé ?

— Si des types se mettent à patrouiller, c'est ça qui est louche. Personne ne s'attaquera aux biens de ce gars, je peux vous l'assurer.

— Et il va permettre qu'on squatte les lieux ? s'inquiéta Leene.

— Ouais, j'ai un arrangement avec lui. Laissez tomber, c'est un endroit sûr.

— Je l'espère. Que faisons-nous, maintenant ?

— Camullia est grillée, vu qu'ils ont fouillé son appart. Elle va rester avec vous. Moi, j'devrais pas avoir de problèmes.

— Tant mieux pour vous, mais cela ne répond pas à la question du docteur, ironisa Arey.

— J'sais pas trop. Votre amie, elle a l'air cannée.

Cette affirmation trop vraie pour être écartée fut comme un coup de poignard dans le cœur de Leene.

— Elle respire toujours, répliqua-t-elle en essayant de parler avec conviction. Son état est grave, mais sans matériel médical, je ne peux pas dire à quel point.

— Quel genre de matos ?

— Le genre que vous ne pouvez pas fournir. Elle aurait besoin d'accéder à un centre médical avancé. Certaines drogues pourraient l'aider, mais elles ne sont pas sur le marché.

— Quel genre ?

— Si je pouvais, j'utiliserais du Retil 4, mais seuls les Gardes noirs en disposait.

— Je peux peut-être vous en trouver.

— Comment ça ?

— J'ai des contacts.

— L'état de Mylera nous préoccupe tous, mais il faudra peut-être nous rendre à l'évidence, intervint Arey. Il est possible qu'elle ne se réveille jamais. Nous devons quitter cette maudite planète. Nous avons besoin d'un vaisseau et je ne parle pas d'un quelconque vaisseau de transport. Un engin privé ferait l'affaire.

Yartik éclata d'un rire sans joie.

— J'crois pas que vous ayez les moyens pour un tel achat.

— C'est possible, mais je suis sérieux. Nous devons poursuivre notre périple au plus vite.

— Ouais, en attendant, vous allez rester là et faire profil bas. Vous nous avez causé assez de problèmes comme ça. Je vais vous apporter de quoi manger, mais il doit y avoir des plats rapides dans ce placard. Vraiment, ne vous faites pas remarquer, insista-t-il avant de tourner les talons.

Arey, les mâchoires contractées, avait du mal à dissimuler son agacement. Il fit le tour des lieux, une pièce aveugle de cinq mètres sur quatre, avec une table faisant office de bureau, un fauteuil, une petite table, une chaise, une couchette, une penderie, un placard et, sur ce meuble, de quoi faire réchauffer des assiettes. Une faible lumière jaune donnait à l'endroit une ambiance glauque. Leene s'agenouilla près de Mylera et utilisa les instruments fournis plus tôt par Yartik pour refaire un diagnostic. Son jugement ne varia pas. Son amie était dans le coma, en état de choc après la décharge reçue.

— Je suis désolé pour elle, tenta Arey, mais nous ne pourrons pas rester à son chevet…

— Pas un mot de plus ! gronda Leene. De toute façon, il faut attendre que Noler se lasse de nous chercher.

— Mylera nous dirait de nous hâter. L'information que nous détenons est trop cruciale pour ne pas la transmettre.

— La vie de Mylera est cruciale pour moi, Arey, mais je ne vous retiens pas. Si Yartik le permet, vous pouvez partir.

Un bruit sec les fit sursauter tous les deux. Camullia venait de poser un bol sur le meuble avec colère.

— Calmez-vous, tous les deux ! Est-ce que je râle, moi ? Vous venez de me foutre dans une belle merde, mais je l'accepte parce que c'est comme ça. Pas le choix. Donc, ce sera brandade de gremotte, conclut-elle.

— Je n'ai pas faim, commença le médecin.

— Tu es trempée et glacée. Mange ! répliqua la Tasitanienne en lui collant le bol fumant dans les mains.

Leene s'installa sur le bout de la couchette, afin de garder un œil sur Mylera. Arey choisit le fauteuil et laissa la chaise à Camullia. Ils mangèrent en silence. Le plat n'avait pas beaucoup de saveur, mais il était chaud et cela leur fit du bien.

Une fois son repas ingéré, l'inquisiteur fouilla dans la penderie. Il en sortit quelques tricots de travail, épais et moelleux. Ils étaient rapiécés, mais semblaient propres. Il les distribua.

— Rien pour se sécher ? demanda Leene.

— Je regarde. Ah, voilà, il y a deux serviettes, précisa-t-il avant de lui en offrir une.

Avec une réticence évidente, il tendit l'autre à Camullia. Elle laissa échapper un petit rire amusé.

— Je ne vais pas fondre, mon gars. Je peux attendre. Vous, les hors-monde, vous êtes trop fragiles.

Il la remercia d'un grognement. Leene débarrassa Mylera de ses vêtements trempés et la frictionna vigoureusement. Elle lui passa le pull épais et la recouvrit de la couverture.

✦✦✦

Leene se réveilla en sursaut. Elle s'était allongée contre son amie pour lui tenir chaud et s'était endormie. Elle vérifia l'état de Mylera. Il était inchangé. Avec un lourd soupir, elle se leva. Arey s'était assis sur le sol, le dos calé dans l'angle de la pièce. Il était enveloppé dans une couverture et dormait le front sur ses bras posés sur ses genoux relevés. Camullia s'était allongée sur une couchette improvisée et ronflait doucement. Leene fouilla dans les placards à la recherche de café d'Eritum, mais ne trouva que des cubes de kavé, un dérivé du café poussant tel du chiendent sur les planètes Maza, Hagrami et Javivo. Il était si facile à produire qu'il était utilisé pour des solutions bon marché, comme ces cubes. Elle en plaça un dans un mug, puis fit chauffer de l'eau qu'elle versa dessus. Le liquide se transforma aussitôt en un breuvage sombre à l'arôme amer. Elle porta la tasse à ses lèvres et avala une gorgée trop chaude. Elle grimaça. Le goût était infect. Bon, elle faisait preuve de mauvaise foi. Ce kavé était buvable, mais n'avait rien à voir avec la saveur délicate du café d'Eritum.

Camullia se redressa et bailla à se décrocher la mâchoire.

— Des nouvelles ? demanda-t-elle.

— Non, j'allais justement te poser la question. Tu veux quelque chose ?

— Le même truc que toi, si tu veux bien.

Leene fit tomber un autre cube dans une tasse. Elle allait verser l'eau lorsqu'un bruit dans l'entrepôt la fit sursauter. *Où ai-je mis ce foutu flingue ?* songea-t-elle.

— C'est Yartik, grogna Arey d'une voix endormie.

— Comment le sais-tu ? s'exclama Camullia.

Le grand Tasitanien entra dans la petite pièce. Il répandit autour de lui une flaque d'eau qui dégoulinait de son poncho. Il jeta un regard vers la couchette et eut une grimace désolée.

— Je vois que ça ne va pas mieux, fit-il.

— Non, répliqua sèchement le médecin.

— Bon, j'ai une solution. Je ne dis pas que c'est parfait, mais je n'ai rien d'autre à vous proposer.

— Je vous écoute.

— Vous vous rappelez ce que je vous ai dit sur cet endroit. Il appartient à… à un gars qui fait des affaires parallèles, on peut dire.

— Un gangster, lança Arey qui venait de se lever.

— Si vous voulez. C'est un chef de la pègre du coin, ouais.

— Je ne vois pas en quoi cela va aider Mylera, cracha Leene, déçue.

— Attendez, soyez patiente. Ce gars possède le genre d'installation qui vous faut.

— Cet homme dispose d'un hôpital équipé ? s'enquit le médecin d'un ton dubitatif.

— Ouais, tout à fait. Il a juste un problème. Le mois dernier, son toubib s'est fait descendre. Il n'a pas réussi à lui trouver un remplaçant.

— Je ne travaillerai pas pour la pègre, s'insurgea Leene.

— C'est vous qui voyez, mais si vous acceptez, vous pourrez soigner votre amie.

— Nous ne pouvons pas rester sur ce monde, Yartik.

— Ce sera pour quelques semaines, le temps qu'il embauche quelqu'un d'autre. Son gang a participé à un truc et il y a eu plusieurs blessés, dont certains graves. Bref, ça devient urgent.

Leene prit une profonde inspiration, puis acquiesça d'un signe de tête.

— Je m'occuperai de Mylera en priorité, que ce soit clair.

— Ouais, je le lui ai dit. Il n'y aura pas de problème.

— Il ment, intervint Arey.

— Hey, qu'est-ce que…

— Yartik, sachez que je peux être extrêmement têtue, gronda Leene.

— L'un des fils de Petrovich fait partie des blessés. Il faut le soigner en premier. C'est pas négociable.

Leene Plaumec serra les mâchoires, prête à refuser en des termes fleuris. Son regard se posa sur Mylera, toujours inconsciente, et elle laissa échapper son souffle dans un sifflement.

— Très bien, mais vous devez me garantir que je disposerai de tous les équipements ou les médicaments nécessaires.

— Oui, pour ça, y pas de problème.

Arey confirma d'un signe de tête que, cette fois, Yartik disait la vérité.

— Alors, allons-y !

— Est-ce loin ? demanda l'inquisiteur.

— L'hôpital se trouve à sept cents kilomètres, mais Petrovich a envoyé un véhicule. Il attend devant l'entrepôt. Je vais la porter.

Il souleva Mylera aisément. Leene interrogea Arey du regard. Ce dernier la rassura d'un sourire contraint, avant de suivre Yartik. Elle ne pouvait se satisfaire de cela. Elle arrêta Camullia.

— Connais-tu ce Petrovich ?

— De réputation. Je ne l'ai jamais rencontré. Je sais qu'il nous aide et qu'il n'est pas fan de la République, mais… mais c'est un criminel.

— Est-ce qu'on peut lui faire confiance ? C'est ma seule crainte.

— Il possède un hôpital, c'est sûr. J'ai déjà entendu l'histoire. Il te permettra de soigner Mylera, si tu sauves son fils. Ensuite…

— Ensuite quoi ? Il ne voudra pas me laisser partir ?

— C'est le risque, fit Camullia avec une grimace désolée.

— Nous verrons ça le moment venu. Si Mylera est sauve, je suis prête à beaucoup de choses.

Les deux femmes accélérèrent pour rattraper Yartik et Arey. Ils sortirent de l'entrepôt dans une ruelle sombre. La pluie ne tombait plus, mais le ciel était désespérément gris. Un long cito noir aux vitres opaques les attendait. Yartik ouvrit la porte arrière et fit signe à Arey de monter. Il installa Mylera à l'intérieur, puis se tourna vers Leene qui venait d'arriver.

— Allez-y. Je m'assieds devant. Tout ira bien, vous avez ma parole.

Elle n'avait pas le choix. Elle grimpa dans le véhicule. Mylera avait été étendue sur l'une des banquettes et sécurisée avec deux sangles. Sur le siège qui lui faisait face se tenait un homme jeune, aux cheveux blonds coupés en brosse. Sur la joue, il avait un tatouage représentant un scorpion tigre de Malessan, reconnaissable à sa queue fine ornée d'un aiguillon double et à ses trois pinces.

— C'est toi le docteur ?

— Oui.

— Assieds-toi ici, près de moi. Les autres, posez-vous sur le sol.

Leene hésita à cause de son obstination notoire. Le regard froid de son interlocuteur la dissuada d'insister. Elle obéit. Son parfum boisé et épicé était plutôt agréable. Il sourit, découvrant des dents incrustées de rubis, donnant l'impression qu'elles étaient dégoulinantes de sang.

— Je suis Piotr. C'est moi qui suis chargé de vous. Yartik nous a affirmé que tu es un grand docteur.

— Je suis un médecin, oui.

— J'espère. Mon frère est presque mort et mon père ne l'acceptera pas. Si tu peux le sauver, tu auras tout ce que tu veux.

— Si je peux le faire, je le ferai.

— Si Ilya meurt, tu n'y survivras pas, Docteur. Je préfère te prévenir.

Leene ne lui donna pas le plaisir d'une réponse. Elle ne se laisserait pas intimider, mais elle n'était pas dupe. Sa menace était réelle.

Ailleurs…

Le Chaos tissait lentement sa toile pour dévaster ce monde qui arrivait à sa fin. Le cycle se répétait inlassablement depuis toujours. Depuis toujours, des mortels tentaient de stopper l'inéluctable. C'était ainsi. Ces insignifiants insectes s'accrochaient à leur existence avec une amusante obstination. Il se contentait de les détruire, de se nourrir de toute vie jusqu'à ce que l'univers revienne au néant. Et puis, c'était également inévitable, de ce néant naissait la vie. Toute cette énergie explosait pour recréer un nouvel univers vierge. Et tout recommençait.

Cette fois-ci, c'était subtilement différent. Il le ressentait. Les mortels voulaient interrompre le cycle et son intuition lui soufflait que le risque n'avait jamais été aussi grand.

Lui aussi désirait en finir avec cette boucle éternelle. Il y travaillait depuis… toujours et la réalisation de son rêve était enfin à sa portée. Il avait réussi à investir l'entité parfois nommée Yggdrasil. Nix, cette extension de sa volonté, altérait la Tapisserie des Mondes. Il la dévorait.

Au sein du Mo'ira, les êtres qui la composaient se moquaient du devenir des mortels. Le cycle devait perdurer. Une seule voix s'opposait aux manœuvres de Nix. Elle se faisait appeler Alafur. Elle œuvrait pour aider les vivants. Elle conseillait celle qui avait pris la place de Tanatos ; lui aussi avait été un champion des mortels, mais Nix avait réussi à le corrompre. Elle essayait de retarder l'Aldarrök, elle cherchait à briser le cycle, à faire en sorte que plus jamais le Chaos ne puisse l'emporter.

De nombreux aléas ponctuaient cette guerre éternelle entre la vie et le Chaos, mais il avait remporté la dernière bataille. Il entrevoyait une victoire proche. Et puis, Alafur avait contre attaqué d'une façon qu'il n'avait pas imaginée. Elle avait contrevenu aux règles en renvoyant l'âme d'un mortel dans son corps. Désormais, cet homme n'était plus soumis à la destinée. Son fil n'appartenait plus à la Tapisserie des Mondes et sa présence dans cet univers avait modifié les plans du Chaos. Dans sa rage, il avait envoyé ses légions à l'assaut. Cette attaque prématurée était une erreur. Après quelques victoires, ses serpents avaient dû réintégrer la dimension où lui, le Chaos, régnait.

Certes, l'enjeu était différent cette fois. Certes, son triomphe total était proche. Pourtant, il ne devait pas s'enflammer. Il avait toujours privilégié une action prudente et lente. De toute façon, il serait victorieux. Il avait toujours prévalu.

Le Chaos se concentra donc sur l'un de ses pions mortels. Ce garçon avait été cruellement blessé par le destin. Il avait été facile de gangrener son esprit, d'envahir ses pensées, de le submerger d'images terribles. Sans s'en rendre compte, ce mortel était devenu son agent. Il l'utiliserait pour contrer les subterfuges de son ennemi, mais il n'était pas son seul représentant. Il possédait d'autres moyens qui lui permettraient d'investir cet univers.

Le Hatama et l'humain disparurent sans qu'Ilaryon ne bronche. Pourtant, voir un lézard gris à bord d'un vaisseau des Gardes de la Foi était incongru. Fenton lui donna une bourrade à l'épaule.

— Ilaryon, réveil !

Le jeune homme lui adressa un regard vaseux, légèrement interrogateur.

— Va chercher Jani tout de suite et dis-lui que Do Jholman est ici. Vite ! Je les suis !

Ilaryon se secoua, marmonna un vague « oui » avant de partir en courant. Derrière lui, Laker se hâtait de rattraper le groupe. Do Jholman ? Dem et Leene n'avaient cessé de mentionner ce type, comme quelqu'un qui pourrait les aider. Que faisait-il là avec un Hatama ?

— *Dépêche-toi, ils sont dangereux !* s'écria la voix dans sa tête.

Le jeune Yirian faillit trébucher tellement le cri avait été violent. Il reprit son équilibre et entra dans la salle commune. Jani était assise dans un fauteuil, les pieds sur la table basse. Elle paraissait somnoler. Pourtant, elle se redressa instantanément en entendant la porte s'ouvrir.

— Que se passe-t-il ?

— Je ne sais pas trop, Jani. Nous avons croisé des gardes qui escortaient des prisonniers ; un Hatama et un certain Do Jholman. Fenton m'a envoyé te chercher parce que ça pourrait…

— Jholman ! s'exclama Jani en bondissant sur ses pieds. Tu es sûr ?

— Ouais.

— Avec un… Hatama ?

— Ouais… Il se passe un truc.

— Oh, tu crois ? ironisa-t-elle. Viens !

Elle se précipita dans les couloirs, Ilaryon sur ses talons.

— Sais-tu où Jholman était emmené ? En cellule ?

— Fenton les a suivis, mais je dirai qu'ils allaient vers le bureau de Serdar.

— Allons voir ça !

Quelques minutes plus tard, ils retrouvèrent Laker qui patientait devant deux sentinelles. Il leur fit aussitôt de grands signes.

— Ils n'ont pas voulu me laisser approcher, leur apprit-il.

Jani apostropha les gardes qui demeuraient imperturbables, comme si ces civils encombrants n'avaient jamais été là.

— Je suppose que vous allez nous empêcher de passer, pas vrai ?

Ils ne répondirent pas, gardant ce visage impassible qui agaçait tant Ilaryon.

— Bon et bien, ils devront repasser par là. Attendons, cracha Jani.

La belle contrebandière fit un pas en arrière et s'adossa à la cloison. Ces dernières semaines, elle avait renoncé à séduire les Gardes. Ilaryon avait toujours trouvé cette façon de se comporter, telle une femme fatale, ridicule. Elle croyait faire preuve de panache, alors que ce n'était que de la bravade pathétique. Jani avait enfin compris que ces assassins étaient immunisés contre ses charmes.

Le jeune homme imita son capitaine et afficha un visage serein. Après quelques minutes, sa nervosité s'amplifia. L'irritation de l'entité dans sa tête n'arrangeait rien. La voix restait silencieuse, mais il avait l'impression d'être harcelé par des mouches vybiles, ce genre d'insecte si minuscule qu'il était difficile de le voir à l'œil nu et dont le bourdonnement aigu était insupportable. Il se mit à faire les cent pas, marchant vingt mètres dans le corridor, puis effectuant un demi-tour pour revenir. À la dixième rotation, Jani le stoppa en l'attrapant par le bras.

— Arrête ça, bordel ! Tu m'énerves ! Si tu n'es pas capable de patienter dans le calme, tu peux retourner…

Elle s'interrompit. Les deux prisonniers, entourés par plusieurs gardes, venaient de déboucher dans le couloir. Jani se plaça aussitôt sur leur chemin pour les empêcher d'aller plus loin.

— Jholman ! Qu'est-ce qui se passe ?

— Jani Qorkvin ? Euh, j'aurais plein de choses à dire, mais…

— Avance, beugla un garde.

— Ils nous emmènent en cellule, fit-il en levant les bras en signe d'impuissance.

Les Gardes noirs écartèrent Jani. Ilaryon se contenta de se coller contre le mur. La contrebandière refusait d'abandonner. Elle allait faire un scandale lorsque le lieutenant Ashtin apparut.

— Le colonel va vous recevoir, dit-il en guise de bonjour. Je vous accompagne.

Ilaryon n'attendit pas d'invitation. Il les suivit et personne ne s'interposa. Le bourdonnement dans sa tête s'amplifia, menaçant de le rendre fou.

— *Tu dois savoir ce qui se trame. Ils sont dangereux, tous les deux. Dangereux… Dangereux…*, insista la voix avec un fond de folie.

— *La ferme !* lança-t-il dans le secret de ses pensées. *Je n'arrive pas à me concentrer.*

Étrangement, le bourdonnement cessa. Il faillit presque tomber, surpris par le silence. Ils entrèrent dans le bureau du chef de la Flotte noire, qui les attendait face au hublot. Il se retourna et désigna un point devant une console.

— Capitaine Qorkvin, je vous invite à regarder ces enregistrements. Nous parlerons ensuite.

Il conclut sa phrase en plaçant ses mains dans son dos. Jani s'assit devant l'appareil, Ilaryon debout derrière elle. Elle lança la vidéo. Sur l'écran, des monstres étranges, faits de volutes sombres, se mouvaient dans l'espace. Ils étaient si gigantesques qu'il était presque impossible de concevoir une telle horreur. Ils fondirent sur des vaisseaux argentés qu'ils écrasèrent entre leurs mâchoires obscures. Ils se ruèrent sur des planètes, les ravagèrent et les réduisirent à des sphères charbonneuses.

— Le Chaos…, souffla le jeune homme.

— Exactement, répliqua Serdar. Comment le savez-vous ?

— Je le devine…

Le cœur d'Ilaryon battait la chamade, tandis qu'il dévorait des yeux ces sinistres serpents aux proportions vertigineuses.

— *Est-ce vous ?* demanda-t-il dans le secret de ses pensées.

— *Le Chaos doit détruire le monde pour qu'il puisse renaître.*

— *Mais est-ce vous ?*

— *Les serpents d'ombres sont mes légions.*

— *Comment…*

Ilaryon déglutit, l'esprit figé, glacé. Il imaginait ces monstres fondre sur Yiria et dévorer son foyer si merveilleux. Des larmes lui montèrent aux yeux.

— *Est-il possible de les vaincre ?* s'enquit-il.

— *Les mortels ne peuvent vaincre mes enfants. Le Chaos ne peut pas être endigué.*

— *Alors pourquoi avez-vous peur ?*

Il se souvenait des intonations effrayées de la voix lorsqu'il avait rencontré le Hatama et Jholman. Que craignait-elle ? Ilaryon attendit une réponse, mais son interlocuteur resta silencieux.

— Bordel ! s'écria soudain Jani.

Ilaryon comprit que son échange mental n'avait duré que quelques secondes. La contrebandière se leva lentement et fixa Serdar. Le jeune homme ne l'avait jamais vue aussi pâle.

— Qu'est-ce que c'est que ces choses ?

— Pour résumer, les Hatamas les appellent des serpents d'ombres. Ce sont des créatures mythologiques qui n'étaient pas censées exister.

— Elles m'ont l'air très… vivantes.

— J'ai effectué tous les tests possibles. Je peux garantir que cet enregistrement n'est pas truqué. Le Hatama a été témoin de cet événement. Selon lui, c'est pour cela qu'ils ont essayé de franchir la frontière. Leur flotte a vaincu la République, mais a ensuite été laminée par la coalition Tellus. Il a décidé de faire ce que ses supérieurs ont refusé : prévenir la République de la menace. Il a capturé la première capsule de sauvetage qui lui est tombée sous la main. Le hasard a voulu qu'à bord se trouvait le capitaine Jholman, un ami de Kaertan. Malheureusement, il n'a pas pu la joindre, car il est répertorié comme manquant.

— Mais pourquoi est-il ici ?

— Ils étaient sous la menace de Tellus. Ils m'ont appelé à l'aide et, après avoir vu ces images, j'ai décidé de répondre.

— Je… Je ne sais pas quoi dire, Colonel. Je… Qu'est-ce qu'il attend de vous ?

— Que j'essaye de joindre Nayla Kaertan ! Selon le Hatama, elle serait la seule à pouvoir empêcher la… la fin du monde.

— L'Aldarrök de Shoji, coassa la contrebandière. Elle avait raison. Nous… Nous sommes perdus, n'est-ce pas ?

— En effet, je ne vois pas comment vaincre ces choses et je n'ai aucun moyen de contacter Kaertan. Milar l'a peut-être déjà tuée.

— Je vois… Que comptez-vous faire ?

— Je n'en ai aucune idée.

— Formidable ! ironisa Jani. Franchement, je croyais que les Gardes de la Foi avaient toujours une réponse à tout.

Serdar eut un sourire en coin.

— C'est habituellement le cas, mais si vous avez une suggestion, je serai curieux de l'entendre.

— Je vais y penser.

— Bien, je vais faire de même, fit-il en désignant la porte d'un geste bref.

Jani et Ilaryon revinrent en silence vers leurs quartiers. Le jeune homme avait l'impression d'avancer dans un cauchemar. Il avait espéré que ce monde soit détruit. Il avait été séduit par les murmures dans sa tête qui lui promettait un avenir meilleur, construit sur les cendres de cet univers rempli de malheur. Pourtant, ce qu'il venait de voir, cet aperçu de ce qui allait s'abattre sur la galaxie le terrifiait, l'horrifiait. Son estomac se révoltait à cette idée et son esprit écartelé entre ces deux réalités pulsait d'une migraine violente. Il aurait voulu hurler. Il aurait voulu se jeter dans le vide de l'espace afin d'en finir.

Ailleurs…

Sa migraine ne la quittait pas depuis des jours, maintenant. D'une main tremblante, la vieille femme s'administra une pleine dose d'ofloxacin. Elle frissonna tandis que la drogue envahissait son organisme. L'intense douleur qui lui vrillait le crâne reflua enfin. Elle reprit son souffle. Elle prit un verre et le vida d'un trait. L'eau venait d'une source qui jaillissait sur les pentes du pic Arko de la planète Wyrdar. Elle était d'une pureté inégalée et sa fraîcheur lui fit beaucoup de bien. L'aïeule essuya le sang qui maculait son visage. L'appel du Mo'ira devenait si puissant qu'il était difficile de rester à l'écart. Elle ricana. Elle n'aurait jamais dû être capable d'y accéder. Les drogues dont elle avait été abreuvée, à l'époque, avaient détruit son don.

Et puis, une nuit, elle avait été aspirée au cœur d'Yggdrasil. Des milliers d'images avaient envahi sa psyché. Elle avait vu des guerres, des désastres, la fin de leur monde. Et puis quelque chose était arrivé. Une résonance entre tous les esprits de ses clones plus jeunes. Ce lien ne s'était pas brisé. Elle était toujours connectée à ses sœurs par l'intermédiaire du Mo'ira et ce lien la dévorait.

Citela but à nouveau sans réussir à rafraîchir sa gorge sèche et pâteuse. Elle regagna le salon central qui distribuait les appartements de ses autres clones, dans la Secundum. Une femme d'une soixantaine d'années s'y trouvait – une version plus jeune d'elle-même.

— Il faut faire quelque chose, déclara-t-elle.

— Et quoi donc ? répondit l'autre Citela.

— Je n'en sais rien, mais il faut agir. Le Mo'ira se nourrit de nous.

— Non, pas le Mo'ira, mais quelque chose d'autre.

La vieille femme se mordit la lèvre, puis lâcha ce qu'elle avait sur le cœur.

— Citela, sur Tellus Mater, doit intervenir.

— Comment ?

— Elle doit en apprendre davantage sur ce qui nous menace. Si combattre cette chose implique de s'allier avec cette Nayla Kaertan, elle doit le faire.

— Tu veux qu'elle trahisse Haram, s'insurgea sa cadette.
— S'il le faut, oui.
— Je ne suis pas d'accord ! lança une autre voix.
Une troisième Citela se tenait dans l'embrasure d'une porte. Elle posait un regard sévère sur ses deux alter ego.
— Nous devrions nous allier pour détruire cette Kaertan, au contraire. Elle est le danger qui nous menace tous.
— Tu n'en sais rien, Soixante.
— Je le devine, et toi aussi, Cinquante-Deux.
Pour faciliter la communication, les différents clones à la retraite utilisaient leur numéro pour s'identifier. Quatre Cent Cinquante-Deux venait de fêter ses quatre-vingt-seize ans. Elle avait été un clone actif, tout comme Quatre Cent Soixante.
— Ce n'est peut-être pas la solution, cette fois, dit-elle.
— Vraiment ? Je ne suis pas d'accord. Nous avons éliminé Quatre Cent Soixante et Un lorsqu'elle a été corrompue par le Mo'ira.
— Tu sais ce que j'en pense, insista Cinquante-Deux. Nous aurions dû en apprendre davantage à l'époque. J'aurais aimé savoir ce qu'elle avait vu. Cette mort futile me révulse toujours.
— On s'en moque ! gronda Cinquante-Huit. Ce n'est pas le sujet.
— Appelons les autres, décida Soixante. Ensemble, tournons-nous vers Yggdrasil pour traquer cette Kaertan et détruisons son esprit.
— Il est imprudent pour nous d'y accéder en même temps, s'insurgea Cinquante-Deux. Si le Mo'ira nous est interdit, ce n'est pas pour rien. Nous savons que cela peut provoquer des catastrophes.
— Ce sont des bêtises inventées pour brider nos pouvoirs. Je propose de mettre cela au vote.
— Je suis d'accord, déclara Cinquante-Huit.
La vieille Cinquante-Deux soupira, avant d'acquiescer d'un discret signe de tête. Son instinct lui criait que c'était une très mauvaise idée.

Les pytarlas sont capables de déchiffrer le dessin des temps. Ils peuvent trouver leur chemin sur la route de l'avenir.

Mythologie des Hatamas

Dem, toujours ligoté et bâillonné, entra dans le temple, encadré par les Guerriers Saints. Garal et Nardo marchaient devant lui. Il n'aurait jamais cru que le Porteur de Lumière se mette en danger pour lui sauver la vie. Sa résistance face à Leffher l'avait sidéré.

— Bon sang, souffla Garal. On est vraiment dans la merde, tu sais ça ? Il est trop redoutable.

— Pour les ennemis de Nayla, répliqua Nardo. La seule personne que je défends, c'est elle. Comment as-tu pu participer à cette infamie, Garal ?

— C'est Devor Milar, l'as-tu oublié ?

— Bien sûr que non ! Devor Milar était un cadeau de la Lumière.

— Franchement, Olman, tu nous saoules avec ta religion, s'énerva Garal. Bref, après la victoire, il est revenu à la vie.

— Revenu à la vie ? Qu'est-ce que c'est que cette histoire ? Il était juste blessé…

— Il était mort, Olman ! C'est une certitude. Je ne sais pas ce qui s'est passé, mais il a ressuscité. C'était un problème. Alors, Leffher a suggéré de s'en débarrasser.

— Pourquoi ?

— Selon lui, Milar serait trop encombrant.

— Bien sûr, il ne vous aurait pas laissé faire n'importe quoi.

— Il devait aussi payer pour ses crimes, poursuivit Garal. J'étais d'accord avec ça. Et puis, il était mort. Tout le monde le savait. Il ne manquerait à personne, alors autant en profiter.

— Après tout ce qu'il a fait pour nous ?

— Ouais… J'ai peut-être fait une erreur, mais à l'époque, ça m'avait semblé logique. Bref, quand tout le monde nous est tombé dessus, quand il a fallu organiser la flotte, j'me suis dit qu'on avait peut-être fait une connerie.

— Tu crois ? grogna Nardo.

— Mais Kanmen avait toujours de bons arguments.

— J'en suis certain, cracha le Porteur de Lumière avec amertume. Si Dem avait été là, il n'aurait jamais été chancelier.

— Et toi, tu n'aurais pas été grand prêtre.

— Peut-être que…

Le reste de la conversation se perdit dans la descente de l'interminable escalier. Dem grimaça. Jym Garal avait raison sur une chose. Son arrestation et son sauvetage par le Porteur de Lumière allaient déclencher une série d'événements qui mettrait Nayla en danger. Il était trop tard pour changer quoi que ce soit, alors comme toujours, il assimila cette nouvelle configuration.

En arrivant au pied de cet escalier sans fin, ils furent confrontés à l'unité qui gardait les portes de la salle du trône. L'officier responsable se porta en avant.

— Saint Porteur, qu'est-ce…

— Ouvrez ces portes, Lieutenant, ordonna Nardo d'un ton impérieux. Garal, laisse tes hommes ici.

Le commandant des Guerriers Saints se massa la nuque d'un geste fébrile, mais céda au religieux. Il désigna le mur à ses soldats.

— Obéissez, Lieutenant, confirma-t-il avec lassitude.

Dem entra, surveillé par un Garal nerveux. Nardo les précédait. Celui-ci traversa le grand hall d'un pas rapide et s'inclina devant Nayla assise sur le haut siège en sölibyum. La jeune femme ne parvenait pas à dissimuler son inquiétude.

— Qu'est-ce qui se passe ? demanda-t-elle.

Garal sursauta. Il jeta un coup d'œil à Dem, puis reporta son attention sur Nayla.

— Tu n'es pas étonnée par sa présence… Démons ! Tu savais qu'il était en vie !

Elle posa sur lui un regard froid, plein de mépris et attendit quelques secondes pour répondre, laissant une gêne pesante s'installer.

— Je l'ai découvert, oui. Je connais aussi ton implication.

Son ton était si glacial qu'il aurait pu geler le désert de Sinfin. Jym Garal baissa la tête comme un gamin pris en faute. Nayla s'appuya lentement contre le dossier, avant d'ordonner sèchement :

— Nardo, libère Dem sur-le-champ !

Le Porteur de Lumière s'exécuta aussitôt. Garal leva une main pour protester, mais il la laissa retomber mollement le long de sa cuisse, sa volonté réduite à néant. Une fois libre, Devor Milar ôta son bâillon, mais resta impassible. Il ne devait pas amoindrir l'autorité de Nayla.

Nayla avait cru que son sang allait se figer dans ses veines en voyant Dem entrer sous la garde de Garal. Que s'était-il passé ? Elle ne le savait toujours pas.

— J'ai suivi Kanmen, se justifia le commandant des Guerriers Saints.

Elle l'aurait giflé en entendant cette pauvre excuse. Elle serra les mâchoires et se pencha vers lui pour le fixer dans les yeux. Un rictus de dégoût se dessina sur sa bouche.

— Tu es responsable de tes actes, cracha-t-elle.

— Je... Je suis désolé, mais que pouvais...

— Tu devrais quitter cette pièce, Garal. Je ne te ferai plus jamais confiance. Retourne auprès de tes maîtres, auprès de ce traître de Kanmen et de Leffher, l'espion de Tellus.

— Comment ça, l'espion de Tellus ?

— Marthyn Leffher est un Decem Nobilis. Depuis le début, il travaille au retour de l'Hégémon en sapant la République. Et tu l'y as aidé.

— Qui t'a dit ce mensonge ? Lui ? contra l'homme en désignant Milar.

— Je l'ai vu dans la trame du destin. Doutes-tu aussi de mes dons ?

— Non, bien sûr que non, mais... Tellus ? J'ai de la peine à y croire. Kanmen est-il au courant ?

— Sans doute, puisque les soldats dans la cour appartiennent à Tellus, intervint Dem.

— Quoi ? s'étrangla Nayla.

— Symmon Leffher ! Il était accompagné d'une vingtaine d'hommes, en uniforme de la République, mais équipés d'exosquelettes. C'est à eux que je dois ça, précisa Milar en pointant du doigt le bleu impressionnant qui ornait son visage. Ils appartiennent à Tellus, tu peux me croire.

— Est-ce que Kanmen a autorisé ça ? questionna Nayla.

— Je ne sais pas, marmonna Garal. Je... Moi, j'en savais rien. Vous... Vous êtes sûr, Dem ?

— Que ce sont des Tellusiens ? Absolument ! Pour Kanmen, je m'en moque en fait.

— Je pense surtout qu'il est trop bête pour suspecter quoi que ce soit, cracha Nayla avec mépris.

— Comme nous tous, grommela la brute. Je n'avais rien compris. Je ne peux pas changer mes décisions, mais je peux tenter de me racheter.

— Encore une fois, siffla Nayla.

Elle était furieuse. *Pour qui me prend-il, cet idiot ?* se dit-elle. *Il peut toujours aller se faire...* Elle croisa le regard bleu glacier de Dem. Il la fixait avec intensité, comme pour lui faire passer un message. *Non... Non, tu ne peux pas me demander ça.* Elle tapota nerveusement l'accoudoir du trône du bout des doigts. Une ombre de sourire glissa sur les lèvres de Milar. *Il m'agace ! Je sais bien que j'ai besoin d'une force armée pour me défendre, mais dépendre des Guerriers Saints et de Garal, ça m'arrache les entrailles.*

Nardo ouvrit la bouche, sans doute pour souligner l'évidence. Elle le fit taire d'une main.

— Soit, Garal, faisons ça.

Son armtop vibra et, l'instant d'après, un Kanmen rouge de colère fit irruption dans la salle du trône. Milar se plaça devant Nayla, dans cette position de félin qui guette nonchalamment une proie. Le chancelier stoppa à quelques pas, les yeux exorbités. Toute une palette d'émotions passa sur ses traits, lorsqu'il reconnut le visage brûlé de Dem.

— Marthyn avait donc raison, souffla-t-il. Nardo, qu'est-ce qui t'a pris ? Et toi, Garal ?

— Ils se sont souvenus qu'ils étaient à mon service, pas au tien, répliqua Nayla.

Tout un bataillon d'injures et de menaces se bousculait dans sa gorge, prêt à franchir la barrière de ses dents. L'envie de l'attaquer, de réduire son esprit en bouillie l'envahissait. Le murmure d'Yggdrasil s'amplifiait, exigeant son dû, réclamant cette vie pour se nourrir. Nayla enfonça ses ongles dans les paumes de sa main jusqu'à ce que la douleur la ramène à la réalité.

— Nayla, il ne peut pas rester en liberté, pas maintenant, pas avec l'alliance avec Tellus.

— Oh, vraiment ? Je me moque de Tellus !

— Tu ne peux pas...

— Veux-tu que je l'élimine, Nayla ? interrogea Dem d'une voix sans émotions.

Elle ne put s'empêcher de frémir. *Il est tout de même terrifiant, quand il veut,* songea-t-elle. Et puis, elle se demanda s'il avait raison. Devait-elle se débarrasser de Kanmen ? Pour mettre qui à sa place ? Dem ? Ce serait une bonne idée, mais il était encore trop tôt pour cela.

— Ma foi, je vais y penser, répliqua-t-elle.

Kanmen blêmit et fit un pas en arrière, comme s'il avait été frappé en pleine poitrine.

— Nayla…

— Tu as condamné Dem. Tu m'as menti.

— Il était dangereux et…

— Et tu as obéi à Marthyn Leffher. Tu as vendu ton âme à Tellus, encore une fois. Et pour quoi ? Pour le pouvoir ?

— J'ai pris ma décision en conscience, Nayla, répondit le chancelier en se redressant.

— Je me pose encore la question, es-tu un traître ou un idiot ? Tu as été dupé par la coalition Tellus, tu as été trompé par Marthyn Leffher, de son vrai nom, Marthyn Dar Khaman.

— Je ne comprends pas.

— Leffher est un Decem Nobilis et le grand espion de Tellus.

— Qui t'a dit ça ? Lui ? s'insurgea le chancelier en désignant Milar.

— As-tu oublié qui je suis, Kanmen ? Leffher a sabordé la République pour l'offrir à son maître, l'Hégémon.

— Je… Je ne sais que te dire, Nayla… Je…

Il n'arrivait pas à poser son regard sur Dem qui se tenait près d'elle. La mort semblait vivre dans les prunelles bleu glacier de l'ancien colonel des gardes.

— Je devrais annuler toute alliance avec ces enflures, gronda-t-elle.

— Nayla, nous avons signé un traité. Ton mariage doit avoir lieu dans une semaine.

— Et alors ? se buta-t-elle.

— Elle a raison, intervint Nardo. Cette union est à vomir.

— C'est trop tard, s'écria Kanmen de plus en plus blême. Ils sont là, en orbite, avec leur monstre de cuirassé *Atlas*. Nous n'avons aucun vaisseau capable de nous défendre contre ça, pas ici. Il faudra deux jours au Miséricorde le plus proche et, en franchissant l'ancile, il sera une proie facile.

— Nous n'avons pas besoin de vos lumières en matière de stratégie, Giltan, siffla Milar avec dureté.

— Absolument ! confirma Nayla. Cependant, l'alliance avec Tellus est nécessaire. L'Aldarrök nous menace. Je dois rassembler la plus grande armada possible pour tenter d'affronter le Chaos.

— Nayla, murmura Dem.

Elle se tourna vers lui. Elle put lire son désarroi. Elle le partageait, mais avait-elle le choix ? Nayla savait parfaitement ce qu'il adviendrait si elle repoussait Tellus maintenant. Haram ne le supporterait pas. Et, comme il était en position de force, il passerait à l'attaque. Si Dem avait raison – il avait rarement tort – des centaines, voire des milliers de soldats tellusiens étaient déjà en poste sur cette planète. Elle avait vu ce cas de figure dans l'un des avenirs possibles. Elle avait assisté à l'assaut de la Cité sacrée par des hommes rapides et puissants, en uniforme de la République marqué de rouge. Elle n'avait pas compris qui ils étaient, à l'époque. C'était pourtant évident.

Dem, épaulé par les Guerriers Saints, pourrait peut-être les repousser, mais à quel prix ? Toute guerre amoindrissait les forces des peuples de cet univers, les laissant exsangues face à la menace démentielle qui s'annonçait. Elle n'avait pas le choix.

— J'épouserai Haram après-demain, à 20-00. Je ne veux aucune cérémonie.

— Il faut que ce soit diffusé dans toute la République, insista Kanmen avec un peu plus d'intensité.

— Tu as raison. La République doit voir qu'il se soumet à ma volonté. Que sa venue jusqu'à cette pièce soit filmée et retransmise en direct ! En direct, Kanmen. Je vérifierai.

— Oui, Nayla.

— Haram entrera par la grande porte. Il marchera jusqu'à moi entre, d'un côté, les membres de mon gouvernement et, de l'autre, les représentants de la Coalition. À deux mètres du trône, il s'agenouillera et me prêtera serment.

— Jamais il n'acceptera !

— Il s'agenouillera, répéta-t-elle avec plus de force. Une fois son serment prononcé, je lui désignerai un siège à ma droite et il s'y assiéra. Ce siège devra être beaucoup plus bas que le trône. Tu m'enverras, avant ce soir, un croquis et je validerai.

— Ce n'est pas ce qui a été établi, s'entêta Kanmen.

— Je décide ! C'est ainsi. Remettrais-tu en question mon autorité ?

Le chancelier se troubla, baissa les yeux, les releva vers Dem.

— Non, bien sûr que non.

— Nardo, tu te placeras debout devant le trône, sur la gauche. Toi, Kanmen, tu te tiendras à une dizaine de mètres. Tu seras chargé d'accueillir l'Hégémon et de me le présenter. Dem, tu seras près de moi, à droite.

— À quel titre ? s'étrangla le chancelier.

— Il est mon protecteur.

— Jamais, ils accepteront.

— Alors, ils peuvent repartir ou nous détruire et affronter seuls le Chaos.

— Je… Nayla…, soupira Kanmen l'air catastrophé.

— Ne fais pas cette tête, après tout, tu la conserves. Rappelle-toi que ce n'est que provisoire.

L'autre déglutit, puis s'inclina. La peur suintait par chaque pore de sa peau. Elle en éprouva une satisfaction intense.

— As-tu autre chose à me dire ?

— Non… Je…

— Alors, va voir tes maîtres et rapporte-leur mes paroles.

Kanmen hésita, regardant chaque personne présente. Il secoua la tête, puis se redressa.

— Tu as perdu l'esprit, affirma-t-il. C'est sa faute à…

La colère envahit Nayla d'un seul coup. Elle libéra son esprit et envoya Kanmen s'écraser à plusieurs mètres. Il se redressa péniblement, son regard affolé cherchant une sortie. Dem était déjà sur lui. Il l'attrapa par le revers de sa tenue et le remis sur ses pieds. Elle pouvait sentir la froide détermination de celui qui avait été le colonel Milar.

— Pas encore, Dem, dit-elle froidement.

Devor poussa Kanmen en avant et il faillit s'écraser sur le sol, devant Nayla. Elle le fixa dans les yeux, absolument impassible, alors que, dans sa tête, l'envie d'aspirer sa vie s'amplifiait.

— As-tu compris ? réussit-elle à demander.

Il acquiesça lentement, puis s'inclina.

— Il sera fait comme tu le désires, déclara-t-il.

— Tu peux disposer, Kanmen. Et ne me trahis pas.

— Je… Oui, Nayla.

Il fit demi-tour. Il s'écarta de Milar, puis accéléra pour sortir de la pièce. Nayla attendit que la porte se referme pour se tourner vers Dem. Celui-ci ne dit rien, mais se contenta de désigner Garal d'un léger mouvement du menton. *Il a raison*, songea-t-elle. *Je ne suis pas sûre de lui faire confiance.* Avec beaucoup de précautions, elle tendit son esprit vers le commandant. Elle ne vit que confusion, peur, indécision. Il n'était pas un allié très fiable. Il changerait d'avis au premier interlocuteur qui crierait un peu plus fort. *Je suis si inutile, si faible dans ce trou*, s'agaça-t-elle. Avec rage, elle pénétra plus profond dans la psyché de Garal. L'appel d'Yggdrasil s'amplifia, comme toutes les fois où elle avait tenté ce genre de choses. Elle ne lui prêta pas attention. Elle préféra s'accrocher à la réalité, agrippant la conscience de Jym Garal avec toute son énergie pour ne pas glisser dans le néant.

Elle sut ce qu'elle devait faire. Elle n'avait jamais réalisé une telle opération et ignorait même comment cette idée lui était venue. Elle y réfléchirait une autre fois. Nayla se dirigea au cœur de l'esprit, là où résidait la force de vie. Elle y implanta un système de défense. À l'instant où il la renierait, son cœur s'accélérerait pour provoquer une crise cardiaque. Il aurait le temps de changer d'avis ou persévérer dans son erreur. Dans ce dernier cas, il mourrait.

— Garal, installe un important cordon de sécurité dans le temple, coassa-t-elle, à bout de force. Je te préviens, si tu me trahis, tu n'y survivras pas, cette fois.

Il blêmit et jeta un coup d'œil inquiet vers Dem.

— Je ne pensais pas à lui, gronda-t-elle. Je répète, si tu me trahis, tu mourras dans l'instant. N'oublie pas que je possède quelques pouvoirs.

— Je… Je suis à toi pour toujours, marmonna-t-il d'une voix peu assurée.

— Je l'espère, pour toi.

Elle attendit qu'il soit sorti de la pièce pour s'occuper de Nardo.

— Merci beaucoup pour ton aide, lui dit-elle. Tu as été parfait.

— En effet, je vous remercie, confirma Dem.

Le Porteur de Lumière rougit et afficha un sourire ravi.

— Je devais le faire, Nayla.

— C'est très bien, mais tu es en danger, désormais. Entoure-toi d'hommes fiables et ne fais confiance à personne.

— Ils n'oseraient pas, s'étrangla-t-il.

— En politique, les gens osent tout, précisa Milar. Elle a raison. Soyez prudent.

— Que puis-je faire d'autre ?

— Rien pour le moment. Peux-tu nous laisser, Olman ? demanda Nayla avec gentillesse.

— Bien sûr. Appelle-moi si tu as besoin de quoi que ce soit.

— Merci.

Elle obéit à une impulsion et se pencha vers lui pour déposer un baiser sur la joue moite du religieux. Nardo sursauta et s'empourpra. Sans un mot, il s'inclina avant de se hâter vers la sortie. La porte se referma derrière lui. Alors, Nayla s'autorisa à affronter le regard de Dem.

— Je n'avais pas le choix, murmura-t-elle.

— Je sais. Nous ne pouvons pas nous permettre de nous écharper entre humains, mais…

— Mais ?

— Nayla, tu as besoin de te reposer sur des hommes fiables.

Elle soupira. Il avait raison.

— Tu pourrais peut-être contacter le Maquis ?

— Même si je le pouvais, ses membres ne seraient pas très utiles. Ce ne sont pas des combattants, en tout cas, pas des combattants organisés.

— On pourrait tout de même essayer.

— Nayla, je n'ai aucun moyen de les contacter. C'est toute la beauté de la chose. Chaque cellule est indépendante, complètement indépendante. De toute façon, ce n'est pas au Maquis que je pensais.

Elle fronça les sourcils. *À qui… Serdar et la Flotte noire !* se dit-elle. Elle se souvint de Lan Tarni, de Lazor et des autres. Oui, les Gardes noirs étaient dignes de confiance. Leur impassible efficacité lui manquait.

— La Flotte noire, n'est-ce pas ? Oui, je crois que tu as raison. Seulement, comment contacter Serdar ?

— Je n'ai pas les identifiants de la Flotte. Serdar les change souvent pour ne pas être repéré.

— C'est impossible, alors.

— Non, j'ai une idée, grommela-t-il, le visage fermé.

— Dis-moi ?

— Je vais utiliser ton… mariage.

Il avait buté sur le mot. Elle ressentait une nausée indescriptible à cette idée.

— Comment ?

— La cérémonie sera diffusée dans toute la République. Avec un peu de chance, Serdar y aura accès. Je vais transmettre un message en usant du langage secret des gardes.

— Ça me rappelle quelque chose, fit Nayla en fronçant les sourcils.

Il bougea rapidement les doigts avec un sourire en coin.

— Dem, tu ne peux pas…

— Fais-moi confiance, tu veux bien ?

— Toujours.

✦✦✦

Les préparatifs de la cérémonie les avaient occupés une grande partie du temps. Des rideaux avaient été installés pour dissimuler la table du conseil. Des techniciens étaient venus s'assurer que les deux vantaux monumentaux de la porte principale s'ouvriraient. Elle était enchâssée dans une arche haute de six mètres et n'avait pas été utilisée depuis la fuite de la fédération Tellus, six siècles auparavant.

À la grande surprise de Nayla, les deux battants avaient pivoté sans effort sur leur axe. Le cœur battant, elle s'avança jusqu'au seuil. Devant elle, la rampe d'accès suspendue s'élevait vers une baie vitrée aux dimensions inimaginables. Pour la première fois depuis plus de trois ans, elle put apercevoir le ciel bleu. Ses yeux s'emplirent de larmes. Elle fit quelques enjambées à l'extérieur, luttant contre la douleur horrible qui déchirait son crâne. Elle avait l'impression que des hameçons barbelés étaient incrustés dans son cerveau et en déchiquetaient la matière si fragile. Les poings fermés, la mâchoire serrée, elle continua en quasi apnée. Elle fit encore trois pas. Des bras l'enserrèrent et la ramenèrent doucement à l'intérieur. Une fois le seuil franchi, elle s'effondra à bout de force contre la poitrine de Dem. C'est lui qui était venu la chercher.

— Merci, souffla-t-elle.

Il lui caressa la joue avec tendresse.

— Je n'imaginais pas que c'était à ce point, murmura-t-il. J'ai ressenti ta douleur.

— Oui… Oh, Dem… Le ciel ! Regarde ce ciel ! Il faut que je sorte d'ici. Il faut que je trouve une solution.

— Pas si cela te met en danger. Viens te reposer. Ils doivent refermer les portes.

— Non ! Je veux continuer à admirer ce ciel. De toute façon, les vantaux doivent être ouverts pour l'arrivée de Tellus. Laissons-les jusqu'à demain, implora-t-elle.

— Bien sûr. Ne bouge pas, je m'en occupe.

Elle oscilla un peu lorsqu'il la relâcha, mais réussit à demeurer debout. Dem parla aux techniciens. Ils quittèrent les lieux en passant par l'escalier, n'osant pas emprunter la voie suspendue. Il attendit qu'ils aient disparu pour revenir vers elle.

— Que veux-tu ? s'enquit-il.

— Je… Je veux rester ici. Et… Et j'ai des choses à te dire. Pendant ton absence, j'ai étudié le livre de Shoji. Ce que j'y ai lu est… terrible.

Ailleurs…

Shoji avait assisté à tout cela depuis les appartements de la Sainte Flamme. Dès que les techniciens avaient quitté les lieux, elle s'était empressée de rejoindre Nayla et Dem devant cette porte monumentale. Elle s'arrêta sur le seuil pour admirer la vue et comprit l'émotion de celle qui résidait ici depuis trois années. C'était magnifique ! Cela devait être encore plus beau de près, mais elle ne pouvait pas infliger une telle chose à Nayla.

Dem posa un troisième fauteuil près de l'entrée et le lui offrit d'un geste gracieux. Après le départ de Nardo, il avait revêtu un uniforme de la République, fourni par le Saint Porteur. Elle le trouvait différent, plus sûr de lui, plus présent, plus impérieux. Il s'installa face à Nayla et joignit ses doigts devant son visage pour mieux l'écouter. Elle lui raconta ce qu'elle avait lu d'une voix qui prit de l'ampleur au fur et à mesure du récit.

Elle se tut enfin. Milar recula son siège pour mieux regarder Nayla. Il se frotta songeusement le menton avant d'énoncer avec prudence.

— Je ne sais pas quoi en penser. Cela semble… fou.

— Je sais, dit Nayla. Sans ces visions, je n'y aurais pas cru non plus.

— Ce livre ne devrait pas exister, c'est cela ?

— Oui, mais il existe.

— Comment l'expliques-tu ? Et vous, Shoji ?

L'apprentie dépositaire sursauta, surprise qu'il s'adresse à elle. Elle s'éclaircit la gorge avant de répondre.

— Je ne l'explique pas.

— Je… Je ne sais pas, finit par dire Nayla.

Dem se pencha vers elle pour la fixer avec plus d'attention.

— Tu en es sûre ?

Shoji avait ressenti le même doute. Elle se demanda ce qu'allait rétorquer Nayla. Cette dernière se mordit les lèvres, puis souffla d'un ton contenu :

— Je pense qu'il s'agit d'une mystification.

— C'est-à-dire ? Tu penses que ce livre est un faux ?

— Non, ce n'est pas ce que j'ai dit. Je pense que c'est comme pour toi, Dem. Tu étais mort, mais Nako t'a ramené. Il a triché avec le destin. Il a changé les règles du jeu. Je suspecte que ce livre est, lui aussi, un tour de passe-passe.

— De quelle façon ?

— Ce livre existe, mais pas dans notre itération du temps.

— Tu veux dire qu'il vient d'une autre possibilité. Que dans un autre… univers, ce Rama a découvert les Hatamas bien plus tôt ?

— Oui !

— Comment ce livre se retrouve ici, entre nos mains ?

— Parce que Nako, ou Alafur, a… truqué les dés. Ce livre a été placé sur la route de Shoji, tout comme…

— Tout comme le destin a tout fait pour qu'elle croise mon chemin.

— C'est exactement ça ! s'exclama-t-elle.

— Très bien, je n'appréhende pas la façon dont cela a pu arriver, mais cette explication me semble logique.

— Qu'est-ce que ça veut dire ? demanda Shoji qui ne comprenait pas davantage.

— Je l'ignore… Que nous avons vraiment un allié… Du moins, je l'espère.

— Dans ce cas, nous pouvons l'emporter ! affirma Dem.

— J'adore ton optimisme, grogna Nayla.

— Tu sais que l'échec n'est pas une option. Ne te moque pas. C'est inscrit dans ma chair. Pour moi, la victoire est toujours possible, même lorsque la défaite semble inéluctable. Ainsi sont faits les Gardes. Et c'est encore plus vrai pour les archanges.

— Je sais, mais…

— Nako était un archange, continua-t-il. Alors, c'est peut-être idiot, mais cette entité porte son nom et son apparence. Alors est-il envisageable que…

Il s'interrompit, n'osant pas poursuivre. Shoji se demandait ce qu'il voulait dire.

— Tu penses que, d'une certaine façon, Nako est… Nako.

— Ouais, c'est stupide, je sais.

— C'est… C'est une possibilité, déclara enfin Nayla d'un ton songeur.

— Il faut aller sur ce monde hatama, lança Dem avec force.

— Bien évidemment, mais comment ?

— Ce n'est pas insurmontable, mais cela m'obligerait à t'abandonner. Vu les dernières évolutions, ce n'est pas envisageable.

— Je peux y aller, moi, proposa Shoji sans même réfléchir.

— Ne soyez pas idiote ! s'exclama Milar.

Elle se sentit rougir jusqu'aux cheveux. Elle se rapetissa dans son fauteuil, des larmes dans les yeux. Dem resta songeur quelques instants, puis caressa sa nuque d'une main nerveuse.

— Nous n'avons pas le choix. Nous devons attendre la cérémonie. Je passerai mon message et, ensuite, nous patienterons.

— Pourquoi ? s'écria Nayla. Nous avons besoin de Serdar ici, pas au fin fond du territoire hatama. Sans parler du fait que je ne lui ferais jamais assez confiance pour mener une opération aussi importante.

— Nous avons des amis à son bord, commença-t-il avec prudence.

— Jani ! cracha Nayla avec dégoût.

— Son vaisseau possède un camouflage. Il peut passer inaperçu. C'est une possibilité, conclut-il avec douceur, comme pour calmer la dispute qui se profilait.

— Oui… Tu as raison, admit Nayla. Nous verrons.

Elle baissa la tête et se cacha le visage dans les mains, comme si le poids de cet avenir était trop lourd à porter. Elle poussa un long soupir, puis se redressa. Il était temps de grandir un peu.

— En attendant, il faut nous préparer pour cette foutue cérémonie, cracha-t-elle.

Les Gardes de la Foi sont au service de Dieu.
Sans lui, ils n'ont plus de raison d'être.

Code des Gardes de la Foi

Le véhicule entra par une large porte au dernier niveau d'une haute tour octogonale. Leene n'aurait pas imaginé qu'un tel bâtiment puisse abriter le repaire d'un magnat de la pègre locale. Il s'arrêta dans un parking rempli de citos et autres engins. Elle repéra même un skarabe. Deux hommes attendaient avec un brancard suspendu. Yartik ouvrit la portière. Il eut une grimace contrite qui inquiéta le médecin, puis il souleva Mylera, toujours inconsciente. Il la déposa avec précaution sur la civière. Sans attendre l'autorisation de Piotr, Leene descendit du véhicule. Le malfrat la rattrapa en jurant. Il lui serra le biceps entre ses doigts couverts de tatouages.

— Doucement ! Tu ne vas pas faire ce que tu veux, ici. En tout cas, pas avant un moment.

— Je l'accompagne, répliqua le médecin d'un ton rogue.

Il leva un sourcil étonné, puis éclata de rire.

— T'as des nerfs, toi ! Mon père va t'adorer. Tu pourrais même être son genre.

— Il ne sera pas le mien !

Piotr pouffa à nouveau, avant de prendre Yartik à témoin.

— C'est une sacrée bonne femme, celle-là ! Bon, viens avec moi, toubib. De toute façon, on va au même endroit.

Tout le monde s'engouffra dans un large ascenseur. Arey restait à l'écart, tentant par tous les moyens de ne pas se faire remarquer. Leene ne pouvait que s'en féliciter. Il y avait peu de chances pour que ces truands apprécient la présence d'un inquisiteur. Les portes s'ouvrirent quelques instants plus tard sur un hall aseptisé. Piotr désigna les lieux d'un geste fier.

— Notre hôpital ! Ta copine va être conduite dans une chambre. Des infirmiers vont la monitorer, t'inquiète. Pour le moment, il faut que tu t'occupes d'Ilya. Viens, il est par là.

Leene hésita, suivant du regard le brancard portant Mylera.

— Mon père t'attend, toubib.

— Je viens.

— Bien ! Yartik, conduis les autres dans la salle d'attente.

— Que va-t-il leur arriver ?

— Rien…

Le médecin comprit tout de suite ce qu'il voulait dire. Si elle ne parvenait pas à sauver cet Ilya, aucun d'eux ne survivrait. Elle entra dans une vaste pièce vivement éclairée. Sur la table d'opération, un blessé inconscient était allongé.

— Il faut faire vite, gronda un individu à la voix sèche qu'elle n'avait pas encore vu.

Il ne ressemblait pas à ce qu'elle s'attendait. Elle avait imaginé un homme imposant, mais celui qui la détaillait d'un regard de serpent était grand et maigre. Son visage blême, marqué de cicatrices, était si émacié qu'il évoquait le crâne d'un squelette recouvert de peau. Sa joue était décorée du même scorpion que Piotr. Une balafre étirait sa lèvre supérieure, découvrant une partie de ses dents. Cette grimace involontaire créait l'impression qu'il grognait comme un molosse enragé. Elle lui donna une soixantaine d'années.

— Je ferai ce que je peux, répondit Leene.

Sans plus s'occuper de lui, elle s'approcha de son patient. Un infirmier la salua. Ses yeux cernés prouvaient qu'il avait peu dormi, ces derniers jours.

— Leene Plaumec, se présenta-t-elle.

— Jacek.

— Montrez-moi son dossier, ordonna-t-elle en désignant une console.

Elle prit rapidement connaissance des blessures du jeune homme. La rate était touchée, ainsi qu'un rein. Il avait perdu énormément de sang, mais il avait été maintenu en vie par une perfusion intensive. Elle s'approcha du patient, un garçon de dix-huit ans, châtain clair, plutôt mignon. Son instinct de médecin reprit le dessus. Elle oublia les malfrats, la menace et, même, Mylera. Elle se focalisa sur le mourant étendu devant elle.

— Il va falloir opérer, fit-elle d'une voix déterminée. J'ai besoin d'une tenue stérilisée.

— Bien, Docteur.

✦✦✦

L'opération avait duré plus de trois heures. Leene recousit son patient, puis recouvrit la plaie d'un pansement antiseptique qui favoriserait la cicatrisation. Elle laissa échapper sa respiration, puis ôta ses gants qu'elle fit tomber dans un compacteur de déchets. Elle se tourna vers Petrovich père, qui n'avait pas bougé, debout de l'autre côté de la paroi de verre. Il était temps de l'affronter.

Leene ouvrit la porte et se planta devant le gangster.

— Alors ? demanda-t-il.

— Votre fils devrait s'en sortir.

— Devrait ?

— Il y a toujours un doute raisonnable dans ce genre de situation.

— Je n'accepterai pas qu'il…

— Vous l'avez déjà dit, s'agaça Leene.

Elle était épuisée et excédée. Cette crapule ne l'impressionnait pas.

— Vous avez un certain courage pour oser me parler de cette façon, lança-t-il d'un ton glacial.

— Vous êtes sans doute habitué à des gens qui rampent devant vous, monsieur Petrovich. Ce ne sera pas mon cas. J'ai tenu tête à des individus bien plus dangereux que vous.

Son regard de serpent ne cillait pas, mais elle ne baissa pas les yeux. Elle s'était opposée au colonel Devor Milar, ce n'était pas cette caricature de chef mafieux qui allait lui faire peur.

— Appelez-moi Artyom, dit-il enfin. Vous avez sans doute besoin de vous rafraîchir et de vous reposer.

— Merci, marmonna-t-elle, un peu surprise. J'ai surtout besoin de m'occuper de mon amie.

— Vous n'êtes pas en état.

— Elle…

— Dans combien de temps Ilya pourra-t-il être déplacé ?

— Trois heures.

— Alors, vous avez trois heures pour vous reposer, déclara-t-il d'un ton sans ambages.

Elle voulut protester, mais en toute honnêteté, elle devait admettre qu'il n'avait pas tort.

— Si je peux manger quelque chose, ce ne serait pas de refus.

— Décidément, vous me plaisez, sourit Artyom Petrovich. Piotr, conduis-la dans sa chambre et donne-lui tout ce qu'elle veut.

— Oui, Père.

Elle suivit le jeune homme jusqu'à une chambre qu'il ouvrit. Il s'effaça pour lui laisser le passage, mais la retint quand elle le dépassa.

— Ilya ?

— Je suis confiante, soupira-t-elle.

— Ouais… Mon père t'a visiblement à la bonne, mais fais attention. Il n'est pas connu pour son sens de l'humour.

— Je ne suis pas connue pour mon manque de caractère. Je veux un repas simple et facile à manger. Si je peux aussi avoir des fruits, ce serait parfait. Avec de l'eau et un grand café d'Eritum.

— Je ne suis pas ton valet !

— Dois-je vous rappeler les paroles de votre père ?

— C'est bon, grogna Piotr. Rien d'autre ?

— Des vêtements propres. Quelque chose de fonctionnel. Et si vous m'apportez une robe, je vous étrangle avec.

Il partit d'un grand rire, avant de fermer la porte. Leene se laissa tomber sur un fauteuil. Elle ne sentait plus ses jambes. Elle prit conscience de ses habits déformés par la pluie, de ses cheveux collants, de son allure de mendiante.

Piotr revint moins d'un quart d'heure plus tard, avec un plateau qu'il posa devant elle sur la table. Des petits triangles d'une sorte de crêpe pliée débordaient d'une grande assiette et un gros bol était rempli de fruits coupés. Il y avait aussi un pichet isotherme fermé.

— Ce sont des tchoudous, expliqua Piotr. Des petits pains plats garnis de légumes, de viande ou de fromage. Je t'ai mis un assortiment. Et je n'ai pas oublié le café.

— Merci, souffla-t-elle.

— Dans le sac, là, il y a de quoi t'habiller. Ça devrait être à ta taille, j'ai l'œil.

— Merci, répéta Leene, trop fatiguée pour parler.

Piotr le comprit, parce qu'il s'inclina avant de sortir. Elle attrapa l'un des tchoudous et mordit le triangle moelleux. C'était délicieux. Elle dévora toute l'assiette, avant de se lécher les doigts. Elle était rassasiée, mais ne put résister à la salade de fruits frais. Elle la dégusta avec plaisir, car le choix était cohérent. Chaque fruit s'accordait à la perfection avec les autres. Elle but le jus sucré, avec un sourire gourmand. Enfin, elle acheva son repas avec la tasse de café. Elle reposa son mug, puis se leva à regret. Elle n'avait qu'une envie : se laisser tomber sur le lit et dormir une semaine. À place, elle se déshabilla et se doucha. L'eau chaude lui fit du bien. Elle se sécha vigoureusement, puis regarda ce que lui avait apporté Piotr. Elle trouva un pantalon gris en virch'n et un tee-shirt blanc. Elle passa les deux avec le plaisir d'être habillé de vêtements propres. Le sac contenait également un pull léger, en laine de mouflon d'Erhial, connue pour ses qualités hydrofuges. Elle laissa le pull sur le dossier du fauteuil avant de se coucher. L'instant d'après, elle s'endormit.

✦✦✦

Leene se réveilla en sursaut, le cœur battant. Elle avait l'impression d'avoir dormi pendant des jours.

— Mylera ! s'exclama-t-elle, dévastée par la culpabilité.

Elle vérifia l'heure et fut rassurée. Il s'était écoulé un peu plus de quatre heures depuis la fin de l'opération. Elle chaussa ses bottes basses et enfila son pull. Elle fit irruption dans le couloir. Piotr somnolait sur un siège en face de la porte. Il se réveilla en sursaut.

— Doc !

— Votre frère ?

— Il va bien, je crois. Mon père voulait attendre votre retour avant de le déplacer.

— C'est judicieux. Allons-y.

Artyom Petrovich ne semblait pas avoir bougé. Leene remarqua la fatigue et l'inquiétude qui creusaient ses traits.

— Vous auriez dû me faire réveiller, lui dit-elle.

— Non, vous avez mérité de vous reposer.

Il ne lui ordonna pas de vérifier l'état de santé d'Ilya. Elle lui en fut reconnaissante.

— Je vais ausculter votre fils, mais si votre infirmier ne m'a pas alertée, je suis confiante, le rassura-t-elle.

L'homme qui régnait sur un empire du crime, qui était craint par des milliers de personnes, ne trouva pas la force de répondre. Il se contenta de désigner la porte de la main. Leene rejoignit l'infirmier. Il lui sourit dès qu'elle s'approcha.

— Il va bien, Docteur, s'exclama-t-il aussitôt. Enfin, je vous laisse vérifier, mais…

Elle contrôla les constantes du jeune homme qui étaient toutes revenues à la normale. Elle retint un soupir de soulagement.

— Nous allons pouvoir le déplacer. Est-ce que cet hôpital dispose d'une chambre monitorée ?

— De plusieurs, Docteur.

— Formidable ! Je vous laisse gérer le transfert de ce patient. Euh, Jacek, vous me paraissez épuisé, mais j'aurais besoin d'un infirmier pour traiter la femme qui m'accompagnait. Ses soins faisaient partie du deal avec Petrovich.

— Je vous enverrai quelqu'un, Docteur. Monsieur Petrovich a souhaité que je reste auprès d'Ilya. Je ne pourrais pas le quitter avant qu'il soit debout ou, du moins, conscient.

— Merci, Jacek.

Elle revint vers Artyom d'un pas déterminé.

— Votre fils va bien. Je le fais déplacer dans une chambre où il pourra se reposer. Il devrait ouvrir les yeux dans quelques heures.

— J'aimerais être rassuré. Réveillez-le !

— Certainement pas ! Laissons faire son corps.

Il tiqua, levant un sourcil surpris. *Il va falloir t'y faire, mon bonhomme*, songea Leene. *Je ne suis pas de celles qui disent oui à tout. Et je vais te mettre face à tes promesses.*

— Maintenant, je veux m'occuper de Mylera, exigea-t-elle.

Les yeux du malfrat se rétrécirent et pendant un temps qui lui parut interminable, Leene fut persuadée qu'il allait refuser.

— Vous êtes une drôle de femme, savez-vous ? J'ai perdu l'habitude de m'adresser à quelqu'un qui me parle franchement, sans trembler de peur.

— Je ne suis pas obligée de trembler, répliqua-t-elle.

Il laissa échapper un petit rire.

— Très bien, vous avez gagné. Piotr, fais transporter son amie dans la salle d'opération et accorde à cette femme tout ce qu'elle veut. Docteur, vous me trouverez auprès de mon fils. Nous n'en avons pas fini, vous et moi.

— Nous verrons, lorsque Mylera sera hors de danger.

Artyom Petrovich éluda la réponse d'un geste agacé, puis disparut dans un couloir. Piotr, qui venait de donner des ordres, se tourna vers elle.

— Doc, tu prends des risques. Mon père ne va pas supporter longtemps ton comportement.

— Tant mieux ! Comme ça, il nous laissera partir.

— N'en sois pas sûre.

Leene ne l'écoutait déjà plus. Mylera venait d'être conduite dans la salle d'opération. Elle s'y précipita. Une petite femme rousse l'y attendait, équipée d'une tenue stérile.

— Je suis votre infirmière, Docteur. Marina. Je suis restée à son chevet depuis son arrivée.

— Merci. Comment va-t-elle ?

— Son état est inchangé, Docteur. Votre ami, Uve Arey, m'a expliqué ce qui s'était passé. Je l'ai mise sous perfusion.

— Bien ! Voyons un peu ce que disent les scanners, dit-elle en activant la fonction panneau de consultation de la table où Mylera était allongée.

Elle étudia longuement les informations qui venaient de s'afficher et grimaça. Comme elle le suspectait, l'impulsion d'énergie qui avait servi à griller l'implant avait court-circuité le cerveau de son amie.

— Il faut d'abord retirer cette chose, grommela-t-elle en tentant de dissimuler son inquiétude. Ensuite… Ensuite, nous verrons.

Ailleurs…

Citela Dar Valara avait refusé, tempêté, supplié, imploré, en vain. Haram Ar Tellus avait exigé qu'elle participe à cette maudite noce. En cette fin d'après-midi, elle avait revêtu sa robe de cérémonie, en siala rose. Cette étoffe à la fois fluide et d'une belle tenue était parfaite pour l'occasion. Elle tombait à la perfection sur son corps, sans perdre sa forme hélicoïdale. Sa migraine venait juste de s'amplifier, l'obligeant à s'asseoir la tête entre les mains. Elle appliqua ses paumes contre ses tempes, pour tenter de la contenir. Cette céphalée insistante ne la quittait plus depuis des jours. Elle arrivait parfois à la tenir à distance, à force de drogues, mais elle n'était qu'endormie. Elle revenait toujours pulser contre son crâne. Citela ne supportait plus le moindre bruit, ni aucune lumière. Le Mo'ira l'appelait en permanence, lui susurrant des promesses d'apaisement qu'elle savait fausses.

Elle ne parvenait pas à chasser les miasmes de son dernier rêve. Elle avait fui la réalité dans le sommeil, mais cette sieste avait été une mauvaise idée. Des fantômes d'elle-même étaient venus l'agresser, avaient exigé qu'elle tue Nayla Kaertan, insistant encore et encore, cajolant et menaçant. Elle s'était réveillée en sueur avec une migraine qui pulsait terriblement. La dose qu'elle s'était injectée avait à peine rendu ce mal de crâne supportable.

La sonnerie de sa porte lui vrilla le cerveau. Elle faillit gémir de douleur. À regret, elle autorisa l'ouverture. Avila Dar Niyali entra. La grande diplomate ne lui avait pas vraiment pardonné son malaise, lors de leur visite à Nayla Kaertan. Son visage pincé exprima son mépris en la trouvant avachie sur un fauteuil.

— Citela, nous t'attendons.

— Je… Je ne vais pas venir, Avila.

— Je te demande pardon ? s'offusqua la femme.

— J'ai une migraine horrible. Si je bouge, j'ai peur de vomir sur les chaussures de quelqu'un.

Une grimace de dégoût sur les lèvres, la diplomate s'approcha du bureau où Citela avait abandonné son injecteur ainsi que plusieurs doses d'ofloxacin. Elle emplit l'appareil et injecta une importante dose de produit dans le bras de sa consœur Decem Nobilis, sans lui demander son avis. Citela sentit aussitôt la drogue se répandre dans ses veines, faisant battre son cœur trop vite. Un vertige s'empara d'elle et un voile de sueur glacé couvrit sa peau. Elle prit le verre d'eau que lui présenta Avila et le but avec l'avidité d'un assoiffé en plein désert.

— Ça va mieux ? demanda la Decem d'un ton sec.

Citela devait admettre que la migraine avait reflué, sans être éradiquée. La douleur était toujours tapie au fond de son être, attendant que la drogue ne fasse plus effet.

— Oui.

— Alors, viens !

Avec difficulté, Citela se leva. L'autre avait déjà tourné les talons et l'attendait dans l'embrasure de sa porte. Elle ferma brièvement les yeux et, après un soupir imperceptible, elle la rejoignit.

Citela Dar Valara n'avait pas ouvert la bouche pendant le vol de la navette qui les emmenait vers le sol. Elle n'était pas la seule à se montrer taciturne. La plupart des Decem Nobilis étaient renfrognés, le regard lointain. Ils avaient tous rêvé de revenir au pouvoir en conquérants, alors cette situation de mendiants les ulcérait. Ils se posèrent dans la cour intérieure, par dérogation spéciale, et entrèrent dans le temple par l'accès principal. Toutes les grandes portes avaient été ouvertes pour eux.

Elle éprouva une émotion particulière en empruntant la voie royale, suspendue dans les airs, inutilisée depuis leur défaite des siècles plus tôt. En approchant de l'arche haute de six mètres, elle ralentit. Elle ne voulait pas affronter cette déchirure vers Yggdrasil encore une fois. Avec un important effort de volonté, Citela reprit son chemin et pénétra dans l'immense salle du trône. Comme dans un rêve, elle s'arrêta à côté de Garvan. Elle esquissa un coup d'œil vers le trône et ce qui le surplombait. Aussitôt, elle se sentit aspirée par la puissance d'Yggdrasil. Elle résista, lutta pour ne pas s'y perdre. Un concert de voix l'agressa :

— *Tue-la ! Détruis-la ! Elle menace l'univers ! Elle le détruira ! Toi seule peux faire quelque chose ! Élimine-la ! Sacrifie-toi ! Il faut la tuer !*

Citela eut un hoquet douloureux qui lui attira le regard furieux du grand ministre. Avila lui donna un discret coup de coude dans les côtes. *Je te l'avais bien dit !* songea-t-elle avec colère. Citela fit appel à toute son expérience pour couper le lien avec le Mo'ira. Elle faillit chanceler en se libérant. Elle se ressaisit et se maîtrisa. Elle ne pouvait pas se permettre de s'évanouir. Elle s'astreignit à fixer le sol pour détailler les dessins dans le galatre. Concentrée sur cela, et uniquement sur cela, elle espéra pouvoir résister au Mo'ira jusqu'à la fin de la cérémonie.

Le temps passait, mais Nayla Kaertan ne se montrait pas. Elle était en retard. Citela pouvait ressentir l'inquiétude et la frustration de Garvan, à côté d'elle. Elle releva discrètement les yeux et croisa le regard de Marthyn, dans les rangs de la République. Elle vit une lueur mauvaise s'allumer dans ses prunelles. Le silence se fit. La cérémonie pouvait enfin commencer.

Après une interminable réflexion, Nayla s'était décidée pour une robe longue en épais velours, aux couleurs de la rébellion. Certes, le kaki était un choix étrange pour un mariage, mais elle refusait de porter du rouge, comme la tradition l'imposait à l'époque de l'Imperium, ou le blanc à l'honneur pendant les millénaires de règne de la fédération Tellus. Elle aurait pu privilégier le mauve, la couleur des mariées d'Olima, mais cela aurait validé, à ses yeux, son union avec Haram.

Elle se tourna vers Dem, le cœur battant. Il avait revêtu un uniforme de général de la République, agrémenté d'une armure de combat allégé. Il avait coupé ses cheveux et rasé sa barbe naissante. Malgré ses cicatrices, il était beau. *Si seulement c'était lui*, songea-t-elle avec un grand regret. Il dut le deviner, car il lui adressa un sourire triste.

— Tu es splendide, souffla-t-il.

— Je me fais l'effet d'être un cadeau emballé dans trop de papier.

— Je… Je n'ai pas les mots, Nayla.

— Ne t'inquiète pas. Ma vie ne m'appartient plus depuis… depuis longtemps.

Elle avait failli dire « depuis la destruction d'Alima », mais elle ne voulait pas le blesser.

— La mienne ne m'a jamais appartenu, répondit-il d'un ton amer. Allons, faisons ce qui doit être fait ! Les invités sont tous arrivés.

— Je préférerais affronter une horde de gartons, grogna-t-elle.

— Ces idiots ne doivent pas t'effrayer.

— Je t'aime, lâcha-t-elle sans réfléchir.

Il se figea, surpris. Elle vint vers lui et plongea son regard dans les yeux bleus de Dem. Elle vit de l'émotion briller dans ses pupilles et, l'instant d'après, leurs lèvres s'unissaient. Ils s'embrassèrent d'abord tendrement, puis leur baiser s'intensifia. Elle se perdit dans l'instant et son désespoir s'estompa dans les limbes. Il lui avait manqué et, depuis son retour, une ombre terrible pesait sur eux. Ils s'étaient tous les deux comportés comme s'ils avaient oublié leur intimité et leur amour. Elle n'avait pas osé briser ce mur qui s'était dressé entre eux. Tout cela venait de disparaître. Ils étaient enfin réunis.

Ils s'écartèrent à regret. Il la fixait avec une telle force qu'elle frissonna. Elle craignait de parler, par peur de détruire cette bulle qui les entourait.

— Tu es ma vie, avoua-t-il après un instant.

— Dem…

— Il n'y a rien à dire, rien. Nous sommes pris dans un engrenage plus puissant que nous.

— Je sais, chuchota-t-elle. Je sais.

Il déposa un baiser tendre sur ses lèvres, puis lui présenta son bras.

— Nous y allons ?

Elle fit un oui timide de la tête, puis se redressa. Il écarta les rideaux et, ensemble, ils marchèrent vers le fauteuil en sölibyum. Elle avançait fièrement, le menton levé, les yeux secs. Aussitôt, le murmure d'Yggdrasil s'amplifia, l'appelant, lui promettant de l'aide. Elle ferma son esprit, peu disposée à écouter les chimères du néant.

Une foule, incongrue dans cette pièce toujours déserte, formait un couloir entre la haute porte et le trône. D'un côté se tenait son gouvernement, des officiers, des messagers et des Guerriers Saints. Elle n'y vit aucun ami. Ils étaient tous morts ou partis. Face à eux, les Tellusiens brillaient dans leurs riches tenues. Au premier rang, les Decem Nobilis arboraient un air pincé. Ils ne cachaient pas leur mépris pour ceux qui osaient occuper leur palais. Ils étaient accompagnés par quelques nobles et quelques officiers. Nayla avait interdit qu'ils puissent bénéficier d'une escorte militaire. Aux côtés du grand ministre se trouvait Citela Dar Valara. Elle était vêtue d'une robe moulante, qui s'évasait à hauteur des chevilles. Le tissu irisé, d'un rose délicat, soulignait sa silhouette. Elle était tout simplement magnifique. *Maman…*, songea Nayla refoulant ses larmes. *Non, ce n'est pas ma mère, seulement son clone. Et celui-ci est maléfique.* La femme qui n'était pas sa mère n'avait pourtant pas l'air dangereuse. Elle était livide et gardait son regard résolument vers le sol.

Il manquait Marthyn Dar Khaman, bien évidemment, puisqu'il était sur les rangs de la République. Plus étrange, Darlan Dar Merador n'était pas présent. Sans doute, le grand général n'avait pas fini de traquer les Hatamas quelque part sur la frontière. Au milieu de ce couloir se tenait un Kanmen Giltan nerveux. Elle n'eut aucun geste d'apaisement pour lui. *Qu'il transpire, ce traître !* se dit-elle.

Nayla salua Nardo qui l'attendait près du trône. Il lui répondit d'un sourire désolé. Dem l'aida à monter sur la plateforme où se dressait le siège en sölibyum. Elle fit face à la foule, détailla chaque personne avec le plus de fierté possible. Tous la regardaient. Tous, sauf Citela. Nayla devinait de la gêne sur la plupart des visages, de la tristesse parfois, du mépris, voire de la malveillance, du côté tellusien. Elle ne pouvait se méprendre sur la haine qui transparaissait sur les traits de Marthyn. Sa rage ne lui était pas adressée. Il fixait Milar avec une hostilité brûlante. *Eh oui, il est en vie, sale cafard*, se dit-elle. Elle allait s'asseoir lorsqu'un murmure courut dans les rangs de la République. Elle s'en étonna, puis compris que certains d'entre eux venaient de reconnaître Dem. Elle se tourna vers lui pour puiser du courage dans son regard.

— Tout ira bien, chuchota-t-il.

Oui, il faudra bien. En tout cas, je ne dois pas faire preuve de faiblesse, songea-t-elle. Avec beaucoup de majesté, elle s'assit sur le trône, le dos droit, les mains posées sur les genoux. Elle vit Kanmen soupirer, puis taper discrètement une commande sur son armtop.

Les minutes passèrent, interminables. Elle se força à l'immobilité. Un bruit de pas se fit entendre et un homme franchit le seuil de la porte monumentale. Il était vêtu d'une tenue dorée, qui écrasait tout le monde par sa magnificence. Haram Ar Tellus remonta l'allée des courtisans sans ralentir. Il était superbe. Il affichait la morgue de celui qui ne devrait pas se commettre dans une telle parodie de cérémonie. *Ça tombe bien, mon bonhomme. Je n'en ai pas plus envie que toi*, se dit Nayla.

L'Hégémon s'arrêta à hauteur de Kanmen qui s'inclina profondément. Le chancelier se redressa puis désigna le trône de la main.

— Nayla Kaertan, l'Espoir de la rébellion, la dirigeante de la République, la Sainte Flamme qui éclaire le monde, notre protectrice qui décrypte les arcanes du temps, je te présente ton époux, Haram Ar Tellus, descendant de l'Hégémon de la fédération Tellus et actuel dirigeant de la Coalition. Que votre union soit le début d'une ère de prospérité pour l'humanité !

— Qu'il approche ! réussit à dire Nayla d'une voix qui ne trembla pas.

L'homme s'avança, mais Nardo s'interposa.

— Haram Ar Tellus, tu dois prêter serment à Nayla Kaertan.

Elle vit les mâchoires de son ennemi se contracter sous l'outrage. Un temps, elle crut qu'il allait se retourner pour chercher conseil parmi les siens. Il n'en fit rien. Il lui adressa un regard brûlant de colère, puis son intérêt glissa vers Dem. À nouveau, il la détailla, puis, lentement, très lentement, il posa un genou au sol.

— Je te serai fidèle, Nayla Kaertan. Je serai un époux dévoué. Tu pourras compter sur mon bras pour te soutenir dans les épreuves.

— Je prends note de ton serment, Haram Ar Tellus, et je t'accepte comme mon époux. Relève-toi et assieds-toi à mes côtés.

Elle désignait le petit banc d'obsireaar – une pierre noire, veinée de rouge – installé au pied de l'estrade dominée par le trône. Haram se redressa et blême d'humiliation, il s'assit sur le siège qui lui était réservé. Ainsi, c'était fait. Elle était mariée. Ce n'était certes pas une véritable union, mais elle se sentait souillée. Elle entendit à peine les applaudissements qui résonnèrent sous la voûte de l'immense salle.

Ailleurs…

Le colonel Xaen Serdar se cala dans son fauteuil avec le sentiment étrange de ne plus maîtriser sa vie. Depuis qu'il menait la Flotte noire, il avait affecté quelques hommes à la surveillance des communications de la République. La veille, l'officier responsable l'avait informé qu'un événement important serait retransmis sur tous les mondes humains depuis la capitale. Allait-on annoncer la mort de Nayla Kaertan ou, au contraire, la capture du chef du Maquis ?

L'image fixe se focalisait sur la façade de l'édifice majestueux qui dominait la Cité sacrée, puis la caméra entra par la voie principale, celle qu'il avait toujours connue fermée. Il savait que la République avait conservé cette habitude. Le journaliste descendit vers les profondeurs du temple par cette passerelle suspendue et s'arrêta à la grande porte monumentale qui ouvrait sur la salle du trône.

— Qu'est-ce que ça veut dire ? marmonna-t-il.

— *Nous sommes tous réunis ici pour un événement exceptionnel,* annonça le présentateur. *Aujourd'hui, nous allons célébrer l'union de notre Sainte Flamme avec l'Hégémon de la coalition Tellus. Cette alliance de toute l'humanité est une avancée remarquable pour tous. Ensemble, nous serons assez puissants pour affronter tous nos ennemis.*

— Union ? grogna Serdar en fronçant les sourcils.

Il secoua la tête sans comprendre. Le journaliste fit quelques pas à l'intérieur et filma les invités réunis de chaque côté d'une allée menant jusqu'au trône encore vacant. Les rideaux noirs s'écartèrent et deux personnes s'avancèrent dans la lumière. La femme était vêtue d'une longue robe kaki.

— Kaertan, souffla-t-il.

Elle était au bras d'un homme en armure de combat allégée sur un uniforme de général de la République. Il était impossible de se méprendre sur l'identité de cet homme, même si la caméra évitait soigneusement de montrer son visage. Cette allure, cette façon de se déplacer comme un fauve en chasse n'appartenait qu'à un archange.

— Milar…

Serdar se raidit et serra convulsivement le poing. L'ancien colonel de la Phalange écarlate venait, une fois encore, de trahir les siens pour soutenir Kaertan.

— Je le savais, gronda-t-il avec rage.

La jeune femme s'assit sur le trône et Milar se plaça, debout, à ses côtés. La caméra bascula pour montrer l'arrivée d'un homme vêtu avec richesse qui remontait lentement l'allée d'invités. L'image se focalisa à nouveau sur le visage impassible de la Sainte Flamme. Serdar perdit soudain tout intérêt pour ce mariage étrange. Il était concentré sur les mains de Milar. Ses doigts bougeaient rapidement devant ses cuisses.

— Le code secret des gardes !

Milar répétait le même message encore et encore. À l'écran, Haram Ar Tellus s'était agenouillé face à Kaertan, puis s'était assis sur un siège à ses pieds. Le descendant du premier Hégémon devait trouver très humiliant de s'abaisser ainsi devant une femme du peuple. Cela se voyait à sa pose tendue et à l'intensité furieuse de son regard.

La transmission se termina après un discours dithyrambique du présentateur que Serdar n'écouta pas. Il réfléchissait déjà à ses options. Il se leva et fit quelques pas nerveux avant de revenir vers le hublot. Il se perdit dans la contemplation des étoiles brillant sur le dais noir de l'espace.

Il se répéta le message communiqué par Milar en langage secret des gardes, signé par des mouvements de doigts. Il était commun à tous, même si chaque phalange en possédait un spécifique.

« Kaertan n'est pas l'ennemi que je croyais. La menace est réelle. Nous avons besoin de toi, Serdar. Contacte-moi dans deux heures. »

Il avait également fourni un code de transmission sécurisé. *Qu'as-tu en tête, Milar ?* se demanda-t-il. Il avait l'impression d'être pris dans un engrenage terrible. Sa décision allait déterminer l'avenir des gardes et peut-être davantage. Que pouvait-il faire ? Ignorer ce message ?

— À quoi servons-nous ? lança-t-il à haute voix. Les Gardes de la Foi sont au service de Dieu. Sans lui, ils n'ont plus de raison d'être.

Il ricana en prenant conscience qu'il venait de citer le Code. Et pourquoi ne l'aurait-il pas fait ? Ces maximes étaient justes.

— Nous sommes aussi les défenseurs de l'Imperium et, même si l'Imperium n'existe plus, l'humanité perdure. Rien ne peut nous stopper. La fuite ou le suicide ne sont pas envisageables. Milar avait raison. Nous devons trouver un autre maître à servir, car aucun de nous n'est fait pour le pouvoir. Nous n'en avons pas l'ambition.

Il s'interrompit. Il n'était pas certain de cela.

— Oui, mais je suis un archange… Je dois en savoir plus.

Il avait pris sa décision depuis longtemps, mais l'admettre était le plus difficile.

— Deux heures…, murmura-t-il.

Rama Hebblethwaite, explorateur. Renvoyé de la société des sciences de New Gaia en 5585 pour ses méthodes peu orthodoxes et sa volonté d'explorer la galaxie de façon anarchique. Il était connu pour précipiter les premiers contacts. Il a disparu en 5586 avant de réapparaître, six ans plus tard. Il s'est isolé sur la planète Bora et y a perdu la vie.

Archives des dépositaires

Leene Plaumec se laissa tomber sur un fauteuil, à bout de fatigue et de nerfs. L'opération avait duré deux heures. Elle avait réussi à retirer ce maudit implant de la base du cou de Mylera. Le reste n'était plus entre ses mains. La chirurgie du cerveau restait quelque chose de délicat. Elle n'était qu'un petit médecin et ce genre de procédure n'était pas de son niveau. Elle avait tout de même injecté dans le liquide céphalo-rachidien une dose d'amiorase zonilozin, une drogue expérimentale conçue justement pour réparer les lésions du cerveau. Maintenant, il ne restait plus qu'à patienter. Elle enfouit son visage dans ses mains pour dissimuler ses larmes. L'épuisement venait de la rattraper. Elle n'en pouvait plus.

— Tu vas bien, Doc ? demanda Piotr.

Elle leva les yeux vers le malfrat, mais ne trouva pas la force de l'envoyer balader. Aucune réplique acerbe ne lui vint à l'esprit. Elle se contenta de secouer négativement la tête.

— T'as pu sauver ton amie ?

— Je ne sais pas. J'ai ôté l'implant et…

Elle haussa les épaules.

— Qu'est-ce que tu peux encore faire ?

— Rien…, soupira-t-elle. Attendre.

— Combien de temps ?

— Plusieurs heures…

— Dans ce cas, viens avec moi. Je vais te conduire à ta chambre.

— Non, Mylera…

— Marina va rester auprès d'elle. Elle est efficace, t'en fais pas. Tu dois te reposer, sinon tu seras bonne à rien.

— Oui, admit-elle.

Elle accepta la main tendue de Piotr pour se lever et le suivit d'un pas lourd. Artyom Petrovich sortit de la chambre de son fils à l'instant où elle s'approchait de la porte. Elle faillit jurer à haute voix. Elle ne se sentait pas la force d'affronter le chef de la mafia.

— Bravo pour votre opération, Docteur. Et… Et merci pour mon garçon. Il a ouvert les yeux tout à l'heure.

— Il va bien ?

— Il s'est rendormi, mais selon l'infirmier, il est en voie de rémission.

— Je vais l'ausculter, soupira-t-elle.

— Non, allez vous reposer. Au moindre problème, nous viendrons vous chercher.

Leene était surprise de la sollicitude de ces gangsters. Elle le remercia d'un signe de tête, puis un détail lui traversa l'esprit.

— Au fait, je ne sais pas comment vous vous êtes procuré de l'amiorase zonilozin, mais… merci. C'est la seule chose qui pourra sauver Mylera.

Une ombre de sourire orna la bouche de Petrovich.

— J'ai des contacts dans toute la galaxie et de l'argent. Cette drogue m'a coûté un prix indécent, mais je mets un point d'honneur à posséder tout ce qui existe, dans ce domaine comme dans d'autres.

Il ne précisa pas qu'elle devrait payer la facture, mais c'était inscrit entre les lignes. *Je m'en moque*, songea-t-elle.

— Allez dormir, Docteur. Nous parlerons de tout ça plus tard. Et ne vous en faites pas, je ne suis pas un monstre.

Elle ne releva pas cette affirmation non vérifiée. Leene le salua d'un léger signe de tête et se dirigea vers sa chambre. Piotr l'accompagna.

— J'ai mis d'autres vêtements propres dans le placard. J'me suis dit que tu voudrais te changer. T'as des gâteaux et des fruits sur la table, ainsi qu'un thermos de café.

— Merci, Piotr.

— De rien.

— Piotr, suis-je en danger ?

— Non, pourquoi ? Mon père est réglo, je t'assure. Allez, bonne nuit.

Il ferma la porte avec délicatesse. Il avait raison, elle avait besoin d'une douche.

✦✦✦

Leene se réveilla lentement, s'étira, savourant la douceur des draps. Pendant un temps, elle se blottit dans la chaleur du sommeil, pas encore décidée à revenir à la réalité. Et puis, elle se souvint de Mylera. Elle ouvrit les yeux sur la chambre austère fournie par les Petrovich. Le cœur battant, elle vérifia l'heure. Elle dut relire l'information pour la confirmer. Elle avait dormi dix-huit heures.

— Ce n'est pas possible, ronchonna-t-elle en écartant les draps.

Elle s'habilla rapidement, puis se passa de l'eau sur le visage. Le café était tiède, mais elle en but une pleine tasse avant de sortir. Un inconnu aux cheveux filasse et avec un certain embonpoint montait la garde sur la chaise qu'avait utilisée Piotr la dernière fois. Il se leva aussitôt.

— J'dois vous accompagner, lança-t-il.

— Si vous voulez !

Elle s'accrochait à l'idée que, si Mylera avait eu un problème, on serait venu la réveiller. Néanmoins, elle ne pouvait s'empêcher d'être inquiète.

— Euh, votre amie a été déplacée dans une chambre, toussota son guide. Juste là.

Elle le remercia d'un signe de tête. Mylera était allongée sur un lit monitoré, Marina à côté d'elle. L'infirmière se leva et fit un geste apaisant.

— Docteur, elle va mieux.

— Elle s'est réveillée ?

— Non, pas encore, mais ses constantes sont excellentes.

Leene vérifia les résultats, mais Marina avait raison. Tout semblait parfait, mais elle ne pourrait en être sûre que lorsque Mylera ouvrirait les yeux. Elle poussa un long soupir de soulagement. Elle s'approcha de la malade et lui caressa doucement la joue du bout des doigts.

— Tiens bon, ma chérie. Tiens bon, souffla-t-elle.

Elle chercha un siège pour s'asseoir à ses côtés, mais son chaperon se gratta la gorge avec embarras.

— Docteur, le patron voudrait vous parler.

— Il peut attendre, non ?

— Il a attendu, mais…

Le médecin avait envie de l'envoyer promener, mais elle céda par lassitude. Elle se doutait bien qu'elle n'avait pas le choix. Elle suivit donc l'homme dont elle ignorait le nom à travers les couloirs de cet hôpital. Au lieu de se rendre dans la chambre d'Ilya, ils empruntèrent un ascenseur. Ils débouchèrent dans un hall richement décoré et gardé par plusieurs brutes à l'allure peu engageante. Son guide la fit entrer dans une vaste pièce, où une femme blonde à l'expression sévère semblait monter la garde derrière un bureau chargé de plusieurs consoles.

— Vous êtes le nouveau médecin, lança-t-elle en guise de bonjour.

— Je suis médecin, précisa Leene.

— Il vous attend. Je vous annonce. Youri, tu peux rester dans le couloir.

— Bien sûr, fit-il en disparaissant aussitôt.

Leene ouvrit la porte désignée par la blonde. Elle eut le souffle coupé par la vue qu'elle découvrit. Le vaste bureau du chef de la pègre se situait au dernier étage d'une immense tour dominant toute cette ville tentaculaire qui ne semblait pas avoir de fin. Elle avait toujours de la peine à imaginer une planète entièrement recouverte d'immeubles et d'habitations. Artyom Petrovich se leva pour venir à sa rencontre. Il lui serra la main avec une chaleur qui l'étonna.

— Merci, Docteur ! Un grand merci ! Vous avez sauvé la vie de mon fils.

— Vous n'avez pas à me remercier. Je suis médecin. Je n'ai fait que mon devoir, répliqua-t-elle.

— Cela n'empêche pas les remerciements. Et votre amie ?

— Elle ne s'est pas encore réveillée, mais ses constantes ont l'air bonnes.

— J'espère que tout ira bien.

Il ne semblait pas plus intéressé que cela, néanmoins Leene apprécia sa tentative d'empathie.

— Merci.

— Ceci étant dit, asseyez-vous, Docteur, déclara-t-il en désignant un fauteuil dans le petit salon qui ornait un coin de son bureau. Nous devons parler affaires.

Elle faillit répliquer tout de suite que c'était inutile, mais se contint. Elle s'assit dans le siège moelleux et Artyom s'installa dans celui qui lui faisait face.

— Je vais être direct, Docteur. Je veux que vous bossiez pour moi de façon permanente. Je paie bien. Mes employés sont protégés et ne manquent de rien.

— Monsieur Petrovich, je ne sais pas quoi vous dire. Votre proposition m'honore, mais je ne peux pas rester.

— Pourquoi donc ? Vous êtes traquée par la République et je me moque de savoir pourquoi. Ce que je sais, c'est que si vous quittez ce bâtiment, vous serez vite repérée et arrêtée.

— J'appartiens au Maquis, répondit Leene en le fixant dans les yeux.

— Ce sont des gens courageux, mais je ne fais pas dans la politique. C'est trop dangereux. Les autorités ont pour habitude de chasser les trafiquants dans mon genre avec… un zèle modéré, dirons-nous. A contrario, ils s'acharnent sur ceux qu'ils appellent des terroristes.

— Je comprends. Je ne vous demande pas de vous impliquer, je vous donne juste les clés du problème. Comme vous dites, les gens qui me traquent n'abandonneront pas de sitôt.

— J'en suis conscient, mais je peux vous protéger. Ils ne viendront pas vous chercher chez moi.

— L'un de vos hommes peut parler.

Artyom éclata d'un rire peut-être un peu forcé.

— Non, aucun n'oserait me trahir, soyez-en certaine. Je ne suis pas… tendre avec les judas.

La menace était à peine voilée, mais il en fallait plus pour impressionner Leene.

— Quoi qu'il en soit, je ne peux pas rester. J'ai des obligations. Artyom, il se passe des choses importantes dans la galaxie. Mes amis ont besoin de moi.

— Vraiment ? fit-il en la fixant de son regard de serpent.

Elle comprit le message en filigrane. Il menaçait Mylera et Arey.

— Je ne peux pas rester, vraiment. Vous pouvez m'y forcer, sans aucun doute. Et, sans aucun doute, je ne laisserai personne mourir parce que je ne suis pas d'accord avec vous. Vous avez tous les pouvoirs, mais je vous demande de m'aider au lieu de ne penser qu'à votre bénéfice.

Petrovich se recula sur son fauteuil pour mieux l'observer.

— Vous êtes étonnante, Docteur. Votre réputation d'héroïne de la rébellion n'est pas usurpée.

— Inutile de me passer de la pommade.

— Je suis de bonne humeur, mais n'en abusez pas, clama-t-il d'un ton sec. Je n'aime pas qu'on me résiste trop longtemps.

— Je vous l'ai dit. Vous pouvez me garder prisonnière, mais vous ne pourrez jamais m'obliger à céder. Personne n'y a réussi, pas même Devor Milar.

— Que voulez-vous ? Que je vous laisse partir alors que je cherche un médecin pour mon organisation ?

— Oui ! J'aimerais que vous fassiez plus que ça. Nous avons besoin d'un vaisseau pour quitter ce monde.

— Bien sûr, il n'y a qu'à demander ! Vous me prenez vraiment pour un imbécile.

— Absolument pas ! Vous êtes quelqu'un d'intelligent et de puissant. C'est en votre pouvoir de m'aider.

— Mais je n'en ai pas envie. Rejoignez votre chambre. Vous resterez dans l'hôpital jusqu'à ce qu'Ilya et votre amie soient hors de danger. Ensuite, je vous fournirai un appartement dans cet immeuble.

— Et ceux qui se trouvaient avec nous, où sont-ils ?

— La Tasitanienne a été relogée. Elle a accepté de travailler pour moi. L'homme est dans une chambre, bien gardée, en attendant votre décision. Qui est-il pour vous ?

— Un camarade qui nous accompagne dans ce périple.

— Nous en avons fini pour aujourd'hui. Prenez le temps qu'il vous faut pour déterminer ce dont vous avez besoin pour votre emploi.

Leene se leva et toisa le malfrat sans dire un mot, ce qui le fit sourire.

— Je ne vous retiens pas.

Ailleurs…

Les dix femmes qui s'étaient appelées Citela se réunirent dans le grand salon de leur étage de la Secundum. Elles avaient tenté de joindre celles qui attendaient leur tour, dans la Tertium, même si le règlement l'interdisait. Quatre cent soixante-trois, la plus jeune d'entre elles, avait été chargée de les contacter. L'aïeule se tourna vers elle.

— Alors ?

— Avec un peu de persuasion, j'ai réussi à voir Quatre Cent Soixante-Cinq. Elles ont expérimenté la même épreuve que nous. Elles seront prêtes à nous aider, si c'est ce que nous décidons. J'ai convenu d'un code pour les avertir.

— Bien, je te remercie. Les filles, nous avons toutes vécu cette horreur au cœur du Mo'ira.

— Oui, nous n'aurions jamais dû y accéder, lança Cinquante-Sept.

— En effet ! C'est pour cela qu'il faut agir à ce sujet, reprit l'aïeule. Je pense que nous devrions nous allier à Kaertan par l'intermédiaire de Citela Soixante et Un, sur Tellus Mater. Soixante propose, au contraire, de…

— D'éliminer Kaertan ! intervint Soixante.

— Comment ? demanda Cinquante-Huit. Citela ne peut pas pénétrer dans le temple pour supprimer cette erreur de la nature. Elle n'est pas une guerrière.

— Et pourquoi pas ? lança Cinquante-Six. Nous avons toutes appris à nous battre.

— Elle ne pourra jamais introduire une arme dans la salle du trône, contra Cinquante-Sept.

— Nous savons tuer sans utiliser une arme, répliqua Cinquante-Six. Si elle s'approche suffisamment de Kaertan…

— La proximité de la déchirure l'empêchera d'être efficace, fit remarquer Soixante. Ce n'est pas une solution.

— Alors quoi ? demanda Cinquante-Six.

— Unissons nos forces et attaquons Kaertan au cœur du Mo'ira.

— Tu es folle !

— Il nous est interdit de retourner dans le Mo'ira. S'y rendre toutes ensemble est une hérésie, renchérit Cinquante-Sept.

— Et impossible, ajouta Cinquante-Cinq. Après notre arrivée dans la Secundum, nos dons ont été bloqués.

— Ce n'est plus le cas. Ne l'as-tu pas ressenti comme nous toutes ?

— C'était exceptionnel.

— Non, j'y suis retournée, leur appris Soixante.

— Tu n'avais pas le droit, s'exclama Cinquante-Six.

— C'est la seule solution. Nous devons essayer, insista Soixante.

— Je vous ai rassemblées pour mettre ces deux actions possibles au vote, coupa Cinquante-Deux. Nous ranger derrière Kaertan ou tenter de la détruire. Une fois que nous aurons décidé de ce que nous devons faire, les autres devront se plier au choix de la majorité.

— Faisons ça, approuva Cinquante-Six.

La vieille Citela se redressa, puis fixa chacune des neuf femmes avec intensité. Elle éprouva une pointe de regret en se souvenant qu'un jour, elle avait été aussi jeune.

— Réfléchissez bien avant de choisir, précisa-t-elle. Les conséquences pourraient être apocalyptiques. Je reste convaincue qu'il faut parler avec Kaertan, savoir ce qu'elle veut et nous ranger à ses côtés.

— Passons au vote, contra Soixante.

— Allons-y, soupira la vieille femme. Soixante-trois ?

— Je pense qu'il faut tuer cette fille.

— Soixante-Deux ?

— Aidons-la.

Sans surprise, Soixante choisit la mort, ainsi que Cinquante-Huit, Cinquante-Sept et Cinquante-Six. Cinquante-Neuf se décida pour le soutien à Kaertan tout comme Cinquante-Cinq.

— Je choisis de défendre Nayla Kaertan, déclara Cinquante-Deux. Tout va dépendre de toi, Cinquante-Trois.

Sa cadette de cinq ans joignit les doigts devant sa bouche. Elle réfléchit pendant une dizaine de secondes, avant de souffler d'une voix tendue :

— Je vote pour qu'on l'élimine.

La vieille femme frémit, tandis qu'une impression de malheur à venir s'abattait sur elle. Les dés étaient jetés. Ils roulaient sur le jeu de caradas, plus rien ne pouvait les arrêter.

— Par six voix contre quatre, il a été décidé de tuer Kaertan. Nous allons nous projeter dans le Mo'ira, la traquer et l'attaquer afin d'écraser son esprit.

Nayla patienta pendant les cinq minutes prévues par le protocole. Elle pouvait sentir la fureur de son nouvel époux, à ses pieds. Près d'elle, Dem conservait son calme avec plus d'aisance, mais elle savait qu'il luttait contre l'envie d'égorger Haram Ar Tellus. Elle le savait parce qu'elle partageait ce désir avec une intensité brûlante.

— Ce mariage nous unit tous, lança Kanmen. L'humanité est désormais plus puissante qu'elle ne l'a jamais été.

Les invités applaudirent à cette affirmation, sans doute pour se rassurer. Ils ne pouvaient pas ignorer qu'elle était fausse. Les humains étaient affaiblis par des années de guerre. La fédération Tellus avait été bien plus redoutable, tout comme l'Imperium.

— Cette cérémonie est terminée, continua le chancelier. Vous pouvez maintenant vous avancer pour saluer le couple régnant.

Un à un, les invités s'approchèrent du trône, s'inclinèrent, puis sortirent par la large rampe. Nayla s'obligea à rester immobile pendant cette épuisante épreuve. Le moment qu'elle craignait plus que tout arriva. Citela Dar Valara se présenta devant elle. *Ce qu'elle ressemble à ma mère* ! songea-t-elle avec désespoir. La Tellusienne ne leva pas les yeux vers elle, ni vers Haram. Elle garda le regard résolument vissé sur le sol. Elle était si livide que sa peau paraissait grise, ses mains tremblaient légèrement. Elle était terrifiée. Citela s'inclina, se redressa et se détourna. Elle fit visiblement un effort pour ne pas courir vers la sortie.

Enfin, il n'y eut plus personne ou presque. Kanmen s'approcha du trône, mais elle le stoppa d'un geste.

— Ton devoir pour la journée est accompli. Tu peux disposer.

Le chancelier recula d'un pas, comme si elle l'avait cogné en pleine poitrine.

— Est-ce que… Est-ce que cela t'a plu ?

— Cette mascarade s'est déroulée comme prévu, mais ne croit pas que cela me plaisait, Kanmen. Je ne te retiens pas.

Il hésita avant de quitter les lieux. Nayla attendit qu'il soit sorti pour s'adresser à Nardo.

— Merci pour ton soutien, Olman. Tu peux retourner chez toi.

Il s'inclina légèrement, comprenant son désir d'en finir. Dès qu'il eut franchi la haute porte, elle descendit du trône pour faire face à Haram qui venait de se lever.

— Allez-vous me congédier également, mon épouse ?

Elle frémit de rage. Son épouse ?

— Exactement ! Vous avez ce que vous voulez, alors retournez dans votre maudit vaisseau et foutez-moi la paix.

— Ce n'est pas une façon de parler à son époux, contra Haram avec un sourire moqueur.

Dem sauta aux côtés de Nayla. L'envie de meurtre devait être inscrite sur son visage, car l'Hégémon recula.

— Vous n'oseriez pas, souffla-t-il.

— On parie ? répliqua Milar.

— Je n'ai rien à faire ici de toute façon, trancha-t-il avec dédain.

Il quitta la pièce avec la majesté d'un souverain. Pourtant, après une vingtaine de pas, il jeta un coup d'œil nerveux par-dessus son épaule, détruisant l'impression supérieure qu'il voulait donner. Elle attendit qu'il soit sur la voie royale, pour crier aux soldats qui gardaient les deux côtés de la porte :

— Vous pouvez fermer et me laisser seule. Je ne veux pas être dérangée.

— Oui, Sainte Flamme ! répondit l'officier.

Les deux battants monumentaux se rabattirent avec une lenteur exaspérante. Ils claquèrent et se verrouillèrent. Nayla cracha une longue série de jurons horribles.

— Enfin ! Tu as pu faire passer ton message ?

— Oui, assura simplement Dem. Espérons que Serdar a vu cette cérémonie ou, qu'il la verra dans un futur proche.

— Oui… Que penses-tu de…

Elle balaya les lieux d'un geste de la main fataliste.

— J'aimerais croire que Haram Ar Tellus va se montrer raisonnable, mais j'en doute. Maintenant qu'il est à une marche du pouvoir, il va... Giltan n'est pas de force face à lui. Il faut s'attendre à ce que Tellus prenne rapidement la direction du gouvernement.

— Nous verrons le moment venu, Dem. Je n'ai pas le temps pour ça.

— Je sais.

Shoji émergea de la chambre de Nayla et fit un signe urgent.

— Que se passe-t-il ? demanda Milar.

— Vous avez un appel ! s'exclama-t-elle.

Dem et Nayla échangèrent un regard.

— Déjà ? fit la jeune femme.

— Peut-être... Viens !

Ils se précipitèrent vers la console. Le message était plus que laconique. Il s'agissait de l'image d'une main ouverte de couleur mauve.

— Serdar ? s'enquit Nayla.

— Il semblerait. Il est prudent, c'est bien.

— Est-ce que..., commença la jeune femme avec angoisse.

— Bien sûr, répondit-il en pressant sa main.

Il s'assit derrière la console et accepta la communication. Le colonel Xaen Serdar apparut à l'écran, impeccable dans son uniforme noir.

— Milar, salua-t-il.

— Serdar.

— Je suis impatient d'entendre tes explications pour ta trahison.

— Tu les auras.

Dem fit rapidement le vide dans son esprit. Il allait devoir être convaincant, et toute cette histoire était si étrange que cet exercice ne serait pas aisé.

— J'ai réussi à atteindre AaA 03 assez facilement, commença-t-il. Puis, avec beaucoup de chance, j'ai découvert un passage secret menant à la salle du trône.

— Tiens donc, ironisa Serdar.

— Oui, la chance m'a souvent accompagné, mais cette fois-ci, c'est différent. Cette entité dont je t'ai parlé influe sur nos actions, un peu trop à mon goût.

— C'est si facile comme explication.

— Laisse-moi finir, Serdar.

L'autre l'y autorisa d'un petit geste agacé.

— Bien, j'ai donc gagné la salle du trône, où loge Nayla Kaertan. Elle dormait. Je me suis approché de sa chambre, déterminé à la tuer. Elle s'est réveillée et nous nous sommes affrontés.

— Et tu n'as pas été capable de l'emporter ? Ce n'est qu'une gamine et toi, tu es un archange, se moqua le Garde noir.

— Elle est plus puissante que Dieu, Serdar, mais ce n'est pas le problème. Je me suis rendu compte qu'elle ignorait que j'étais en vie, qu'elle ignorait ce qui se passait dans la République, qu'elle était prisonnière dans le temple, liée à cette déchirure qui retenait Dieu.

— Alors tu as renoncé ? cracha l'autre avec mépris.

— Bien évidemment ! J'aurai été idiot de ne pas le faire. Je devais découvrir ce qui se tramait.

— Et que se trame-t-il ? ironisa Serdar.

— Tellus ! Ils ont gangrené la République. Ils ont même réussi à placer un Decem Nobilis comme ministre.

— Les Decem sont morts depuis longtemps.

— Non, ils se sont clonés. Ils sont incroyablement vieux.

— Tu es sûr de ça ?

— Certain !

— Admettons. Nayla Kaertan s'est tout de même prêtée à cette cérémonie. Elle vient de livrer sa République pieds et poings liés à Tellus. Après tout ce que nous avons enduré, Milar, comment as-tu pu la laisser faire ?

— Il le fallait. Tellus est un problème, mais n'est pas la vraie menace.

— Je suppose que tu parles des serpents d'ombres.

— Comment peux-tu savoir ça ?

— Oh, disons que moi aussi, j'ai dû faire des… entorses à nos habitudes.

— Je t'écoute.

— Toi le premier, Milar. Finis ce que tu as à dire.

Il posa son menton sur les doigts joints pour fixer Serdar dans les yeux.

— Nous avons besoin de toi, ici, avec ta flotte.

— Pardon ?

— Il faut contrebalancer l'influence de Tellus. Nayla est seule sur AaA 03, sans véritables alliés. L'autorité de Dieu s'appuyait sur les gardes. Ils étaient son bras armé. Soit le bras armé de Nayla Kaertan.

— Tu veux que je serve la République, cette même République qui vient de s'associer à notre ennemi ?

— En effet ! Et puisque tu parles des serpents d'ombre, tu sais ce qui nous menace. Les vieux conflits doivent être remisés pour plus tard.

— Ce que tu dis n'est pas recevable, marmonna Serdar. Je ne servirai pas celle qui a tué Dieu.

— Pourquoi ?

— Tu demandes pourquoi ?

— Oui ! Elle est ce qu'il était en beaucoup mieux.

— La fidélité d'un Garde de la Foi est indestructible, elle perdure même dans la mort, assena Serdar avec colère.

— Dieu est celui qui défend l'humanité. Il est un bouclier et une épée. Il est une fonction. Les Gardes de la Foi sont l'arme de sa mission et, à travers lui, ils servent l'humanité, cita Dem avec conviction.

— Et alors ?

— Nayla Kaertan a endossé les mêmes missions que Dieu.

— Est-ce que tu sous-entends qu'elle est de nature divine ?

— Serdar, crois-tu vraiment que celui qui se faisait appeler Dieu était un Dieu ? Il avait des pouvoirs, mais il n'était qu'un humain. Elle est comme lui, elle possède les mêmes pouvoirs. Elle doit être protégée. Alors, sois son bras armé, Serdar.

Le colonel de la Flotte noire se recula sur son siège, pensif. Il grimaça, puis reprit.

— Je dois y réfléchir. Et puis, cela ne servira sans doute à rien. Si ces choses arrivent sur AaA 03, mes Vengeurs n'y pourront pas grand-chose.

— De quoi parles-tu ?

— Des serpents d'ombre, de quoi d'autre ? Je croyais que tu étais au courant.

— J'ignorai que tu l'étais. Je t'écoute.

Serdar lui raconta donc la prise de contact de Do Jholman depuis un vaisseau hatama, le transfert d'un fichier vidéo montrant l'attaque de monstres gigantesques qui dévoraient vaisseaux et planètes. Il expliqua qu'il avait pris la décision de secourir le Hatama. Jholman et le lézard gris se trouvaient désormais à son bord.

— Il m'a parlé de leur mythologie, continua Serdar. Cette fin du monde fait partie de leurs légendes. Pour les Hatamas, il est impossible de l'endiguer.

— Pourquoi ce capitaine voulait-il l'aide de Nayla, dans ce cas ?

— Il appartient à un clan qui, lui, croit en une hypothèse intéressante. Selon eux, un devin étranger serait capable de contrer l'assaut de ces serpents.

Nayla bouscula Dem pour faire face à l'écran.

— Colonel Serdar, je dois parler à cet Hatama.

Le chef de la Flotte noire se figea, le visage impassible.

— Colonel, continua la jeune femme, je sais ce que je représente pour vous, mais votre colère doit être remise à plus tard. Après tout, les émotions sont une faiblesse.

— Vous osez me citer le Code !

— Pourquoi pas ? Je l'ai tellement entendu. Je dois parler à cet Hatama, répéta-t-elle. J'ai lu une information qui corrobore ce qu'il vous a dit. Il faut que j'en sache davantage.

— Vous semblez croire que je souhaite vous aider.

— Vous nous avez appelés, non ? ironisa-t-elle.

Il laissa échapper un petit rire.

— Il semblerait que je perde l'esprit. Milar a dû me contaminer.

— Sans aucun doute, répliqua Dem. J'aimerais également que le capitaine Qorkvin soit présente pour cette réunion, si elle se trouve encore à ton bord.

— Oh, que oui ! Je ne te remercie pas pour ce cadeau empoisonné. Elle et son équipage sont les pires otages de l'histoire des otages. Je vous rappelle, conclut-il avant de couper la communication.

Dem se tourna avec une certaine réticence vers Nayla. Il savait qu'il venait de la blesser en mentionnant Jani. Il craignait la réaction de la contrebandière, mais ils n'avaient pas le choix. Ils pourraient avoir besoin d'elle.

— Il y a quelque chose que je dois te dire, commença-t-il. Jani et moi, nous…

Nayla posa ses doigts joints sur ses lèvres pour l'empêcher de parler.

— Ne dis rien, souffla-t-elle. Je sais.

— C'est arrivé sans que…

— Tu l'aimes ?

Sa voix avait failli se briser, mais s'était maîtrisée. Il craignait cette question depuis qu'il était revenu auprès d'elle.

— Je… Je l'aime oui.

— Je comprends, soupira-t-elle.

Elle voulut s'éloigner, mais il la rattrapa et l'obligea à se retourner.

— Je ne suis pas homme à avoir une relation sans sentiments, Nayla. Nous étions si désespérés tous les deux et je croyais t'avoir perdue.

— Ne te justifie pas ! s'énerva-t-elle, passant en un instant des larmes à la colère.

— Je t'explique juste la situation. Tu mérites de l'entendre.

— Maintenant ? Comme c'est commode.

— J'ai été pusillanime, je l'avoue. Je ne savais pas comment aborder ce sujet.

Elle se renfrogna, les mâchoires serrées.

— Tu n'avais qu'à dire : j'ai couché avec Jani et je l'aime.

— C'est plus compliqué que cela, Nayla.

— Oh, vraiment ?

— Oui, vraiment ! Pour moi, tu étais pire que morte.

— Je ne le suis pas !

— Non ! Tu es toujours toi et j'ai découvert que mon amour pour toi n'avait pas changé.

— Si tu le dis, fit-elle, amère.

— Je me sentais mal vis-à-vis de Jani qui ne mérite pas d'être rejetée comme une moins que rien et je me sentais mal vis-à-vis de toi, car je t'avais trahie. Je ne savais pas comment aborder le sujet.

Elle resta silencieuse, sans montrer d'intention de l'aider. Il l'avait sans doute mérité. Il lui prit les mains et attendit qu'elle lève les yeux vers lui.

— Je t'aime, Nayla. Tu es toute ma vie. Je comprendrai que tu m'en veuilles. J'aimerais tant pouvoir tout recommencer, m'évader dès les premiers jours de ma captivité pour me précipiter à ton secours.

— Non, c'est de ma faute, murmura-t-elle. Je n'aurais pas dû les croire. J'aurais dû avoir foi en toi.

— Oublions tout ça. Recommençons.

— Oui…

Elle se blottit contre lui. Il l'embrassa avec tendresse, une main posée sur sa joue. Il ferma les yeux pour savourer cette reconnexion avec son âme.

Ailleurs…

Jani Qorkvin s'ennuyait dans la salle commune, rongeant son frein depuis l'arrivée de Jholman à bord du Vengeur. Elle leva un sourcil étonné lorsque le lieutenant Ashtin pénétra dans la pièce.

— Le colonel Serdar désire vous voir, Capitaine, dit-il avec cette voix monocorde si caractéristique chez les gardes.

Elle se leva immédiatement, à la fois surprise et impatiente de savoir ce qu'il lui voulait. Ilaryon la rejoignit aussitôt.

— Le colonel ne veut voir que le capitaine Qorkvin, s'interposa Ashtin en l'écartant d'une main.

— Je peux bien l'accompagner jusque dans le couloir, grogna le garçon.

— C'est hors de question.

— Ilaryon, ne fais pas l'enfant. Je vous raconterai tout, de toute façon.

Le Yirian se renfrogna, affichant sa tête des mauvais jours. Jani ne le comprenait pas. Il passait par des moments de dépression extrême, des explosions de colère injustifiée et des bouderies infantiles. Et puis, il redevenait le jeune homme jovial et curieux qui était monté à son bord en compagnie de Dem. Pourtant, chaque fois qu'il faisait preuve de camaraderie ou de bonne humeur, cela sonnait faux. Elle n'aurait su l'expliquer, mais elle éprouvait toujours un certain malaise en sa compagnie. Au début, elle avait mis son comportement sur le compte des malheurs qu'il avait subis, mais son instinct lui soufflait qu'il s'agissait d'autre chose.

Ashtin s'arrêta devant la porte du colonel Serdar qu'il désigna de la main après avoir sonné. Elle entra et faillit reculer en découvrant le lézard gris. Do Jholman la salua d'un signe de tête.

— Capitaine Qorkvin, approchez ! Quelqu'un souhaiterait vous parler.

— Qui ?

Il se contenta d'un sourire en coin pour toute réponse. Il alluma sa console et la tourna pour permettre à ses invités de suivre la conversation. Jani rongea son frein en attendant qu'il active la communication. Elle lança un coup d'œil nerveux vers le Hatama et remarqua avec stupéfaction qu'il n'était pas entravé. Elle questionna

Jholman du regard, mais il ne broncha pas. Sur l'écran, l'image se stabilisa. Jani faillit s'étrangler.

— Dem ! s'exclama-t-elle.

— Oh, zut ! souffla Do. Dem ! Il est en vie…

— Bonjour à tous les deux, déclara Milar avec ce sourire agaçant qu'elle détestait.

— Qu'est-ce que ça veut dire ? Tu l'as tuée ? Où es-tu ?

— Non, je ne suis pas encore morte ! lança la voix courroucée de Nayla.

Elle apparut aux côtés de Dem. Jani ressentit une violente bouffée de haine à cette vue. *Cette garce lui a, encore une fois, retourné le cerveau*, songea-t-elle. *Je le savais.*

— Nayla est aussi prisonnière que je l'étais. Elle n'est pas responsable des agissements des messagers, expliqua Dem.

— Comment peux-tu en être sûr ? contra-t-elle.

— Je le suis. Tu n'as pas idée de ce qui se passe sur la planète mère. Je t'en prie, Jani. Fais-moi confiance.

Il dardait sur elle son regard si bleu. Elle frissonna. *Comment résister à cet homme ? Si quelqu'un a la réponse, je suis preneuse*, songea-t-elle.

— Raconte, réussit-elle à dire.

— Une autre fois. Il y a plus urgent.

— Je n'écouterai rien si je ne sais pas tout ce qui s'est passé ! Tu me prends pour quoi ? s'énerva-t-elle.

— Milar, fais ce qu'elle te demande, soupira Serdar.

Jani lui décerna un regard furieux, mais le Garde noir ne sembla pas le remarquer. Dem lui raconta ses pérégrinations jusqu'à ce jour, où Nayla avait épousé Haram Ar Tellus. *Elle s'est couchée devant les Tellusiens, comme elle l'a toujours fait*, songea-t-elle. *J'en étais sûre.*

— Bien, conclut Dem, maintenant que c'est fini, passons aux choses sérieuses. J'ai demandé à Serdar de t'inviter, parce que je souhaitais que tu sois au courant de l'évolution des événements. Celui auquel nous voulions parler, c'est vous, capitaine Vauss.

Le Hatama siffla doucement entre ses dents.

— Vous vouliez me parler, reprit Nayla. Pourquoi ?

— Vous avez vu les images de l'attaque des serpents d'ombre, vous savez pourquoi.

— J'ai vu ce que nous a transmis le colonel Serdar et…

Nayla soupira, comme si elle rassemblait ses idées.

— Et j'ai vu ces images dans la Tapisserie des Mondes. Je suppose que vous savez de quoi je parle.

— Vous êtes un devin.

— Pourquoi vouloir me prévenir ?

— Parce que nos légendes affirment qu'un devin étranger est le seul qui pourra stopper l'aube du néant. Cette croyance n'est partagée que par les membres de mon clan.

— Comment puis-je les arrêter ?

— Je… Je ne sais pas. Je ne suis pas un érudit.

Nayla se gratta pensivement la joue, puis fixa le Hatama avec intensité.

— Savez-vous où se trouve la planète Lamialka ? demanda Nayla.

— Comment connaissez-vous ce nom, Humaine ?

— Je l'ai lu, sur un ouvrage très ancien, écrit par un humain qui a visité votre monde à une époque où nos deux peuples n'étaient pas encore ennemis. Il a été conduit sur cette planète. Un de vos érudits lui a parlé de ces légendes. Selon ce récit, les murs de ce temple sont recouverts de textes, de comptes rendus des visions de vos… devins. Il est possible que la solution se trouve là, dans ces textes.

— Peut-être, dit prudemment le Hatama. Vous êtes censée savoir ce qu'il faut faire.

— Je l'ignore, mais mon instinct me dit que la réponse est sur Lamialka. Il est nécessaire de se rendre sur ce monde au plus vite, insista Nayla en se tendant vers l'écran, comme si elle avait l'intention de le traverser.

— Et nous, nous sommes coincés sur la planète mère, poursuivit Dem. Il faut…

— Certainement pas ! s'exclama Jani.

— Je n'ai rien dit, fit-il avec un sourire en coin.

— Tu me prends pour une abrutie ? Tu veux que quelqu'un se rende au cœur du territoire hatama pour déchiffrer ces textes à la con. Ça ne peut pas être Serdar, parce qu'un Vengeur en pleine zone ennemie, ce n'est pas discret. Il faut que ce soit quelqu'un en qui tu as confiance et qui possède un vaisseau avec un bouclier de camouflage.

Il sourit de cette maudite façon, qui la désarçonnait chaque fois. Cette fois-ci, elle ne se laisserait pas faire. *Je suis libre*, songea-t-elle avec obstination.

— Tu as toujours été maligne.

— Tu peux toujours courir. C'est hors de question.

— Jani, comme tu l'as si brillamment démontré, il faut que ce soit toi. Capitaine Vauss, êtes-vous en mesure de guider le capitaine Qorkvin jusqu'à Lamialka ?

— Oui…, répondit l'autre sans enthousiasme.
— Pourquoi ne pas y aller avec son vaisseau ? demanda Jholman.
— Parce que…, commença Jani, aussitôt interrompue par le Hatama.
— Impossible… J'ai fui la ligne de front. Si mon vaisseau est repéré dans notre territoire, nous serons capturés. Vous serez tués et moi, je serai jugé et exécuté sans honneur.
— C'est de la folie, marmonna Jani avec moins de force.
Elle avait vu les serpents d'ombre, elle savait ce qui les menaçait tous, mais ce genre de mission n'était pas pour elle. Le destin de la galaxie ne pouvait pas dépendre uniquement d'elle. C'était de la… folie, elle n'avait pas d'autres mots.
— Tu peux le faire, Jani. J'en suis certain, déclara Milar.
— Arrête de me manipuler, gronda-t-elle.
— Jani, Serdar m'a dit que tu avais visionné les images du Hatama. Tu connais les enjeux. Tu dois accomplir ce périple.
Il déployait toutes ses capacités de persuasion. Elle le connaissait bien et savait ce dont il était capable. *Maudit Garde noir ! Tu ne m'auras pas ! Pas cette fois !* songea-t-elle, avant de gronder à voix haute :
— Tu peux toujours rêver ! Je ne vais pas t'aider après ce que tu viens de m'infliger.
Elle prit conscience que c'était cela qui l'ennuyait le plus. Il l'avait trahie, utilisée, abandonnée. Et sans aucune honte, il voulait qu'elle travaille pour lui… pour elle ! Jamais ! Dem grimaça, l'air malheureux et elle sentit sa résolution vaciller.
— Tu ne peux pas me faire ce reproche, Jani. Pas maintenant. Je t'en prie. Il faut que ce soit toi.
— Va te faire foutre ! Et toi aussi, connasse, ajouta-t-elle en désignant Nayla.
Un éclair de colère passa dans le regard bleu glacier de Milar, mais il se contint. Il approcha son visage de l'écran pour mieux la dévisager.
— Nos vies importent peu dans ces circonstances. Nous aurons le loisir d'en parler quand tout sera fini.
— Tu me prends pour une imbécile.
— Jani, souffla-t-il de sa voix si chaude.
— Milar, je m'en occupe, coupa Serdar. De ton côté, prépare-toi au pire. Tellus ne se contentera pas longtemps d'une chaise annexe.
— Je sais. Tiens-moi au courant.
— Serdar, terminé.

Faire quartier n'apporte que la défaite.

Code des Gardes de la Foi

Leene avait remisé sa situation précaire au fond de son esprit. Elle préférait se focaliser sur sa tâche et les malades dont elle avait la charge. Elle venait de faire le tour des chambres. Trois malfrats à la solde de Petrovich se remettaient de blessures. Ils devraient pouvoir retourner au travail dans deux ou trois jours, ce qui ne serait pas le cas d'Ilya. Elle lut avec soin son dossier avant de lever les yeux vers son patient.

Le jeune homme était allongé dans son lit, la peau encore pâle et marquée d'hématomes. Elle remarqua que son visage était exempt de tatouage, mais quelques-uns avaient commencé à coloniser ses bras et ses épaules. Il esquissa un sourire timide qui était à des kilomètres de l'attitude conquérante de son frère Piotr.

— Alors, Docteur ? Est-ce que je vais survivre ?

— Oui, vous êtes sorti d'affaire. Désormais, vous avez seulement besoin de repos.

— Combien de temps ? Je déteste rester couché à ne rien faire.

— Deux semaines, jeune homme.

— Quoi ?

Leene ne put s'empêcher de sourire avec bienveillance. Contre toute attente, elle aimait bien ce garçon.

— Deux semaines, ou votre blessure risque de s'infecter. Vous ne voudriez pas que cela arrive, n'est-ce pas ?

— Non, bien sûr que non, mais je me sens si inutile dans ce lit.

Elle lui tapota la main dans un geste un brin protecteur. Il eut une grimace contrite, avant d'ajouter :

— Docteur, je vous remercie. Je crois que vous m'avez sauvé la vie.

— Oui, mais c'est ma fonction.

— Allez-vous rester parmi nous ?

— Il semblerait. Votre père ne m'a pas donné le choix.

À sa grande surprise, le jeune homme eut un rictus désolé.

— Il est comme ça, mais vous ne serez pas malheureuse. Vous aurez même tout ce que vous voulez. Un médecin, c'est précieux. Il faut le bichonner.

— Il paraît. Je vous laisse vous reposer, Ilya.

Elle sortit de la chambre pour gagner celle de Mylera. Elle salua l'infirmière.

— Toujours pareil ? demanda-t-elle la voix serrée.

— Je suis désolée, Docteur.

— Prenez un peu de repos, je vais rester auprès d'elle.

— Merci, Docteur. N'hésitez pas à sonner si vous avez besoin.

Leene effectua un examen complet de la malade. *Je ne comprends pas*, se dit-elle. *Tout est parfait. Pourquoi ne se réveille-t-elle pas ?* Elle poussa un long soupir, puis s'assit dans un fauteuil près de Mylera. Elle lui prit tendrement la main.

— Je t'en prie, ma chérie, ouvre les yeux.

Bien entendu, sa supplication n'eut aucun effet. Leene n'abandonna pas. Elle conserva les doigts de Mylera dans les siens, déterminée à passer le plus de temps possible à ses côtés. Sans en prendre conscience, elle finit par s'endormir, la tête calée contre le haut dossier du fauteuil.

Elle erra dans un monde onirique effrayant. Une horrible menace la guettait dans l'ombre. Elle se réveilla le cœur battant, le corps brûlant et couvert de transpiration.

— Qu'est-ce que tu fais là ? chuchota une voix faible.

Leene mit un moment à revenir au présent et à comprendre qui venait de parler. Elle se redressa brusquement et la main dans la sienne glissa hors de ses doigts moites. Son regard se fixa sur la patiente.

— Mylera ?

La malade lui répondit avec une ébauche de sourire. Ses lèvres exsangues et desséchées se craquelèrent, et de minuscules perles de sang apparurent.

— Mylera ! redit Leene avec plus de force.

— Tu te souviens de mon nom ou est-ce que tu as un doute ? ironisa son amie.

— Oh ! Tu…

La joie se déversa sur elle. Mylera ne semblait avoir aucune séquelle. Sans réfléchir, Leene se pencha vers elle et l'embrassa si passionnément qu'elle faillit perdre l'équilibre en s'appuyant sur l'oreiller trop mou.

— Attention, Lee ! fit-elle en riant.

— Si tu savais ! Je suis si soulagée. J'ai tellement eu peur de te perdre ou d'être obligée de t'abandonner dans cet état.

— Cet état ? Je... Qu'est-ce qui s'est passé ?

— L'implant, tu te souviens ?

— Oui, mais après...

— Tu étais dans le coma. Il fallait trouver une solution. Yartik nous a conduits dans cet hôpital...

— Un hôpital ? Mais Noler va nous retrouver.

— Non, pas ici, ricana Leene. Cet endroit appartient à une mafia locale.

— Ils ont un hôpital !

— Ouais, ce Petrovich a les moyens.

— Et il a accepté de nous aider par bonté d'âme...

— Non, bien sûr que non. Son fils, Ilya, était mourant. Il avait besoin d'un médecin, le sien est mort.

— Je vois, fit Mylera d'une voix pâteuse. Et... Est-ce qu'il va te laisser partir ?

Leene poussa un long soupir et attrapa sa nuque à deux mains.

— Cela m'étonnerait.

Cette affirmation réveilla son amie. Elle lui saisit la main d'un geste nerveux.

— On ne peut pas rester ici !

Bien sûr, qu'on ne peut pas ! songea Leene. Elle se pencha pour caresser le visage de Mylera.

— Remets-toi, ma chérie. Nous aviserons ensuite. Chaque chose en son temps, tu sais bien.

— Quel genre de type est ce Petrovich ?

— Amical, mais dangereux.

— J'aimerais qu'on ait un peu de chance, au moins une fois, se plaignit Mylera.

— Oui, moi aussi. D'un autre côté, c'était une chance incroyable de tomber sur Yartik. Sans lui, nous n'aurions pas eu accès à cet hôpital et...

— Et je serai restée avec ce truc dans la tête.

— C'est ça.

— Enfoiré de Leffher ! gronda Mylera. Sans déconner ! Arey avait raison. Cette évasion d'Alphard était bien trop facile.

— Oui… Ce que je ne comprends pas, c'est la logique de tout ça. Leffher nous laisse filer, sans doute pour découvrir nos éventuels complices, et…

Elle s'interrompit en levant les sourcils au ciel.

Mylera pencha la tête de côté, ce qui fit sourire Leene. Son amie avait l'habitude de faire cela lorsqu'elle réfléchissait.

— Ouais… Je vois ce que tu veux dire. Noler n'aurait pas dû débouler aussi vite pour nous mettre la main dessus.

— C'est ce que je me dis. Enfin, nous ne le saurons jamais… j'espère. En attendant, j'aimerais avoir des nouvelles de Dem.

— Moi aussi… Je m'inquiète pour lui. Et Arey ? Où est-il ? Même si le sort de ce cafard m'importe peu.

Leene ne put s'empêcher de rire. Elle partageait l'animosité de Mylera, même si ce sentiment était un peu injuste. L'inquisiteur s'était plutôt bien comporté pendant leur périple.

— Il a été utile jusqu'à présent.

— C'est vrai, j'avoue. Alors ? Les mafieux en ont fait quoi ?

— Il est logé quelque part dans le bâtiment, mais je ne l'ai pas vu.

— J'espère qu'il aura la bonne idée de cacher ce qu'il est.

— C'est à cela qu'il a été formé, Mylera. C'est un invisible.

— Ouais, c'est vrai, fit-elle en haussant les épaules.

— En tout cas, nous sommes à l'abri… enfin, pour le moment. Il semblerait que ce Petrovich contrôle une grande partie de la pègre sur Tasitania. Il a les moyens de nous cacher et de nous protéger.

— Toi, du moins.

— Certes, mais tu es un officier technicien de talent. Il aura aussi du travail pour toi.

— Est-ce que tu veux qu'on intègre la mafia ? s'étrangla Mylera.

— Non, bien sûr que non, mais… Prenons des forces. Reposons-nous et, ensuite, nous aviserons. Si… Si Dem était là, je suis certaine qu'il recruterait Petrovich pour le Maquis.

— Formidable ! Des gangsters.

— Mylera ! soupira Leene.

— Oui, oui, je sais. Pas le choix. Je suppose que tu as raison. Et moins ils se méfieront de nous, plus il sera facile de filer en douce.

— J'y ai pensé aussi, grommela le médecin. Seulement… Il y a fort à parier que Petrovich contrôle beaucoup de choses sur Tasitania. Échapper à la République est déjà difficile, mais…

— Mais échapper à la mafia, qui a sans doute des contacts partout, sera presque impossible, la coupa Mylera. On est coincées, alors.

— Notre seule chance, c'est qu'il nous aide. Il lui serait facile de trouver un vaisseau, de nous faire quitter ce monde, sans que personne le sache. C'est l'homme idéal pour ça.

— Si j'ai tout compris, c'est peu probable.

— Nous verrons. Parfois, il faut avoir confiance dans l'avenir.

— Oui, bâilla Mylera.

— Dors, ma chérie. Je veille sur toi.

✦✦✦

Deux jours plus tard, Mylera allait beaucoup mieux. Elle insistait pour se lever. Leene avait fini par accepter qu'elle s'installe dans un fauteuil, près de son lit. Le médecin vint déposer un baiser sur la joue de la malade.

— Je vais faire le tour des patients.

— À tout à l'heure, ma chérie.

Elle passa rapidement dans les chambres des blessés. Il ne restait plus que deux personnes encore hospitalisées et Ilya, bien sûr. Elle termina par lui. Il lisait dans son lit. Il avait repris des couleurs et la salua d'un sourire chaleureux. Elle appréciait beaucoup le jeune homme et comptait sur lui pour les aider à convaincre Artyom. Elle l'ausculta rapidement.

— Vous êtes en excellente forme, Ilya.

— Je peux me lever, alors ?

— Dans quelques jours, insista-t-elle, comme chaque fois.

Cette fois-ci, il n'eut pas le loisir de plaider sa cause. La porte s'ouvrit pour laisser entrer le patriarche de cette famille mafieuse.

— Ah, Docteur ! Vous êtes là.

— Bonjour, monsieur Petrovich.

Il balaya ses salutations d'un geste agacé.

— Je ne suis pas politique, mais j'avoue que ce que je viens de voir me retourne l'estomac.

— Je vous demande pardon…

— Votre Sainte Flamme a épousé l'Hégémon de Tellus. Bordel ! Tous ces bouleversements pour ramener ces rats de Tellusiens au pouvoir.

— Je ne comprends pas… Il y a peut-être un malentendu.

— Un malentendu, ricana-t-il. J'ai assisté à la cérémonie en direct. Elle a été diffusée pour que tous les citoyens de la République soient témoins de l'événement.

— Je… J'ai du mal à vous croire. Nayla ? Épouser un Tellusien ?

— Haram Ar Tellus en personne. Ouais, ils ont perduré d'une façon ou d'une autre, ce n'est pas le problème. Dans un ou deux ans maximum, nous serons sous le joug de la Coalition. Je fais des affaires chez eux, je peux vous assurer que ce sont des connards efficaces.

— Je les ai déjà rencontrés, répliqua sèchement Leene.

Son monde s'effondrait. Elle n'arrivait pas à envisager que Nayla fasse une telle chose.

— Est-ce qu'il serait possible de voir cet enregistrement ? Je ne remets pas en cause votre parole, mais… Je dois le voir de mes yeux pour y croire.

— Je peux le comprendre, rétorqua le malfrat en la fixant de son regard froid de serpent. Je vais arranger ça.

— J'aimerais que Mylera puisse aussi le visionner avec moi.

— Je l'envoie sur sa console. Vous m'excuserez si je ne m'inflige pas ça une autre fois.

— Bien sûr… Je vais y aller.

Elle se força à ne pas courir, mais entra en coup de vent dans la chambre de Mylera. Cette dernière leva un sourcil surpris, puis inquiet.

— Tu as une mine horrible, ma chérie. Que s'est-il passé ? As-tu appris de mauvaises nouvelles ?

— On peut dire ça, répliqua-t-elle en se précipitant vers la console.

Artyom n'avait pas menti. Le fichier était arrivé.

— Apparemment, Nayla est toujours en vie, prévint Leene.

— Tu me fais peur.

Leene ne trouva pas la force d'en dire plus. Elle lança l'enregistrement. L'entrée de Nayla la rassura, avant de l'inquiéter. Si Dem avait échoué, c'est qu'il était mort.

— Dem ! s'exclama Mylera.

Juste derrière la Sainte Flamme marchait un homme en armure et, Mylera avait raison, il s'agissait bien de Devor Milar.

— Ce n'est pas possible, souffla-t-elle.

Elle suivit à peine l'abjecte cérémonie. Elle essayait de comprendre ce qui s'était passé. Dem avait juré de tuer Nayla, mais il était là à la soutenir et, pire, à soutenir ce mariage ignoble.

— Elle a épousé ce Tellusien. C'est dingue ! Elle a vraiment perdu l'esprit, attaqua Mylera. Et Dem ? Elle l'a corrompu. C'est impossible, n'est-ce pas ?

L'interrogation arracha Leene à sa contemplation. Elle se tourna vers son amie et secoua la tête pour montrer son désarroi. Et puis… Elle lança à nouveau l'enregistrement.

— Je n'ai pas envie de revoir ça, gronda Mylera.

— Attends ! J'ai… Attends !

Leene ne parvenait pas à verbaliser ce qui la tracassait. Elle visualisa une nouvelle fois cette maudite cérémonie.

— Là ! s'exclama-t-elle. Regarde les mains de Dem.

— Eh bien ?

— Tu vois, il bouge les doigts. Je l'ai déjà vu faire ça, à l'époque de la rébellion pour donner des instructions à Lazor ou à Tarni. C'est un langage secret des gardes.

— Tu es sûre ? fit prudemment Mylera.

— Certaine !

— Mais à qui parle-t-il ? Pas à nous, puisque…

— Serdar ! Il s'adressait à Serdar !

— Tu as sans doute raison, mais pourquoi ?

— Il a un plan ! J'en suis sûre. Tu le connais, il n'abandonne jamais. Cela veut peut-être dire que Nayla n'est pas devenue ce que nous pensions.

— C'est un peu tiré par les cheveux, non ? Tu essayes de te convaincre.

— Peut-être…

Elle se frotta le visage d'un geste nerveux.

— Non ! Nayla n'a pas pu devenir un monstre. Je refusais d'y croire et je le refuse encore. Et Dem… Dem ne se serait pas laissé influencer. Il s'est sûrement rangé au côté de Nayla.

— Très bien, tu as peut-être raison, mais en quoi ça nous avance ? Nous n'avons aucun moyen de les contacter.

— Je sais, mais c'est rassurant tout de même.

— Elle a épousé l'Hégémon, Lee. Je ne trouve pas cela réconfortant.

Leene secoua la tête avec désespoir. Tout allait de mal en pis depuis le retour de Dem. *Non, tout va mal depuis notre victoire*, admit-elle. *Nous n'étions pas faits pour le pouvoir.*

Ailleurs…

Symmon Leffher et son clone Marthyn avaient rejoint le bureau de ce dernier après la cérémonie. Ils n'avaient pas besoin de parler, ils partageaient les mêmes sentiments. Milar était vivant et hors d'atteinte. Ce mariage leur laissait également un goût d'échec. Kaertan avait joué le coup avec brio, en humiliant Haram Ar Tellus. Ils connaissaient tous les deux suffisamment l'Hégémon pour anticiper sa colère. Il lui faudrait un coupable à châtier. Ils savaient déjà sur qui le blâme allait tomber.

La porte du bureau s'ouvrit et l'Hégémon entra, accompagné par son grand ministre et une compagnie de sa garde prétorienne. Ces soldats hyper entraînés et très bien équipés étaient dévoués jusqu'à la mort au souverain de la Coalition – c'était un honneur d'être appelé à servir dans cette unité. D'un geste, Haram leur ordonna de rester dans le couloir, puis il referma la porte. Il darda sur Marthyn un regard furieux.

— Je devrais te tuer pour m'avoir infligé cet outrage, gronda le souverain. Tu devras payer cet affront. En attendant ce moment, il va falloir rattraper tes erreurs.

— Maintenant que vous êtes en place, Sire, autant en profiter, intervint Symmon. Emparons-nous du pouvoir, faisons cela rapidement. Ils s'attendent à une action lente et insidieuse, prenons-les à contre-pied.

— Intéressant. Que proposes-tu ?

Marthyn grimaça. Il sentait la fin de son mandat. Dans peu de temps, Haram le renverrait dans la Secundum, comme il se devait. Il n'en avait pas envie.

— Prenons le contrôle, Sire, maintenant, continua Symmon. Faisons arrêter tous les membres du gouvernement. Nous verrons ensuite s'ils acceptent de coopérer.

— L'armée va se rebeller, non ?

— Leur flotte a été balayée par les Hatamas et les vaisseaux survivants ne sont pas encore revenus. Leurs soldats en place sur Tellus Mater ne sont pas si nombreux. Les prétoriens à bord de l'Atlas peuvent aisément en venir à bout.

— Sans nul doute… Et Kaertan ?
— Il faudra s'en débarrasser un jour ou l'autre, Sire. Pour le moment, il faut la garder en vie, là où elle se trouve. C'est un prophète. Enfermons-la comme il se doit.
— Et cette religion inique ?
— J'hésite, Sire. Si nous voulons que le peuple nous suive, je pense qu'il est nécessaire de conserver cette religion. Tout transformer d'un seul coup pourrait modifier la balance des pouvoirs en notre défaveur. Si nous adoucissons les règles, si nous interdisons les sacrifices humains, nous pourrons l'utiliser à notre avantage.
— Kaertan a déjà donné cet ordre, intervint Marthyn.
— Ce genre de consignes prend du temps à se mettre en place. Le peuple pensera que ce changement est de votre fait, Sire. Ils vous aimeront davantage pour cela.
— Très bonne idée, Symmon. Quand proposes-tu d'agir ?
— Demain ou après-demain.
— Hum… J'aimerais que Darlan supervise cette prise de pouvoir. Garvan, rappelle-le. Qu'il rentre dès qu'il aura fini la tâche que je lui ai confiée !
— Bien, Sire.
— En attendant, je veux tout savoir sur les défenses de Tellus Mater. Garvan, commence à t'imposer auprès de leur chancelier. Ils escomptent que nous nous impliquions. Rassurons-les.
— Oui, Sire.
— Sire, que faisons-nous de Milar ? demanda Symmon.
— Rien pour le moment. Ensuite… Je le laisserai à tes bons soins. Cet ennemi de Tellus doit être châtié.
— Définitivement !
— Accompagne-moi, ordonna Haram en désignant le jeune clone.
— Sire, je suis plus à même de…, commença Marthyn, mais l'Hégémon avait déjà quitté la pièce.

Symmon lui adressa un clin d'œil moqueur avant de disparaître. Marthyn Dar Khaman resta seul, les poings serrés. Il aurait dû s'y attendre. Dans quelques jours, il deviendrait obsolète. Comme cela avait toujours été, on lui ordonnerait de rejoindre la Secundum. Il était également possible que Haram le tue de ses mains pour le punir de son incompétence. Au cours de sa longue existence, Marthyn avait très souvent subi le courroux de son seigneur. Il passa une main nerveuse sur sa nuque, puis vint observer le paysage par sa fenêtre. Il se plaisait ici. La vie qu'il s'était créé le comblait. Envisager de finir sa vie reclus sur Wyrdar lui retournait l'estomac, mais que pouvait-il faire pour l'empêcher ? Il secoua la tête de dépit. *Je suis un Decem Nobilis. Je ne suis pas un traître. Je vais plier, comme toujours.*

Son reflet, dans la vitre, lui renvoya un visage tendu, une lèvre retroussée sur ses dents. Il se détourna pour ne pas affronter sa propre colère.

Un long silence succéda au visionnage des images. L'équipage de Jani Qorkvin ne broncha pas, stupéfait par l'incroyable spectacle. Les frères Rola'ma avaient laissé échapper des jurons au pire moment de l'enregistrement, mais maintenant, ils restaient calmes, sonnés par l'ampleur de la menace. La contrebandière était blême depuis son retour. Ses yeux sombres paraissaient encore plus noirs que d'habitude. Ilaryon s'était demandé si elle avait pleuré. *Dem file le parfait amour avec Kaertan, alors ouais, je pense qu'elle a pleuré*, songea-t-il. *C'est vraiment dégueulasse de lui faire ça.* Il se tourna vers les deux invités, Do Jholman et le Hatama. Le colonel Serdar avait autorisé leur présence, preuve que le Garde de la Foi prenait la menace au sérieux. Ilaryon déglutit sans réussir à humecter sa gorge sèche. Il comprenait la réaction de ses camarades face à ces créatures terrifiantes. Lui-même était horrifié par ce qu'elles impliquaient.

— Bordel, mais c'était quoi, ça ! lança enfin Sil.

— Les Hatamas les appellent des serpents d'ombre, déclara Do Jholman. Ce sont des monstres de leur mythologie. Ils annoncent la fin de l'univers.

— Et on est censés faire quoi ? Parce que si tu nous montres ces images, ce n'est pas pour rien, pas vrai Jani ? siffla Thain.

— Ce… mariage était vrai ? demanda Fenton.

— Oui, mais ce n'est pas le sujet, grommela la contrebandière.

L'équipage échangea quelques regards gênés qu'elle fit semblant de ne pas voir.

— En effet, Thain, il y a une bonne raison. Shoji a, elle aussi, atteint la salle du trône. Elle a découvert, je ne sais pas où, un livre très ancien qui parle de ces serpents. Nayla a eu des visions qui recoupent tout ce que nous savons. Bref… Dem veut que nous allions sur une planète très loin dans l'espace hatama. Sur ce monde se trouve un temple où, peut-être, nous trouverons des informations pour vaincre ces saloperies.

— Est-ce que c'est une blague ? s'écria Thain.

— Non, je préférerais, mais tu as vu les images. Rien ne peut les détruire. Notre univers sera réduit à néant sans que nous ne puissions rien faire.

Jani avait recouvré son assurance. Elle se tenait les mains sur les hanches, affirmant son autorité.

— Mon clan croit que votre devin peut les vaincre, intervint le Hatama d'une voix qu'Ilaryon trouva désagréable. Si une solution existe, elle sera inscrite sur les murs de ce temple saint.

— Je vais prendre le *Taïpan* et me rendre sur cette foutue planète, déclara Jani. Do Jholman et Mutaath'Vauss ont déjà accepté de m'accompagner. Le lieutenant Ashtin et cinq gardes seront aussi du voyage. Serdar a insisté. Il tient à notre sécurité.

Elle ponctua cette dernière précision d'un ricanement dubitatif.

— En tout cas, cela veut dire que je n'ai pas vraiment besoin de vous pour le voyage. Si vous voulez rester à bord du Vengeur, il n'y a aucun problème. Je ne force personne.

— Je viens avec vous ! lança Ilaryon, sans réfléchir.

Il avait à peine fini de parler qu'il se demanda pourquoi il l'avait fait, alors qu'il voulait fuir ces serpents à tout prix. La voix dans sa tête s'était imposée à lui, prenant presque le contrôle de son être. Il frissonna, envahi par une peur effroyable. Il voulut se rétracter, mais Fenton prit la parole à son tour.

— Je t'accompagne, Capitaine, souffla ce dernier en pressant la main d'Amina.

— Et je ne le quitte pas, précisa la femme, les dents serrées.

Les deux frères échangèrent un regard, puis Thain haussa les épaules.

— Si nous ne tentons rien, nous allons tous crever. Alors, je suis avec toi, Capitaine, comme toujours.

— Pareil ! fit Sil.

— Merci, je savais que je pouvais compter sur vous, articula Jani avec peine, car des larmes embuaient ses yeux.

Ilaryon se força à ne pas grimacer, quand un reflux acide remonta dans sa trachée. Les dés étaient jetés, ils roulaient sur le plateau de caradas, il ne pouvait plus faire marche arrière. Il ne pouvait plus fuir ce voyage suicidaire.

— Quand partons-nous ? demanda-t-il.

— Le plus vite possible ! Ça ne sert à rien de temporiser. Préparez vos affaires.

— À tes ordres ! répliqua Sil d'un ton presque joyeux.

✦✦✦

Les Gardes de la Foi se montrèrent efficaces. L'équipage du *Taïpan* fut prêt à partir moins d'une heure après le discours de Jani. Fenton et Amina foncèrent vers la salle des machines, tandis que Sil conduisait leurs passagers vers leurs chambres respectives. Serdar leur avait même affecté un médecin qui investit l'infirmerie. Ilaryon fut surpris de ressentir une certaine émotion en retrouvant ses quartiers à bord du petit vaisseau. Enfermé dans sa cabine, il tenta de faire le point. Il se mit à marmonner à voix haute.

— Qu'est-ce que je dois faire ? Dois-je y aller ? Mais pour quoi faire ? Je ne veux pas participer à…

— *Arrête de pleurnicher ! Tu dois y aller !* dit la voix dans sa tête, avec une force qui lui arracha des larmes.

— *Pourquoi ? Qu'attends-tu de moi ?*

— *Tu l'apprendras le moment venu.*

— *Non !* se rebella Ilaryon. *Je veux savoir. Tu veux détruire l'univers avec ces créatures.*

— *Elles sont mes légions. Elles vont générer le néant et de ce néant naîtra un monde neuf et jeune.*

— *Mais… Mais les gens ?*

— *Ne sont-ils pas tous corrompus ? Ne sont-ils pas tous mauvais ?*

Ilaryon frémit, mis en face de ses contradictions. Certes, il voulait que tout change et que sa famille soit vengée, seulement… seulement, comment accepter que tout le monde soit massacré par ces serpents d'ombre ?

— *Si… Si, mais…*

— *Tu as accepté de m'aider. Tu voulais m'aider. Tu voulais les punir.*

La voix résonnait si fort dans son crâne, l'envahissait tout entier. Ilaryon tomba à genoux, et se serra les tempes entre ses paumes, la bouche ouverte en un cri silencieux. Les vrilles de l'esprit étranger s'enfoncèrent plus profond en lui. Il essaya de résister, de lutter contrer cette volonté bien plus forte que lui.

— *Je… Je ne savais pas…*

La douleur s'amplifia, la présence se fit plus intense, si puissante que sa personnalité recula dans les tréfonds de sa pensée.

— *M'aideras-tu ?* insista la voix.

— Oui ! cria-t-il. Oui !

Il voulait juste que la douleur cesse.

— *Alors, rejoins les autres.*

La voix séduisante claquait désormais avec autorité. Il était presque impossible de s'opposer à sa volonté. Ilaryon se leva, se nettoya le visage, puis sortit. Les pulsations dans son crâne s'amenuisèrent, puis disparurent, remplacées par un sentiment euphorique.

Il gagna la passerelle du Taïpan. Jani était assise dans le fauteuil du capitaine, Ashtin se tenait debout près d'elle et l'un des gardes se trouvait en retrait, telle une statue impassible. Ilaryon détestait cette attitude de robot sans âme. Thain était à son poste de pilote, comme d'habitude. Jani se retourna vers lui. Elle lui adressa un regard sévère, tout en balayant l'air d'un geste agacé.

— Tu peux retourner dans tes quartiers, Ilaryon. Nous sommes bien assez nombreux sur la passerelle.

Il voulut protester, mais comprit que c'était inutile. Il quitta les lieux, mais n'osa pas regagner sa cabine. Il craignait les assauts de cette voix qui le harcelait. Il entra dans la coquerie, mais s'arrêta sur le seuil. La pièce était occupée par le Hatama et deux Gardes qui se tenaient silencieusement contre le mur. L'émotion qu'il avait ressentie en montant à bord s'évanouit. Le *Taïpan* n'était plus cet ersatz de foyer qu'il appréciait. Cette invasion lui donnait la nausée.

Sil Rola'ma fit signe à Ilaryon de le rejoindre. Il était vautré sur un fauteuil et sirotait un verre de majaliu, un mélange de fruits mixés avec du lait de molaal, un animal venant de Gakal. Il pointa le grand pichet devant lui.

— Sers-toi, j'en ai fait plein et ces deux-là n'ont pas soif, murmura-t-il en désignant les deux soldats.

— Merci. Où sont les autres ?

— Je crois qu'Ashtin est sur la passerelle.

— Je confirme, j'en viens.

— Le toubib est dans l'infirmerie avec un garde et un autre a accompagné Jholman en salle des machines.

— Pourquoi Jholman…

— Il était technicien, il y a longtemps. Fenton était content d'avoir des bras supplémentaires.

— Ah, je vois, grommela Ilaryon en se servant un verre de majaliu.

Il porta la chope à ses lèvres, mais avant de boire, il en profita pour observer le non-humain debout contre la cloison. Il n'aurait jamais cru voir un Hatama d'aussi près. Yiria était loin de la frontière et les risques d'attaques quasi inexistants. Il déglutit, mal à l'aise devant ce visage squameux, ces yeux de reptiles et cette bouche fine. L'autre lui retourna son regard et Ilaryon détourna le sien, pris en faute. Il but une longue goulée du liquide frais, sucré et doux qui dévala dans sa gorge, la tapissant d'une agréable suavité. Après quelques minutes, il lorgna en douce vers le lézard gris. Les images le frappèrent avec violence.

Une planète vue depuis l'espace. Des petits vaisseaux fondant sur elle. Des villages de colons humains. Des troupes vêtues de cuir rouge se répandent dans les rues. Les Hatamas enfoncent les portes. Ils tuent les malheureux qui tentent de fuir. Vauss organise l'assaut. Il abat personnellement deux jeunes gens qui lançaient une pitoyable contre-attaque.

Ilaryon revint à la réalité avec un hoquet. Il avait presque perdu l'habitude d'assister à ce genre de scène insérée de force dans son crâne.

— *Les Hatamas ne sont pas différents des Humains. Tous les mortels se comportent ainsi, massacrant ceux qui leur déplaisent. Il est temps de recommencer.*

— *Oui…*

Ilaryon n'avait plus envie de savourer son majaliu. Il reposa son verre à moitié rempli et recula sur son siège.

— Qu'est-ce qui va se passer, maintenant ? demanda-t-il à Sil.

— Ben, tu n'as pas suivi ! On va traverser la frontière en mode camouflage et on va se rendre sur cette fameuse planète.

— Oui, je ne suis pas idiot, mais… Le territoire hatama ! Si nous sommes repérés, qu'arrivera-t-il ?

— Il pourra peut-être nous aider, mais sinon…

— Je ne pourrais rien pour vous. Je serai considéré comme un traître et exécuté comme tel, intervint le capitaine Vauss. Vous, vous serez faits prisonniers et, avec de la chance, envoyés sur une colonie pénitentiaire.

— Super ! marmonna Sil.

— Et si nous n'avons pas de chance ? demanda Ilaryon.

— Vous serez tués.

— Ouais, comme c'est étonnant ! ironisa le jeune homme.

— L'inverse est vrai. Si la coalition Tellus nous capture, je serai exécuté.

— Et nous aussi ! grommela Sil.

— Oh, je suis d'accord avec vous deux, cracha Ilaryon. Les Humains et les Hatamas sont des assassins. Aucun doute sur ce point-là.

— Ilaryon ! protesta Sil. Si on doit voyager ensemble…

— Pas le choix, hein, fit-il avant de se lever.

Il toisa le non-humain avant de sortir. Une fois dans le couloir, il eut l'impression que les murs se resserraient sur lui. Il se précipita pour se réfugier dans sa cabine.

Ailleurs...

Darlan Dar Merador observait la planète Kanade depuis la passerelle de son vaisseau. L'Hégémon avait renouvelé ses ordres la veille et ils étaient sans ambiguïté. Haram exigeait qu'il rase cette planète. Le général n'avait jamais obéi bêtement. Il estimait être un bien meilleur stratège que son seigneur. Il ne voulait pas détruire ce monde sans en apprendre plus sur les dépositaires. Ces gens l'intriguaient. Ils n'avaient jamais été détectés, même sous la férule de Tellus. Il en éprouvait une terrible frustration. Il décida d'interpréter le souhait de l'Hégémon. Il allait enquêter, débusquer les dépositaires, s'emparer de leur savoir et de leurs secrets. Noler, l'un des sbires de Marthyn, avait évoqué des tableaux anciens, des livres et de nombreuses pièces d'art. Il était hors de question de détruire tout cela.

La petite ville à l'architecture particulière respirait le calme et la sérénité. Darlan patientait sous la frondaison d'un arbre plusieurs fois centenaire. Dans la chaleur de cet après-midi, il appréciait l'ombre fraîche. Ses hommes quadrillaient les lieux et procédaient à des arrestations. Il détailla le pitoyable groupe, rassemblé à quelques mètres, puis s'approcha à pas mesurés. On poussa vers lui le premier d'entre eux.

— Je veux parler à un dépositaire, déclara-t-il sans attendre.

— Je... Je ne comprends pas, monsieur, répondit le Kanadais.

Au cours de ces milliers d'années de vie, Darlan avait appris à décrypter les expressions humaines. Le Kanadais déglutit nerveusement, se mordilla les lèvres. Il mentait, mais pas plus que tous ceux qu'il avait déjà interrogés dans deux villes différentes. Il le chassa d'un geste agacé. Le prisonnier suivant s'avança sans oser le regarder, visiblement effrayé. Il lui posa la même question.

— Je ne sais pas, monsieur, fit l'autre en tremblant.

Il était très mal à l'aise. Darlan soupçonna que, cette fois-ci, le mensonge était plus profond. Cet homme savait quelque chose d'intéressant. Il se rapprocha et attrapa le captif par le devant de sa veste. Il le souleva sans effort, grâce à son armure de combat haute intensité, bardée de servomoteurs, pilotés par une intelligence artificielle. Avec ce type d'équipement, l'armée de la coalition Tellus était bien supérieure à celle de l'Imperium. Il n'avait cessé de plaider auprès de l'Hégémon pour qu'il autorise une attaque de leur ennemi. Haram avait temporisé, effrayé par les Gardes de la Foi. Il avait tort. Ces hommes améliorés génétiquement ne comptaient que sur leurs capacités physiologiques et psychologiques, refusant de s'appuyer sur la force technologique.

Darlan toisa son prisonnier de son regard glacé en affichant un sourire carnassier.

— Tu vas me conduire auprès d'un dépositaire, tonna-t-il.

— Je... Je ne sais pas, bafouilla le Kanadais.

Le général le reposa, puis saisit son poignet entre les doigts caparaçonnés de son armure. Il serra. Il entendit les os se rompre et l'homme hurla. Darlan fit signe aux deux soldats qui l'encadraient. Ils attrapèrent le captif pour l'empêcher de tomber.

— Si tu ne veux pas que je brise tous les os de ton corps, tu vas faire ce que je te dis.

— Je ne sais pas de quoi...

— Et ensuite, je poursuivrai en écrasant les membres de ta famille, tes amis, et chaque personne de ce trou.

Il saisit le coude de l'homme et appuya juste ce qu'il fallait. L'autre gémit.

— Alors ? Je t'écoute.

— Je... Je n'ai pas le droit, pleurnicha le captif.

Darlan maîtrisa le sourire de triomphe qui menaçait d'étirer ses lèvres. *Je le tiens !*

— Conduis-moi et tu seras épargné.

L'homme céda d'un léger signe de tête. Il poussa un long soupir, puis murmura si faiblement que Darlan dut tendre l'oreille pour l'entendre.

— C'est par là, à la sortie de la ville. La maison de la sage Akemi Hasegawa.

La demeure était charmante, construite selon les standards en vigueur sur Kanade. Elle était entourée d'une pelouse épaisse et on y accédait par un chemin de pierre soigneusement entretenu. Les soldats de Tellus se déployèrent pour empêcher toute évasion, tandis que trois de ses meilleurs hommes investissaient les lieux. Dans son rapport, Noler avait précisé que toutes les données avaient été effacées dès qu'il était intervenu. Il fallait agir vite.

Sans attendre le compte rendu du trinôme, il se dirigea vers la maison. À l'intérieur, les meubles avaient été renversés. Au fond de ce grand salon, une cloison avait été éventrée par ses guerriers. Sur le sol de la pièce qui se trouvait de l'autre côté, une vieille femme était étendue, plaquée par la botte d'un soldat. L'officier salua.

— Elle voulait accéder à l'ordinateur, Général.

— Relevez-la !

L'ancêtre lui fit face avec un sourire méprisant.

— Darlan Dar Merador, le général de Tellus, le salua-t-elle. Croyez-vous m'intimider ?

Il dissimula sa surprise. Comment pouvait-elle savoir qui il était ? Marthyn ne s'était pas trompé, ces gens étaient dangereux. Que savaient-ils d'autre ?

— Vous êtes une dépositaire et vous allez me donner toutes les informations dont vous disposez.

Elle rit doucement.

— Si vous comptez menacer ma vie, sachez que j'ai plus de cent quatre ans. La mort ne m'effraie pas. Je l'attends.

— Et la vie des vôtres ? Des gens de ce village ? De cette région ?

— Vous n'oseriez pas.

— Nous sommes revenus au pouvoir, femme. Nous avons tous les droits.

— C'est bien possible, fit Akemi Hasegawa en croisant les bras.

— J'attends.

— Eh bien, attendez, répliqua-t-elle avec un sourire méprisant.

Darlan recula d'un pas pour mieux la regarder. Il savait juger les humains et il aurait parié qu'elle ne céderait pas, quel qu'en soit le prix. Selon Noler, les données de la console étaient protégées, mais ses spécialistes perceraient ce code sans problème.

— Cela ne vous servira à rien, lança l'aïeule.

— Quoi donc ?

— D'accéder à ces données. Vous pensez que vos techniciens y parviendront avant qu'elles soient détruites. Vous avez peut-être raison, mais cela sera inutile.

— Pourquoi cela ?

— Vous verrez bien, répondit-elle avec un sourire énigmatique.

Il balaya la pièce des yeux. La bibliothèque débordait de livres, les murs étaient recouverts de tableaux très anciens, de nombreux objets, dont il ignorait l'usage, étaient exposés dans une vitrine. Il s'approcha pour les admirer. Il y avait aussi de magnifiques bijoux, en or et pierres précieuses. Il s'étonna qu'aucun système de sécurité ne protège ces trésors, puis se dit que les habitants étaient sans doute trop respectueux pour oser les voler.

— Capitaine, embarquez-moi tout ça et demandez à un technicien d'emporter cette console.

— Oui, Général.

— Femme, je n'en ai pas fini avec vous. Où se trouvent les autres comme vous ?

— Vous pensez vraiment que je vais vous répondre ?

— J'en suis certain. Capitaine, qu'elle soit conduite à bord et confiée à mon scrutateur.

— Votre bourreau ne me fera pas parler, siffla la vieille.

— Nous verrons, coupa Darlan.

Mylera s'étira dans le large lit de leur suite. Leene sourit. Elle s'était installée dans un fauteuil moelleux, enveloppée dans une épaisse robe de chambre, et dégustait à petites gorgées un délicieux café d'Eritum.

— Bien dormi ? demanda-t-elle.

— Parfaitement. Ce lit est magique.

— Oui, c'est vrai.

— Pourtant, tu es levée.

— J'étais réveillée. J'avais besoin de réfléchir.

— À quoi ? Petrovich ?

— À quoi d'autre ? se renfrogna le médecin.

Cela faisait deux jours qu'elles avaient emménagé dans ce luxueux appartement dans la tour du mafieux. Uve Arey en occupait un plus petit quelques portes plus loin. Mylera avait très vite récupéré son énergie. Artyom Petrovich leur avait donc offert ce logement en attendant la décision de Leene. Pour le moment, elle ne cédait pas. Mylera l'avait soutenue, mais elle sentait que sa résolution faiblissait.

— Nous ne pouvons pas rester ici, n'est-ce pas ?

Sa question avait un ton presque plaintif. Leene comprenait ses hésitations. Elle les partageait. Après ces jours, ces semaines, ces mois de fuite, elle aspirait à un peu de repos dans un lieu sécurisé, même si ce lieu appartenait à la mafia. Elle aurait presque cédé, sans l'information capitale transmise par Do Jholman. Nayla devait être mise au courant, mais elle ne voyait pas comment l'atteindre.

— Patientons encore quelques jours.

— Je ne vais pas te contredire ! lança Mylera en repoussant le drap.

Elle se leva et enfila quelques vêtements. Elle traversa la pièce et vint poser un baiser sur les lèvres de Leene qui frissonna.

— Je suis heureuse de t'avoir retrouvée, Lee, souffla-t-elle.

— Moi aussi.

— J'ai envie d'un bon petit-déj, et toi ?

— Moi aussi, répondit Leene avec un clin d'œil amusé.

Le rire de Mylera fut interrompu par la sonnerie de la porte. Elles échangèrent un regard surpris. La jeune femme secoua la tête, avant d'aller ouvrir, les épaules tendues par l'inquiétude. Uve Arey se tenait dans le couloir. Un vrai sourire éclaira son visage en la reconnaissant.

— Mylera ! Je suis heureux de voir que vous allez bien.

— Merci. Entrez, nous allions prendre notre repas. Voulez-vous le partager avec nous ?

Leene serra les mâchoires d'agacement. *Il ne manque plus que ça !* se plaignit-elle.

— Non, merci, j'ai déjà mangé. Je me contenterai d'un café, si vous voulez bien.

— Bien sûr. Installez-vous, je le prépare.

Leene était toujours enveloppée dans sa robe de chambre. Un peu gênée, elle serra la ceinture autour de son corps maigre. Elle s'assit à table et Arey la rejoignit. Mylera déposa un tas de pancakes moelleux, des coupelles de fruits et de marmelade, ainsi qu'un pot de café. Le médecin piocha une crêpe épaisse et la recouvrit d'une belle couche de fruits compotés. Elle mordit distraitement dans la pâte et avala une bouchée délicieuse.

— Comme je le disais, je suis heureux que vous soyez en bonne santé, Mylera, mais… Nous sommes désormais à la merci de ces mafieux. Que va-t-il se passer, maintenant ?

— Petrovich veut que je reste à son service comme médecin-chef, déclara Leene en dégustant un autre morceau de pancakes.

— Et il saura utiliser les talents de Mylera, je n'en doute pas. Que va-t-il faire de moi ?

— S'il apprend ce que vous êtes, il y a fort à parier qu'il aura un emploi pour vous, lança l'officier technicien.

— Je préférerais qu'il l'ignore. Les inquisiteurs ne sont pas à vendre.

— Parce que les médecins le sont, peut-être, s'insurgea Leene.

— Ce n'est pas ce que j'ai dit, répondit Arey en levant les mains pour se faire pardonner.

— Qu'est-ce que vous avez dit, alors ?

Il secoua la tête avec un sourire amusé.

— Docteur… Ce que je dis, c'est que nous devons réfléchir à un moyen de nous enfuir.

— Bien sûr, c'est très simple. Il suffit de foncer vers la porte en flinguant tout le monde, voler un vaisseau et quitter la planète, ironisa le médecin. Arey, Petrovich contrôle beaucoup de choses sur Tasitania. Si, par miracle, nous arrivions à nous sortir de cet immeuble, il nous retrouverait encore plus facilement que Noler. Ne nous précipitons pas.

— Nous ne pouvons rester éternellement ici.

— Non, bien sûr que non. Pour le moment, nous avons une priorité : avertir Nayla de la menace envoyée par Jholman. Je doute que Petrovich puisse la contacter. Serdar est notre seule option. Vous détenez les codes pour atteindre la Flotte noire. Je suis persuadée que notre hôte possède des solutions efficientes de communication.

— Vous plaisantez ?

— Pas du tout ! Artyom Petrovich est un homme raisonnable, enfin, quelque peu. Je peux essayer de le convaincre.

— Et comment feriez-vous cela ?

— En acceptant de rester travailler pour lui.

— Lee ! Tu n'es pas sérieuse.

— Il le faut, Myli.

— C'est…

La sonnerie de la porte retentit à nouveau. Mylera ouvrit et Piotr entra sans autre forme de procès.

— Doc ! Faut que tu viennes.

— Pourquoi ?

— On a des dizaines de blessés qui vont arriver. Faut faire vite !

— Je m'habille et je vous accompagne ! s'écria Leene en se précipitant dans sa chambre.

Elle enfila une tenue simple, fournie par son hôte, se chaussa, jeta un coup d'œil dans le miroir et coiffa ses cheveux rebelles d'une main nerveuse. Elle fit irruption dans le salon.

— Je vous suis, Piotr. Vous me direz ce qui s'est passé.

— As-tu besoin d'aide, Lee ? demanda Mylera.

— Oui !

— Je te rejoins.

— Euh, c'est pas…

— Piotr, nous ne sommes pas prisonnières, n'est-ce pas ?

— Non, grommela l'autre. Pas de problème. Juste… Vous ne pouvez pas descendre sous le dixième étage.

— Pourquoi ?

— Parce que c'est les ordres. Personne n'a le droit d'aller se balader sans autorisation du patron.

— Dépêchons-nous, Piotr, intervint Leene en le poussant vers la sortie.

Ils se hâtèrent dans le couloir jusqu'à l'ascenseur. Mylera les rattrapa à ce moment-là.

— Alors ? demanda le médecin. Qu'est-ce qui se passe ?

— Votre copain, le type des forces spéciales…

— Noler ?

— Ouais ! Il est furieux de ne pas vous trouver. Ses hommes ont déboulé dans le quartier où Camullia vous a hébergés. Il a détruit les maisons et massacré tout le monde. Nos gars ont récupéré les blessés.

Le cœur de Leene se serra. Elle était désolée d'être à l'origine d'une telle tragédie. Et puis quelque chose la frappa.

— Il n'y a pas d'hôpitaux… normaux, sur ce monde ? Pourquoi faut-il qu'ils soient soignés ici ?

— Bien sûr, qu'il y a des hôpitaux, mais pas pour les pauvres.

— C'est une blague ?

— Tasitania est très peuplée, Doc, alors ouais, les défavorisés sont toujours moins bien traités. Mon père a décidé de se substituer aux autorités.

— Je vois, fit-elle en échangeant un regard avec Mylera.

Sans parler, les deux femmes se comprirent. Le malfrat semblait doué d'empathie : un bon point pour lui.

L'hôpital débordait de blessés installés un peu partout. Leene oublia pour qui elle travaillait. Elle bascula en mode médecin de guerre en un instant. Elle allait devoir trier les victimes et prioriser les soins. Elle pouvait compter sur quatre infirmiers qui ne seraient pas de trop pour la seconder. Elle choisit Jacek pour la suppléer. Marina fut chargée de s'occuper des blessures de moyenne intensité. Elle affecta Katrina aux traitements légers et Oleg au tri. Leene se tourna vers Mylera.

— Mylera, peux-tu nous aider ?

— Bien sûr, que veux-tu que je fasse ?

— Oleg va t'expliquer comment noter les blessés et les placer dans les zones respectives.

— Très bien, je vois ça avec lui.

— Merci, Doc, tonna Yartik.

Il se tenait contre le mur, une large entaille avait décollé un morceau de cuir chevelu et le sang maculait son visage. Il soutenait son bras gauche en grimaçant.

— C'est mon boulot, répliqua-t-elle en oubliant sa colère d'avoir été livrée à un mafieux.

— Ouais, fit l'autre.

— Piotr, que quelqu'un nettoie tout ce sang ! ordonna Leene en désignant le sol. On va finir par glisser.

— Bien sûr, je m'en occupe. Y a encore une trentaine de victimes à venir, prévint-il.

— Formidable !

Elle enfila une tenue aseptisée et pénétra dans la salle d'opération. Trois blessés graves l'attendaient déjà. Elle sélectionna le plus jeune, un gamin d'une quinzaine d'années avec un trou béant au flanc.

✦✦✦

Leene avait travaillé trente heures d'affilée, avec une unique pause de dix minutes pour se restaurer. Elle n'était pas la seule. Ses quatre infirmiers affichaient des mines défaites et Mylera s'était écroulée sur un fauteuil. Elle somnolait, la tête posée sur ses avant-bras. Le médecin se nettoya les mains et but un long verre d'une boisson énergisante que Jacek avait préparée pour elle.

— Bravo, Docteur, félicita l'infirmier.

— Bravo à vous.

— Et maintenant ? demanda Leene en bâillant.

— Essayez de prendre du repos. Je vais demander à Oleg de rester éveillé un moment, pour surveiller les blessés.

— Voyez avec Piotr, indiqua Jacek. Il a quelques hommes formés aux soins de terrain. Ils devraient être capables d'analyser la situation.

— Pouvez-vous vous en charger ?

— Bien sûr, Docteur.

— Je serai dans mes appartements.

Il acquiesça d'un signe de tête las. Leene attrapa Mylera par la main et elles rejoignirent l'ascenseur. Cinq minutes plus tard, le médecin s'écroulait sur son lit, sans avoir pris le temps de se déshabiller.

Ailleurs…

Retrouver son indépendance avait allégé l'âme de Jani Qorkvin. Certes, à bord du Vengeur, elle n'était pas malheureuse. Serdar leur avait laissé beaucoup de liberté. Son équipage et elle avaient pu profiter d'un temps de presque vacances, à manger, se détendre, dormir… Elle n'avait pu s'en contenter. Elle n'avait cessé de s'inquiéter pour Dem qui restait, pour elle, son beau colonel. *Maintenant, je sais*, songea-t-elle. *Il est retourné avec cette pétasse de Nayla. J'aurais dû m'en douter.*

Elle se mordit les lèvres pour retenir les larmes qui menaçaient d'envahir ses yeux. Elle l'avait toujours su. Il n'était pas pour elle. Leur relation n'était qu'un mirage, qu'un rêve, et il était temps de se réveiller. Elle avait beau en avoir conscience, la blessure était profonde. Son cœur saignait abondamment. Elle secoua la tête pour chasser ses pensées moroses et reporta son attention sur le présent. Le *Taïpan* s'approchait de la frontière.

— Thain, le système de camouflage ?

— Il est opérationnel, Capitaine.

— Réduis la vitesse, mettons toutes les chances de notre côté.

— Je suis curieux, intervint Ashtin.

Elle se tourna vers le lieutenant et le détailla pour la première fois depuis leur rencontre, quelques semaines plus tôt. Il était de taille moyenne, le visage carré, les épaules larges. Ses cheveux bruns étaient coupés en brosse et ses yeux verts n'exprimaient pas grand-chose. Il aurait pu être commun sans sa bouche bien dessinée ornée d'une fossette de chaque côté. Cela lui donnait une allure de gamin effronté qui lui plaisait. *Ma pauvre fille !* se dit-elle. *Tu es incorrigible.* Elle réprima une envie de pouffer de rire à cette idée. Elle se secoua mentalement. Il était temps de redevenir celle qu'elle était.

— Qu'est-ce qui vous rend si curieux ? demanda-t-elle.

— Je m'interroge sur votre système de camouflage. Il est étonnant qu'il soit aussi performant que vous le dites. L'Imperium n'a jamais réussi à développer…

— Je me le suis procuré auprès d'un marchand uhjili. Ces non-humains possèdent un armement compétitif.

— Les Gardes n'ont pas beaucoup de renseignements à leur sujet.

— Oui, je sais. Ils sont très xénophobes et ce sont des guerriers. Par chance, ils n'ont aucune velléité de conquête. Ils préfèrent s'enfermer derrière leurs frontières. Ils n'ont peut-être pas tort.

— Pénétrer en territoire hatama est risqué, alors espérons que leur efficacité ne sera pas contestée.

— Je l'ai déjà fait une bonne vingtaine de fois, répliqua-t-elle. Je suis une contrebandière. Je transporte des biens et des personnes d'un bout à l'autre de la galaxie depuis des années, sans que les autorités puissent m'en empêcher.

— Je vois, fit l'autre, un peu vexé.

— Capitaine, intervint Thain. Une patrouille tellusienne.

— Ils nous ont détectés ?

— Je ne crois pas. Ils n'ont pas changé de trajectoire.

— Surveille-les !

— Qu'est-ce qu'on fait ?

— Rien, tout ira bien.

La tension monta d'un cran sur la passerelle. Jani pressa la touche des communications internes.

— Vauss, sur la passerelle, maintenant ! Les autres, nous passons en mode silence. Ashtin, votre homme peut-il s'occuper de l'armement ?

— Allez-y, Hermi ! fit le lieutenant en désignant le poste.

Aussitôt, le garde se glissa sur le siège. Il jeta un coup d'œil rapide sur les commandes, puis activa la console. La porte s'ouvrit et le capitaine hatama entra, suivi d'Ilaryon.

— Je l'ai accompagné pour lui montrer le chemin, expliqua le garçon.

Jani ne lui répondit pas. Sa façon de s'incruster dès qu'elle devait décider quelque chose l'agaçait.

— Vauss, nous allons franchir votre frontière dans moins d'une demi-heure. Avez-vous des conseils ?

— Conservez votre camouflage, répliqua le Hatama. Les miens n'aiment pas les intrus.

— Je n'avais pas l'intention de le désactiver.

Tendue, Jani ne cessait de consulter les écrans de ses scanners longue distance. Les Tellusiens s'éloignaient sans les avoir remarqués et elle ne voyait aucun vaisseau non-humain dans les parages. *Tout va bien se passer*, se dit-elle.

Deux heures plus tard, le *Taïpan* poursuivait sa route en plein cœur du territoire hatama. Jani avait ordonné de conserver une allure réduite pour maximiser les capacités de camouflage. Ils avaient détecté des vaisseaux des lézards gris à l'extrême limite des scanners. Après un long moment d'incertitude, elle relâcha sa respiration. Ils n'avaient pas été détectés.

— Capitaine Vauss, nous sommes passés. Il est temps de me donner les coordonnées de Lamialka.

Le Hatama s'exécuta. Elle eut un hoquet d'incrédulité en constatant que ce monde se situait très loin de la République, dans une région aux confins de la galaxie.

— Qu'est-ce que c'est que cette blague ? s'insurgea-t-elle. Nous ne pouvons pas…

Mutaath'Vauss se contenta d'un geste fataliste. Elle serra les dents pour ne pas l'insulter.

— Vous savez que réussir cette traversée est impossible. Il faudrait un miracle.

— Le Sriath est peu peuplé et notre flotte est très amoindrie, répondit le capitaine hatama. Je suis confiant.

— Tout va bien, alors, ironisa-t-elle.

Jani haussa les épaules. Après tout, ils allaient tous mourir. Elle reporta son attention sur les étoiles et un sourire carnassier s'afficha sur visage. Elle était libre, comme elle l'avait toujours été. Elle était dans son vaisseau et ce n'était pas quelques lézards gris qui allaient lui faire peur.

Nayla s'écarta lentement de Dem, le cœur écartelé entre joie et tristesse. Elle avait besoin de réfléchir à tout cela. Jani ! Elle avait enfin réussi à mettre la main sur son « beau colonel ». Elle se mit à faire les cent pas dans sa chambre, pour apaiser sa jalousie qui attisait sa colère. Elle croisa le regard bleu de Dem, îlot de glace dans son visage ravagé. Le chagrin remplaça sa rancœur. Il a tellement souffert. *Qu'aurais-je fait si j'avais été à sa place ?*

Elle revint lentement vers lui. Il patientait calmement, mais elle le connaissait assez pour deviner de la tristesse dans son regard. *Comporte-toi en adulte !* se dit-elle.

— Tu as vraiment confiance en Serdar ? demanda-t-elle.

Elle s'en voulut aussitôt d'ignorer le sujet essentiel, mais elle ne savait pas quoi dire, quoi faire. Elle avait besoin d'y penser sereinement, de se faire à l'idée.

— Oui, aussi étrange que cela soit, répondit-il, impassible.

— Ralal ! jura-t-elle. C'est un Garde de la Foi. Par quel miracle est-il aussi… raisonnable ?

Elle n'avait pas réussi à trouver un autre mot pour exprimer sa pensée. Le comportement anormal de Xaen Serdar la troublait. La preuve, elle avait utilisé un juron très grossier proféré, par les gardiens de troupeau sur Olima.

— Il est avant tout un archange, expliqua Dem.

— Janar aussi ! s'énerva-t-elle. Cela ne veut rien dire !

— Oui, mais… À bord du Vengeur, Nako m'a dit une chose étrange. Il m'a dit que Serdar avait des capacités proches des miennes et… Il m'a dit que si cela n'avait pas été moi, cela aurait pu être lui.

— Qu'est-ce que ça veut dire ? s'exclama-t-elle.

— Nako a même précisé que cela avait déjà été lui.

Nayla tressaillit en entendant ces mots et une nausée soudaine lui retourna l'estomac, comme si le destin venait d'effectuer un saut périlleux. L'idée d'un changement de ligne du temps l'avait déjà tracassée, mais son esprit refusait de se focaliser sur ce point. Cette fois-ci, cette bizarre impression de boucle revint la perturber. Elle ne voulait pas trop y penser, car admettre que quelqu'un jouait avec la réalité était dérangeant. Le bip de la console la fit sursauter.

— Serdar ! annonça Dem en acceptant la communication.

Le visage du colonel de la Flotte noire apparut à l'écran.

— Milar ! salua-t-il. La contrebandière a franchi la frontière sans encombre. Pour plus de sécurité, je lui ai adjoint un officier, un médecin et cinq gardes.

— Merci.

Serdar, statue vivante de l'impassibilité, le fixait de ce regard froid que partageaient tous les archanges. Sa lèvre se plissa en une esquisse de grimace désabusée.

— Nayla Kaertan est-elle là ?

— Je suis là, Colonel, répondit-elle en s'approchant de l'écran.

Il se redressa, chose presque impossible tant il se tenait déjà très droit.

— J'ai réfléchi à tout cela. J'y ai réfléchi longuement. Ces trois dernières années, j'y ai pensé de nombreuses fois. Les Gardes de la Foi ont été créés pour défendre l'Imperium, pour être le bras armé de la volonté de Dieu. Seulement, Dieu est mort. Vous l'avez vaincu, je dois l'admettre. Je me suis très souvent demandé quelle était la signification de cette défaite. Je me suis demandé si nous, les gardes, avions encore une raison d'être. J'ai continué la lutte, mais dans quel but ? Qu'est-ce que je recherchais ? Vaincre la République ? Mais pour qui, pour quoi ? Me battre pour me battre, une façon de trouver la mort sans passer par le suicide ? Peut-être.

Il soupira, puis secoua lentement la tête comme pour chasser une idée dérangeante.

— Les gardes ont besoin d'un but. J'ai besoin d'un but. Je suis né pour servir, pas pour diriger. Nous sommes tous ainsi, même les archanges, même votre ami Milar.

Elle se retint de se tourner vers Dem. Elle savait que Serdar avait raison. L'ancien colonel de la Phalange écarlate aurait pu devenir le leader de la rébellion, mais il avait choisi de la soutenir, elle.

— Nayla Kaertan, vous avez un don puissant. Vous êtes importante, c'est indéniable. Il est impossible de vous laisser à la merci de Tellus.

Xaen Serdar prit une légère inspiration, puis appliqua une main sur son cœur.

— Sur mon honneur, je me mets à votre service, Nayla Kaertan. La Phalange indigo est à vous, ainsi que la Flotte noire si je parviens à convaincre les autres. J'ai bon espoir, car ils se posent les mêmes questions que moi. Ils sont aussi en quête d'un but, d'une mission.

Nayla se concentra pour conserver son calme. Sans le quitter du regard, elle inclina très légèrement la tête.

— J'accepte votre service, colonel Serdar. Je suis honorée. Je connais votre honneur, votre dévouement, vos talents innombrables de guerrier.

— Qu'il en soit ainsi ! Milar, la flotte va se diriger vers AaA 03, mais nous ne pourrons pas franchir l'ancile.

— En effet, nous trouverons une solution, répondit Dem.

— Nayla Kaertan, peut-être pourriez-vous donner l'ordre de déconnecter l'ancile.

— Malheureusement non. Je n'ai que très peu de pouvoir. Ils ne m'obéiront pas.

— Je vois.

— Je vais y réfléchir, intervint Dem. Je découvrirai le moyen de vous laisser passer.

— Je te fais confiance. Tiens-moi au courant.

— Toi de même. Préviens-nous lorsque tu auras recruté les autres colonels et leurs vaisseaux.

— Compte sur moi. Nayla Kaertan, veillez sur vous, déclara-t-il avant de couper la communication.

Dem se leva pour faire face à Nayla. Shoji, qui se tenait en retrait, les rejoignit.

— Eh bien ? dit cette dernière.

— J'ai de la peine à y croire, confirma Nayla.

— J'avoue que je suis surpris, également, confessa Dem.

— Tu penses qu'il ment ?

— Non, il est sincère.

— Parce qu'il a juré sur son honneur ? marmonna Nayla d'un ton dubitatif.

— Oui.

— As-tu senti quelque chose ?

— Non, pas à distance, fit-il avec un sourire en coin, mais mon instinct me dit qu'il faut lui faire confiance. Et puis, tu n'as pas vraiment le choix.

— Certes… Et maintenant, comment on leur fait passer l'ancile ?

— Je ne sais pas encore, grimaça-t-il.

— Il existe peut-être un moyen de récupérer un code d'accès.

— Même si c'était possible, Serdar serait obligé de faire traverser ses vaisseaux un par un. Il serait trop vulnérable. Il faut trouver le moyen de déconnecter cette barrière.

— C'est si facile à dire. Non, c'est impossible, soupira-t-elle en secouant la tête.

Il leva un sourcil amusé et elle éclata de rire.

— Rien n'est impossible, il existe toujours un moyen, cita-t-elle entre deux fous rires. C'est toi qui es impossible.

— Je n'ai rien dit.

— Bien sûr ! Non, je suis sérieuse. Il nous faut une solution. L'ancile est un système parfait, on n'a cessé de me le répéter.

— Il est parfait, mais il existe toujours une faille. Toujours ! Il suffit de la trouver. Le seul point positif, c'est que nous sommes à l'intérieur.

— Si tu le dis.

— Qui gère la sécurité et qui est responsable de ce système ?

— Owen Craeme. Tu te souviens de lui ?

— Parfaitement, fit Dem en levant les sourcils.

— Il est le patron de la police et de la sécurité.

— Craeme ? C'est… terrifiant.

— Ouais…, marmonna-t-elle.

Elle savait bien que l'homme n'était pas à la hauteur d'une telle fonction, mais à la création de la République, le manque de personnes fiables s'était fait cruellement sentir.

— Convoque-le tant que c'est encore possible.

— Sous quel prétexte ?

— Tu n'as pas besoin de raison. Tu es le dirigeant de tout ce cirque.

— Merci, fit-elle en s'inclinant, pour cacher qu'elle était un peu vexée.

— Plus sérieusement, une fois qu'il sera ici, il faudra l'interroger sur l'ancile et en profiter pour pénétrer ses pensées.

Elle frissonna à cette possibilité.

— Je ne peux pas, Dem. Chaque fois que j'ai tenté de lire un esprit, j'ai été aspiré dans Yggdrasil et j'ai mis des heures, parfois des jours, à en sortir. Je ne peux pas recommencer.

— Alors je le ferai. Tu te chargeras de l'interrogatoire.

— Très bien.

Owen Craeme se présenta une heure plus tard. Il entra les épaules voûtées, gêné de se retrouver seul dans ce lieu écrasant. Il s'inclina devant Nayla qui l'attendait, assise avec majesté.

— Owen ! salua-t-elle. Cela me fait plaisir de te voir.

— Merci, Sainte… Euh… Nayla, bafouilla l'autre en jetant des coups d'œil anxieux à Dem qui se tenait près du trône.

— Owen, tu es bien en charge de la sécurité de cette planète ?

— Oui.

— Je m'inquiète de la présence du vaisseau tellusien en orbite. As-tu les moyens de nous protéger ?

— Les satellites de défense ne le lâchent pas, nous ne risquons rien. Et puis, ils sont nos alliés maintenant, n'est-ce pas ?

— Tu crois ? Il ne faut jamais faire confiance à la Coalition.

— Je…

Il secoua la tête, ne sachant que répondre.

— Tout ça est politique, ne t'en fais pas. Tant que l'ancile est sécurisé, nous avons l'assurance que les Tellusiens ne pourront pas appeler des renforts.

— L'ancile est une forteresse, Nayla.

— Je suis tranquillisée, mais j'aimerais en savoir plus. Owen, tu m'es fidèle, n'est-ce pas ? susurra-t-elle.

Milar profita de la confusion de Craeme pour entrer délicatement dans ses pensées.

— Bien sûr, certifia-t-il.

— Si je te demandais quelque chose de… confidentiel, accepterais-tu ?

— Oui…, fit-il, un peu moins certain de sa réponse.

Dem fit un signe discret avec ses doigts pour indiquer à Nayla d'être prudente.

— Tu n'as pas l'air convaincu.

— Je fais partie du gouvernement, alors je dois respecter les règles.

— Je comprends. Donc, si je te demandais d'enfreindre ces règles sans en référer à Kanmen ou à qui que ce soit, tu refuserais ?

— Nayla, je… Je suis à ton service, mais les règles…

Il se dandinait d'un pied sur l'autre, visiblement mal à l'aise.

— C'est tout à ton honneur, Owen. Je suis heureuse de voir que la sécurité est bien garantie grâce à toi.

— Qu'est-ce que…, bafouilla-t-il.

— Je voulais m'assurer que tu étais un homme de confiance.

— Oh ! s'exclama-t-il avec un sourire. Je vois.

— Dis-moi, je reviens à l'ancile. Cette chose que je ne maîtrise pas m'inquiète beaucoup.

— Tu n'as pas à t'en faire, je te le promets.

— Mais quelqu'un pourrait pirater le système, non ?

— Non, c'est impossible. Il y a trop de garde-fous.

— Mais si quelqu'un trouvait les codes d'accès principaux ?

— Nous sommes deux à les détenir, Nayla. Kanmen et moi. Il n'y a aucun risque.

— Tu possèdes les codes d'accès ? fit-elle avec une surprise feinte.

— Oui, je suis le chef de la sécurité, se rengorgea-t-il.

Dem était désormais bien installé dans son esprit. Les défenses de Craeme avaient été sapées par la conversation. Les codes apparurent dans ses pensées lorsque Nayla les mentionna. Ils changeaient toutes les heures selon un schéma strict qui permettait à l'utilisateur de ne pas se tromper. Milar nota tout avec soin dans un coin de sa tête. Il fit signe à la jeune femme, pour lui indiquer qu'il détenait les informations voulues.

— Merci, Owen, dit-elle alors, tout en demeurant impassible. Tes renseignements étaient très instructifs. Je suis rassurée.

— C'est un honneur de te servir, fit l'homme, d'un ton servile.

— Je ne te retiens plus. Tu dois avoir beaucoup de travail.

— En effet, Nayla. Bonne soirée, ajouta-t-il avec un regard furtif vers Milar.

Il quitta les lieux d'un pas rapide.

— Alors ? s'enquit-elle dès que la porte se fut refermée.

— Alors, j'ai tout ce qu'il me faut. Tu l'as manœuvré à merveille. Et maintenant, laisse-moi travailler.

Il retourna dans la chambre et se glissa derrière la console. Il accéda au système principal. Les codes de Craeme lui permirent d'y entrer profondément. Il ouvrit les communications du chef de la sécurité, puis celles du chancelier. Il se figea sur une annonce très préoccupante. Il lut rapidement, de plus en plus inquiet.

— Ce n'est pas possible, souffla Nayla qui regardait par-dessus son épaule.

— J'en ai bien peur.

Il se leva et fit signe à Shoji de s'approcher. La jeune femme avait de la peine à trouver sa place. Après la découverte officielle de leur présence à tous deux, les services techniques avaient installé deux chambres supplémentaires. À cette occasion, Nayla avait ironisé en disant qu'à terme, cette foutue salle du trône serait remplie de tentures.

— Qu'y a-t-il ? demanda Shoji.

— Asseyez-vous, offrit-il.

— Vous me faites peur. Que se passe-t-il ?

À nouveau, il désigna le siège. Elle obéit à regret, puis leva des yeux interrogatifs vers lui.

— Je viens de lire plusieurs messages parmi les communications de Kanmen Giltan. Kanade a été attaquée.

— Par qui ? Ou quoi ?

— C'est assez flou. Certains parlaient d'une intervention au sol et de soldats qui recherchaient les dépositaires.

— Non, souffla la jeune femme.

Dem chercha ses mots quelques secondes, puis trancha dans le vif. Il avait toujours pensé qu'il fallait dire les choses le plus simplement possible.

— D'autres messages appelaient à l'aide après des explosions venues de l'espace. Les derniers indiquaient une attaque en règle. Kanade a été complètement détruite.

— Comme Alima ? s'enquit Nayla d'une petite voix.

— Oui.

— La… La Flotte noire ? demanda Shoji, des larmes plein les yeux.

— Non, je ne le pense pas. Il n'y a pas d'accusations précises. La dernière communication était partielle. Elle décrivait les vaisseaux impliqués. Selon mon opinion, il s'agit de la coalition Tellus.

— Tellus ? Mais pourquoi ? s'étonna Nayla.

— À cause de moi, chevrota Shoji. Ils savent pour les dépositaires.

— Et des historiens sachant tout à leur sujet sont une menace pour eux, confirma Dem. Vous avez absolument raison. Je suis désolé.

— Tout… Toute ma famille, mes amis… Tout le monde… C'est… C'est horrible ! Il y avait plus d'un milliard d'habitants sur Kanade. Notre civilisation était unique. Chaque personne était unique. Et les chats !

Elle éclata en sanglots convulsifs, mélange de désespoir et de colère. Nayla fut la première à réagir. Elle prit la jeune femme dans ses bras pour la réconforter.

— Nous en saurons plus. Tu seras vengée.

— Nous ne saurons rien, précisa Dem. Je serais prêt à parier qu'ils accuseront la Flotte noire avec toutes les preuves possibles.

Nayla le fusilla du regard avec l'air de dire : sois plus sensible. Il leva les sourcils en guise de pénitence.

— Je vais continuer mes recherches, murmura-t-il. Occupe-toi d'elle.

Milar lut sa réponse sur ses lèvres, puis elle entraîna la jeune Kanadaise vers la chambre de cette dernière. Il s'assit à nouveau. Il pouvait comprendre le désespoir de Shoji. Il éprouvait même une immense compassion et un dégoût qui le renvoyait à ses propres agissements sur Alima.

Ailleurs…

Kanmen Giltan était furieux. Il sentait le pouvoir lui échapper depuis cette alliance avec la coalition Tellus. Des dizaines d'officiels s'étaient déjà installés dans son administration, soi-disant pour s'acculturer à leur façon de travailler. Cela, il pouvait le comprendre, même si cela l'exaspérait. Ce qu'il venait de lire était bien différent.

Il avait reçu de nombreux messages de la planète Kanade, parlant d'une attaque. Il avait tout lu, tout écouté, et la conclusion était sans appel. Tellus avait ouvert le feu sur ce monde et l'avait carbonisé. Il ne restait que très peu de survivants, voire aucun. Un cargo en orbite avait transmis des images terrifiantes, qui avaient ravivé ses souvenirs d'Alima et réactivé ses angoisses de l'époque. Il avait tenté de contacter le vaisseau en question, mais il ne répondait plus.

On sonna à la porte de son bureau et, sans attendre sa confirmation, Marthyn Leffher entra.

— Chancelier, salua-t-il.

— As-tu lu ce que je t'ai envoyé ? La Coalition est devenue folle, ils ont détruit Kanade.

— J'ai en effet consulté le dossier en question. J'ai une analyse différente, répondit calmement le diplomate.

— Quelle analyse ?

— La Flotte noire a attaqué un monde de la République en représailles. Ils ont annihilé Kanade tout comme Milar a anéanti Alima.

— Tu plaisantes ! On voit clairement un vaisseau tellusien.

— Kanmen, tu ne veux pas te fâcher avec nos alliés, n'est-ce pas ?

— C'est eux qui… Bordel ! Tu ne comprends pas ! Ils ont détruit, ils ont calciné, ils ont éradiqué une planète. Kanade n'existe plus. Ils doivent rendre des comptes.

Leffher l'observait avec calme, les mains croisées devant lui. Il ne paraissait pas bouleversé, seulement légèrement agacé.

— Kanmen, Kanmen… Soit, je vais te donner la raison de tout cela. Cette planète que tu pleures était un nid de traîtres et de rebelles. Noler a toutes les preuves. Il fallait agir vite.

— Qu'est-ce que tu racontes ? dit-il d'une voix enrouée, choqué par ce qu'il entendait.

— Le général Merador se trouvait à proximité. Il était logique qu'il intervienne.

— Comme ça ? De sa propre initiative ? Sans que je sois informé ?

— Une action rapide était impérative.

— Ce sont des conneries ! s'énerva-t-il.

— C'est la seule explication que tu recevras, Chancelier. De plus, cela nous permet de faire d'une pierre deux coups. Tu vas accuser la Flotte noire de ce méfait. Ils seront encore plus haïs.

— Ils le sont déjà, grommela Kanmen, qui n'arrivait pas à réfléchir ou à prendre une décision.

— Avec Milar si proche de Nayla, le risque est trop grand, susurra Leffher.

— Que veux-tu dire ?

— Il pourrait lui conseiller d'offrir l'amnistie aux Gardes de la Foi et de les enrôler à son service. Avec ces tueurs à sa solde, tu peux dire adieu à ton poste, Kanmen.

— Elle ne peut pas faire ça.

— Es-tu prêt à parier ta vie sur cette hypothèse ?

— Cela ne change pas le fait que Merador a agi sans autorisation.

— Les forces en puissance ne sont plus les mêmes, Kanmen. Il faut s'adapter.

— Je ne peux pas l'accepter. Je veux parler à l'Hégémon.

Marthyn éclata d'un rire sec et sans joie.

— L'Hégémon ne te parlera pas, mais je peux demander à son grand ministre de venir t'expliquer tout cela.

— Je n'aime pas ça du tout, insista le chancelier.

— Peut-être, mais tu n'as plus le choix. Sur ce, j'ai beaucoup à faire. Je te souhaite une bonne journée.

Leffher sortit avant qu'il ait eu le temps de répondre. L'homme avait changé, très subtilement. Il était moins servile, plus tranchant. Il avait presque un ton de commandement. Comme il le disait, les choses étaient différentes, très différentes, trop différentes.

— Ai-je fait de mauvais choix ? Mais que pouvais-je faire d'autre ? geignit-il à haute voix.

Leene avait longuement réfléchi avant de demander à rencontrer, une fois encore, Artyom Petrovich. Elle avait affûté ses arguments, les avait même répétés avec Mylera. Elle était aussi prête qu'il était possible de l'être. Elle entra dans son bureau et fut, une fois encore, époustouflée par la vue.

— Docteur, salua l'homme avec son sourire de prédateur. C'est toujours un plaisir de vous recevoir. Que puis-je pour vous ?

— Deux ou trois choses.

— Tant que cela ?

— Pour quelqu'un d'aussi puissant que vous, cela ne posera aucun problème, le flatta-t-elle.

— Vraiment ? J'ai hâte d'entendre vos doléances, mais vous connaissez sans doute mes conditions.

— En effet, admit-elle avec un air pincé. Mes besoins n'ont pas changé. Il faut que je fasse passer un message important, très important.

— C'est bien dommage.

— Vous possédez des moyens de communication performants, je n'en doute pas. Vous pourriez envoyer ce message.

— À qui ?

Leene hésita quelques secondes en frottant le dessus de son pouce d'un geste machinal.

— À la Flotte noire, répondit-elle enfin.

— C'est une blague ! Vous, une héroïne de la rébellion, vous vous êtes acoquinée avec des Gardes noirs.

— Pas vraiment. Disons que les circonstances ont fait de nous des alliés. Les ennemis de mes ennemis… Vous connaissez la suite.

— Certes, mais je ne vois pas l'un de ces maudits gardes vous écouter.

— Nous étions accompagnés de quelqu'un qui sait se faire entendre.

Petrovich l'observait par-dessus ses mains jointes.

— Ce n'est pas cet étrange Uve Arey, n'est-ce pas ?

Un renvoi acide remonta le long de la trachée de Leene. Le mafieux cherchait à savoir qui était l'inquisiteur. Elle contracta ses mâchoires, inspira, puis répondit avec un calme feint :

— Non, ce n'est pas Arey. Il s'agit de Devor Milar.

— Ne soyez pas stupide. Je sais bien qu'il est mort.

— Eh bien, non, pas tout à fait. Dem était prisonnier, après avoir été trahi par la rébellion. Il s'est échappé du bagne il y a quelques mois.

Petrovich recula sur son siège pour mieux la regarder.

— Quelques mois, hein ?

Ses yeux s'agrandirent alors que la compréhension se frayait un chemin dans son esprit.

— Milar est à l'origine du Maquis ! Gavno ! jura-t-il en se frappant la paume du poing. Il est le fantôme !

— On ne peut rien vous cacher.

— Voilà un renseignement de prix, c'est certain.

— Plus maintenant. Le gouvernement est au courant et, surtout, Dem est sur la planète mère. Regardez à nouveau l'enregistrement de ce mariage répugnant. Il est debout juste à côté de Nayla.

— Je vous crois sur parole. Que fait-il là ?

— Il s'est rendu sur cette planète pour la tuer, mais il a dû changer d'avis.

— La tuer ?

— Il pensait que Nayla l'avait envoyé sur Sinfin. Les horreurs perpétrées par les messagers l'ont convaincu qu'elle était devenue folle. Il en a conclu qu'il fallait l'éliminer.

— Mais il a changé d'avis, comme vous dites.

— Je n'ai pas de contact avec lui, mais je le connais bien. S'il est à ses côtés, c'est qu'il s'est trompé.

— Votre confiance en lui est admirable.

Leene ouvrit les mains avec un large sourire.

— Je le connais très bien, Petrovich.

— Soit, si vous le dites. Milar a donc convaincu les gardes de la Flotte noire de l'aider, c'est cela ?

— Oui.

— J'ai de la peine à y croire, vous savez.

— C'est un homme très persuasif, mais ce n'est pas là le problème. Comme je le disais, nous sommes en possession d'informations cruciales. Il faut que quelqu'un agisse. Ce ne peut pas être la République, alors je n'ai pas d'autre choix que de me tourner vers la Flotte noire.

— Quelles informations ?

Elle craignait cette question. Elle aurait préféré ne rien lui dire, mais elle n'avait pas le choix.

— Lorsque nous étions encore sur Alphard, Mylera a reçu l'appel d'un ami qui cherchait à joindre Nayla. Il avait des renseignements à lui transmettre, des images terrifiantes d'une menace inimaginable. Je vous assure, c'est…

Elle secoua la tête pour chasser la peur qui la saisissait, comme chaque fois qu'elle y pensait. Elle lui parla donc des serpents d'ombres, de la fin du monde, de Jholman et des Hatamas. Il l'écouta en silence, les coudes sur le bureau et les doigts croisés devant son visage.

— Je vois, fit-il. Pourquoi est-ce que je vous croirais ?

— Parce qu'il le faut !

— Si vous le dites.

— Petrovich, je ne plaisante pas, je vous assure. Il faut envoyer un message au colonel Serdar de la Flotte noire et espérer qu'il agisse. Il est le seul en mesure de le faire.

— Et comment suis-je censé faire ça ?

— Nous avons les codes et les fréquences.

— Je n'en doute pas, mais ce genre d'appel sera tracé. On remontera jusqu'à moi.

— Allons, vous disposez sûrement d'un matériel de pointe. Rappelez-vous, vous m'avez dit que vous possédiez tout ce qui existe.

— Je ne prendrai pas un tel risque.

Elle soupira avec un mélange de rage et de dépit.

— Dans ce cas, fournissez-nous un vaisseau.

— Je ne vous…

— Je resterai, Petrovich ! Laissez Arey et Mylera partir. Ils trouveront la Flotte noire.

— Vous resterez ?

— Oui ! S'il faut cela pour que cette foutue histoire avance, je resterai. Vous n'êtes pas un monstre, c'est évident. Et de toute façon, je n'ai nulle part où aller. Si je rejoins la Flotte noire, je ne serai qu'une invitée de luxe. Je suis médecin. J'ai besoin de m'occuper des gens et vous me donnez cette possibilité.

— Et vous laisseriez votre amie Mylera partir sans vous.

— Pour son bien, mais il y a de grandes chances pour qu'elle refuse.

— Je lui trouverai du travail, déclara l'homme avec un sourire en coin.

— Je n'en doute pas.

Artyom enfouit le bas de son visage entre ses mains, dans un geste de réflexion. Il se redressa après quelques secondes et la fixa avec attention.

— Votre ami Dem vous a bien formée, Docteur. Vous savez convaincre. Bien, je fournirai un vaisseau et un équipage à cet Arey. Il pourra retrouver la Flotte noire et transmettre vos messages. Bienvenue dans mon organisation.

Leene grimaça, puis se força à sourire.

— Merci. Je peux compter sur vous, alors ?

— Je n'ai qu'une parole. Et vous ?

— Également. Je vous remercie, Artyom.

— Je vous tiens au courant, Docteur. J'aurai besoin de quelques jours.

✦✦✦

Petrovich déboula dans l'hôpital deux jours plus tard. Il paraissait soucieux. Sans dire bonjour, il se dirigea vers le petit bureau et alluma une console. Leene et Mylera le rejoignirent.

— Que se passe-t-il ? demanda le médecin.

— Votre vaisseau peut partir dès ce soir, répliqua le mafieux, mais je pense que vous allez renoncer.

— Je ne vois pas pourquoi ? répondit Mylera.

— Regardez cette information diffusée dans toute la République.

Il lança l'enregistrement.

Nous voici en orbite de Kanade, autrefois un paradis, déclama une voix off, tandis qu'une planète calcinée apparaissait à l'écran. *Ce monde a été attaqué et réduit à néant par la Flotte noire. Attention, ce qui suit est difficile à regarder.*

Des images très floues montraient un Vengeur en train de tirer sur la surface qui s'embrasait sous ce feu destructeur. Les missiles s'abattaient de façon méthodique avec la terrible efficacité des gardes. Le journaliste continuait sa diatribe sur la Flotte noire et appelait tous les mondes à la plus grande prudence.

— C'est auprès de ces types-là que vous voulez chercher de l'aide, cracha Artyom.

— Par tous les démons, souffla Mylera.

— Je… C'est…, bafouilla Leene, complètement sonnée par ce qu'elle venait de voir.

Ces images étaient très crédibles. Le colonel Devor Milar avait détruit Alima de la même façon. Elle se secoua mentalement.

— Quel serait le gain stratégique d'une telle attaque ? demanda-t-elle, plus pour elle que pour obtenir une réponse.

— Ont-ils besoin d'une raison ? répliqua Petrovich.

— Eh bien, oui ! Les Gardes de la Foi ne sont pas des psychopathes. Ils manquent juste d'émotion. Ils agissent de façon efficace sans se préoccuper de considérations morales. Serdar n'avait aucun motif de détruire Kanade, surtout si loin au cœur de la République. C'est… étrange.

— Si vous le dites, grogna le mafieux.

— Oui, je suis sérieuse. Je ne… Oh, bordel ! Shoji !

— Shoji ? Qu'est-ce que c'est ?

— Qu'est-ce qu'elle a à voir avec ça ? s'étonna Mylera.

— Shoji est une amie à nous. Elle vient de Kanade. Elle est traquée par la République.

— Pourquoi ça ?

— Shoji est une dépositaire, une historienne. Son organisation répertorie tout ce qui se passe depuis bien avant la création de Tellus. Son ordre est resté invisible pendant des millénaires, mais la République a découvert son existence.

— Une historienne, j'avoue ne pas comprendre.

— Le pouvoir de l'Histoire est considérable, Petrovich, insista Leene. Ces dépositaires sont en possession de secrets, d'événements que nous avons tous oubliés. Nous ignorons d'où nous venons. La plupart d'entre nous connaissent uniquement l'Histoire via le prisme de l'Imperium. La fédération Tellus n'est qu'un épouvantail lointain. Les dépositaires, eux, n'ont rien oublié.

— Intéressant, en effet, concéda-t-il d'un ton dubitatif. Cependant, je ne vois pas ce que cela…

— L'homme qui traque Shoji est celui qui nous poursuit aussi. Il s'appelle Noler et c'est un agent de Tellus.

— Mais il appartient à l'armée de la République ?

— Il est infiltré. C'est ce que pensait Dem et il se trompe rarement. Si Tellus a connaissance de l'existence des dépositaires… Peut-être craignent-ils que certains de leurs secrets soient révélés.

Leene avait déroulé sa théorie au fur et à mesure, réfléchissant à haute voix. Petrovich fronça les sourcils, creusant ses rides.

— Tellus aurait détruit Kanade ? C'est cela votre théorie ?

— Oui.

— On voit un Vengeur sur les images.

— Elles sont très floues. Elles ont pu être modifiées, non ?

— Hum, c'est possible, en effet. Dans ce cas, la prise de pouvoir a déjà commencé.

— Je sais, soupira Leene.

— Cela veut dire que Dem et Nayla sont en danger, s'exclama Mylera.

— Et nous n'avons aucun moyen de les aider, ajouta Leene d'une voix blanche.

Elle se tourna vers Petrovich, avec l'espoir qu'il propose quelque chose, n'importe quoi.

Ce dernier fit quelques pas nerveux en se frottant le menton, le regard perdu dans le vague. Son introspection ne dura qu'un instant.

— Admettons que je crois à toute cette histoire rocambolesque. Maintenez-vous le départ d'Arey ?

— Oui ! répondit Leene sans réfléchir.

— Et vous ? demanda-t-il à Mylera.

— Je reste, bien sûr.

Leene ne fit pas part de son désaccord. Elles avaient débattu longuement du départ de Mylera, qui avait refusé catégoriquement de l'abandonner.

— Je ne vais pas te quitter, maintenant que je t'ai retrouvée, avait-elle affirmé simplement.

Le médecin ne l'aurait pas avoué, mais elle était heureuse de cette décision. Après tout, rien ne les attendait nulle part. Elles n'avaient aucun pouvoir sur les événements et les combats à venir. Ici ou ailleurs, cela ne changeait pas grand-chose !

— Soit, fit Petrovich. Allez faire vos adieux à votre compagnon. Il partira dans deux heures.

Il tourna les talons et quitta la pièce. Les deux femmes échangèrent un long regard.

— Ma chérie, cette fois-ci, les dés sont lancés, murmura Mylera. Nous voici officiellement salariées de la mafia.

— Oui, soupira Leene. Mais nous sommes ensemble.

— C'est vrai et c'est la seule chose qui compte.

— Oh que oui ! Viens, allons dire adieu à Arey. Après tout, il n'est pas si mauvais.

— Pour un cafard d'inquisiteur, c'est vrai.

Main dans la main, elles se dirigèrent vers l'ascenseur le plus proche.

Ailleurs…

Uve Arey aurait préféré ne pas laisser le docteur Plaumec et le capitaine Nlatan seules, sur Tasitania, à la merci de ces brigands. Les circonstances, néanmoins, l'obligeaient à accepter le marché proposé par Petrovich. Il fallait prévenir le colonel Serdar de la menace que représentaient les serpents d'ombres. Il n'avait pas vu les images, mais il avait pu confirmer le récit de Mylera en lisant dans ses pensées. Cela lui avait glacé le sang.

Il prit place dans un cito fermé, aux vitres teintées, en compagnie de Piotr et de trois hommes armés. Ils quittèrent les sous-sols de la tour et s'engagèrent dans une rue déserte, avant de rejoindre le flot qui circulait dans les artères bondées et détrempées par la pluie incessante. Uve pouvait ressentir la tension de ses quatre compagnons. Ils étaient inquiets.

— Vous craignez quelque chose ? demanda-t-il prudemment.

— Ouais, qu'est-ce que tu crois ? Les soldats de la République sont toujours à votre recherche. Ils n'abandonnent pas, ces raclures. Leur chef, Noler, est en mode déchaîné, si tu vois ce que je veux dire ?

— Oui, j'ai vu les blessés.

— Mais t'as pas vu les morts. Sans le toubib, il y en aurait eu plus.

— Elle est assez douée, c'est vrai.

— Assez ? C'est un foutu bon médecin, oui ! Celui qu'on avait avant ne lui arrivait pas à la cheville. Elle est un peu vieille, mais j'pourrais tomber amoureux, lança-t-il avec un clin d'œil.

— Vous n'êtes pas son genre, répliqua sèchement Uve Arey.

— Je sais…, soupira-t-il. En tout cas, c'est une sacrée bonne femme. Et toi ? En fait, j'ai pas tout compris. T'es quoi pour elles ?

— Je me suis retrouvé embarqué dans leur aventure. Une fois sur Alphard, le colonel… Dem, se rattrapa-t-il, ne pouvait pas emmener tout le monde dans son périple vers la planète mère. Je suis donc resté en arrière, comme le docteur Plaumec. Et j'ai fui avec elles, lorsqu'ils sont venus pour arrêter le capitaine Nlatan.

— C'est tout ?

— Oui, que voulez-vous d'autre ?

— Tu faisais quoi, avant ?

Arey n'eut pas le loisir de lui offrir le mensonge qu'il avait préparé, un barrage filtrait la circulation.

— Gavno ! jura Piotr. Un risque que tu sois reconnu ?

— Oui.

— Formidable ! Tenez-vous prêt, les gars ! Va falloir passer en force.

Les malfrats dégainèrent leurs armes et les planquèrent. Le cito ralentit, puis s'arrêta devant la barricade. La fenêtre s'ouvrit. Piotr adressa un sourire au sous-officier.

— Bonjour, lança-t-il.

— Je veux voir vos identiteas.

— Pas de problème ! Voilà la mienne, répondit-il en montrant sa carte.

Les autres l'imitèrent. Chaque fois, l'homme braqua son scanner sur le visage correspondant à l'identitea. Arey tendit la fausse carte dont les mafieux l'avaient pourvu. Le soldat réitéra l'opération avec la lassitude de celui qui répète la même chose depuis des heures. Il sursauta et tenta de dégainer son arme.

— Sortez du véhicule ! Tout de suite ! hurla-t-il. A…

Le tir de Piotr lui arracha la moitié du visage.

— Fonce ! cria le mafieux au conducteur.

L'homme mit les gaz, renversant deux soldats avec son puissant véhicule. Il enfonça la barrière fermée avec fracas. Des tirs heurtèrent le cito. Il était blindé, mais fut néanmoins violemment secoué. Le pilote accéléra. Avec un crissement terrible, le véhicule repoussa l'obstacle. Un temps, Arey crut qu'ils allaient s'échapper, mais un skarabe surgit d'une ruelle adjacente. Il fondit sur eux et frappa le cito de plein fouet. Le véhicule fut poussé sur plusieurs mètres, puis, dans un rugissement de métal, il bascula. Il fit un tonneau avant de s'écraser contre le mur d'une maison.

— Bordel ! grogna Piotr. Bordel de bordel ! Sortons de là ! Dimitri ?

Le cou du malfrat en question était tordu, un filet de sang coulait sur son menton et ses yeux grands ouverts ne laissaient pas de doute sur son sort.

— Gavno !

Piotr prit l'arme du mort et la fourra dans les mains d'Uve. Ce dernier vérifia les réglages, puis essuya avec sa manche le liquide carmin qui jaillissait d'une entaille sur son cuir chevelu.

— Va falloir courir et tuer pour s'en sortir !

— Oui ! Ne vous en faites pas !

Le bandit pressa une touche et les portes furent soufflées vers l'extérieur, leur offrant une solution de fuite. Arey, dans un état second, s'extirpa du véhicule à la suite de Piotr. Des traits d'énergie lywar fusèrent des deux côtés. Il se plaqua contre le cito, le cœur battant. Il ne craignait pas pour sa vie, mais il avait une mission. Il devait la remplir.

— Tirs de barrage ! ordonna le fils Petrovich.

Ses hommes cherchèrent un abri précaire et arrosèrent l'ennemi d'un feu nourri.

— Le passage en face ! Cours ! cria Piotr en frappant l'épaule d'Uve d'une claque bien sentie.

Arey se redressa et sprinta vers ce probable abri. Plusieurs tirs le frôlèrent d'assez près pour qu'il ressente la chaleur du lywar. Il accéléra, Piotr sur les talons. Le refuge se rapprochait. Encore dix mètres ! Le cœur empli d'espoir, il puisa dans ses dernières forces. Il n'était plus qu'à trois mètres. Il allait s'en sortir. Le trait d'énergie le frappa à la hanche, détruisant l'os. Il heurta le sol durement, la bouche ouverte en un cri silencieux. La douleur était si intense qu'elle court-circuitait tous ses sens. Piotr le dépassa, ralentit, puis fit une grimace désolée avant de disparaître dans le passage. Les truands n'étaient pas des héros.

Arey roula sur le ventre pour tenter de se redresser, mais il en était incapable. Il était pris. Avec un gémissement qui lui lacéra la gorge, il bascula sur le dos. La pluie fine inonda son visage, rafraîchissant sa peau brûlante. Il entendit le bruit des bottes qui s'approchait. Quelqu'un le désarma du pied. Il ne bougea pas.

Combien de temps demeura-t-il ainsi ? Il ne le savait pas. Il était à peine conscient, baigné dans un océan de douleur.

— Uve Arey ! lança une voix qu'il connaissait bien. Quel plaisir de vous revoir ! J'ai beaucoup de choses à vous demander.

L'inquisiteur ouvrit péniblement les yeux. Saul Noler se tenait au-dessus de lui, un sourire mauvais sur les lèvres. Arey soupira. Il était perdu. Subir la torture ne changerait rien à son destin. *J'ai vécu une aventure surprenante*, songea-t-il, étonné d'avoir apprécié ces deux femmes issues de la rébellion. *Elles étaient mes ennemies, autrefois. Je les aurais combattues, mais… mais les choses ont changé.*

Une toux douloureuse lui déchira les poumons et déclencha une vrille de souffrance remontant de sa hanche à son cœur. Il faillit perdre connaissance. *Leene… Mylera… J'espère qu'elles réussiront à s'échapper. Elles sont courageuses et loyales…*

Il ferma les yeux. Il avait pris sa décision. Il se concentra sur son propre esprit, afin de mettre fin à sa vie. Il se ravisa. *Non, c'est trop simple*, songea-t-il. Non ! *Je vais débarrasser le monde de ce Tellusien*. Il chercha la psyché de Noler et la trouva aisément. Il y entra sans problème.

Il sentit l'homme se tendre, car il n'avait pas eu la force de dissimuler son assaut. Arey n'avait pas de temps à perdre. Il se rua vers le cœur de cet esprit, à la recherche de la sphère de vie de son ennemi. Elle était là, brillante et pulsante. Il l'attaqua avec rage, usant de toute son énergie dans cette offensive. La sphère faiblit et se fissura. Loin, très loin, il entendit un cri presque inhumain qui décupla sa volonté. Il redoubla d'efforts, frappant de ses poings le globe lumineux. Il perçut le son d'un fusil qu'on manipulait. Avec un rugissement qui déchira son être, Uve Arey écrasa enfin la vie de Saul Noler. Il eut le temps de l'entendre pousser un hurlement de souffrance infinie.

L'instant d'après, un tir lywar transperça son crâne. Il mourut en une fraction de seconde.

Dem évacua de son esprit le drame de Kanade. Il avait encore beaucoup à faire et devait être concentré. Il poursuivit donc ses investigations dans le système de la République. Grâce aux codes de Craeme, il pénétra dans le cœur de la protection planétaire sans déclencher d'alertes. Il trouva sans difficulté les commandes de l'ancile.

— Démons ! jura-t-il entre ses dents.

— Un problème ? demanda Nayla en le rejoignant.

— Je ne pourrai rien faire d'ici. Même Giltan ou Craeme ne peuvent rien. Ils ont la possibilité de générer des profils pour de nouveaux pilotes, mais rien de plus. Il n'y a pas de bouton « marche/arrêt » sur l'ancile.

— C'est ce qu'on m'avait dit, se renfrogna-t-elle. C'est fichu, alors.

— Non… Je peux… Je vais me créer un compte de haut niveau qui me permettra de pénétrer au cœur de l'ancile.

— À quoi cela servira-t-il ? Et tu n'as pas peur que ce compte soit découvert ?

— Non, il sera invisible. Vois-tu, il existe plusieurs nœuds de contrôle bien dissimulés au milieu des mines. Si j'arrive à approcher l'un de ces nœuds, je pourrai le reprogrammer. Je pourrai ainsi désactiver une grande partie de l'ancile afin de laisser passer la Flotte noire.

— Mais comment iras-tu sur place ?

— Je vais devoir partir.

— Si tu te trimbales seul dehors, ils trouveront un moyen de te tuer, Dem.

— Certes.

— Et tu ne pourras pas trouver de vaisseau. Ne compte pas sur Kanmen ou l'un de ses sbires pour t'en donner un.

— Bien évidemment.

— Tu m'agaces ! s'exclama-t-elle. Tu as déjà une solution, pas vrai ?

— C'est bien possible, dit-il avec un sourire en coin.

— Crache le morceau !

— Je t'ai expliqué comment je suis arrivé jusqu'à toi.

— Oui ! fit-elle en faisant un moulinet de la main pour lui indiquer d'accélérer.

Dem resta impassible, mais elle le connaissait si bien qu'elle devina l'amusement qui se cachait derrière le pli de sa bouche.

— Dans la première salle, il y avait un vieux vaisseau tellusien qui semblait en parfait état. Je vais aller voir s'il peut toujours voler.

— Tu vas utiliser ce vaisseau ? s'étouffa-t-elle.

— Absolument.

— Et si ça ne marche pas ?

— Je trouverai autre chose. Fais-moi confiance.

— Tu m'énerves !

Il rit doucement. Il se leva et caressa sa joue. Elle frissonna sous ses doigts.

— Il est préférable de ne pas perdre de temps. Tu sais qu'il faut toujours être prêt, juste au cas où.

— J'aimerais venir avec toi, soupira-t-elle.

— J'aimerais pouvoir t'emmener. Ce serait tellement plus simple.

— Oui, fit-elle avec lassitude.

Dem posa ses mains sur ses épaules et l'attira à lui. Elle se blottit contre sa poitrine avec un abandon qui lui réchauffa le cœur. Il l'enlaça tendrement. Il aurait voulu être capable de lui transmettre sa force et sa volonté. Il se demanda si, avec son aide, elle serait en mesure de se défaire de ce piège infernal, de se libérer du temple. Il attendit quelques minutes, jusqu'à ce qu'elle s'écarte de lui. Elle le rassura d'un sourire courageux.

— Ça ira, murmura-t-elle. J'ai juste peur de te perdre à nouveau.

— Je serai toujours là.

— Tu sais que c'est faux, soupira-t-elle. Un tas de choses peuvent arriver et…

— Il ne faut pas y penser, coupa-t-il. Vivons le moment présent, Nayla. Profitons d'être maintenant et ensemble.

— Dem, je n'ai pas ton optimisme, déclara-t-elle, tout en essayant de se montrer brave.

Il la réconforta d'un sourire, puis lui prit les mains. Elle frissonna et ses yeux se mirent à briller de larmes.

— Je sais que tout cela est difficile, que jamais tu n'as désiré ce destin, mais il est impossible de défaire ce qui a été fait, affirma-t-il. Il faut continuer d'avancer.

— Dem… Je… Je sais tout ça.

— Oui, désolé.

Il captait du désespoir, de la crainte, mais aussi une volonté de fer.

— Je t'aime, Nayla, murmura-t-il. Pendant la rébellion, je voulais expier mes crimes. C'est terminé. Je veux vivre, Nayla. Je veux vivre avec toi.

Une larme unique se mit à couler sur la joue de la jeune femme.

— Je t'aime, Dem. Je n'ai jamais cessé de t'aimer. Et vivre avec toi est mon vœu le plus cher.

Ils savaient tous les deux que ce destin n'avait aucune chance d'arriver, mais ils voulaient se réconforter l'un l'autre. Ils restèrent ainsi, face à face, puis elle vint se coller à lui et l'embrassa avec douceur. Il lui rendit son baiser avec tendresse.

Dem soupira, car ils n'avaient pas le temps pour cela. Il fallait agir, mais il ne voulait pas l'abandonner. Il eut soudain une idée.

— Nayla, j'ai pensé à quelque chose. Si tu te connectais à moi, pour puiser dans mon énergie, est-ce que tu pourrais t'arracher à la déchirure ?

Elle secoua la tête avec désespoir et se mordit les lèvres avant de répondre.

— Non, Tanatos a essayé. Il s'est lié à des démons, à plusieurs démons en même temps, et n'a jamais réussi.

— Je ne suis pas un démon. Je t'aiderai sans restriction, de ma propre et entière volonté.

— Cela te tuerait.

— Nous pourrions faire une tentative.

— Peut-être, céda-t-elle. Quand tu seras revenu.

Il se pencha vers elle et déposa un baiser chaste sur le coin de sa bouche.

— Je t'aime, murmura-t-il.

— Je t'aime, répondit-elle.

Il lui adressa un sourire, puis vint jusqu'à la porte de la chambre de Shoji.

— Est-ce que cela va ? demanda-t-il.

Elle fit oui de la tête, mais tout son être affirmait le contraire.

— Je vais partir en reconnaissance. Accompagnez-nous jusqu'au trône, vous voulez bien ?

Elle se leva sans un mot. Dem revint vers Nayla et la prit par la main. Shoji les suivit d'un pas mécanique. Ses joues étaient maculées de larmes. Elle s'arrêta en retrait et enlaça son corps de ses bras, comme pour se rassurer.

Milar pressa une commande dissimulée à l'arrière du siège. Ce dernier pivota, révélant le tube d'accès qu'il avait emprunté quelques semaines plus tôt. Il hésita, puis vint vers Shoji qui se tenait à l'écart.

— Je suis désolé pour Kanade, dit-il doucement.

— Ce n'est pas votre faute, articula-t-elle avec peine.

— Shoji, je sais que vous possédez une copie des enregistrements des dépositaires. Ne niez pas. Vous êtes sans doute la seule de votre ordre encore en vie. Vous n'avez pas le droit de disparaître ni de perdre ce que vous transportez.

— Je sais, murmura-t-elle.

— Utilisez la console indépendante de Nayla et étudiez ces données. Peut-être trouverez-vous quelque chose qui pourrait nous aider, concernant le Chaos ou les Tellusiens.

Elle hocha la tête tout en déglutissant.

— C'est important, Shoji. J'aurais dû vous le demander plus tôt.

— J'aurais dû le faire, fit-elle avec la moue d'une enfant prise en faute.

— Courage, déclara-t-il en posant une main sur son épaule.

Dem revint vers Nayla. Ils échangèrent un long regard en silence.

— Je fais le plus vite possible, affirma-t-il. Sois prudente.

— C'est toi qui dis ça ! Combien de temps ?

— Quelques heures, une journée peut-être. À l'aller, j'ai utilisé une navette, mais elle a heurté un éboulement. Je ne pense pas qu'elle repartira dans l'autre sens. Je vais devoir faire le chemin à pied. Ne t'inquiète pas, il n'y a pas de dangers particuliers dans ce tunnel.

— Reviens vite, Dem, souffla Nayla en reculant pour qu'il puisse passer.

Dem ne s'éternisa plus. Il se glissa dans le tube, attrapa l'échelle et se laissa descendre.

— Referme ! lança-t-il vers le plafond.

Nayla contempla pendant de longues minutes le conduit sombre qui s'enfonçait dans les profondeurs du temple. Enfin, à regret, elle ferma le passage. Le lourd siège pivota et escamota cet accès resté inviolé pendant des siècles. Elle se laissa tomber sur les marches du trône. Elle cacha son visage dans ses mains pour dissimuler ses émotions et se réfugier dans une bulle de silence. Après tous ces mois, seule, dans l'immense salle, elle éprouvait parfois une certaine gêne à se sentir épiée par Shoji. Elle ne savait surtout pas quoi lui dire pour la réconforter. La destruction de Kanade était une chose horrible qui lui rappelait ses cauchemars au sujet d'Alima.

Un raclement de gorge discret l'arracha à ses pensées. Elle redressa la tête. Shoji se tenait devant elle, les bras noués autour de son corps dans une tentative désespérée de se rassurer. Elle était livide et ses grands yeux noirs étaient ourlés de larges cernes.

— J'ai besoin d'un scalpel, murmura-t-elle d'une voix rauque.

— Pourquoi ?

— J'ai dissimulé un axis dans ma cuisse, expliqua Shoji. Il contient toutes les données de ma grand-mère.

— Oh, je vois. Je vais vous trouver ça. Venez !

Nayla se releva et retourna vers ses appartements. Elle tint la tenture pour permettre à Shoji de passer.

— Vous pensez vraiment que ces fichiers recèlent quelque chose d'intéressant ? demanda-t-elle.

— Toutes ces informations sont essentielles, s'offusqua la jeune femme.

— Oui, bien évidemment, répliqua Nayla en tentant de dissimuler son agacement. Je voulais dire, pour notre problème.

— Je n'en sais rien ! Si je le savais, j'aurais déjà regardé ! siffla Shoji au bord des larmes. Peut-être… Ma grand-mère connaissait le terme Aldarrök, alors c'est possible.

Nayla eut envie de lui dire qu'il s'agissait là d'un indice qui aurait dû lui suggérer de consulter ces fameux fichiers, mais elle s'abstint. La jeune femme était trop perturbée par les événements récents. Elle se contenta de désigner le fauteuil.

— Installez-vous.

Nayla récupéra la valise médicale, la déposa sur la table, et en extirpa un scalpel vybe.

— Je vais vous aider, proposa-t-elle.

— Non, merci. Je préfère faire ça toute seule. Je l'ai déjà fait.

— Vous devriez vous injecter un anesthésiant local.

— Ah, oui, je veux bien, souffla la jeune femme.

Shoji baissa son pantalon pour exposer l'intérieur de sa cuisse. Elle apposa l'injecteur sa peau et pressa la touche. Elle reposa l'instrument sur la table et tendit la main pour prendre le scalpel que lui présentait Nayla. Elle palpa doucement la chair, puis stoppa son doigt à un endroit. Elle appliqua la lame juste à côté, puis bloqua sa respiration. Elle trancha d'une main sûre, sans trembler. Le sang coula, mais elle l'étancha avec une compresse. Elle posa le scalpel sur la table.

— Une pince, s'il vous plaît.

Nayla lui tendit l'objet demandé, puis une coupelle pour réceptionner l'axis. Shoji introduisit la pince dans la plaie et en extirpa un mince tube de métal noir. Avec une moue dégoûtée, elle le déposa dans le récipient, encore dégoulinant d'hémoglobine. Elle appuya fermement la compresse sur la coupure. Nayla lui présenta un tube de hemaw. Shoji appliqua le liquide épais sur la blessure. Le sang se tarit avec une rapidité presque magique.

— Vous portez ça depuis tout ce temps, s'exclama Nayla en contemplant le cylindre.

— Je ne pouvais pas prendre le risque de perdre cet axis. Je... J'étais encore à Kanade et c'est la seule solution à laquelle j'ai pensé.

— En tout cas, ça a bien marché.

— Oui, déclara Shoji avec des larmes aux yeux. Je... C'est la console dont parlait Dem ?

— Oui. Je vous laisse travailler. Je vais essayer une autre... approche pour trouver des réponses.

Shoji leva un sourcil étonné, puis ses pupilles s'agrandirent.

— Vous allez accéder à Yggdrasil. N'est-ce pas dangereux ? Vous fuyez cette chose depuis des semaines.

— Bien sûr que c'est dangereux ! Mais je dois tenter quelque chose. Ne vous en faites pas, tout ira bien. J'ai l'habitude.

— Vous en êtes sûre ?

— Tanatos m'a traquée pendant des mois dans cet endroit. Je lui ai résisté.

— Cette fois-ci, il s'agit du Chaos. Vous ne pourrez pas lui échapper, s'il vous attaque.

— Mais si..., la rassura-t-elle d'un ton las. Ne vous en faites pas. Je vais m'installer sous la déchirure.

La jeune femme acquiesça d'un signe distrait. Elle se détourna et porta un carré de tissu à ses yeux afin d'essuyer ses larmes. Nayla comprenait et partageait son désespoir. La destruction similaire d'Alima l'avait dévastée. Elle avait même été le déclencheur de son destin. Elle espérait que Shoji finirait par trouver le repos, mais en doutait. Il était impossible de survivre sans dommage à un tel traumatisme.

Nayla s'assit aux pieds de l'horrible siège en sölibyum. Elle commença quelques exercices de respirations, puis ouvrit les yeux pour plonger le regard dans la déchirure. Le murmure des voix se fit plus intense, plus séducteur. Avec un léger gémissement, Nayla se projeta au cœur du néant.

Ailleurs…

Citela numéro cinquante-deux errait dans les méandres du néant, au cœur du Mo'ira. Non loin d'elle se tenait Cinquante-Sept. Les clones s'étaient projetés dans Yggdrasil dès la décision prise, mais à leur grande surprise, elles n'avaient pas été capables de débusquer Nayla Kaertan. Soit elle avait la possibilité de se dissimuler, soit elle restait à l'écart de cet endroit. Cette absence les obligeait à effectuer des patrouilles, par deux, depuis plusieurs jours.

Cinquante-Deux se félicitait de cette situation. Elle continuait à croire que cette agression était une stupide hérésie. Tout comme leur présence ici ! Depuis des millénaires, les clones de Citela à la retraite avaient l'interdiction de se projeter dans le Mo'ira. C'était trop perturbant, trop dangereux pour elles et pour la trame de l'univers. Enfreindre cette loi la terrifiait, mais, d'un autre côté, c'était exaltant, après toutes ces années, de se retrouver dans les méandres du temps. Elle avait savouré ce retour jusqu'à ce qu'une étrange impression vienne infecter son cœur. Il s'agissait d'une présence, d'un froid glacial et empoisonné qui errait dans Yggdrasil. Cette menace insidieuse la saisissait d'effroi. *Il faut que je sorte d'ici*, songea Cinquante-Deux.

Un frémissement l'arracha à ses pensées moroses. Sans se concerter, Cinquante-Sept et elle se dirigèrent vers la source de cette perturbation. Kaertan ! Cinquante-Deux se concentra sur ses sœurs, restées sur Wyrdar. Elles arrivèrent quelques secondes plus tard. Elles unirent leurs esprits pour former une puissance considérable. Cet exploit quasi impossible était rendu plus facile, parce qu'elles étaient presque une seule et même personne.

Cette nouvelle entité fondit sur la conscience de Nayla qui se dirigeait vers la Tapisserie des Mondes. Elles l'attaquèrent, telles une nuée de girthères, ces rapaces rouge et argent, de la planète Barlak. Elles lancèrent trois puissants rayons d'énergie pure, capables de détruire n'importe quoi. Leur ennemie leva un bouclier mental à la dernière seconde. Celui-ci s'irisa, éclairant le néant d'une lumière surnaturelle. Les Citela frappèrent à nouveau avec un seul trait d'énergie, puissant et crépitant. Le bouclier de Kaertan l'encaissa et d'un geste, elle renvoya l'attaque à celles qui l'avaient générée.

La vague frappa Cinquante-Deux, qui eut l'impression que son esprit était tailladé. Elle gémit, ici dans le néant, et sur le monde où son corps demeurait. Les clones menés par Soixante repartirent à l'assaut, projetant des flèches d'énergie sur la présence lumineuse de Kaertan. Elle s'entoura d'une sorte de champ de force, capable de tout écarter. Et puis, une main éthérée apparut. Elle capta les projectiles lancés contre elle et les agrégea en une sphère géante. Elle la renvoya vers les esprits des Citela.

La douleur écartela Cinquante-Deux. Jamais, elle n'avait ressenti cela. Elle hurla, mais aucun son ne résonnait dans le Mo'ira. Loin, très loin, elle sentit son corps s'arquer, à l'agonie. Elle usa de toute son expérience pour se stabiliser. Elle leva les mains, prête à se battre, mais ce qu'elle vit l'horrifia. La conscience de Nayla Kaertan s'était solidifiée en une forme humaine qui brillait d'une lumière pure. Elle ne cessait de décocher des projectiles d'énergie sur les clones. Cinquante-Deux captait les hurlements terrorisés de ses sœurs. Il lui fallut quelques secondes pour retrouver ses esprits.

— Fuyez ! Abandonnez le combat ! On se replie ! cria-t-elle.

Les liens entre les clones se défirent. Ce fut douloureux, un peu comme si on arrachait une flèche barbelée profondément ancrée dans la chair. Cinquante-Deux gémit et sa volonté vacilla sous la douleur. Autour d'elle, les Citela disparurent l'une après l'autre. La vieille femme ne pouvait arracher son regard de leur ennemie, avec la curieuse certitude que ce combat était une erreur. Kaertan se tourna vers elle, levant une main grésillant d'énergie. Cinquante-Deux s'enfuit sans demander son reste.

Elle réintégra son corps avec un gémissement déchirant. Son visage était couvert de sang, sa peau brûlait et son esprit pulsait avec force. Elle roula sur le ventre, puis se mit péniblement à genoux avant de se lever. D'un pas hésitant, elle rejoignit ses sœurs. Elle sut tout de suite que Cinquante-Huit était morte. Ses yeux grands ouverts étaient d'un blanc laiteux et complètement révulsés. Un sang épais, presque noir, maculait ses joues et son menton, et avait formé une flaque visqueuse sur le galatre. Soixante était assise sur le sol, l'air hagard. Cinquante-Sept essayait de se lever, sans y parvenir. Les autres femmes étaient toujours étendues, immobiles. Cinquante-Deux espérait qu'elles étaient en vie.

Elles se réunirent une heure plus tard. L'aïeule avait pris le temps de se changer avant de rejoindre la salle commune. Elle appréhendait ce moment, mais il fallait bien tirer les conséquences de leur échec. Elle se résigna à endosser, encore une fois, le rôle de chef.

— Cinquante-Huit et Soixante-Deux sont mortes, annonça-t-elle d'une voix blanche, sans s'encombrer de préliminaires. Et, il semblerait que Cinquante-Trois ait perdu l'esprit.

— Elle s'en remettra, grogna Soixante.

— Ou pas, mais ce n'est pas le problème, renchérit Cinquante-Cinq. Nous avons été mouchées en beauté. C'est ce que je craignais.

— Oh, vraiment ? ironisa Soixante.

— Oui ! Elle est bien plus puissante que nous.

— Ce n'est pas dans le Mo'ira qu'il faut l'attaquer, intervint Cinquante-Sept.

— Où ça, alors ? contra Soixante.

— Dans le temple ! Soixante-Quatre doit s'en occuper.

— Tu plaisantes ?

— Pas le moins du monde. Nous la soutiendrons.

— Comment ?

— Il existe un moyen.

— Quel moyen ?

Cinquante-Sept hésita, cherchant ses mots. Cinquante-Deux fut persuadée qu'elle n'aimerait pas ce qu'elle allait entendre.

Dem regarda l'accès à la salle du trône se refermer. Il grimaça. Il aurait préféré ne pas abandonner Nayla. Chaque fois qu'ils avaient été séparés, des malheurs étaient arrivés. *Autant ne pas traîner*, songea-t-il avant de tourner les talons. Il pénétra dans la grande pièce d'accueil, qui n'avait pas changé d'un iota. Il y régnait la même odeur de poussière avec une note métallique. Il explora rapidement les lieux et découvrit une voie de garage qu'il n'avait pas remarquée la première fois. Elle abritait une navette de secours. Elle pourrait peut-être lui faire gagner un peu de temps. Il débloqua l'écoutille et grimpa à l'intérieur. Il gagna la cabine de pilotage et mit le véhicule sous tension, mais rien ne se passa. Contrairement à sa jumelle située à l'autre bout de la ligne, cette navette ne fonctionnait pas. Il était inutile de s'éterniser. Milar sauta sur le quai. Il traversa la salle à grands pas, tout en balayant les lieux de sa torche, puis s'engagea dans le tunnel. Il alluma la lampe accrochée à son épaule, et rangea celle qu'il tenait à la main dans le logement de sa cuisse. Il se mit à trottiner avec prudence ; ce n'était pas le moment de se tordre une cheville en marchant sur un obstacle.

Concentré sur sa foulée, Dem avala la distance sans s'en rendre compte. Il aimait courir et en avait besoin après ces semaines d'inactivité dans le temple. Il ne tarda pas à se retrouver face à l'éboulement. Il s'arrêta, reprit sa lampe torche et balaya le mur devant lui. Il repéra très vite le trou par lequel il était sorti, ce qui lui semblait une éternité plus tôt. La brèche culminait à un peu plus de trois mètres. Milar se grandit, logea sa main dans une fissure et se hissa d'un bon mètre. Il posa son pied sur une excroissance, puis chercha une autre prise pour sa main gauche. Il continua l'escalade à un rythme lent et précautionneux. En négociant un passage plus compliqué, il sentit l'amoncellement de blocs de fibrobéton vibrer sous son poids. Il se figea, mais rien ne bougeait plus. Il recommença à grimper. Il attrapa l'arête de l'orifice et se hissa. Il se stabilisa en posant un coude, puis le deuxième, sur le rebord. Il se faufila à l'intérieur en espérant que rien ne s'était effondré depuis sa dernière traversée. Il regretta vite d'avoir gardé son armure de combat allégée. Certes, le ketir le protégeait des aspérités coupantes, mais il faillit rester coincé à de nombreuses reprises. Il déboucha de l'autre côté du goulet. Il explora l'obscurité de son faisceau lumineux. Rien n'avait changé. Il se laissa tomber en avant, effectua un rétablissement et atterrit sans encombre sur le sol. Il balaya la navette avec sa torche et grimaça. Elle était sortie de son rail.

— Je vais devoir courir, marmonna-t-il.

Il dépassa le véhicule oblong, puis se mit à trottiner le long du tunnel. Il ne tarda pas à se caler sur une allure modérée, qui lui permettrait de continuer ainsi pendant des heures.

Milar atteignit enfin la gare d'arrivée de la navette. Il la traversa pour accéder à une grande pièce fonctionnelle percée de portes. La dernière fois, il n'avait pas pris le temps d'explorer cet endroit. Il ouvrit la première qui donnait sur un couloir et d'autres portes. Derrière la première, il découvrit une petite coquerie. La pièce suivante était une armurerie bien fournie. Il y trouva des fusils lywar anciens, des pistolets et même des épées irox. Ces armes aux lames en bois-métal d'Olima étaient l'apanage des hauts officiers de Tellus, à l'époque de la Fédération. Ces armes obsolètes avaient quelque chose d'élégant. Milar ne put s'empêcher de caresser le grain du bois, et d'en apprécier la douceur. Il vérifia les chargeurs lywar et eut la surprise de constater qu'ils étaient toujours actifs. *Bien, on ne sait jamais*, se dit-il.

Les autres portes donnaient sur des chambres. Il commençait à perdre espoir. Il ouvrit la dernière porte. Un sourire victorieux étira ses lèvres. Il venait de trouver le centre de contrôle de cet endroit. Il s'approcha des consoles et balaya les différents panneaux de son rayon lumineux. Il enclencha un interrupteur et le pupitre s'éclaira, les écrans s'activèrent. Il pressa un autre bouton et la lumière inonda tout le complexe. Il ressortit dans le hangar et jeta un coup d'œil dans celui abritant le vaisseau. Il ne vit rien de suspect. Dem revint dans la salle de contrôle et passa de longues minutes à tout vérifier.

Il disposait aussi d'un système de communication, ancien, certes, mais parfaitement opérationnel. Il hésita, puis se lança dans l'écriture d'une modélisation compliquée qui lui permettrait d'émettre sans être détecté. Il se mordit les lèvres nerveusement, avant de s'interrompre, surpris de se montrer si émotif. Après une longue expiration, il passa son appel. Deux minutes plus tard, le visage de Jani Qorkvin apparut à l'écran.

— Dem ?

— Jani, salua-t-il. Est-il possible d'avoir une conversation privée ?

— Oui, répondit-elle après deux secondes de réflexion. Et toi ?

— Je ne suis plus dans la salle du trône.

— Très bien, donne-moi une minute.

L'écran se noircit. L'instant d'après, Jani réapparut. Dem reconnut l'arrière-plan. Elle était dans sa cabine.

— Que veux-tu ? demanda-t-elle.

— Où es-tu ? Est-ce que tu vas bien ?

— Nous sommes en plein territoire hatama. J'ai réduit la vitesse pour améliorer le camouflage du *Taïpan*. Et je vais... Est-ce que ça t'intéresse vraiment ?

— Bien évidemment. Je tiens à toi.

— Sans rire ? fit-elle amèrement.

— Jani... Je suis désolé.

— Oh, tu es désolé ! Nayla t'abandonne, tu te rabats sur moi. Elle revient, tu me jettes. Normal. Tu es comme tous les mecs.

— Ne dis pas ça. Ce n'est pas arrivé de cette façon, tenta-t-il de se défendre, tout en sachant qu'elle n'avait pas entièrement tort.

— Vraiment ? ricana-t-elle avec mépris.

— Jani, j'étais sincère à bord du *Taïpan*. Je t'aimais.

— J'adore la précision.

Il faillit grogner de frustration. Il regretta presque l'époque où il ne ressentait rien.

— Nayla m'a tant apporté. Elle avait été toute ma vie et, pour moi, elle était pire que morte. Et je t'ai retrouvée. Jani, il existait quelque chose de fort entre nous, une réelle attirance, une... même tristesse. Nous étions bien tous les deux, ensemble. Nous nous sommes aimés. C'est arrivé presque tout seul.

— Tout seul, hein ? Dem ! Je t'aime et j'ai cru... Bordel, tu as découvert qu'elle n'avait pas changé, que ta précieuse Nayla était toujours là, alors je suis passée au deuxième plan.

Il lui devait d'être honnête. Elle avait parfaitement raison.

— Je ne peux pas lutter contre mes sentiments, Jani. Je... Je ne suis complet qu'en sa présence.

— Oh, tu as le don de consoler les gens, toi.

— Je t'aime aussi, Jani, mais…

Démons, que c'est difficile ! songea-t-il.

— Mais tu l'aimes plus que moi. L'histoire de ma vie, fit-elle avec dépit. Je ne suis jamais qu'une passade.

— Ce n'est pas juste, souffla-t-il. Je ne voulais pas te faire souffrir.

— Je sais, admit-elle. Pourtant…

— Je suis désolé, répéta-t-il.

— De toute façon, nous serons peut-être tous morts dans les semaines à venir, alors ne t'en fais pas.

— Ne dis pas ça.

— Je ne sais même pas ce que je vais chercher, sur ce foutu monde des lézards gris.

— Une solution, j'espère. Sois prudente, Jani. Ne fais rien de stupide.

— Pour un mec ? Sûrement pas !

Il sourit tristement. Elle lui adressa un rictus furieux, suivi d'un geste obscène.

— Fais attention à toi, également. Tu m'as l'air en plus mauvaise situation que moi dans ce panier de crabes. Les Tellusiens ne sont pas dignes de confiance, ce n'est pas à toi que je vais l'apprendre.

— Ne t'en fais pas pour moi. Bonne route, Jani. Tu seras toujours dans mon cœur.

— C'est ça ! fit-elle amèrement.

Elle ferma les paupières, puis rouvrit ses yeux magnifiques pour le dévisager avec intensité.

— Reste en vie, mon beau colonel.

Elle coupa la communication avant qu'il ait pu répondre. Dem recula dans son fauteuil et fixa l'écran noir pendant une longue minute. Il était réellement désolé pour Jani, mais il ne pouvait pas changer les choses. Il n'avait pas menti. Le lien entre Nayla et lui était si fort qu'il ne pouvait pas être oublié.

Il se secoua, remisant ses sentiments dans un coin isolé de son esprit. Il se leva et se dirigea vers le vaisseau. Il commença l'examen minutieux de la coque extérieure, puis ouvrit le sas. Le *Némésis* – c'était le nom de l'engin tellusien – paraissait en excellent état. Milar passa tout en revue : les moteurs, l'approvisionnement en énergie, les différents systèmes actifs et passifs… Tout fonctionnait. Ensuite, il vérifia le portail incrusté dans la paroi rocheuse. Il grimaça. Il y avait peu de chances pour qu'il s'ouvre et, bien sûr, il ne pouvait pas effectuer de tests.

— Je verrai ça le moment venu, dit-il à haute voix.

Il fit un dernier tour des lieux avant de repartir vers la salle du trône.

Nayla réintégra le présent avec un hurlement vibrant de rage et de douleur. En voulant extirper le futur dissimulé dans la Tapisserie des Mondes, elle s'attendait à une attaque de Nix. Elle n'avait pas anticipé l'assaut brutal et puissant d'un autre ennemi. Elle avait eu juste le temps de lever un bouclier d'énergie pour contrer ce trait luminescent. Elle avait vu un esprit tentaculaire, un esprit lié et multiple. Citela ! Elle avait refusé d'y croire. Les clones à l'image de sa mère s'étaient connectés, s'étaient alliés pour la tuer, elle, leur fille d'une certaine façon. Nayla ne voulait pas les combattre, mais son instinct de survie avait pris le dessus. Elle ne pouvait pas se laisser anéantir alors que le destin de l'univers dépendait d'elle. Elle avait capté les projectiles, les avait accumulés avant de les renvoyer contre les assaillantes. Elles avaient fui. Nayla avait été plus forte qu'elles, nourrie par ce qui dormait au cœur d'Yggdrasil.

Elle heurta le sol froid du temple. Elle s'y accrocha, comme on s'agrippe à la réalité. Son cœur cognait avec rage. Ses tempes pulsaient avec une violence si terrible qu'elle était persuadée qu'elles allaient exploser. Sa respiration finit par revenir à un niveau normal et ses battements cardiaques ralentirent. Nayla s'assit péniblement, rassembla ses genoux devant elle et les entoura de ses bras fébriles. De longues minutes passèrent sans qu'elle trouve la force de bouger davantage.

Citela… Sa mère venait de tenter de l'assassiner. Elle savait que ces femmes n'étaient pas sa mère, mais… mais cette idée refusait de s'effacer.

— J'en ai tué au moins une, murmura-t-elle avec un haut-le-cœur.

Un liquide acide remonta dans son œsophage. Elle grimaça.

— Pourquoi ? Pourquoi ont-elles fait ça ? continua-t-elle sur le même ton. Tellus a-t-il décidé de m'éliminer ? Mais, dans ce cas, pourquoi ne pas descendre ici pour m'exécuter d'un tir en pleine tête ?

Elle revécut, en pensée, l'attaque sournoise des clones de Citela.

— Il y avait autre chose ! Nix… Nix était là. Il est à l'origine de tout cela, j'en suis sûre. Les événements s'accélèrent. Nous n'avons plus beaucoup de temps.

Nayla se redressa et essuya le sang qui maculait son visage. Elle se mit avec peine sur ses pieds. Elle rejoignit sa chambre. Shoji se tourna vers elle et l'horreur se peignit sur ses traits.

— Mais qu'est-ce qui vous est arrivé ?

— Parcourir Yggdrasil est un exercice… compliqué, répondit-elle en trempant une serviette pour se nettoyer la figure.

— Avez-vous vu quelque chose ?

— Non, soupira-t-elle. J'ai été attaquée.

— Par le Chaos ?

— D'une certaine façon…

Elle était épuisée. Tout son corps la faisait souffrir, mais le pire était cette fatigue délétère qui pesait sur ses épaules. Nayla savait ce qu'elle devait faire pour affronter les épreuves à venir, mais cet exercice la répugnait.

— Je dois…

Elle s'interrompit, les jambes tremblantes. À l'idée de marcher jusqu'aux cellules, elle se sentait mal.

— Shoji, est-ce que vous pouvez m'accompagner ? demanda-t-elle à contrecœur.

— Oui, où…

— Donnez-moi votre bras.

La jeune femme s'approcha timidement et Nayla s'accrocha à elle. Elles gagnèrent le fond du temple et s'arrêtèrent face à la fresque monumentale, encastrée dans le mur. Elle enclencha l'ouverture dissimulée. Le craquement du mécanisme fut à peine perceptible. En fait, il ne l'était pas, mais ses sens soumis à rude épreuve avaient capté l'infime bruit. Un panneau pivota en silence, comme s'il avait été posé sur un coussin d'air.

— Venez ! dit-elle.

Nayla eut l'impression que des crochets incandescents étaient enfoncés dans son cerveau et qu'ils étaient reliés à la déchirure. Il serait sûrement arraché de son crâne si elle faisait un nouveau pas. Elle s'agrippa à Shoji avec la force du désespoir.

— Où allons-nous ? s'enquit celle-ci.

— Pas loin, coassa-t-elle.

Elles progressèrent de quelques pas avec difficulté, car chacun était une torture. Un gémissement sourd vibrait dans la gorge de Nayla, qui plantait ses doigts dans l'épaule de Shoji. Cette dernière s'arrêta avec une expression inquiète.

— Nous devrions faire marche arrière, suggéra-t-elle. Vous n'allez pas bien.

— Non…, geignit Nayla. Il faut… continuer. La porte, là, juste là !

Ce qu'elle indiquait était à moins de dix mètres, mais elle eut l'impression qu'elle se trouvait à des kilomètres. Une fois arrivée, elle reprit son souffle, le front contre le mur. La douleur dans son crâne était insupportable.

— Restez là, Shoji, ordonna-t-elle en désignant un point à l'écart.

Nayla ne souhaitait pas que la jeune femme assiste à ce qui allait se passer.

— Pourquoi ?

— S'il vous plaît, supplia-t-elle, trop épuisée pour user de son autorité.

Shoji hésita, une grimace agacée sur son visage, puis elle s'éloigna de quelques pas. Elle s'appuya contre la cloison, tout en lançant des regards curieux vers Nayla. Avec un soupir, celle-ci ouvrit la porte. Le prisonnier pendait toujours entre ses liens quaz. Il était inconscient. Elle fronça le nez de dégoût à l'idée de pénétrer dans les pensées répugnantes de ce meurtrier. Et puis, l'horreur de ce qu'elle s'apprêtait à faire la frappa de plein fouet. Son estomac se rebella et elle vomit un filet de bile qui lui brûla la trachée.

— C'est un monstre, grogna-t-elle à voix basse.

Cela ne justifiait pas cet assassinat, elle le savait. Elle repensa à ses visions, à ces serpents d'ombres qui allaient dévorer l'univers.

— J'ai besoin d'énergie, souffla-t-elle.

Nayla se redressa, son regard vert étincelant de détermination. Elle commença son rituel d'apaisement, constitué de plusieurs inspirations de plus en plus profondes. Elle se focalisa sur elle-même, visualisa son propre esprit, puis se projeta vers le captif. Les capacités mentales du prisonnier étaient inhibées par l'énergie quaz qui le liait. Nayla put s'introduire aisément en lui. Elle fut aussitôt submergée par sa force vitale et par sa puissance. Elle ressentit également la noirceur de son âme. Des images de ses crimes surnageaient : une femme nue qu'il découpait avec une lame vybe, un homme qu'il étranglait, une autre victime qu'il éviscérait. Le souvenir d'un viol atroce sur une enfant faillit l'éjecter de cet esprit. Elle ferma les yeux et fonça vers l'endroit où résidait la sphère vitale de cet ignoble individu. Elle brillait d'un éclat sauvage.

Cela faisait plusieurs semaines qu'elle n'était pas revenue s'abreuver à cette source. Il avait eu le temps de reconstituer ses réserves. Nayla s'approcha de la sphère. Le meurtrier lança sur elle de pauvres défenses, en forme de squelettes purulents. Nayla les repoussa sans effort. Ils revinrent à l'assaut. Elle les détruisit d'un trait lumineux. Ils explosèrent, dispersant des os dans tous les coins de cette pièce circulaire, puis s'évanouirent. Ces gardiens n'avaient pas de réelle existence, après tout.

Elle s'avança et plongea ses mains dans la sphère. Aussitôt, une énergie savoureuse l'envahit. Les fois précédentes, elle avait su s'arrêter à temps pour ne pas tuer le prisonnier. Aujourd'hui, elle n'avait pas le choix. Elle pressentait que cette occasion risquait de ne plus se reproduire. Nayla fit taire sa culpabilité et dévora la vitalité du monstre sanguinaire. Elle s'emplit de cette énergie alimentée par Yggdrasil, encore et encore et encore. C'était si délicieux, si extraordinaire de se nourrir de cette vie. Sourde aux cris de sa victime, elle continua jusqu'à ce que ce temple mental vacille. Autour d'elle, les murs de cette pièce dans l'esprit de l'homme se fendillèrent, puis se craquelèrent. Elle s'était déjà retrouvée dans la psyché d'un mourant, mais cette fois-ci, elle possédait assez d'expérience pour s'en extirper rapidement. Elle fonça vers le hall, sans attendre. Les parois de cet esprit mort s'effondrèrent. Des moellons tombaient autour d'elle l'obligeant à louvoyer pour les éviter. Elle déploya un bouclier au-dessus de sa tête. Un morceau plus imposant que les autres heurta sa protection. Elle réussit à le repousser. Sous ses pieds, le sol s'effritait et des trous apparaissaient. Nayla sauta par-dessus une brèche et plongea dans l'ouverture. Elle s'échappa juste à temps.

Nayla ouvrit les yeux, à genoux sur le galatre. Le corps sans vie du captif pendait toujours dans les liens quaz. Elle repoussa sa honte, car cet homme méritait cent fois la mort. Elle se releva avec une énergie nouvelle, sortit et referma la porte derrière elle. Shoji l'attendait dans le couloir, la mine boudeuse.

— Venez, dit Nayla. Retournons dans le temple.

Elle n'avait pas l'intention d'expliquer ce qui venait de se passer ou de se justifier. Elle avait fait ce qui devait être fait.

Ailleurs…

Olman Nardo n'acceptait pas la présence de plus en plus envahissante des Tellusiens. Il avait beau se dire qu'il n'y avait plus rien à faire, que Nayla avait donné son aval à ce retour, il refusait la situation. Ses tripes lui soufflaient qu'il se tramait quelque chose de grave. Il ne pouvait ignorer son instinct. Il prit la décision d'en parler à Kanmen de façon informelle, d'ami à ami. Il était impossible de laisser la République périr de cette manière, pas après tous les sacrifices consentis. Ce n'était pas juste.

Ainsi, vêtu de son plus bel habit de prêtre, le Porteur de Lumière se dirigea vers le bâtiment du gouvernement. Devant la porte principale, des soldats tellusiens en arme montaient la garde. *Que se passe-t-il donc* ? se demanda-t-il. Il ralentit, inquiet. Son titre devrait lui accorder un passage sans encombre, mais son instinct lui souffla de n'en rien faire. D'un pas égal, il obliqua vers le flanc de l'immeuble. L'accès réservé au personnel n'était défendu que par deux Guerriers Saints en faction dans un abri incrusté dans le mur, de chaque côté de la porte. Nardo se rapprocha sans ralentir. Les deux hommes le saluèrent avec respect, sans essayer de le stopper.

Nardo grimpa les escaliers si rapidement qu'il respirait bruyamment en arrivant au dernier étage. Il s'engagea dans le corridor de service. Ce passage permettait aux domestiques de ne pas encombrer le couloir principal. Il s'arrêta devant le bureau de Kanmen et sonna. La porte s'ouvrit quelques secondes plus tard.

— Saint Porteur, souffla le secrétaire du chancelier. Ce… Ce n'est pas le bon moment. Il est occupé.

Le jeune homme discret, qui gérait tous les aspects de la vie courante du dirigeant de la République, se mordillait les lèvres nerveusement et ne cessait de jeter des coups d'œil derrière son épaule.

— Que se passe-t-il ? demanda Nardo avec autorité.

— Tellus… Ils ont fait irruption dans son bureau. Je… Cela me semble grave, Saint Porteur.

— Laissez-moi entrer, Tuan.

— Je… Je vous en prie, céda-t-il en s'écartant.

— Est-ce qu'il y a un moyen d'écouter ce qui se passe à l'intérieur ?

— Saint Porteur, je n'ai pas…

— Tuan, c'est extrêmement important. Je suis mandaté par la Sainte Flamme en personne. Elle ne fait pas confiance à Tellus.

— Son mariage…

— Était une obligation pour sauver la République et toute l'humanité. Elle s'est sacrifiée, mais espère que ce n'est pas en vain.

Tuan Garalom se frictionna la nuque énergiquement. Les épaules voûtées, il se dirigea vers une console et tapa quelques commandes. Nardo se précipita pour regarder les images filmées en direct dans le bureau de Kanmen Giltan.

— C'est le chancelier qui veut ça, expliqua le secrétaire. Il veut pouvoir revisionner certaines réunions importantes. Moi, jamais je n'oserais…

— Laissez-moi écouter, coupa Nardo.

Sur l'écran, Kanmen se tenait debout, les mains sur les hanches, face à Haram Ar Tellus, le grand ministre Garvan quelque chose – Olman ne se souvenait plus de son nom – et un homme de haute taille à l'allure impressionnante. Il s'agissait très certainement d'un militaire. Sa façon de se tenir ne trompait pas. Le Porteur de Lumière lui trouva même une ressemblance avec Dem.

— Très bien, Chancelier, déclara l'Hégémon avec une ironie méprisante dans la voix. Vous allez annoncer que vous vous retirez et que vous confiez les rênes de la… République à votre souverain naturel. C'est-à-dire moi. Garvan assumera sans problème votre poste.

— C'est hors de question, s'étouffa Kanmen.

— On ne te demande pas ton avis, keityr ! gronda le militaire.

— Allons, allons, Darlan, ne l'insulte pas, précisa Haram d'une voix faussement douce. Certes, il est un non-citoyen, mais les règles devront être revues. Chancelier, un poste dans l'Administration vous sera réservé et un statut de haut-citoyen vous sera offert. En fonction de votre comportement, vous pourriez même être récompensé et devenir un quintum nobilis.

— Je ne veux pas de vos cadeaux. Vous n'avez aucun pouvoir ici. Je suis le chancelier, nommé par la Sainte Flamme.

Nardo fut surpris de la résistance de Kanmen. Son ancien camarade s'était toujours montré pusillanime.

— Cette femme restera à sa place ! aboya Darlan Dar Merador. Elle n'a aucun droit de diriger. Et toi ? Tu n'es qu'un paysan. Je pourrais t'écraser comme une merde.

Kanmen Giltan se raidit. Son regard affolé se tourna vers la porte qui donnait sur le bureau de son secrétaire.

— Mes soldats ne vous laisseront pas faire, tenta-t-il.

Le général de Tellus éclata de rire.

— Ils sont incompétents. Je n'aurais même pas besoin de renforts.

— Ils viendront à mon secours, clama à nouveau Giltan avec un coup d'œil appuyé vers la porte.

Il escomptait sans doute que son secrétaire alerte Garal, ou un autre capable de le sortir de cette impasse.

— Bien sûr que non, répliqua froidement l'Hégémon. Vous avez deux secondes pour vous décider. Soit, vous collaborez avec nous et votre avenir sera assuré. Soit, vous préférez jouer les héros et nous combattre. Dans ce cas, le mieux que vous puissiez espérer, c'est de finir comme un clochard traînant sa misère à travers la galaxie.

— Pourquoi regardes-tu cette porte ? s'enquit Darlan.

— Pour... Pour rien..., bafouilla Kanmen.

Le militaire tellusien contournait déjà le grand bureau en cychene du chancelier.

— Zut ! s'exclama Nardo en se levant. Tuan, prévenez Garal !

Il se précipita vers la porte donnant sur le corridor. Il l'ouvrit à l'instant où le général Merador enfonçait l'autre.

— Stop ! cria-t-il.

Olman lui jeta un coup d'œil effrayé, puis s'enfuit. Il souleva sa robe de fonction pour qu'elle n'entrave pas sa course et sprinta dans le couloir.

— Tu n'iras pas loin, lança Darlan derrière lui.

Poussé par une frayeur sans nom, Nardo dévala les escaliers. Il devait prévenir Nayla au plus vite. Il fit irruption à l'extérieur avec une telle vitesse qu'il faillit trébucher. Deux soldats tellusiens débouchaient déjà au coin du bâtiment. Le Porteur de Lumière se tourna vers les deux Guerriers Saints en faction.

— Au nom de la Sainte Flamme, aidez-moi ! Empêchez ces hommes de me capturer.

Les sentinelles eurent un moment d'hésitation ahurie, puis se précipitèrent pour s'interposer. Les Tellusiens ralentirent.

— Hors de mon chemin, gronda l'un d'eux.

— Par ordre du Saint Porteur, déposez vos armes ! clama l'un des guerriers.

Nardo ne resta pas pour assister à ce combat. Il s'engouffrait déjà dans le bâtiment attenant à celui de la République et sprinta dans le couloir jusqu'à la porte donnant sur la façade. Le temple se trouvait juste en face de lui. Il n'avait pas de temps à perdre. Il fonça à travers l'agora large de trois cents mètres. Des cris fusèrent et il entendit le fracas des bottes sur le parvis. Il avait assisté au combat de Dem contre les hommes de Symmon Leffher. Il ne se faisait aucune illusion. Il ne pouvait pas lutter contre des soldats aux armures renforcées par des exosquelettes. La peur lui donna des ailes. Jamais il n'avait couru aussi vite.

— Par la Lumière, aidez-moi ! cria-t-il aux sentinelles en faction devant le temple.

Cette fois-ci, les Guerriers Saints n'hésitèrent pas. Ils se ruèrent vers ceux qui le poursuivaient. Les premiers le dépassèrent. Nardo ne perdit pas de temps à jeter un coup d'œil par-dessus son épaule, malgré cette impression qu'une cible était dessinée sur son dos. Le hurlement caractéristique d'un tir lywar le fit sursauter. Un des guerriers encore devant lui s'arrêta net, tomba sur un genou et épaula son arme.

— Courez Saint Porteur ! On vous couvre.

Derrière Nardo, l'enfer se déchaîna. Il continua à cavaler comme si tous les monstres du gouffre des damnés étaient à ses trousses. Une douleur cuisante lui brûla le biceps. Il poussa un cri étouffé, trébucha, et faillit même chuter. Il lui fallut trois pas précipités pour retrouver son équilibre. Il porta une main à son bras. Un éclair de souffrance le transperça.

— Ils m'ont tiré dessus, s'exclama-t-il, incrédule.

Olman accéléra à nouveau pour atteindre le temple. Il escalada les marches en trois enjambées et s'engouffra à l'intérieur.

— Que se passe-t-il, Saint Porteur ? demanda l'officier responsable.

— Tellus prend le contrôle. Prévenez l'armée et Garal ! Sonnez l'alerte. Défendez cet endroit jusqu'à la mort ! Je descends avertir la Sainte Flamme.

— Nous mourrons pour la protéger, Saint Porteur ! s'écria l'homme avec dévotion.

— Soyez béni !

Nardo fila dans le couloir et s'engagea dans l'interminable escalier de mille marches. Il dévala les premières sans ralentir. Il trébucha au premier tiers, manqua deux degrés et se rattrapa de justesse avant de se casser le cou. Il reprit son souffle. Il pantelait. Il épongea son visage trempé d'une sueur âcre. Il essaya de retrouver une respiration normale, mais elle se brisa en une terrible quinte de toux qui lui retourna l'estomac. Il vomit ce qui restait de son déjeuner. Il se redressa et essuya sa bouche du revers de sa manche. Il recommença à descendre, un peu moins vite, en maudissant ce foutu escalier.

Il atteignit enfin le niveau du temple. Un officier des Guerriers Saints vint à sa rencontre. Il appartenait à la compagnie supplémentaire mise en poste par Garal quelques jours plus tôt.

— Saint Porteur ? Vous allez bien ?

— Tellus, haleta-t-il. Ils… Ils prennent le contrôle. Défendez la Sainte Flamme… au… au prix…

Il toussa à nouveau et vomi un filet de bile.

— Nous sommes en place, Saint Porteur. Les unités du niveau supérieur m'ont averti.

Un bruit de bataille parvint alors jusqu'à eux. Tellus était entré sans vraiment se battre, il l'aurait parié. Tout était fini.

Un jour, viendront les nahashs. Ils émergeront en déchirant le voile des mondes pour détruire tout ce qui vit. Ils se répandront dans la galaxie et dévoreront tout. Le Chaos sera victorieux. L'univers basculera dans le néant. Du néant surgira une nouvelle vie. Et tout recommencera, ainsi est le wakhjaia, le cycle immuable.

Mythologie Hatama

Nayla revint dans la salle du trône, le pas décidé et l'esprit allégé. Elle brûlait de vitalité. Shoji avait tenté de savoir ce qu'elle avait fait, mais elle n'avait pas accédé à sa demande. Sa bonne humeur disparut en un instant, lorsqu'elle vit la déchirure au-dessus du haut siège en sölibyum. Quoi qu'elle fasse, elle restait prisonnière de ce lieu. Elle sursauta quand le trône pivota sur lui-même. Shoji poussa un petit cri de surprise.

— Dem ! s'exclama-t-elle.

Il apparut dans l'ouverture et grimpa souplement. Il lui adressa un sourire mi-amusé, mi-charmant, puis referma le passage.

— Alors ? demanda-t-elle.

— Le vaisseau volera, affirma-t-il.

— Mais ? fit Nayla, qui avait deviné un problème dans la voix de Dem.

— Mais je ne suis pas certain que les portes du hangar s'ouvriront.

— Tu n'as pas pu essayer ? Non, suis-je bête ! Ce n'aurait pas été très discret.

— Comme tu dis, mais je me suis assuré que tout fonctionnait. Nous verrons bien.

Il fronça les sourcils et détailla Nayla d'un regard inquisiteur.

— Tu es… différente.

— J'ai fait… ce qui devait être fait pour combler mon épuisement.

— Je vois. Tu as eu raison.

— J'ai plein de choses à…, commença Nayla.

La porte latérale de la salle du trône venait de s'ouvrir à la volée et Nardo déboula à l'intérieur en courant. Il tenait ses robes au niveau des cuisses. Cette scène avait quelque chose de drôle et d'effrayant. Il s'effondra sur les genoux, les mains sur le sol, à cinq mètres du siège en sölibyum. Nayla se précipita vers lui. Il respirait bruyamment et un filet de bave teinté de bile dégoulinait le long de son menton, formant une flaque peu ragoûtante.

— Olman ? Ça va ? s'enquit-elle.

Il essaya de parler, mais aucun son ne sortait de sa bouche. Dem les rejoignit. Il attrapa le porteur de lumière par le tissu de sa robe et le força à se relever, sans aucune compassion.

— Que se passe-t-il ? gronda-t-il.

— Je… Te… Tellus… Tellus prend… prend le contrôle. Ils… Ils arrivent.

— Quoi ? s'exclama Nayla.

— J'ai été voir Kanmen… J'ai assisté à la réunion dans son bureau, sans qu'ils le sachent. Ils prennent le pouvoir. Je… Je ne sais pas si Kanmen a cédé. Il résistait encore quand je me suis enfui. Ils m'ont poursuivi. Ils ont tué des Guerriers Saints et ils m'ont tiré dessus, conclut-il en montrant son bras.

— Mais… Il faut se défendre ! s'écria Shoji.

— C'est… C'est impossible, haleta Nardo. Ils sont déjà dans le temple. Ils doivent descendre. Je ne sais pas… Les Guerriers Saints sont… en position devant les portes de la salle du trône, mais…

Il toussa à nouveau de façon compulsive.

— Ils ne feront pas illusion très longtemps, grogna Dem.

Tout s'accélérait. Nayla avait ressenti l'emballement des événements au cœur d'Yggdrasil, avant l'attaque des clones de Citela. Elle se tourna vers Dem et vit, dans son regard, qu'il était déjà en mode Garde de la Foi. Il résisterait et se ferait tuer. Cela ne faisait aucun doute. Il ne possédait que des poignards et un pistolet lywar. Les Tellusiens étaient armés et leur armure était renforcée par un exosquelette.

— Tu dois fuir, murmura-t-elle.

— Certainement pas ! Je ne vais pas t'abandonner.

— Tu dois survivre, Dem, et moi je ne peux pas te suivre.

— Non ! Je vais prendre le commandement des guerriers.

— Tu viens de dire qu'ils ne feront pas le poids. Je ne te laisserai pas te faire tuer, encore, devant cette maudite pièce. Alors, sauve-toi ! Survis ! Ce n'est que comme ça que tu pourras m'aider.

— Vous ne pouvez pas partir, Dem, intervint Nardo. Ils sont déjà dans l'escalier.

— Ne te mêle pas de ça, Olman, grogna Nayla.

Dem lui prit les mains et la fixa intensément.

— Je ne partirai pas.

— Tu dois rester en vie pour lutter plus tard, déclara-t-elle.

— Citer le Code est déloyal, gronda-t-il.

— Je t'en prie, fuis, Dem. Si tu m'aimes, fuis. Ils ne me tueront pas. Ils ont besoin de moi. Je serai prisonnière, mais je le suis déjà. Je sais que tu feras ce qu'il faut.

— Nayla…

— Je refuse qu'ils te tuent. Je t'en prie, Dem, supplia-t-elle.

Il grimaça, puis soupira. Elle vit la décision dans son regard. Il l'attira à lui et l'embrassa doucement.

— Je reviendrai. Garde espoir.

— Toujours… Les événements s'accélèrent, Dem. L'Aldarrök est proche.

— Je t'aime, souffla-t-il. J'avais tant de choses à te dire.

Il eut une grimace navrée.

— Mais nous manquons de temps, répondit Nayla avec un sourire, car ils avaient répété cette phrase tellement de fois pendant la rébellion.

— Oui, c'est vrai… C'est toujours vrai. Reste en vie, mon amour, nous avons tant de choses à vivre.

— Je t'aime, chuchota-t-elle, des larmes plein les yeux. Reviens, moi.

Derrière les lourdes portes, les tirs lywar s'amplifièrent. Tellus ne tarderait pas. Ils échangèrent un regard, puis Milar se dirigea vers le passage sous le trône. Il l'ouvrit. Il tendit la main vers Shoji.

— Venez !

— Je ne peux pas… Mes… Mes données…

— Vous avez encore l'axis, fit remarquer Nayla. Je m'occupe de la console. Allez !

Elle se tourna vers Nardo qui les regardait tous avec de grands yeux surpris. Elle éprouva une certaine compassion pour lui.

— Va avec eux, Olman. Échappe-toi avant qu'il ne soit trop tard.

Il fit un pas vers le trône, puis s'arrêta. Il déglutit, puis offrit à Nayla un sourire timide.

— Non ! Je reste auprès de toi.

— Tu es en danger, Olman.

— Tant pis ! J'ai trop souvent été lâche dans ma vie. Cette fois-ci, je reste auprès de toi. S'ils m'exécutent, qu'il en soit ainsi.

— Dernière chance ! lança Dem.

— Non, merci…

— Alors, veillez sur Nayla.

— Vous pouvez compter sur moi, déclara avec sérieux Olman Nardo.

Dem tendit la main à Shoji pour l'aider à descendre l'échelle. Elle jeta un regard circulaire à la salle du trône, avant de disparaître. Il la suivit, mais s'arrêta sur les premiers barreaux. Le cœur de Nayla battait à tout rompre. Elle ne voulait pas le perdre, mais il devait fuir. Elle ne supporterait pas de le voir mourir pour rien. Elle sourit courageusement en espérant qu'il ne verrait pas les larmes dans ses yeux.

— J'ai installé une modélisation sur ta console, expliqua-t-il. S'ils te coupent l'accès à l'extérieur, lance-la. Elle rétablira les connexions sans qu'ils puissent le détecter.

— Oui, tu me l'as déjà dit.

— Referme, souffla-t-il.

— Tout ira bien, répondit-elle.

Il descendit encore quelques barreaux. Ils échangèrent un long regard, puis elle pressa la touche bloquant le passage. Le trône pivota.

— Je t'aime, articula Dem une dernière fois avant de disparaître.

Nayla expira lentement et se tourna vers Nardo.

— Bon... Ça va être à nous, maintenant. Merci d'être resté.

— Je... Je... Je serai toujours là pour toi, acheva-t-il piteusement.

Elle se drapa dans les attributs de son pouvoir, tout en sachant que c'était dérisoire, puis s'assit sur l'énorme siège en sölibyum.

— Viens près de moi, Olman. Maintenant, il ne reste plus qu'à attendre.

Ils ne patientèrent pas longtemps. Les bruits d'une fusillade nourrie finirent par se tarir. L'échange lywar avait été intense, mais il n'avait duré que quelques minutes. Les Guerriers Saints n'étaient pas de force face à l'armée de Tellus. Un silence de mort remplaça le fracas de la bataille. La porte s'ouvrit et Haram Ar Tellus pénétra en conquérant dans la salle du trône, précédé par Darlan Dar Merador. Elle reconnut immédiatement le général de Tellus qu'elle avait vu dans ses visions. Il était splendide dans son armure de combat gris métal, plus légère que celles des Gardes de la Foi, mais renforcée par un exosquelette. Cet équipement faisait des Tellusiens des quasi-surhommes. À son côté battait une épée dans son fourreau, arme incongrue dans un monde où le lywar dominait. Vingt soldats au visage dissimulé sous un masque souple les encadraient. *Des clones surentraînés*, songea Nayla. *Tellus dévoile son jeu sans même se cacher. J'ai eu tort, je n'aurais jamais dû faire alliance avec eux. D'un autre côté, ce n'est pas comme si j'avais eu le choix*. Elle se redressa sur le siège en sölibyum, bien décidée à ne pas se laisser impressionner. Les soldats se dispersèrent et cinq d'entre eux franchirent les tentures de ses appartements. Elle faillit pouffer. Si

Dem avait été caché là, cinq hommes n'auraient pas été suffisants pour le capturer.

L'Hégémon continuait à marcher sur elle, ses bottes claquant sur le sol en galatre. Darlan se tenait à sa droite. Ce n'est qu'à cet instant qu'elle remarqua Kanmen qui suivait à une trentaine de pas, entre deux soldats. Son visage tuméfié ne lui arracha pas un soupçon de compassion. Ce traître l'avait mérité. Elle entendit le hoquet de surprise de Nardo, debout à ses côtés. Elle aurait voulu lui souffler de ne rien montrer, mais elle ne voulait pas parler. Elle espérait qu'il comprendrait.

Le dirigeant tellusien s'arrêta face à elle et la salua d'une grimace pleine de dégoût.

— Vous êtes à ma place, déclara-t-il.

— Je ne crois pas. En tout cas, vous n'êtes pas à la vôtre. Vous devriez retourner à bord de votre luxueux vaisseau et dégager de mon ciel.

— Vous ne manquez pas d'air. Vous comptez sur ce gros prêtre pour vous aider ? Il m'a semblé à peine capable de fuir.

Elle posa une main sur l'épaule de Nardo pour lui intimer l'ordre de rester silencieux.

— Je n'ai besoin de personne.

— Où se trouve Milar ? cracha le général Merador.

— Il vaque à ses occupations.

— Où ça ? Il n'a pas pu sortir d'ici.

— Si vous le dites, fit-elle avec un sourire moqueur.

La colère fusa dans les yeux du général.

— Naralaor, beugla-t-il au capitaine qui se tenait en arrière. Fouillez-moi l'arrière du temple.

— À vos ordres, Général.

Le soldat partit en courant vers le fond de la pièce, suivit par dix hommes. Il ouvrit la porte dérobée sans hésiter, sans doute briefé par Merador. Ils disparurent. Nayla se força à ne montrer aucune réaction.

— Vous êtes ici chez moi, Haram. Je vous demande de me laisser en paix.

— Vous êtes un prophète et les prophètes n'exigent pas. Ils obéissent à leur maître. Vous êtes sous mon autorité, désormais. Je ne vous tuerai pas, car je pourrai avoir l'usage de votre puissance.

— Sans rire ! explosa Nayla.

— Il semblerait que vous ne puissiez pas quitter cet endroit sans mourir. C'est bien dommage. Vous vivrez donc ici tant que vous vous tiendrez bien. S'il faut vous châtier pour vous apprendre les bonnes manières, je n'aurai aucune hésitation à l'ordonner.

— Vous croyez vraiment me faire peur ?

— Vous êtes courageuse, je vous l'accorde, mais c'est fini. Vous avez perdu le pouvoir.

— Je détiens le vrai pouvoir, Haram.

— L'éternel discours des prophètes.

L'officier choisit cet instant pour revenir en courant vers son général. Il se figea au garde à vous.

— Je n'ai trouvé personne, Général, seulement un cadavre retenu par des liens quaz.

— Où est Milar ? répéta Merador d'un ton exaspéré.

— Allez savoir, fit-elle avec un sourire.

— Dois-je torturer ce gros fainéant pour vous faire parler ?

— Ce ne sera pas nécessaire, Darlan, intervint l'Hégémon. Je sais par où il est parti et, de la même façon, par où il est arrivé.

— Haram ?

— Le passage sous le trône !

— Par les dix lunes de Targendof !

Merador se précipita vers le siège en sölibyum. Olman Nardo s'interposa. D'une violente poussée, Darlan l'écarta. Le pauvre garçon vola sur deux mètres avant de s'écraser sur le galatre. Le général toisa Nayla d'un regard froid. *C'est dingue*, songea-t-elle. *Il ressemble tellement à Dem.*

— Descends de là, prophète, ou tu suivras le même chemin que ce gros lard !

Elle se leva, prête à résister, mais elle savait que c'était inutile. Se drapant de sa fierté, elle marcha jusqu'à Haram. Darlan Dar Merador pressa la commande, dévoilant le passage.

— Cinq hommes avec moi ! ordonna-t-il avant de s'engager dans le tube sombre.

Ailleurs…

Darlan Dar Merador se souvenait parfaitement de cette voie d'évasion qu'il avait mise au point des milliers d'années auparavant. À l'époque de la fédération Tellus, il s'assurait une fois par an que tout fonctionnait correctement. Il avisa la navette garée de ce côté-là du tunnel. Milar ne l'avait pas utilisée, mais peut-être ignorait-il son existence. Il conduisit ses hommes à l'intérieur. Il se précipita vers la cabine de pilotage, mais comprit vite que l'engin était inopérant.

— Il faudra courir, gronda-t-il. Et en silence, il ne faut pas alerter l'ennemi.

— Oui, Général, répondit le sergent, mais il s'agit d'un homme seul.

— Ne sous-estimez pas Milar. Cet homme est un guerrier et un stratège. La victoire contre l'Imperium est son exploit et uniquement le sien, n'en doutez pas, Sergent.

— Notre équipement est meilleur que le sien, même s'il possède une armure de la République, Général.

— Certes, nos armures sont plus performantes et nous sommes six, mais je répète : ne le sous-estimez pas. En avant !

Darlan partit en courant, un sourire carnassier aux lèvres. L'action lui manquait. À l'époque de l'Imperium, il avait été furieux de l'aura de ce colonel Milar, présenté comme le meilleur soldat de tous les temps. Ce titre était le sien et il brûlait de le prouver. Il avait imploré Haram de le laisser combattre les gardes, mais l'Hégémon avait refusé. Il ne voulait pas que son ennemi apprenne que les Decem Nobilis avaient perduré. C'était terminé ! Ils étaient à nouveau au pouvoir et rien ne pourrait leur faire obstacle.

Après une heure de course, il indiqua à ses hommes de s'arrêter. Il tendit l'oreille, persuadé d'avoir entendu quelque chose. Ils se rapprochaient, c'était bon signe. D'un geste, il intima l'ordre de poursuivre leur avance. Leur progression ne tarda pas à être stoppée par un éboulement massif qui bloquait tout le tunnel. Il semblait impossible de le traverser, mais Milar y était parvenu. En attendant que le sergent trouve le moyen de franchir l'obstacle, il patienta, la main sur la poignée de son épée. Il rêvait de l'enfoncer dans les entrailles de l'ancien Garde de la Foi.

Le passage se dissimulait tout près du plafond. Ils se faufilèrent dans le conduit assez étroit et redescendirent de l'autre côté une demi-heure plus tard. Ils avaient failli rester coincés une ou deux fois, mais à force de contorsions, ils s'étaient arrachés à ce piège. Ils découvrirent la deuxième navette endommagée. Elle était sortie de son rail après un arrêt d'urgence, dû à cet éboulement. *Par les dix lunes de Targendof, comment Milar a-t-il pu localiser cette voie d'accès au temple ?* se demanda-t-il. *Est-ce grâce à ces maudits dépositaires ? Non… Personne n'en connaissait l'existence. J'ai personnellement fait exécuter ceux qui l'ont construite. Darlan grimaça avec férocité. Cet homme a de la ressource, c'est évident. J'ai hâte de l'affronter. Ce combat sera jouissif.*

Il apprécia la longue course le long de ce tunnel sombre. Son sergent, accompagné par un soldat, avançait vingt mètres devant, afin d'anticiper les pièges que Milar aurait pu laisser derrière lui.

— Nous y voilà, murmura le général en apercevant un halo lumineux au bout du boyau. Sergent !

Le sous-officier se précipita vers lui.

— Il nous attend. Il a l'avantage du terrain. Il peut être posté n'importe où, prêt à nous descendre comme des lapins, gronda Merador.

— Oui, Général.

— Pourtant, il va falloir entrer. Envoyez un homme en éclaireur.

— À vos ordres !

Le soldat désigné ne protesta pas. Ces clones étaient créés et formés pour obéir. L'homme avança prudemment, l'arme pointée devant lui. Il se déplaça le long du mur pour ne pas offrir une cible facile. Derrière lui, Darlan et ses hommes se rapprochèrent. La grande salle éclairée les éblouissait et les empêchait de distinguer les détails. Le général avait presque du mal à discerner la silhouette de son soldat. Il abaissa la visière de son casque et activa la vision améliorée. Il s'arrêta et fit signe aux autres d'en faire autant. Il n'y avait plus aucune trace de l'éclaireur. Darlan posa un genou au sol et augmenta la résolution. Il grimaça. Il venait de découvrir, contre le mur, un corps immobile.

— Il est mort, souffla-t-il à son sergent.

Milar avait dû les attendre dans l'obscurité et il avait tué le soldat par surprise, sans faire le moindre bruit. La réputation du Garde noir n'était pas usurpée. Darlan avait hâte de l'affronter au corps à corps. Il étudia chaque pouce du terrain et ne vit personne. Il n'en fut pas étonné. Milar n'était pas fou au point de rester à l'endroit de son méfait.

— Deux hommes, de chaque côté du tunnel, ordonna-t-il.

— Il va pouvoir nous tirer dessus, Général, intervint le sergent.

— Selon ce Giltan, il n'y a pas d'armes dans le temple. Il ne dispose donc que d'un pistolet lywar et d'un poignard. Allez !

Deux soldats partirent aussitôt en suivant les deux murs. Darlan, le sergent et le dernier soldat progressèrent lentement derrière eux. Les deux éclaireurs s'approchèrent de l'entrée sans rencontrer de résistance. Ils stoppèrent pour étudier les lieux, puis dialoguèrent par gestes. Celui de gauche se glissa sur le côté, tandis que l'autre sprintait vers un abri. La détonation lywar fit sursauter Darlan. Il accéléra pour voir ce qui se passait, puis se plaqua au sol à quatre mètres de la zone éclairée. S'il se fiait au bruit, cela ne pouvait pas venir d'un pistolet. *Où a-t-il trouvé un fusil ? Ce Nardo, peut-être ?* se dit-il. Et puis, il se souvint des détails de cette zone de secours. Il avait insisté pour y installer une armurerie. Nul ne pouvait savoir quelles seraient les circonstances d'une fuite. Milar devait l'avoir découverte. *Et merde !* jura-t-il, en usant d'un très vieux mot, oublié dans la plupart des mondes.

De nouveaux tirs déchirèrent le silence. Il fallait changer de stratégie, ou Milar les descendrait les un après les autres.

— En avant ! ordonna-t-il.

Il se releva et fonça droit devant. Propulsé par la puissance de son exosquelette, il déboula dans la grande salle. Plusieurs tirs le manquèrent. Il continua. Un autre trait lywar, venant d'un point différent de la pièce, toucha l'un de ses hommes. *Deux tireurs ? Il n'est pas seul !* songea-t-il. Il ne chercha pas à deviner qui accompagnait le Garde noir. Il pouvait seulement dire que ce n'était pas un soldat aguerri. Deux décharges lywar achevèrent son dernier homme. Il ne restait désormais que son sergent et lui-même. Darlan, grisé par l'adrénaline qui coulait à flots dans ses artères, courait si vite qu'il effectuait des bonds inhumains. Il sauta par-dessus l'obstacle qui abritait Milar et atterrit juste derrière lui. Le sergent avait contourné l'amas de caisses. Le Garde noir était pris entre deux feux.

La défaite n'existe pas.

Code des Gardes de la Foi

Devor Milar s'était laissé glisser en bas de l'échelle et avait rejoint Shoji qui l'attendait au pied du conduit, le visage marqué par l'inquiétude. Il l'avait rassurée d'une phrase toute faite, puis s'était dirigé vers la gare d'arrivée. Elle avait voulu explorer les lieux, mais il l'en avait dissuadé. Ce n'était pas le moment. Ils avaient trottiné jusqu'à l'éboulement à l'allure de la Kanadaise – allure que Dem trouva très lente.

La jeune femme leva les yeux vers le mur imposant. Elle secoua la tête avec fatalité. Un bruit métallique, loin derrière eux, l'empêcha de poser la question évidente qu'elle avait sur les lèvres.

— Qu'est-ce que c'est ? chuchota-t-elle.

— Nous sommes pris en chasse, répondit-il de la même manière. Nous avons encore du temps, mais pas beaucoup. Il va falloir escalader ce truc. Vous voyez le trou, là ?

Il balaya la fissure du rayon lumineux de sa torche, puis marqua la voie à suivre pour l'atteindre.

— Oui, pas de problème.

Shoji grimpa avec légèreté, sans hésiter ni ralentir. Il en fut surpris. Ils franchirent l'obstacle sans ennui. Elle était si mince qu'elle le distança aisément. En sautant au sol, de l'autre côté, elle se tourna vers lui avec un sourire timide.

— J'avais l'habitude de grimper aux arbres, sur Kanade, dit-elle.

Elle déglutit avec peine et se détourna pour essuyer ses yeux humides. Il pressa son épaule dans un geste de soutien.

— Il faut repartir, murmura-t-il.

— Oui…

Dans la deuxième partie du tunnel, ils alternèrent la course et la marche, car la jeune femme n'avait pas son endurance. Elle s'arrêta en haletant à l'orée du quai. Il préféra se précipiter vers la salle de contrôle, tandis qu'elle le suivait d'un pas lourd. Il alluma les lumières et consulta les écrans. Il repéra rapidement les Tellusiens grâce aux caméras disséminées dans la galerie. Il estima qu'ils se trouvaient à moins d'une demi-heure.

— Nous n'aurons pas le temps de décoller, dit-il à Shoji qui venait de le rejoindre. C'est trop hasardeux. Allons chercher de quoi nous défendre dans l'armurerie.

Il prit quatre fusils lywar antédiluviens et plusieurs chargeurs. Il installa Shoji dans un endroit stratégique avec deux armes. Elle tremblait et ne cessait d'essuyer ses paumes sur ses vêtements.

— Tout ira bien, la rassura-t-il. Je fais ça depuis longtemps.

Elle acquiesça silencieusement.

— Vous tirerez la première sur le premier homme que vous verrez. Par contre, essayez de m'éviter.

— Quoi ? bafouilla-t-elle.

— Si je passe dans votre champ de vision, ne me tirez pas dessus.

— Oui.

— N'ayez pas peur. À tout à l'heure.

Il la laissa sur place. À l'opposé de sa position, il entassa plusieurs caisses. Il y déposa les deux fusils restants. Ensuite, armé de son pistolet et de ses poignards, il courut vers le tunnel et s'y dissimula.

Comme il l'avait pressenti, celui qui commandait le groupe de poursuivants dépêcha un éclaireur. L'homme n'était pas un novice. Il longea la paroi avec prudence, pour ne pas offrir une cible trop facile à un éventuel sniper. Il dépassa Dem, caché dans un renfoncement, sans suspecter sa présence. En silence, Dem le rattrapa. Il le saisit par le menton et l'égorgea avec son poignard serpent. Il déposa doucement le corps sur le sol et s'éclipsa. Il traversa la zone à découvert en s'abritant derrière plusieurs obstacles. Il fit un signe à Shoji pour lui indiquer de se tenir à l'affût, avant de rejoindre son poste de tir derrière le mur qu'il avait érigé un instant plus tôt. Il posa le canon de son fusil dans l'embrasure qu'il avait pratiquée et attendit. Deux soldats émergèrent du tunnel et, aussitôt, Shoji ouvrit le feu. Elle rata son tir, comme il s'en doutait. Ce ne fut pas son cas. Il élimina les deux hommes sans problème.

L'assaut qui suivit le surprit. Trois hommes foncèrent droit devant, à une vitesse trop rapide pour être naturelle. Il réussit à en tuer un, avant que l'officier effectue un saut impressionnant pour atterrir dans son dos.

Milar se retourna. Le dernier Tellusien venait de contourner sa barricade improvisée et levait déjà son fusil vers lui. Dem plongea en avant. Il sentit le trait lywar le frôler. Il roula sur l'épaule, se redressa et vida son chargeur sur l'homme. Il pivota vers le survivant. Il venait d'ôter son casque et arborait un rictus carnassier.

— Devor Milar… Quel plaisir de vous affronter enfin !

Dem plissa les yeux, puis il comprit.

— Darlan Dar Merador, grand général de Tellus.

Le Tellusien écarta son fusil et le jeta au sol. Il dégaina son épée en bois-métal et salua, son sourire suffisant toujours plaqué sur le visage. Dem se débarrassa de son arme de la même manière. De toute manière, elle était déchargée. Il recula et attrapa l'épée qu'il avait posée sur l'une des caisses. De façon étrange, il s'était dit qu'il en aurait peut-être besoin. D'un geste sec, il éjecta le fourreau.

— Je vois que vous savez vous en servir, fit Darlan d'un ton appréciateur.

— Je vais même vous le prouver, Merador.

Milar fit un pas en avant, mais il n'était pas si sûr de lui. Bien entendu, il avait appris à manier toutes les armes qui existaient, dont l'épée, mais c'était il y a longtemps. Le Tellusien passa à l'attaque et se fendit. Dem para et recula. Les coups de Merador étaient précis, rapides et puissants. Il avait toutes les peines à le contrer. *Son armure est améliorée*, songea Dem. Il cédait du terrain et sans son intuition de combat, il aurait déjà été vaincu. Totalement concentré, il pouvait ressentir les événements avec une avance de quelques secondes. Cet instinct lui permettait d'éviter les estocades de l'ennemi, mais cela ne durerait pas éternellement. Il devait contre-attaquer. Merador se fendit, l'obligeant à se pencher en arrière. L'épée de Merador passa à seulement quelques centimètres de son visage. Sans se redresser, Dem frappa le Decem Nobilis au flanc. Sa lame en irox trancha sans effort dans l'armure, mais à cause de sa posture, son action avait manqué de force. L'autre réussit à se dégager sans être blessé. Il recula d'un bond et les deux hommes s'observèrent un instant.

— Bien joué, gronda le Tellusien.

Milar salua de sa lame et se remit en position. Ils tournèrent en rond, avec prudence, cette fois-ci. L'épée pointée devant eux, ils cherchaient une faille dans la défense de leur adversaire. Soudain, Darlan chargea avec des moulinets rapides et précis. Dem para une attaque haute, puis sauta de côté pour éviter la lame qui menaçait son visage. Merador visa sa poitrine et, à nouveau, Milar repoussa la lame, puis il contre-attaqua. Il faillit atteindre son ennemi, mais celui-ci bondit en avant, en passant sous l'épée. Il frappa Dem du poing et ce coup, augmenté par l'exosquelette, l'envoya valser à plusieurs mètres. Il atterrit avec un grognement, roula sur lui-même et leva son arme à temps pour contrer le coup de grâce de Merador, déjà sur lui. Le Tellusien réitéra son attaque. Ces assauts se firent plus violents, presque débridés, oblitérant les capacités de riposte de Dem.

Devor Milar se focalisa sur le combat. Son opposant paraissait plus brillant, alors que le décor s'estompait. Il se fiait entièrement à son intuition qui lui permettait de bloquer toutes les attaques. Lentement, il réussit à se redresser, puis à se relever. Il bondit en arrière et, à nouveau, ils prirent un temps pour s'observer. Une colère froide brûlait dans les yeux de Merador, qui n'avait sans doute pas l'habitude d'affronter un adversaire à sa mesure. Dem eut un sourire moqueur qui attisa la rage de son ennemi.

Cela eut l'effet recherché. Le Tellusien se rua sur lui avec fureur. Milar anticipa une attaque au flanc, esquiva, puis se fendit en une flèche désespérée. Merador sauta en arrière, mais pas assez vite. La lame de Dem transperça son armure et le blessa à la cuisse.

— Maudit ! gronda-t-il en se repositionnant en garde.

Milar salua, d'un air amusé. Il savait que la rage d'un ennemi occultait sa réflexion, et il savait en tirer parti. Cette fois, cela ne fonctionna pas. Merador ne réitéra pas son erreur. Son assaut suivant fut plus mesuré et construit. Il visa le visage, Dem para. Il attaqua à la poitrine, mais sa lame fut à nouveau contrée. Il tenta d'atteindre le foie, mais Milar esquiva. Le combat s'accéléra, poussant l'intuition de Dem dans ses retranchements, l'obligeant à se concentrer uniquement sur les parades. Merador se lança une nouvelle fois dans une série d'attaques. Sa lame passa sous celle de Dem, qui réussit à l'écarter de justesse. Milar ne vit pas venir la botte suivante. L'épée de Darlan pénétra profondément dans son abdomen, à peine ralentie par son armure de combat allégée. Le Tellusien poussa encore sur l'arme jusqu'à ce que la garde heurte le ketir. De son autre bras, Merador lui bloqua sa propre épée en la plaquant contre lui. Dem était immobilisé et impuissant. Il ne pouvait pas lutter contre la puissance augmentée du Tellusien. Ce dernier ricana, son visage à quelques centimètres du sien.

— J'ai rêvé de cet instant pendant des années, Milar.

Devor repoussa la douleur à l'arrière de sa conscience. Il écarta l'idée même de la mort. Il l'avait déjà vaincue. De sa main libre, il empoigna son poignard de combat. Il le dégaina lentement, tandis que l'autre faisait tourner la lame de son épée dans ses boyaux. Il cherchait la grimace de souffrance sur le visage de son ennemi. Dem ne lui donnerait pas cette satisfaction. Il mobilisa sa volonté pour rester lucide.

— C'est douloureux, n'est-ce pas, se gaussa Merador.

— J'ai connu pire, gronda Milar.

Il frappa à la gorge et fit pénétrer son poignard profondément dans la chair tendre. D'un geste sec, il ramena la lame à lui, tranchant la carotide au passage. Le jet écarlate gicla, poissant sa main et son armure. Une surprise choquée se peignit sur le visage de Merador. Il essaya de parler, mais le sang remplissait sa bouche, dégoulinant sur son menton. Il cracha un liquide carmin et épais, les yeux écarquillés. Dem le repoussa avec l'énergie qui lui restait. Darlan Dar Merador s'écroula. Il eut quelques soubresauts, puis cessa de bouger. Il était mort. Milar oscilla, luttant toujours contre le voile rouge qui dansait dans sa vision. L'ombre de Shoji surgit devant lui. Elle le retint avant qu'il tombe en avant.

— Que dois-je faire ?

— Il faut retirer cette épée.

— Comment ? demanda-t-elle en blêmissant.

— Arrachez-la !

— Vous… Vous devriez vous asseoir.

— Non… Allez, Shoji, vous pouvez le faire.

La jeune femme hésita, ferma les yeux, puis agrippa la garde de l'épée. Elle inspira profondément, puis contracta ses muscles. Dem l'aida en reculant. La douleur le transperça. Il contint à peine un gémissement rauque.

— Continuez ! Plus fort !

Shoji extirpa la lame en poussant un cri presque animal. Dem grogna de souffrance, puis s'écroula. Il perdit connaissance.

Quand il revint à lui, il était toujours étendu sur le sol, au milieu d'une flaque de son sang mêlé à celui de Merador. Shoji avait réussi à ôter son armure de combat allégée et avait bandé sa plaie.

— Où… Où avez-vous trouvé ce kit médical ? coassa-t-il.

— Dans l'armurerie. J'ai fait ce que j'ai pu, mais… mais la blessure est trop grave. Je ne sais pas quoi faire, j'ai peur de vous faire encore plus mal.

— Vous avez bien fait. Il faut partir, grogna-t-il. Aidez-moi à me lever.

— Vous ne devriez pas bouger.

— Nous ne pouvons pas rester ici. Allons, aidez-moi !

Avec le soutien de Shoji, Dem réussit à se mettre sur ses pieds. Une sueur froide et poisseuse couvrit son corps. Le décor tournoya autour de lui. Il s'accrocha à la jeune femme et, d'un pas de vieillard, il se dirigea vers le vaisseau. Grimper à bord fut une épreuve difficile. Les dents serrées et le souffle court, il gagna le poste de pilotage. Il se laissa tomber sur le fauteuil du pilote.

— Shoji, vous allez devoir faire tout ce que je vous demande. Je ne bougerai pas d'ici avant un moment.

— Oui, dites-moi.

— Allez chercher mes morceaux d'armures, des armes, des chargeurs lywar et autant de kits médicaux que possible.

Il pressa plusieurs touches et les moteurs s'allumèrent. Il vérifia les différents graphiques : tout fonctionnait. Il activa les commandes de la large porte donnant sur la zone interdite. Le voyant brilla au vert. Il poussa un soupir de soulagement.

— Est-ce que ça va ? demanda Shoji en revenant.

— Vous avez les kits ?

— Oui.

— Ouvrez-en un. Bien, voyons ce qu'il y a là-dedans ? Hum, rien d'intéressant.

— Qu'est-ce que vous cherchez ?

— Du retil.

— Si ces trucs datent de l'époque de la Fédération, il n'y en aura pas. Il n'avait pas été inventé.

— Vous avez raison. Il faut pourtant que je reste éveillé jusqu'à ce que nous ayons passé l'ancile.

— Vous saurez comment faire ?

— Oui, mais il faut que je sois conscient. Continuez. Ah ! Là ! Donnez-moi cette fiole.

Il prit le petit récipient. Il s'agissait d'une drogue ancienne, nommée leryal. Il avait appris ses propriétés pendant ses années d'études, il y a bien longtemps.

— L'injecteur.

Il plaça le flacon dans le logement adéquat et s'inocula une double dose. Aussitôt, il ressentit de l'énergie pure se déverser en lui. Il inspira profondément.

— Asseyez-vous, Shoji.

— Vous… Vous allez bien ?

— Ça ira, ne vous en faites pas. J'ai vécu pire. Bien, voyons si cet engin veut bien démarrer.

Il enclencha les moteurs, les graphiques montèrent en puissance, la carlingue vibra. Le *Némésis* décolla en stationnaire.

— Un vrai miracle, marmonna-t-il. Bien, la porte, maintenant.

Il activa la commande d'ouverture, mais rien ne se passa. Le voyant devint rouge et plusieurs informations s'affichèrent.

— Bon, nous avons un problème.

— Quel genre de problème ?

— Un souci hydraulique.

— Est-il possible de le réparer ?

— Peut-être, si je pouvais bouger…

— Je peux essayer, si vous me dirigez.

— Non, ce sera trop long.

Pendant cet échange, il avait contrôlé l'armement du *Némésis.* Il activa les missiles lywar, visa la porte et fit feu. Les battants explosèrent, vaporisés par la décharge d'énergie. Dans le même temps, il poussa le vaisseau en avant. Il franchit le mur de flammes et jaillit au-dessus de la zone interdite. Les bombardiers Furie ne tarderaient pas à le poursuivre. Il effectua un virage puis fonça vers le ciel. Les voyants d'alarmes se mirent à clignoter. Ils étaient pris en chasse par deux bombardiers, comme il l'avait prévu. Il ne tergiversa pas. Il verrouilla le premier vaisseau et fit feu. Deux missiles fondirent sur le Furie et l'explosèrent en vol. Il sourit. Même à l'époque, Tellus fabriquait du matériel de qualité. Le *Némésis* pénétra enfin dans le vide de l'espace. Dem accéléra au maximum de ses possibilités, droit sur l'ancile. Il activa le compte qu'il avait créé depuis la console de Nayla en espérant que Tellus n'avait pas eu la bonne idée de tous les effacer. Le dernier Furie se rapprochait. Devor Milar ne ralentit pas. Son vaisseau s'enfonça dans le réseau de mines, suivi par le bombardier.

L'un des destroyers Châtiment qui protégeaient la planète était encore loin lorsqu'une violente explosion en chaîne déchira l'ancile. Le capitaine ordonna de décélérer et prévint sa hiérarchie. L'étrange vaisseau qui venait de décoller sans autorisation avait été détruit. La menace était éliminée.

Ailleurs…

La planète verte et brune occupait tout l'écran du *Taïpan*. Cela faisait déjà plus d'une heure que le vaisseau était en orbite et Jani Qorkvin n'avait pas encore donné l'ordre d'atterrir. Elle n'aimait pas ce qui émanait de ce monde. Elle n'aurait su le qualifier, mais cela lui glaçait le sang. La porte de la passerelle s'ouvrit et Mutaath'Vauss entra, accompagné par Do Jholman. Elle appréciait le jeune capitaine, sérieux et réservé. Il vivait les événements avec fatalité, sans se plaindre et sans rien exiger. Ce n'était pas le cas d'Ilaryon. Le garçon était resté très discret au cours de ce voyage qui avait stressé tout le monde, mais il trimbalait sa mauvaise humeur partout. Dès qu'il entrait dans une pièce, il contaminait les autres avec son air de chien battu. Elle aurait préféré que Dem l'emmène avec lui, cela l'aurait débarrassée de sa présence sinistre.

— Lamialka, déclara aussitôt Mutaath'Vauss.

— Oui, enfin ! Je ne comprends toujours pas comment nous avons pu arriver jusqu'ici sans encombre.

— Les miens ne sont plus dans cette région, précisa le Hatama. Avez-vous oublié les serpents d'ombre ?

— Non, pas du tout, mais ils ne semblent pas être ici. Cette planète est encore viable.

Même après ce long voyage, Jani ne parvenait pas à déchiffrer les expressions du lézard gris. Il découvrit ses dents avant de répondre :

— Oui… Je n'ai pas plus d'explication que vous.

— Je comprends bien. Et maintenant ?

— Je vous ai indiqué la zone d'atterrissage à privilégier.

— Je sais, mais…

Sa prudence habituelle se rebellait face à cette mission suicide. Elle détestait ne pas maîtriser les événements et, la plupart du temps, elle ne courait aucun risque. *Oui, mais cette fois-ci, je n'ai pas trop le choix*, songea-t-elle.

— Cette planète est-elle habitée ? demanda Ilaryon depuis l'arrière de la passerelle.

Jani avait presque oublié qu'elle l'avait autorisé à rester. Elle faillit lui intimer l'ordre de se taire, mais le Hatama répondit avant qu'elle ait eu le temps d'ouvrir la bouche.

— Elle l'était, oui.

— Alors nous ne serons pas les bienvenus, lança Thain d'un ton inquiet. J'veux pas être désagréable, mais les Hatamas n'aiment pas les humains.

— Et l'inverse est vrai, je crois, répliqua Vauss.

— Ce n'est pas le moment pour une telle discussion, coupa Jani.

— Vous avez raison, Capitaine, reprit le Hatama. N'ayez aucune crainte, nous allons nous poser non loin du temple. Cet endroit est peu peuplé. De plus, je vous accompagne. Si nous croisons des gens, je parlerai de votre pytarla, ils nous laisseront passer.

— Il n'en sait rien, grogna Ilaryon entre ses dents.

— Nous verrons bien ! répliqua Jani, que le mauvais esprit du garçon agaçait. Nous sommes venus pour ça, alors... Fais-nous atterrir, Thain.

— Ouais, à tes ordres, Capitaine.

Le *Taïpan* se dirigea vers la planète. Il franchit d'épaisses couches de nuages qui eurent raison de son bouclier de camouflage. Il survola la jungle avant de se stabiliser au-dessus d'une minuscule clairière. Avec sa dextérité coutumière, Thain posa le vaisseau.

— Maintenant, il faut visiter les lieux, souffla Jani, sans réussir à se départir de son angoisse.

— Quelle équipe ? s'enquit son pilote.

— Comme d'habitude, tu resteras à bord. J'ai confiance en toi pour nous sortir de là. Demande à Sil de nous rejoindre dans le sas. Jholman, vous venez avec nous. Vous aussi, Vauss. Ashtin...

— Je viens avec mes hommes, coupa le Garde de la Foi.

— Je préférais que vous en laissiez quelques-uns pour protéger le vaisseau.

— Soit ! Deux Gardes m'accompagneront, si cela vous convient.

— Parfait.

— Et moi ? demanda Ilaryon d'une voix presque plaintive.

— Tu restes pour aider Thain.

— Je dois être là, s'obstina le garçon.

Jani se tourna vers lui avec surprise. Il avait dit « je dois » et non pas « j'aimerais ». Cela la dérangeait.

— Non ! Tu seras plus utile ici, Ilaryon. Et n'insiste pas. Je suis le capitaine et c'est moi qui décide.

La colère qui brilla dans les yeux du garçon avait quelque chose de terrifiant. Elle avait eu l'impression que cette lueur appartenait à un autre que lui. Jani choisit d'ignorer cette sensation qui ne reposait sur rien.

— Nous y allons, ordonna-t-elle.

Ils se retrouvèrent tous, quelques minutes plus tard, dans le sas du *Taïpan*. Ils s'équipèrent, puis elle ouvrit l'écoutille. Elle posa les pieds sur le sol spongieux. L'air était poisseux et la végétation très dense bruissait de cris et de vrombissements d'insectes. *Je hais ce genre de monde*, songea-t-elle. À l'inverse, le Hatama semblait revivre. Il fit quelques pas, le nez vers le ciel, respirant à grands poumons. Il se tourna vers eux, cette fameuse grimace qui était un sourire sur le visage.

— C'est par là, déclara-t-il. Suivez-moi.

Il marcha droit sur le mur végétal qu'il écarta de la main, découvrant un sentier étroit qui serpentait entre les arbres énormes d'où dégoulinaient d'épaisses lianes.

— Vous êtes sûr ? demanda Jani en frémissant.

— Oui, ne vous inquiétez pas. J'ai passé plusieurs années sur ce monde, lorsque j'étais adolescent. De plus, nous ne croiserons aucun habitant, car personne n'emprunte ce chemin.

— Tu m'étonnes, ironisa Sil.

Ils s'engagèrent derrière le Hatama. Jani gardait sa main sur son arme, prête à descendre la première bestiole qui pointerait le bout de son nez. Elle commençait à croire qu'ils ne sortiraient jamais de cet enfer quand, enfin, elle franchit un rideau de branches souples, garnies de minuscules feuilles vert émeraude. Ils se trouvaient face à une colline arasée couverte de mousses et de fougères brunes. Mutaath'Vauss s'engagea sur le sentier qui grimpait le petit mont. Sous leurs pieds s'étalait une ville en argile qui paraissait très ancienne. Jani ne vit personne dans les rues. C'était plutôt curieux à cette heure de l'après-midi.

— Vauss, cela semble désert, souffla-t-elle. Est-ce que c'est normal ?

— Pas vraiment.

— C'est inquiétant. Soyons prudents.

— Oui, j'ignore ce qui s'est passé ici, mais l'atmosphère vibre de façon… étrange.

— Qu'est-ce que…

Il ne la laissa pas finir sa phrase. Il allongea le pas pour gagner rapidement le sommet de la colline. Jani se tourna vers le lieutenant Ashtin qui la suivait.

— Soyez sur vos gardes, murmura-t-elle.

— Toujours !

Elle grimaça. Il lui rappelait Tarni, enfin un Tarni beaucoup plus jeune. Elle avait passé quelques jours en compagnie du vieux Garde sur une planète assez semblable à celle-ci. Elle avait même cru y rester bloquée jusqu'à la fin de sa vie.

Ils atteignirent enfin le sommet et le temple se révéla. Il était immense, imbriqué dans la nature. Des arbres énormes plongeaient leurs racines dans les bâtiments de pierre et d'argile. Le capitaine hatama marcha une cinquantaine de mètres sur la crête de la colline, puis entama une descente par un escalier en dalles de bois. Ils passèrent une voûte enchâssée dans des branches tordues, comme tressées entre elles. Jani frémit et s'arrêta, saisie par un froid surnaturel.

— Un problème ? demanda le lieutenant Ashtin.

— Vous… Vous ne ressentez rien ?

— Non.

Il observait les lieux d'un air professionnel. Elle croisa le regard de Jholman et de Sil. Eux aussi paraissaient mal à l'aise. Jani se força à rattraper le Hatama qui les attendait. Elle perdit vite toute notion de direction dans le dédale de couloirs déserts. Sans prévenir, ils débouchèrent dans une vaste cour plus ou moins ovale, délimitée par des murs couverts de symboles gravés dans la pierre vert sombre. Jani ressentit un choc presque physique face à cette immensité écrasante.

Mutaath'Vauss marcha vers une sculpture monumentale qui se dressait au centre. À proximité, il s'arrêta et s'inclina avec respect. Jani le rejoignit en essayant de comprendre comment cet empilement de formes géométriques pouvait fonctionner.

— Ceci est le maikylapyal, la représentation des histoires passées et futures, expliqua Mutaath.

Jani n'arrivait pas vraiment à décrypter les expressions du Hatama, mais elle aurait juré qu'il était troublé.

— Il y a un problème ?

— Le temple est désert. Ce n'est pas normal. Il devrait y avoir au moins un gardien.

— Le *Taïpan* n'a pas remarqué de signes d'une attaque quelconque.

— Je sais, c'est presque plus inquiétant.

— Nous ne pouvons rien y faire, Vauss. Nous sommes venus pour cet endroit, pas pour enquêter sur cette planète. Pouvez-vous décrypter les symboles sur cette sculpture ?

— Les mots, oui, mais pas ce qu'ils veulent dire. Il faut être un gardien pour cela.

— Formidable ! râla Jani.

— Je peux essayer de comprendre, offrit Mutaath d'un ton peu convaincu.

— Quelqu'un approche, gronda le lieutenant Ashtin en se mettant en position de tir.

— Doucement ! souffla Jani. Ne tirez pas sur n'importe qui.

— Je suis seulement prudent, répliqua-t-il avec une grimace réprobatrice.

Un Hatama apparu, vêtu d'une longue tunique gris clair, et brodée de symboles verts. Il leva les mains au niveau de son visage, les paumes tournées vers les humains. Ashtin et les gardes qui l'accompagnaient restèrent vigilants, sans baisser le canon de leur arme. Le nouveau venu s'inclina devant Mutaath'Vauss. Ils entamèrent une discussion dans leur langue.

— J'aimerais savoir ce qu'ils disent, gronda le lieutenant.

— Ouais, moi aussi, marmonna Sil.

Les deux Hatamas se tournèrent vers eux.

— Il s'agit d'un gardien des histoires passées et futures, commença le capitaine.

— Je m'appelle Sakaal'Nerauss, continua le nouveau venu. Je reste en arrière, car je parle un peu votre langage. Je suis novice, bientôt apprenti.

— Où sont les autres ? demanda Jani.

— La planète évacuée.

— Quel est le problème ?

— Les nahashs viennent. Ils détruisent beaucoup de mondes dans le Sriath. Trop dangereux.

— Et pourquoi toi, tu es resté, mon gars ? intervint Sil, toujours suspicieux.

— Nos pytarlas savent que humains viennent.

— Sans déconner !

— Sil ! s'énerva Jani. Laisse-le parler, tu veux bien.

— Okay, okay…, répliqua l'autre d'une voix traînante.

— Je vous écoute, Sakaal.

— Nous savons beaucoup de choses. Les messages du futur doivent atteindre votre grande pytarla. Les visions disent elle est prisonnière, mais elle a amis.

— Ouais, admettons, grommela Jani.

Être considérée comme l'amie de Nayla lui retournait l'estomac.

— Que savez-vous ? demanda-t-elle.

— Moi pas tout, mais je sais où aller. Qui est votre chef ?

La contrebandière jeta un coup d'œil autour d'elle, puis soupira.

— Je crois bien que c'est moi.

— Alors, vous venez avec moi. Seule.

— Comment ça ? s'étrangla Sil. C'est hors de question !

— Nous l'accompagnons, confirma Ashtin.

Le Hatama croisa ses bras derrière son dos.

— Non.

Jani jura entre ses dents, puis haussa les épaules avec fatalisme.

— Laissez tomber les gars. Nous sommes venus pour ça. Ce type n'a aucune raison de nous mentir. Je vous suis, ajouta-t-elle.

Le gardien novice indiqua une direction, puis lui fit signe de le suivre. Elle lui emboîta le pas, tout en insistant de la main pour que son équipe reste sur place. Sil se dandinait d'un pied sur l'autre, nerveux, mais il respecta sa volonté.

Sakaal'Nerauss la conduisit dans un nouveau dédale. Des cloisons, des cubes, des pyramides, des cylindres étaient disséminés dans un vaste espace. Chaque paroi était gravée de symboles. Le Hatama se dirigeait sans hésitation, mais Jani fut à nouveau désorientée. Il s'arrêta enfin devant un ouvrage massif en forme de dôme, haut d'une dizaine de mètres, surmonté par un toit circulaire de bambou fossilisé, qui formait une sorte de toile d'araignée. Elle ne vit aucune porte sur la façade lisse et uniforme, si l'on ignorait les images qui couvraient le mur. Sakaal appuya sur plusieurs d'entre elles. Un très léger déclic retentit et une cloison pivota sur elle-même, dévoilant une vaste pièce orbiculaire d'un blanc éblouissant. Juste devant la porte se dressait une grande tablette en pierre gravée. Le novice la désigna d'un geste timide.

— Regardez, ce est pour vous.

Jani faillit protester, mais s'interrompit, incrédule. La plaque était écrite dans la langue universelle des humains.

— Comment ?

— Nos pytarlas ont visions, expliqua Sakaal.

Jani fit un pas supplémentaire et s'arrêta, frappée par une impression de froid et de malveillance. Elle avait déjà ressenti cela en entrant dans le complexe, mais cette fois-ci, c'était bien plus présent. Elle leva les yeux et son cœur se serra. Elle faillit ressortir en courant. Au centre de la pièce, près du plafond, la trame de la réalité était comme déchirée. De l'autre côté régnait une obscurité si profonde qu'elle semblait irréelle.

— Qu'est-ce que c'est ? coassa-t-elle.

— Une… déchirure dans le voile des mondes. C'est… le mal, répondit Sakaal avec difficulté. Ne regardez pas. Lisez. Vite.

— Ouais…

« Viendra le temps où l'Aldarrök sera proche, où l'aube du néant se lèvera sur les mondes, annonçant le cycle immuable de destruction et de renaissance. Pourtant, cette fois-ci, même le cycle est en danger. Le Chaos a contaminé ce que vous, étrangers, appelez Yggdrasil. Il veut interrompre le cycle et que le vide chaotique règne à jamais.

Le cycle se répète depuis toujours. Il est impossible de le stopper, il est impossible de conserver notre monde. Certains d'entre nous pensent le contraire. C'est possible. Votre prophète devra faire un choix. Ce choix peut changer les choses. Ce choix sera difficile. Nous ignorons quel choix est le bon, car il est déterminant. »

— Formidable, grommela Jani. Tout ça pour ça.

« Ce que toi, messager, tu dois rapporter à ton prophète est ceci. Tu disposeras d'un pouvoir incommensurable. Y renoncer sera un pas vers la victoire. Faire confiance à des inconnus, un autre pas. Se fier à de vieux ennemis, un autre pas. L'amour et le sacrifice permettront de faire encore un pas. Enfin, dis à ton prophète qu'il existe toujours un moyen de l'emporter. »

Jani sursauta et relut plusieurs fois cette dernière phrase. *C'est dingue*, songea-t-elle. *Ce truc vient de citer le Code des Gardes.* Une ultime annotation avait été inscrite et la contrebandière aurait juré qu'elle avait été ajoutée bien après.

« Récemment, un fil est apparu. Il n'appartient plus à la Tapisserie. Nous ne savons pas qui il est, mais peut-être cet individu permettra-t-il de renverser les probabilités. »

— C'est tout ? s'exclama-t-elle. Mais qu'est-ce que vous voulez faire avec ça ?

Un bruit étrange, un peu mouillé, attira son attention. Elle se retourna. Sakaal'Nerauss était étendu sur le sol, son sang s'échappant de sa gorge à gros bouillons.

— Vous pensiez trouver quoi ? ironisa Ilaryon, un poignard dégoulinant à la main. Un plan détaillé ? Une arme magique ?

Ilaryon regarda Jani et les autres quitter le *Taïpan* avec sa tête des mauvais jours. Elle avait osé le laisser en plan. Il n'arrivait pas à y croire. La voix dans son crâne grondait de colère, mais il réussit à la faire taire.

— Puisque je ne sers à rien, je vais me coucher, lança-t-il d'un ton agressif.

— Si tu veux, répliqua Thain, distraitement.

Il était inquiet, Ilaryon le connaissait assez pour le deviner. Il aurait aimé être de l'aventure pour protéger son frère et Jani. Le jeune homme se dirigea vers la zone de vie, puis s'arrêta. Ce voyage avait été un long supplice. La voix dans sa tête n'avait cessé de le torturer. Il avait essayé de lutter, mais le lent grignotage de sa volonté avait eu raison de lui. Il ne réfléchissait plus vraiment. Il se contentait de survivre et d'obéir à cette chose. Elle n'avait plus besoin de lui donner des ordres. Il savait ce qu'elle désirait. Il changea de direction et marcha vers le sas. Il jura entre ses dents en constatant qu'un des Gardes noirs défendait les lieux.

— Bonjour, lança-t-il.

L'autre le salua d'un signe de tête.

— Thain aimerait que vous veniez sur la passerelle.

— Je n'ai pas reçu d'ordres.

— Ben, c'est juste ce que je viens de faire. J'allais dans votre direction, alors je me suis chargé de la mission.

— Je vais demander confirmation, répondit le garde en levant son bras pour activer son armtop.

— Non ! Jani a exigé le silence radio absolu.

L'autre s'interrogeait encore.

— Bon, je vous ai transmis le message. Je vais me coucher, fit-il en haussant les épaules.

— Je vais y aller. Pouvez-vous rester ici et appeler à l'aide si un danger menace l'intégrité du vaisseau ?

Ilaryon hésita juste assez longtemps pour être crédible.

— D'accord, pas de problème.

Le garde le détailla encore quelques secondes, puis s'éloigna d'un pas rapide. Ilaryon n'avait pas beaucoup de temps devant lui. Il ouvrit l'armurerie, prit suffisamment de chargeurs lywar pour son pistolet et un poignard supplémentaire. Il hésita à prendre un fusil, mais ce serait encombrant. Il glissa dans un havresac deux charges explosives, juste au cas où. Il ouvrit l'écoutille et sortit. Il referma derrière lui et s'élança sur les traces de l'équipe de Jani.

Il n'eut aucune peine à les rattraper. Il les suivit de loin, en prenant soin de rester hors de portée visuelle. En arrivant en lisière de jungle, il observa la progression du groupe sur ce chemin à flanc de colline. Il dut patienter jusqu'à ce que le dernier d'entre eux disparaisse de l'autre côté. Il jaillit des bois et courut sur ce sentier abrupt. Il suffoquait presque en parvenant au sommet. *J'aurais dû m'entraîner davantage*, songea-t-il brièvement. Il se plaqua aussitôt sur le sol, juste à temps pour voir Do Jholman et un garde passer sous une haute porte. Ilaryon dévala la pente en essayant de ne pas trébucher. Il s'avança sous le porche et s'arrêta net, comme bloqué par une étrange impression.

— *Continue !* ordonna la voix dans sa tête.

Il entra avec prudence, mais après quelques mètres, le couloir se séparait en plusieurs branches. Il tendit l'oreille dans l'espoir de capter des bruits de pas, mais ce qu'il perçut était trop diffus. Il marcha donc au hasard et, très vite, il fut complètement perdu.

— *Fais confiance à tes sens, à ton instinct*, susurra la voix.

Elle avait raison. Ce qu'il avait senti en entrant était toujours là. Il était attiré par cette force. Il s'en servit pour se diriger, jusqu'à ce qu'il débouche dans une vaste enceinte cernée de hauts murs. Il ne pensait déjà plus à Jani ou aux autres. Il voulait atteindre la source de cette énergie qui l'appelait. Elle résonnait dans sa tête, occultant tout, emplissant le vide en lui. Son malheur, sa tristesse, sa colère, ses doutes et sa honte se diluaient dans ce maelstrom.

Ilaryon traversa un dédale de murs et de formes plus imposantes sans même s'en rendre compte. Il s'arrêta en apercevant deux silhouettes debout devant un dôme plus grand que les autres. L'énergie venait de cet endroit, il en était certain. Il s'approcha sans bruit et fut surpris de reconnaître Jani et un Hatama inconnu. Ce dernier toucha plusieurs symboles et, soudain, une cloison pivota sur elle-même. L'appel devint plus fort.

— *Viens ! Viens à moi ! Viens, mon enfant, viens !*

Ce n'était pas la voix qu'il entendait habituellement. Non, elle était différente, familière.

— *Ilaryon, mon garçon, viens, viens à moi.*

— Père, souffla-t-il.

C'était la voix de Johlyon, la voix de son père martyrisé et assassiné par les Messagers de la Lumière.

— *Viens, Ilaryon, viens.*

Jani venait d'entrer, mais le Hatama restait sur le pas de la porte. Ilaryon dégaina son poignard et avança sans bruit, se cachant derrière des murs. Il s'arrêta à cinq ou six mètres de sa cible.

— *Tue-le, Ilaryon. Viens. Viens.*

Cette fois-ci, c'était la voix de sa mère, la voix qu'elle avait avant que l'existence de sa famille soit détruite, la voix chaude et aimante qui l'avait accompagné toute sa vie.

Ilaryon affermit sa prise sur le manche de son poignard, comme le lui avait enseigné Dem, et avança sans bruit dans le dos de sa prochaine victime. Il bondit, attrapa le Hatama par le menton et lui enfonça sa lame dans la gorge. Il conserva le lézard gris dans cette position jusqu'à ce que son corps se relâche. Il le posa sur le sol et se rapprocha de l'embrasure.

Jani, qui lui tournait le dos, ne s'était rendu compte de rien. Elle lisait quelque chose sur une grande tablette de pierre, mais cela ne l'intéressait pas. Il n'avait d'yeux que pour la déchirure au centre de la pièce circulaire. L'énergie si savoureuse venait de cet endroit.

— *Approche encore, mon fils*, souffla la voix de Johlyon.

— *Tue cette femme*, ajouta sa mère.

Il hésita. Il secoua la tête pour recouvrer ses esprits, pour chasser cet ordre.

— *Tue-la !* insista sa mère. *Si tu veux nous retrouver, tu dois la tuer. Tes sœurs sont là. Ton père aussi. Je suis là et je t'attends. Viens, Ilaryon.*

— *Oui, tue cette femme !* ajouta Johlyon.

Les voix faisaient écho dans son crâne. Il n'arrivait pas à les chasser. Elles l'envahissaient, prenant le contrôle de sa volonté, effaçant les dernières bribes de lui-même encore présentes.

— C'est tout ? Mais qu'est-ce que vous voulez faire avec ça ?

L'exclamation de Jani l'arracha à sa catatonie. Il retrouva en partie ses esprits, surtout lorsqu'elle se retourna. Elle ouvrit de grands yeux surpris.

— Vous pensiez trouver quoi ? Un plan détaillé ? Une arme magique ?

— Mais qu'est-ce que tu fais là ?

— Je ne suis pas à tes ordres. Tu n'es rien, pas même la femme de Dem. Il t'a utilisée et puis il t'a jetée comme le déchet que tu es. Et toi, tu continues à faire ce qu'il te demande, comme un bon petit chien-chien. Il t'envoie faire les courses de la pétasse dans son temple et tu t'exécutes. C'est pathétique.

— Ilaryon..., souffla-t-elle en reculant.

Son dos heurta la tablette de pierre. Elle glissa le long de l'obstacle, en cherchant à s'abriter de l'autre côté.

— Ouais, Ilaryon, le gentil mioche qui a le malheur de faire la gueule parce que toute sa famille a été décimée. Oh, tu n'es pas le seul, Ilaryon. D'autres ont souffert plus que toi, Ilaryon. Arrête de te plaindre, Ilaryon. On n'a pas besoin de toi, Ilaryon, minauda-t-il, tandis qu'une colère irrépressible grandissait en lui.

— Tu as tort, voyons. Nous...

— Ta gueule ! C'est exactement ce que tu penses. Et Dem ! Je lui ai été utile, et puis il m'a remplacé par Shoji. C'est plus son style. Si ça se trouve, il se l'est faite en chemin.

— Ne dis pas de connerie.

— De toute façon, je m'en moque. Il peut bien faire ce qu'il veut. Il est voué à la mort, comme nous tous, comme cet univers qui sera annihilé.

— Ilaryon, mais de quoi parles-tu ? souffla Jani d'un ton inquiet.

— De tout ça ! C'est ridicule ! Croyais-tu vraiment trouver un truc chez ces maudits lézards gris pour empêcher la fin du monde ? Un bidule, genre, si vous utilisez un rayon de machin chose sur les serpents d'ombre vous pourrez les détruire. Complètement idiot ! Tu n'as rien ! Rien du tout ! Tu n'as que du vent.

Il éclata d'un rire sinistre, les yeux pleins de larmes.

— Et tu es la seule à avoir lu ces... instructions ! La seule !

Il leva son arme d'un geste déterminé. Jani bougea rapidement. Elle tourna sur elle-même en dégainant et contourna la tablette de pierre. Ilaryon pressa la détente. Le trait lywar la frappa à l'épaule. Il réitéra son tir et cette fois-ci, il atteignit la contrebandière en pleine poitrine. Elle fut projetée à plusieurs mètres, juste sous la déchirure. Un rictus satisfait étira les lèvres d'Ilaryon.

Il entra et plaça l'une des charges lywar sur la tablette, mais avant de régler la mise à feu, il leva les yeux. La déchirure l'appelait avec force dans une cacophonie de voix. Il marcha vers elle, complètement hypnotisé.

— Je suis là, murmura-t-il.

— *Acceptes-tu de me servir ?* s'enquit la voix.

— Oui !

— *Bien.*

Soudain, Ilaryon eut peur. Il revint à lui, le cœur battant. Jani était à ses pieds, recroquevillée sur elle-même. *Que s'est-il passé ?* se demanda-t-il. *Elle est morte, mais comment ? Qu'est-ce que je fais là ?* Il voulut reculer, s'enfuir, mais une force surnaturelle le retenait. Il voulut crier, mais ses lèvres étaient scellées. Il comprit ce qu'il avait fait. Il voulut s'arracher à cette emprise, sans succès. Une chose émergea de la déchirure, une sorte de tentacule de la taille de son bras. Elle ondulait et pointa son extrémité vers lui. Elle était immatérielle, comme fait de fumée... ou d'ombre ! Il hurla, mais aucun son ne sortit de ses lèvres. *Un serpent d'ombre ! C'est un serpent d'ombre ! Au secours !*

La créature le remarqua. Elle serpenta vers lui comme un reptile, puis se laissa choir sur ses épaules, s'enroula autour de lui. La tête du serpent se dressa face à son visage. Ilaryon était pétrifié de terreur et de remords. Il était totalement impuissant. Le monstre se cabra et fondit sur lui. L'ombre entra en lui, envahissant sa bouche et ses narines. Ilaryon tomba sur le sol en se convulsant, le corps arqué sous l'effet d'une terrible douleur.

Lentement, son esprit, sa volonté, sa personnalité furent repoussés très loin. La créature du Chaos occupait tout son être. Ilaryon observa, tel un spectateur impuissant, son propre corps se lever. Il fit jouer ses muscles, tourna la tête pour scruter les lieux, puis se dirigea vers la sortie. Il s'arrêta près de la charge lywar. Avec un rictus mauvais, il régla le temps à dix minutes. Il attrapa sans effort le cadavre du Hatama et le plaça à l'intérieur du bâtiment, tout près de celui de la contrebandière.

Puis d'un pas décidé, l'être qui avait été Ilaryon se dirigea vers ceux qui attendaient Jani.

Ailleurs…

Cinquante-Sept avait longuement insisté, soutenue par Soixante. La vieille Cinquante-Deux continuait de résister. Elle ne voulait pas retourner dans le Mo'ira, mais elle savait que plusieurs de ses sœurs avaient accepté. Aujourd'hui, il avait été décidé de joindre Citela Dar Valara, le clone actif, sur Tellus Mater. Elle répondit presque instantanément. L'ancêtre fut surprise par la fatigue qui plombait ses traits.

— Un problème ? demanda-t-elle après les salutations d'usage.

— Non… Oui… Être ici est éprouvant.

— Je comprends.

— Haram s'est emparé du pouvoir, annonça Citela en un souffle.

— Quoi ? Déjà ? C'est trop tôt.

— Il n'écoute personne, à part Darlan bien sûr. Et tu connais Darlan…

— Il voulait passer à l'action, soupira Cinquante-Deux.

— Oui…

Citela déglutit. La vieille femme remarqua alors ses yeux rougis.

— Que s'est-il passé ? Haram a échoué ?

— Non, il s'est emparé du temple. Kaertan est sous contrôle, mais… mais Darlan est mort.

— Quoi ?

— Haram a déjà convoqué le clone suivant.

— Mais comment ?

— Milar s'est échappé par l'une de nos anciennes voies d'évasion. Comment l'a-t-il trouvée, c'est un mystère. Darlan l'a poursuivi, ils se sont battus. Darlan a été retrouvé, avec la gorge tranchée, une épée irox tachée de sang non loin de lui.

— C'est… Darlan est le meilleur à l'épée. Jamais personne ne l'a vaincu à ce jeu-là.

— Oui, mais pas cette fois. Milar a été le plus fort. Il s'est échappé avec un de nos anciens vaisseaux. Il a été poursuivi et il serait mort dans l'explosion des mines de l'ancile.

— Serait ? Tu n'en es pas sûre ?

— Avec lui, il vaut mieux être prudente. Cinquante-Deux, j'ai un mal de crâne horrible. Pourquoi appelles-tu ?

— Nous sommes toutes là, répondit la vieille femme. Nous… Nous avons beaucoup réfléchi à la question et nous avons voté. Je me fais la porte-parole des autres.

— Je t'écoute.

— Nous voulons que tu te rendes dans le temple et que tu tues cette Kaertan.

— Pourquoi ? Elle est sous contrôle.

— Allons, seuls des hommes comme Haram ou Darlan peuvent penser une chose pareille. Elle a un accès illimité au Mo'ira. Elle est trop dangereuse.

— Même si j'étais d'accord avec une telle décision, je ne peux pas le faire.

— Tu ne veux pas, plutôt, intervint Cinquante-Sept derrière son épaule.

— Je ne veux plus jamais entrer dans cette salle. Cette déchirure est… est le mal incarné.

— Ne dis pas…

— Kaertan est beaucoup plus puissante que moi, insista Citela.

— Il existe une solution, déclara Cinquante-Sept. Retrouve-nous dans le Mo'ira. Nous te donnerons notre force.

— Vous… Vous n'avez plus accès à Yggdrasil ! s'étonna-t-elle.

— Il y a eu un événement, il y a quelques semaines, qui a secoué le Mo'ira. Nous avons toutes été aspirées dans le néant. Nos pouvoirs nous ont été rendus, expliqua Cinquante-Deux.

Son clone plus jeune, de l'autre côté de l'écran, ferma les yeux, l'air abattu. Elle les rouvrit.

— Cela doit correspondre au jour où j'ai rencontré Kaertan.

— Sans aucun doute.

— Pourquoi la tuer ? Nous pourrions lui parler. Voir ce qu'elle craint, quel est le danger qui nous guette, car cette menace est réelle.

— C'était mon opinion, soupira Cinquante-Deux.

— C'est trop tard ! intervint Cinquante-Sept. Retrouve-nous dans le Mo'ira ! Il faut agir.

Citela coupa la communication. Elle joignit les doigts pour prendre le temps de la réflexion. Attaquer Kaertan ? La tuer ? Elle se sentait mal à l'aise à ce sujet. Son instinct lui criait que c'était une très mauvaise idée. Son expérience avait une autre opinion. Elle était d'accord avec

Cinquante-Sept. Kaertan était dangereuse, trop puissante et non formée. Depuis qu'elle avait accès au Mo'ira, les malheurs s'étaient accumulés. Elle disposait d'un pouvoir trop important. Il fallait agir.

Citela se concentra et se projeta dans les méandres d'Yggdrasil. Elle frémit. Il y régnait une impression étrange, froide, poisseuse et menaçante. Elle n'avait jamais ressenti une telle chose au cœur du Mo'ira. Elle avança un peu, à la recherche de ses clones, en résistant à l'envie de s'enfuir au plus vite.

Elle sentit la présence de Cinquante-Sept, accompagnée par Soixante. Elle fut déçue de ne pas voir Cinquante-Deux. La silhouette des deux autres Citela se matérialisa.

— Bienvenue, Soixante-Quatre, lança Cinquante-Sept.

Elle grimaça, car il était d'usage que le clone actif soit appelé par son nom et non par son numéro.

— Alors, que proposes-tu ? demanda-t-elle sèchement. Où sont les autres ?

— Ne t'inquiète pas, tout ira bien.

Citela frémit. Au contraire, quelque chose n'allait pas, pas du tout. Elle ne savait pas pourquoi, mais tout son instinct lui hurlait de s'enfuir. Elle n'en eut pas l'occasion. Une chose vibrante d'énergie fondit vers elle. Citela aurait juré qu'il s'agissait d'un serpent. Elle tenta de s'échapper ou de se défendre, mais il était trop tard. L'entité l'enveloppa, l'emplit d'une force obscure d'une puissance incommensurable. C'était trop pour elle. Citela hurla, mais aucun son ne sortit de sa bouche. Son esprit était en flamme et son corps, loin, très loin, brûlait. Elle perdit connaissance.

Nayla avait été terrifiée lorsque le général Merador avait poursuivi Dem. Le temps s'était écoulé si lentement que Haram avait fini par s'impatienter. Il avait envoyé des hommes à sa recherche. Elle avait été conduite dans sa chambre avec Nardo pour seule compagnie. Juste avant de refermer les tentures, elle avait vu Haram s'installer sur le siège en sölibyum.

Elle s'assit sur le sol, dos contre son lit, une place qu'elle appréciait. Elle insista pour que Nardo se pose sur le fauteuil. Nayla résista à l'envie d'espionner les Tellusiens, mais Olman n'eut pas sa patience. Il ne tarda pas à se lever et à écarter le rideau pour jeter un œil dans la salle du trône.

— Ils n'ont pas encore de nouvelles, chuchota-t-il. Je crois qu'ils commencent à s'inquiéter.

— Dem a dit qu'il fallait plusieurs heures pour atteindre le vaisseau. Soyons patients.

— Tu... Tu n'as pas peur pour lui.

— Un peu, mais il se sort toujours de tout.

Elle ne lui avouait pas tout. En réalité, elle n'osait pas penser à l'avenir. Elle se focalisait sur l'instant présent, car elle ne pouvait pas influencer les événements en cours. Et, comme l'aurait dit Dem en citant le Code : s'inquiéter ne sert à rien.

— Ils reviennent ! souffla Nardo. Il se passe quelque chose.

Nayla se força à rester impassible, les bras autour de ses genoux. L'explosion de colère de l'Hégémon fut un baume sur son cœur. Il hurla, cria et menaça dans une crise de rage homérique. *Dem s'est échappé !* se réjouit-elle.

— Si j'ai bien compris, murmura Nardo, les soldats envoyés à la poursuite de Dem sont tous morts, y compris leur général.

— Darlan est mort ?

Elle n'avait pu conserver son impassibilité. Merador était un soldat hors pair et il était mort. *Oh, Dem... Dem...*, songea-t-elle. *Tu es vraiment extraordinaire, mon amour.*

— Oui ! Et Dem s'est enfui en vaisseau. Apparemment, il a été pris en chasse par la flotte de sécurité.

— Bien... Merci, Olman.

Elle se leva et s'installa dans le fauteuil. Elle savait que Haram ne tarderait pas à venir et elle voulait donner une image de sérénité. Elle ne s'était pas trompée. Deux soldats se présentèrent à l'entrée de sa chambre.

— L'Hégémon veut vous voir, déclara l'un d'eux, de cet air hautain qu'affectionnaient les Tellusiens.

Elle envisagea de lui répondre une obscénité, mais y renonça. Elle se leva avec lenteur et invita Nardo à la rejoindre. Elle prit son bras et ils retournèrent vers Haram Ar Tellus. Une rage mêlée d'une certaine jubilation s'affichait sur son visage. Cette joie incongrue l'effraya.

— Milar est mort, lança-t-il avec hargne.

Nayla fut assez fière de sa non-réaction. Elle leva le menton et répliqua d'une voix claire et calme :

— Il est mort tellement de fois...

— Cette fois-ci, il ne reviendra pas. Son vaisseau a été détruit par l'ancile. Cet idiot aurait dû savoir qu'il était impossible de traverser ce dispositif.

Le désespoir qu'elle avait ressenti disparut aussitôt. L'ancile ! Dem avait créé un compte pour y accéder. *Il est passé ! J'en suis sûre. Il est passé ! Il a joué à l'ennemi un tour à sa façon, comme toujours. Il a dû provoquer une explosion pour les tromper. Il est vivant. Oui, il est vivant !* Alors que ces pensées bouillonnaient dans son esprit, elle conserva un visage serein.

— Tout comme votre idiot de général aurait dû savoir qu'il ne fallait pas se frotter à Devor Milar.

— Darlan n'est pas vraiment mort. Son remplaçant sera vite là. Milar, lui, ne reviendra pas. Vous, vous resterez ici toute votre vie et votre vie dépend de mon bon vouloir. Un mur sera construit pour délimiter votre appartement, puisque vous ne pouvez pas quitter cette pièce sans mourir. Vous n'aurez plus accès à la salle du trône. Amusez-vous bien !

Elle se contenta d'un sourire en coin qui agaça Haram Ar Tellus.

— Retournez dans vos quartiers. Quant à vous, le prêtre, la prison vous attend. Emmenez-le !

À l'idée de perdre son dernier ami, Nayla sentit son cœur se serrer.

— Vous n'avez pas besoin de vous venger sur mes proches.

— Les dirigeants d'un gouvernement conquis seront traités comme tels. Disparaissez de ma vue, prophète !

Elle grinça des dents sous l'effet de la colère, mais conserva son sourire distant. Elle se tourna vers Nardo et le prit dans ses bras. Elle sentit sa surprise et son ravissement.

— Merci pour tout, Olman. Sois courageux.

— Ne t'en fais pas pour moi, murmura-t-il.

Elle le serra un peu plus fort et souffla à son oreille :

— Dem est toujours en vie.

Nayla déposa un baiser fraternel sur sa joue, puis s'écarta. Olman avait des larmes dans les yeux. Il ne la quitta pas du regard tandis qu'elle rejoignait ses appartements.

Une heure plus tard, Haram Ar Tellus et ses hommes avaient évacué la salle du trône. La voie d'évasion avait été verrouillée, ce qui l'amusa. Dem ne serait pas assez bête pour utiliser ce passage une nouvelle fois et elle ne pouvait pas s'échapper de ce maudit endroit. Épuisée par tous ces événements, Nayla se déshabilla et enfila une tenue plus légère. Elle s'allongea sur son lit, s'enroula dans une couverture et ne tarda pas à s'endormir.

✦✦✦

Son handtop tinta pour lui annoncer une visite. Les pensées embrumées, Nayla se leva. Le nom de Citela Dar Valara s'afficha sur l'écran. *Citela ? Que vient-elle faire ici ?* se demanda-t-elle, soudain sur ses gardes. Elle n'avait pas oublié l'attaque qu'elle avait subie au cœur d'Yggdrasil. Elle passa son pantalon noir, puis enfila ses chaussures. Elle attrapa une veste grise pour dissimuler son tee-shirt. Elle inspira profondément avant de sortir de ses appartements. Pour elle, Citela était sa mère, ou presque sa mère. Elle lui ressemblait tellement.

Nayla vint se placer devant le trône, mais ne s'y assit pas. La porte s'ouvrit pour laisser entrer la Tellusienne. Citela s'avança, la tête penchée, comme le jour de son pseudo-mariage. Pourtant, Nayla sut tout de suite que quelque chose clochait. Elle n'aurait su l'expliquer, mais tout son être se hérissait à la vue de cette femme. Cette dernière fit encore quelques pas, puis se redressa. Son beau visage était blême et ses yeux verts avaient pris une teinte plus sombre. De là où se trouvait Nayla, elle avait même l'impression qu'ils étaient noirs.

— Restez où vous êtes !

Citela eut un sourire presque malveillant.

— Petite fille, susurra-t-elle. Tu as joué et perdu. Haram a repris les choses en main, mais cela est le moindre de tes soucis.

— Pourquoi vouloir me tuer ? répliqua Nayla.

Cette fois-ci, elle n'avait aucun doute. Cette Citela venait finir l'action commencée par ses sœurs au cœur d'Yggdrasil.

— Tu es trop dangereuse. Tu joues avec des forces que tu ne maîtrises pas. Tu pourrais détruire le monde.

— Détruire le monde ? Je veux le sauver, au contraire. Nous sommes si semblables, Citela. Nous devrions être des alliées au lieu d'être des ennemies.

— Cet argument aurait pu fonctionner il y a encore quelques jours. Il est trop tard pour cela. Je voulais échanger un peu avec toi avant d'agir.

— Agir ? Vous allez essayer de me tuer ? Je vais me défendre.

— Contre cette enveloppe mortelle, tu le pourrais peut-être, mais comme je le disais, c'est fini. Cette humaine, et les autres comme elle, ont compris qu'elles seraient inefficaces contre toi. Tu es, en effet, trop puissante. Il faut bien le reconnaître. Elles ont eu besoin d'un allié. Et moi, j'ai ainsi trouvé un moyen de t'atteindre.

La vérité frappa Nayla comme un éclair. Elle tressaillit. Les poils sur ses bras et sur sa nuque se hérissèrent.

— Nix !

Citela éclata d'un rire sec, sans joie.

— Que tu es maline ! Oui, je suis le Chaos. Tu veux stopper l'Aldarrök. Tu veux empêcher l'avènement de mon ère. Tu veux enrayer le cycle… en cela, je ne peux pas te blâmer. Je le veux aussi, mais pas au même moment. Tu es une ennemie coriace, bien moins manipulable que celui que tu nommes Tanatos. Lui aussi voulait m'affronter, mais le pouvoir l'a corrompu. J'aurais pu patienter. Le pouvoir t'aurait détruite, mais l'Aldarrök n'est pas de mon fait. Son émergence est la cause de l'évolution des mortels. Je ne viens que pour l'accomplir. Le moment est venu.

Un goût acide emplissait la bouche de Nayla. Entendre cette force malveillante et immuable s'exprimer avec la voix de sa mère lui retournait l'estomac. Elle devait l'affronter et, pour cela, elle devait occulter l'identité de cette femme. Elle n'eut pas le temps de se poser d'autres questions, Citela attaqua. Son esprit, mêlé à une puissance d'une noirceur terrifiante, se rua sur elle. Elle le contra en levant un bouclier de lumière blanche. Les deux énergies se télescopèrent avec violence, produisant des éclairs qui se répercutèrent contre les murs. La similitude entre ce combat et celui qui l'avait opposée à Tanatos lui arracha un sourire amer. Tout recommençait encore et encore, tel était le cycle. Citela fit un pas en arrière, tandis que les crépitements du premier assaut s'estompaient. Ses traits se déformèrent terriblement. Elle poussa un rugissement terrifiant, inhumain et, soudain, elle planta ses ongles dans ses joues et se lacéra profondément la peau.

— Nooon ! cria-t-elle.

Elle tomba à genoux. Elle pressa ses tempes entre ses mains en hurlant de plus belle.

— Nayla, coassa-t-elle. Fuyez ! Fuyez !

Elle enfonça ses ongles dans ses yeux. Du sang et une matière visqueuse giclèrent. Nayla, horrifiée, luttait pour ne pas se précipiter à son secours. Citela ouvrit la bouche, en renversant la tête en arrière. Elle griffait toujours ses joues et son cou, les labourant avec sauvagerie. Une brume noirâtre émergea de sa gorge. Elle se transforma en une créature infernale qui se tortillait pour se libérer. Elle était immatérielle, constituée de fumée, de gaz, de volutes noires… d'ombres. Ce serpent, légion du Chaos, se dressa au-dessus de Citela Dar Valara. Il ouvrit sa gueule aux dents acérées et siffla sur la mortelle qui osait le défier. Dans un dernier spasme, le serpent s'échappa de ce corps de chair et de sang. Citela s'effondra sur le sol et ne bougea plus.

Nayla recula. *Comment puis-je vaincre cette chose ? Je… Dem… Dem, j'ai échoué*, songea-t-elle.

Elle projeta sur le monstre un trait d'énergie pure. Le serpent l'évita aisément. Elle recommença et son attaque réussit à effleurer l'ombre. Il y eut comme un grésillement et la bête à l'allure de reptile poussa un grognement terrifiant. Il rassembla ses anneaux, se préparant à la charge.

— *La déchirure !* cria une voix dans sa tête.

— *Quoi, la déchirure ?* répéta-t-elle de la même façon.

Nako apparut juste sous la brèche dans la trame de la réalité qu'il désigna du doigt.

— *Entre dans la déchirure ! Vite !*

Il est fou, songea-t-elle. Le serpent ondulait sur le sol, ses volutes de fumée noire se convulsant avec fureur.

— *S'il te touche, tu meurs, je meurs, tout meurt avec toi.*

— *Qu'est-ce que tu veux dire ?*

— *Vite ! Il n'est plus temps de réfléchir !*

— *Je ne vais pas abandonner mon corps à sa merci.*

— *Non ! Bien sûr que non !* s'exaspéra Nako. *Entre physiquement dans Yggdrasil. Franchis le seuil de la réalité. Vas-y !*

— *Tu es fou !* s'insurgea-t-elle.

Le serpent darda sa tête vers elle. Elle lui échappa en sautant en arrière. À nouveau, elle lança un trait d'énergie sur lui. Le corps ondulant crépita, mais il ne s'arrêta pas. Elle était déjà à bout de force. Elle ne pouvait rien contre lui.

— *Nako… Il doit y avoir une autre solution.*

— *Tu dois faire un choix.*

Elle se souvint du livre apporté par Shoji. Un choix devait être fait. Un choix difficile. Le serpent attaqua, la mâchoire grande ouverte. Nayla sauta debout sur le trône pour lui échapper. Elle se hissa sur le dossier et, après une brève hésitation, elle plongea dans la déchirure. Un froid glacial la saisit tandis qu'elle se dissolvait dans le néant.

Dans la salle du trône, le serpent siffla de colère. Sa proie venait de s'échapper, mais peut-être pourrait-il la rattraper. Il s'enroula autour de l'énorme siège en sölibyum pour atteindre la brèche vers le vide, vers Yggdrasil. La déchirure qui existait à cet endroit depuis des siècles se répara, puis se scella définitivement. L'instant d'avant, la fracture ouvrait sur cette entité mystérieuse appelée Yggdrasil par certains. L'instant d'après, la réalité avait retrouvé sa cohésion. Cet accès au néant s'était effacé. Nayla Kaertan s'était échappée. Le reptile, incarnation de Nix, siffla de dépit, puis trouva dans cet échec une raison de se réjouir. Plus jamais elle ne reviendrait dans le présent pour influer sur les événements. Elle avait disparu, lui laissant le champ libre. Désormais, il pourrait mener à bien son œuvre.

Le serpent d'ombre perdit de sa cohésion, puis s'évanouit dans les airs.

Yggdrasil…

Yggdrasil était le passé, était le futur. Yggdrasil était un, était plusieurs. Aujourd'hui, il était un de plus. Un mortel de ce cycle venait de rejoindre le collectif, de se fondre dans le tout, de devenir un. Yggdrasil accepta cette nouvelle voix avec joie. Cet esprit enrichirait sa conscience, y apporterait une énergie inédite.

Yggdrasil était le vide, le néant, le berceau de la Tapisserie des Mondes. Depuis toujours, Yggdrasil avait assisté à la naissance des mondes et à leur chute. Ce cycle était immuable. Il arrivait encore et encore, mondes après mondes. Yggdrasil était un observateur, pas un acteur des événements. Le présent restait la province des mortels. Chaque fois, ils essayaient d'enrayer le cycle, sans être conscients que leurs efforts étaient le moteur de leur fin programmée.

Les mortels accédaient au néant, décryptaient la Tapisserie, prophétisaient ce qu'ils appelaient l'avenir. Ils pensaient découvrir un moyen de lutter, un moyen de changer ce qui devait absolument arriver. Leurs actions irréfléchies fragilisaient le voile entre les mondes. Cette instabilité annonçait invariablement la disparition d'un monde. Les mortels désignaient cet événement de nombreuses façons. Aldarrök était l'un de ces noms, Kawakh en était un autre. Il s'appelait aussi Jer'al, Aznalaaa, ou Benealma. Le nom importait peu. Cette fin était liée au commencement dans la Tapisserie des Mondes.

Yggdrasil était un, mais était aussi plusieurs. Nix était l'une de ces voix. Nix était le Chaos. Nix œuvrait pour détruire la Tapisserie des Mondes. Nix manœuvrait pour que le règne du Chaos dure pour toujours. Il grignotait inexorablement la trame du destin. Il se nourrissait de la peur des autres voix au cœur d'Yggdrasil.

Nix était confiant. La victoire était proche. La victoire avait déjà eu lieu, aurait toujours lieu. Dans les méandres du néant, le temps n'était pas linéaire, car ce qui existait existerait. Alafur, son ennemie, essayait de modifier la Tapisserie pour contrer son action, mais elle échouait. Nix l'emportait toujours.

La nouvelle voix au cœur d'Yggdrasil était désorientée, égarée, dans cette immensité. Sa personnalité se diluait dans un tout. Elle se perdait. Elle n'avait plus de corps, plus de substance, plus d'individualité, plus de nom. Si… Elle était Alafur. D'où venait ce nom ? Elle l'ignorait. D'une autre réalité peut-être ?

— Je suis Alafur, dit-elle à haute voix. Je suis ici pour contrer le Chaos. Je suis ici pour empêcher la fin des temps. Je suis ici pour que jamais n'arrive l'aube du néant.

Elle se focalisa sur cette vérité. Elle ne voulait pas se dissoudre dans le collectif. Elle était elle. Elle était Alafur… Non… Non…

— Je suis Nayla… Nayla Kaertan.

Le capitaine Mutaath'Vauss (Hatama)
par Kira

Remerciements

Je voudrais remercier celles et ceux qui ont contribué, de près ou de loin, à l'écriture de ce livre. Leur travail et leur soutien auront été très précieux.

Merci à Chantal, Pauline et Guillaume, toujours fidèles au poste, qui m'ont donné leur avis sur la suite de la trilogie Yggdrasil.

Merci à Hélène pour sa correction pointue.

Merci également à Maxime qui a réalisé cette très belle couverture.

Les factions

La République de la Lumière

La République de la Lumière est née après la victoire de la rébellion sur l'Imperium. Elle englobe tout le territoire autrefois sous l'égide de l'Imperium, c'est-à-dire sur des milliers de planètes.

Sainte Flamme : Nayla Kaertan
Cette jeune femme, originaire d'Olima, est capable de lire l'avenir, de lire dans les pensées, de tuer avec son esprit. Elle est aussi capable de télékinésie. Elle réside dans le temple. Elle ne peut en sortir, car elle est liée à une déchirure dans la trame de la réalité. Pendant la rébellion, elle était nommée l'Espoir. Elle est le cœur et l'âme de la République.

<u>Le gouvernement</u>
Chancelier : Kanmen Giltan
Il est originaire d'Olima, comme la Sainte Flamme. Il la suit depuis presque le début. C'est un homme pusillanime qu'il est facile de manipuler.
Porteur de Lumière : Olman Nardo
Il a connu Nayla Kaertan lorsqu'elle n'était qu'un conscrit, comme lui. Il a commencé l'aventure en traînant les pieds, avant de vouer à Nayla un amour dévoué et mystique. Il a créé la religion de la Lumière et en est le grand prêtre.
Premier diplomate : Marthyn Leffher
Il a rejoint la rébellion à une époque où elle était sous le commandement d'un dissident, Xev Tiywan. C'est un homme sans particularités, lisse. Il sait convaincre. En réalité, il est Marthyn Dar Khaman, le grand espion des Decem Nobilis.
Premier général : Mildra Hompson
Premier magistrat : Ditha Brekal
Administrateur : Phawne Dejal
Adjoint finance : Sana Artis
Adjoint sciences : Professeur Brence Jenkell
Légat : Valona Ralona
Responsable des espions de la République.
Chef de la police : Owen Craeme
Chef des interrogateurs : Athald Anders
Il dépend de la police, mais aussi de l'espionnage.
Commandant des Guerriers Saints : Jym Garal
Cet ancien mineur, sauvé par Dem et Nayla Kaertan au tout début de la rébellion, est un compagnon de la première heure.
Commandant des Forces spéciales : Saul Noler
C'est l'ancien chef des Busatours, un groupe de mercenaires œuvrant dans le No Man's Space pour le compte de la coalition Tellus. Il a rejoint la rébellion sur ordre de Leffher. Il est toujours aux ordres de Tellus.
Secrétaire privé du chancelier : Tuan Garalom

<u>La religion de la Lumière</u>
Guerriers Saints : Les soldats dédiés à la protection des prêtres.
Messagers de la Lumière : Les prêtres. Ils sont vêtus de cuir vert et d'une étole blanche brodée d'une flamme dorée.
Porteur de Lumière : Le grand prêtre.
Premiers Saints : Ceux qui ont accompagné Nayla au tout début de la rébellion. Ils ne sont plus très nombreux.
Premiers Rebelles : Les Olimans qui ont soutenu Nayla Kaertan dès le premier jour.

L'armée

Commandant du Miséricorde : Hagen Casebolt
Commandant du Jarcar : Do Jholman
Tout comme Nardo, il a connu Nayla Kaertan à l'époque de la conscription. Il s'est trouvé embarqué dans la rébellion. Il est toujours resté fidèle à Nayla. Il a préféré s'éloigner de la planète mère après la victoire.
Responsable des réparations du chantier spatial Alphard : Mylera Nlatan
Elle a connu Nayla Kaertan à l'époque de la conscription et est devenue une rebelle. Elle a été en couple avec Leene Plaumec. Après la victoire, elle a voulu s'éloigner de la planète mère.
Adjoint de Mylera Nlatan sur chantier spatial Alphard : Justyne Vilkan
Elle est aussi la petite amie de Mylera.

Planète mère ou AaA 03

Il s'agit de la Terre. Elle est le cœur de la République. Elle est protégée par l'ancile, un réseau de mines impénétrable.
Toma Kudo : Enquêteur pour les dépositaires.

Planète Kamas

Kere : trafiquant travaillant avec Jani.

Planète Kanade

Les habitants de cette planète sont les héritiers du Japon, sur Terre, détruit par un tsunami en 2292. Ils sont grands et minces, à cause de la gravité. Ils ont importé des chats sur cette planète. Les félins sont devenus plus grands, plus élégants et sont très recherchés.
Ishii Ako : Dépositaire de New-Kobe.
Shoji Ako : Apprentie dépositaire.
Koyasu Kojiro : Haut conseiller de New-Kobe.
Nori Tamura : Cousin de Shoji.
Yumi Tamura : Cousine de Shoji Ako.
Reiya Ueda : Il tient une boutique de chats. C'est aussi un contrebandier qui vend ces chats hors monde.
Akemi Hasegawa : Dépositaire sur Kanade.

Planète Nalvani

Enrymo Janrez : Responsable de la piste d'atterrissage.
Togust Kniffin : Marchand.

Planète Sinfin

La planète Sinfin abrite le pire bagne de la galaxie. Ce bagne a été créé par l'Imperium.
Barthan : Porte-clés du dortoir où logent Ilaryon et le Brûlé.
Hart Olimer : Bagnard, membre d'un gang.
Jomund : Bagnard, chef d'un gang.

Planète Tasitania

Artyom Petrovich : Chef de la mafia.
Piotr Petrovich : Fils aîné d'Artyom. Il dirige la branche armée de la mafia.
Ilya Petrovich : Fils cadet d'Artyom.

Planète Teralka

Yila Gaem : Trafiquant. Elle fournit de fausses identiteas.

Planète Yiria

Planète sans problème, connue pour ses troupeaux de mulamas. Sa population vit sous un régime de clan. Les clans sont au nombre de onze. Chaque clan est allié avec un autre clan auquel il doit assistance. Seul le clan Ivo n'est lié à aucun autre clan.
Clan Eda : Les Eda sont des marchands hors-monde. Ils sont liés au clan Iwa.

Clan Ivo : Les Ivo sont des guerriers. Ils sont chargés de la défense de la planète, de la sécurité intérieure. Traditionnellement, ils sont soldats ou policiers. Ils ne sont liés à aucun clan.
Clan Iwa : Les Iwa sont des éleveurs. Ils sont liés au clan Eda.
Clan Opa : Les Opa sont des forestiers. Ils sont liés au clan Uza.
Clan Uza : Les Uza sont ceux qui servent. Ils sont liés au clan Opa.
Merlyon tan Chantuza : Fils de Nelyon, arrêté sur dénonciation.
Nelyon tan Chantuza : Il a travaillé pour l'Imperium. Il va aider Dem et Ilaryon.
Ilaryon tan Dhariwa : Envoyé à Sinfin parce qu'il a refusé de prêter le serment de la Lumière.
Guilias tan Dhariwa : La mère d'Ilaryon.
Johlyon tan Dhariwa : Le père d'Ilaryon. Il possède de grands troupeaux de mulamas. Il est exécuté pour avoir contesté la religion de la Lumière.
Lolas tan Dhariwa : Sœur d'Ilaryon.
Tidas tan Dhariwa : Sœur d'Ilaryon.
Naryon tan Dhariwa : Frère aîné d'Ilaryon. Il est mort sur Olima dans l'armée de la rébellion.
Yngrid Guldotir : Infirmière dans le dispensaire de la capitale.
Alas tan Nhariwa : Voisine d'Ilaryon.
Cailan tan Nhariwa : Voisin d'Ilaryon.
Marlig tan Nhariwa : Voisin d'Ilaryon.

Cargo Irmanda
Capitaine : Karalyon tan Vereda
Chef de la sécurité : Gaelyon tan Saeadivo

✦✦✦

La coalition Tellus

La coalition Tellus est l'héritière de la fédération Tellus, vaincue par Arji Tanatos 652 ans plus tôt. La fédération a été créée par Haram Ar Tellus, qui a mis fin aux Siècles obscurs. Elle a perduré pendant 1842 années. Cette société était régie par un système de caste.

Hégémon : Haram Ar Tellus
Pour la galaxie toute entière, il est mort depuis longtemps, ainsi que ses héritiers. En réalité, depuis le tout début de la Fédération, il se clone et transfère son esprit et ses souvenirs dans le corps suivant. Il réside sur Wyrdar, une planète éloignée, et attend de revenir au pouvoir.

Les Decem Nobilis
Ils sont les dix compagnons de Haram Ar Tellus. Avec lui, ils ont conquis la galaxie. Comme l'Hégémon, ils sont clonés et vivent sur Wyrdar.
Grand ministre : Garvan Dar Tarena
Grand général : Darlan Dar Merador
Il est possible que l'un de ses descendants ait servi pour le matériel génétique de Dem.
Grand espion : Marthyn Dar Khaman
Il manipule et espionne depuis des siècles. Sous le nom de Leffher, il travaille au retour de Tellus au pouvoir.
Grand prophète : Citela Dar Valara
Elle a accès à Yggdrasil et sait déchiffrer la Tapisserie des Mondes. Néanmoins, son pouvoir n'a rien en commun avec celui de Tanatos ou Nayla Kaertan. L'un de ses clones s'est un jour échappé de Wyrdar. La Coalition ignore ce qu'il est devenu. Ce clone a atterri sur Olima et a épousé Raen Kaertan. Ce clone de Citela est donc la mère de Nayla.
Grand magistrat : Tyrana Dar Jareto

Grand diplomate : Avila Dar Niyali
Grand financier : Valer Dar Caralor
Grand scrutateur : Carzyn Dar Werthan
Grand préfet : Halon Dar Deqiro
Grand scientifique : Janila Dar Zajano

Autres Tellusiens
Olad Tar Moldaman : Le commodore, commandant de l'Atlas.
Lipil Daralacor : Capitaine d'un vaisseau poursuivant le *Kyozist.*
Jaola Jalaro : Compagne de Marthyn Dar Khaman, tuée par le colonel Devor Milar.
Pyer Jalaro : Fils de Marthyn Dar Khaman, tué par le colonel Devor Milar.

Tellusiens des temps passés
Rama Hebblethwaite : Explorateur et auteur du livre *Hatamas – légendes et vérités.*

Garde Prétorienne
Ces soldats hyper entraînés et très bien équipés sont dévoués jusqu'à la mort au souverain de la Coalition. C'est un honneur d'être appelé dans cette unité.

Urbanus
Forces spéciales de Tellus. Ces soldats d'élite sont chargés de la sécurité. Ils sont équipés d'armures et d'exosquelettes.

✦✦✦

L'Imperium

L'Imperium a été créé par **Arji Tanatos**, 652 ans plus tôt. Cet homme, qui avait accès à Yggdrasil, s'est fait appeler Dieu. Il a imposé sa loi sur la galaxie.

Arji Tanatos : connu sous le nom de Dieu. Monarque absolu de l'Imperium, ayant accès à Yggdrasil. Il est vaincu et tué par Nayla Kaertan, qui prend sa place.

Flotte noire
Elle est constituée de quelques vaisseaux rescapés de l'Imperium. Elle a été formée par le colonel Serdar.

Commandant de la Flotte noire : Xaen Serdar.
Archange, comme Devor Milar, le colonel Serdar commande la Phalange indigo. Au moment de la rébellion, il se battait contre les Hatamas. Il n'a pu revenir à temps et, depuis, il harcèle la République avec la Flotte noire. Il a été créé avec un matériel génétique très proche de celui de Devor Milar.
Phalange indigo : Commandant Reid Dituri. Commandant en second de Serdar.
Phalange indigo : Commandant Caspar
Phalange indigo : Lieutenant Ashtin
Il va servir d'officier de liaison auprès du groupe de Jani.
Commandant de la Phalange mauve : Colonel Javin Balron
Commandant de la Phalange jaune : Colonel Anton Dezal
Commandant de la Phalange rouge : Colonel Fer Volus

Invisibles
Les invisibles sont des inquisiteurs formés pour être des espions. Leur existence n'était pas connue. Le colonel Serdar les a découverts et utilisés pour surveiller la République.
Inquisiteur : Uve Arey

✦✦✦

Les Hatamas

Ces non-humains sont en guerre avec l'humanité depuis presque 2000 ans. Ils ont perdu beaucoup de territoire, mais continuent à effectuer des raids au cours des siècles. Les humains ignorent presque tout à leur sujet.

Ils sont organisés en clan. Le clan Askalit est ostracisé, car il pense que l'Aldarrök peut être empêché. De nombreux devins voient le jour au sein de ce clan.

Mutaath'Vauss : Capitaine d'un vaisseau hatama.
Nerda'Vauss : Commandant d'une unité de combat et épouse de Mutaath.
Traathu'Looss : Second de Mutaath.
Sakaal'Nerauss : Gardien des histoires passées et futures.
Ralahm'Meiss : Capitaine cité dans le livre de Rama Hebblethwaite.

✦✦✦

Le Maquis

Groupe combattant créé par Dem pour tuer les Messagers de la Lumière et les Guerriers Saints. Il s'appuie sur l'organisation de Jani qui gère des filières d'évasion de la République.

Dem : Dem était le colonel **Devor Milar**, la main écarlate de Dieu, commandant de la Phalange écarlate. Après une prophétie, il a fui l'Imperium et s'est caché sous l'identité du lieutenant Dane Mardon. Il a découvert Nayla Kaertan et, ensemble, ils ont mené la rébellion. Il est mort pour permettre à Nayla d'affronter et de vaincre Arji Tanatos. Pourtant, il souffre sur Sinfin, le bagne le plus dur de la galaxie. Il a été dépouillé de tout, y compris de son nom. Les gardes l'appellent le Brûlé.

Leene Plaumec : Médecin militaire. Elle a rencontré Dem et Nayla Kaertan avant la rébellion. Elle les a accompagnés. Elle a reconnu en Dem le colonel Devor Milar, mais a gardé le secret. C'est une amie fidèle de Dem et de Nayla. Après la victoire, le tournant pris par la République l'a ulcérée. Elle a demandé à être mutée sur Yiria.

Vaisseau *Taïpan*
Capitaine : Jani Qorkvin
Cette contrebandière est une vieille connaissance, amie de Dem. Elle l'a aidé pendant la rébellion. Elle est amoureuse de Dem, qui l'a toujours repoussée.
Pilote : Thain Rola'ma
Pilote : Sil Rola'ma
Officier technicien : Amina Gaudi
Technicien : Fenton Laker
Il a connu Nayla Kaertan à l'époque de la conscription. Il n'a pas voulu rejoindre la rébellion et est resté auprès de Jani Qorkvin.

Organisation de Jani
Handa Gerty : Capitaine d'un vaisseau de contrebandiers. Elle transporte des gens vers la Regio Nullius pour Jani Qorkvin.
Haleh Ison : Capitaine d'un vaisseau de contrebandiers. Elle transporte des gens vers la Regio Nullius pour Jani Qorkvin.
Gregoria Testa : Capitaine du vaisseau de contrebandiers *Alerion*. Elle transporte des gens vers la Regio Nullius pour Jani Qorkvin.

<u>Planète Okutà</u>
Yala Faal : Rejoint le Maquis.
Baeara Loom : Rejoint le Maquis.
Eunji Saar : Rejoint le Maquis.

✦✦✦

Yggdrasil

Yggdrasil est le vide, le néant, le Mo'ira. Yggdrasil est un. Yggdrasil est plusieurs. Yggdrasil est le passé. Yggdrasil est le futur. En son sein, le temps n'existe pas. Yggdrasil est un lieu, mais est aussi vivant. Yggdrasil abrite la Tapisserie des Mondes.

Alafur : Il s'agit d'une entité au cœur d'Yggdrasil. Elle semble bénéfique et use de l'image de Nako pour s'adresser à Dem et Nayla.
Nako : Naryl Korban a été un archange, ami de Devor Milar. Il voyait l'avenir et, grâce à lui, Dem a su dissimuler ses dons. Il s'est suicidé pour le protéger.
Une des entités au cœur d'Yggdrasil utilise son image pour s'adresser à Dem et à Nayla. Nako semble être un allié, mais ce n'est pas une certitude. Le véritable nom de cette entité est Alafur.
Nix : Il s'agit d'une entité au cœur d'Yggdrasil. Elle est issue du Chaos et pollue Yggdrasil. Elle essaye de manipuler les humains.

✦✦✦

Les autres factions

Busatours : Mercenaires implantés dans le No Man's Space. Ils travaillent avec la coalition Tellus.
Dépositaires : Ces historiens, qui consignent les moindres évolutions de l'Histoire de l'humanité, se cachent du pouvoir depuis des milliers d'années. Ces dix femmes de la planète Kanade se transmettent cette fonction de mère en fille.
Dramcaï : Peuple d'Alima, vivant dans le désert de cette planète. Certains avaient choisi de vivre dans l'espace, comme marchands, contrebandiers, mercenaires… Il demeure environ dix mille Dramcaïs expatriés dans la galaxie.
Inquisiteurs : À l'époque de l'Imperium, les inquisiteurs étaient les garants de la Foi. Ils étaient améliorés génétiquement pour lire dans les pensées.
Interrogateurs : Ils sont les inquisiteurs de la République.
Mafia Petrovich : Mafia très importante sur Tasitania.
Traqueurs : Des chasseurs de primes qui avaient l'habitude de travailler dans le No Man's Space.
Uhjil : Non-humains, xénophobes, aux confins de la galaxie, voisins de Tellus. Créateurs du meilleur bouclier de camouflage de vaisseaux.

Les lieux

AaA 03 : La planète mère de l'Imperium, siège du temple de Dieu.
Abamil : Cette planète abrite des mines de ketir. C'est sur ce monde que Plaumec a rencontré Devor Milar pour la première fois. C'est sur ce monde qu'elle retrouvera Jani après l'avènement de la République.
Alima : Planète jumelle d'Olima. Elle a été détruite par la Phalange écarlate. C'est de cet endroit que viennent les Dramcaïs.
Alphard : Cette base tentaculaire, en orbite de AaA 07, aux portes de la planète mère, abrite le chantier spatial de la flotte.
Aotania : Planète où poussent les citanfars.
Base H515 : Base des Soldats de la Foi installée sur RgM 12. C'est sur cette base que Nayla Kaertan est affectée. Tout son personnel a été exécuté par la Phalange bleue.
Bekil : Monde connu pour ses nombreuses insurrections et ses chantiers spatiaux.
Bukovel : (MzA 05) Un monde industriel.
Chenvaotera : Planète hatama.
Coania : Un monde aride et isolé. Ses habitants ont une réputation de pirates.
Demielia : Planète hatama.
Dowzah : (QkP 02) L'une des lunes de ce monde abrite un bagne.
Eritum : Planète célèbre pour son café très fort.
Falkirk : Une jolie petite planète.
Firni : Planète glacière et inconnue, cachée dans la nébuleuse K52. Elle abrite la base des contrebandiers de Jani Qorkvin.
Gouffre des damnés : Lieu mythique. L'enfer de la religion de Dieu, à l'époque de l'Imperium.
Hibryke : Planète proche du territoire Hatama.
Les conditions particulières de ce monde ont fait muter les humains. Ils ont un visage allongé, une peau très pâle et des cheveux blond presque blanc. Leurs yeux étranges sont légèrement orangés.
Jaeth Milaha : La Voie lactée en langue hatama.
Kanade : Planète calme héritière du Japon, sur Terre. Elle est connue pour ses chats grands et élégants.
Kamas 3 : Un monde agricole.
Kohia : Un monde tranquille.
Lamialka : Planète hatama appartenant au clan Askalit. Il s'y trouve le temple des gardiens des histoires passées et des histoires futures. C'est un enfer moite, recouvert de jungles et de mangroves.
Mechelen : Planète connue pour ses artisans. Ces derniers ont offert des tapisseries à la salle du trône de la République.
Nalvani : (NjU 04) Une planète agricole.
New-Osaka : Ville de Kanade.
New-Kobe : Ville de Kanade.
NkV : Système connu pour ses tempêtes ioniques.
No Man's Space : Région de l'espace entre la coalition Tellus et la République. Zone de non-droit occupée par des contrebandiers, mercenaires, malfrats en tout genre. Des colons en recherche de liberté tentent d'y survivre.
Hualea : Berceau des Hatama. Un monde chaud et humide
Okutà : Planète agricole où il fait bon vivre.
Olima : Monde natal de Nayla Kaertan. Cette belle planète verte, bleue et mauve n'a rejoint l'Imperium que depuis 4 générations. Elle est agricole sur l'hémisphère sud et couverte des forêts d'irox sur le continent nord.

Positionneur : Permet de se localiser et de se déplacer. Intégré à l'armtop.
Primum : La tour principale de la QuinteAlae où vivent les clones actifs.
QuinteAlae : Forteresse des Decem Nobilis sur Wyrdar.
Regio Nullius : Région de l'espace aux confins de la galaxie, à la frontière de la République.
Retan : Planète où se trouvent des usines d'armes lywar.
Rozuganta : Planète hatama.
Shahri : La capitale de Yiria, sur les berges du lac Järvi. Elle est appelée la cité ocre.
Sinfin : Planète rouge, où règne une chaleur incroyable. Elle possède des mines de S4 et abrite le bagne le plus dur de toute la galaxie.
Sriath : Région de l'espace hatama.
Svalbard : Un monde très froid.
Taryeke : Planète connue pour ses marées très rapides.
Tasitania : Cette planète est extrêmement habitée, recouverte de villes partout, d'usines et de complexes technologiques. Il y pleut presque tout le temps.
Tellus Mater : Le nom de la Terre à l'époque de la fédération Tellus.
Teralka : (NkJ 02) Planète à l'atmosphère humide et étouffante.
Theia : Les habitants de cette planète sont connus pour leur charme, leur rigueur et leur moralité.
Thulia : Ce système est un nœud commercial.
Yiria : Planète sans problème, connue pour ses troupeaux de mulamas.
Ytar : Très belle planète de la coalition Tellus. Monde natal de Jani Qorkvin.
Vallée interdite : Sur la planète mère, c'est une immense vallée au pied de la falaise sur laquelle est construite la Cité sacrée. Elle est peuplée d'animaux dangereux venant de toute la galaxie pour protéger l'accès au temple. Un humain n'a pas plus de 3 % de chance de survie dans cette vallée.
Wyrdar : Planète de la coalition Tellus sur laquelle se trouve la QuinteAlae, la forteresse des Decem Nobilis.

Lexique

Acali : Petit rongeur très prudent.
Acitane : Métal résistant utilisé pour la fabrication d'armes.
Aloïde : Alcool et drogue en même temps contenue dans le vin de Cantoki.
Alax : Émetteur très simple, qui n'envoie qu'un code. Il permet de coordonner l'action d'organisations hors la loi.
Alumax : Matière transparente d'une grande résistance qui permet de protéger des livres ou des tableaux anciens.
Amiorase Zonilozin : une drogue expérimentale conçue justement pour réparer les lésions du cerveau.
Ampoule cicatrisante : Permet de cicatriser les plaies bénignes.
Ancile : Système de protection planétaire. Il s'agit d'un bouclier de mines autorégénératrices, capables de se déplacer, de se camoufler, de riposter et de s'accrocher aux vaisseaux pour les détruire.
Araignée herculum : Grandes comme une main et agressives, leur venin tue en quelques minutes. Vivent sur NkJ 02.
Argali : Petit animal très coloré.
Arlan : Métal précieux d'un blanc si lumineux qu'il semble briller d'une énergie propre.
Armtop : Ordinateur incrusté sur l'avant-bras de la tenue de combat.
Atlas : Cet énorme cuirassé est le vaisseau amiral de Tellus. C'est aussi un palais.
Axcobium : Ce métal permet de contrebalancer la réaction du S4 et est indispensable aux moteurs spatiaux.
Axis : Bâtonnet noir et lisse. Protégé dans une enveloppe inviolable en nhytrale, l'axis permet d'enregistrer une masse de données.
Baga : Une herbe qui se fume.
Barge Cerbère : Un vaisseau prison puissamment armé.
Blocordeur : Un boîtier qui se fixe à l'aide de clous pneumatiques. Le câble fin et incassable qu'il contient est actionné par un moteur et permet de descendre ou de monter n'importe quelle paroi.
Bois-métal : Vient des arbres du continent nord d'Olima. Plus solide que l'acitane, léger et complètement indétectable. Il est utilisé pour la fabrication des poignards-serpents.
Bolanos : Jeu de quilles.
Brûle-lance : Un outil qui permet de débroussailler en projetant un mince jet de feu.
Café d'Eritum : Café très fort, venant de la planète Eritum. Il est réputé pour soigner les migraines.
Calaa : Une boisson fraîche légèrement aromatisée et pleine de vitamines.
Canydhon : Aussi appelé « loup d'Yrther » ou « chien des enfers ». Très grands et massifs, ils arrivent à hauteur de nombril. Ils chassent en meute.
Capsule de réveil : Ce produit force une personne évanouie à se réveiller.
Caradas : Jeu de dés.
Carbonavium : Fibre résistante qui permet d'affronter tous les climats.
Carhinium : Métal grisâtre résistant et épais utilisé pour la construction des bases.
Cargo *Irmanda* : Cargo de classe Armada, appartenant à des marchands yirians.
Cefopirin : Médicament qui soigne les migraines.
Ceracier : Acier amélioré.
Céraminium : Un matériau composite incassable qui permet d'encoder un grand nombre d'informations.
Cisphalte : Revêtement de route, couleur ardoise.
Citanfars : Arbres vieux de quelques millénaires, aux troncs larges de plusieurs dizaines de mètres. Leur bois acajou, veiné d'or, était très recherché à l'apogée de la fédération Tellus.
Cito : Véhicule individuel.
Code des Gardes : Livre réglant la vie des Gardes de la Foi. Il contient de nombreuses citations que les gardes aiment mentionner.

Courgine : Les gros légumes, de type courge, violet sombre, ronds et bombés avec une pulpe rosâtre et odorante.
Credo : Livre saint de l'Imperium.
Cychene : Grands arbres, dont le bois précieux est de couleur gris sombre.
Dathan : Désinfectant.
Déclarations de la Lumière : Livre saint de la religion de la Lumière.
Delnas : Jeu où l'on se pose des questions.
Douche sonique : Permet d'économiser l'eau. La vague d'ondes débarrasse le corps de toutes les impuretés. L'effet n'a rien d'agréable.
Dragon caméléon : Un grand reptile carnivore vivant dans la ceinture désertique d'Alima. Cet animal, long de trois mètres, a des écailles qui changent de couleur pour se dissimuler. Les Dramcaïs se servent de leur peau pour confectionner leurs tenues emblématiques.
Draïl : Tenue emblématique des Dramcaïs. Assemblage d'étoffe et de cuir de dragon caméléon. La tenue offre des capacités de camouflage.
Epée Irox : Utilisée par les nobles tellusiens et plus particulièrement par les Decem Nobilis.
Feijoada : Un ragoût de viande aux effluves épicés.
Fibrium : Métal léger, utilisé pour certaines constructions.
Fibrobéton : Un béton renforcé de fibre de linium.
Gaa : Fruit du Gaata. Permet de produire une farine très nourrissante.
Gaata : Arbre rabougri, aux branches tordues et aux grandes fleurs jaune vif.
Galatre : Pierre grise qui sert pour la construction.
Garton : Un mélange d'ours et de félin, souvent pris de crise de colère meurtrière.
Gelfustine : Un plastique résistant, qui a la capacité de se solidifier une fois soumis à la chaleur et à l'air ambiant.
Girthrere : Rapace rouge et argent, de la planète Barlak.
Gremotte : Un poisson blanc sur Tasitania.
Handtop : Petit ordinateur individuel et portatif.
Harapas : Fruits confits orange et luisants.
Havresac : Sac à dos en linium qui permet de transporter du petit matériel militaire.
Heater : Un appareil humidifiant des serviettes chaudes, utilisé dans les vieux cargos.
Hemaw : Empêche une plaie de saigner.
Holophoto : Sur une photo holographique, l'image est fixe, mais les gens ont l'air vivants.
Identitea : Petite carte en céraminium, permettant de prouver l'identité d'un individu.
Irox : Des arbres immenses, aux grands troncs, d'un gris acier de la forêt couvrant le continent nord d'Olima. Leur bois est appelé bois-métal.
J'dala : Lutte traditionnelle pratiquée, entre autres, sur Yiria.
Jade noir : Pierre précieuse, solide et lisse, d'un noir profond.
Jaol : Oiseau au ramage safran, corail et carmin.
Jheodyte : Substance nécessaire pour les batteries lywar.
Jiman : Plat fait de nouilles, de champignons et de morceaux de Joja dans un bouillon épicé.
Joja : Protéine qui est présentée en steak ou en cube et qui a goût de viande.
Jypto : Véhicule tout-terrain, avec une plateforme pour le transport de marchandises.
Kavé : Des cubes de kavé, un dérivé du café poussant comme du chiendent sur les planètes Maza, Hagrami et Javivo. Il est si facile à produire qu'il est utilisé pour des solutions bon marché, comme les cubes. Il suffit de faire couler de l'eau chaude dessus.
Ketir : Cette matière protectrice qui sert à fabriquer les armures. C'est une matière nanorégénératrice qui exploite les propriétés naturelles du ketiral en les combinant avec une nanotechnologie de pointe.
Khamshin : Vent des steppes de Yiria.
Kotan : Une pâte protéinée destinée aux voyages dans l'espace.
Korppis : Oiseaux charognards de Yiria.
Kyawat : Une sorte de rat carnivore vivant sur Sinfin.
Implants meds : Permettent de s'injecter un médicament en cas de maladie chronique.

Indice d'habitabilité : Indice qui détermine si une planète est habitable.
Leryal : Drogue ancienne, de l'époque de la Fédération. Ancêtre du Retil.
Linium : Métal léger, rigide et résistant, surtout utilisé pour des bagages en tout genre.
Lucane : Engin de réparation.
Lywar : Développée avant l'avènement de l'Imperium par la fédération Tellus, cette technologie permet de générer des projectiles chargés d'une puissance phénoménale. Un vaisseau peut tirer des missiles chargés d'une énergie pure et dévastatrice, produite par ses moteurs. Les armes individuelles sont alimentées par des chargeurs dans lesquels est emmagasiné le lywar. Le lywar est reconnaissable à son odeur piquante.
Maikylapyal : Sculpture au centre du temple de Lamialka. C'est la représentation des histoires passées et futures.
Maukeni : Légume qui se mange en purée, de couleur safran.
Modélisation de combat : Suite de lignes de code qui prend en compte tous les paramètres d'une situation pour en déduire une solution quasi miraculeuse.
Mouche vybile : Un insecte si minuscule qu'il est difficile de le voir à l'œil nu. Son bourdonnement aigu est insupportable.
Moyano : Boisson lactée, épaisse et très sucrée.
Mulamas : Une sorte de mouton, qui a été implanté sur la plupart des planètes de la galaxie pour la qualité de sa viande et sa rusticité.
Myrmierens : Des sortes de fourmis. Consommées, elles procurent un apport de sucre et de vitamines.
Myrsky : C'est un mélange de plantes et de lait de noix grise. Cette boisson a une fragrance à la fois épicée et fleurie. Sa saveur est onctueuse, avec un arrière-goût de cannelle et de fruit.
Nahashs : Mythe hatama, démons, personnification du Chaos originel, venant pour corrompre et dévorer le monde.
Nhytrale : Matière polymère noire et lisse, extrêmement résistante et inviolable.
Obsireaar : Une pierre noire veinée de rouge.
Ofloxacin : Contre la migraine.
Omnibus : Il transporte des passagers à une très grande vitesse.
Pansement telamo : Ce pansement accélère la cicatrisation.
Peliande : Un grand manteau en cuir serré à la taille, ajusté sur le corps et évasé jusqu'aux genoux, avec une grande capuche.
Pila : Un fruit yirian que les habitants de la planète aiment mâcher toute la journée.
Plastine : Un plastique amélioré.
Poignard de combat : Une large lame longue de 30 cm en ceracier.
Poignard-serpent : Une courte lame, pas plus longue que la paume de la main, avec une poignée en forme d'anneau. Une étroite garde protège la main. Les Gardes de la Foi sont équipés de deux de ces lames, intégrées aux renforts de poignets.
Polytercox : Une matière polymère, mélange de fibres de carbone, de carbure de silicium et de cuir Vaertil.
Porte-clés : Terme désignant un bagnard qui travaille pour les gardiens.
Prystal : Une drogue.
Pytarlas : Des devins hatamas, en relation avec le dessin des temps.
Retil 1 : Donne un coup de fouet et calme les douleurs.
Retil 2 : Adrénaline à haute dose qui permet de passer outre la fatigue.
Retil 3 : Adrénaline à haute dose. Sert à booster un soldat épuisé.
Rodenda : Une sorte de rat qui pullule dans les bases spatiales.
S4 : Un des composants essentiels aux voyages dans l'espace. Le S4 raffiné est compact et une petite quantité peut alimenter un vaisseau pendant longtemps.
Saguaro : Un fruit qui se consomme en jus, au goût sucré et piquant, à la couleur jaune presque fluorescente.
Scolahiphère : Insectes sur NkJ 02.

Scolopendre tridentis : Un insecte de Dowzah B, long comme deux mains, avec plein de pattes, un corps vert pomme.
Scorpion tigre de Malessan : Scorpion reconnaissable à sa queue fine ornée d'un aiguillon double et à ses trois pinces.
Secale : Céréale.
Setikei : Un jardin créé selon une tradition ancestrale.
Skarabe : Véhicule tout-terrain, utilisé par toutes les composantes de l'armée. Il permet le transport de troupes et le combat au sol.
Shasdine : Terme hatama voulant dire humain.
Söl : Monnaie.
Sölibyum : Métal rare et précieux. La monnaie de l'Imperium est basée sur son cours.
Solobus : Navette automatisée qui circule sur toute la planète mère et vous emmène où vous le souhaitez.
Spray anti-brûlure : Permet de soigner les brûlures.
Tchoudou : Des petits triangles d'une sorte de crêpe pliée. Des petits pains plats garnis de légumes, de viande ou de fromage.
Tiral : Alcool fort, bleuâtre, produit sur Teralka avec la sève de certains arbres.
Tiritium : Métal gris sombre utilisé pour la construction de vaisseaux spatiaux.
Trauer : Une longue matraque en acier noir brillant. Elle est équipée de trois électrodes à l'une de ses extrémités. Cela diffuse une douleur intense.
Tsipars : Des morceaux de viande marinée et grillée. La viande est souvent du mulama ou du rodenda.
Tuberculose yxictienne : Les symptômes sont une toux de mauvais augure, des cernes jaunâtres et des yeux injectés de sang. Cette maladie est mortelle.
Turu : Herbe mauve des champs d'Olima qui nourrit les Tirochs.
Vaisseau Défenseur : Escorteur.
Vaisseau Carnage : Croiseur, souvent utilisé par les forces spéciales.
Vaisseau Furie : Bombardier. Engin « à tout faire ».
Vaisseau Miséricorde : Cuirassé lourd, développé par la République.
Vaisseau Ravage : Patrouilleur.
Vaisseau Vengeur : Ce cuirassé était utilisé par les Gardes noirs et est utilisé désormais par la République.
Vaisseau Vigile : Destroyer.
Vaoïl : Partie du draïl. Une bande de tissu renforcée de cuir qui dissimule le visage.
Variolite Kilitez : Une maladie infectieuse qui laisse des cicatrices sur la peau.
Ver de Raola : Un ver de la planète Raola, long de 30 cm, qui creuse son chemin dans la chair d'une proie.
Vin de Cantoki : Vin de couleur rosâtre contenant de l'aloïde, à la fois alcool et drogue, mais qui n'est pas addictif.
Vipère : Cargo armé, très bien équipé, utilisé par des contrebandiers. Ceux de Jani Qorkvin ont un système de camouflage.
Virch'n : Tissu, épais et confortable, fabriqué avec une plante marécageuse.
Volua : Une sauce épaisse et épicée.
Vybe : Une énergie qui renforce le fil d'outils tranchants, les rendant plus efficaces.
Vysle : Insecte sur NkJ 02.
Wakhjaia : Terme hatama qui veut dire « le cercle immuable ».
Wosli : Liqueur vert pâle, très forte.
X25 : Cette armure est une combinaison spatiale, doublée d'un exosquelette intelligent, et possède une grande autonomie d'air. Elle permet d'atteindre une planète depuis l'espace. Elle est équipée d'un revêtement furtif.
Xsfyls : Substance appliquée sur la coque des vaisseaux des Uhjils. Jani l'utilise pour ses cargos Vipère.
Yeosun : Un groupe de femmes formant une famille. Elles n'acceptent pas les mâles dans leur vie.

Yuline : Animal qui se défie en période de reproduction.
Zirigo : Ce jeu de stratégie complexe représente le combat spatial. Le renoncement et le sacrifice sont l'une des clés du succès.

Du même auteur

Yggdrasil

La prophétie –La rébellion – L'Espoir

Une dictature religieuse et militaire règne sur la galaxie. L'armée sainte, fanatiquement dévouée à la cause de celui qui se fait appeler Dieu, élimine impitoyablement ceux qui refusent de suivre les préceptes de la religion. Pourtant, les hérétiques propagent les paroles d'une prophétie annonçant qu'un Espoir va se lever et libérer l'univers.

Tourmentée par de terribles cauchemars prémonitoires, Nayla Kaertan arrivera-t-elle à échapper à l'Inquisition qui traque sans relâche ceux qui, comme elle, ont des dons étranges ? Doit-elle craindre son supérieur, un homme mystérieux, qui semble posséder des pouvoirs surnaturels ?

Aura-t-elle la force d'affronter son destin ?

✦✦✦

Plus brillantes sont les étoiles

L'humanité progresse dans l'espace depuis plus d'un siècle, déjà, s'implantant sur chaque planète habitable, au détriment des civilisations qu'elle rencontre. Le profit à tout prix est devenu la seule idéologie des Terriens, depuis la prise de pouvoir du Triumvirat.

Ava embarque à bord du C.S. Marco Polo, cargo de la flotte commerciale, sous les ordres du capitaine Bligh. Cette dernière, ancienne héroïne de guerre, doit conduire le vaisseau jusqu'à une planète paradisiaque, occupée par un peuple vivant en harmonie avec la nature. Elle devra composer avec un équipage récalcitrant et surmonter les nombreux dangers qui ponctueront ce long périple.

Ce voyage se révélera, pourtant, bien plus important que les deux femmes ne l'auraient jamais imaginé.

✦✦✦

Abri 19

Il y a onze ans, un mystérieux brouillard a recouvert la Terre. Les scientifiques n'ont pas réussi à l'endiguer ou même, à l'expliquer. Les gouvernements du monde se sont résignés à préserver une partie de la population en l'enfermant dans des bases secrètes.

Lorsqu'un accident survient dans l'abri 19, Liam doit faire un choix. Respecter les lois de l'abri ou sauver la vie de sa sœur et risquer l'exil dans un monde dévasté.

✦✦✦

Les Larmes des Aëlwynns

Le prince déchu –Le dernier mage – La déesse sombre

À la fin de l'ère du chaos, les Aëlwynns ont offert aux hommes une pierre permettant de contrôler la magie et depuis, la paix règne sur le royaume d'Ysaldin. Alors que ce fragile équilibre est menacé par la malnoire, le roi accuse les mages de faciliter la propagation de cette maladie mystérieuse et les déclare hors la loi.

Ignorant tout du danger qui guette ses semblables, Adriel se prépare à devenir mage à part entière, conscient que cette épreuve peut lui coûter la vie.

Au nord du royaume, le mercenaire Kenan est pris pour cible par de mystérieux mages noirs.

Au même moment, dans une vallée isolée, Elyne découvre que son fils est atteint de la malnoire. Osera-t-elle braver le décret royal pour le sauver ?

Et si le sort du royaume dépendait des décisions de ces trois personnes aux objectifs si différents ?

✦✦✦

À Propos de l'Auteure

Depuis toujours, Myriam Caillonneau est fascinée par les récits qui transportent le lecteur loin de son quotidien.

Néanmoins, elle choisit la carrière militaire et s'y consacre pleinement, sans perdre sa passion pour l'imaginaire.

Elle décide d'utiliser son expérience pour créer un univers de science-fiction. La trilogie Yggdrasil, un space opera, voit le jour et le premier tome est publié en 2016.

Depuis, neuf romans ont vu le jour.

Depuis, Myriam Caillonneau a publié neuf romans, de science-fiction, space opera, post apocalyptique et fantasy.

En 2019, elle décide de se consacrer pleinement à sa carrière d'auteure et s'installe dans le Finistère, tout près de l'océan.

Elle aime explorer l'âme humaine, le libre arbitre s'opposant à la destinée, la rédemption de ses héros, la lutte contre le totalitarisme et l'acceptation de la différence.

Vous pouvez me contacter :

— soit sur mon site : https://www.myriamcaillonneauauteure.com/

— soit à cette adresse mail : myriam.caillonneau@gmail.com

Éditeur

Éditions Myriam Caillonneau

Myriam.caillonneau@gmail.com

Imprimé par Kindle Direct Publishing
Impression à la demande

ISBN : 979-10-95740-25-4

Dépôt légal : novembre 2023

Printed by Amazon Italia Logistica S.r.l.
Torrazza Piemonte (TO), Italy